KNAUR

Das große Märchenbuch

Mit den Illustrationen
von Ruth und Martin Koser-Michaëls

Besuchen Sie uns im Internet:
www.knaur.de

Umschlaggestaltung: ZERO Werbeagentur, München
Umschlagabbildung: Ruth & Martin Koser-Michaëls
Satz: Adobe InDesign im Verlag
Druck und Bindung: Appl, Wemding
Printed in Germany
ISBN 978-3-426-65344-9

2 4 5 3 1

Märchen der Brüder Grimm

Der Froschkönig oder der eiserne Heinrich

In den alten Zeiten, wo das Wünschen noch geholfen hat, lebte ein König, dessen Töchter waren alle schön, aber die jüngste war so schön, dass die Sonne selber, die doch so vieles gesehen hat, sich verwunderte, sooft sie ihr ins Gesicht schien. Nahe bei dem Schlosse des Königs lag ein großer, dunkler Wald, und in dem Walde, unter einer alten Linde war ein Brunnen. Wenn nun der Tag recht heiß war, so ging das Königskind hinaus in den Wald und setzte sich an den Brunnen, und wenn es Langeweile hatte, so nahm es eine goldene Kugel, warf sie in die Höhe und fing sie wieder; und das war sein liebstes Spielwerk.

Nun trug es sich einmal zu, dass die goldene Kugel der Königstochter nicht in ihr Händchen fiel, das sie in die Höhe gehalten hatte, sondern vorbei auf die Erde schlug und geradezu ins Wasser hineinrollte. Die Königstochter folgte ihr mit den Augen nach, aber die Kugel verschwand, und der Brunnen war tief, so tief, dass man keinen Grund sah. Da fing sie an zu weinen und weinte immer lauter und konnte sich gar nicht trösten. Und wie sie so klagte, rief ihr jemand zu: »Was hast du vor, Königstochter, du schreist ja, dass sich ein Stein erbarmen möchte.« Sie sah sich um, woher die Stimme käme, da erblickte sie einen Frosch, der seinen dicken hässlichen Kopf aus dem Wasser streckte. »Ach, du bist's, alter Wasserpatscher«, sagte sie, »ich weine über meine goldene Kugel, die mir in den Brunnen hinabgefallen ist.« – »Sei still und weine nicht«, antwortete der Frosch, »ich kann wohl Rat schaffen, aber was gibst du mir, wenn ich dein Spielwerk wieder heraufhole?« – »Was du haben willst, lieber Frosch«, sagte sie, »meine Kleider, meine Perlen und Edelsteine, auch noch die goldene Krone, die ich trage.« Der Frosch antwortete: »Deine Kleider, deine Perlen und Edelsteine und deine goldene Krone, die mag ich nicht, aber wenn du mich lieb haben willst, und ich soll dein Geselle und Spielkamerad sein, an deinem Tischlein neben dir sitzen, von deinem goldenen Tellerlein essen, aus deinem Becherlein trinken, in deinem Bettlein schlafen; wenn du mir das versprichst, so will ich hinuntersteigen und dir die goldene Kugel wieder heraufholen.« – »Ach ja«, sagte sie, »ich verspreche dir alles, was du willst, wenn du mir nur die Kugel wieder bringst.« Sie dachte aber: ›Was der einfältige Frosch schwätzt, der sitzt im Wasser bei seinesgleichen und quakt und kann keines Menschen Geselle sein.‹

Der Frosch, als er die Zusage erhalten hatte, tauchte seinen Kopf unter, sank hinab, und über ein Weilchen kam er wieder heraufgerudert, hatte die Kugel im Maul und warf sie ins Gras. Die Königstochter war voll Freude, als sie ihr schönes Spielwerk wieder erblickte, hob es auf und sprang damit fort. »Warte, warte«, rief der Frosch, »nimm mich mit, ich kann nicht so laufen wie du.« Aber es half ihm nichts! Sie hörte nicht darauf, eilte nach Haus und hatte bald den armen Frosch vergessen, der wieder in seinen Brunnen hinabsteigen musste.

Am andern Tage, als sie mit dem König und allen Hofleuten sich zur Tafel gesetzt hatte und von ihrem goldenen Tellerlein aß, da kam, plitsch platsch, plitsch platsch, etwas die Marmortreppe heraufgekrochen, und als es oben angelangt war, klopfte es an der Tür und rief: »Königstochter, jüngste, mach mir auf!« Sie lief und wollte sehen, wer draußen wäre, als sie aber aufmachte, so saß der Frosch davor. Da warf sie die Tür hastig zu, setzte sich wieder an den Tisch, und es war ihr ganz angst. Der König sah wohl, dass ihr das Herz gewaltig klopfte, und sprach: »Mein Kind, was fürchtest du dich, steht etwa ein Riese vor der Tür und will dich holen?« – »Ach nein«, antwortete sie, »es ist kein Riese, sondern ein garstiger Frosch.« – »Was will der Frosch von dir?« – »Ach, lieber Vater, als ich gestern im Wald bei dem Brunnen saß und spielte, da fiel meine goldene Kugel ins Wasser. Und weil ich so weinte, hat sie der Frosch wieder heraufgeholt, und weil er es durchaus verlangte, so versprach ich ihm, er sollte mein Geselle werden, ich dachte aber nimmermehr, dass er aus seinem Wasser heraus könnte. Nun ist er draußen und will zu mir herein.« Indem klopfte es zum zweiten Mal und rief:

»Königstochter, jüngste,
mach mir auf,
weißt du nicht, was gestern
du zu mir gesagt
bei dem kühlen Brunnenwasser?
Königstochter, jüngste,
mach mir auf.«

Da sagte der König: »Was du versprochen hast, das musst du auch halten; geh nur und mach ihm auf.« Sie ging und öffnete die Tür, da hüpfte der Frosch herein, ihr immer auf dem Fuße nach, bis zu ihrem Stuhl. Da saß er und rief: »Heb mich herauf zu dir.« Sie zauderte, bis es endlich der König befahl. Als der Frosch erst auf dem Stuhl war, wollte er auf den Tisch, und als er da saß, sprach er: »Nun schieb mir dein goldenes Tellerlein näher, damit wir zusammen essen.« Das tat sie zwar, aber man sah wohl, dass sie's nicht gerne tat. Der Frosch ließ sich's gut schmecken, aber ihr blieb fast jedes Bisslein im Halse. Endlich sprach er: »Ich habe mich satt gegessen und bin müde, nun trag mich in dein seiden Bettlein, da wollen wir uns schlafen legen.« Die Königstochter fing an zu weinen und fürchtete sich vor dem kalten Frosch, den sie sich nicht anzurühren getraute und der nun in ihrem schönen reinen Bettlein schlafen sollte. Der König aber ward zornig und sprach: »Wer dir geholfen hat, als du in der Not warst, den sollst du hernach nicht verachten.« Da packte sie ihn mit zwei Fingern, trug ihn hinauf und setzte ihn in eine Ecke. Als sie aber im Bett lag, kam er gekrochen und sprach: »Ich bin müde, ich will schlafen so gut wie du; heb mich herauf, oder ich sag's deinem Vater.« Da ward sie erst bitterböse, holte ihn herauf und warf ihn mit allen Kräften wider die Wand: »Nun wirst du Ruhe haben, du garstiger Frosch!«

Als er aber herabfiel, war er kein Frosch, sondern ein Königssohn mit schönen und freundlichen Augen. Der ward nun nach ihres Vaters Willen ihr lieber Geselle und Gemahl. Da erzählte er ihr, er wäre von einer bösen Hexe verwünscht worden, und niemand hätte ihn aus dem Brunnen erlösen können als sie allein, und morgen wollten sie zusammen in sein Reich gehen. Dann schliefen sie ein, und am andern Morgen kam ein Wagen herangefahren, mit acht weißen Pferden bespannt, die hatten weiße Straußfedern auf dem Kopf und gingen in goldenen Ketten, und hinten stand der Diener des jungen Königs, das war der treue Heinrich. Der treue Heinrich hatte sich so betrübt, als sein Herr war in einen Frosch verwandelt worden, dass er drei eiserne Bande hatte um sein Herz legen lassen, damit es ihm nicht vor Weh und Traurigkeit zerspränge. Der Wagen aber sollte den jungen König in sein Reich abholen; der treue Heinrich hob beide hinein, stellte sich wieder hinten auf und war voller Freude über die Erlösung. Und als sie ein Stück Wegs gefahren waren, hörte der Königssohn, dass es hinter ihm krachte, als wäre etwas zerbrochen. Da drehte er sich um und rief:

»Heinrich, der Wagen bricht.«
»Nein, Herr, der Wagen nicht,
es ist ein Band von meinem Herzen,
das da lag in großen Schmerzen,
als Ihr in dem Brunnen saßt,
als Ihr eine Fretsche (Frosch) wast (wart).«

Noch einmal und noch einmal krachte es auf dem Weg, und der Königssohn meinte immer, der Wagen bräche, aber es waren nur die Bande, die vom Herzen des treuen Heinrich absprangen, weil sein Herr erlöst und glücklich war.

Daumesdick

Es war ein armer Bauersmann, der saß abends beim Herd und schürte das Feuer, und die Frau saß und spann. Da sprach er: »Wie ist's so traurig, dass wir keine Kinder haben! Es ist so still bei uns, und in den andern Häusern ist's so laut und lustig.« – »Ja«, antwortete die Frau und seufzte, »wenn's nur ein einziges wäre, und wenn's auch ganz klein wäre, nur daumengroß, so wollt' ich schon zufrieden sein; wir hätten's doch von Herzen lieb.« Nun geschah es, dass die Frau kränklich ward und nach sieben Monaten ein Kind gebar, das zwar an allen Gliedern vollkommen, aber nicht länger als ein Daumen war. Da sprachen sie: »Es ist, wie wir es gewünscht haben, und es soll unser liebes Kind sein«, und nannten es nach seiner Gestalt Daumesdick. Sie ließen's nicht an Nahrung fehlen, aber das Kind ward nicht größer, sondern blieb, wie es in der ersten Stunde gewesen war; doch schaute es verständig aus den Augen und zeigte sich bald als ein kluges und behändes Ding, dem alles glückte, was es anfing.

Der Bauer machte sich eines Tages fertig, in den Wald zu gehen und Holz zu fällen; da sprach er so vor sich hin: »Nun wollt' ich, dass einer da wäre, der mir den Wagen nachbrächte.« – »O Vater«, rief Daumesdick, »den Wagen will ich schon bringen, verlasst Euch drauf.« Da lachte der Mann und sprach: »Wie sollte das zugehen? Du bist viel zu klein, um das Pferd mit dem Zügel zu leiten.« – »Das tut nichts, Vater, wenn nur die Mutter anspannen will, ich setze mich dem Pferd ins Ohr und rufe ihm zu, wie es gehen soll.« – »Nun«, antwortete der Vater, »einmal wollen wir's versuchen.« Als die Stunde kam, spannte die Mutter an und setzte Daumesdick ins Ohr des Pferdes, und dann rief der Kleine, wie das Pferd gehen sollte: »Jüh« und »Joh«, »Hot« und »Har«. Da ging es ganz ordentlich wie bei einem Meister, und der Wagen fuhr den rechten Weg nach dem Walde. Als er eben um eine Ecke bog und der Kleine »Har, har!«, rief, kamen zwei fremde Männer daher. »Mein«, sprach der eine, »was ist das? Da fährt ein Wagen, und ein Fuhrmann ruft dem Pferde zu und ist doch nicht zu sehen.« – »Das geht nicht mit rechten Dingen zu«, sagte der andere, »wir wollen dem Karren folgen und sehen, wo er anhält.« Der Wagen aber fuhr vollends in den Wald hinein und richtig zu dem Platze, wo das Holz gehauen ward. Als Daumesdick seinen Vater erblickte, rief er ihm zu: »Siehst du, Vater, da bin ich mit dem Wagen, nun hol mich herunter!« Der Vater fasste das Pferd mit der Linken und holte mit der Rechten sein Söhnlein aus dem Ohr, das sich ganz lustig auf einen Strohhalm niedersetzte. Als die beiden fremden Männer den Daumesdick erblickten, wussten sie nicht, was sie vor Verwunderung sagen sollten. Da nahm der eine den andern beiseit' und sprach: »Hör, der kleine Kerl könnte unser Glück machen, wenn wir ihn in einer großen Stadt für Geld sehen ließen. Wir wollen ihn kaufen.« Sie gingen zu dem Bauer und sprachen: »Verkauft uns den kleinen Mann, er soll's gut bei uns haben.« – »Nein«, antwortete der Vater, »er ist mein Herzblatt und ist mir für alles Gold in der Welt nicht feil.« Daumesdick aber, als er von dem Handel gehört, war an den Rockfalten seines Vaters hinaufgekrochen, stellte sich ihm auf die Schulter und wisperte ihm ins Ohr: »Vater, gib mich nur hin, ich will schon wieder zu-

rückkommen.« Da gab ihn der Vater für ein schönes Stück Geld den beiden Männern hin. »Wo willst du sitzen?«, sprachen sie zu ihm. »Ach, setzt mich nur auf den Rand von eurem Hut; da kann ich auf und ab spazieren und die Gegend betrachten und falle doch nicht herunter.« Sie taten ihm den Willen, und als Daumesdick Abschied von seinem Vater genommen hatte, machten sie sich mit ihm fort. So gingen sie, bis es dämmerig ward; da sprach der Kleine: »Hebt mich einmal herunter, es ist nötig.« – »Bleib nur droben«, sprach der Mann, auf dessen Kopf er saß, »ich will mir nichts draus machen, die Vögel lassen mir auch manchmal was drauf fallen.« – »Nein«, sprach Daumesdick, »ich weiß auch, was sich schickt, hebt mich nur geschwind herab.« Der Mann nahm den Hut ab und setzte den Kleinen auf einen Acker am Weg; da sprang und kroch er ein wenig zwischen den Schollen hin und her, dann schlüpfte er plötzlich in ein Mausloch. »Guten Abend, ihr Herren, geht nur ohne mich heim!«, rief er ihnen zu und lachte sie aus. Sie liefen herbei und stachen mit Stöcken in das Mausloch, aber das war vergebliche Mühe.

Als Daumesdick merkte, dass sie fort waren, kroch er aus dem unterirdischen Gang hervor. »Es ist auf dem Acker in der Finsternis so gefährlich gehen«, sprach er, »wie leicht bricht einer Hals und Bein!« Zum Glück stieß er an ein leeres Schneckenhaus. »Gottlob«, sagte er, »da kann ich die Nacht sicher zubringen«, und setzte sich hinein. Nicht lang, so hörte er zwei Männer vorübergehen, davon sprach der eine: »Wie wir's nur anfangen, um dem reichen Pfarrer sein Geld und sein Silber zu holen?« – »Das könnt' ich dir sagen«, rief Daumesdick dazwischen. »Was war das?«, sprach der eine Dieb erschrocken, »ich hörte jemand sprechen.« Sie blieben stehen und horchten, da sprach Daumesdick wieder: »Nehmt mich mit, so will ich euch helfen.« – »Wo bist du denn?« – »Sucht nur auf der Erde und merkt, wo die Stimme herkommt«, antwortete er. Da fanden ihn endlich die Diebe und hoben ihn in die Höhe. »Du kleiner Wicht, was willst du uns helfen?«, sprachen sie. »Seht«, antwortete er, »ich krieche zwischen den Eisenstäben in die Kammer des Pfarrers und reiche euch heraus, was ihr haben wollt.« – »Wohlan«, sagten sie, »wir wollen sehen, was du kannst.« Als sie bei dem Pfarrhaus ankamen, kroch Daumesdick in die Kammer, schrie aber gleich aus Leibeskräften. »Wollt ihr alles haben, was hier ist?« Die Diebe erschraken und sagten: »So sprich doch leise, damit niemand aufwacht.« Aber Daumesdick tat, als hätte er sie nicht verstanden, und schrie von neuem: »Was wollt ihr? Wollt ihr alles haben, was hier ist?« Das hörte die Köchin, die in der Stube daneben schlief, richtete sich im Bette auf und horchte. Die Diebe aber waren vor Schrecken ein Stück Wegs zurückgelaufen. Endlich fassten sie wieder Mut und dachten: ›Der kleine Kerl will uns necken.‹ Sie kamen zurück und flüsterten ihm zu: »Nun mach Ernst und reich uns etwas heraus.« Da schrie Daumesdick noch einmal, so laut er konnte: »Ich will euch ja alles geben, reicht nur die Hände herein.« Dies hörte die horchende Magd ganz deutlich, sprang aus dem Bett und stolperte zur Tür herein. Die Diebe liefen fort; die Magd aber, als sie nichts bemerken konnte, ging, ein Licht anzuzünden. Wie sie damit herbeikam, machte sich Daumesdick, ohne dass er gesehen wurde, hinaus in die Scheune. Die Magd aber, nachdem sie alle Winkel durchgesucht und nichts gefunden hatte, legte sich endlich wieder zu Bett und glaubte, sie hätte mit offenen Augen und Ohren doch nur geträumt.

Daumesdick war in den Heuhälmchen herumgeklettert und hatte einen schönen Platz zum Schlafen gefunden. Da wollte er sich ausruhen, bis es Tag wäre, und dann zu seinen Eltern wieder heimgehen. Aber er musste andere Dinge erfahren! Ja, es gibt viel Trübsal und Not auf der Welt! Die Magd stieg, als der Tag graute, schon aus dem Bett, um das Vieh zu füttern. Ihr erster Gang war in die Scheune, wo sie einen Arm voll Heu packte, und gerade dasjenige, worin der arme Daumesdick lag und schlief. Er schlief aber so fest, dass er nichts gewahr ward und nicht eher aufwachte, als bis er in dem Maul der Kuh war, die ihn mit dem Heu aufgerafft hatte. »Ach Gott«, rief er, »wie bin ich in die Walkmühle geraten?«, merkte aber bald, wo er war. Da hieß es aufpassen, dass er nicht zwischen die Zähne kam und zermalmt ward, und hernach musste er doch mit in den Magen hinabrutschen. »In dem Stübchen sind die Fenster vergessen«, sprach er, »und scheint keine Sonne herein. Ein Licht wird auch nicht gebracht.« Überhaupt gefiel ihm das Quartier schlecht, und was das Schlimmste war, es kam immer mehr neues Heu zur Tür herein, und der Platz ward immer enger. Da rief er endlich in der Angst, so laut er konnte: »Bringt mir kein frisch Futter mehr, bringt mir kein frisches Futter mehr!« Die Magd melkte gerade die Kuh, und als sie sprechen hörte, ohne jemand zu sehen, und es dieselbe Stimme war, die sie auch in der Nacht gehört hatte, erschrak sie so, dass sie von ihrem Stühlchen herabglitschte und die Milch verschüttete. Sie lief in der größten Hast zu ihrem Herrn und rief: »Ach Gott, Herr Pfarrer, die Kuh hat geredet.« – »Du bist verrückt«, antwortete der Pfarrer, ging aber doch selbst in den Stall und wollte nachsehen, was es da gäbe. Kaum aber hatte er den Fuß hineingesetzt, so rief Daumesdick aufs Neue: »Bringt mir kein frisch Futter mehr, bringt mir kein frisches Futter mehr.« Da erschrak der Pfarrer selbst, meinte, es wäre ein böser Geist in die Kuh gefahren, und hieß sie töten. Sie ward geschlachtet, der Magen aber, worin Daumesdick steckte, auf den Mist geworfen. Daumesdick hatte große Mühe, sich hindurchzuarbeiten, doch brachte er's so weit, dass er Platz bekam, aber als er eben sein Haupt herausstrecken wollte, kam ein neues Unglück. Ein hungriger Wolf lief heran und verschlang den ganzen Magen mit einem Schluck. Daumesdick verlor den Mut nicht.

›Vielleicht‹, dachte er, ›lässt der Wolf mit sich reden‹, und rief ihm aus dem Wanste zu: »Lieber Wolf, ich weiß dir einen herrlichen Fraß.« – »Wo ist der zu holen?«, sprach der Wolf. »In dem und dem Haus, da musst du durch die Gosse hineinkriechen und wirst Kuchen, Speck und Wurst finden, so viel du essen willst«, und beschrieb ihm genau seines Vaters Haus. Der Wolf ließ sich das nicht zwei Mal sagen, drängte sich in der Nacht zur Gosse hinein und fraß in der Vorratskammer nach Herzenslust. Als er sich gesättigt hatte, wollte er wieder fort, aber er war so dick geworden, dass er denselben Weg nicht wieder hinaus konnte. Damit hatte Daumesdick gerechnet und fing nun an, in dem Leib des Wolfs einen gewaltigen Lärm zu machen, tobte und schrie, was er konnte. »Willst du stille sein«, sprach der Wolf, »du weckst die Leute auf.« – »Ei was«, antwortete der Kleine, »du hast dich satt gefressen, ich will mich auch lustig machen«, und fing von neuem an, aus allen Kräften zu schreien. Davon erwachten endlich sein Vater und seine Mutter, liefen an die Kammer und schauten durch die Spalte hinein. Wie sie sahen, dass ein Wolf darin hauste, liefen sie davon, und der Mann holte die Axt und die Frau die Sense. »Bleib dahinten«, sprach der Mann, als sie in die Kammer traten, »wenn ich ihm einen Schlag gegeben habe und er davon noch nicht tot ist, so musst du auf ihn einhauen und ihm den Leib zerschneiden.« Da hörte Daumesdick die Stimme seines Vaters und rief: »Lieber Vater, ich bin hier, ich stecke im Leibe des Wolfs.« Sprach der Vater voll Freuden: »Gottlob, unser liebes Kind hat sich wieder gefunden«, und hieß die Frau die Sense wegtun, damit Daumesdick nicht verletzt würde. Danach holte er aus und schlug dem Wolf einen Schlag auf den Kopf, dass er tot niederstürzte; dann suchten sie Messer und Schere, schnitten ihm den Leib auf und zogen den Kleinen wieder hervor. »Ach«, sprach der Vater, »was haben wir für Sorge um dich ausgestanden!« – »Ja, Vater, ich bin viel in der Welt herumgekommen!« – »Wo bist du denn all gewesen?« – »Ach, Vater, ich war in einem Mauseloch, in einer Kuh Bauch und in eines Wolfes Wanst. Nun bleib' ich bei euch.« – »Und wir verkaufen dich um alle Reichtümer der Welt nicht wieder«, sprachen die Eltern, herzten und küssten ihren lieben Daumesdick. Sie gaben ihm zu essen und zu trinken und ließen ihm neue Kleider machen; denn die seinigen waren ihm auf der Reise verdorben.

Der Mond

Vorzeiten gab es ein Land, wo die Nacht immer dunkel und der Himmel wie ein schwarzes Tuch darüber gebreitet war; denn es ging dort niemals der Mond auf, und kein Stern blinkte in der Finsternis. Bei Erschaffung der Welt hatte das nächtliche Licht ausgereicht. Aus diesem Land gingen einmal vier Burschen auf die Wanderschaft und gelangten in ein anderes Reich, wo abends, wenn die Sonne hinter den Bergen verschwunden war, auf einem Eichbaum eine leuchtende Kugel stand, die weit und breit ein sanftes Licht ausgoss. Man konnte dabei alles wohl sehen und unterscheiden. Die Wanderer standen still und fragten einen Bauern, der da mit seinem Wagen vorbeifuhr, was das für ein Licht sei. »Das ist der Mond«, antwortete dieser, »unser Schultheiß hat ihn für drei Taler gekauft und an den Eichbaum befestigt. Er muss täglich Öl aufgießen und ihn rein erhalten, damit er immer hell brennt. Dafür erhält er von uns wöchentlich einen Taler.«

Als der Bauer weggefahren war, sagte der eine von ihnen: »Diese Lampe könnten wir brauchen, wir haben daheim einen Eichbaum, der ebenso groß ist, daran können wir sie hängen. Was für eine Freude, wenn wir nachts nicht in der Finsternis herumtappen!« »Wisst ihr was?«, sprach der Zweite, »wir wollen Wagen und Pferde holen und den Mond wegführen. Sie können sich hier einen andern kaufen.« »Ich kann gut klettern«, sprach der Dritte, »ich will ihn schon herunterholen.« Der Vierte brachte einen Wagen mit Pferden herbei, und der Dritte stieg den Berg hinauf, bohrte ein Loch in den Mond, zog ein Seil hindurch und ließ ihn herab. Als die glänzende Kugel auf dem Wagen lag, deckten sie ein Tuch darüber, damit niemand den Raub bemerken sollte. Sie brachten ihn glücklich in ihr Land und stellten ihn auf eine hohe Eiche. Alte und Junge freuten sich, als die neue Lampe ihr Licht über alle Felder leuchten ließ und Stuben und Kammern damit erfüllte. Die Zwerge kamen aus den Felsenhöhlen hervor, und die kleinen Wichtelmänner tanzten in ihren roten Röckchen auf den Wiesen den Ringeltanz.

Die vier versorgten den Mond mit Öl, putzten den Docht und erhielten wöchentlich ihren Taler. Aber sie wurden alte Greise, und als der eine erkrankte und seinen Tod voraussah, verordnete er, dass der vierte Teil des Mondes als sein Eigentum ihm mit in das Grab sollte gegeben werden. Als er gestorben war, stieg der Schultheiß auf den Baum und schnitt mit der Heckenschere ein Viertel ab, das in den Sarg gelegt ward. Das Licht des Mondes nahm ab, aber noch nicht merklich. Als der Zweite starb, ward ihm das zweite Viertel mitgegeben, und das Licht minderte sich. Noch schwächer ward es nach dem Tod des Dritten, der gleichfalls seinen Teil mitnahm, und als der Vierte ins Grab kam, trat die alte Finsternis wieder ein. Wenn die Leute abends ohne Laterne ausgingen, stießen sie mit den Köpfen zusammen.

Aber als die Teile des Monds in der Unterwelt sich wieder vereinigten, so wurden dort, wo immer Dunkelheit geherrscht hatte, die Toten unruhig und erwachten aus ihrem Schlaf. Sie erstaunten, als sie wieder sehen

konnten; das Mondlicht war ihnen genug; denn ihre Augen waren so schwach geworden, dass sie den Glanz der Sonne nicht ertragen hätten. Sie erhoben sich, wurden wieder lustig und nahmen ihre alte Lebensweise wieder an. Ein Teil ging zum Spiel und Tanz; andere liefen in die Wirtshäuser, wo sie Wein forderten, sich betranken, tobten und zankten und endlich ihre Knüttel aufhoben und sich prügelten. Der Lärm ward immer ärger und drang endlich bis in den Himmel hinauf.
Der heilige Petrus, der das Himmelstor bewacht, glaubte, die Unterwelt wäre in Aufruhr geraten, und rief die himmlischen Heerscharen zusammen, die den bösen Feind zurückjagen sollten. Da sie aber nicht kamen, so setzte er sich auf sein Pferd und ritt durch das Himmelstor hinab in die Unterwelt. Da brachte er die Toten zur Ruhe, hieß sie sich wieder in ihre Gräber legen und nahm den Mond mit fort, den er oben am Himmel aufhing.

Tischchen deck dich, Goldesel und Knüppel aus dem Sack

Vorzeiten war ein Schneider, der drei Söhne hatte und nur eine einzige Ziege. Aber die Ziege, weil sie alle zusammen mit ihrer Milch ernährte, musste ihr gutes Futter haben und täglich hinaus auf die Weide geführt werden. Die Söhne taten das auch nach der Reihe. Einmal brachte sie der älteste auf den Kirchhof, wo die schönsten Kräuter standen, ließ sie da fressen und herumspringen. Abends, als es Zeit war heimzugehen, fragte er: »Ziege, bist du satt?« Die Ziege antwortete:

»Ich bin so satt,
ich mag kein Blatt. Meh! Meh!«

»So komm nach Haus«, sprach der Junge, fasste sie am Strickchen, führte sie in den Stall und band sie fest. »Nun«, sagte der alte Schneider, »hat die Ziege ihr gehöriges Futter?« – »Oh«, antwortete der Sohn, »die ist so satt, sie mag kein Blatt.« Der Vater aber wollte sich selbst überzeugen, ging hinab in den Stall, streichelte das liebe Tier und fragte: »Ziege, bist du auch satt?« Die Ziege antwortete:

»Wovon sollt' ich satt sein?
Ich sprang nur über Gräbelein
und fand kein einzig Blättelein. Meh! Meh!«

»Was muss ich hören?«, rief der Schneider, lief hinauf und sprach zu dem Jungen: »Ei, du Lügner, sagst, die Ziege wäre satt, und hast sie hungern lassen?« Und in seinem Zorne nahm er die Elle von der Wand und jagte ihn mit Schlägen hinaus.
Am andern Tag war die Reihe am zweiten Sohn, der suchte an der Gartenhecke einen Platz aus, wo lauter gute Kräuter standen, und die Ziege fraß sie rein ab. Abends, als er heim wollte, fragte er: »Ziege, bist du satt?« Die Ziege antwortete:

»Ich bin so satt,
ich mag kein Blatt. Meh! Meh!«

»So komm nach Haus«, sprach der Junge, zog sie heim und band sie im Stalle fest. »Nun«, sagte der alte Schneider, »hat die Ziege ihr gehöriges Futter?« »Oh«, antwortete der Sohn, »die ist so satt, sie mag kein Blatt.« Der Schneider wollte sich darauf nicht verlassen und fragte: »Ziege, bist du auch satt?« Die Ziege antwortete:

»Wovon sollt' ich satt sein?
Ich sprang nur über Gräbelein
und fand kein einzig Blättelein. Meh! Meh!«

»Der gottlose Bösewicht!«, schrie der Schneider, »so ein frommes Tier hungern zu lassen!«, lief hinauf und schlug mit der Elle den Jungen zur Haustür hinaus.
Die Reihe kam jetzt an den dritten Sohn, der wollte seine Sache gut machen, suchte Buschwerk mit dem schönsten Laube aus und ließ die Ziege daran fressen. Abends, als er heim wollte, fragte er: »Ziege, bist du auch satt?« Die Ziege antwortete:

»Ich bin so satt,
ich mag kein Blatt. Meh! Meh!«

»So komm nach Haus«, sagte der Junge. »Nun«, sagte der alte Schneider, »hat die Ziege ihr gehöriges Futter?« »Oh«, antwortete der Sohn, »die ist so satt, sie mag kein Blatt.« Der Schneider traute nicht, ging hinab und fragte: »Ziege, bist du auch satt?« Das boshafte Tier antwortete:

»Wovon sollt' ich satt sein?
Ich sprang nur über Gräbelein
und fand kein einzig Blättelein. Meh! Meh!«

»Oh, die Lügenbrut!«, rief der Schneider, »einer so gottlos und pflichtvergessen wie der andere! Ihr sollt mich nicht länger zum Narren haben!« Und vor Zorn ganz außer sich, sprang er hinauf und gerbte dem armen Jungen mit der Elle den Rücken so gewaltig, dass er zum Haus hinaussprang.

Der alte Schneider war nun mit seiner Ziege allein. Am andern Morgen ging er hinab in den Stall, liebkoste die Ziege und sprach: »Komm, mein liebes Tierlein, ich will dich selbst zur Weide führen.« Er nahm sie am Strick und brachte sie zu grünen Hecken und unter Schafrippe und was sonst die Ziegen gerne fressen. »Da kannst du dich einmal nach Herzenslust sättigen«, sprach er zu ihr und ließ sie weiden bis zum Abend. Da fragte er: »Ziege, bist du satt?« Sie antwortete:

»Ich bin so satt,
ich mag kein Blatt. Meh! Meh!«

»So komm nach Haus«, sagte der Schneider, führte sie in den Stall und band sie fest. Als er wegging, kehrte er sich noch einmal um und sagte: »Nun bist du doch einmal satt!« Aber die Ziege machte es ihm nicht besser und rief:

»Wie sollt' ich satt sein?
Ich sprang nur über Gräbelein
und fand kein einzig Blättelein. Meh! Meh!«

Als der Schneider das hörte, stutzte er und sah wohl, dass er seine drei Söhne ohne Ursache verstoßen hatte. »Wart«, rief er, »du undankbares Geschöpf, dich fortzujagen ist noch zu wenig, ich will dich zeichnen, dass du dich unter ehrbaren Schneidern nicht mehr darfst sehen lassen.« In einer Hast sprang er hinauf, holte sein Bartmesser, seifte der Ziege den Kopf ein und schor sie so glatt wie seine flache Hand. Und weil die Elle zu ehrenvoll gewesen wäre, holte er die Peitsche und versetzte ihr solche Hiebe, dass sie in gewaltigen Sprüngen davonlief.

Der Schneider, als er so ganz einsam in seinem Hause saß, verfiel in große Traurigkeit und hätte seine Söhne gerne wieder gehabt. Der älteste war zu einem Schreiner in die Lehre gegangen. Da lernte er fleißig und unverdrossen, und als seine Zeit herum war, dass er wandern sollte, schenkte ihm der Meister ein Tischchen, das gar kein besonderes Ansehen hatte und von gewöhnlichem Holz war, aber es hatte eine gute Eigenschaft. Wenn man es hinstellte und sprach: ›Tischchen, deck dich‹, so war das gute Tischchen auf einmal mit einem saubern Tüchlein bedeckt, und stand da ein Teller und Messer und Gabel daneben und Schüsseln mit Gesottenem und Gebratenem, so viel Platz hatten, und ein großes Glas mit rotem Wein leuchtete, dass einem das Herz lachte. Der junge Gesell dachte: ›Damit hast du genug für dein Lebtag‹, zog guter Dinge in der Welt umher und bekümmerte sich gar nicht darum, ob ein Wirtshaus gut oder schlecht und ob etwas darin zu finden war oder nicht. Wenn es ihm gefiel, so kehrte er gar nicht ein, sondern im Felde, im Wald, auf einer Wiese, wo er Lust hatte, nahm er sein Tischchen vom Rücken, stellte es vor sich und sprach: »Deck dich«, so war alles da, was sein Herz begehrte. Endlich kam es ihm in den Sinn, er wollte zu seinem Vater zurückkehren; sein Zorn würde sich gelegt haben, und mit dem Tischchendeckdich würde er ihn gerne wieder aufnehmen. Es trug sich zu, dass er auf dem Heimweg abends in ein Wirtshaus kam, das mit Gästen angefüllt war. Sie hießen ihn willkommen und luden ihn ein, sich zu ihnen zu setzen und mit ihnen zu essen; sonst würde er schwerlich noch etwas bekommen. »Nein«, antwortete der Schreiner, »die paar Bissen will ich euch nicht vor dem Munde wegnehmen, lieber sollt ihr meine Gäste sein.« Sie lachten und meinten, er triebe seinen Spaß mit ihnen. Er aber stellte sein hölzernes Tischchen mitten in die Stube und sprach: »Tischchen, deck dich.« Augenblicklich war es mit Speisen besetzt, so gut, wie sie der Wirt nicht hätte herbeischaffen können. »Zugegriffen, liebe Freunde«, sprach der Schreiner, und die Gäste, als sie sahen, wie es gemeint war, ließen sich nicht zwei Mal bitten, rückten heran, zogen ihre Messer und griffen tapfer zu. Und was sie am meisten verwunderte: Wenn eine Schüssel leer geworden war, so stellte sich gleich von selbst eine volle an ihren Platz. Der Wirt stand in einer Ecke und sah dem Dinge zu; er wusste gar nicht, was er sagen sollte, dachte aber: ›Einen solchen Koch könntest du in deiner Wirtschaft wohl brauchen.‹ Der Schreiner und seine Gesellschaft waren lustig bis in die späte Nacht; endlich legten sie sich schlafen, und der junge Geselle ging auch zu Bett und stellte sein Wunschtischchen an die Wand. Dem Wirte aber ließen seine Gedanken keine Ruhe; es fiel ihm ein, dass in seiner Rumpelkammer ein altes Tischchen stände, das geradeso aussähe. Das holte er ganz sachte herbei und vertauschte es mit dem Wunschtischchen. Am andern Morgen zahlte der Schreiner sein Schlafgeld, packte sein Tischchen auf, dachte gar nicht daran, dass er ein falsches hätte, und ging seiner Wege. Zu Mittag kam er bei seinem Vater an, der ihn mit großer Freude empfing. »Nun, mein lieber Sohn, was hast du gelernt?«, sagte er zu ihm. »Vater, ich bin ein Schreiner geworden.« – »Ein gutes Handwerk«, erwiderte der Alte, »aber was hast du von deiner Wanderschaft mitgebracht?« – »Vater, das Beste, was ich mitgebracht habe, ist das Tischchen.« Der Schneider betrachtete es von allen Seiten und sagte: »Daran hast du kein Meisterstück gemacht, das ist ein altes und schlechtes Tischchen.« – »Aber es ist ein Tischchendeckdich«, antwortete der Sohn, »wenn ich es hinstelle und sage ihm, es solle sich decken, so stehen gleich die schönsten Gerichte darauf und ein Wein dabei, der das Herz erfreut. Ladet nur alle Verwandten und Freunde ein, die sollen sich einmal laben und erquicken; denn das Tischchen macht sie alle satt.« Als die Gesellschaft beisammen war, stellte er sein Tischchen mitten in die Stube und sprach: »Tischchen, deck dich.« Aber das Tischchen regte sich nicht und blieb so leer wie ein anderer Tisch, der die Sprache nicht versteht. Da merkte der arme Geselle, dass ihm das Tischchen vertauscht war, und schämte sich, dass er wie ein Lügner dastand. Die Verwandten aber lachten ihn aus und mussten ungetrunken und ungegessen wieder heimwandern. Der Vater holte seine Lappen wieder herbei und schneiderte fort, der Sohn aber ging bei einem Meister in die Arbeit.

Der zweite Sohn war zu einem Müller gekommen und bei ihm in die Lehre gegangen. Als er seine Jahre herum hatte, sprach der Meister: »Weil du dich so wohl gehalten hast, so schenke ich dir einen Esel von einer besondern Art, er zieht nicht am Wagen und trägt auch keine Säcke.« – »Wozu ist er denn nütze?«, fragte der junge Geselle. »Er speit Gold«, antwortete der Müller, »wenn du ihn auf ein Tuch stellst und sprichst: ›Bricklebrit‹, so

speit dir das gute Tier Goldstücke aus, hinten und vorn.« – »Das ist eine schöne Sache«, sprach der Geselle, dankte dem Meister und zog in die Welt. Wenn er Gold nötig hatte, brauchte er nur zu seinem Esel: »Bricklebrit« zu sagen, so regnete es Goldstücke. Wo er hinkam, war ihm das Beste gut genug und je teurer, je lieber; denn er hatte immer einen vollen Beutel. Als er sich eine Zeit lang in der Welt umgesehen hatte, dachte er: ›Du musst deinen Vater aufsuchen. Wenn du mit dem Goldesel kommst, so wird er seinen Zorn vergessen und dich gut aufnehmen.‹ Es trug sich zu, dass er in dasselbe Wirtshaus geriet, in welchem seinem Bruder das Tischchen vertauscht war. Er führte seinen Esel an der Hand, und der Wirt wollte ihm das Tier abnehmen und anbinden, der junge Geselle aber sprach: »Gebt Euch keine Mühe, meinen Grauschimmel führe ich selbst in den Stall und binde ihn auch selbst an; denn ich muss wissen, wo er steht.« Dem Wirt kam das wunderlich vor, und er meinte, einer, der seinen Esel selbst besorgen müsste, hätte nicht viel zu verzehren. Als aber der Fremde in die Tasche griff, zwei Goldstücke herausholte und sagte, er sollte nur etwas Gutes für ihn einkaufen, so machte er große Augen, lief und suchte das Beste, das er auftreiben konnte. Nach der Mahlzeit fragte der Gast, was er schuldig wäre; der Wirt wollte die doppelte Kreide nicht sparen und sagte, noch ein paar Goldstücke müsste er zulegen. Der Geselle griff in die Tasche, aber sein Gold war eben zu Ende. »Wartet einen Augenblick, Herr Wirt«, sprach er, »ich will nur gehen und Gold holen«, nahm aber das Tischtuch mit. Der Wirt wusste nicht, was das heißen sollte, war neugierig, schlich ihm nach und guckte durch ein Astloch. Der Fremde breitete unter dem Esel das Tuch aus, rief: »Bricklebrit«, und augenblicklich fing das Tier an, Gold zu speien von hinten und vorn, dass es ordentlich auf die Erde herabregnete. »Ei der tausend«, sagte der Wirt, »da sind die Dukaten bald geprägt! So ein Geldbeutel ist nicht übel!« Der Gast bezahlte seine Zeche und legte sich schlafen, der Wirt aber schlich in der Nacht hinab in den Stall, führte den Münzmeister weg und band einen andern Esel an seine Stelle. Den folgenden Morgen in der Frühe zog der Geselle mit seinem Esel ab und meinte, er hätte seinen Goldesel. Mittags kam er bei seinem Vater an, der sich freute, als er ihn wieder sah, und ihn gerne aufnahm. »Was ist aus dir geworden, mein Sohn?«, fragte der Alte. »Ein Müller, lieber Vater«, antwortete er. »Was hast du von deiner Wanderschaft mitgebracht?« – »Weiter nichts als einen Esel.« – »Esel gibt's hier genug«, sagte der Vater, »da wäre mir doch eine gute Ziege lieber gewesen.« – »Ja«, antwortete der Sohn, »aber es ist kein gemeiner Esel, sondern ein Goldesel. Wenn ich sage: ›Bricklebrit‹, so speit Euch das gute Tier ein ganzes Tuch voll Goldstücke. Lasst nur alle Verwandten herbeirufen, ich mache sie alle zu reichen Leuten.« – »Das lass' ich mir gefallen«, sagte der Schneider, »dann brauch' ich mich mit der Nadel nicht weiter zu quälen«, sprang selbst fort und rief die Verwandten herbei. Sobald sie beisammen waren, hieß sie der Müller Platz machen, breitete sein Tuch aus und brachte den Esel in die Stube. »Jetzt gebt Acht«, sagte er und rief: »Bricklebrit«, aber es waren keine Goldstücke, was herabfiel, und es zeigte sich, dass das Tier nichts von der Kunst verstand; denn es bringt's nicht jeder Esel so weit. Da machte der arme Müller ein langes Gesicht, sah, dass er betrogen war, und bat die Verwandten um Verzeihung. Es blieb nichts übrig, der Alte musste wieder nach der Nadel greifen und der Junge sich bei einem Müller verdingen.

Der dritte Bruder war zu einem Drechsler in die Lehre gegangen, und weil es ein kunstreiches Handwerk ist, musste er am längsten lernen. Seine Brüder aber meldeten ihm in einem Briefe, wie schlimm es ihnen ergangen wäre und wie sie der Wirt noch am letzten Abend um ihre schönen Wünschdinge gebracht hätte. Als der Drechsler nun ausgelernt hatte und wandern sollte, so schenkte ihm sein Meister, weil er sich so wohl gehalten, einen Sack und sagte: »Es liegt ein Knüppel darin.« – »Den Sack kann ich umhängen, und er kann mir gute Dienste leisten, aber was soll der Knüppel darin? Der macht ihn nur schwer.« – »Das will ich dir sagen«, antwortete der Meister, »hat dir jemand etwas zu Leid getan, so sprich nur: ›Knüppel, aus dem Sack‹, so springt dir der Knüppel heraus unter die Leute und tanzt ihnen so lustig auf dem Rücken herum, dass sie sich acht Tage lang nicht regen und bewegen können; und eher lässt er nicht ab, als bis du sagst: ›Knüppel, in den Sack‹.« Der Gesell dankte ihm, hing den Sack um, und wenn ihm jemand zu nahe kam und auf den Leib wollte, so sprach er: »Knüppel, aus dem Sack«, alsbald sprang der Knüppel heraus und klopfte einem nach dem andern den Rock oder das Wams gleich auf dem Rücken aus und wartete nicht erst, bis er ihn ausgezogen hatte. Der junge Drechsler langte zur Abendzeit in dem Wirtshaus an, wo seine Brüder waren betrogen worden. Er legte seinen Ranzen vor sich auf den Tisch und fing an zu erzählen, was er alles Merkwürdiges in der Welt gesehen habe. »Ja«, sagte er, »man findet wohl ein Tischchendeckdich, einen Goldesel und dergleichen, lauter gute Dinge, die ich nicht verachte, aber das ist alles nichts gegen den Schatz, den ich mir erworben habe und mit mir da in meinem Sack führe.« Der Wirt spitzte die Ohren. ›Was in aller Welt mag das sein?‹, dachte er, ›der Sack ist wohl mit lauter Edelsteinen angefüllt; den sollte ich billig auch noch haben; denn aller guten Dinge sind drei.‹ Als Schlafenszeit war, streckte sich der Gast auf die Bank und legte seinen Sack als Kopfkissen unter. Der Wirt, als er meinte, der Gast läge in tiefem Schlaf, ging herbei, rückte und zog ganz sachte und vorsichtig an dem Sack, ob er ihn vielleicht wegziehen und einen andern unterlegen

könnte. Der Drechsler aber hatte schon lange darauf gewartet; wie nun der Wirt eben einen herzhaften Ruck tun wollte, rief er: »Knüppel, aus dem Sack.« Alsbald fuhr das Knüppelchen heraus, dem Wirt auf den Leib, und rieb ihm die Nähte, dass es eine Art hatte. Der Wirt schrie zum Erbarmen, aber je lauter er schrie, desto kräftiger schlug der Knüppel ihm den Takt dazu auf den Rücken, bis er endlich erschöpft zur Erde fiel. Da sprach der Drechsler: »Wenn du das Tischchendeckdich und den Goldesel nicht wieder herausgibst, so soll der Tanz von neuem angehen.« – »Ach, nein«, rief der Wirt ganz kleinlaut, »ich gebe alles gerne wieder heraus, lasst nur den verwünschten Kobold wieder in den Sack kriechen.« Da sprach der Geselle: »Ich will Gnade für Recht ergehen lassen, aber hüte dich vor Schaden!« Dann rief er: »Knüppel, in den Sack!«, und ließ ihn ruhen.

Der Drechsler zog am andern Morgen mit dem Tischchendeckdich und dem Goldesel heim zu seinem Vater. Der Schneider freute sich, als er ihn wieder sah, und fragte ihn auch, was er in der Fremde gelernt hätte. »Lieber Vater«, antwortete er, »ich bin ein Drechsler geworden.« – »Ein kunstreiches Handwerk«, sagte der Vater, »was hast du von der Wanderschaft mitgebracht?« – »Ein kostbares Stück, lieber Vater«, antwortete der Sohn, »einen Knüppel in dem Sack.« – »Was!«, rief der Vater, »einen Knüppel! Das ist der Mühe wert! Den kannst du dir von jedem Baume abhauen.« – »Aber einen solchen nicht, lieber Vater. Sage ich: ›Knüppel, aus dem Sack‹, so springt der Knüppel heraus und macht mit dem, der es nicht gut mit mir meint, einen schlimmen Tanz und lässt nicht eher nach, als bis er auf der Erde liegt und um gut Wetter bittet. Seht Ihr, mit diesem Knüppel habe ich das Tischchendeckdich und den Goldesel wieder herbeigeschafft, die der diebische Wirt meinen Brüdern abgenommen hatte. Jetzt lasst sie beide rufen und ladet alle Verwandten ein. Ich will sie speisen und tränken und will ihnen die Taschen noch mit Gold füllen.« Der alte Schneider wollte nicht recht trauen, brachte aber doch die Verwandten zusammen. Da deckte der Drechsler ein Tuch in die Stube, führte den Goldesel herein und sagte zu seinem Bruder: »Nun, lieber Bruder, sprich mit ihm.« Der Müller sagte: »Bricklebrit«, und augenblicklich sprangen die Goldstücke auf das Tuch herab, als käme ein Platzregen, und der Esel hörte nicht eher auf, als bis alle so viel hatten, dass sie nicht mehr tragen konnten. Dann holte der Drechsler das Tischchen und sagte: »Lieber Bruder, nun sprich mit ihm.« Und kaum hatte der Schreiner: »Tischchen, deck dich«, gesagt, so war es gedeckt und mit den schönsten Schüsseln reichlich besetzt. Da ward eine Mahlzeit gehalten, wie der gute Schneider noch keine in seinem Hause erlebt hatte, und die ganze Verwandtschaft blieb beisammen bis in die Nacht, und waren alle lustig und vergnügt. Der Schneider verschloss Nadel und Zwirn, Elle und Bügeleisen in einen Schrank und lebte mit seinen drei Söhnen in Freude und Herrlichkeit.

Wo ist aber die Ziege hingekommen, die schuld war, dass der Schneider seine drei Söhne fortjagte? Das will ich dir sagen. Sie schämte sich, dass sie einen kahlen Kopf hatte, lief in eine Fuchshöhle und verkroch sich hinein. Als der Fuchs nach Hause kam, funkelten ihm ein Paar große Augen aus der Dunkelheit entgegen, dass er erschrak und wieder zurücklief. Der Bär begegnete ihm, und da der Fuchs ganz verstört aussah, so sprach er: »Was ist dir, Bruder Fuchs, was machst du für ein Gesicht?« – »Ach«, antwortete der Rote, »ein grimmig Tier sitzt in meiner Höhle und hat mich mit feurigen Augen angeglotzt.« – »Das wollen wir bald austreiben«, sprach der Bär, ging mit zur Höhle und schaute hinein; als er aber die feurigen Augen erblickte, wandelte ihn ebenfalls Furcht an. Er wollte mit dem grimmigen Tiere nichts zu tun haben und nahm Reißaus. Die Biene begegnete ihm, und da sie merkte, dass es ihm in seiner Haut nicht wohl zu Mute war, sprach sie: »Bär, du machst ja ein gewaltig verdrießlich Gesicht, wo ist deine Lustigkeit geblieben?« – »Du hast gut reden«, antwortete der Bär, »es sitzt ein grimmiges Tier mit Glotzaugen in dem Hause des Roten, und wir können es nicht herausjagen.« Die Biene sprach: »Du dauerst mich, Bär, ich bin ein armes, schwaches Geschöpf, das ihr im Wege nicht anguckt, aber ich glaube doch, dass ich euch helfen kann.« Sie flog in die Fuchshöhle, setzte sich der Ziege auf den glatten, geschorenen Kopf und stach sie so gewaltig, dass sie aufsprang, »meh! meh!« schrie und wie toll in die Welt hineinlief; und niemand weiß auf diese Stunde, wo sie hingelaufen ist.

Märchen von einem, der auszog, das Fürchten zu lernen

Ein Vater hatte zwei Söhne, davon war der älteste klug und gescheit und wusste sich in alles wohl zu schicken, der jüngste aber war dumm, konnte nichts begreifen und lernen. Und wenn ihn die Leute sahen, sprachen sie: »Mit dem wird der Vater noch seine Last haben!« Wenn nun etwas zu tun war, so musste es der Älteste allzeit ausrichten; hieß ihn aber der Vater noch spät oder gar in der Nacht etwas holen, und der Weg ging dabei über den Kirchhof oder sonst einen schaurigen Ort, so antwortete er wohl: »Ach nein, Vater, ich gehe nicht dahin, es gruselt mir!«, denn er fürchtete sich. Oder wenn abends beim Feuer Geschichten erzählt wurden, wobei einem die Haut schaudert, so sprachen die Zuhörer manchmal: »Ach, es gruselt mir!« Der Jüngste saß in einer Ecke und hörte das mit an und konnte nicht begreifen, was es heißen sollte. »Immer sagen sie, es gruselt mir! Mir gruselt's nicht, das wird wohl eine Kunst sein, von der ich auch nichts verstehe.«

Nun geschah es, dass der Vater einmal zu ihm sprach: »Hör du, in der Ecke dort, du wirst groß und stark, du musst auch etwas lernen, womit du dein Brot verdienst. Siehst du, wie dein Bruder sich Mühe gibt, aber an dir

ist Hopfen und Malz verloren.« – »Ei, Vater«, antwortete er, »ich will gerne was lernen; ja, wenn's anginge, so möchte ich lernen, dass mir's gruselte.« Der Älteste lachte, als er das hörte, und dachte bei sich: ›Du lieber Gott, was ist mein Bruder ein Dummbart, aus dem wird sein Lebtag nichts, was ein Häkchen werden will, muss sich beizeiten krümmen.‹ Der Vater seufzte und antwortete ihm: »Das Gruseln, das sollst du schon lernen, aber dein Brot wirst du damit nicht verdienen.«

Bald danach kam der Küster zu Besuch ins Haus, da klagte ihm der Vater seine Not und erzählte, wie sein jüngster Sohn in allen Dingen so schlecht beschlagen wäre, er wüsste nichts und lernte nichts. »Denkt Euch, als ich ihn fragte, womit er sein Brot verdienen wollte, hat er gar verlangt, das Gruseln zu lernen.« – »Wenn's weiter nichts ist«, antwortete der Küster, »das kann er bei mir lernen; tut ihn nur zu mir, ich will ihn schon abhobeln.« Der Vater war es zufrieden, weil er dachte: ›Der Junge wird doch ein wenig zugestutzt.‹ Der Küster nahm ihn also ins Haus, und er musste die Glocke läuten. Nach ein paar Tagen weckte er ihn um Mitternacht, hieß ihn aufstehen, in den Kirchturm steigen und läuten. ›Du sollst schon lernen, was Gruseln ist‹, dachte er, ging heimlich voraus, und als der Junge oben war und sich umdrehte und das Glockenseil fassen wollte, so sah er auf der Treppe, dem Schall-Loch gegenüber eine weiße Gestalt stehen. »Wer da?«, rief er, aber die Gestalt gab keine Antwort, regte und bewegte sich nicht. »Gib Antwort«, rief der Junge, »oder mache, dass du fortkommst, du hast hier in der Nacht nichts zu schaffen.« Der Küster aber blieb unbeweglich stehen, damit der Junge glauben sollte, es wäre ein Gespenst. Der Junge rief zum zweiten Mal: »Was willst du hier? Sprich, wenn du ein ehrlicher Kerl bist, oder ich werfe dich die Treppe hinab!« Der Küster dachte: ›Das wird so schlimm nicht gemeint sein‹, gab keinen Laut von sich und stand, als wenn er von Stein wäre. Da rief ihn der Junge zum dritten Male an, und als das auch vergeblich war, nahm er einen An-

lauf und stieß das Gespenst die Treppe hinab, dass es in einer Ecke liegen blieb. Darauf läutete er die Glocke, ging heim, legte sich ins Bett und schlief fort. Die Küsterfrau wartete lange Zeit auf ihren Mann, aber er wollte nicht wieder kommen. Da ward ihr endlich angst, sie weckte den Jungen und fragte: »Weißt du nicht, wo mein Mann geblieben ist? Er ist vor dir auf den Turm gestiegen.« – »Nein«, antwortete der Junge, »aber da hat einer dem Schall-Loch gegenüber auf der Treppe gestanden, und weil er keine Antwort geben und auch nicht weggehen wollte, so habe ich ihn für einen Spitzbuben gehalten und hinuntergestoßen. Geht nur hin, so werdet Ihr sehen, ob er's gewesen ist, es sollte mir Leid tun.« Die Frau sprang fort und fand ihren Mann, der in einer Ecke lag und ein Bein gebrochen hatte.

Sie trug ihn herab und eilte dann mit lautem Geschrei zu dem Vater des Jungen. »Euer Junge«, rief sie, »hat ein großes Unglück angerichtet, meinen Mann hat er die Treppe hinabgeworfen, dass er ein Bein gebrochen hat, schafft den Taugenichts aus unserm Hause.« Der Vater erschrak, kam herbeigelaufen und schalt den Jungen aus. »Was sind das für gottlose Streiche, die muss dir der Böse eingegeben haben.« – »Vater«, antwortete er, »hört nur an, ich bin ganz unschuldig; er stand da in der Nacht wie einer, der Böses im Sinne hat. Ich wusste nicht, wer's war, und habe ihn drei Mal ermahnt zu reden oder wegzugehen.« – »Ach«, sprach der Vater, »mit dir erleb' ich nur Unglück, geh mir aus den Augen, ich will dich nicht mehr ansehen.« – »Ja, Vater, recht gerne, wartet nur, bis Tag ist, da will ich ausgehen und das Gruseln lernen, so versteh' ich doch eine Kunst, die mich ernähren kann.« – »Lerne, was du willst«, sprach der Vater, »mir ist alles einerlei. Da hast du fünfzig Taler, damit geh in die weite Welt und sage keinem Menschen, wo du her bist und wer dein Vater ist; denn ich muss mich deiner schämen.« – »Ja, Vater, wie Ihr's haben wollt, wenn Ihr nicht mehr verlangt, das kann ich leicht in Acht behalten.«

Als nun der Tag anbrach, steckte der Junge seine fünfzig Taler in die Tasche, ging hinaus auf die große Landstraße und sprach immer vor sich hin: »Wenn mir's nur gruselte! Wenn mir's nur gruselte!« Da kam ein Mann heran, der hörte, was der Junge sprach, und als sie ein Stück weiter waren, dass man den Galgen sehen konnte, sagte der Mann zu ihm: »Siehst du, dort ist der Baum, wo siebene mit des Seilers Tochter Hochzeit gehalten haben und jetzt das Fliegen lernen. Setz dich darunter und warte, bis die Nacht kommt, so wirst du schon das Gruseln lernen.« – »Wenn weiter nichts dazugehört«, antwortete der Junge, »das ist leicht getan; lerne ich aber so geschwind das Gruseln, so sollst du meine fünfzig Taler haben, komm nur morgen Früh wieder zu mir.« Da ging der Junge zu dem Galgen, setzte sich darunter und wartete, bis der Abend kam. Und weil ihn fror, machte er sich ein Feuer an, aber um Mitternacht ging der Wind so kalt, dass er trotz des Feuers nicht warm werden wollte. Und als der Wind die Gehenkten gegeneinander stieß, dass sie sich hin und her bewegten, so dachte er: ›Du frierst unten beim Feuer, was mögen die da oben erst frieren und zappeln!‹ Und weil er mitleidig war, legte er die Leiter an, stieg hinauf, knüpfte einen nach dem andern los und holte sie alle siebene herab. Darauf schürte er das Feuer, blies es an und setzte sie ringsherum, dass sie sich wärmen sollten. Aber sie saßen da und regten sich nicht, und das Feuer ergriff ihre Kleider. Da sprach er: »Nehmt euch in Acht, sonst häng' ich euch wieder hinauf.« Die Toten aber hörten nicht, schwiegen und ließen ihre Lumpen fort brennen. Da ward er bös und sprach: »Wenn ihr nicht Acht geben wollt, so kann ich euch nicht helfen, ich will nicht mit euch verbrennen«, und hing sie nach der Reihe wieder hinauf. Nun setzte er sich zu seinem Feuer und schlief ein, und am andern Morgen, da kam der Mann zu ihm, wollte die fünfzig Taler haben und sprach: »Nun, weißt du, was Gruseln ist?« – »Nein«, antwortete er, »woher sollte ich's wissen? Die da droben haben das Maul nicht aufgetan und waren so dumm, dass sie die paar alten Lappen, die sie am Leibe haben, brennen ließen.« Da sah der Mann, dass er die fünfzig Taler heute nicht davontragen würde, ging fort und sprach: »So einer ist mir noch nicht vorgekommen.«

Der Junge ging auch seines Weges und fing wieder an, vor sich hin zu reden: »Ach, wenn mir's nur gruselte! Ach, wenn mir's nur gruselte!« Das hörte ein Fuhrmann, der hinter ihm herschritt, und fragte: »Wer bist du?« – »Ich weiß nicht«, antwortete der Junge. Der Fuhrmann fragte weiter: »Wo bist du her?« – »Ich weiß nicht.« – »Wer ist dein Vater?« – »Das darf ich nicht sagen.« – »Was brummst du beständig in den Bart hinein?« – »Ei«, antwortete der Junge, »ich wollte, dass mir's gruselte, aber niemand kann mich's lehren.« – »Lass dein dummes Geschwätz«, sprach der Fuhrmann, »komm, geh mit mir, ich will sehen, dass ich dich unterbringe.« Der Junge ging mit dem Fuhrmann, und abends gelangten sie zu einem Wirtshaus, wo sie übernachten wollten. Da sprach er beim Eintritt in die Stube wieder ganz laut: »Wenn mir's nur gruselte! Wenn mir's nur gruselte!« Der Wirt, der das hörte, lachte und sprach: »Wenn dich danach lüstet, dazu sollte hier wohl Gelegenheit sein.« – »Ach, schweig stille«, sprach die Wirtsfrau, »so mancher Vorwitzige hat schon sein Leben eingebüßt, schade um die schönen Augen, wenn die das Tageslicht nicht wieder sehen sollten.« Der Junge aber sagte: »Wenn's noch so schwer wäre, ich will's einmal lernen.« Er ließ dem Wirt auch keine Ruhe, bis dieser erzählte, nicht weit davon stünde ein verwünschtes Schloss, wo einer wohl lernen könnte, was Gruseln wäre, wenn er nur drei Nächte darin wachen wollte. Der König hätte dem, der's wagen wollte, seine Tochter zur Frau versprochen, und die wäre die schönste Jungfrau, welche die Sonne beschien. In dem Schlosse steckten auch große Schätze, von bösen Geistern bewacht, die würden dann frei und könnten einen Armen reich genug machen. Da ging der Junge am andern Morgen vor den König und sprach: »Wenn's erlaubt wäre, so wollte ich wohl drei Nächte in dem verwünschten Schlosse wachen.« Der König sah ihn an, und weil er ihm gefiel, sprach er: »Du darfst dir noch dreierlei ausbitten, aber es müssen leblose Dinge sein, und die darfst du mit ins Schloss nehmen.« Da antwortete er: »So bitt' ich um ein Feuer, eine Drehbank und eine Schnitzbank mit dem Messer.«

Der König ließ ihm das alles bei Tage in das Schloss tragen. Als es Nacht werden wollte, ging der Junge hinauf, machte sich in einer Kammer ein helles Feuer an, stellte die Schnitzbank mit dem Messer daneben und setzte sich auf die Drehbank. »Ach, wenn mir's nur gruselte!«, sprach er, »aber hier werde ich's auch nicht lernen.« Gegen Mitternacht wollte er sich sein Feuer einmal aufschüren, wie er so hineinblies, da schrie's plötzlich aus einer Ecke: »Au, miau! Was uns friert!« – »Ihr Narren«, rief er, »was schreit ihr? Wenn euch friert, kommt, setzt euch ans Feuer und wärmt euch.« Und wie er das gesagt hatte, kamen zwei große schwarze Katzen in einem gewaltigen Sprunge herbei, setzten sich ihm zu beiden Seiten und sahen ihn mit ihren feurigen Augen ganz wild an. Über ein Weilchen, als sie sich gewärmt hatten, sprachen sie: »Kamerad, wollen wir eins in der Karte spielen?« – »Warum nicht?«, antwortete er, »aber zeigt einmal eure Pfoten her!« Da streckten sie die Krallen aus. »Ei«, sagte er, »was habt ihr lange Nägel! Wartet, die muss ich euch erst abschneiden.« Damit packte er sie beim Kragen, hob sie auf die Schnitzbank und schraubte ihnen die Pfoten fest. »Euch habe ich auf die Finger gesehen«, sprach er, »da vergeht mir die Lust zum Kartenspiel«, schlug sie tot und warf sie hinaus ins Wasser. Als er aber die zwei zur Ruhe gebracht hatte, da kamen aus allen Ecken und Enden schwarze Katzen und schwarze Hunde an glühenden Ketten, immer mehr und mehr, dass er sich nicht mehr bergen konnte. Die schrien gräulich, traten ihm auf sein Feuer, zerrten es auseinander und wollten es ausmachen. Das sah er ein Weilchen ruhig mit an, als es ihm aber zu arg ward, fasste er sein Schnitzmesser und rief: »Fort mit dir, du Gesindel!«, und haute auf sie los. Ein Teil sprang weg, die andern schlug er tot und warf sie hinaus in den Teich. Als er wieder gekommen war, blies er aus den Funken sein Feuer frisch an und wärmte sich. Und als er so saß, wollten ihm die Augen nicht länger offen bleiben, und er bekam Lust zu schlafen. Da blickte er um sich und sah in der Ecke ein großes Bett. »Das ist mir eben recht«, sprach er und legte sich hinein. Als er aber die Augen zutun wollte, so fing das Bett von selbst an zu fahren und fuhr im ganzen Schloss herum. »Recht so«, sprach er, »nur besser zu.« Da rollte das Bett fort, als wären sechs Pferde vorgespannt, über Schwellen und Treppen auf und ab. Auf einmal, hopp hopp, fiel es um, das Unterste zu oberst, dass es wie ein Berg auf ihm lag. Aber er schleuderte Decken und Kissen in die Höhe, stieg heraus und sagte: »Nun mag fahren, wer Lust hat«, legte sich an sein Feuer und schlief, bis es Tag war. Am Morgen kam der König, und als er ihn da auf der Erde liegen sah, meinte er, er wäre tot. Da sprach er: »Es ist doch schade um den schönen Menschen.« Das hörte der Junge, richtete sich auf und sprach: »So weit ist's noch nicht!« Da wunderte sich der König, freute sich aber und fragte, wie es ihm gegangen wäre. »Recht gut«, antwortete er, »eine Nacht wäre herum, die zwei andern werden auch herumgehen.« Als er zum Wirt kam, da machte der große Augen. »Ich dachte nicht«, sprach er, »dass ich dich wieder lebendig sehen würde; hast du nun gelernt, was Gruseln ist?« – »Nein«, sagte er, »es ist alles vergeblich, wenn mir's nur einer sagen könnte!«

Die zweite Nacht ging er abermals hinauf ins alte Schloss, setzte sich zum Feuer und fing sein altes Lied wieder an: »Wenn mir's nur gruselte!« Wie Mitternacht herankam, ließ sich ein Lärm und Gepolter hören, erst sachte, dann immer stärker, dann war's ein bisschen still, endlich kam mit lautem Geschrei ein halber Mensch den Schornstein herab und fiel vor ihn hin. »Heda!«, rief er, »noch ein halber gehört dazu, das ist zu wenig.« Da ging der Lärm von frischem an, es tobte und heulte, und da fiel die andere Hälfte auch herab. »Wart«, sprach er, »ich will dir erst das Feuer ein wenig anblasen.« Wie er das getan hatte und sich wieder umsah, da waren die beiden Stücke zusammengefahren, und da saß ein gräulicher Mann auf seinem Platz. »So haben wir nicht gewettet«, sprach der Junge, »die Bank ist mein.« Der Mann wollte ihn wegdrängen, aber der Junge ließ sich's nicht gefallen, schob ihn mit Gewalt weg und setzte sich wieder auf seinen Platz. Da fielen noch mehr Männer herab, einer nach dem andern, die holten neun Totenbeine und zwei Totenköpfe, setzten auf und spielten Kegel. Der Junge bekam auch Lust und fragte: »Hört ihr, kann ich mittun?«

»Ja, wenn du Geld hast.« – »Geld genug«, antwortete er, »aber eure Kugeln sind nicht recht rund.« Da nahm er die Totenköpfe, setzte sie in die Drehbank und drehte sie rund. »So, jetzt werden sie besser schüppeln«, sprach er, »heida, nun geht's lustig!« Er spielte mit und verlor etwas von seinem Geld, als es aber zwölf Uhr schlug, war alles vor seinen Augen verschwunden. Er legte sich nieder und schlief ruhig ein. Am andern Morgen kam der König und wollte sich erkundigen. »Wie ist dir's diesmal gegangen?«, fragte er. – »Ich habe gekegelt«, antwortete er, »und ein paar Heller verloren.« – »Hat dir denn nicht gegruselt?« – »Ei was«, sprach er, »lustig hab' ich mich gemacht. Wenn ich nur wüsste, was Gruseln wäre!«

In der dritten Nacht setzte er sich wieder auf seine Bank und sprach ganz verdrießlich: »Wenn es mir nur gruselte!« Als es spät ward, kamen sechs große Männer und brachten eine Totenlade hereingetragen. Da sprach er: »Ha, ha, das ist gewiss mein Vetterchen, das erst vor ein paar Tagen gestorben ist«, winkte mit dem Finger und rief: »Komm, Vetterchen, komm!« Sie stellten den Sarg auf die Erde, er aber ging hinzu und nahm den Deckel ab, da lag ein toter Mann darin. Er fühlte ihm ans Gesicht, aber es war kalt wie Eis. »Wart«, sprach er, »ich will dich ein bisschen wärmen«, ging ans Feuer, wärmte seine Hand und legte sie ihm aufs Gesicht, aber der Tote blieb kalt. Nun nahm er ihn heraus, setzte ihn ans Feuer und rieb ihm die Arme, damit das Blut wieder in Bewegung kommen sollte. Als auch das nichts helfen wollte, fiel ihm ein: ›Wenn zwei zusammen im Bett liegen, so wärmen sie sich‹, brachte ihn ins Bett, deckte ihn zu und legte sich neben ihn. Über ein Weilchen ward auch der Tote warm und fing an, sich zu regen. Da sprach der Junge: »Siehst du, Vetterchen, hätt' ich dich nicht gewärmt!« Der Tote aber hub an zu sprechen: »Jetzt will ich dich erwürgen.« – »Was«, sagte er, »ist das der Dank? Gleich sollst du wieder in deinen Sarg«, hob ihn auf, warf ihn hinein und machte den Deckel zu; da kamen die sechs Männer und trugen ihn wieder fort. »Es will mir nicht gruseln«, sagte er, »hier lerne ich's mein Lebtag nicht.«

Da trat ein Mann herein, der war größer als alle anderen und sah fürchterlich aus; er war aber alt und hatte einen langen weißen Bart. »O du Wicht«, rief er, »nun sollst du bald lernen, was Gruseln ist; denn du sollst sterben.« – »Nicht so schnell«, antwortete der Junge, »soll ich sterben, so muss ich auch dabei sein.« »Dich will ich schon packen«, sprach der Unhold. – »Sachte, sachte, mach dich nicht so breit; so stark wie du bin ich auch.« – »Das wollen wir sehn«, sprach der Alte, »bist du stärker als ich, so will ich dich gehen lassen; komm, wir wollen's versuchen.« Da führte er ihn durch dunkle Gänge zu einem Schmiedefeuer, nahm eine Axt und schlug den einen Amboss mit einem Schlag in die Erde. »Das kann ich noch besser«, sprach der Junge und ging zu dem andern Amboss. Der Alte stellte sich nebenhin und wollte zusehen, und sein weißer Bart hing herab. Da fasste der Junge die Axt, spaltete den Amboss auf einen Hieb und klemmte den Bart des Alten mit hinein. »Nun hab' ich dich«, sprach der Junge, »jetzt ist das Sterben an dir.« Dann fasste er eine Eisenstange und schlug auf den Alten los, bis er wimmerte und bat, er möchte aufhören, er wollte ihm große Reichtümer geben. Der Junge zog die Axt 'raus und ließ ihn los. Der Alte führte ihn wieder ins Schloss zurück und zeigte ihm in einem Keller drei Kasten voll Gold. »Davon«, sprach er, »ist ein Teil den Armen, der andere dem König, der dritte dein.« Indem schlug es zwölfe, und der Geist verschwand. Am andern Morgen kam der König und sagte: »Nun wirst du gelernt haben, was Gruseln ist!« – »Nein«, antwortete er, »was ist's nur? Mein toter Vetter war da, und ein bärtiger Mann ist gekommen, der hat mir da unten viel Geld gezeigt, aber was Gruseln ist, hat mir keiner gesagt.« Da sprach der König: »Du hast das Schloss erlöst und sollst meine Tochter heiraten.«

Da ward das Gold heraufgebracht und die Hochzeit gefeiert, aber der junge König, so lieb er seine Gemahlin hatte und so vergnügt er war, sagte doch immer: »Wenn mir nur gruselte, wenn mir nur gruselte!« Das verdross sie endlich. Ihr Kammermädchen sprach: »Ich will Hilfe schaffen, das Gruseln soll er schon lernen.« Sie ging hinaus zum Bach, der durch den Garten floss, und ließ sich einen ganzen Eimer voll Gründlinge holen. Nachts, als der junge König schlief, musste seine Gemahlin ihm die Decke wegziehen und den Eimer voll kaltem Wasser mit den Gründlingen über ihn herschütten, dass die kleinen Fische um ihn herum zappelten. Da wachte er auf und rief: »Ach, was gruselt mir, was gruselt mir, liebe Frau! Ja, nun weiß ich, was Gruseln ist.«

Das Eselein

Es lebten einmal ein König und eine Königin, die waren reich und hatten alles, was sie sich wünschten, nur keine Kinder. Darüber klagte die Königin Tag und Nacht und sprach: »Ich bin wie ein Acker, auf dem nichts wächst.« Endlich erfüllte Gott ihre Wünsche; als das Kind aber zur Welt kam, sah's nicht aus wie ein Menschenkind, sondern war ein junges Eselein. Wie die Mutter das erblickte, fing ihr Klagen erst recht an, sie hätte lieber gar kein Kind gehabt als einen Esel, und sagte, man sollt' ihn ins Wasser werfen, damit ihn die Fische fräßen. Der König aber sprach: »Nein, hat Gott ihn gegeben, soll er auch mein Sohn und Erbe sein und nach meinem Tod die königliche Krone tragen.« Also ward das Eselein aufgezogen, nahm zu, und die Ohren wuchsen ihm auch fein hoch und gerad hinauf. Es war aber sonst fröhlicher Art, sprang herum, spielte und hatte besonders seine Lust an der Musik, so dass es zu einem berühmten Spielmann ging und sprach: »Lehre mich deine Kunst, dass ich so gut die Laute schlagen kann wie du.« »Ach, liebes Herrlein«, antwortete der Spielmann, »das sollt' Euch schwer fallen, Eure Finger sind allerdings nicht dazu gemacht und gar zu groß; ich sorge, die Saiten halten's nicht aus.« Es half keine Ausrede, das Eselein wollte und musste die Laute schlagen, war beharrlich und fleißig und lernte es am Ende so gut wie sein Meister selber. Einmal ging das junge Herrlein nachdenksam spazieren und kam an einen Brunnen, da schaute es hinein und sah im spiegelhellen Wasser seine Eseleinsgestalt. Darüber ward es so betrübt, dass es in die weite Welt ging und nur einen treuen Gesellen mitnahm. Sie zogen auf und ab, zuletzt kamen sie in ein Reich, wo ein alter König herrschte, der nur eine einzige, aber wunderschöne Tochter hatte. Das Eselein sagte: »Hier wollen wir weilen«, klopfte ans Tor und rief: »Es ist ein Gast haußen, macht auf, damit er eingehen kann.« Als aber nicht aufgetan ward, nahm es seine Laute und schlug sie mit seinen zwei Vorderfüßen aufs lieblichste. Da sperrte der Türhüter gewaltig die Augen auf, lief zum König und sprach: »Da draußen sitzt ein junges Eselein vor dem Tor, das schlägt die Laute so gut wie ein gelernter Meister.« »So lass mir den Musikanten hereinkommen«, sprach der König. Wie aber ein Eselein hereintrat, fing alles an zu lachen. Nun sollte das Eselein unten zu den Knechten gesetzt und gespeist werden, es ward aber unwillig und sprach: »Ich bin kein gemeines Stalleselein, ich bin ein vornehmes.« Da sagten sie: »Wenn du das

bist, so setze dich zu dem Kriegsvolk.« »Nein«, sprach es, »ich will beim König sitzen.« Der König lachte und sprach in gutem Mut: »Ja, es soll so sein, wie du verlangst, Eselein, komm her zu mir.« Danach fragte er: »Eselein, wie gefällt dir meine Tochter?« Das Eselein drehte den Kopf nach ihr, schaute sie an, nickte und sprach: »Über die Maßen wohl, sie ist so schön, wie ich noch keine gesehen habe.« »Nun, so sollst du auch neben ihr sitzen«, sagte der König. »Das ist mir eben recht«, sprach das Eselein und setzte sich an ihre Seite, aß und trank und wusste sich fein und säuberlich zu betragen. Als das edle Tierlein eine gute Zeit an des Königs Hof geblieben war, dachte es: ›Was hilft das alles, du musst wieder heim‹, ließ den Kopf traurig hängen, trat vor den König und verlangte seinen Abschied. Der König hatte es aber lieb gewonnen und sprach: »Eselein, was ist dir? Du schaust ja sauer wie ein Essigkrug; bleib bei mir, ich will dir geben, was du verlangst. Willst du Gold?« »Nein«, sagte das Eselein und schüttelte mit dem Kopf. »Willst du Kostbarkeiten und Schmuck?« »Nein.« »Willst du mein halbes Reich?« »Ach nein.« Da sprach der König: »Wenn ich nur wüsste, was dich vergnügt machen könnte; willst du meine schöne Tochter zur Frau?« »Ach ja«, sagte das Eselein, »die möchte ich wohl haben«, war auf einmal ganz lustig, denn das war's gerade, was es sich gewünscht hatte. Also ward eine große und prächtige Hochzeit gehalten. Abends, wie Braut und Bräutigam in ihr Schlafkämmerlein geführt wurden, wollte der König wissen, ob sich das Eselein auch fein artig und manierlich betrüge, und hieß einen Diener sich dort verstecken. Wie sie nun beide drinnen waren, schob der Bräutigam den Riegel vor die Tür, blickte sich um und, wie er glaubte, dass sie ganz allein wären, da warf er auf einmal seine

Eselshaut ab und stand da als schöner königlicher Jüngling. »Nun siehst du«, sprach er, »wer ich bin, und siehst auch, dass ich deiner nicht unwert war.« Da ward die Braut froh, küsste ihn und hatte ihn von Herzen lieb. Als aber der Morgen herankam, sprang er auf, zog seine Tierhaut wieder über, und kein Mensch hätte gedacht, was für einer dahinter steckte. Bald kam auch der alte König gegangen: »Ei«, rief er, »ist das Eselein schon munter! Du bist wohl recht traurig«, sagte er zu seiner Tochter, »dass du keinen ordentlichen Menschen zum Mann bekommen hast?« »Ach, nein, lieber Vater; ich habe ihn so lieb und will ihn mein Lebtag behalten.« Der König wunderte sich, aber der Diener, der sich versteckt hatte, kam und offenbarte ihm alles. Der König sprach: »Das ist nimmermehr wahr.« »So wacht selber die folgende Nacht, Ihr werdet's mit eigenen Augen sehen, und wisst Ihr was, Herr König, nehmt ihm die Haut weg und werft sie ins Feuer, so muss er sich wohl in seiner rechten Gestalt zeigen.« »Dein Rat ist gut«, sprach der König, und abends, als sie schliefen, schlich er sich hinein, und wie er zum Bett kam, sah er im Mondschein einen stolzen Jüngling da ruhen, und die Haut lag abgestreift auf der Erde. Da nahm er sie weg und ließ draußen ein gewaltiges Feuer anmachen und die Haut hineinwerfen und blieb selber dabei, bis sie ganz zu Asche verbrannt war. Weil er aber sehen wollte, wie sich der Beraubte anstellen würde, blieb er die Nacht über wach und lauschte. Als der Jüngling ausgeschlafen hatte, stand er beim ersten Morgenschein auf und wollte die Eselshaut anziehen, aber sie war nicht zu finden. Da erschrak er und sprach voll Trauer und Angst: »Nun muss ich sehen, dass ich entfliehe.« Wie er hinaustrat, stand aber der König da und sprach: »Mein Sohn, wohin so eilig, was hast du im Sinn? Bleib hier, du bist ein so schöner Mann, du sollst nicht wieder von mir. Ich gebe dir jetzt mein Reich halb, und nach meinem Tod bekommst du es ganz.« »So wünsch' ich, dass der gute Anfang auch ein gutes Ende nehme«, sprach der Jüngling, »ich bleibe bei Euch.« Da gab ihm der Alte das halbe Reich, und als er nach einem Jahr starb, hatte er das Ganze und nach dem Tod seines Vaters noch eins dazu, und sie lebten in aller Herrlichkeit.

Frau Holle

Eine Witwe hatte zwei Töchter, davon war die eine schön und fleißig, die andere hässlich und faul. Sie hatte aber die hässliche und faule, weil sie ihre rechte Tochter war, viel lieber, und die andere musste alle Arbeit tun. Das arme Mädchen musste sich täglich auf die große Straße bei einen Brunnen setzen und musste so viel spinnen, dass ihm das Blut aus den Fingern sprang. Nun trug es sich zu, dass die Spule einmal ganz blutig war; da bückte es sich damit in den Brunnen und wollte sie abwaschen, sie sprang ihm aber aus der Hand und fiel hinab. Es weinte, lief zur Stiefmutter und erzählte ihr das Unglück. Sie schalt es aber so heftig und war so unbarmherzig, dass sie sprach: »Hast du die Spule hinunterfallen lassen, so hol sie auch wieder herauf.« Da ging das Mädchen zu dem Brunnen zurück und wusste nicht, was es anfangen sollte, und in seiner Herzensangst sprang es in den Brunnen hinein, um die Spule zu holen. Es verlor die Besinnung, und als es erwachte und wieder zu sich selber kam, war es auf einer schönen Wiese, wo die Sonne schien und viel tausend Blumen standen. Auf dieser Wiese ging es fort und kam zu einem Backofen, der war voller Brot; das Brot aber rief: »Ach, zieh mich 'raus, zieh mich 'raus, sonst verbrenn' ich, ich bin schon längst ausgebacken.« Da trat es herzu und holte mit dem Brotschieber alles nacheinander heraus. Danach ging es weiter und kam

zu einem Baum, der hing voller Äpfel und rief ihm zu: »Ach, schüttel mich, schüttel mich, wir Äpfel sind alle miteinander reif.« Da schüttelte es den Baum, dass die Apfel fielen, als regneten sie, und schüttelte, bis keiner mehr oben war; und als es alle in einen Haufen zusammengelegt hatte, ging es wieder weiter. Endlich kam es zu einem kleinen Haus, daraus guckte eine alte Frau, weil sie aber so große Zähne hatte, ward ihm Angst, und es wollte fortlaufen. Die alte Frau aber rief ihm nach: »Was fürchtest du dich, liebes Kind? Bleib bei mir, wenn du alle Arbeit tun willst, so soll dir's gut gehn. Du musst nur Acht geben, dass du mein Bett gut machst und es fleißig aufschüttelst, dass die Federn fliegen. Dann schneit es in der Welt; ich bin die Frau Holle.« Weil die Alte so gut zusprach, willigte es ein und gab sich in ihren Dienst. Es besorgte auch alles nach ihrer Zufriedenheit und schüttelte ihr das Bett immer gewaltig auf, dass die Federn wie Schneeflocken umherflogen; dafür hatte es auch ein gutes Leben bei ihr, kein böses Wort und alle Tage Gesottenes und Gebratenes. Nun war es eine Zeit lang bei der Frau Holle, da ward es traurig und wusste anfangs selbst nicht, was ihm fehlte, endlich merkte es, dass es Heimweh war; obwohl es ihm hier vieltausend Mal besser ging als zu Haus. Endlich sagte es zu ihr: »Ich habe den Jammer nach Haus gekriegt, und wenn es mir auch noch so gut hier unten geht, so kann ich doch nicht länger bleiben, ich muss wieder hinauf zu den Meinigen.« Die Frau Holle sagte: »Es gefällt mir, dass du wieder nach Haus verlangst, und weil du mir so treu gedient hast, so will ich dich selbst wieder hinaufbringen.« Sie nahm es darauf bei der Hand und führte es vor ein großes Tor. Das Tor ward aufgetan, und wie das Mädchen gerade darunter stand, fiel ein gewaltiger Goldregen, und alles Gold blieb an ihm hängen, so dass es über und über davon bedeckt war. »Das sollst du haben, weil du so fleißig gewesen bist«, sprach die Frau Holle und gab ihm auch die Spule wieder, die ihm in den Brunnen gefallen war. Darauf ward das Tor verschlossen, und das Mädchen befand sich oben auf der Welt, nicht weit von seiner Mutter Haus. Und als es in den Hof kam, saß der Hahn auf dem Brunnen und rief:

»Kikeriki,
unsere goldene Jungfrau ist wieder hie.«

Da ging es hinein zu seiner Mutter, und weil es so mit Gold bedeckt ankam, ward es von ihr und der Schwester gut aufgenommen.

Das Mädchen erzählte alles, was ihm begegnet war, und als die Mutter hörte, wie es zu dem großen Reichtum gekommen war, wollte sie der andern hässlichen und faulen Tochter gerne dasselbe Glück verschaffen. Sie musste sich an den Brunnen setzen und spinnen, und damit ihre Spule blutig ward, stach sie sich in die Finger und stieß die Hand in die Dornhecke. Dann warf sie die Spule in den Brunnen und sprang selber hinein. Sie kam wie die andere auf die schöne Wiese und ging auf demselben Pfade weiter. Als sie zu dem Backofen gelangte, schrie das Brot wieder: »Ach, zieh mich 'raus, zieh mich 'raus, sonst verbrenn' ich, ich bin schon längst ausgebacken.« Die Faule aber antwortete: »Da hätt' ich Lust, mich schmutzig zu machen«, und ging fort. Bald kam sie zu dem Apfelbaum, der rief: »Ach, schüttel mich, schüttel mich, wir Apfel sind alle miteinander reif.« Sie antwortete aber: »Du kommst mir recht, es könnte mir einer auf den Kopf fallen«, und ging damit weiter. Als sie vor der Frau Holle Haus kam, fürchtete sie sich nicht, weil sie von ihren großen Zähnen schon gehört hatte, und verdingte sich gleich zu ihr. Am ersten Tag tat sie sich Gewalt an, war fleißig und folgte der Frau Holle, wenn sie ihr etwas sagte, denn sie dachte an das viele Gold, das sie ihr schenken würde; am zweiten Tag aber fing sie schon an zu faulenzen, am dritten noch mehr, da wollte sie morgens gar nicht aufstehen. Sie machte auch der Frau Holle das Bett nicht, wie sich's gebührte, und schüttelte es nicht, dass die Federn aufflogen. Das ward die Frau Holle bald müde und sagte ihr den Dienst auf. Die Faule war das wohl zufrieden und meinte, nun würde der Goldregen kommen; die Frau Holle führte sie auch zu dem Tor, als sie aber darunter stand, ward statt des Goldes ein großer Kessel voll Pech ausgeschüttet. »Das ist zur Belohnung deiner Dienste«, sagte die Frau Holle und schloss das Tor zu. Da kam die Faule heim, aber sie war ganz mit Pech bedeckt, und der Hahn auf dem Brunnen, als er sie sah, rief:

»Kikeriki,
unsere schmutzige Jungfrau ist wieder hie.«

Das Pech aber blieb fest an ihr hängen und wollte, solange sie lebte, nicht abgehen.

Die Sterntaler

Es war einmal ein kleines Mädchen, dem waren Vater und Mutter gestorben, und es war so arm, dass es kein Kämmerchen mehr hatte, darin zu wohnen, und kein Bettchen mehr, darin zu schlafen, und endlich gar nichts mehr als die Kleider auf dem Leib und ein Stückchen Brot in der Hand, das ihm ein mitleidiges Herz geschenkt hatte. Es war aber gut und fromm. Und weil es so von aller Welt verlassen war, ging es im Vertrauen auf den lieben Gott hinaus ins Feld. Da begegnete ihm ein armer Mann, der sprach: »Ach, gib mir etwas zu essen, ich bin so hungrig.« Es reichte ihm das ganze Stückchen Brot und sagte: »Gott segne dir's«, und ging weiter. Da kam ein Kind, das jammerte und sprach: »Es friert mich so an meinem Kopfe, schenk mir etwas, womit ich ihn bedecken kann.« Da tat es seine Mütze ab und gab sie ihm. Und als es noch eine Weile gegangen war, kam wieder ein Kind und hatte kein Leibchen an und fror, da gab es ihm seins; und noch weiter, da bat eins um ein Röcklein, das gab es auch von sich hin. Endlich gelangte es in einen Wald, und es war schon dunkel geworden, da kam noch eins und bat um ein Hemdlein, und das fromme Mädchen dachte: ›Es ist dunkle Nacht, da sieht dich niemand, du kannst wohl dein Hemd weggeben‹, und gab es auch noch hin. Und wie es so stand und gar nichts mehr hatte, fielen auf einmal die Sterne vom Himmel und waren lauter harte, blanke Taler; und ob es gleich sein Hemdlein weggegeben, so hatte es ein neues an, und das war vom allerfeinsten Linnen. Da sammelte es sich die Taler hinein und war reich für sein Lebtag.

Der Geist im Glas

Es war einmal ein armer Holzhacker, der arbeitete vom Morgen bis in die späte Nacht. Als er sich endlich etwas Geld zusammengespart hatte, sprach er zu seinem Jungen: »Du bist mein einziges Kind, ich will das Geld, das ich mit saurem Schweiß erworben habe, zu deinem Unterricht anwenden; lernst du etwas Rechtschaffenes, so kannst du mich im Alter ernähren, wenn meine Glieder steif geworden sind und ich daheim sitzen muss.« Da ging der Junge auf eine hohe Schule und lernte fleißig, so dass ihn seine Lehrer rühmten, und blieb eine Zeit lang dort. Als er ein paar Schulen durchgelernt hatte, aber noch nicht in allem vollkommen war, reichte das mühsam vom Vater erübrigte Geld nicht mehr aus, und er musste wieder heimkehren. »Ach«, sprach der Vater betrübt, »ich kann dir nichts mehr geben und kann auch nicht mehr verdienen als das tägliche Brot.« »Lieber Vater«, antwortete der Sohn, »macht Euch darüber keine Gedanken, wenn's Gottes Wille also ist, so wird's zu meinem Besten ausschlagen; ich will mich schon drein schicken.« Als der Vater hinaus in den Wald wollte, um etwas am Malterholz – am Zuhauen und Aufrichten – zu verdienen, so sprach der Sohn: »Ich will mit Euch gehen und Euch helfen.« »Ja, mein Sohn«, sagte der Vater, »du bist an harte Arbeit nicht gewöhnt, du hältst das nicht aus; ich habe auch nur eine Axt und kein Geld übrig, um noch eine zu kaufen.« »Geht nur zum Nachbar«, antwortete der Sohn, »der leiht Euch seine Axt so lange, bis ich mir selbst eine verdient habe.«

Da borgte der Vater beim Nachbar eine Axt, und am andern Morgen gingen sie zusammen hinaus in den Wald. Der Sohn half dem Vater und war ganz munter und frisch dabei. Als nun die Sonne über ihnen stand, sprach der Vater: »Wir wollen rasten und Mittag halten, hernach geht's noch einmal so gut.« Der Sohn nahm sein Brot in die Hand und sprach: »Ruht Euch nur aus, Vater, ich bin nicht müde, ich will in dem Wald ein wenig auf und ab gehen und Vogelnester suchen.« »O du Geck«, sprach der Vater, »was willst du da herumlaufen, hernach bist du müde und kannst den Arm nicht mehr aufheben; bleib hier und setze dich zu mir.«

Der Sohn aber ging in den Wald, aß sein Brot, war ganz fröhlich und sah in die grünen Zweige hinein, ob er etwa ein Nest entdeckte. So ging er hin und her, bis er endlich zu einer großen, gefährlichen Eiche kam, die gewiss schon viele hundert Jahre alt war und die keine fünf Menschen umspannt hätten. Er blieb stehen und sah sie an und dachte: ›Es muss doch mancher Vogel sein Nest hineingebaut haben.‹ Da deuchte ihn auf einmal, als hörte er eine Stimme. Er horchte und vernahm, wie es mit so einem recht dumpfen Ton rief: »Lass mich heraus, lass mich heraus!« Er sah sich rings um, konnte aber nichts entdecken, doch war es ihm, als ob die Stimme unten aus der Erde hervorkäme. Da rief er: »Wo bist du?« Die Stimme antwortete: »Ich stecke da unten bei den Eichwurzeln. Lass mich heraus, lass mich heraus!« Der Schüler fing an, unter dem Baum aufzuräumen und bei den Wurzeln zu suchen, bis er endlich in einer kleinen Höhlung eine Glasflasche entdeckte. Er hob sie in die Höhe und hielt sie gegen das Licht, da sah er ein Ding, gleich einem Frosch gestaltet, das sprang darin auf und nieder. »Lass mich heraus, lass mich heraus«, rief's von neuem, und der Schüler, der an nichts Böses dachte, nahm den Pfropfen von der Flasche ab. Alsbald stieg ein Geist heraus und fing an zu wachsen und wuchs so schnell, dass er in wenigen Augenblicken als ein entsetzlicher Kerl, so groß wie der halbe Baum, vor dem Schüler stand. »Weißt du«, rief er mit einer fürchterlichen Stimme, »was dein Lohn dafür ist, dass du mich herausgelassen hast?« »Nein«, antwortete der Schüler ohne Furcht, »wie soll ich das wissen?« »So will ich dir's sagen«, rief der Geist, »den Hals muss ich dir dafür brechen.« »Das hättest du mir früher sagen sollen«, antwortete der Schüler, »so hätte ich dich stecken lassen; mein Kopf aber soll vor dir wohl feststehen, da müssen mehr Leute gefragt werden.« »Mehr Leute hin, mehr Leute her«, rief der Geist, »deinen verdienten Lohn, den sollst du haben. Denkst du, ich wäre aus Gnade da so lange Zeit eingeschlossen worden, nein, es war zu meiner Strafe; ich bin der großmächtige Merkurius, wer mich loslässt, dem muss ich den Hals brechen.« »Sachte«, antwortete der Schüler, »so geschwind geht das nicht, erst muss ich auch wissen, dass du wirklich in der kleinen Flasche gesessen hast und dass du der rechte Geist bist; kannst du auch wieder hinein, so will ich's glauben, und dann magst du mit mir anfangen, was du willst.« Der Geist sprach voll Hochmut: »Das ist eine geringe Kunst«, zog sich zusammen, wie er anfangs gewesen war, also dass er durch dieselbe Öffnung und durch den Hals der Flasche wieder hineinkroch. Kaum aber war er darin, so drückte der Schüler den abgezogenen Pfropfen wieder auf und warf die Flasche an ihren alten Platz, und der Geist war betrogen.

Nun wollte der Schüler zu seinem Vater zurückgehen, aber der Geist rief ganz kläglich: »Ach, lass mich doch heraus, lass mich doch heraus!«

»Nein«, antwortete der Schüler, »zum zweiten Mal nicht. Wer mir einmal nach dem Leben gestrebt hat, den lass' ich nicht los, wenn ich ihn wieder eingefangen habe.« »Wenn du mich frei machst«, rief der Geist, »so will ich dir so viel geben, dass du dein Lebtag genug hast.« »Nein«, antwortete der Schüler, »du würdest mich betrügen wie das erste Mal.« »Du verscherzest dein Glück«, sprach der Geist, »ich will dir nichts tun, sondern dich reichlich belohnen.« Der Schüler dachte: ›Ich will's wagen, vielleicht hält er Wort, und anhaben soll er mir doch nichts.‹ Da nahm er den Pfropfen ab, und der Geist stieg wie das vorige Mal heraus, dehnte sich auseinander und ward groß wie ein Riese. »Nun sollst du deinen Lohn haben«, sprach er und reichte dem Schüler einen kleinen Lappen, ganz wie ein Pflaster, und sagte: »Wenn du mit dem einen Ende eine Wunde bestreichst, so heilt sie; und wenn du mit dem andern Ende Stahl und Eisen bestreichst, so wird es in Silber verwandelt.« »Das muss ich erst versuchen«, sprach der Schüler, ging an einen Baum, ritzte die Rinde mit seiner Axt und bestrich sie mit dem einen Ende des Pflasters. Alsbald schloss sie sich wieder zusammen und war geheilt. »Nun, es hat seine Richtigkeit«, sprach er zum Geist, »jetzt können wir uns trennen.« Der Geist dankte ihm für seine Erlösung, und der Schüler dankte dem Geist für sein Geschenk und ging zurück zu seinem Vater.

»Wo bist du herumgelaufen?«, sprach der Vater, »warum hast du die Arbeit vergessen?« »Gebt Euch zufrieden, Vater, ich will's nachholen.« »Ja, nachholen«, sprach der Vater zornig, »das hat keine Art.« »Habt Acht, Vater, den Baum da will ich gleich umhauen, dass er krachen soll.« Da nahm er sein Pflaster, bestrich die Axt damit und tat einen gewaltigen Hieb; aber weil das Eisen in Silber verwandelt war, so legte sich die Schneide um. »Ei, Vater, seht einmal, was habt Ihr mir für eine schlechte Axt gegeben, die ist ganz schief geworden.« Da erschrak der Vater und sprach: »Ach, was hast du gemacht! Nun muss ich die Axt bezahlen und weiß nicht womit; das ist der Nutzen, den ich von deiner Arbeit habe.« »Werdet nicht bös«, antwortete der Sohn, »die Axt will ich schon bezahlen.« »Oh, du Dummbart«, rief der Vater, »wovon willst du sie bezahlen? Du hast nichts, als was ich dir gebe; das sind Studentenkniffe, die dir im Kopf stecken, aber vom Holzhacken hast du keinen Verstand.«

Über ein Weilchen sprach der Schüler: »Vater, ich kann doch nichts mehr arbeiten, wir wollen lieber Feierabend machen.« »Ei was«, antwortete er, »meinst du, ich wollte die Hände in den Schoß legen wie du? Ich muss noch schaffen, du kannst dich aber heimpacken.« »Vater, ich bin zum ersten Mal hier in dem Wald, ich weiß den Weg nicht allein, geht doch mit mir.« Weil sich der Zorn gelegt hatte, so ließ der Vater sich endlich bereden und ging mit ihm heim. Da sprach er zum Sohn: »Geh und verkauf die verschändete Axt und sieh zu, was du dafür kriegst; das Übrige muss ich verdienen, um sie dem Nachbar zu bezahlen.« Der Sohn nahm die Axt und trug sie in die Stadt zu einem Goldschmied, der probierte sie, legte sie auf die Waage und sprach: »Sie ist vierhundert Taler wert, so viel habe ich nicht bar.« Der Schüler sprach: »Gebt mir, was Ihr habt, das Übrige will ich Euch borgen.« Der Goldschmied gab ihm dreihundert Taler und blieb einhundert schuldig. Darauf ging der Schüler heim und sprach: »Vater, ich habe Geld, geht und fragt, was der Nachbar für die Axt haben will.« »Das weiß ich schon«, antwortete der Alte, »einen Taler sechs Groschen.« – »So gebt ihm zwei Taler zwölf Groschen, das ist das Doppelte und ist genug; seht Ihr, ich habe Geld im Überfluss«, und gab dem Vater einhundert Taler und sprach: »Es soll Euch niemals fehlen, lebt nach Eurer Bequemlichkeit.« »Mein Gott«, sprach der Alte, »wie bist du zu dem Reichtum gekommen?« Da erzählte er ihm, wie alles zugegangen wäre und wie er im Vertrauen auf sein Glück einen so reichen Fang getan hätte. Mit dem übrigen Geld lernte er weiter, und weil er mit seinem Pflaster alle Wunden heilen konnte, ward er der berühmteste Doktor.

Das blaue Licht

Es war einmal ein Soldat, der hatte dem König lange Jahre treu gedient; als aber der Krieg zu Ende war und der Soldat der vielen Wunden wegen, die er empfangen hatte, nicht weiter dienen konnte, sprach der König zu ihm: »Du kannst heimgehen, ich brauche dich nicht mehr; Geld bekommst du weiter nicht; denn Lohn erhält nur der, welcher mir Dienste dafür leistet.« Da ging der Soldat fort und wusste nicht, wie er sein Leben fristen sollte, bis er an einen Wald kam und im Dunkel ein Licht sah. Dem näherte er sich und kam zu einem Haus, darin wohnte eine Hexe. »Gib mir doch ein Nachtlager und ein wenig Essen und Trinken«, sprach er zu ihr, »ich verschmachte sonst.« »Oho!«, antwortete sie, »wer gibt einem verlaufenen Soldaten etwas? Doch will ich barmherzig sein und dich aufnehmen, wenn du tust, was ich verlange.« »Was verlangst du?«, fragte der Soldat. »Dass du mir morgen meinen Garten umgräbst.« Der Soldat willigte ein und arbeitete, konnte aber vor Abend nicht fertig werden. »Ich sehe wohl«, sprach die Hexe, »dass du heute nicht weiter kannst; ich will dich noch eine Nacht behalten, dafür sollst du mir morgen ein Fuder Holz spalten und klein machen.« Der Soldat brauchte dazu den ganzen Tag, und abends machte ihm die Hexe den Vorschlag, noch eine Nacht zu bleiben. »Du sollst mir morgen nur eine geringe Arbeit tun, hinter meinem Hause ist ein alter, wasserleerer Brunnen, in den ist mir mein Licht gefallen, es brennt blau und verlischt nicht, das sollst du mir wieder heraufholen.« Den andern Tag führte ihn die Alte zu dem Brunnen und ließ ihn in einem Korb hinab. Er fand das blaue Licht und machte ein Zeichen, dass sie ihn wieder hinaufziehen solle. Sie zog ihn auch in die Höhe, als er aber dem Rand nahe war, reichte sie die Hand hinab und wollte ihm das blaue Licht abnehmen. »Nein«, sagte er und merkte ihre bösen Gedanken, »das Licht gebe ich dir nicht eher, als bis ich auf dem Erdboden stehe.« Da geriet die Hexe in Wut, ließ ihn wieder in den Brunnen fallen und ging fort.

Der arme Soldat fiel, ohne Schaden zu nehmen, auf den feuchten Boden, und das blaue Licht brannte fort, aber was konnte ihm das helfen? Er sah wohl, dass er dem Tod nicht entgehen würde. Er saß eine Weile ganz traurig, da griff er zufällig in seine Tasche und fand seine Tabakspfeife, die noch halb gestopft war. Das soll mein letztes Vergnügen sein, dachte er, zog sie heraus, zündete sie an dem blauen Licht an und fing an zu rauchen. Als der Dampf in der Höhle umhergezogen war, stand auf einmal ein kleines, schwarzes Männchen vor ihm und fragte: »Herr, was befiehlst du?« »Was habe ich dir zu befehlen?«, erwiderte der Soldat ganz verwundert. »Ich muss alles tun«, sagte das Männchen, »was du verlangst.« »Gut«, sprach der Soldat, »so hilf mir zuerst aus dem Brunnen.« Das Männchen nahm ihn bei der Hand und führte ihn durch einen unterirdischen Gang, vergaß aber nicht, das blaue Licht mitzunehmen. Es zeigte ihm unterwegs die Schätze, welche die Hexe zusammengebracht und da versteckt hatte, und der Soldat nahm so viel Geld, wie er tragen konnte. Als er oben war, sprach er zu dem Männchen: »Nun geh hin, bind die alte Hexe und führe sie vor das Gericht.« Nicht lange, so kam sie auf einem wilden Kater mit furchtbarem Geschrei schnell wie der Wind vorbeigeritten, und es dauerte abermals nicht lang, so war das Männchen zurück. »Es ist alles ausgerichtet«, sprach es, »und die Hexe hängt schon am Galgen. Herr, was befiehlst du weiter?«, fragte der Kleine. »In dem Augenblick nichts«, antwortete der Soldat, »du kannst nach Haus gehen, sei nur gleich bei der Hand, wenn ich dich rufe.« »Es ist nichts nötig«, sprach das Männchen, »als dass du deine Pfeife an dem blauen Licht anzündest, dann stehe ich gleich vor dir.« Darauf verschwand es vor seinen Augen.

Der Soldat kehrte in die Stadt zurück, aus der er gekommen war. Er ging in den besten Gasthof und ließ sich schöne Kleider machen, dann befahl er dem Wirt, ihm ein Zimmer so prächtig wie möglich einzurichten. Als es fertig war, rief er das schwarze Männchen und sprach: »Ich habe dem König treu gedient, er aber hat mich fortgeschickt und mich hungern lassen, dafür will ich jetzt Rache nehmen.« »Was soll ich tun?«, fragte der Kleine. »Spätabends, wenn die Königstochter im Bett liegt, so bring sie schlafend hierher, sie soll Mägdedienste bei mir tun.« Das Männchen sprach: »Für mich ist das ein leichtes, für dich aber ein gefährliches Ding; wenn das herauskommt, wird es dir schlimm ergehen.« Als es zwölf geschlagen hatte, sprang die Tür auf, und das Männchen trug die Königstochter herein. »Aha, bist du da?«, rief der Soldat, »frisch an die Arbeit! Geh, hol den Besen und kehr die Stube.« Als sie fertig war, hieß er sie zu seinem Sessel kommen, streckte ihr die Füße entgegen und sprach: »Zieh mir die Stiefel aus«, warf sie ihr hin, und sie musste sie reinigen und glänzend machen. Sie tat aber alles, was er ihr befahl, ohne Widerstreben, stumm und mit halb geschlossenen Augen. Bei dem ersten Hahnschrei trug sie das Männchen wieder in das königliche Schloss und in ihr Bett zurück.

Am andern Morgen, als die Königstochter aufgestanden war, ging sie zu ihrem Vater und erzählte ihm, sie hätte einen wunderlichen Traum gehabt: »Ich ward durch die Straßen mit Blitzesschnelle fortgetragen und in das Zimmer eines Soldaten gebracht, dem musste ich als Magd dienen, die Stube kehren und die Stiefel putzen. Es war nur ein Traum, und doch bin ich so müde, als wenn ich wirklich alles getan hätte.« »Der Traum könnte wahr gewesen sein«, sprach der König, »ich will dir einen Rat geben, stecke deine Taschen voll Erbsen und mache ein kleines Loch in die Tasche, wirst du wieder abgeholt, so fallen sie heraus und lassen die Spur auf der Straße.« Als der König so sprach, stand das Männchen unsichtbar dabei und hörte alles mit an. Nachts, als es die schlafende Königstochter wieder durch die Straßen trug, fielen zwar einzelne Erbsen aus der Tasche, aber sie konnten keine Spur machen, denn das listige Männchen hatte vorher in allen Straßen Erbsen verstreut. Die Königstochter aber musste wieder bis zum Hahnenschrei Mägdedienste tun.

Der König schickte am folgenden Morgen seine Leute aus, welche die Spur suchen sollten, aber es war vergeblich; denn in allen Straßen saßen die armen Kinder und lasen Erbsen auf und sagten: »Es hat heut Nacht Erbsen geregnet.« »Wir müssen etwas anderes aussinnen«, sprach der König, »behalt deine Schuh an, wenn du dich zu Bett legst, und ehe du von

dort zurückkehrst, verstecke einen davon; ich will ihn schon finden.« Das schwarze Männchen vernahm den Anschlag, und als der Soldat abends verlangte, es sollte die Königstochter wieder herbeitragen, riet es ihm ab und sagte, gegen diese List wüsste es kein Mittel, und wenn der Schuh bei ihm gefunden würde, so könnte es ihm schlimm ergehen. »Tue, was ich dir sage«, erwiderte der Soldat, und die Königstochter musste auch in der dritten Nacht wie eine Magd arbeiten; sie versteckte aber, ehe sie zurückgetragen wurde, einen Schuh unter das Bett.

Am andern Morgen ließ der König in der ganzen Stadt den Schuh seiner Tochter suchen; er ward bei dem Soldaten gefunden, und der Soldat selbst, der sich auf Bitten des Kleinen zum Tor hinausgemacht hatte, ward bald eingeholt und ins Gefängnis geworfen. Er hatte sein Bestes bei der Flucht vergessen, das blaue Licht und das Gold, und hatte nur noch einen Dukaten in der Tasche. Als er nun mit Ketten belastet an dem Fenster seines Gefängnisses stand, sah er einen seiner Kameraden vorbeigehen. Er klopfte an die Scheibe, und als er herbeikam, sagte er: »Sei so gut und hol mir das kleine Bündelchen, das ich in dem Gasthaus habe liegen lassen, ich gebe dir dafür einen Dukaten.« Der Kamerad lief hin und brachte ihm das Verlangte. Sobald der Soldat wieder allein war, steckte er seine Pfeife an und ließ das schwarze Männchen kommen. »Sei ohne Furcht«, sprach es zu seinem Herrn, »geh hin, wo sie dich hinführen, und lass alles geschehen, nimm nur das blaue Licht mit.« Am andern Tag ward Gericht über den Soldaten gehalten, und obgleich er nichts Böses getan hatte, verurteilte ihn der Richter doch zum Tode. Als er nun hinausgeführt wurde, bat er den König um eine letzte Gnade. »Was für eine?«, fragte der König. »Dass ich auf dem Weg noch eine Pfeife rauchen darf.« »Du kannst drei rauchen«, antwortete der König, »aber glaube nicht, dass ich dir das Leben schenke.« Da zog der Soldat seine Pfeife heraus und zündete sie an dem blauen Licht an, und wie ein paar Ringel vom Rauch aufgestiegen waren, so stand schon das Männchen da, hatte einen kleinen Knüppel in der Hand und sprach: »Was befiehlt mein Herr?« »Schlag mir da die falschen Richter und ihre Häscher zu Boden und verschone auch den König nicht, der mich so schlecht behandelt hat.« Da fuhr das Männchen wie der Blitz, zickzack, hin und her, und wen es mit seinem Knüppel nur anrührte, der fiel schon zu Boden und getraute sich nicht mehr, sich zu regen. Dem König ward angst, er legte sich auf das Bitten, und, um nur das Leben zu behalten, gab er dem Soldaten das Reich und seine Tochter zur Frau.

Der gestiefelte Kater

Ein Müller hatte drei Söhne, seine Mühle, einen Esel und einen Kater; die Söhne mussten mahlen, der Esel Getreide holen und Mehl forttragen und die Katze die Mäuse wegfangen. Als der Müller starb, teilten sich die drei Söhne in die Erbschaft, der älteste bekam die Mühle, der zweite den Esel, der dritte den Kater, weiter blieb nichts für ihn übrig. Da war er traurig und sprach zu sich selbst: »Ich hab' es doch am allerschlimmsten gekriegt, mein ältester Bruder kann mahlen, mein zweiter kann auf seinem Esel reiten, was kann ich mit dem Kater anfangen? Lass' ich mir ein Paar Pelzhandschuhe aus seinem Fell machen, so ist's vorbei.« – »Hör«, fing der Kater an, der alles verstanden hatte, was er gesagt, »du brauchst mich nicht zu töten um ein Paar schlechte Handschuhe, lass mir nur ein Paar Stiefel machen, dass ich ausgehen und mich unter den Leuten sehen lassen kann, dann soll dir bald geholfen sein.« Der Müllerssohn verwunderte sich, dass der Kater so sprach, weil aber eben der Schuster vorbeiging, rief er ihn herein und ließ ihm ein Paar Stiefel anmessen. Als sie fertig waren, zog sie der Kater an, nahm einen Sack, machte den Boden desselben voll Korn, oben aber eine Schnur daran, womit man ihn zuziehen konnte, dann warf er ihn über den Rücken und ging auf zwei Beinen wie ein Mensch zur Tür hinaus.

Dazumal regierte ein König in dem Land, der aß die Rebhühner so gern. Es war aber eine Not, dass keine zu kriegen waren. Der ganze Wald war voll, aber sie waren so scheu, dass kein Jäger sie erreichen konnte. Das wusste der Kater und gedachte seine Sache besser zu machen; als er in den Wald kam, tat er den Sack auf, breitete das Korn auseinander, die Schnur aber legte er ins Gras und leitete sie hinter eine Hecke. Dann versteckte er sich und lauerte. Die Rebhühner kamen bald gelaufen, fanden das Korn und eins nach dem andern hüpfte in den Sack hinein. Als eine gute Anzahl darin war, zog der Kater den Strick zu, lief herzu und drehte ihnen den Hals um; dann ging er geradeswegs nach des Königs Schloss. Die Wache rief: »Halt! Wohin?« – »Zu dem König«, antwortete der Kater kurzweg. – »Bist du toll, ein Kater zum König?« – »Lass ihn nur gehen«, sagte ein anderer, »der König hat doch oft Langeweile, vielleicht macht ihm der Kater mit seinem Brummen und Spinnen Vergnügen.« Als der Kater vor den König kam, machte er eine Reverenz und sagte: »Mein Herr, der Graf«, dabei nannte er einen langen und vornehmen Namen, »lässt sich dem Herrn

König empfehlen und schickt ihm hier Rebhühner, die er eben in Schlingen gefangen hat.« Der König erstaunte über die schönen Rebhühner, wusste sich vor Freude nicht zu lassen und befahl, dem Kater so viel Gold aus der Schatzkammer in den Sack zu tun, als er tragen könne: »Das bring deinem Herrn und dank ihm für sein Geschenk.«

Der arme Müllerssohn aber saß zu Haus am Fenster, stützte den Kopf auf die Hand und dachte, dass er nun sein Letztes für die Stiefel des Katers weggegeben, und was werde ihm der schon Großes dafür bringen können. Da trat der Kater herein, warf den Sack vom Rücken, schnürte ihn auf und schüttete das Gold vor den Müller hin: »Da hast du etwas für die Stiefel, der König lässt dich auch grüßen und dir viel Dank sagen.« Der Müller war froh über den Reichtum, ohne dass er noch recht begreifen konnte, wie es zugegangen war. Der Kater aber, während er seine Stiefel auszog, erzählte ihm alles, dann sagte er: »Du hast zwar jetzt Geld genug, aber dabei soll es nicht bleiben, morgen zieh' ich meine Stiefel wieder an, du sollst noch reicher werden, dem König hab' ich auch gesagt, dass du ein Graf bist.« Am andern Tag ging der Kater, wie er gesagt hatte, wohlgestiefelt wieder auf die Jagd und brachte dem König einen reichen Fang. So ging es alle Tage, und der Kater brachte alle Tage Gold heim und ward so beliebt wie einer bei dem König, dass er aus und ein gehen durfte und im Schloss herumstreichen, wo er wollte. Einmal stand der Kater in der Küche des Königs beim Herd und wärmte sich, da kam der Kutscher und fluchte: »Ich wünsch', der König mit der Prinzessin wär' beim Henker! Ich wollt' ins Wirtshaus gehen und einmal trinken und Karten spielen, da soll ich sie spazieren fahren an den See.« Wie der Kater das hörte, schlich er nach Haus und sagte zu seinem Herrn: »Wenn du willst ein Graf und reich werden, so komm mit mir hinaus an den See und bad dich darin.« Der Müller wusste nicht, was er dazu sagen sollte, doch folgte er dem Kater, zog sich splitternackend aus und sprang ins Wasser. Der Kater aber nahm seine Kleider und versteckte sie. Kaum war er damit fertig, da kam der König dahergefahren; der Kater fing sogleich an, erbärmlich zu lamentieren: »Ach! Allergnädigster König! Mein Herr, der hat sich hier im See gebadet, da ist ein Dieb gekommen und hat ihm die Kleider gestohlen, nun ist der Herr Graf im Wasser und kann nicht heraus, und wenn er länger darin bleibt, wird er sich erkälten und sterben.« Wie der König das hörte, ließ er Halt machen, und einer von seinen Leuten musste zurückjagen und von des Königs Kleidern holen. Der Herr Graf zog die prächtigsten Kleider an, und weil ihm ohnehin der König wegen der Rebhühner, die er meinte von ihm empfangen zu haben, gewogen war, so musste er sich zu ihm in die Kutsche setzen. Die Prinzessin war auch nicht bös darüber, denn der junge Graf gefiel ihr recht gut.

Der Kater aber war vorausgegangen und zu einer großen Wiese gekommen, wo über hundert Leute waren und Heu machten. »Wem ist die Wiese, ihr Leute?«, fragte der Kater. – »Dem großen Zauberer.« – »Hört, jetzt wird der König bald vorbeifahren, wenn der fragt, wem die Wiese gehört, so antwortet: ›Dem Grafen‹; und wenn ihr das nicht tut, so werdet ihr alle totgeschlagen.« – Darauf ging der Kater weiter und kam an ein Kornfeld, so groß, dass es niemand übersehen konnte, da standen mehr als zweihundert Leute und schnitten das Korn. »Wem ist das Korn, ihr Leute?« – »Dem Zauberer.« – »Hört, jetzt wird der König vorbeifahren, wenn er fragt, wem das Korn gehört, so antwortet: ›Dem Grafen‹; und wenn ihr das nicht tut, so werdet ihr alle totgeschlagen.« – Endlich kam der Kater an einen prächtigen Wald, da standen mehr als dreihundert Leute, fällten die großen Eichen und machten Holz. »Wem ist der Wald, ihr Leute?« – »Dem Zauberer.« – »Hört, jetzt wird der König vorbeifahren, wenn er fragt, wem der Wald gehört, so antwortet: ›Dem Grafen‹; und wenn ihr das nicht tut, so werdet ihr alle umgebracht.« Der Kater ging noch weiter, die Leute sahen ihm alle nach, und weil er so wunderlich aussah und wie ein Mensch in Stiefeln daherging, fürchteten sie sich vor ihm. Er kam bald an des Zauberers Schloss, trat kecklich hinein und vor ihn hin. Der Zauberer sah ihn verächtlich an und fragte ihn, was er wolle. Der Kater machte eine Reverenz

und sagte: »Ich habe gehört, dass du in jedes Tier nach deinem Gefallen dich verwandeln könntest; was einen Hund, Fuchs oder auch Wolf betrifft, da will ich es wohl glauben, aber von einem Elefant, das scheint mir ganz unmöglich, und deshalb bin ich gekommen, um mich selbst zu überzeugen.« Der Zauberer sagte stolz: »Das ist mir eine Kleinigkeit«, und war in dem Augenblick in einen Elefant verwandelt. »Das ist viel, aber auch in einen Löwen?« – »Das ist auch nichts«, sagte der Zauberer und stand als ein Löwe vor dem Kater. Der Kater stellte sich erschrocken und rief: »Das ist unglaublich und unerhört, dergleichen hätt' ich mir nicht im Traume in die Gedanken kommen lassen; aber noch mehr als alles andere wäre es, wenn du dich auch in ein so kleines Tier, wie eine Maus ist, verwandeln könntest, du kannst gewiss mehr als irgendein Zauberer auf der Welt, aber das wird dir doch zu hoch sein.« Der Zauberer war ganz freundlich durch die süßen Worte und sagte: »O ja, liebes Kätzchen, das kann ich auch«, und sprang als eine Maus im Zimmer herum. Der Kater war hinter ihr her, fing die Maus und fraß sie auf.

Der König aber war mit dem Grafen und der Prinzessin weiter spazieren gefahren und kam zu der großen Wiese. »Wem gehört das Heu?«, fragte der König. – »Dem Herrn Grafen«, riefen alle, wie der Kater ihnen befohlen hatte. – »Ihr habt da ein schön Stück Land, Herr Graf«, sagte er. Darnach kamen sie an das große Kornfeld. »Wem gehört das Korn, ihr Leute?« – »Dem Herrn Grafen.« – »Ei! Herr Graf! Große, schöne Ländereien!« – Darauf zu dem Wald: »Wem gehört das Holz, ihr Leute?« – »Dem Herrn Grafen.« – Der König verwunderte sich noch mehr und sagte: »Ihr müsst ein reicher Mann sein, Herr Graf, ich habe keinen so prächtigen Wald.« Endlich kamen sie an das Schloss, der Kater stand oben an der Treppe, und als der Wagen unten hielt, sprang er herab, machte die Tür auf und sagte: »Herr König, Ihr gelangt hier in das Schloss meines Herrn, des Grafen, den diese Ehre für sein Lebtag glücklich machen wird.« Der König stieg aus und verwunderte sich über das prächtige Gebäude, das fast größer und schöner war als sein Schloss; der Graf aber führte die Prinzessin hinauf in den Saal.

Da ward die Prinzessin mit dem Grafen versprochen, und als der König starb, ward er König, der gestiefelte Kater aber sein erster Minister.

Rotkäppchen

Es war einmal eine kleine süße Dirne, die hatte jedermann lieb, der sie nur ansah, am allerliebsten aber ihre Großmutter, die wusste gar nicht, was sie alles dem Kinde geben sollte. Einmal schenkte sie ihm ein Käppchen von rotem Samt, und weil ihm das so wohl stand und es nichts anderes mehr tragen wollte, hieß es nur das Rotkäppchen. Eines Tages sprach seine Mutter zu ihm: »Komm, Rotkäppchen, da hast du ein Stück Kuchen und eine Flasche Wein, bring das der Großmutter hinaus; sie ist krank und schwach und wird sich daran laben. Mach dich auf, bevor es heiß wird, und wenn du hinauskommst, so geh hübsch sittsam und lauf nicht vom Weg ab, sonst fällst du und zerbrichst das Glas, und die Großmutter hat nichts. Und wenn du in ihre Stube kommst, so vergiss nicht, guten Morgen zu sagen, und guck nicht erst in allen Ecken herum.«

»Ich will schon alles gut machen«, sagte Rotkäppchen zur Mutter und gab ihr die Hand darauf. Die Großmutter aber wohnte draußen im Wald, eine halbe Stunde vom Dorf. Wie nun Rotkäppchen in den Wald kam, begegnete ihm der Wolf. Rotkäppchen aber wusste nicht, was das für ein böses Tier war, und fürchtete sich nicht vor ihm. »Guten Tag, Rotkäppchen«, sprach er. »Schönen Dank, Wolf.« – »Wohinaus so früh, Rotkäppchen?« – »Zur Großmutter.« – »Was trägst du unter der Schürze?« – »Kuchen und Wein, gestern haben wir gebacken; da soll sich die kranke und schwache Großmutter etwas zugut tun und sich damit stärken.« – »Rotkäppchen, wo wohnt deine Großmutter?« – »Noch eine gute Viertelstunde weiter im Wald, unter den drei großen Eichbäumen, da steht ihr Haus, unten sind die Nusshecken, das wirst du ja wissen«, sagte Rotkäppchen. Der Wolf dachte bei sich: ›Das junge, zarte Ding, das ist ein fetter Bissen, der wird noch besser schmecken als die Alte, du musst es listig anfangen, damit du beide erschnappst.‹ Da ging er ein Weilchen neben Rotkäppchen her; dann sprach er: »Rotkäppchen, sieh einmal die schönen Blumen, die ringsumher stehen. Ich glaube, du hörst gar nicht, wie die Vöglein so lieblich singen? Du gehst ja für dich hin, als wenn du zur Schule gingst, und ist so lustig haußen in dem Wald.«

Rotkäppchen schlug die Augen auf, und als es sah, wie die Sonnenstrahlen durch die Bäume hin und her tanzten und alles voll schöner Blumen stand, dachte es: ›Wenn ich der Großmutter einen frischen Strauß mitbringe, der wird ihr auch Freude machen; es ist so früh am Tag, dass ich doch

zu rechter Zeit ankomme‹, lief vom Wege ab in den Wald hinein und suchte Blumen. Und wenn es eine gebrochen hatte, meinte es, weiter hinaus stände eine schönere, und geriet immer tiefer in den Wald hinein. Der Wolf aber ging geradeswegs nach dem Haus der Großmutter und klopfte an die Tür. »Wer ist draußen?« – »Rotkäppchen, das bringt Kuchen und Wein, mach auf.« – »Drück nur auf die Klinke«, rief die Großmutter, »ich bin zu schwach und kann nicht aufstehen.« Der Wolf drückte auf die Klinke, die Tür sprang auf, und er ging, ohne ein Wort zu sprechen, gerade zum Bett der Großmutter und verschluckte sie. Dann tat er ihre Kleider an, setzte ihre Haube auf, legte sich in ihr Bett und zog die Vorhänge vor.
Rotkäppchen aber war nach den Blumen herumgelaufen, und als es so viel zusammen hatte, dass es keine mehr tragen konnte, fiel ihm die Großmutter wieder ein, und es machte sich auf den Weg zu ihr. Es wunderte sich, dass die Tür aufstand, und wie es in die Stube trat, so kam es ihm so seltsam darin vor, dass es dachte: ›Ei, du mein Gott, wie ängstlich wird mir's heute zumut, und ich bin sonst so gerne bei der Großmutter!‹ – Es rief »Guten Morgen«, bekam aber keine Antwort. Darauf ging es zum Bett und zog die Vorhänge zurück. Da lag die Großmutter und hatte die Haube tief ins Gesicht gesetzt und sah so wunderlich aus. »Ei, Großmutter, was hast du für große Ohren?» – »Dass ich dich besser hören kann.« – »Ei, Großmutter, was hast du für große Augen?« – »Dass ich dich besser sehen kann.« – »Ei, Großmutter, was hast du für große Hände?« – »Dass ich dich besser packen kann!« – »Aber, Großmutter, was hast du für ein entsetzlich großes Maul?« – »Dass ich dich besser fressen kann.« Kaum hatte der Wolf das gesagt, so tat er einen Satz aus dem Bette und verschlang das arme Rotkäppchen.

Wie der Wolf sein Gelüsten gestillt hatte, legte er sich wieder ins Bett, schlief ein und fing an, überlaut zu schnarchen. Der Jäger ging eben an dem Haus vorbei und dachte: ›Wie die alte Frau schnarcht, du musst doch sehen, ob ihr was fehlt.‹ Da trat er in die Stube, und wie er vor das Bette kam, so sah er, dass der Wolf darin lag. »Finde ich dich hier, du alter Sünder«, sagte er, »ich habe dich lange gesucht.« Nun wollte er seine Büchse anlegen, da fiel ihm ein, der Wolf könnte die Großmutter gefressen haben, und sie wäre noch zu retten, schoss nicht, sondern nahm eine Schere und fing an, dem schlafenden Wolf den Bauch aufzuschneiden. Wie er ein paar Schnitte getan hatte, da sah er das rote Käppchen leuchten, und noch ein paar Schnitte, da sprang das Mädchen heraus und rief: »Ach, wie war's so dunkel in dem Wolf seinem Leib!« Und dann kam die alte Großmutter auch noch lebendig heraus. Rotkäppchen aber holte geschwind große Steine, damit füllten sie dem Wolf den Leib, und wie er aufwachte, wollte er fortspringen, aber die Steine waren so schwer, dass er gleich niedersank und sich tot fiel.

Da waren alle drei vergnügt; der Jäger zog dem Wolf den Pelz ab und ging damit heim, die Großmutter aß den Kuchen und trank den Wein, den Rotkäppchen gebracht hatte, und erholte sich wieder, Rotkäppchen aber dachte: ›Du willst dein Lebtag nicht wieder allein vom Wege ab in den Wald laufen, wenn dir's die Mutter verboten hat.‹

Es wird auch erzählt, dass einmal, als Rotkäppchen der alten Großmutter wieder Gebackenes brachte, ein anderer Wolf ihm zugesprochen und es vom Wege habe ableiten wollen. Rotkäppchen aber hütete sich und ging geradefort seines Wegs und sagte der Großmutter, dass es dem Wolf begegnet wäre, der ihm Guten Tag gewünscht, aber so bös aus den Augen geguckt hätte. »Wenn's nicht auf offner Straße gewesen wäre, er hätte mich gefressen.« – »Komm«, sagte die Großmutter, »wir wollen die Tür verschließen, dass er nicht hereinkann.« Bald darnach klopfte der Wolf an und rief: »Mach auf, Großmutter, ich bin das Rotkäppchen, ich bring' dir Gebackenes.« Sie schwiegen aber still und machten die Tür nicht auf, da schlich der Graukopf etliche Mal um das Haus, sprang endlich aufs Dach und wollte warten, bis Rotkäppchen abends nach Haus ginge; dann wollte er ihm nachschleichen und wollt's in der Dunkelheit fressen. Aber die Großmutter merkte, was er im Sinn hatte. Nun stand vor dem Haus ein großer Steintrog, da sprach sie zu dem Kind: »Nimm den Eimer, Rotkäppchen, gestern hab' ich Würste gekocht, da trag das Wasser, worin sie gekocht sind, in den Trog.« Rotkäppchen trug so lange, bis der große, große Trog ganz voll war. Da stieg der Geruch von den Würsten dem Wolf in die Nase, er schnupperte und guckte hinab, endlich machte er den Hals so lang, dass er sich nicht mehr halten konnte und anfing zu rutschen. So rutschte er vom Dach herab, gerade in den großen Trog hinein und ertrank. Rotkäppchen aber ging fröhlich nach Haus, und niemand tat ihm etwas zu Leid.

Die Kristallkugel

Es war einmal eine Zauberin, die hatte drei Söhne, die sich brüderlich liebten, aber die Alte traute ihnen nicht und dachte, sie wollten ihr ihre Macht rauben. Da verwandelte sie den Ältesten in einen Adler, der musste auf einem Felsengebirge hausen, und man sah ihn manchmal am Himmel in großen Kreisen auf und nieder schweben. Den Zweiten verwandelte sie in einen Walfisch, der lebte im tiefen Meer, und man sah nur, wie er zuweilen einen mächtigen Wasserstrahl in die Höhe warf. Beide hatten nur zwei Stunden jeden Tag ihre menschliche Gestalt. Der dritte Sohn, da er fürchtete, sie möchte ihn auch in ein reißendes Tier verwandeln, ging heimlich fort. Er hatte aber gehört, dass auf dem Schloss der goldenen Sonne eine verwünschte Königstochter säße, die auf Erlösung harrte. Es müsste aber jeder sein Leben daran wagen, schon dreiundzwanzig Jünglinge wären eines jämmerlichen Todes gestorben und nur noch einer übrig, dann dürfte keiner mehr kommen. Und da sein Herz ohne Furcht war, so fasste er den Entschluss, dieses Schloss aufzusuchen. Er war schon lange Zeit herumgezogen und hatte es nicht finden können, da geriet er in einen großen Wald und wusste nicht, wo der Ausgang war. Auf einmal erblickte er in der Ferne zwei Riesen, die winkten ihm mit der Hand, und als er zu ihnen kam, sprachen sie: »Wir streiten um einen Hut, wem er zugehören soll, und da wir beide gleich stark sind, so kann keiner den andern überwältigen. Die kleinen Menschen sind klüger als wir, daher wollen wir dir die Entscheidung überlassen.« »Wie könnt ihr euch um einen alten Hut streiten?«, sagte der Jüngling. »Du weißt nicht, was er für Eigenschaften hat, es ist ein Wünschhut, wer den aufsetzt, der kann sich hinwünschen, wohin er will, und im Augenblick ist er dort.« »Gebt mir den Hut«, sagte der Jüngling, »ich will ein Stück Wegs gehen, und wenn ich euch dann rufe, so lauft um die Wette, und wer am Ersten bei mir ist, dem soll er gehören.« Er setzte den Hut auf und ging fort, dachte aber an die Königstochter, vergaß die Riesen und ging immer weiter. Einmal seufzte er aus Herzensgrund und rief: »Ach, wäre ich doch auf dem Schloss der goldenen Sonne!« Und kaum gesagt, so stand er auf einem hohen Berg vor dem Tor des Schlosses. Er ging durch alle Zimmer, bis er in dem letzten die Königstochter fand. Aber wie erschrak er, als er sie anblickte. Sie hatte ein aschgraues Gesicht voll Runzeln, trübe Augen und rote Haare. »Seid Ihr die Königstochter, deren Schönheit alle Welt rühmt?«, rief er aus. »Ach«, erwiderte sie, »das ist meine Gestalt nicht, die Augen der Menschen können mich nur in dieser Hässlichkeit erblicken, aber damit du weißt, wie ich aussehe, so schau in den Spiegel, der lässt sich nicht irremachen, der zeigt dir mein Bild, wie es in Wahrheit ist.« Sie gab ihm den Spiegel in die Hand, und er sah darin das Abbild der schönsten Jungfrau, die auf der Welt war, und sah, wie ihr vor Traurigkeit die Tränen über die Wangen rollten. Da sprach er: »Wie kannst du erlöst werden? Ich scheue keine Gefahr.« Sie sprach: »Wer die kristallne Kugel erlangt und hält sie dem Zauberer vor, der bricht damit seine Macht, und ich kehre in meine wahre Gestalt zurück. Ach«, setzte sie hinzu, »schon so mancher ist darum in seinen Tod gegangen, und du, junges Blut, du jammerst mich, wenn du dich in die großen Gefährlichkeiten begibst.« »Mich kann nichts abhalten«, sprach er, »aber sage mir, was ich tun muss.« »Du sollst alles wissen«, sprach die Königstochter, »wenn du den Berg, auf dem das Schloss steht, hinabgehst, so wird unten an einer Quelle ein wilder Auerochs stehen, mit dem musst du kämpfen. Und wenn es dir glückt, ihn zu töten, so wird sich aus ihm ein feuriger Vogel erheben, der trägt in seinem Leib ein glühendes Ei, und in dem Ei steckt als Dotter die Kristallkugel. Er lässt aber das Ei nicht fallen, bis er dazu gedrängt wird, fällt es aber auf die Erde, so zündet es und verbrennt alles in seiner Nähe, und das Ei selbst zerschmilzt und mit ihm die kristallne Kugel, und all deine Mühe ist vergeblich gewesen.«

Der Jüngling stieg hinab zu der Quelle, wo der Auerochse schnaubte und ihn anbrüllte. Nach langem Kampf stieß er ihn nieder. Augenblicklich erhob sich aus ihm der Feuervogel und wollte fortfliegen, aber der Adler, der

Bruder des Jünglings, der zwischen den Wolken daherzog, stürzte auf ihn herab, jagte ihn nach dem Meer hin und stieß ihn mit seinem Schnabel an, so dass er das Ei fallen ließ. Es fiel aber nicht in das Meer, sondern auf eine Fischerhütte, die am Ufer stand, und die fing gleich an zu rauchen und wollte in Flammen aufgehen. Da erhoben sich im Meer haushohe Wellen, strömten über die Hütte und bezwangen das Feuer. Der andere Bruder, der Walfisch, war herangeschwommen und hatte das Wasser in die Höhe getrieben. Als der Brand gelöscht war, suchte der Jüngling nach dem Ei und fand es glücklicherweise. Es war noch nicht geschmolzen, aber die Schale war von der plötzlichen Abkühlung durch das kalte Wasser zerbröckelt, und er konnte die Kristallkugel unversehrt herausnehmen.

Als der Jüngling zu dem Zauberer ging und sie ihm vorhielt, so sagte dieser: »Meine Macht ist zerstört, und du bist von nun an der König vom Schloss der goldenen Sonne. Auch deinen Brüdern kannst du die menschliche Gestalt damit zurückgeben.« Da eilte der Jüngling zu der Königstochter, und als er in ihr Zimmer trat, so stand sie da im vollen Glanz ihrer Schönheit, und beide wechselten voll Freude ihre Ringe miteinander.

Der Bauer und der Teufel

Es war einmal ein kluges und verschmitztes Bäuerlein, von dessen Streichen viel zu erzählen wäre; die schönste Geschichte ist aber doch, wie es den Teufel einmal zum Narren gehabt hat.

Das Bäuerlein hatte eines Tages seinen Acker bestellt und rüstete sich zur Heimfahrt, als die Dämmerung schon eingetreten war. Da erblickte es mitten auf seinem Acker einen Haufen feuriger Kohlen, und als es voll Verwunderung hinzuging, so saß oben auf der Glut ein kleiner schwarzer Teufel. »Du sitzest wohl auf einem Schatz?«, sprach das Bäuerlein. »Jawohl«, antwortete der Teufel, »auf einem Schatz, der mehr Gold und Silber enthält, als du dein Lebtag gesehen hast.« »Der Schatz liegt auf meinem Feld und gehört mir«, sprach das Bäuerlein. »Er ist dein«, antwortete der Teufel, »wenn du mir zwei Jahre lang die Hälfte von dem gibst, was dein Acker hervorbringt. Geld habe ich genug, aber ich trage Verlangen nach den Früchten der Erde.« Das Bäuerlein ging auf den Handel ein. »Damit aber kein Streit bei der Teilung entsteht«, sprach es, »so soll dir gehö-

ren, was über der Erde ist, und mir, was unter der Erde ist.« Dem Teufel gefiel das, aber das listige Bäuerlein hatte Rüben gesät. Als nun die Zeit der Ernte kam, so erschien der Teufel und wollte seine Frucht holen, er fand aber nichts als die gelben, welken Blätter, und das Bäuerlein, ganz vergnügt, grub seine Rüben aus. »Einmal hast du den Vorteil gehabt«, sprach der Teufel, »aber das nächste Mal soll das nicht gelten. Dein ist, was über der Erde wächst, und mein, was darunter ist.« »Mir auch recht«, antwortete das Bäuerlein. Als aber die Zeit zur Aussaat kam, säte das Bäuerlein Weizen. Die Frucht ward reif, das Bäuerlein ging auf den Acker und schnitt die vollen Halme bis zur Erde ab. Als der Teufel kam, fand er nur die Stoppeln und fuhr wütend in eine Felsenschlucht hinab. »So muss man die Füchse prellen«, sprach das Bäuerlein, ging hin und holte sich den Schatz.

Die drei Brüder

Es war ein Mann, der hatte drei Söhne und weiter nichts im Vermögen als das Haus, worin er wohnte. Nun hätte jeder gerne nach seinem Tode das Haus gehabt, dem Vater war aber einer so lieb wie der andere, da wusste er nicht, wie er's anfangen sollte, dass er keinem zu nahe trät'; verkaufen wollte er das Haus auch nicht, weil's von seinen Voreltern war, sonst hätte er das Geld unter sie geteilt. Da fiel ihm endlich ein Rat ein, und er sprach zu seinen Söhnen: »Geht in die Welt und versucht euch, und lerne jeder sein Handwerk. Wer das beste Meisterstück macht, wenn ihr dann wieder kommt, der soll das Haus haben.«
Da waren die Söhne zufrieden, und der Älteste wollte ein Hufschmied, der Zweite ein Barbier, der Dritte aber ein Fechtmeister werden. Darauf bestimmten sie eine Zeit, wo sie wieder nach Haus zusammenkommen wollten, und zogen fort. Es traf sich auch, dass jeder einen tüchtigen Meister fand. Der Schmied musste des Königs Pferde beschlagen und dachte: ›Nun kann dir's nicht fehlen, du kriegst das Haus.‹ Der Barbier rasierte lauter vornehme Herren und meinte auch, das Haus wäre schon sein. Der Fechtmeister kriegte manchen Hieb, biss aber die Zähne zusammen und ließ sich's nicht verdrießen; denn er dachte bei sich: ›Fürchtest du dich vor

einem Hieb, so kriegst du das Haus nimmermehr.‹ Als nun die gesetzte Zeit herum war, kamen sie bei ihrem Vater wieder zusammen. Sie wussten aber nicht, wie sie die beste Gelegenheit finden sollten, ihre Kunst zu zeigen, und ratschlagten. Wie sie so saßen, kam auf einmal ein Hase übers Feld dahergelaufen. »Ei«, sagte der Barbier, »der kommt wie gerufen«, nahm Becken und Seife, schäumte so lange, bis der Hase in die Nähe kam, dann seifte er ihn in vollem Laufe ein und rasierte ihm auch in vollem Laufe ein Stutzbärtchen, und dabei schnitt er ihn nicht und tat ihm an keinem Haare weh. »Das gefällt mir«, sagte der Vater, »wenn sich die andern nicht gewaltig angreifen, so ist das Haus dein.« Es währte nicht lang, so kam ein

Herr in einem Wagen dahergerennt in vollem Jagen. »Nun sollt Ihr sehen, Vater, was ich kann«, sprach der Hufschmied, sprang dem Wagen nach, riss dem Pferd, das in einem fort jagte, die vier Hufeisen ab und schlug ihm vier neue wieder an. »Du bist ein ganzer Kerl«, sprach der Vater, »du machst deine Sache so gut wie dein Bruder; ich weiß nicht, wem ich das Haus geben soll.« Da sprach der Dritte: »Vater, lasst mich auch einmal gewähren«, und weil es anfing zu regnen, zog er seinen Degen und schwenkte ihn in Kreuzhieben über seinen Kopf, dass kein Tropfen auf ihn fiel; und als der Regen stärker ward und endlich so stark, als ob man mit Mulden vom Himmel gösse, schwang er den Degen immer schneller und blieb so trocken, als säß' er unter Dach und Fach. Wie der Vater das sah, erstaunte er und sprach: »Du hast das beste Meisterstück gemacht, das Haus ist dein.«

Die beiden andern Brüder waren zufrieden, wie sie vorher gelobt hatten, und weil sie einander so lieb hatten, blieben sie alle drei zusammen im Haus und trieben ihr Handwerk; und da sie so gut ausgelernt hatten und so geschickt waren, verdienten sie viel Geld. So lebten sie vergnügt bis in ihr Alter zusammen, und als der eine krank ward und starb, grämten sich die zwei andern so sehr darüber, dass sie auch bald krank wurden und bald starben. Da wurden sie, weil sie sich so lieb gehabt hatten, alle drei zusammen in ein Grab gelegt.

Der gelernte Jäger

Es war einmal ein junger Bursch, der hatte die Schlosserhantierung gelernt und sprach zu seinem Vater, er wollte jetzt in die Welt gehen und sich versuchen. »Ja«, sagte der Vater, »das bin ich zufrieden«, und gab ihm etwas Geld auf die Reise. Also zog er herum und suchte Arbeit. Auf eine Zeit, da wollt' ihm das Schlosserwerk nicht mehr folgen und stand ihm auch nicht mehr an, aber er kriegte Lust zur Jägerei. Da begegnete ihm auf der Wanderschaft ein Jäger im grünen Kleide, der fragte, wo er herkäme und wo er hinwollte. Er wär' ein Schlossergesell, sagte der Bursch, aber das Handwerk gefiele ihm nicht mehr, und er hätte Lust zur Jägerei, ob er ihn als Lehrling annehmen wollte. »O ja, wenn du mit mir gehen willst.« Da ging der junge Bursch mit, vermietete sich etliche Jahre bei ihm und lernte die Jägerei. Danach wollte er sich weiter versuchen, und der Jäger gab ihm nichts zum Lohn als eine Windbüchse, die hatte aber die Eigenschaft, wenn er damit einen Schuss tat, so traf er ohnfehlbar. Da ging er fort und kam in einen sehr großen Wald, von dem konnte er in einem Tag das Ende nicht finden. Wie's Abend war, setzte er sich auf einen hohen Baum, den wilden Tieren nicht erreichbar. Gegen Mitternacht zu, deuchte ihn, schimmerte ein kleines Lichtchen von weitem, da sah er durch die Äste darauf hin und behielt in Acht, wo es war. Doch nahm er noch seinen Hut und warf ihn nach dem Licht zu herunter, dass er danach gehen wollte, wann er herabgestiegen wäre, wie nach einem Zeichen. Nun kletterte er herunter, ging auf seinen Hut los, setzte ihn wieder auf und zog geradeswegs fort. Je weiter er ging, je größer ward das Licht, und wie er nahe dabei kam, sah er, dass es ein gewaltiges Feuer war, und saßen drei Riesen dabei und hatten einen Ochsen am Spieß und ließen ihn braten. Nun sprach der eine: »Ich muss doch schmecken, ob das Fleisch bald zu essen ist«, riss ein Stück herab und wollt' es in den Mund stecken, aber der Jäger schoss es ihm aus der Hand. »Nun ja«, sprach der Riese, »da weht mir der Wind das Stück aus der Hand«, und nahm sich ein anderes. Wie er eben anbeißen wollte, schoss es ihm der Jäger abermals weg; da gab der Riese dem, der neben ihm saß, eine Ohrfeige und rief zornig: »Was reißt du mir mein Stück weg?« »Ich habe es nicht weggerissen«, sprach der andere, »es wird dir's ein Scharfschütze weggeschossen haben.« Der Riese nahm das dritte Stück in die Hand, der Jäger aber schoss es ihm heraus. Da sprachen die Riesen: »Das muss ein guter Schütze sein, der den Bissen vor dem Maul wegschießt, so einer wäre uns nützlich«, und riefen laut: »Komm herbei, du Scharfschütze, setze dich zu uns ans Feuer und iss dich satt, wir wollen dir nichts tun; aber kommst du nicht und wir holen dich mit Gewalt, so bist du verloren.« Da trat der Bursch herzu und sagte, er wäre gelernter Jäger, und wonach er mit seiner Büchse ziele, das treffe er auch sicher und gewiss. Da sprachen sie, wenn er mit ihnen gehen wollte, sollte er's gut haben, und erzählten ihm, vor dem Wald sei ein großes Wasser, dahinter ständ' ein Turm, und in dem Turm säß' eine schöne Königstochter, die wollten sie gern rauben. »Ja«, sprach er, »die will ich bald geschafft haben.« Sagten sie weiter: »Es ist aber noch etwas dabei, es liegt ein kleines Hündchen dort, das fängt gleich an zu bellen, wann sich jemand nähert, und sobald das bellt, wacht auch alles am königlichen Hofe auf, und deshalb können wir nicht hineinkommen; unterstehst du dich, das Hündchen totzuschießen?« »Ja«, sprach er, »das ist mir ein kleiner Spaß«. Danach setzte er sich auf ein Schiff und fuhr über das Wasser, und wie er bald beim Land war, kam das Hündchen gelaufen und wollte bellen, aber er kriegte seine Windbüchse und schoss es tot. Wie die Riesen das sahen, freuten sie sich und meinten, sie hätten die Königstochter schon gewiss, aber der Jäger wollte erst sehen, wie die Sache beschaffen war, und sprach, sie sollten haußen bleiben, bis er sie riefe. Da ging er in das Schloss, und es war mäuschenstill darin, und alles schlief. Wie er das erste Zimmer aufmachte, hing da ein Säbel an der Wand, der war von purem Silber, und war ein goldener Stern darauf und des Königs Name; daneben aber lag auf einem Tisch ein versiegelter Brief, den brach er auf, und es stand darin, wer den Säbel hätte, könnte alles ums Leben bringen, was ihm vorkäme. Da nahm er den Säbel, hing ihn um und ging weiter. Da kam er in das Zimmer, wo die Königstochter lag und schlief; und sie war so schön, dass er stillstand und sie betrachtete und den Atem anhielt. Er dachte bei sich selbst: ›Wie darf ich eine unschuldige Jungfrau in die Gewalt der wilden Riesen bringen, die haben Böses im Sinn.‹ Er schaute sich weiter um, da standen unter dem Bett ein Paar Pantoffeln, auf dem rechten stand ihres Vaters Name mit einem Stern und auf dem linken ihr eigener Name mit einem Stern. Sie hatte auch ein großes Halstuch um, von Seide und mit Gold ausgestickt, auf der rechten Seite ihres Vaters Name, auf der linken ihr Name, alles mit goldenen Buchstaben. Da nahm der Jäger eine Schere und schnitt den rechten Schuppen ab und tat ihn in seinen Ranzen, und dann nahm er auch den rechten Pantoffel mit des Königs Namen und steckte ihn hinein. Nun lag die Jungfrau noch immer und schlief, und sie war ganz in ihr Hemd eingenäht. Da schnitt er auch ein Stückchen von dem Hemd ab und steckte es zu dem andern, doch tat er das alles, ohne sie anzurühren. Dann ging er fort und ließ sie schlafen, und als er wieder ans Tor kam, warteten die Riesen noch auf ihn und dachten, er würde die Königstochter bringen. Er rief ihnen aber zu, sie sollten hereinkommen, die Jungfrau wäre schon in seiner Gewalt. Die Tür könnte er ihnen aber nicht aufmachen, aber da wäre ein Loch, durch welches sie kriechen müssten. Nun kam der Erste näher, da wickelte der Jäger des Riesen Haar um seine Hand, zog den Kopf herein und hieb ihn mit seinem Säbel in einem Streich ab und zog ihn dann vollends herein. Dann rief er den Zweiten und hieb ihm gleichfalls das Haupt ab und endlich auch dem Dritten, und war froh, dass er die schöne Jungfrau von ihren Feinden befreit hatte, und er schnitt

ihnen die Zungen aus und steckte sie in seinen Ranzen. Da dachte er: ›Ich will heimgehen zu meinem Vater und ihm zeigen, was ich schon getan habe, dann will ich in der Welt herumziehen; das Glück, das mir Gott bescheren will, wird mich schon erreichen.‹

Der König in dem Schloss aber, als er aufwachte, erblickte die drei toten Riesen. Dann ging er in die Schlafkammer seiner Tochter, weckte sie auf und fragte, wer das wohl gewesen wäre, der die Riesen ums Leben gebracht hätte. Da sagte sie: »Lieber Vater, ich weiß es nicht, ich habe geschlafen.« Wie sie nun aufstand und ihre Pantoffeln anziehen wollte, da war der rechte weg, und wie sie ihr Halstuch betrachtete, war es durchschnitten, und es fehlte der rechte Schlippen, und wie sie ihr Hemd ansah, war ein Stückchen heraus. Der König ließ den ganzen Hof zusammenkommen und fragte, wer seine Tochter befreit und die Riesen ums Leben gebracht hätte. Nun hatte er einen Hauptmann, der war einäugig und ein hässlicher Mensch, der sagte, er hätte es getan. Da sprach der alte König, so er das vollbracht hätte, sollte er seine Tochter auch heiraten. Die Jungfrau aber sagte: »Lieber Vater, dafür, dass ich den heiraten soll, will ich lieber in die Welt gehen, so weit wie mich meine Beine tragen.« Da sprach der König, wenn sie den nicht heiraten wollte, sollte sie die königlichen Kleider ausziehen und Bauernkleider antun und fortgehen; und sie sollte zu einem Töpfer gehen und einen Handel mit irdenem Geschirr anfangen. Da tat sie ihre königlichen Kleider aus und ging zu einem Töpfer und borgte sich einen Kram irden Werk; sie versprach ihm auch, wenn sie's am Abend verkauft hätte, wollte sie es bezahlen. Nun sagte der König, sie sollte sich an eine Ecke damit setzen und es verkaufen, dann bestellte er etliche Bauernwagen, die sollten mittendurch fahren, dass alles in tausend Stücke ginge. Wie nun die Königstochter ihren Kram auf die Straße hingestellt hatte, kamen die Wagen und zerbrachen ihn zu lauter Scherben. Sie fing an zu weinen und sprach: »Ach Gott, wie will ich nun den Töpfer bezahlen?« Der König aber hatte sie damit zwingen wollen, den Hauptmann zu heiraten, stattdessen ging sie wieder zum Töpfer und fragte ihn, ob er ihr noch einmal borgen wollte. Er antwortete, nein, sie sollte erst das vorige bezahlen. Da ging sie zu ihrem Vater, schrie und jammerte und sagte, sie wollte in die Welt gehen. Da sprach er: »Ich will dir draußen in dem Wald ein Häuschen bauen lassen, darin sollst du dein Lebtag sitzen und für jedermann kochen, du darfst aber kein Geld nehmen.« Als das Häuschen fertig war, ward vor die Tür ein Schild gehängt, darauf stand geschrieben: ›Heute umsonst, morgen für Geld.‹ Da saß sie lange Zeit, und es sprach sich in der Welt herum, da säße eine Jungfrau, die kochte umsonst, und das stände vor der Tür an einem Schild. Das hörte auch der Jäger und dachte: ›Das wär' etwas für dich, du bist doch arm und hast kein Geld.‹ Er nahm also seine Windbüchse und den Ranzen, worin noch alles steckte, was er damals im Schloss als Wahrzeichen mitgenommen hatte, ging in den Wald und fand auch das Häuschen mit dem Schild: ›Heute umsonst, morgen für Geld.‹ Er hatte aber den Degen umhängen, womit er den drei Riesen den Kopf abgehauen hatte, trat so in das Häuschen und ließ sich etwas zu essen geben. Er freute sich über das schöne Mädchen, es war aber auch bildschön. Sie fragte, wo er herkäme und hinwollte, da sagte er: »Ich reise in der Welt herum.« Da fragte sie ihn, wo er den Degen her hätte, da stände ja ihres Vaters Name darauf. Fragte er, ob sie des Königs Tochter wäre. »Ja«, antwortete sie. »Mit diesem Säbel«, sprach er, »habe ich drei Riesen den Kopf abgehauen«, und holte zum Zeichen ihre Zungen aus dem Ranzen, dann auch den Pantoffel, den Schlippen vom Halstuch und das Stück vom Hemd. Da war sie voll Freude und sagte, er wäre derjenige, der sie erlöst hätte. Darauf gingen sie zum König und holten ihn herbei, und sie führte ihn in ihre Kammer und sagte ihm, der Jäger wäre der Rechte, der sie von den Riesen erlöst hätte. Und wie der alte König die Wahrzeichen sah, da konnte er nicht mehr zweifeln und sagte, es wäre ihm lieb, dass er wüsste, wie alles zugegangen wäre, und er sollte sie nun auch zur Gemahlin haben; darüber freute sich die Jungfrau von Herzen. Darauf kleideten sie ihn, als wenn er ein fremder Herr wäre, und der König ließ ein Gastmahl anstellen. Als sie nun zu Tisch gingen, kam der

Hauptmann auf die linke Seite der Königstochter zu sitzen, der Jäger aber auf die rechte; und der Hauptmann meinte, das wäre ein fremder Herr und wäre zu Besuch gekommen. Wie sie gegessen und getrunken hatten, sprach der alte König zum Hauptmann, er wollte ihm etwas aufgeben, das sollte er erraten. Wenn einer spräche, er hätte drei Riesen ums Leben gebracht, und er gefragt würde, wo die Zungen der Riesen wären, und er müsste zusehen, und wären keine in ihren Köpfen, wie das zuginge? Da sagte der Hauptmann: »Sie werden keine gehabt haben.« »Nicht so«, sagte der König, »jedes Getier hat eine Zunge«, und fragte weiter, was der wert wäre, der seinen Herrn so betröge? Antwortete der Hauptmann: »Der gehört in Stücke zerrissen zu werden.« Da sagte der König, er hätte sich selber sein Urteil gesprochen, und ward der Hauptmann in vier Stücke zerrissen, die Königstochter aber mit dem Jäger vermählt. Danach holte er seinen Vater und seine Mutter herbei, und die lebten in Freude bei ihrem Sohn, und nach des alten Königs Tod bekam er das Reich.

Der Teufel mit den drei goldenen Haaren

Es war einmal eine arme Frau, die gebar ein Söhnlein, und weil es eine Glückshaut umhatte, als es zur Welt kam, so ward ihm geweissagt, es werde im vierzehnten Jahr die Tochter des Königs zur Frau haben. Es trug sich zu, dass der König bald darauf ins Dorf kam, und niemand wusste, dass es der König war, und als er die Leute fragte, was es Neues gäbe, so antworteten sie: »Es ist in diesen Tagen ein Kind mit einer Glückshaut geboren. Was so einer unternimmt, das schlägt ihm zum Glück aus. Es ist ihm auch vorausgesagt, in seinem vierzehnten Jahre solle er die Tochter des Königs zur Frau haben.« Der König, der ein böses Herz hatte und über die Weissagung sich ärgerte, ging zu den Eltern, tat ganz freundlich und sagte: »Ihr armen Leute, überlasst mir euer Kind, ich will es versorgen.« Anfangs weigerten sie sich, da aber der fremde Mann schweres Gold dafür bot und sie dachten: ›Es ist ein Glückskind, es muss doch zu seinem Besten ausschlagen‹, so willigten sie endlich ein und gaben ihm das Kind.

Der König legte es in eine Schachtel und ritt damit weiter, bis er zu einem tiefen Wasser kam. Da warf er die Schachtel hinein und dachte: ›Von dem unerwarteten Freier habe ich meiner Tochter abgeholfen.‹ Die Schachtel aber ging nicht unter, sondern schwamm wie ein Schiffchen. So schwamm sie bis zwei Meilen von des Königs Hauptstadt, wo eine Mühle war, an dessen Wehr sie hängen blieb. Ein Mahlbursche, der glücklicherweise dastand und sie bemerkte, zog sie mit einem Haken heran und meinte große Schätze zu finden; als er sie aber aufmachte, lag ein schöner Knabe darin, der ganz frisch und munter war. Er brachte ihn zu den Müllersleuten, und weil diese keine Kinder hatten, freuten sie sich und sprachen: »Gott hat es uns beschert.« Sie pflegten den Findling wohl, und er wuchs in allen Tugenden heran.

Es trug sich zu, dass der König einmal bei einem Gewitter in die Mühle trat und die Müllersleute fragte, ob der große Junge ihr Sohn wäre. »Nein«, antworteten sie, »es ist ein Findling, er ist vor vierzehn Jahren in einer Schachtel ans Wehr geschwommen, und der Mahlbursche hat ihn aus dem Wasser gezogen.« Da merkte der König, dass es niemand anders als das Glückskind war, das er ins Wasser geworfen hatte, und sprach: »Ihr guten Leute, könnte der Junge nicht einen Brief an die Frau Königin bringen? Ich will ihm zwei Goldstücke zum Lohn geben.« – »Wie der Herr König gebietet«, antworteten die Leute und hießen den Jungen sich bereithalten. Da schrieb der König einen Brief an die Köngin, worin stand: »Sobald der Knabe mit diesem Schreiben angelangt ist, soll er getötet und begraben werden, und das alles soll geschehen sein, ehe ich zurückkomme.« Der Knabe machte sich mit diesem Briefe auf den Weg, verirrte sich aber und kam abends in einen großen Wald. In der Dunkelheit sah er ein kleines Licht, ging darauf zu und gelangte zu einem Häuschen. Als er hineintrat, saß eine alte Frau beim Feuer ganz allein. Sie erschrak, als sie den Knaben erblickte, und sprach: »Wo kommst du her, und wo willst du hin?« – »Ich komme von der Mühle«, antwortete er, »und will zur Frau Königin, der ich einen Brief bringen soll. Weil ich mich aber in dem Walde verirrt habe, so wollte ich hier gerne übernachten.« – »Du armer Junge«, sprach die Frau, »du bist in ein Räuberhaus geraten, und wenn sie heimkommen, so bringen sie dich um.« – »Mag kommen, wer will«, sagte der Junge, »ich fürchte mich nicht.« Er streckte sich auf eine Bank und schlief ein. Bald hernach kamen die Räuber und fragten zornig, was da für ein fremder Knabe läge. »Ach«, sagte die Alte, »es ist ein unschuldiges Kind, es hat sich im Walde verirrt, und ich habe ihn aus Barmherzigkeit aufgenommen, er soll einen Brief an die Frau Königin bringen.« Die Räuber erbrachen den Brief und lasen ihn, und es stand darin, dass der Knabe sogleich, wie er ankäme, sollte ums Leben gebracht werden. Da empfanden die hartherzigen Räuber Mitleid, und der Anführer zerriss den Brief und schrieb einen andern, und es stand darin, sowie der Knabe ankäme, sollte er sogleich mit der Königstochter vermählt werden. Sie ließen ihn dann ruhig bis zum andern Morgen auf der Bank liegen, und als er aufgewacht war, gaben sie ihm den Brief und zeigten ihm den rechten Weg. Die Königin aber, als sie den Brief empfangen und gelesen hatte, tat, wie darin stand, hieß ein prächtiges Hochzeitsfest anstellen, und die Königstochter ward mit dem Glückskind vermählt; und da der Jüngling schön und freundlich war, so lebte sie vergnügt und zufrieden mit ihm.

Nach einiger Zeit kam der König wieder in sein Schloss und sah, dass die Weissagung erfüllt und das Glückskind mit seiner Tochter vermählt war. »Wie ist das zugegangen?«, sprach er, »ich habe in meinem Brief einen ganz andern Befehl erteilt.« Da reichte ihm die Königin den Brief und sagte, er möchte selbst sehen, was darin stände. Der König las den Brief und merkte wohl, dass er mit einem andern war vertauscht worden. Er fragte den Jüngling, wie es mit dem anvertrauten Briefe zugegangen wäre, warum er einen andern dafür gebracht hätte. »Ich weiß von nichts«, antwortete er, »er muss mir in der Nacht vertauscht worden sein, als ich im Walde geschlafen habe.« Voll Zorn sprach der König: »So leicht soll es dir nicht werden! Wer meine Tochter haben will, der muss mir aus der Hölle drei goldene Haare von dem Haupte des Teufels holen; bringst du mir, was ich verlange, so sollst du meine Tochter behalten.« Damit hoffte der König, ihn auf immer loszuwerden. Das Glückskind aber antwortete: »Die goldenen Haare will ich wohl holen, ich fürchte mich vor dem Teufel nicht.« Darauf nahm er Abschied und begann seine Wanderschaft.

Der Weg führte ihn zu einer großen Stadt, wo ihn der Wächter an dem Tore ausfragte, was für ein Gewerbe er verstünde und was er wüsste. »Ich weiß alles«, antwortete das Glückskind. »So kannst du uns einen Gefallen tun«, sagte der Wächter, »wenn du uns sagst, warum unser Marktbrunnen, aus dem sonst Wein quoll, trocken geworden ist und nicht einmal mehr Wasser gibt.« – »Das sollt ihr erfahren«, antwortete er, »wartet nur, bis ich wiederkomme.« – Da ging er weiter und kam vor eine andere Stadt; da fragte der Torwächter das Gleiche. »Ich weiß alles«, antwortete er. »So kannst du uns einen Gefallen tun und uns sagen, warum ein Baum in unserer Stadt, der sonst goldene Äpfel trug, jetzt nicht einmal Blätter hervortreibt.« – »Das sollt ihr erfahren«, antwortete er, »wartet nur, bis ich wiederkomme.« Da ging er weiter und kam an ein großes Wasser, über das er hinüber musste. Der Fährmann fragte ihn, was er für ein Gewerbe verstünde und was er wüsste. »Ich weiß alles«, antwortete er. »So kannst du mir einen Gefallen tun«, sprach der Fährmann, »und mir sagen, warum ich immer hin und her fahren muss und niemals abgelöst werde.« – »Das sollst du erfahren«, antwortete er, »warte nur, bis ich wiederkomme.«

Als er über das Wasser hinüber war, so fand er den Eingang zur Hölle. Es war schwarz und rußig darin, und der Teufel war nicht zu Haus, aber seine Ellermutter saß da in einem breiten Sorgenstuhl. »Was willst du?«, sprach sie zu ihm, sah aber gar nicht so böse aus. »Ich wollte gerne drei goldene Haare von des Teufels Kopf«, antwortete er, »sonst kann ich meine Frau nicht behalten.« – »Das ist viel verlangt«, sagte sie, »wenn der Teufel heimkommt und findet dich, so geht dir's an den Kragen; ich will dir helfen.« Sie verwandelte ihn in eine Ameise und sprach: »Kriech in meine Rockfalten, da bist du sicher.« – »Ja«, antwortete er, »das ist schon gut, aber drei Dinge möcht' ich gerne noch wissen: Warum ein Brunnen, aus dem sonst Wein quoll, trocken geworden ist, jetzt nicht einmal mehr Wasser gibt, warum ein Baum, der sonst goldene Äpfel trug, nicht einmal mehr Laub treibt, und warum ein Fährmann immer hinüber und herüber fahren muss und nicht abgelöst wird.« – »Das sind schwere Fragen«, antwortete sie, »aber halte dich nur still und ruhig und hab Acht, was der Teufel spricht, wann ich ihm die drei goldenen Haare ausziehe.«

Als der Abend einbrach, kam der Teufel nach Haus. Kaum war er eingetreten, so merkte er, dass die Luft nicht rein war. »Ich rieche, rieche Menschenfleisch«, sagte er, »es ist hier nicht richtig.« Dann guckte er in alle Ecken und suchte, konnte aber nichts finden. Die Ellermutter schalt ihn aus: »Eben ist erst gekehrt«, sprach sie, »und alles in Ordnung gebracht, nun wirfst du mir's wieder untereinander; immer hast du Menschenfleisch in der Nase! Setze dich nieder und iss dein Abendbrot.« Als er gegessen und getrunken hatte, war er müde, legte der Ellermutter seinen Kopf in den Schoß und sagte, sie solle ihn ein wenig lausen. Es dauerte nicht lange, so schlummerte er ein, blies und schnarchte. Da fasste die Alte ein goldenes Haar, riss es aus und legte es neben sich. »Autsch!«, schrie der Teufel, »was hast du vor?« – »Ich habe einen schweren Traum gehabt«, antwortete die Ellermutter, da hab' ich dir in die Haare gefasst.« – »Was hat dir denn geträumt?«, fragte der Teufel. »Mir hat geträumt, ein

Marktbrunnen, aus dem sonst Wein quoll, sei versiegt und es habe nicht einmal Wasser daraus quellen wollen, was ist wohl schuld daran? – »He, wenn sie's wüssten!«, antwortete der Teufel, »es sitzt eine Kröte unter einem Stein im Brunnen, wenn sie die töten, so wird der Wein schon wieder fließen.« Die Ellermutter lauste ihn wieder, bis er einschlief und schnarchte, dass die Fenster zitterten. Da riss sie ihm das zweite Haar aus. »Hu! Was machst du?«, schrie der Teufel zornig. »Nimm's nicht übel«, antwortete sie, »ich habe es im Traum getan.« – »Was hat dir wieder geträumt?«, fragte er. »Mir hat geträumt, in einem Königreiche ständ' ein Obstbaum, der hätte sonst goldene Äpfel getragen und wollte jetzt nicht einmal Laub treiben. Was war wohl die Ursache davon?« – »He, wenn sie's wüssten!«, antwortete der Teufel, »an der Wurzel nagt eine Maus, wenn sie die töten, so wird er schon wieder goldene Äpfel tragen. Aber lass mich mit deinen Träumen in Ruhe, wenn du mich noch einmal im Schlafe störst, so kriegst du eine Ohrfeige.« Die Ellermutter sprach ihn zugut und lauste ihn wieder, bis er eingeschlafen war und schnarchte. Da fasste sie das drittene goldene Haar und riss es ihm aus. Der Teufel fuhr in die Höhe, schrie und wollte übel mit ihr wirtschaften, aber sie besänftigte ihn nochmals und sprach: »Wer kann für böse Träume!« – »Was hat dir denn geträumt?«, fragte er und war doch neugierig. »Mir hat von einem Fährmann ge-

träumt, der sich beklagte, dass er immer hin und her fahren müsste und nicht abgelöst würde. Was ist wohl schuld?« – »He, der Dummbart!«, antwortete der Teufel, »wenn einer kommt und will überfahren, so muss er ihm die Stange in die Hand geben; dann muss der andere überfahren, und er ist frei.« Da die Ellermutter ihm die drei goldenen Haare ausgerissen hatte und die drei Fragen beantwortet waren, so ließ sie den alten Drachen in Ruhe, und er schlief, bis der Tag anbrach.

Als der Teufel wieder fortgezogen war, holte die Alte die Ameise aus der Rockfalte und gab dem Glückskind die menschliche Gestalt zurück. »Da hast du die drei goldenen Haare«, sprach sie, »was der Teufel zu deinen drei Fragen gesagt hat, wirst du wohl gehört haben.« – »Ja«, antwortete er, »ich habe es gehört und will's wohl behalten.« – »So ist dir geholfen«, sagte sie, und nun kannst du deiner Wege ziehen.« Er bedankte sich bei der Alten für die Hilfe in der Not, verließ die Hölle. Als er zu dem Fährmann kam, sollte er ihm die versprochene Antwort geben. »Fahr mich erst hinüber«, sprach das Glückskind, »so will ich dir sagen, wie du erlöst wirst«, und als er auf dem jenseitigen Ufer angelangt war, gab er ihm des Teufels Rat: »Wenn wieder einer kommt und will übergefahren sein, so gib ihm nur die Stange in die Hand.« Er ging weiter und kam zu der Stadt, worin der unfruchtbare Baum stand, und wo der Wächter auch Antwort haben wollte. Da sagte er ihm, wie er vom Teufel gehört hatte: »Tötet die Maus, die an seiner Wurzel nagt, so wird er wieder goldene Äpfel tragen.« Da dankte ihm der Wächter und gab ihm zur Belohnung zwei mit Gold beladene Esel, die mussten ihm nachfolgen. Zuletzt kam er zu der Stadt, deren Brunnen versiegt war. Da sprach er zu dem Wächter, wie der Teufel gesprochen hatte: »Es sitzt eine Kröte im Brunnen unter einem Stein, die müsst ihr aufsuchen und töten, so wird er wieder reichlich Wein geben.« Der Wächter dankte und gab ihm ebenfalls zwei mit Gold beladene Esel.

Endlich langte das Glückskind daheim bei seiner Frau an, die sich herzlich freute, als sie ihn wieder sah und hörte, wie wohl ihm alles gelungen war. Dem König brachte er, was er verlangt hatte, die drei goldenen Haare des Teufels, und als dieser die vier Esel mit dem Golde sah, ward er ganz vergnügt und sprach: »Nun sind alle Bedingungen erfüllt, und du kannst meine Tochter behalten. Aber, lieber Schwiegersohn, sage mir doch, woher ist das viele Gold? Das sind ja gewaltige Schätze!« – »Ich bin über einen Fluss gefahren«, antwortete er, »und da habe ich es mitgenommen; es liegt dort statt des Sandes am Ufer.« – »Kann ich mir auch davon holen?«, sprach der König und war ganz begierig. »So viel Ihr nur wollt«, antwortete er, »es ist ein Fährmann auf dem Fluss, von dem lasst Euch überfahren, so könnt Ihr drüben Eure Säcke füllen.« Der habsüchtige König machte sich in aller Eile auf den Weg, und als er zu dem Fluss kam, so winkte er dem Fährmann, der sollte ihn übersetzen. Der Fährmann kam und hieß ihn einsteigen, und als sie an das jenseitige Ufer kamen, gab er ihm die Ruderstange in die Hand und sprang davon. Der König aber musste von nun an fahren zur Strafe für seine Sünden.

»Fährt er wohl noch?« – »Was denn? Es wird ihm niemand die Stange abgenommen haben.«

Dornröschen

Vor Zeiten waren ein König und eine Königin, die sprachen jeden Tag: »Ach, wenn wir doch ein Kind hätten!«, und kriegten immer keins. Da trug sich zu, als die Königin einmal im Bade saß, dass ein Frosch aus dem Wasser ans Land kroch und zu ihr sprach: »Dein Wunsch wird erfüllt werden; ehe ein Jahr vergeht, wirst du eine Tochter zur Welt bringen.« Was der Frosch gesagt hatte, das geschah, und die Königin gebar ein Mädchen, das war so schön, dass der König vor Freude sich nicht zu lassen wusste und ein großes Fest anstellte. Er ladete nicht bloß seine Verwandten, Freunde und Bekannten, sondern auch die weisen Frauen dazu ein, damit sie dem Kind hold und gewogen wären. Es waren ihrer dreizehn in seinem Reiche, weil er aber nur zwölf goldene Teller hatte, von welchen sie essen sollten, so musste eine von ihnen daheim bleiben. Das Fest ward mit aller Pracht gefeiert, und als es zu Ende war, beschenkten die weisen Frauen das Kind mit ihren Wundergaben: die eine mit Tugend, die andere mit Schönheit, die dritte mit Reichtum und so mit allem, was auf der Welt zu wünschen ist. Als elfe ihre Sprüche eben getan hatten, trat plötzlich die dreizehnte herein. Sie wollte sich dafür rächen, dass sie nicht eingeladen war, und rief mit lauter Stimme: »Die Königstochter soll sich in ihrem fünfzehnten Jahr an einer Spindel stechen und tot hinfallen.« Und ohne ein Wort weiter zu sprechen, kehrte sie sich um und verließ den Saal. Alle waren erschrocken, da trat die zwölfte hervor, die ihren Wunsch noch übrig hatte, und weil sie

den bösen Spruch nicht aufheben, sondern ihn nur mildern konnte, so sagte sie: »Es soll aber kein Tod sein, sondern ein hundertjähriger tiefer Schlaf, in welchen die Königstochter fällt.«

Der König, der sein liebes Kind vor dem Unglück gern bewahren wollte, ließ den Befehl ausgeben, dass alle Spindeln im ganzen Königreiche sollten verbrannt werden. An dem Mädchen aber wurden die Gaben der weisen Frauen sämtlich erfüllt; denn es war so schön, sittsam, freundlich und verständig, dass es jedermann, der es ansah, lieb haben musste. Es geschah, dass an dem Tage, wo es gerade fünfzehn Jahr alt ward, der König und die Königin nicht zu Haus waren und das Mädchen ganz allein im Schloss zurückblieb. Da ging es allerorten herum, besah Stuben und Kammern, wie es Lust hatte, und kam endlich auch an einen alten Turm. Es stieg die enge Wendeltreppe hinauf und gelangte zu einer kleinen Tür. In dem Schloss steckte ein verrosteter Schlüssel, und als es umdrehte, sprang die Tür auf, und da saß in einem kleinen Stübchen eine alte Frau mit einer Spindel und spann emsig ihren Flachs. »Guten Tag, du Mütterchen«, sprach die Königstochter, »was machst du da?« – »Ich spinne«, sagte die Alte und nickte mit dem Kopf. »Was ist das für ein Ding, das so lustig herumspringt?«, sprach das Mädchen und nahm die Spindel. Kaum hatte sie aber die Spindel angerührt, so ging der Zauberspruch in Erfüllung, und sie stach sich damit in den Finger.

In dem Augenblick aber, wo sie den Stich empfand, fiel sie auf das Bett nieder, das da stand, und lag in einem tiefen Schlaf. Und dieser Schlaf verbreitete sich über das ganze Schloss, der König und die Königin, die eben heimgekommen waren und in den Saal getreten waren, fingen an einzuschlafen und der ganze Hofstaat mit ihnen. Da schliefen auch die Pferde im Stall, die Hunde im Hofe, die Tauben auf dem Dache, die Fliegen an der Wand, ja, das Feuer, das auf dem Herde flackerte, ward still und schlief ein, und der Braten hörte auf zu brutzeln, und der Koch, der den Küchenjungen, weil er etwas versehen hatte, an den Haaren ziehen wollte, ließ ihn los und schlief. Und der Wind legte sich, und auf den Bäumen vor dem Schloss regte sich kein Blättchen mehr.

Rings um das Schloss aber begann eine Dornenhecke zu wachsen, die jedes Jahr höher ward und endlich das ganze Schloss umzog und darüber hinaus wuchs, dass gar nichts mehr davon zu sehen war, selbst nicht die Fahne auf dem Dach. Es ging aber die Sage in dem Land von dem schönen schlafenden Dornröschen; denn so ward die Königstochter genannt, also dass von Zeit zu Zeit Königssöhne kamen und durch die Hecke in das Schloss dringen wollten. Es war ihnen aber nicht möglich; denn die Dornen hielten fest zusammen, und die Jünglinge blieben darin hängen, konnten sich nicht wieder losmachen und starben eines jämmerlichen Todes. Nach langen, langen Jahren kam wieder mal ein Königssohn in das Land und hörte, wie ein alter Mann von der Dornenhecke erzählte, es sollte ein Schloss dahinter stehen, in welchem eine wunderschöne Königstochter, Dornröschen genannt, schon seit hundert Jahren schliefe, und mit ihr schliefe der König und die Königin und der ganze Hofstaat. Er wusste auch von seinem Großvater, dass schon viele Königssöhne gekommen wären und versucht hätten, durch die Dornenhecke zu dringen, aber sie wären darin hängen geblieben und gestorben. Da sprach der Jüngling: »Ich fürchte mich nicht, ich will hinaus und Dornröschen sehen.« Der gute Alte mochte ihm abraten, wie er wollte, er hörte nicht auf seine Worte.

Nun waren aber gerade die hundert Jahre verflossen, und der Tag war gekommen, wo Dornröschen wieder erwachen sollte. Als der Königssohn sich der Dornenhecke näherte, waren es lauter große, schöne Blumen, die taten sich von selbst auseinander und ließen ihn unbeschädigt hindurch und hinter ihm taten sie sich wieder als eine Hecke zusammen. Im Schlosshof sah er die Pferde und scheckigen Jagdhunde liegen und schlafen; auf dem Dache saßen die Tauben und hatten das Köpfchen unter den Flügel gesteckt. Und als er ins Haus kam, schliefen die Fliegen an der Wand, der Koch in der Küche hielt noch die Hand, als wollte er den Jungen anpacken, und die Magd saß vor dem schwarzen Huhn, das sollte gerupft werden. Da ging er weiter und sah im Saale den ganzen Hofstaat liegen und schlafen, und oben bei dem Throne lagen der König und die Königin. Da ging er noch weiter, und alles war so still; endlich kam er zu dem Turm und öffnete die Tür zu der Stube, in welcher Dornröschen schlief. Da lag es und war so schön, dass er die Augen nicht abwenden konnte, und er bückte sich und gab ihm einen Kuss. Wie er es mit dem Kuss berührt hatte, schlug Dornröschen die Augen auf, erwachte und blickte ihn ganz freundlich an. Da gingen sie zusammen hinab, und der König erwachte und die Königin und der ganze Hofstaat, und sie sahen einander mit großen Augen an. Und die Pferde im Hof standen auf und rüttelten sich; die Jagdhunde sprangen und wedelten; die Tauben auf dem Dache zogen das Köpfchen unterm Flügel hervor, sahen umher und flogen ins Feld; die Fliegen an den Wänden krochen weiter; das Feuer in der Küche erhob sich, flackerte und kochte das Essen; der Braten fing wieder an zu brutzeln; und der Koch gab dem Jungen eine Ohrfeige, dass er schrie, und die Magd rupfte das Huhn fertig. Und da wurde die Hochzeit des Königssohns mit dem Dornröschen in aller Pracht gefeiert, und sie lebten vergnügt bis an ihr Ende.

Die sieben Schwaben

Einmal waren sieben Schwaben beisammen, der erste war der Herr Schulz, der zweite der Jackli, der dritte der Marli, der vierte der Jergli, der fünfte der Michal, der sechste der Hans, der siebente der Veitli; die hatten alle siebene sich vorgenommen, die Welt zu durchziehen, Abenteuer zu suchen und große Taten zu vollbringen. Damit sie aber auch mit bewaffneter Hand und sicher gingen, sahen sie's für gut an, dass sie sich zwar nur einen einzigen, aber recht starken und langen Spieß machen ließen. Diesen Spieß fassten sie alle siebene zusammen an, vorn ging der kühnste und männlichste, das musste der Herr Schulz sein, und dann folgten die andern nach der Reihe, und der Veitli war der Letzte.

Nun geschah es, als sie im Heumonat eines Tags einen weiten Weg gegangen waren, auch noch ein gut Stück bis in das Dorf hatten, wo sie über Nacht bleiben mussten, dass in der Dämmerung auf einer Wiese ein großer Rosskäfer oder eine Hornisse nicht weit von ihnen hinter einer Staude vorbeiflog und feindlich brummelte. Der Herr Schulz erschrak, dass er fast den Spieß hätte fallen lassen und ihm der Angstschweiß am ganzen Leibe ausbrach. »Horcht, horcht«, rief er seinen Gesellen, »Gott, ich höre eine Trommel!« Der Jackli, der hinter ihm den Spieß hielt und dem, ich weiß nicht was für ein Geruch in die Nase kam, sprach: »Etwas ist ohne Zweifel vorhanden; denn ich schmeck' das Pulver und den Zündstrick.« Bei diesen Worten hub der Herr Schulz an, die Flucht zu ergreifen, und sprang im Hui über einen Zaun, weil er aber gerade auf die Zinken eines Rechens sprang, der vom Heumachen da liegen geblieben war, so fuhr ihm der Stiel ins Gesicht und gab ihm einen ungewaschenen Schlag. »O wei, o wei«, schrie der Herr Schulz, »nimm mich gefangen, ich ergeb' mich, ich ergeb' mich!« Die andern sechs hüpften auch alle einer über den andern herzu und schrien: »Gibst du dich, so geb' ich mich auch, gibst du dich, so geb' ich mich auch.« Endlich, wie kein Feind da war, merkten sie, dass sie betrogen waren; und damit die Geschichte nicht unter die Leute käme und sie nicht gespottet würden, verschwuren sie sich untereinander, so lang stillzuschweigen, bis einer unverhofft das Maul auftäte.

Hierauf zogen sie weiter. Die zweite Gefährlichkeit, die sie erlebten, kann aber mit der ersten nicht verglichen werden. Nach etlichen Tagen trug sie ihr Weg durch ein Brachfeld, da saß ein Hase in der Sonne und schlief, streckte die Ohren in die Höhe und hatte die großen gläsernen Augen starr aufstehen. Da erschraken sie bei dem Anblick des grausamen und wilden Tieres insgesamt und hielten Rat, was zu tun das wenigst Gefährliche wäre. Denn so sie fliehen wollten, war zu besorgen, das Ungeheuer setzte ihnen nach und verschlänge sie alle mit Haut und Haar. Also sprachen sie: »Wir müssen einen großen und gefährlichen Kampf bestehen, frisch gewagt ist halb gewonnen!«, fassten alle siebene den Spieß an, der Herr Schulz vorn und der Veitli hinten. Der Herr Schulz wollte den Spieß noch immer anhalten, der Veitli aber war hinten ganz mutig geworden, wollte losbrechen und rief:

»Stoß zu in aller Schwabe Name,
sonst wünsch i, dass ihr möcht erlahme.«

Aber der Hans wusst' ihn zu treffen und sprach:

»Beim Element, du hascht gut schwätze,
bischt stets der letscht beim Drachehetze.«

Der Michal rief:

»Es wird nit fehle um ei Haar,
so ischt es wohl der Teufel gar.«

Drauf kam an den Jergli die Reihe, der sprach:

»Ischt er es nit, so ischt's sei Muter
der des Teufels Stiefbruder.«

Der Marli hatte da einen guten Gedanken und sagte zum Veitli:

»Gang, Veitli, gang, gang du voran,
i will dahinte vor di stahn.«

Der Veitli hörte aber nicht drauf, und der Jackli sagte:

»Der Schulz, der muss der erschte sei;
denn ihm gebührt die Ehr allei.«

Da nahm sich der Herr Schulz ein Herz und sprach gravitätisch:

»So zieht denn herzhaft in den Streit,
hieran erkennt man tapfre Leut.«

Da gingen sie insgesamt auf den Drachen los. Der Herr Schulz segnete sich und rief Gott um Beistand an; wie aber das alles nicht helfen wollte und er dem Feind immer näher kam, schrie er in großer Angst: »Hau! Hurlehau! Hau! Hauhau!« Davon erwachte der Has, erschrak und sprang eilig davon. Als ihn der Herr Schulz so feldflüchtig sah, da rief er voll Freude:

»Potz, Veitli, lueg, lueg, was isch das?
Das Ungehüer ischt a Has.«

Der Schwabenbund suchte aber weiter Abenteuer und kam an die Mosel, ein moosiges, stilles und tiefes Wasser, darüber nicht viel Brücken sind, sondern man an mehrern Orten sich muss in Schiffen überfahren lassen. Weil die sieben Schwaben dessen unberichtet waren, riefen sie einem Mann, der jenseits des Wassers seine Arbeit vollbrachte, zu, wie man doch hinüberkommen könnte. Der Mann verstand wegen der Weite und wegen ihrer Sprache nicht, was sie wollten, und fragte auf sein Trierisch: »Wat? Wat?« Da meinte der Herr Schulz, er spräche nicht anders als: »Wate, wate durchs Wasser«, und begann, sich auf den Weg zu machen und in die Mosel hineinzugehen. Nicht lang, so versank er in den Schlamm und in die tiefen Wellen, seinen Hut aber jagte der Wind an das jenseitige Ufer, und ein Frosch setzte sich dabei und quakte: »Wat, wat, wat.« Die sechs andern hörten das drüben und sprachen: »Unser Gesell, der Herr Schulz, ruft uns, kann er hinüberwaten, warum wir nicht auch?« Sprangen darum eilig alle zusammen in das Wasser und ertranken, also dass ein Frosch ihrer sechse ums Leben brachte und niemand von dem Schwabenbund wieder nach Haus kam.

König Drosselbart

Ein König hatte eine Tochter, die war über alle Maßen schön, aber dabei so stolz und übermütig, dass ihr kein Freier gut genug war. Sie wies einen nach dem andern ab und trieb noch dazu Spott mit ihnen. Einmal ließ der König ein großes Fest anstellen und ladete dazu aus der Nähe und Ferne die heiratslustigen Männer ein. Sie wurden alle in eine Reihe nach Rang und Stand geordnet; erst kamen die Könige, dann die Herzöge, die Fürsten, Grafen und Freiherrn, zuletzt die Edelleute. Nun ward die Königstochter durch die Reihen geführt, aber an jedem hatte sie etwas auszusetzen. Der eine war ihr zu dick. »Das Weinfass!«, sprach sie. Der andere zu lang. »Lang und schwank hat keinen Gang.« Der Dritte zu kurz. »Kurz und dick hat kein Geschick.« Der Vierte zu blass. »Der bleiche Tod!« Der

Fünfte zu rot. »Der Zinshahn!« Der Sechste war nicht gerade genug. »Grünes Holz, hinterm Ofen getrocknet!« Und so hatte sie an einem jeden etwas auszusetzen, besonders aber machte sie sich über einen guten König lustig, dem das Kinn ein wenig krumm gewachsen war. »Ei«, rief sie und lachte, »der hat ein Kinn wie die Drossel einen Schnabel«, und seit der Zeit bekam er den Namen Drosselbart. Der alte König aber, als er sah, dass seine Tochter nichts tat, als über die Leute spotten, und alle Freier verschmähte, ward er zornig und schwur, sie sollte den ersten besten Bettler zum Manne nehmen, der vor seine Tür käme.

Ein paar Tage darauf hub ein Spielmann an, unter dem Fenster zu singen, um damit ein geringes Almosen zu verdienen. Als es der König hörte, sprach er: »Lasst ihn heraufkommen.«

Da trat der Spielmann in seinen schmutzigen, verlumpten Kleidern herein, sang vor dem König und seiner Tochter und bat, als er fertig war, um eine milde Gabe. Der König sprach: »Dein Gesang hat mir so wohlgefallen, dass ich dir meine Tochter da zur Frau geben will.«

Die Königstochter erschrak, aber der König sagte: »Ich habe den Eid getan, dich dem ersten besten Bettelmann zu geben, den will ich auch halten.« Es half keine Einrede, der Pfarrer ward geholt, und sie musste sich gleich mit dem Spielmann trauen lassen. Als das geschehen war, sprach der König: »Nun schickt sich's nicht, dass du als ein Bettelweib noch länger in meinem Schloss bleibst, du kannst nur mit deinem Manne fortziehen.«

Der Bettelmann führte sie an der Hand hinaus, und sie musste mit ihm zu Fuß fortgehen. Als sie in einen großen Wald kamen, da fragte sie:

»Ach, wem gehört der schöne Wald?«
»Der gehört dem König Drosselbart;
hättst du'n genommen, so wär' er dein.«
»Ich arme Jungfer zart,
ach, hätt' ich genommen den König Drosselbart!«

Darauf kamen sie über eine Wiese; da fragte sie wieder:

»Wem gehört die schöne grüne Wiese?«
»Sie gehört dem König Drosselbart;
hättst du'n genommen, so wär' sie dein.«
»Ich arme Jungfer zart,
ach, hätt' ich genommen den König Drosselbart!«

Dann kamen sie durch eine große Stadt; da fragte sie wieder:

»Wem gehört diese schöne große Stadt?«
»Sie gehört dem König Drosselbart;
hättst du'n genommen, so wär' sie dein.«
»Ich arme Jungfer zart,
ach, hätt' ich genommen den König Drosselbart!«

»Es gefällt mir gar nicht«, sprach der Spielmann, »dass du dir immer einen andern zum Mann wünschest, bin ich dir nicht gut genug?« Endlich kamen sie an ein ganz kleines Häuschen, da sprach sie:

»Ach Gott, was ist das Haus so klein!
Wem mag das elende, winzige Häuschen sein?«

Der Spielmann antwortete: »Das ist mein und dein Haus, wo wir zusammen wohnen.« Sie musste sich bücken, damit sie zu der niedrigen Tür hineinkam. »Wo sind die Diener?«, sprach die Königstochter. »Was Diener!«, antwortete der Bettelmann, »du musst selber tun, was du willst getan haben. Mach nur gleich Feuer an und stell Wasser auf, dass du mir mein Essen kochst.« Die Königstochter verstand aber nichts vom Feueranmachen und Kochen, und der Bettelmann musste selber mit Hand anlegen, dass es noch so leidlich ging. Als sie die schmale Kost verzehrt hatten, legten sie sich zu Bett, aber am Morgen trieb er sie schon ganz früh heraus, weil sie das Haus besorgen sollte. Ein paar Tage lebten sie auf diese Art schlecht und recht und zehrten ihren Vorrat auf. Da sprach der Mann: »Frau, so geht's nicht länger, dass wir hier zehren und nichts verdienen. Du sollst Körbe flechten.« Er ging aus, schnitt Weiden und brachte sie heim. Da fing sie an zu flechten, aber die harten Weiden stachen ihr die zarten Hände wund. »Ich sehe, das geht nicht«, sprach der Mann, »spinn lieber, vielleicht kannst du das besser.« Sie setzte sich hin und versuchte zu spinnen, aber der harte Faden schnitt ihr bald in die weichen Finger, dass das Blut daran herunterlief. »Siehst du«, sprach der Mann, »du taugst zu keiner Arbeit, mit dir bin ich schlimm angekommen. Nun will ich's versuchen und einen Handel mit Töpfen und irdenem Geschirr anfangen. Du sollst dich auf den Markt setzen und die Ware feilhalten.« ›Ach‹, dachte sie, ›wenn auf den Markt Leute aus meines Vaters Reich kommen, wie werden sie mich verspotten!‹ Aber es half nichts, sie musste sich fügen, wenn sie nicht hungers sterben wollten. Das erste Mal ging's gut; denn die Leute kauften der Frau, weil sie schön war, gern ihre Ware ab und bezahlten, was sie forderte; ja, viele gaben ihr das Geld und ließen ihr die Töpfe noch dazu. Nun lebten sie von dem Erworbenen, solang es dauerte; da handelte der Mann wieder eine Menge neues Geschirr ein. Sie setzte sich damit an eine Ecke des Marktes und hielt es feil. Da kam plötzlich ein trunkener Husar dahergejagt und ritt geradezu in die Töpfe hinein, dass alles in tausend Scherben zersprang. Sie fing an zu weinen und wusste vor Angst nicht, was sie anfangen sollte. »Ach, wie wird mir's ergehen«, rief sie, »was wird mein Mann dazu sagen?« Sie lief heim und erzählte ihm das Unglück. »Wer setzt sich auch an die Ecke des Marktes mit irdenem Geschirr!«, sprach der Mann, »lass nur das Weinen, ich sehe wohl, du bist zu keiner ordentlichen Arbeit zu gebrauchen. Da bin ich in unseres Königs Schloss gewesen und habe gefragt, ob sie nicht eine Küchenmagd brauchen könnten, und sie haben mir versprochen, sie wollten dich dazu nehmen; dafür bekommst du freies Essen.«

Nun ward die Königstochter eine Küchenmagd und musste die sauerste Arbeit tun. Sie machte sich in beiden Taschen ein Töpfchen fest, darin brachte sie nach Haus, was ihr von dem Übriggebliebenen zuteil ward, und davon nährten sie sich. Es trug sich zu, dass die Hochzeit des ältesten Königssohnes gefeiert werden sollte, da ging die arme Frau hinauf, stellte sich vor die Saaltür und wollte zusehen. Als nun die Lichter angezündet waren und immer einer schöner als der andere hereintrat und alles voll Pracht und Herrlichkeit war, da dachte sie mit betrübtem Herzen an ihr Schicksal und verwünschte ihren Stolz, der sie in so große Armut gestürzt hatte. Von den köstlichen Speisen, die da ein- und ausgetragen wurden und von welchen der Geruch zu ihr aufstieg, warfen ihr Diener manchmal ein paar Brocken zu, die tat sie in ihr Töpfchen und wollte es heimtragen. Auf einmal trat der Königssohn herein, war in Samt und Seide gekleidet und hatte goldene Ketten um den Hals. Und als er die schöne Frau in der Tür stehen sah, ergriff er sie bei der Hand und wollte mit ihr tanzen, aber sie weigerte sich und erschrak; denn sie sah, dass es der König Drosselbart war, der um sie gefreit und den sie mit Spott abgewiesen hatte. Ihr Sträuben half nichts, er zog sie in den Saal. Da zerriss das Band, an welchem die Taschen hingen, und die Töpfe fielen heraus, dass die Suppe floss und die Brocken umhersprangen. Und wie das die Leute sahen, entstand ein allgemeines Gelächter und Spotten, und sie war so beschämt, dass sie sich lieber tausend Klafter unter die Erde gewünscht hätte. Sie sprang zur Tür hinaus und wollte entfliehen, aber auf der Treppe holte sie ein Mann ein und brachte sie zurück. Und wie sie ihn ansah, war es wieder der König Drosselbart. Er sprach ihr freundlich zu: »Fürchte dich nicht, ich und der Spielmann, der mit dir in dem elenden Häuschen gewohnt hat, sind eins. Dir zuliebe habe ich mich so verstellt, und der Husar, der dir die Töpfe entzweigeritten hat, bin ich auch gewesen. Das alles ist geschehen, um deinen stolzen Sinn zu beugen und dich für deinen Hochmut zu strafen, womit du mich verspottet hast.« Da weinte sie bitterlich und sagte: »Ich habe großes Unrecht getan und bin nicht wert, deine Frau zu sein.« Er aber sprach: »Tröste dich, die bösen Tage sind vorüber, jetzt wollen wir unsere Hochzeit feiern.« Da kamen die Kammerfrauen und taten ihr die prächtigsten Kleider an, und ihr Vater kam und der ganze Hof und wünschten ihr Glück zu ihrer Vermählung mit dem König Drosselbart, und die rechte Freude fing jetzt erst an.

Ich wollte, du und ich, wir wären auch dabei gewesen.

Der Eisenhans

Es war einmal ein König, der hatte einen großen Wald bei seinem Schloss, darin lief Wild aller Art herum. Zu einer Zeit schickte er einen Jäger hinaus, der sollte ein Reh schießen, aber er kam nicht wieder. »Vielleicht ist ihm ein Unglück zugestoßen«, sagte der König und schickte den folgenden Tag zwei andere Jäger hinaus, die sollten ihn aufsuchen, aber die blieben auch weg. Da ließ er am dritten Tag alle seine Jäger kommen und sprach: »Streift durch den ganzen Wald und lasst nicht ab, bis ihr sie alle drei gefunden habt.« Aber auch von diesen kam keiner wieder heim, und von der Meute Hunde, die sie mitgenommen hatten, ließ sich keiner wieder sehen. Von der Zeit an wollte sich niemand mehr in den Wald wagen, und man sah zuweilen nur einen Adler oder Habicht darüber hinfliegen. Das dauerte viele Jahre, da meldete sich ein fremder Jäger bei dem König, suchte eine Versorgung und erbot sich, in den gefährlichen Wald zu gehen. Der König aber wollte seine Einwilligung nicht geben und sprach: »Es ist nicht geheuer darin, ich fürchte, es geht dir nicht besser als den andern, und du kommst nicht heraus.« Der Jäger antwortete: »Herr, ich will's auf meine Gefahr wagen, von Furcht weiß ich nichts.«

Der Jäger begab sich also mit seinem Hund in den Wald. Es dauerte nicht lange, so geriet der Hund einem Wild an die Fährte und wollte hinter ihm her. Kaum aber war er ein paar Schritte gelaufen, so stand er vor einem tiefen Pfuhl, konnte nicht weiter, und ein nackter Arm streckte sich aus dem Wasser, packte ihn und zog ihn hinab. Als der Jäger das sah, ging er zurück und holte drei Männer, die mussten mit Eimern kommen und das Wasser ausschöpfen. Als sie auf den Grund sehen konnten, so lag da ein wilder Mann, der braun am Leib war wie rostiges Eisen und dem die Haare über das Gesicht bis zu den Knien herabhingen. Sie banden ihn mit Stricken und führten ihn fort in das Schloss. Da war große Verwunderung über den wilden Mann, der König aber ließ ihn in einen eisernen Käfig auf seinen Hof setzen und verbot bei Lebensstrafe, die Tür des Käfigs zu öffnen, und die Königin musste den Schlüssel selbst in Verwahrung nehmen. Von nun an konnte ein jeder wieder mit Sicherheit in den Wald gehen.

Der König hatte einen Sohn von acht Jahren, der spielte einmal auf dem Hof, und bei dem Spiel fiel ihm sein goldener Ball in den Käfig. Der Knabe lief hin und sprach: »Gib mir meinen Ball heraus.« »Nicht eher«, antwortete der Mann, »als bis du mir die Tür aufgemacht hast.« »Nein«, sagte der Knabe, »das tue ich nicht, das hat der König verboten«, und lief fort. Am andern Tag kam er wieder und forderte seinen Ball; der wilde Mann sagte: »Öffne meine Tür«, aber der Knabe wollte nicht. Am dritten Tag war der König auf die Jagd geritten, da kam der Knabe nochmals und sagte: »Wenn ich auch wollte, ich kann die Tür nicht öffnen, ich habe den Schlüssel nicht.« Da sprach der wilde Mann: »Er liegt unter dem Kopfkissen deiner Mutter, da kannst du ihn holen.« Der Knabe, der seinen Ball wieder haben wollte, brachte den Schlüssel herbei. Die Tür ging schwer auf, und der Knabe klemmte sich den Finger. Als sie offen war, trat der wilde Mann heraus, gab ihm den goldenen Ball und eilte hinweg. Dem Knaben war angst geworden, er schrie und rief ihm nach: »Ach, wilder Mann, geh nicht fort, sonst bekomme ich Schläge.« Der wilde Mann kehrte um, hob ihn auf, setzte ihn auf seinen Nacken und ging mit schnellen Schritten in den Wald hinein. Als der König heimkam, bemerkte er den leeren Käfig und fragte die Königin, wie das zugegangen wäre. Sie wusste nichts davon, suchte den Schlüssel, aber er war weg. Sie rief den Knaben, aber niemand antwortete. Der König schickte Leute aus, die ihn auf dem Felde suchen sollten, aber sie fanden ihn nicht. Da konnte er leicht erraten, was geschehen war, und es herrschte große Trauer an dem königlichen Hof.

Als der wilde Mann wieder in dem finstern Wald angelangt war, so setzte er den Knaben von den Schultern herab und sprach zu ihm: »Vater und Mutter siehst du nicht wieder, aber ich will dich bei mir behalten; denn du hast mich befreit, und ich habe Mitleid mit dir. Wenn du alles tust, was ich dir sage, so sollst du's gut haben. Schätze und Gold habe ich genug und mehr als jemand in der Welt.« Er machte dem Knaben ein Lager von Moos, auf dem er einschlief, und am andern Morgen führte ihn der Mann zu einem Brunnen und sprach: »Siehst du, der Goldbrunnen ist hell und klar wie Kristall; du sollst dabeisitzen und Acht haben, dass nichts hineinfällt, sonst ist er verunehrt. Jeden Abend komme ich und sehe, ob du mein Gebot befolgt hast.« Der Knabe setzte sich an den Rand des Brunnens, sah, wie manchmal ein goldner Fisch, manchmal eine goldne Schlange sich darin zeigte, und hatte Acht, dass nichts hineinfiel. Als er so saß, schmerzte ihn einmal der Finger so heftig, dass er ihn unwillkürlich in das Wasser steckte. Er zog ihn schnell wieder heraus, sah aber, dass er ganz vergoldet war, und wie große Mühe er sich gab, das Gold wieder abzuwischen, es war alles vergeblich. Abends kam der Eisenhans zurück, sah den Knaben

an und sprach: »Was ist mit dem Brunnen geschehen?« »Nichts, nichts«, antwortete er und hielt den Finger auf den Rücken, dass er ihn nicht sehen sollte. Aber der Mann sagte: »Du hast den Finger in das Wasser getaucht. Diesmal mag's hingehen, aber hüte dich, dass du nicht wieder etwas hineinfallen lässt.« Am frühesten Morgen saß er schon bei dem Brunnen und bewachte ihn. Der Finger tat ihm wieder weh, und er fuhr damit über seinen Kopf, da fiel unglücklicherweise ein Haar herab in den Brunnen. Er nahm es schnell heraus, aber es war schon ganz vergoldet. Der Eisenhans kam und wusste schon, was geschehen war. »Du hast ein Haar in den Brunnen fallen lassen«, sagte er, »ich will dir's noch einmal nachsehen, aber wenn's zum dritten Mal geschieht, so ist der Brunnen entehrt, und du kannst nicht länger bei mir bleiben.« Am dritten Tag saß der Knabe am Brunnen und bewegte den Finger nicht, wenn er ihm noch so wehtat. Aber die Zeit ward ihm lang, und er betrachtete sein Angesicht, das auf dem Wasserspiegel stand. Und als er sich dabei immer mehr beugte und sich recht in die Augen sehen wollte, so fielen ihm seine langen Haare von den Schultern herab in das Wasser. Er richtete sich schnell in die Höhe, aber das ganze Haupthaar war schon vergoldet und glänzte wie eine Sonne. Ihr könnt denken, wie der arme Knabe erschrak. Er nahm sein Taschentuch und band es um den Kopf, damit es der Mann nicht sehen sollte. Als er kam, wusste er schon alles und sprach: »Binde das Tuch auf.« Da quollen die goldenen Haare hervor. »Du hast die Probe nicht bestanden und kannst nicht länger hier bleiben. Geh hinaus in die Welt, da wirst du erfahren, wie die Armut tut. Aber weil du kein böses Herz hast und ich's gut mit dir meine, so will ich dir eins erlauben: Wenn du in Not gerätst, so geh zu dem Wald und rufe: ›Eisenhans‹, dann will ich kommen und dir helfen. Meine Macht ist groß, größer, als du denkst, und Gold und Silber hab ich im Überfluss.«

Da verließ der Königssohn den Wald und ging immerzu, bis er zuletzt in eine große Stadt kam. Er suchte da Arbeit, aber er konnte keine finden und hatte auch nichts erlernt. Endlich ging er in das Schloss und fragte, ob sie ihn behalten wollten. Die Hofleute wussten nicht, wozu sie ihn brauchen sollten, aber sie hatten Wohlgefallen an ihm und hießen ihn bleiben. Zuletzt nahm ihn der Koch in Dienst und sagte, er könnte Holz und Wasser tragen und die Asche zusammenkehren. Einmal, als gerade kein anderer zur Hand war, hieß ihn der Koch die Speisen zur königlichen Tafel tragen; da er aber seine goldenen Haare nicht wollte sehen lassen, so behielt er sein Hütchen auf. Dem König war so etwas noch nicht vorgekommen, und er sprach: »Wenn du zur königlichen Tafel kommst, musst du deinen Hut abziehen.« »Ach, Herr«, antwortete er, »ich kann nicht, ich habe einen bösen Grind auf dem Kopf.« Da ließ der König den Koch herbeirufen, schalt ihn und fragte, wie er einen solchen Jungen hätte in seinen Dienst nehmen können; er sollte ihn gleich fortjagen. Der Koch aber hatte Mitleiden mit ihm und vertauschte ihn mit dem Gärtnerjungen.

Nun musste der Junge im Garten pflanzen und begießen, hacken und graben und Wind und böses Wetter über sich ergehen lassen. Einmal im Sommer, als er allein im Garten arbeitete, war der Tag so heiß, dass er sein Hütchen abnahm und die Luft ihn kühlen sollte. Wie die Sonne auf das Haar schien, glitzte und blitzte es, dass die Strahlen in das Schlafzimmer der Königstochter fielen und sie aufsprang, um zu sehen, was das wäre. Da erblickte sie den Jungen und rief ihn an: »Junge, bring mir einen Blumenstrauß.« Er setzte in aller Eile sein Hütchen auf, brach wilde Feldblumen ab und band sie zusammen. Als er damit die Treppe hinaufstieg, begegnete ihm der Gärtner und sprach: »Wie kannst du der Königstochter einen Strauß von schlechten Blumen bringen? Geschwind hole andere und suche die schönsten und seltensten aus.« »Ach nein«, antwortete der Junge, »die wilden riechen kräftiger und werden ihr besser gefallen.« Als er in ihr Zimmer kam, sprach die Königstochter: »Nimm dein Hütchen ab, es ziemt sich nicht, dass du es vor mir aufbehältst.« Er antwortete wieder: »Ich darf nicht, ich habe einen grindigen Kopf.« Sie griff aber nach dem Hütchen und zog es ab, da rollten seine goldenen Haare auf die Schultern herab, dass es prächtig anzusehen war. Er wollte fortspringen, aber sie hielt ihn am Arm und gab ihm eine Hand voll Dukaten. Er ging damit fort, achtete aber des Goldes nicht, sondern er brachte es dem Gärtner und sprach: »Ich schenke es deinen Kindern, die können damit spielen.« Den andern Tag rief ihm die Königstochter abermals zu, er sollte ihr einen Strauß Feldblumen bringen, und als er damit eintrat, grapste sie gleich nach seinem Hütchen und wollte es ihm wegnehmen, aber er hielt es mit beiden Händen fest. Sie gab ihm wieder eine Hand voll Dukaten, aber er wollte sie nicht behalten und gab sie dem Gärtner zum Spielwerk für seine Kinder. Den dritten Tag ging's nicht anders, sie konnte ihm sein Hütchen nicht wegnehmen, und er wollte ihr Gold nicht.

Nicht lange danach ward das Land mit Krieg überzogen. Der König sammelte sein Volk und wusste nicht, ob er dem Feind, der übermächtig war und ein großes Heer hatte, Widerstand leisten könnte. Da sagte der Gärtnerjunge: »Ich bin herangewachsen und will mit in den Krieg ziehen, gebt mir nur ein Pferd.« Die andern lachten und sprachen: »Wenn wir fort sind, so suche dir eins, wir wollen dir eins im Stall zurücklassen.« Als sie ausgezogen waren, ging er in den Stall und zog das Pferd heraus; es war an einem Fuß lahm und hickelte hunkepuus, hunkepuus. Dennoch setzte er sich auf und ritt fort nach dem dunkeln Wald. Als er an den Rand desselben gekommen war, rief er drei Mal: »Eisenhans!«, so laut, dass es durch die Bäume schallte. Gleich darauf erschien der wilde Mann und sprach: »Was verlangst du?« »Ich verlange ein starkes Ross; denn ich will in den Krieg ziehen.« »Das sollst du haben und noch mehr, als du verlangst.« Dann ging der wilde Mann in den Wald zurück, und es dauerte nicht lange, so kam ein Stallknecht aus dem Wald und führte ein Ross herbei, das schnaubte aus den Nüstern und war kaum zu bändigen. Und hinterher folgte eine große Schar Kriegsvolk, ganz in Eisen gerüstet, und ihre Schwerter blitzten in der Sonne. Der Jüngling übergab dem Stallknecht sein dreibeiniges Pferd, bestieg das andere und ritt vor der Schar her. Als er sich dem Schlachtfeld näherte, war schon ein großer Teil von des Königs Leuten gefallen, und es fehlte nicht viel, so mussten die Übrigen weichen. Da jagte der Jüngling mit seiner eisernen Schar heran, fuhr wie ein Wetter über die Feinde und schlug alles nieder, was sich ihm widersetzte. Sie wollten fliehen, aber der Jüngling saß ihnen auf dem Nacken und ließ nicht ab, bis kein Mann mehr übrig war. Statt aber zu dem König zurückzukehren, führte er seine Schar auf Umwegen wieder in den Wald und rief den Eisenhans heraus. »Was verlangst du?«, fragte der wilde Mann. »Nimm dein Ross und deine Schar zurück und gib mir mein dreibeiniges Pferd wieder.« Es geschah alles, was er verlangte, und er ritt auf seinem dreibeinigen Pferd heim. Als der König wieder in sein Schloss kam, ging ihm seine Tochter entgegen und wünschte ihm Glück zu seinem Sieg. »Ich bin es nicht, der den Sieg davongetragen hat«, sprach er, »sondern ein fremder Ritter, der mir mit seiner Schar zu Hilfe kam.« Die Tochter wollte wissen, wer der fremde Ritter wäre, aber der König wusste es nicht und sagte: »Er hat die Feinde verfolgt, und ich habe ihn nicht wieder gesehen.« Sie erkundigte sich bei dem Gärtner nach seinem Jungen, der lachte aber und sprach: »Eben ist er auf seinem dreibeinigen Pferd heimgekommen, und die andern haben ihn verspottet. Sie fragten auch: ›Hinter welcher Hecke hast du derweil gelegen und geschlafen?‹ Er aber sprach: ›Ich habe das Beste getan, und ohne mich wäre es schlecht gegangen.‹ Da ward er noch mehr ausgelacht.«

Der König sprach zu seiner Tochter: »Ich will ein großes Fest ansagen lassen, das drei Tage währen soll, und du sollst einen goldenen Apfel werfen, vielleicht kommt der Unbekannte herbei.« Als das Fest verkündet war, ging der Jüngling hinaus zu dem Wald und rief den Eisenhans: »Was verlangst du?«, fragte er. »Dass ich den goldenen Apfel der Königstochter fange.« »Es ist so gut, als hättest du ihn schon«, sagte Eisenhans, »du sollst auch eine rote Rüstung dazu haben und auf einem stolzen Fuchs reiten.« Als der Tag kam, sprengte der Jüngling heran, stellte sich unter die Ritter und ward von niemand erkannt. Die Königstochter trat hervor und warf den Rittern einen goldenen Apfel zu, aber keiner fing ihn als er allein, aber sobald er ihn hatte, jagte er davon. Am zweiten Tag hatte ihn Eisenhans als weißen Ritter ausgerüstet und ihm einen Schimmel gegeben. Abermals fing er allein den Apfel, verweilte aber keinen Augenblick, sondern jagte damit fort. Der König ward bös und sprach: »Das ist nicht erlaubt, er muss vor mir erscheinen und seinen Namen nennen.« Er gab den Befehl, wenn der Ritter, der den Apfel gefangen habe, sich wieder davonmache, so sollte man ihm nachsetzen und, wenn er nicht gutwillig zurückkehrte, auf ihn hauen und stechen. Am dritten Tag erhielt er vom Eisenhans eine schwarze Rüstung und einen Rappen und fing auch wieder den Apfel. Als er aber damit fortjagte, verfolgten ihn die Leute des Königs, und einer kam ihm so nahe, dass er mit der Spitze des Schwerts ihm das Bein verwundete. Er entkam ihnen jedoch, aber sein Pferd sprang so gewaltig, dass der Helm ihm vom Kopf fiel, und sie konnten sehen, dass er goldene Haare hatte. Sie ritten zurück und meldeten dem König alles.

Am andern Tag fragte die Königstochter den Gärtner nach seinem Jungen. »Er arbeitet im Garten; der wunderliche Kauz ist auch bei dem Fest gewesen und erst gestern Abend wieder gekommen; er hat auch meinen Kindern drei goldene Äpfel gezeigt, die er gewonnen hat.« Der König ließ ihn vor sich fordern, und er erschien und hatte wieder sein Hütchen auf dem Kopf. Aber die Königstochter ging auf ihn zu und nahm es ihm ab, und da fielen seine goldenen Haare über die Schultern, und er war so schön, dass alle erstaunten. »Bist du der Ritter gewesen, der jeden Tag zu dem Fest gekommen ist, immer in einer andern Farbe, und der die drei goldenen Äpfel gefangen hat?«, fragte der König. »Ja«, antwortete er, »und da sind die Äpfel«, holte sie aus seiner Tasche und reichte sie dem König. »Wenn Ihr noch mehr Beweise verlangt, so könnt Ihr die Wunde sehen, die mir Eure Leute geschlagen haben, als sie mich verfolgten. Aber ich bin auch der Ritter, der Euch zum Sieg über die Feinde geholfen hat.« »Wenn du solche Taten verrichten kannst, so bist du kein Gärtnerjunge; sage mir, wer ist dein Vater?« »Mein Vater ist ein mächtiger König.« »Ich sehe wohl«, sprach der König, »ich bin dir Dank schuldig, kann ich dir etwas zu Gefallen tun?« »Ja«, antwortete er, »das könnt Ihr wohl, gebt mir Eure Tochter zur Frau.« Da lachte die Jungfrau und sprach: »Der macht keine Umstände, aber ich habe schon an seinen goldenen Haaren gesehen, dass er kein Gärtnerjunge ist«; ging dann hin und küsste ihn. Zu der Vermählung kamen sein Vater und seine Mutter und waren in großer Freude; denn sie hatten schon alle Hoffnung aufgegeben, ihren lieben Sohn wieder zu sehen. Und als sie an der Hochzeitstafel saßen, da schwieg auf einmal die Musik, die Türen gingen auf, und ein stolzer König trat herein mit großem Gefolge. Er ging auf den Jüngling zu, umarmte ihn und sprach: »Ich bin der Eisenhans und war in einen wilden Mann verwünscht, aber du hast mich erlöst. Alle Schätze, die ich besitze, die sollen dein Eigentum sein.«

Rumpelstilzchen

Es war einmal ein Müller, der war arm, aber er hatte eine schöne Tochter. Nun traf es sich, dass er mit dem König zu sprechen kam, und um sich ein Ansehen zu geben, sagte er zu ihm: »Ich habe eine Tochter, die kann Stroh zu Gold spinnen.« Der König sprach zum Müller: »Das ist eine Kunst, die mir wohlgefällt! Wenn deine Tochter so geschickt ist, wie du sagst, so bring sie morgen in mein Schloss, da will ich sie auf die Probe stellen.« Als nun das Mädchen zu ihm gebracht ward, führte er es in eine Kammer, die ganz voll Stroh lag, gab ihr Rad und Haspel und sprach: »Jetzt mache dich an die Arbeit, und wenn du diese Nacht durch bis morgen Früh dieses Stroh nicht zu Gold versponnen hast, so musst du sterben.« Darauf schloss er die Kammer selbst zu, und sie blieb allein darin.

Da saß nun die arme Müllerstochter und wusste um ihr Leben keinen Rat. Sie verstand gar nichts davon, wie man Stroh zu Gold spinnen konnte, und ihre Angst ward immer größer, dass sie endlich zu weinen anfing. Da ging auf einmal die Tür auf, und ein kleines Männchen trat herein und sprach: »Guten Abend, Jungfer Müllerin, warum weint Sie so sehr?« – »Ach«, antwortete das Mädchen, »ich soll Stroh zu Gold spinnen und verstehe das nicht.« Sprach das Männchen: »Was gibst du mir, wenn ich dir's spinne?« – »Mein Halsband«, sagte das Mädchen. Das Männchen nahm das Halsband, setzte sich vor das Rädchen, und schnurr, schnurr, schnurr, drei Mal gezogen, war die Spule voll. Dann steckte es eine andere auf, und schnurr, schnurr, schnurr drei Mal gezogen, war auch die zweite voll. Und so ging's fort bis zum Morgen, da war alles Stroh versponnen, und alle Spulen waren voll Gold. Bei Sonnenaufgang kam schon der König, und als er das Gold erblickte, erstaunte er und freute sich, aber sein Herz ward nun noch goldgieriger. Er ließ die Müllerstochter in eine andere Kammer voll Stroh bringen, die noch viel größer war, und befahl ihr, das auch in einer Nacht zu spinnen, wenn ihr das Leben lieb wäre. Das Mädchen wusste sich nicht zu helfen und weinte; da ging abermals die Tür auf, und das kleine Männchen erschien und sprach: »Was gibst du mir, wenn ich dir das Stroh zu Gold spinne?« – »Meinen Ring von dem Finger«, antwortete das Mädchen. Das Männchen nahm den Ring, fing wieder an zu schnurren mit dem Rade und hatte bis zum Morgen alles Stroh zu glänzendem Gold gesponnen. Der König freute sich über die Maßen bei dem Anblick, war aber noch immer nicht Goldes satt, sondern ließ die Müllerstochter in eine noch größere Kammer voll Stroh bringen und sprach: »Die musst du noch in dieser Nacht verspinnen; gelingt dir's aber, so sollst du meine Gemahlin werden.« ›Wenn's auch eine Müllerstochter ist‹, dachte er, ›eine reichere Frau finde ich in der ganzen Welt nicht.‹ Als das Mädchen allein war, kam das Männlein zum dritten Mal wieder und sprach: »Was gibst du mir, wenn ich dir noch diesmal das Stroh spinne?« – »Ich habe nichts mehr, das ich geben könnte«, antwortete das Mädchen. »So versprich mir, wenn du Königin wirst, dein erstes Kind.« – ›Wer weiß, wie das noch geht‹, dachte die Müllerstochter und wusste sich auch in der Not nicht anders zu helfen; sie versprach also dem Männchen, was es verlangte, und das Männchen spann dafür noch einmal das Stroh zu Gold. Und als am Morgen der König kam und alles fand, wie er gewünscht hatte, so hielt er Hochzeit mit ihr, und die Müllerstochter ward eine Königin.

Über ein Jahr brachte sie ein schönes Kind zur Welt und dachte gar nicht mehr an das Männchen. Da trat es plötzlich in ihre Kammer und sprach: »Nun gib mir, was du versprochen hast.« Die Königin erschrak und bot dem Männchen alle Reichtümer des Königreichs an, wenn es ihr das Kind lassen wollte, aber das Männchen sprach: »Nein, etwas Lebendes ist mir lieber als alle Schätze der Welt.« Da fing die Königin so an zu jammern und zu weinen, dass das Männchen Mitleid mit ihr hatte: »Drei Tage will ich dir Zeit lassen«, sprach es, »wenn du bis dahin meinen Namen weißt, so sollst du dein Kind behalten.«

Nun besann sich die Königin die ganze Nacht über auf alle Namen, die sie jemals gehört hatte, und schickte einen Boten über Land, der sollte sich erkundigen weit und breit, was es sonst noch für Namen gäbe. Als am andern Tag das Männchen kam, fing sie an mit Kaspar, Melchior, Balzer und sagte alle Namen, die sie wusste, nach der Reihe her, aber bei jedem sprach das Männlein: »So heiß' ich nicht.« Den zweiten Tag ließ sie in der Nachbarschaft herumfragen, und sagte dem Männlein die ungewöhnlichsten und seltsamsten Namen vor: »Heißt du vielleicht Rippenbiest oder Hammelswade oder Schnürbein?« Aber es antwortete immer: »So heiß' ich nicht.« Den dritten Tag kam der Bote wieder zurück und erzählte: »Neue Namen habe ich keinen einzigen finden können, aber wie ich an einem hohen Berg um die Waldecke kam, wo Fuchs und Has sich gute Nacht sagen, so sah ich da ein kleines Haus, und vor dem Haus brannte ein Feuer, und um das Feuer sprang ein gar zu lächerliches Männchen, hüpfte auf einem Bein und schrie:

»Heute back' ich, morgen brau' ich,
übermorgen hol' ich der Königin ihr Kind;
ach, wie gut ist, dass niemand weiß,
dass ich Rumpelstilzchen heiß'!«

Da könnt ihr denken, wie froh die Königin war, als sie den Namen hörte und als bald hernach das Männlein hereintrat und fragte: »Nun, Frau Königin, wie heiß' ich?«, fragte sie erst: »Heißest du Kunz?« – »Nein.« – »Heißest du Heinz?« – »Nein.«

»Heißt du etwa Rumpelstilzchen?«

»Das hat dir der Teufel gesagt, das hat dir der Teufel gesagt«, schrie das Männlein und stieß mit dem rechten Fuß vor Zorn so tief in die Erde, dass es bis an den Leib hineinfuhr, dann packte es in seiner Wut den linken Fuß mit beiden Händen und riss sich selbst mitten entzwei.

Rapunzel

Es war einmal ein Mann und eine Frau, die wünschten sich schon lange vergeblich ein Kind; endlich machte sich die Frau Hoffnung, der liebe Gott werde ihren Wunsch erfüllen. Die Leute hatten in ihrem Hinterhaus ein kleines Fenster, daraus konnte man in einen prächtigen Garten sehen, der voll der schönsten Blumen und Kräuter stand; er war aber von einer hohen Mauer umgeben, und niemand wagte hineinzugehen, weil er einer Zauberin gehörte, die große Macht hatte und von aller Welt gefürchtet ward. Eines Tages stand die Frau an diesem Fenster und sah in den Garten hinab; da erblickte sie ein Beet, das mit den schönsten Rapunzeln bepflanzt war, und sie sahen so frisch und grün aus, dass sie lüstern ward und das größte Verlangen empfand, von den Rapunzeln zu essen. Das Verlangen nahm jeden Tag zu, und da sie wusste, dass sie keine davon bekommen konnte, so fiel sie ganz ab, sah blass und elend aus. Da erschrak der Mann und fragte: »Was fehlt dir, liebe Frau?« – »Ach«, antwortete sie, »wenn ich keine Rapunzeln aus dem Garten hinter unserm Hause zu essen kriege, so sterbe ich.« Der Mann, der sie lieb hatte, dachte: ›Eh du deine Frau sterben lässest, holst du ihr von den Rapunzeln, es mag kosten, was es will.‹ In der Abenddämmerung stieg er also über die Mauer in den Garten der Zauberin, stach in aller Eile eine Hand voll Rapunzeln und brachte sie seiner Frau. Sie machte sich sogleich Salat daraus und aß ihn voller Begierde auf. Sie hatten aber so gut, so gut geschmeckt, dass sie den andern Tag noch drei Mal so viel Lust bekam. Sollte sie Ruhe haben, so musste der Mann noch einmal in den Garten steigen. Er machte sich also in der Abenddämmerung wieder hinab, als er aber die Mauer herabgeklettert war, erschrak er gewaltig; denn er sah die Zauberin vor sich stehen. »Wie kannst du es wagen«, sprach sie mit zornigem Blick, »in meinen Garten zu steigen und meine Rapunzeln zu stehlen? Das soll dir schlecht bekommen!« – »Ach«, antwortete er, »lasst Gnade für Recht ergehen, meine Frau hat Eure Rapunzeln aus dem Fenster erblickt und empfindet ein so großes Gelüsten, dass sie sterben würde, wenn sie nicht davon zu essen bekäme.« Da ließ die Zauberin in ihrem Zorne nach und sprach zu ihm: »Verhält es sich so, wie du sagst, so will ich dir gestatten, Rapunzeln mitzunehmen, so viel du willst, allein ich mache eine Bedingung: Du musst mir das Kind geben, das deine Frau zur Welt bringen wird. Es soll ihm gut gehen, und ich will für es sorgen wie eine Mutter.« Der Mann sagte in der Angst alles zu, und als die Frau in Wochen kam, so erschien sogleich die Zauberin, gab dem Kinde den Namen Rapunzel und nahm es mit sich fort.

Rapunzel ward das schönste Kind unter der Sonne. Als es zwölf Jahre alt war, schloss es die Zauberin in einen Turm, der in einem Walde lag und weder Treppe noch Tür hatte; nur ganz oben war ein kleines Fensterchen. Wenn die Zauberin hinein wollte, so stellte sie sich unten hin und rief

»Rapunzel, Rapunzel,
lass mir dein Haar herunter.«

Rapunzel hatte lange prächtige Haare, fein wie gesponnen Gold. Wenn sie nun die Stimme der Zauberin vernahm, so band sie ihre Zöpfe los, wickelte sie oben um einen Fensterhaken, und dann fielen die Haare zwanzig Ellen tief herunter, und die Zauberin stieg daran hinauf.

Nach ein paar Jahren trug es sich zu, dass der Sohn des Königs durch den Wald ritt und an dem Turm vorüberkam. Da hörte er einen Gesang, der war so lieblich, dass er stillhielt und horchte. Das war Rapunzel, die in ihrer Einsamkeit sich die Zeit damit vertrieb, ihre süße Stimme erschallen zu lassen. Der Königssohn wollte zu ihr hinaufsteigen und suchte nach einer Tür des Turms, aber es war keine zu finden. Er ritt heim, doch der Gesang hatte ihm so sehr das Herz gerührt, dass er jeden Tag hinaus in den Wald ging und zuhörte. Als er einmal so hinter einem Baum stand, sah er, dass eine Zauberin herankam, und hörte, wie sie hinaufrief:

»Rapunzel, Rapunzel,
lass mir dein Haar herunter.«

Da ließ Rapunzel die Haarflechten herab, und die Zauberin stieg zu ihr hinauf. »Ist das die Leiter, auf welcher man hinaufkommt, so will ich auch einmal mein Glück versuchen.« Und den folgenden Tag, als es anfing, dunkel zu werden, ging er zu dem Turme und rief:

»Rapunzel, Rapunzel,
lass dein Haar herunter.«

Alsbald fielen die Haare herab, und der Königssohn stieg hinauf.
Anfangs erschrak Rapunzel gewaltig, als ein Mann zu ihr hereinkam, doch der Königssohn fing an, ganz freundlich mit ihr zu reden, und erzählte ihr, dass von ihrem Gesang sein Herz so sehr sei bewegt worden, dass es ihm keine Ruhe gelassen und er sie selbst habe sehen müssen.
Da verlor Rapunzel ihre Angst, und als er sie fragte, ob sie ihn zum Manne nehmen wollte, und sie sah, dass er jung und schön war, so dachte sie: ›Der wird mich lieber haben als die alte Frau Gothel‹, und sagte Ja und legte ihre Hand in seine Hand. Sie sprach: »Ich will gerne mit dir gehen, aber ich weiß nicht, wie ich hinabkommen kann. Wenn du kommst, so bring jedes Mal einen Strang Seide mit; daraus will ich eine Leiter flechten, und wenn die fertig ist, so steige ich hinunter, und du nimmst mich auf dein Pferd.«
Sie verabredeten, dass er bis dahin alle Abend zu ihr kommen sollte; denn bei Tag kam die Alte. Die Zauberin merkte auch nichts davon, bis einmal Rapunzel anfing und zu ihr sagte: »Sag mir doch, Frau Gothel, wie kommt es nur, Sie wird mir viel schwerer heraufzuziehen als der junge Königssohn, der ist in einem Augenblick bei mir.« – »Ach, du gottloses Kind«, rief die Zauberin, »was muss ich von dir hören, ich dachte, ich hätte dich von aller Welt geschieden, und du hast mich doch betrogen!« In ihrem Zorne packte sie die schönen Haare der Rapunzel, schlug sie ein paar Mal um ihre linke Hand, griff eine Schere mit der rechten, und ritsch, ratsch, waren sie abgeschnitten, und die schönen Flechten lagen auf der Erde. Und sie war so unbarmherzig, dass sie die arme Rapunzel in eine Wüstenei brachte, wo sie in großem Jammer und Elend leben musste.
Denselben Tag aber, wo sie Rapunzel verstoßen hatte, machte abends die Zauberin die abgeschnittenen Flechten oben am Fensterhaken fest, und als der Königssohn kam und rief:

»Rapunzel, Rapunzel,
lass dein Haar herunter«,

so ließ sie die Haare hinab. Der Königssohn stieg hinauf, aber er fand oben nicht seine liebste Rapunzel, sondern die Zauberin, die ihn mit bösen und giftigen Blicken ansah. »Aha«, rief sie höhnisch, »du willst die Frau Liebste holen, aber der schöne Vogel sitzt nicht mehr im Nest und singt nicht mehr, die Katze hat ihn geholt und wird dir auch noch die Augen auskratzen. Für dich ist Rapunzel verloren, du wirst sie nie wieder erblicken.« Der Königssohn geriet außer sich vor Schmerz, und in der Verzweiflung sprang er den Turm herab. Das Leben brachte er davon, aber die Dornen, in die er fiel, zerstachen ihm die Augen. Da irrte er blind im Walde umher und tat nichts als jammern und weinen über den Verlust seiner liebsten Frau. So wanderte er einige Jahre im Elend umher und geriet endlich in die Wüstenei, wo Rapunzel mit den Zwillingen, die sie geboren hatte, einem Knaben und einem Mädchen, kümmerlich lebte. Er vernahm eine Stimme, und sie deuchte ihm so bekannt. Da ging er darauf zu, und wie er herankam, erkannte ihn Rapunzel und fiel ihm um den Hals und weinte. Zwei von ihren Tränen aber benetzten seine Augen; da wurden sie wieder klar, und er konnte damit sehen wie sonst. Er führte sie in sein Reich, wo er mit Freude empfangen ward, und sie lebten noch lange glücklich und vergnügt.

Die Rübe

Es waren einmal zwei Brüder, die dienten beide als Soldaten, und der eine war reich, der andere arm. Da wollte der Arme sich aus seiner Not helfen, zog den Soldatenrock aus und ward ein Bauer. Also grub und hackte er sein Stückchen Acker und säte Rübsamen. Der Same ging auf, und es wuchs da eine Rübe, die ward groß und stark und zusehends dicker und wollte gar nicht aufhören zu wachsen, so dass sie eine Fürstin aller Rüben heißen konnte; denn nimmer ward so eine gesehen. Zuletzt war sie so groß, dass sie allein einen ganzen Wagen anfüllte und zwei Ochsen daran ziehen mussten, und der Bauer wusste nicht, was er damit anfangen sollte und ob's sein Glück oder sein Unglück wäre. Endlich dachte er: ›Verkaufst du sie, was wirst du Großes dafür bekommen, und willst du sie selber essen, so tun die kleinen Rüben denselben Dienst; am besten ist, du bringst sie dem König und machst ihm eine Verehrung damit.‹ Also lud er sie auf den Wagen, spannte zwei Ochsen vor, brachte sie an den Hof und schenkte sie dem König. »Was ist das für ein seltsam Ding?«, sagte der König, »mir ist viel Wunderliches vor die Augen gekommen, aber so ein Ungetüm noch nicht; aus was für Samen mag die gewachsen sein? Oder dir gerät's allein, und du bist ein Glückskind.« »Ach, nein«, sagte der Bauer, »ein Glückskind bin ich nicht, ich bin ein armer Soldat, der, weil er sich nicht mehr nähren konnte, den Soldatenrock an den Nagel hing und das Land baute. Ich habe noch einen Bruder, der ist reich und Euch, Herr König, auch wohl bekannt, ich aber bin von aller Welt vergessen.« Da empfand der König Mitleid mit ihm und sprach: »Deiner Armut sollst du überhoben und so von mir beschenkt werden, dass du wohl deinem reichen Bruder gleichkommst.« Da schenkte er ihm eine Menge Gold, Äcker, Wiesen und Herden und machte ihn steinreich, so dass des andern Bruders Reichtum gar nicht konnte damit verglichen werden. Als dieser das hörte, beneidete er ihn und sann hin und her, wie er sich auch ein solches Glück zuwenden könnte. Er wollt's aber noch viel gescheiter anfangen, nahm Gold und Pferde und brachte sie dem König und meinte nicht anders, der würde ihm ein viel größeres Gegengeschenk machen; denn hätte sein Bruder so viel für eine Rübe bekommen, was würden ihm so schöne Dinge nicht alles einbringen! Der König nahm das Geschenk und sagte, er wüsste ihm nichts wieder zu geben, das seltener und besser wäre als die große Rübe. Also musste der Reiche seines Bruders Rübe auf einen Wagen legen

und nach Hause fahren lassen. Daheim wusste er nicht, an wem er seinen Zorn und Ärger auslassen sollte, bis ihm böse Gedanken kamen, und er beschloss, seinen Bruder zu töten. Er gewann Mörder, die mussten sich in einen Hinterhalt stellen, und darauf ging er zu seinem Bruder und sprach: »Lieber Bruder, ich weiß einen heimlichen Schatz, den wollen wir miteinander heben und teilen.« Der andere ließ sich's auch gefallen und ging ohne Arg mit. Als sie aber hinauskamen, stürzten die Mörder über ihn her, banden ihn und wollten ihn an einen Baum hängen. Indem sie eben darüber waren, erscholl aus der Ferne lauter Gesang und Hufschlag, dass ihnen der Schrecken in den Leib fuhr und sie Hals über Kopf ihren Gefangenen in den Sack steckten, am Ast hinaufwanden und die Flucht ergriffen. Er aber arbeitete oben, bis er ein Loch im Sack hatte, wodurch er den Kopf stecken konnte. Wer aber des Wegs kam, war nichts als ein fahrender Schüler, ein junger Geselle, der, fröhlich sein Lied singend, durch den Wald auf der Straße daherritt. Wie der oben nun merkte, dass einer unter ihm vorbeiging, rief er: »Sei mir gegrüßt zu guter Stunde.« Der Schüler guckte sich überall um, wusste nicht, wo die Stimme herschaute, endlich sprach er: »Wer ruft mir?« Da antwortete es aus dem Wipfel: »Erhebe deine Augen, ich sitze hier oben im Sack der Weisheit, in kurzer Zeit habe ich große Dinge gelernt, dagegen sind alle Schulen ein Wind; um ein weniges, so werde ich ausgelernt haben, herabsteigen und weiser sein als alle Menschen. Ich verstehe die Gestirne und Himmelszeichen, das Wehen aller Winde, den Sand im Meer, Heilung der Krankheit, die Kräfte der Kräuter, Vögel und Steine. Wärst du einmal darin, du würdest fühlen, was für Herrlichkeit aus dem Sack der Weisheit fließt.« Der Schüler, wie er das alles hörte, erstaunte und sprach: »Gesegnet sei die Stunde, wo ich dich gefunden habe, könnt' ich nicht auch ein wenig in den Sack kommen?« Oben der antwortete, als tät er's nicht gerne: »Eine kleine Weile will ich dich wohl hineinlassen für Lohn und gute Worte, aber du musst doch noch eine Stunde warten, es ist ein Stück übrig, das ich erst lernen muss.« Als der Schüler ein wenig gewartet hatte, war ihm die Zeit zu lang, und er bat, dass er doch möchte hineingelassen werden, sein Durst nach Weisheit wäre gar zu groß. Da stellte sich der oben, als gäbe er endlich nach und sprach: »Damit ich aus dem Haus der Weisheit heraus kann, musst du den Sack am Strick herunterlassen, so sollst du eingehen.« Also ließ der Schüler ihn herunter, band den Sack auf und befreite ihn, dann rief er selber: »Nun zieh mich recht geschwind hinauf«, und wollt' geradstehend in den

Sack einschreiten. »Halt!«, sagte der andere, »so geht's nicht an«, packte ihn beim Kopf, steckte ihn umgekehrt in den Sack, schnürte zu und zog den Jünger der Weisheit am Strick baumwärts, dann schwengelte er ihn in der Luft und sprach: »Wie steht's, mein lieber Geselle? Siehe, schon fühlst du, dass dir die Weisheit kommt, und machst gute Erfahrung, sitze also fein ruhig, bis du klüger wirst.« Damit stieg er auf des Schülers Pferd, ritt fort, schickte aber nach einer Stunde jemand, der ihn wieder herablassen musste.

Die Bremer Stadtmusikanten

Es hatte ein Mann einen Esel, der schon lange Jahre die Säcke unverdrossen zur Mühle getragen hatte, dessen Kräfte aber nun zu Ende gingen, so dass er zur Arbeit immer untauglicher ward. Da dachte der Herr daran, ihn aus dem Futter zu schaffen, aber der Esel merkte, dass kein guter Wind wehte, lief fort und machte sich auf den Weg nach Bremen. Dort, meinte er, könnte er ja Stadtmusikant werden. Als er ein Weilchen fortgegangen war, fand er einen Jagdhund auf dem Wege liegen, der jappte wie einer, der sich müde gelaufen hat. »Nun, was jappst du so, Packan?«, fragte der Esel. – »Ach«, sagte der Hund, »weil ich alt bin und jeden Tag schwächer werde, auch auf der Jagd nicht mehr fort kann, hat mich mein Herr totschlagen wollen, da hab' ich Reißaus genommen; aber womit soll ich nun mein Brot verdienen?« – »Weißt du was?«, sprach der Esel, »ich gehe nach Bremen und werde dort Stadtmusikant, geh mit und lass dich auch bei der Musik annehmen. Ich spiele die Laute, und du schlägst die Pauken.« Der Hund war's zufrieden, und sie gingen weiter. Es dauerte nicht lange, da saß eine Katze an dem Weg und machte ein Gesicht wie drei Tage Regenwetter. »Nun, was ist dir in die Quere gekommen, alter Bartputzer?«, sprach der Esel. – »Wer kann da lustig sein, wenn's einem an den Kragen geht«, antwortete die Katze, »weil ich nun zu Jahren komme, meine Zähne stumpf werden und ich lieber hinter dem Ofen sitze und spinne, als nach Mäusen herumjage, hat mich meine Frau ersäufen wollen; ich habe mich zwar noch fortgemacht, aber nun ist guter Rat teuer, wo soll ich hin?« – »Geh mit uns nach Bremen, du verstehst dich doch auf die Nachtmusik, da kannst du ein Stadtmusikant werden.« Die Katze hielt das für gut und ging mit. Darauf kamen die drei Landesflüchtigen an einem Hof vorbei; da saß auf dem Tor der Haushahn und schrie aus Leibeskräften. »Du schreist einem durch Mark und Bein«, sprach der Esel, »was hast du vor?« – »Da hab' ich gut Wetter prophezeit«, sprach der Hahn, »weil Unserer Lieben Frauen Tag ist, wo sie dem Christkindlein die Hemdchen gewaschen hat und sie trocknen will; aber weil morgen zum Sonntag Gäste kommen, so hat die Hausfrau doch kein Erbarmen und hat der Köchin gesagt, sie wollte mich morgen in der Suppe essen, und da soll ich mir heut Abend den Kopf abschneiden lassen. Nun schrei' ich aus vollem Hals, solang ich noch kann.« – »Ei was, du Rotkopf«, sagte der Esel, »zieh lieber mit uns fort, wir gehen nach Bremen, etwas Besseres als den Tod findest du überall; du hast eine gute Stimme, und wenn wir zusammen musizieren, so muss es eine Art haben.« Dem Hahn gefiel das, und sie gingen alle viere zusammen fort.

Sie konnten aber die Stadt Bremen in einem Tag nicht erreichen und kamen abends in einen Wald, wo sie übernachten wollten. Der Esel und der Hund legten sich unter einen großen Baum, die Katze und der Hahn machten sich in die Äste, der Hahn aber flog bis in die Spitze. Ehe er einschlief, sah er sich noch einmal nach allen vier Winden um; da deuchte ihn, er sähe in der Ferne ein Fünkchen brennen, und rief seinen Gesellen zu, es müsste nicht gar weit ein Haus sein; denn es scheine ein Licht. Sprach der Esel: »So müssen wir uns aufmachen und noch hingehen; denn hier ist die Herberge schlecht.« Der Hund meinte, ein paar Knochen und etwas Fleisch dran täten ihm auch gut. Also machten sie sich auf den Weg nach der Gegend, wo das Licht war, und sahen es bald heller schimmern, und es ward immer größer, bis sie vor ein hell erleuchtetes Räuberhaus kamen. Der Esel als der Größte näherte sich dem Fenster und schaute hinein. »Was siehst du, Grauschimmel?«, fragte der Hahn. »Was ich sehe?«, antwortete der Esel, »einen gedeckten Tisch mit schönem Essen und Trinken, und Räuber sitzen daran und lassen's sich wohl sein.« – »Das wäre was für uns«, sprach der Hahn. »Ja, ja, ach, wären wir da!«, sagte der Esel. Da ratschlagten die Tiere, wie sie es anfangen müssten, um die Räuber hinauszujagen, und fanden endlich ein Mittel. Der Esel musste sich mit den Vorderfüßen auf das Fenster stellen, der Hund auf des Esels Rücken springen, die Katze auf den Hund klettern, und endlich flog der Hahn hinauf und setzte sich der Katze auf den Kopf. Wie das geschehen war, fingen sie auf ein Zeichen insgesamt an, ihre Musik zu machen: Der Esel schrie, der Hund bellte, die Katze miaute, und der Hahn krähte; dann stürzten sie durch das Fenster in die Stube hinein, dass die Scheiben klirrten. Die Räuber fuhren bei dem entsetzlichen Geschrei in die Höhe, meinten nicht anders, als ein Gespenst käme herein, und flohen in größter Furcht. Nun setzten sich die vier Gesellen an den Tisch, nahmen mit dem vorlieb, was übrig geblieben war, und aßen, als wenn sie vier Wochen hungern sollten.

Wie die vier Spielleute fertig waren, löschten sie das Licht aus und suchten sich eine Schlafstätte, jeder nach seiner Natur und Bequemlichkeit. Der Esel legte sich auf den Mist, der Hund hinter die Tür, die Katze auf den Herd bei der warmen Asche, und der Hahn setzte sich auf den Hahnenbalken. Und weil sie müde waren, schliefen sie auch bald ein. Als Mitternacht vorbei war und die Räuber von weitem sahen, dass kein Licht mehr im Haus brannte, auch alles ruhig schien, sprach der Hauptmann: »Wir hätten uns doch nicht sollen ins Bockshorn jagen lassen«, und hieß einen hingehen und das Haus untersuchen. Der Abgeschickte fand alles still, ging in die Küche, ein Licht anzuzünden, und weil er die glühenden, feurigen Augen der Katze für lebendige Kohlen ansah, hielt er ein Schwefelhölzchen daran, dass es Feuer fangen sollte. Aber die Katze verstand keinen Spaß, sprang ihm ins Gesicht, spie und kratzte. Da erschrak er gewaltig, lief und wollte zur Hintertür hinaus, aber der Hund, der dalag, sprang auf und biss ihn ins Bein. Und als er über den Hof an dem Miste vorbeirannte, gab ihm der Esel noch einen tüchtigen Schlag mit dem Hinterfuß; der Hahn aber, der vom Lär-

men aus dem Schlaf geweckt und munter geworden war, rief vom Balken herab: »Kikeriki!« Da lief der Räuber, was er konnte, zu seinem Hauptmann zurück und sprach: »Ach, in dem Haus sitzt eine gräuliche Hexe, die hat mich angehaucht und mit ihren langen Fingern mir das Gesicht zerkratzt; und vor der Tür steht ein Mann mit einem Messer, der hat mich ins Bein gestochen; und auf dem Hof liegt ein schwarzes Ungetüm, das hat mit einer Holzkeule auf mich losgeschlagen; und oben auf dem Dache, da sitzt der Richter, der rief: ›Bringt mir den Schelm her!‹ Da machte ich, dass ich fortkam.« Von nun an getrauten sich die Räuber nicht weiter in das Haus, den vier Bremer Musikanten gefiel's aber so wohl darin, dass sie nicht wieder heraus wollten. Und der das zuletzt erzählt hat, dem ist der Mund noch warm.

Die zertanzten Schuhe

Es war einmal ein König, der hatte zwölf Töchter, eine immer schöner als die andere. Sie schliefen zusammen in einem Saal, wo ihre Betten nebeneinander standen, und abends, wenn sie darin lagen, schloss der König die Tür zu und verriegelte sie. Wenn er aber am Morgen die Türe aufschloss, so sah er, dass ihre Schuhe zertanzt waren, und niemand konnte herausbringen, wie das zugegangen war. Da ließ der König ausrufen, wer's könnte ausfindig machen, wo sie in der Nacht tanzten, der sollte sich eine davon zur Frau wählen und nach seinem Tode König sein; wer sich aber meldete und es nach drei Tagen und Nächten nicht herausbrächte, der hätte sein Leben verwirkt. Nicht lange, so meldete sich ein Königssohn und erbot sich, das Wagnis zu unternehmen. Er ward wohl aufgenommen und abends in ein Zimmer geführt, das an den Schlafsaal stieß. Sein Bett war da aufgeschlagen, und er sollte Acht haben, wo sie hingingen und tanzten; und damit sie nichts heimlich treiben konnten oder zu einem andern Ort hinausgingen, war auch die Saaltüre offen gelassen. Dem Königssohn fiel's aber wie Blei auf die Augen, und er schlief ein, und als er am Morgen aufwachte, waren alle zwölfe zum Tanz gewesen; denn ihre Schuhe standen da und hatten Löcher in den Sohlen. Den zweiten und dritten Abend ging's nicht anders, und da ward ihm sein Haupt ohne Barmherzigkeit abgeschlagen. Es kamen hernach noch viele und melde-

ten sich zu dem Wagestück, sie mussten aber alle ihr Leben lassen. Nun trug sich's zu, dass ein armer Soldat sich auf dem Weg nach der Stadt befand, wo der König wohnte. Da begegnete ihm eine alte Frau, die fragte ihn, wo er hin wollte. »Ich weiß selber nicht recht«, sprach er und setzte im Scherz hinzu: »Ich hätte wohl Lust, ausfindig zu machen, wo die Königstöchter ihre Schuhe vertanzen, und darnach König zu werden.« »Das ist so schwer nicht«, sagte die Alte, »du musst den Wein nicht trinken, der dir abends gebracht wird, und musst tun, als wärst du fest eingeschlafen.« Darauf gab sie ihm ein Mäntelchen und sprach: »Wenn du das umhängst, so bist du unsichtbar und kannst den zwölfen dann nachschleichen.« Wie der Soldat den guten Rat bekommen hatte, ward's Ernst bei ihm, so dass er ein Herz fasste, vor den König ging und sich als Freier meldete. Er ward so gut aufgenommen wie die andern auch, und es wurden ihm königliche Kleider angetan. Abends zur Schlafenszeit ward er in das Vorzimmer geführt, und als er zu Bette gehen wollte, kam die Älteste und brachte ihm einen Becher Wein. Aber er hatte sich einen Schwamm unter das Kinn gebunden, ließ den Wein da hineinlaufen und trank keinen Tropfen. Dann legte er sich nieder, und als er ein Weilchen gelegen hatte, fing er an zu schnarchen wie im tiefsten Schlaf. Das hörten die zwölf Königstöchter, lachten, und die Älteste sprach: »Der hätte auch sein Leben sparen können.« Danach standen sie auf, holten prächtige Kleider heraus, putzten sich vor den Spiegeln, sprangen herum und freuten sich auf den Tanz. Nur die Jüngste sagte: »Ich weiß nicht, ihr freut euch, aber mir ist so wunderlich zumut; gewiss widerfährt uns ein Unglück.« »Du bist eine Schneegans«, sagte die Älteste, »die sich immer fürchtet. Hast du vergessen, wie viel Königssöhne schon umsonst da gewesen sind? Dem Soldaten hätt' ich nicht einmal brauchen einen Schlaftrunk zu geben, der Lümmel wäre doch nicht aufgewacht.« Wie sie alle fertig waren, sahen sie erst nach dem Soldaten, aber der hatte die Augen zugetan, und sie glaubten nun ganz sicher zu sein. Da ging die Älteste an ihr Bett und klopfte daran; alsbald sank es in die Erde, und sie stiegen durch die Öffnung hinab, eine nach der andern, die Älteste voran. Der Soldat, der alles mit angesehen hatte, zauderte nicht lange, hing sein Mäntelchen um und stieg hinter der Jüngsten mit hinab. Mitten auf der Treppe trat er ihr ein wenig aufs Kleid, da erschrak sie und rief: »Was ist das? Wer hält mich am Kleid?« »Sei nicht so einfältig«, sagte die Älteste, »du bist an einem Haken hängen geblieben.« Da gingen sie vollends hinab, und wie sie unten waren, standen sie in einem wunderprächtigen Baumgang, da waren alle Blätter von Silber und schimmerten und glänzten. Der Soldat dachte: ›Du willst dir ein Wahrzeichen mitnehmen‹, und brach einen Zweig davon ab; da fuhr ein gewaltiger Krach aus dem Baume. Die Jüngste rief wieder: »Es ist nicht richtig, habt ihr den Knall gehört?« Die Älteste aber sprach: »Das sind Freudenschüsse, weil wir unsere Prinzen bald erlöst haben.« Sie kamen darauf in einen Baumgang, wo alle Blätter von Gold, und endlich in einen dritten, wo sie klarer Demant waren. Von beiden brach er einen Zweig ab, wobei es jedes Mal krachte, dass die Jüngste vor Schrecken zusammenfuhr; aber die Älteste blieb dabei, es wären Freudenschüsse. Sie gingen weiter und kamen zu einem großen Wasser, darauf standen zwölf Schifflein, und in jedem Schifflein saß ein schöner Prinz, die hatten auf die zwölfe gewartet, und jeder nahm eine zu sich, der Soldat aber setzte sich mit der Jüngsten ein. Da sprach der Prinz: »Ich weiß nicht, das Schiff ist heute viel schwerer, und ich muss aus allen Kräften rudern, wenn ich es fortbringen soll.« »Wovon sollte das kommen«, sprach die Jüngste, »als vom warmen Wetter, es ist mir auch so heiß zumut.« Jenseits des Wassers aber stand ein schönes hell erleuchtetes Schloss, woraus eine lustige Musik erschallte. Sie ruderten hinüber, traten ein, und jeder Prinz tanzte mit seiner Liebsten; der Soldat aber tanzte unsichtbar mit, und wenn eine einen Becher mit Wein hielt, so trank er ihn aus, dass er leer war, wenn sie ihn an den Mund brachte; und der Jüngsten ward auch angst darüber, aber die Älteste brachte sie immer zum Schweigen. Sie tanzten da bis drei Uhr am andern Morgen, wo alle Schuhe durchgetanzt waren und sie aufhören mussten. Die Prinzen fuhren sie über das Wasser wieder zurück, und der Soldat setzte sich diesmal vornehm zur Ältesten. Am Ufer nahmen sie von ihren Prinzen Abschied und versprachen, in der folgenden Nacht wieder zu kommen. Als sie an der Treppe waren, lief der Soldat voraus und legte sich in sein Bett, und als die zwölf langsam und müde heraufgetrippelt kamen, schnarchte er schon wieder so laut, dass sie's alle hören konnten, und sie sprachen: »Vor dem sind wir sicher.« Da taten sie ihre schönen Kleider aus, brachten sie weg, stellten die zertanzten Schuhe unter das Bett und legten sich nieder. Am andern Morgen wollte der Soldat nichts sagen, sondern das wunderliche Wesen mit ansehen, und ging die zweite und die dritte Nacht wieder mit. Da war alles wie das erste Mal, und sie tanzten jedes Mal, bis die Schuhe entzwei waren. Das dritte Mal aber nahm er zum Wahrzeichen einen Becher mit. Als die Stunde gekommen war, wo er antworten sollte, steckte er die drei Zweige und den Becher zu sich und ging vor den König, die zwölfe aber standen hinter der Tür und horchten. Als der König die Frage tat: »Wo haben meine zwölf Töchter ihre Schuhe in der Nacht vertanzt?«, so antwortete er: »Mit zwölf Prinzen in einem unterirdischen Schloss«, berichtete, wie es zugegangen war, und holte die Wahrzeichen hervor. Da ließ der König seine Töchter kommen und fragte sie, ob der Soldat die Wahrheit gesagt hätte, und da sie sahen, dass sie verraten waren, so mussten sie alles eingestehen. Darauf fragte ihn der König, welche er zur Frau haben wollte. Er antwortete: »Ich bin nicht mehr jung, so gebt mir die Älteste.« Da ward noch am selbigen Tage die Hochzeit gehalten und ihm das Reich nach des Königs Tode versprochen. Aber die Prinzen wurden auf so viele Tage wieder verwünscht, als sie Nächte mit den zwölfen getanzt hatten.

Die drei Glückskinder

Ein Vater ließ einmal seine drei Söhne vor sich kommen und schenkte dem ersten einen Hahn, dem zweiten eine Sense, dem dritten eine Katze. »Ich bin schon alt«, sagte er, »und mein Tod ist nah, da wollte ich euch vor meinem Ende noch versorgen. Geld hab' ich nicht, und was ich euch jetzt gebe, scheint wenig wert, es kommt aber bloß darauf an, dass ihr es verständig anwendet. Sucht euch nur ein Land, wo dergleichen Dinge noch unbekannt sind, so ist euer Glück gemacht.« Nach dem Tode des Vaters

ging der Älteste mit seinem Hahn aus, wo er aber hinkam, war der Hahn schon bekannt. In den Städten sah er ihn schon von weitem auf den Türmen sitzen und sich mit dem Wind umdrehen, in den Dörfern hörte er mehr als einen krähen, und niemand wollte sich über das Tier wundern, so dass es nicht das Ansehn hatte, als würde er sein Glück damit machen. Endlich aber geriet's ihm doch, dass er auf eine Insel kam, wo die Leute nichts von einem Hahn wussten, sogar ihre Zeit nicht einzuteilen verstanden. Sie wussten wohl, wenn's Morgen oder Abend war, aber nachts, wenn sie's nicht verschliefen, wusste sich keiner aus der Zeit herauszufinden. »Seht«, sprach er, »was für ein stolzes Tier, es hat eine rubinrote Krone auf dem Kopf und trägt Sporen wie ein Ritter; es ruft euch des Nachts drei Mal zu bestimmter Zeit an, und wenn's das letzte Mal ruft, so geht die Sonne bald auf. Wenn's aber bei hellem Tag ruft, so richtet euch darauf ein, dann gibt's gewiss anderes Wetter.« Den Leuten gefiel das wohl, sie schliefen eine ganze Nacht nicht und hörten mit großer Freude, wie der Hahn um zwei, vier und sechs Uhr laut und vernehmlich die Zeit abrief. Sie fragten ihn, ob das Tier nicht feil wäre und wie viel er dafür verlangte. »Etwa so viel, als ein Esel Gold trägt«, antwortete er. »Ein Spottgeld für ein so kostbares Tier«, riefen sie insgesamt und gaben ihm gerne, was er gefordert hatte.

Als er mit dem Reichtum heimkam, verwunderten sich seine Brüder, und der zweite sprach: »So will ich mich doch aufmachen und sehen, ob ich meine Sense auch so gut losschlagen kann.« Es hatte aber nicht das Ansehen danach; denn überall begegneten ihm Bauern und hatten so gut eine Sense auf der Schulter wie er. Doch zuletzt glückte es ihm auch auf einer Insel, wo die Leute nichts von einer Sense wussten. Wenn dort das Korn reif war, so fuhren sie Kanonen vor den Feldern auf und schossen's herunter. Das war nun ein ungewisses Ding, mancher schoss drüber hinaus, ein anderer traf statt des Halms die Ähren und schoss sie fort, dabei ging viel zu Grunde, und obendrein gab's einen lästerlichen Lärm. Da stellte sich der Mann hin und mähte es so still und so geschwind nieder, dass die Leute Maul und Nase vor Verwunderung aufsperrten. Sie waren willig, ihm dafür zu geben, was er verlangte, und er bekam ein Pferd, dem war Gold aufgeladen, so viel es tragen konnte.

Nun wollte der dritte Bruder seine Katze auch an den rechten Mann bringen. Es ging ihm wie den andern. Solange er auf dem festen Lande blieb, war nichts auszurichten, es gab allerorten Katzen, und waren ihrer so viel, dass die neugebornen Jungen meist im Wasser ersäuft wurden. Endlich ließ er sich auf eine Insel überschiffen, und es traf sich glücklicherweise, dass dort noch niemals eine gesehen war und doch die Mäuse so überhand genommen hatten, dass sie auf den Tischen und Bänken tanzten, der Hausherr mochte daheim sein oder nicht. Die Leute jammerten gewaltig über die Plage, der König selbst wusste sich in seinem Schlosse nicht dagegen zu retten. In allen Ecken pfiffen und nagten Mäuse. Da fing nun die Katze ihre Jagd an und hatte bald ein paar Säle gereinigt, und die Leute baten den König, das Wundertier für das Reich zu kaufen. Der König gab gerne, was gefordert wurde, das war ein mit Gold beladener Maulesel, und der dritte Bruder kam mit den allergrößten Schätzen heim.

Die Katze machte sich in dem königlichen Schlosse mit den Mäusen eine rechte Lust und biss so viele tot, dass sie nicht mehr zu zählen waren. Endlich ward ihr von der Arbeit heiß, und sie bekam Durst; da blieb sie stehen, drehte den Kopf in die Höhe und schrie: »Miau, miau.« Der König samt allen seinen Leuten, als sie das seltsame Geschrei vernahmen, erschrak, und sie liefen in ihrer Angst sämtlich zum Schloss hinaus. Unten hielt der König Rat, was zu tun das Beste wäre; zuletzt ward beschlossen, einen Herold an die Katze abzuschicken und sie aufzufordern, das Schloss zu verlassen oder zu gewärtigen, dass Gewalt gegen sie gebraucht würde. Die Räte sagten: »Lieber wollen wir uns von den Mäusen plagen lassen – an das Übel sind wir gewöhnt – als unser Leben einem solchen Untier preisgeben.« Ein Edelknabe musste hinaufgehen und die Katze fragen, ob sie das Schloss gutwillig räumen wollte. Die Katze aber, deren Durst nur noch größer geworden war, antwortete bloß: »Miau, miau.« Der Edelknabe verstand: »Durchaus, durchaus nicht«, und überbrachte dem König die Antwort. »Nun«, sprachen die Räte, »soll sie der Gewalt weichen.« Es wurden Kanonen aufgeführt und das Haus in Brand geschossen. Als das Feuer in den Saal kam, wo die Katze saß, sprang sie glücklich zum Fenster hinaus; die Belagerer hörten aber nicht eher auf, als bis das ganze Schloss in Grund und Boden geschossen war.

Das tapfere Schneiderlein

An einem Sommermorgen saß ein Schneiderlein auf seinem Tisch am Fenster, war guter Dinge und nähte aus Leibeskräften. Da kam eine Bauersfrau die Straße herab und rief: »Gut Mus feil! Gut Mus feil!« Das klang dem Schneiderlein lieblich in die Ohren, es steckte sein zartes Haupt zum Fenster hinaus und rief: »Hier herauf, liebe Frau, hier wird sie die Ware los.« Die Frau stieg die drei Treppen mit ihrem schweren Korbe zu dem Schneider herauf und musste die Töpfe sämtlich vor ihm auspacken. Er besah sie alle, hob sie in die Höhe, hielt die Nase dran und sagte endlich: »Das Mus scheint mir gut, wieg sie mir doch vier Lot ab, liebe Frau, wenn's auch ein Viertelpfund ist, kommt es mir nicht darauf an.« Die Frau, welche gehofft hatte, einen guten Absatz zu finden, gab ihm, was er verlangte, ging aber ganz ärgerlich und brummig fort. »Nun, das Mus soll mir Gott gesegnen«, rief das Schneiderlein, »und soll mir Kraft und Stärke geben«, holte das Brot aus dem Schrank, schnitt sich ein Stück über den ganzen Laib und strich das Mus darüber. »Das wird nicht bitter schmecken«, sprach es, »aber erst will ich das Wams fertig machen, eh' ich anbeiße.« Es legte das Brot neben sich, nähte weiter und machte vor Freude immer größere Stiche. Indes stieg der Geruch von dem süßen Mus hinauf an die Wand, wo die Fliegen in großer Menge saßen, so dass sie herangelockt wurden und sich scharenweis darauf niederließen. »Ei, wer hat euch eingeladen?«, sprach das Schneiderlein und jagte die ungebetenen Gäste fort. Die Fliegen aber ließen sich nicht abweisen, sondern kamen wieder. Da lief dem Schneiderlein endlich, wie man sagt, die Laus über die Leber, es langte aus seiner Hölle nach einem Tuchlappen und: »Wart, ich will es euch geben!«, schlug es unbarmherzig drauf. Als es abzog und zählte, so lagen nicht weniger als sieben vor ihm tot und streckten die Beine. »Bist du so ein Kerl?«, sprach es und musste selbst seine Tapferkeit bewundern, »das soll die ganze Stadt erfahren.« Und in der Hast schnitt sich das Schneiderlein einen Gürtel, nähte ihn und stickte mit großen Buchstaben darauf »Siebene auf einen Streich!« – »Ei, was Stadt!«, sprach es weiter, »die ganze Welt soll's erfahren!« Und sein Herz wackelte ihm wie ein Lämmerschwänzchen.

Der Schneider band sich den Gürtel um den Leib und wollte in die Welt hinaus, weil er meinte, die Werkstätte sei zu klein für seine Tapferkeit. Eh' er abzog, suchte er im Haus herum, ob nichts da wäre, was er mitnehmen

könnte, er fand aber nichts als einen alten Käs, den steckte er ein. Vor dem Tore bemerkte er einen Vogel, der sich im Gesträuch gefangen hatte, der musste zu dem Käse in die Tasche. Nun nahm er den Weg tapfer zwischen die Beine, und weil er leicht und bebend war, fühlte er keine Müdigkeit. Der Weg führte ihn auf einen Berg, und als er den höchsten Gipfel erreicht hatte, so saß da ein gewaltiger Riese und schaute sich ganz gemächlich um. Das Schneiderlein ging beherzt auf ihn zu, redete ihn an und sprach: »Guten Tag, Kamerad, gelt, du sitzest da und besiehst dir die weitläufige Welt? Ich bin eben auf dem Wege dahin und will mich versuchen. Hast du Lust mitzugehen?« Der Riese sah den Schneider verächtlich an und sprach: »Du Lump! Du miserabler Kerl!« – »Das wäre!«, antwortete das Schneiderlein, knöpfte den Rock auf und zeigte dem Riesen den Gürtel, »da kannst du lesen, was ich für ein Mann bin.« Der Riese las: »Siebene auf einen Streich«, meinte, das wären Menschen gewesen, die der Schneider erschlagen hätte, und kriegte ein wenig Respekt vor dem kleinen Kerl. Doch wollte er ihn erst prüfen, nahm einen Stein in die Hand und drückte ihn zusammen, dass das Wasser heraustropfte. »Das mach mir nach«, sprach der Riese, »wenn du Stärke hast.« – »Ist's weiter nichts?«, sagte das Schneiderlein, das ist bei unsereinem Spielwerk«, griff in die Tasche, holte den weichen Käs und drückte ihn, dass der Saft herauslief. »Gelt«, sprach er, »das war ein wenig besser?« Der Riese wusste nicht, was er sagen sollte, und konnte es von dem Männlein nicht glauben. Da hob der Riese einen Stein auf und warf ihn so hoch, dass man ihn mit Augen kaum noch sehen konnte: »Nun, du Erpelmännchen, das tu mir nach.« – »Gut geworfen«, sagte der Schneider, »aber der Stein hat doch wieder zur Erde herabfallen müssen; ich will dir einen werfen, der soll gar nicht wieder kommen«, griff in die Tasche, nahm den Vogel und warf ihn in die Luft. Der Vogel, froh über seine Freiheit, stieg auf, flog fort und kam nicht wieder. »Wie gefällt dir das Stückchen, Kamerad?«, fragte der Schneider. »Werfen kannst du wohl«, sagte der Riese, »aber nun wollen wir sehen, ob du im Stande bist, etwas Ordentliches zu tragen.« Er führte das Schneiderlein zu einem mächtigen Eichbaum, der da gefällt auf dem Boden lag, und sagte: »Wenn du stark genug bist, so hilf mir den Baum tragen.« – »Gerne«, antwortete der kleine Mann, »nimm du nur den Stamm, ich will die Äste mit dem Gezweig aufheben und tragen, das ist doch das Schwerste.« Der Riese nahm den Stamm auf die Schulter, der Schneider aber setzte sich auf einen Ast, und der Riese, der sich nicht umsehen konnte, musste den ganzen Baum und das Schneiderlein noch obendrein forttragen. Es war da hinten ganz lustig und guter Dinge, pfiff das Liedchen: ›Es ritten drei Schneider zum Tore hinaus‹, als wäre das Baumtragen ein Kinderspiel. Der Riese, nachdem er ein Stück Wegs die schwere Last fortgeschleppt hatte, konnte nicht weiter und rief: »Hör, ich muss den Baum fallen lassen.« Der Schneider sprang herab, fasste den Baum mit beiden Armen, als wenn er ihn getragen hätte, und sprach zum Riesen: »Du bist ein so großer Kerl und kannst den Baum nicht einmal tragen.«

Sie gingen zusammen weiter, und als sie an einem Kirschbaum vorbeikamen, fasste der Riese die Krone des Baumes, wo die zeitigsten Früchte hingen, bog sie herab, gab sie dem Schneider in die Hand und hieß ihn essen. Das Schneiderlein aber war viel zu schwach, um den Baum zu halten, und als der Riese losließ, fuhr der Baum in die Höhe, und der Schneider ward mit in die Luft geschnellt. Als er wieder ohne Schaden herabgefallen war, sprach der Riese: »Was ist das, hast du nicht Kraft, die schwache Gerte zu halten?« – »An der Kraft fehlt es nicht«, antwortete das Schneiderlein, »meinst du, das wäre etwas für einen, der siebene mit einem Streich getroffen hat? Ich bin über den Baum gesprungen, weil die Jäger da unten in das Gebüsch schießen. Spring nach, wenn du's vermagst.« Der Riese

machte den Versuch, konnte aber nicht über den Baum kommen, sondern blieb in den Ästen hängen.
Der Riese sprach: »Wenn du so ein tapferer Kerl bist, so komm mit in unsere Höhle und übernachte bei uns.« Als sie in der Höhle anlangten, saßen da noch andere Riesen beim Feuer, und jeder hatte ein gebratenes Schaf in der Hand und aß davon. Das Schneiderlein sah sich um und dachte: ›Es ist doch hier viel weitläufiger als in meiner Werkstatt.‹ Der Riese wies ihm ein Bett an und sagte, er sollte sich hineinlegen und ausschlafen. Dem Schneiderlein war aber das Bett zu groß; es legte sich nicht hinein, sondern kroch in eine Ecke. Als es Mitternacht war und der Riese meinte, das Schneiderlein läge in tiefem Schlafe, so stand er auf, nahm eine große Eisenstange und schlug das Bett mit einem Schlag durch und meinte, er hätte dem Grashüpfer den Garaus gemacht. Mit dem frühsten Morgen gingen die Riesen in den Wald und hatten das Schneiderlein ganz vergessen; da kam es auf einmal ganz lustig und verwegen dahergeschritten. Die Riesen erschraken und liefen in Hast fort.
Das Schneiderlein zog weiter, immer seiner spitzen Nase nach. Nachdem es lange gewandert war, kam es in den Hof eines königlichen Palastes, und da es Müdigkeit empfand, so legte es sich ins Gras und schlief ein. Während es da lag, kamen die Leute, betrachteten es von allen Seiten und lasen auf dem Gürtel: ›Siebene auf einen Streich.‹ – »Ach«, sprachen sie, »was will der große Kriegsheld hier mitten im Frieden? Das muss ein mächtiger Herr sein.« Sie gingen und meldeten es dem König und meinten, wenn Krieg ausbrechen sollte, wäre das ein wichtiger und nützlicher Mann, den man um keinen Preis fortlassen dürfte. Dem König gefiel der Rat, und er schickte einen von seinen Hofleuten an das Schneiderlein ab, der sollte ihm, wenn es aufgewacht wäre, Kriegsdienste anbieten. Der Abgesandte blieb bei dem Schläfer stehen, wartete, bis er seine Glieder streckte und die Augen aufschlug, und brachte dann seinen Antrag vor. »Ebendeshalb bin ich hierher gekommen«, antwortete er, »ich bin bereit, in des Königs Dienste zu treten.« Also ward er ehrenvoll empfangen und ihm eine besondere Wohnung angewiesen.
Die Kriegsleute aber waren dem Schneiderlein unhold und wünschten, es wäre tausend Meilen weit weg. »Was soll daraus werden?«, sprachen sie untereinander, »wenn wir Zank mit ihm kriegen und er haut zu, so fallen auf jeden Streich siebene. Da kann unsereiner nicht bestehen.« Also fassten sie einen Entschluss, begaben sich allesamt zum König und baten um

ihren Abschied. »Wir sind nicht gemacht«, sprachen sie, »neben einem Mann auszuhalten, der siebene auf einen Streich schlägt.« Der König war traurig, dass er um des einen willen alle seine treuen Diener verlieren sollte, und wäre ihn gerne wieder los gewesen. Aber er getraute sich nicht, ihm den Abschied zu geben, weil er fürchtete, er möchte ihn samt seinem Volke totschlagen und sich auf den königlichen Thron setzen. Er sann lange hin und her; endlich fand er einen Rat. Er schickte zu dem Schneiderlein und ließ ihm sagen, weil es ein so großer Kriegsheld wäre, so wollte er ihm ein Anerbieten machen. In einem Walde seines Landes hausten zwei Riesen, die mit Rauben, Morden, Sengen und Brennen großen Schaden stifteten; niemand dürfte sich ihnen nahen, ohne sich in Lebensgefahr zu setzen. Wenn er diese beiden Riesen überwände und tötete, so wollte er ihm seine einzige Tochter zur Gemahlin geben und das halbe Königreich zur Ehesteuer; auch sollten hundert Reiter mitziehen und ihm Beistand leisten. ›Das wäre so etwas für einen Mann, wie du bist‹, dachte das Schneiderlein, ›eine schöne Königstochter und ein halbes Königreich wird einem nicht alle Tage angeboten.‹ – »O ja«, gab er zur Antwort, »die Riesen will ich schon bändigen und habe die hundert Reiter dabei nicht nötig, wer siebene auf einen Streich trifft, fürchtet sich nicht vor zweien.«

Das Schneiderlein zog aus, und die hundert Reiter folgten ihm. Als es zu dem Rand des Waldes kam, sprach es zu seinen Begleitern: »Bleibt hier nur halten, ich will schon allein mit den Riesen fertig werden.« Dann sprang es in den Wald hinein und schaute sich rechts und links um. Über ein Weilchen erblickte es beide Riesen, sie lagen unter einem Baume und schliefen und schnarchten dabei, dass sich die Äste auf und nieder bogen. Das Schneiderlein, nicht faul, las beide Taschen voll Steine und stieg damit auf den Baum. Als es in der Mitte war, rutschte es auf einen Ast, bis es gerade über die Schläfer zu sitzen kam, und ließ dem einen Riesen einen Stein nach dem andern auf die Brust fallen. Der Riese spürte lange nichts, doch endlich wachte er auf, stieß seinen Gesellen an und sprach: »Was schlägst du mich?« – »Du träumst«, sagte der andere, »ich schlage dich nicht.« Sie legten sich wieder zum Schlaf, da warf der Schneider auf den Zweiten einen Stein herab. »Was soll das?«, rief der andere, »warum wirfst du mich?« – »Ich werfe dich nicht«, antwortete der Erste und brummte. Sie zankten sich eine Weile herum, doch weil sie müde waren, ließen sie's gut sein, und die Augen fielen ihnen wieder zu.

Das Schneiderlein fing sein Spiel von neuem an, suchte den dicksten Stein aus und warf ihn dem ersten Riesen mit aller Gewalt auf die Brust. »Das ist zu arg!«, schrie er, sprang wie ein Unsinniger auf und stieß seinen Gesellen wider den Baum, dass dieser zitterte. Der andere zahlte mit gleicher Münze, und sie gerieten in solche Wut, dass sie Bäume ausrissen, aufeinander losschlugen, so lang, bis sie endlich beide zugleich tot auf die Erde fielen. Nun sprang das Schneiderlein herab. »Ein Glück nur«, sprach es, »dass sie den Baum, auf dem ich saß, nicht ausgerissen haben, sonst hätte ich wie ein Eichhörnchen auf einen andern springen müssen!« Es zog sein Schwert und versetzte jedem ein paar tüchtige Hiebe in die Brust; dann ging es hinaus zu den Reitern und sprach: »Die Arbeit ist getan, ich habe beiden den Garaus gemacht. Aber hart ist es hergegangen, sie haben in der Not Bäume ausgerissen und sich gewehrt, doch das hilft alles nichts, wenn einer kommt wie ich.« – »Seid Ihr denn nicht verwundet?«, fragten die Reiter. »Das hat gute Wege«, antwortete der Schneider, »kein Haar haben sie mir gekrümmt.« Die Reiter wollten ihm keinen Glauben beimessen und ritten in den Wald hinein. Da fanden sie die Riesen in ihrem Blute schwimmend, und ringsherum lagen die ausgerissenen Bäume.

Das Schneiderlein verlangte von dem König die versprochene Belohnung; den aber reute sein Versprechen, und er sann aufs Neue, wie er sich den Helden vom Halse schaffen könnte. »Ehe du meine Tochter und das halbe Reich erhältst«, sprach er zu ihm, »musst du noch eine Heldentat vollbringen. In dem Walde läuft ein Einhorn, das großen Schaden anrichtet, das musst du erst einfangen.« – »Vor einem Einhorne fürchte ich mich noch weniger als vor zwei Riesen; siebene auf einen Streich, das ist meine Sache.« Es nahm sich einen Strick und eine Axt mit, ging hinaus in den Wald und hieß abermals die, welche ihm zugeordnet waren, außen warten. Es brauchte nicht lange zu suchen, das Einhorn kam bald daher und sprang geradezu auf den Schneider los, als wollte es ihn ohne Umstände aufspießen. »Sachte, sachte«, sprach er, »so geschwind geht das nicht«, blieb stehen und wartete, bis das Tier ganz nahe war, dann sprang er behändiglich hinter den Baum. Das Einhorn rannte mit aller Kraft gegen den Baum und spießte sein Horn so fest in den Stamm, dass es nicht Kraft genug hatte, es wieder herauszuziehen, und so war es gefangen. »Jetzt hab' ich das Vöglein«, sagte der Schneider, kam hinter dem Baum hervor, legte dem Einhorn den Strick erst um den Hals, dann hieb er mit der Axt das Horn aus dem Baum, und als alles in Ordnung war, führte er das Tier ab und brachte es dem König.

Der König wollte ihm den verheißenen Lohn noch nicht gewähren und machte eine dritte Forderung. Der Schneider sollte ihm vor der Hochzeit erst ein Wildschwein fangen, das in dem Wald großen Schaden tat; die Jäger sollten ihm Beistand leisten. »Gerne«, sprach der Schneider, »das ist ein Kinderspiel.« Die Jäger nahm er nicht mit in den Wald, und sie waren's wohl zufrieden; denn das Wildschwein hatte sie schon mehrmals so empfangen, dass sie keine Lust hatten, ihm nachzustellen. Als das Schwein den Schneider erblickte, lief es mit schäumendem Munde und wetzenden Zähnen auf ihn zu und wollte ihn zur Erde werfen. Der flüchtige Held aber sprang in eine Kapelle, die in der Nähe war, und gleich oben zum Fenster in einem Satze wieder hinaus. Das Schwein war hinter ihm hergelaufen, er aber hüpfte außen herum und schlug die Tür hinter ihm zu; da war das wütende Tier gefangen, das viel zu schwer und unbehilflich war, um zum Fenster hinauszuspringen. Das Schneiderlein rief die Jäger herbei, die mussten den Gefangenen mit eigenen Augen sehen. Der Held aber begab sich zum Könige, der nun sein Versprechen halten musste, ihm seine Tochter und das halbe Königreich übergab. Nach einiger Zeit hörte die junge Königin in der Nacht, wie ihr Gemahl im Traume sprach: »Junge, mach mir das Wams und flick mir die Hosen, oder ich will dir die Elle über die Ohren schlagen.« Da merkte sie, in welcher Gasse der junge Herr geboren war, klagte ihrem Vater ihr Leid und bat, er möchte ihr von dem Manne abhelfen, der nichts anderes als ein Schneider wäre. Der König sprach ihr Trost zu und sagte: »Lass in der nächsten Nacht deine Schlafkammer offen; meine Diener sollen außen stehen und, wenn er eingeschlafen ist, hineingehen, ihn binden und auf ein Schiff tragen, das ihn in die weite Welt führt.« Die Frau war damit zufrieden, des Königs Waffenträger aber, der alles mit angehört hatte, war dem jungen Herrn gewogen und hinterbrachte ihm den ganzen Anschlag. »Dem Ding will ich einen Riegel vorschieben«, sagte das Schneiderlein. Abends legte es sich zu gewöhnlicher Zeit mit seiner Frau zu Bett. Als sie glaubte, es sei eingeschlafen, stand sie auf, öffnete die Tür und legte sich wieder. Das Schneiderlein, das sich nur stellte, als wenn es schlief, fing an, mit heller Stimme zu rufen: »Junge, mach mir das Wams und flick mir die Hosen, oder ich will dir die Elle über die Ohren schlagen! Ich habe siebene mit einem Streich getroffen, zwei Riesen getötet, ein Einhorn fortgeführt und ein Wildschwein gefangen und sollte mich vor denen fürchten, die draußen vor der Kammer stehen?« Als diese den Schneider also sprechen hörten, überkam sie eine große Furcht; sie liefen voller Angst davon und also war und blieb das Schneiderlein sein Lebtag ein König.

Hänsel und Gretel

Vor einem großen Wald wohnte ein armer Holzhacker mit seiner Frau und seinen zwei Kindern; das Bübchen hieß Hänsel und das Mädchen Gretel. Er hatte wenig zu beißen und zu brechen, und einmal, als große Teuerung ins Land kam, konnte er auch das tägliche Brot nicht mehr schaffen. Wie er sich nun abends im Bette Gedanken machte und sich vor Sorgen herumwälzte, seufzte er und sprach zu seiner Frau: »Was soll aus uns werden? Wie können wir unsere armen Kinder ernähren, da wir für uns selbst nichts mehr haben?«

»Weißt du was, Mann«, antwortete die Frau, »wir wollen morgen in aller Frühe die Kinder hinaus in den Wald führen, wo er am dicksten ist, da machen wir ihnen ein Feuer an und geben jedem noch ein Stückchen Brot; dann gehen wir an unsere Arbeit und lassen sie allein. Sie finden den Weg nicht wieder nach Haus, und wir sind sie los.« – »Nein, Frau«, sagte der Mann, »das tue ich nicht; wie sollt' ich's übers Herz bringen, meine Kinder im Walde allein zu lassen; die wilden Tiere würden bald kommen und sie zerreißen.« – »O du Narr«, sagte sie, »dann müssen wir alle viere hungers sterben«, und ließ ihm keine Ruhe, bis er einwilligte. »Aber die armen Kinder dauern mich doch«, sagte der Mann.

Die zwei Kinder hatten vor Hunger auch nicht einschlafen können und hatten gehört, was die Stiefmutter zum Vater gesagt hatte. Gretel weinte bittere Tränen und sprach zu Hänsel: »Nun ist's um uns geschehen.« – »Still, Gretel«, sprach Hänsel, »gräme dich nicht, ich will uns schon helfen.« Und als die Alten eingeschlafen waren, stand er auf, zog sein Röcklein an, machte die Untertür auf und schlich sich hinaus. Da schien der Mond ganz helle, und die weißen Kieselsteine, die vor dem Haus lagen, glänzten wie lauter Batzen. Hänsel bückte sich und steckte so viel in sein Rocktäschlein, wie nur hinein wollten. Dann ging er wieder zurück, sprach zu Gretel: »Sei getrost, liebes Schwesterchen, und schlaf nur ruhig ein, Gott wird uns nicht verlassen«, und legte sich wieder in sein Bett.

Als der Tag anbrach, kam schon die Frau und weckte die beiden Kinder: »Steht auf, ihr Faulenzer, wir wollen in den Wald gehen und Holz holen.« Dann gab sie jedem ein Stückchen Brot und sprach: »Da habt ihr etwas für den Mittag, aber esst's nicht vorher auf, weiter kriegt ihr nichts.« Gretel nahm das Brot unter die Schürze, weil Hänsel die Steine in der Tasche hatte. Danach machten sie sich alle zusammen auf den Weg nach dem Wald. Als sie ein Weilchen gegangen waren, stand Hänsel still und guckte nach dem Haus zurück und tat das wieder und immer wieder. Der Vater sprach: »Hänsel, was guckst du da und bleibst zurück, hab Acht und vergiss deine Beine nicht.« – »Ach, Vater«, sagte Hänsel, »ich sehe nach meinem weißen Kätzchen, das sitzt oben auf dem Dach und will mir ade sagen.« Die Frau sprach: »Narr, das ist dein Kätzchen nicht, das ist die Morgensonne, die auf den Schornstein scheint.« Hänsel aber hatte nicht nach dem Kätzchen gesehen, sondern immer einen von den blanken Kieselsteinen aus seiner Tasche auf den Weg geworfen.

Als sie mitten in den Wald gekommen waren, sprach der Vater: »Nun sammelt Holz, ihr Kinder, ich will ein Feuer anmachen, damit ihr nicht friert.« Hänsel und Gretel trugen Reisig zusammen, einen kleinen Berg hoch. Das Reisig ward angezündet, und als die Flamme recht hoch brannte, sagte die Frau: »Nun legt euch ans Feuer, ihr Kinder, und ruht euch aus, wir gehen in den Wald und hauen Holz. Wenn wir fertig sind, kommen wir wieder und holen euch ab.«

Hänsel und Gretel saßen am Feuer, und als der Mittag kam, aß jedes sein Stücklein Brot. Und weil sie die Schläge der Holzaxt hörten, so glaubten sie, ihr Vater wäre in der Nähe. Es war aber nicht die Holzaxt, es war ein Ast, den er an einen dürren Baum gebunden hatte und den der Wind hin und her schlug. Und als sie so lange gesessen hatten, fielen ihnen die Augen vor Müdigkeit zu, und sie schliefen fest ein. Als sie endlich erwachten, war es schon finstere Nacht. Gretel fing an zu weinen und sprach: »Wie sollen wir nun aus dem Wald kommen?« Hänsel aber tröstete sie: »Wart nur ein Weilchen, bis der Mond aufgegangen ist, dann wollen wir den Weg schon finden.« Und als der volle Mond aufgestiegen war, so nahm Hänsel sein Schwesterchen an der Hand und ging den Kieselsteinen nach, die schimmerten wie neu geschlagene Batzen und zeigten ihnen den Weg. Sie gingen die ganze Nacht hindurch und kamen bei anbrechendem Tag wieder zu ihres Vaters Haus. Sie klopften an die Tür, und als die Frau aufmachte und sah, dass es Hänsel und Gretel waren, sprach sie: »Ihr bösen Kinder, was habt ihr so lange im Walde geschlafen, wir haben geglaubt, ihr wolltet gar nicht wiederkommen.« Der Vater aber freute sich; denn es war ihm zu Herzen gegangen, dass er sie so allein zurückgelassen hatte.

Nicht lange danach war wieder Not in allen Ecken, und die Kinder hörten, wie die Mutter nachts im Bette zu dem Vater sprach: »Alles ist wieder aufgezehrt, wir haben noch einen halben Laib Brot, hernach hat das Lied ein Ende. Die Kinder müssen fort, wir wollen sie tiefer in den Wald hineinführen, damit sie den Weg nicht wieder herausfinden; es ist sonst keine Rettung für uns.« Dem Mann fiel's schwer aufs Herz, und er dachte: ›Es wäre besser, dass du den letzten Bissen mit deinen Kindern teiltest.‹ Aber die Frau hörte auf nichts, was er sagte. Wer A sagt, muss auch B sagen, und weil er das erste Mal nachgegeben hatte, so musste er es auch zum zweiten Mal.

Die Kinder waren aber noch wach gewesen und hatten das Gespräch mit angehört. Als die Alten schliefen, stand Hänsel wieder auf, wollte hinaus und Kieselsteine auflesen wie das vorige Mal, aber die Frau hatte die Tür verschlossen. Er tröstete sein Schwesterchen und sprach: »Weine nicht, Gretel, und schlaf nur ruhig, der liebe Gott wird uns schon helfen.«

Am frühen Morgen kam die Frau und holte die Kinder aus dem Bette. Sie erhielten ihr Stückchen Brot, das war aber noch kleiner als das vorige Mal. Auf dem Wege nach dem Wald bröckelte es Hänsel in der Tasche, stand oft still und warf ein Bröcklein auf die Erde. »Hänsel, was stehst du und guckst dich um«, sagte der Vater, »geh deiner Wege.« – »Ich sehe nach meinem Täubchen, das sitzt auf dem Dache und will mir ade sagen«, antwortete Hänsel. »Narr«, sagte die Frau, »das ist dein Täubchen nicht, das ist die Morgensonne, die auf den Schornstein oben scheint.« Hänsel aber warf nach und nach alle Bröcklein auf den Weg.

Die Frau führte die Kinder noch tiefer in den Wald, wo sie ihr Lebtag noch nicht gewesen waren. Da ward wieder ein großes Feuer angemacht, und die Mutter sagte: »Bleibt nur da sitzen, ihr Kinder, und wenn ihr müde seid, könnt ihr ein wenig schlafen. Wir gehen in den Wald und hauen Holz, und abends, wenn wir fertig sind, kommen wir und holen euch ab.«

Als es Mittag war, teilte Gretel ihr Brot mit Hänsel, der sein Stück auf den Weg gestreut hatte. Dann schliefen sie ein, und der Abend verging, aber niemand kam zu den armen Kindern. Sie erwachten erst in der finstern Nacht, und Hänsel tröstete sein Schwesterchen und sagte: »Wart nur, Gretel, bis der Mond aufgeht, dann werden wir die Brotbröcklein sehen, die ich ausgestreut habe, die zeigen uns den Weg nach Haus.« Als der Mond kam, machten sie sich auf, aber sie fanden kein Bröcklein mehr; denn die vieltausend Vögel, die im Walde und im Felde umherfliegen, die hatten sie weggepickt. Hänsel sagte zu Gretel: »Wir werden den Weg schon finden«, aber sie fanden ihn nicht. Sie gingen die ganze Nacht und noch einen Tag von Morgen bis Abend, aber sie kamen aus dem Wald nicht heraus und waren so hungrig; denn sie hatten nichts als die paar Beeren, die auf der Erde standen. Und weil sie so müde waren, dass die Beine sie nicht mehr tragen wollten, so legten sie sich unter einen Baum und schliefen ein. Nun war's schon der dritte Morgen, dass sie ihres Vaters Haus verlassen hatten. Sie fingen wieder an zu gehen, aber sie gerieten immer tiefer in den Wald, und wenn nicht bald Hilfe kam, so mussten sie verschmachten. Als es Mittag war, sahen sie ein schönes schneeweißes Vöglein auf einem Ast sitzen, das sang so schön, dass sie stehen blieben und ihm zuhörten. Und als es fertig war, schwang es seine Flügel und flog vor ihnen her, und sie gingen ihm nach, bis sie zu einem Häuschen gelangten, auf dessen Dach es sich setzte, und als sie ganz nah herankamen, so sahen sie, dass das Häuslein aus Brot gebaut war und mit Kuchen gedeckt; aber die Fenster waren von hellem Zucker. »Da wollen wir uns dranmachen«, sprach Hänsel, »und eine gesegnete Mahlzeit halten. Ich will ein Stück vom Dach essen, Gretel, du kannst vom Fenster essen, das schmeckt süß.« Hänsel reichte in die Höhe und brach sich ein wenig vom Dach ab, um zu versuchen, wie es schmeckte, und Gretel stellte sich an die Scheiben und knupperte daran. Da rief eine feine Stimme aus der Stube heraus:

»Knupper, knupper, kneischen,
wer knuppert an meinem Häuschen?«

Die Kinder antworteten:

»Der Wind, der Wind,
das himmlische Kind«,

und aßen weiter, ohne sich irremachen zu lassen. Hänsel, dem das Dach sehr gut schmeckte, riss sich ein großes Stück davon herunter, und Gretel stieß eine ganze runde Fensterscheibe heraus. Da ging auf einmal die Tür

auf, und eine steinalte Frau, die sich auf eine Krücke stützte, kam herausgeschlichen.

Hänsel und Gretel erschraken so gewaltig, dass sie fallen ließen, was sie in den Händen hielten. Die Alte aber wackelte mit dem Kopfe und sprach: »Ei, ihr lieben Kinder, wer hat euch hierher gebracht? Kommt nur herein und bleibt bei mir, es geschieht euch kein Leid.« Sie fasste beide an der Hand und führte sie in ihr Häuschen. Da ward gutes Essen aufgetragen, Milch und Pfannekuchen mit Zucker, Äpfel und Nüsse. Hernach wurden zwei schöne Bettlein weiß gedeckt, und Hänsel und Gretel legten sich hinein und meinten, sie wären im Himmel.

Die Alte hatte sich nur so freundlich angestellt, sie war aber eine böse Hexe, die den Kindern auflauerte, und hatte das Brothäuslein bloß gebaut, um sie herbeizulocken. Wenn eins in ihre Gewalt kam, so machte sie es tot, kochte es und aß es, und das war ihr ein Festtag. Die Hexen haben rote Augen und können nicht weit sehen, aber sie haben eine feine Witterung wie die Tiere und merken's, wenn Menschen herankommen. Als Hänsel und Gretel in ihre Nähe kamen, da lachte sie boshaft und sprach höhnisch: »Die habe ich, die sollen mir nicht wieder entwischen.« Frühmorgens, ehe die Kinder erwacht waren, stand sie schon auf, und als sie beide so lieblich ruhen sah, mit den vollen roten Backen, so murmelte sie vor sich hin: »Das wird ein guter Bissen werden.« Da packte sie Hänsel mit ihrer dürren Hand und trug ihn in einen kleinen Stall und sperrte ihn mit einer Gittertür ein. Er mochte schreien, wie er wollte, es half ihm nichts. Dann ging sie zur Gretel, rüttelte sie wach und rief: »Steh auf, Faulenzerin, trag Wasser und koch deinem Bruder etwas Gutes, der sitzt draußen im Stall und soll fett werden. Wenn er fett ist, so will ich ihn essen.« Gretel fing an, bitterlich zu weinen, aber es war alles vergeblich, sie musste tun, was die böse Hexe verlangte.

Nun ward dem armen Hänsel das beste Essen gekocht, aber Gretel bekam nichts als Krebsschalen. Jeden Morgen schlich die Alte zu dem Ställchen und rief: »Hänsel, streck deine Finger heraus, damit ich fühle, ob du bald fett bist.« Hänsel streckte ihr aber ein Knöchlein heraus, und die Alte, die trübe Augen hatte, konnte es nicht sehen und meinte, es wären Hänsels Finger, und verwunderte sich, dass er gar nicht fett werden wollte. Als vier Wochen herum waren und Hänsel immer mager blieb, da überkam sie die Ungeduld, und sie wollte nicht länger warten. »Heda, Gretel«, rief sie dem Mädchen zu, »sei flink und trag Wasser. Hänsel mag fett oder mager sein, morgen will ich ihn schlachten und kochen.« Ach, wie jammerte das arme Schwesterchen, als es das Wasser tragen musste. »Lieber Gott, hilf uns doch«, rief sie aus, »hätten uns nur die wilden Tiere im Wald gefressen, so wären wir doch zusammen gestorben.« – »Spar nur dein Geplärre«, sagte die Alte, »es hilft dir alles nichts.«

Frühmorgens musste Gretel heraus, den Kessel mit Wasser aufhängen und Feuer anzünden. »Erst wollen wir backen«, sagte die Alte, »ich habe den Backofen schon eingeheizt und den Teig geknetet.« Sie stieß das arme Gretel hinaus zu dem Backofen, aus dem die Feuerflammen schon herausschlugen. »Kriech hinein«, sagte die Hexe, »und sieh zu, ob recht eingeheizt ist, damit wir das Brot hineinschieben können.« Und wenn Gretel darin war, wollte sie den Ofen zumachen, und Gretel sollte darin braten, und dann wollte sie's auch aufessen. Aber Gretel merkte, was sie im Sinn hatte, und sprach: »Ich weiß nicht, wie ich's machen soll; wie komm' ich da hinein?« – »Dumme Gans«, sagte die Alte, »die Öffnung ist groß genug, siehst du wohl, ich könnte selbst hinein«, krabbelte heran und steckte den Kopf in den Backofen. Da gab ihr Gretel einen Stoß, dass sie weit hineinfuhr, machte die eiserne Tür zu und schob den Riegel vor. Hu, da fing sie an zu heulen, ganz grauselig; aber Gretel lief fort, und die gottlose Hexe musste elendiglich verbrennen.

Gretel aber lief schnurstracks zum Hänsel, öffnete sein Ställchen und rief: »Hänsel, wir sind erlöst, die alte Hexe ist tot.« Da sprang Hänsel heraus wie ein Vogel aus dem Käfig, wenn ihm die Tür aufgemacht wird. Wie haben sie sich gefreut und sind sich um den Hals gefallen! Und weil sie sich nicht mehr zu fürchten brauchten, so gingen sie in das Haus der Hexe hinein, da standen in allen Ecken Kasten mit Perlen und Edelsteinen. »Die sind noch besser als Kieselsteine«, sagte Hänsel und steckte in seine Taschen, was hineinwollte, und Gretel sagte: »Ich will auch etwas mit nach Hause bringen«, und füllte sich sein Schürzchen voll.

»Aber jetzt wollen wir fort«, sagte Hänsel, »damit wir aus dem Hexenwald herauskommen.« Als sie aber ein paar Stunden gegangen waren, gelangten sie an ein großes Wasser. »Wir können nicht hinüber«, sprach Hänsel, »ich sehe keinen Steg und keine Brücke.« »Hier fährt auch kein Schiffchen«, antwortete Gretel, »aber da schwimmt eine weiße Ente, wenn ich die bitte, so hilft sie uns hinüber.« Da rief sie:

»Entchen, Entchen,
da steht Gretel und Hänsel.

Kein Steg und keine Brücke,
nimm uns auf deinen weißen Rücken.«

Das Entchen kam auch heran, und Hänsel setzte sich auf und bat sein Schwesterchen, sich zu ihm zu setzen. »Nein«, antwortete Gretel, »es wird dem Entchen zu schwer, es soll uns nacheinander hinüberbringen.« Das tat das gute Tierchen, und als sie glücklich drüben waren und ein Weilchen fortgingen, da kam ihnen der Wald immer bekannter vor, und endlich erblickten sie von weitem ihres Vaters Haus. Da fingen sie an zu laufen, stürzten in die Stube hinein und fielen ihrem Vater um den Hals. Der Mann hatte keine frohe Stunde gehabt, seitdem er die Kinder im Walde gelassen hatte, die Frau aber war gestorben. Gretel schüttete sein Schürzchen aus, dass die Perlen und Edelsteine in der Stube herumsprangen, und Hänsel warf eine Hand voll nach der andern aus seiner Tasche dazu. Da hatten alle Sorgen ein Ende, und sie lebten in lauter Freude zusammen. Mein Märchen ist aus, dort läuft eine Maus, wer sie fängt, darf sich eine große, große Pelzkappe daraus machen.

Der Teufel und seine Großmutter

Es war ein großer Krieg, und der König hatte viele Soldaten, gab ihnen aber wenig Sold, so dass sie nicht davon leben konnten. Da taten sich drei zusammen und wollten ausreißen. Einer sprach zum andern: »Wenn wir erwischt werden, so hängt man uns an den Galgenbaum. Wie wollen wir's machen?« Sprach der andere: »Seht dort das große Kornfeld, wenn wir uns da verstecken, so findet uns kein Mensch; das Heer darf nicht hinein und muss morgen weiterziehen.« Sie krochen in das Korn, aber das Heer zog nicht weiter, sondern blieb rundherum liegen. Sie saßen zwei Tage und zwei Nächte im Korn und hatten so großen Hunger, dass sie beinah gestorben wären. Gingen sie aber heraus, so war ihnen der Tod gewiss. Da sprachen sie: »Was hilft uns unser Ausreißen, wir müssen hier elendig sterben.« Indem kam ein feuriger Drache durch die Luft geflogen, der senkte sich zu ihnen herab und fragte sie, warum sie sich da versteckt hätten. Sie antworteten: »Wir sind drei Soldaten und sind ausgerissen, nun müssen wir hier hungers sterben, wenn wir liegen bleiben, oder wir müs-

sen am Galgen baumeln, wenn wir hinausgehen.« »Wollt ihr mir sieben Jahre dienen«, sagte der Drache, »so will ich euch führen, dass euch niemand erwischen soll.« »Wir haben keine Wahl und müssen's annehmen«, antworteten sie. Da packte sie der Drache in seine Klauen, führte sie durch die Luft über das Heer hinweg und setzte sie weit davon wieder auf die Erde; der Drache war aber niemand anders als der Teufel. Er gab ihnen ein kleines Peitschchen und sprach: »Peitscht und knallt ihr damit, so wird so viel Geld vor euch herumspringen, als ihr verlangt. Ihr könnt dann wie große Herren leben, Pferde halten und in Wagen fahren, nach Verlauf der sieben Jahre aber seid ihr mein Eigen.« Dann hielt er ihnen ein Buch vor, in das mussten sie sich alle drei unterschreiben. »Doch will ich euch«, sprach er, »erst noch ein Rätsel aufgeben; könnt ihr das raten, sollt ihr frei sein und aus meiner Gewalt entlassen.« Da flog der Drache von ihnen weg, und sie reisten fort mit ihren Peitschchen, hatten Geld die Fülle, ließen sich Herrenkleider machen und zogen in der Welt herum. Wo sie waren, lebten sie in Freuden, fuhren mit Pferden und Wagen, aßen und tranken, taten aber nichts Böses. Die Zeit verstrich ihnen schnell, und als es mit den sieben Jahren zu Ende ging, ward zweien gewaltig angst und bang, der Dritte aber nahm's auf die leichte Schulter und sprach: »Brüder, fürchtet nichts, ich bin nicht auf den Kopf gefallen, ich errate das Rätsel.« Sie gingen hinaus aufs Feld, saßen da, und die zwei machten betrübte Gesichter. Da kam eine alte Frau daher, die fragte, warum sie so traurig wären. »Ach, was liegt Euch daran, Ihr könnt uns doch nicht helfen.« »Wer weiß«, antwortete sie, »vertraut mir nur euern Kummer.« Da erzählten sie ihr, sie wären des Teufels Diener gewesen fast sieben Jahre lang, der hätte ihnen Geld wie Heu geschafft, sie hätten sich ihm aber verschrieben und wären ihm verfallen, wenn sie nach den sieben Jahren nicht ein Rätsel auflösen könnten. Die Alte sprach: »Soll euch geholfen werden, so muss einer von euch in den Wald gehen, da wird er an eine eingestürzte Felsenwand kommen, die aussieht wie ein Häuschen, in das muss er eintreten, dann wird er Hilfe finden.« Die zwei Traurigen dachten: ›Das wird uns doch nicht retten‹, und blieben sitzen, der Dritte aber, der Lustige, machte sich auf und ging so weit in den Wald, bis er die Felsenhütte fand. In dem Häuschen aber saß eine steinalte Frau, die war des Teufels Großmutter, und fragte ihn, was er hier wolle. Er erzählte ihr alles, was geschehen war, und sie hatte Erbarmen und sagte, sie wollte ihm helfen. Sie hob einen großen Stein auf, der über einem Keller lag, und sagte: »Da verstecke dich, du kannst alles hören, was hier gesprochen wird, sitz nur still. Wann der Drache kommt, will ich ihn wegen der Rätsel befragen, mir sagt er alles; und dann achte auf das, was er antwortet.« Um zwölf Uhr nachts kam der Drache angeflogen und verlangte sein Essen. Die Großmutter deckte den Tisch und trug Trank und Speise auf, dass er vergnügt war, und sie aßen und tranken zusammen. Da fragte sie ihn im Gespräch, wie's den Tag ergangen wäre und wie viel Seelen er gekriegt hätte. »Es wollte mir heute nicht recht glücken«, antwortete er, »aber ich habe drei Soldaten in Aussicht, die sind mir sicher.« »Ja, drei Soldaten«, sagte sie, »die haben etwas an sich, die können dir noch entkommen.« Sprach der Teufel höhnisch: »Die sind mein, denen gebe ich noch ein Rätsel auf, das sie nimmermehr raten können.« »Was ist das für ein Rätsel?«, fragte sie. »Das will ich dir sagen: In der großen Nordsee liegt eine tote Meerkatze, die soll ihr Braten sein; und von einem Walfisch die Rippe, das soll ihr silberner Löffel sein; und ein alter hohler Pferdefuß, das soll ihr Weinglas sein.« Als der Teufel zu Bett gegangen war, hob die alte Großmutter den Stein auf und ließ den Soldaten heraus. »Hast du auch alles wohl in Acht genommen?« »Ja«, sprach er, »ich weiß genug und will mir schon helfen.« Darauf musste er heimlich und in aller Eile zu seinen Gesellen zurückgehen. Er erzählte ihnen, wie der Teufel von der alten Großmutter wäre überlistet worden und wie er die Auflösung des Rätsels von ihm vernommen hätte. Da waren sie alle fröhlich und guter Dinge, nahmen die Peitsche und schlugen sich so viel Geld, dass es auf der Erde herumsprang. Als die sieben Jahre völlig herum waren, kam der Teufel mit dem Buche, zeigte die Unterschriften und sprach: »Ich will euch mit in die Hölle nehmen, da sollt ihr eine Mahlzeit haben. Könnt ihr mir raten, was ihr für einen Braten werdet zu essen kriegen, so sollt ihr frei und los sein und dürft auch das Peitschchen behalten.« Da fing der erste Soldat an: »In der großen Nordsee liegt eine tote Meerkatze, das wird wohl der Braten sein.« Der Teufel ärgerte sich, machte: »Hm! hm! hm!«, und fragte den Zweiten: »Was soll aber euer Löffel sein?« »Von einem Walfisch die Rippe, das soll unser silberner Löffel sein.« Der Teufel schnitt ein Gesicht, knurrte wieder drei Mal: »Hm! hm! hm!«, und sprach zum Dritten: »Wisst ihr auch, was euer Weinglas sein soll?« »Ein alter Pferdefuß, das soll unser Weinglas sein.« Da flog der Teufel mit einem lauten Schrei fort und hatte keine Gewalt mehr über sie; aber die drei behielten das Peitschchen, schlugen Geld hervor, so viel sie wollten, und lebten vergnügt bis an ihr Ende.

Der Wolf und die sieben jungen Geißlein

Es war einmal eine alte Geiß, die hatte sieben junge Geißlein und hatte sie lieb, wie eine Mutter ihre Kinder lieb hat. Eines Tages wollte sie in den Wald gehen und Futter holen, da rief sie alle sieben herbei und sprach: »Liebe Kinder, ich will hinaus in den Wald, seid auf eurer Hut vor dem Wolf; wenn er hereinkommt, so frisst er euch alle mit Haut und Haar. Der Bösewicht verstellt sich oft, aber an seiner rauen Stimme und an seinen schwarzen Füßen werdet ihr ihn gleich erkennen.« – Die Geißlein sagten: »Liebe Mutter, wir wollen uns schon in Acht nehmen.« Da meckerte die Alte und machte sich getrost auf den Weg.

Es dauerte nicht lange, so klopfte jemand an die Haustür und rief: »Macht auf, ihr lieben Kinder, eure Mutter ist da und hat jedem von euch etwas mitgebracht.« Aber die Geißerchen hörten an der rauen Stimme, dass es der Wolf war. »Wir machen nicht auf«, riefen sie, »du bist unsere Mutter nicht, die hat eine feine und liebliche Stimme, aber deine Stimme ist rau; du bist der Wolf.« Da ging der Wolf fort zu einem Krämer und kaufte sich ein großes Stück Kreide. Die aß er und machte damit seine Stimme fein. Dann kam er zurück, klopfte an die Haustür und rief: »Macht auf, ihr lieben Kinder, eure Mutter ist da und hat jedem von euch etwas mitgebracht.« Aber der Wolf hatte seine schwarze Pfote in das Fenster gelegt, das sahen die Kinder und riefen: »Wir machen nicht auf, unsere Mutter hat keinen schwarzen Fuß wie du, du bist der Wolf.« Da lief der Wolf zu einem Bäcker und sprach: »Ich habe mich an den Fuß gestoßen, streich mir Teig darüber.« Und als ihm der Bäcker die Pfote bestrichen hatte, so lief er zum Müller und sprach: »Streu mir weißes Mehl auf meine Pfote.« Der Müller dachte: ›Der Wolf will einen betrügen‹, und weigerte sich, aber der Wolf sprach: »Wenn du es nicht tust, so fresse ich dich.« Da fürchtete sich der Müller und machte ihm die Pfote weiß.

Nun ging der Bösewicht zum dritten Mal zu der Haustür, klopfte an und sprach: »Macht mir auf, Kinder, euer liebes Mütterchen ist heimgekommen und hat jedem von euch etwas aus dem Walde mitgebracht.« Die Geißerchen riefen: »Zeig uns erst deine Pfote, damit wir wissen, dass du unser liebes Mütterchen bist.« Da legte er die Pfote ins Fenster, und als sie sahen, dass sie weiß war, so glaubten sie, es wäre alles wahr, was er sagte, und machten die Tür auf. Wer aber hereinkam, das war der Wolf. Sie erschraken und wollten sich verstecken. Das eine sprang unter den Tisch, das

Zweite ins Bett, das Dritte in den Ofen, das Vierte in die Küche, das Fünfte in den Schrank, das Sechste unter die Waschschüssel, das Siebente in den Kasten der Wanduhr. Aber der Wolf fand sie alle und machte nicht lange Federlesens. Eins nach dem andern schluckte er in seinen Rachen; nur das Jüngste in dem Uhrkasten, das fand er nicht. Als der Wolf seine Lust gestillt hatte, trollte er sich fort, legte sich unter einen Baum und fing an zu schlafen.

Nicht lange danach kam die Geiß wieder heim. Ach, was musste sie da erblicken! Die Haustür stand sperrweit auf; Tisch, Stühle und Bänke waren umgeworfen, die Waschschüssel lag in Scherben, Decke und Kissen waren aus dem Bett gezogen. Sie suchte ihre Kinder, aber nirgends waren sie zu finden. Sie rief sie nacheinander bei Namen, aber niemand antwortete. Endlich, als sie an das Jüngste kam, da rief eine feine Stimme: »Liebe Mutter, ich stecke im Uhrkasten.« Sie holte es heraus, und es erzählte ihr, dass der Wolf gekommen wäre und die andern alle gefressen hätte. Da könnt ihr denken, wie sie über ihre armen Kinder geweint hat.

Endlich ging sie in ihrem Jammer hinaus, und das jüngste Geißlein lief mit. Als sie auf die Wiese kamen, so lag da der Wolf an dem Baum und schnarchte, dass die Äste zitterten. Sie betrachtete ihn von allen Seiten und sah, dass in seinem angefüllten Bauch sich etwas regte und zappelte. ›Ach Gott‹, dachte sie, ›sollten meine armen Kinder, die er zum Abendbrot hinuntergewürgt hat, noch leben?‹ Da musste das Geißlein nach Haus laufen und Schere, Nadel und Zwirn holen. Dann schnitt sie dem Ungetüm den Wanst auf, und kaum hatte sie einen Schnitt getan, so streckte schon ein Geißlein den Kopf heraus, und als sie weiterschnitt, so sprangen nacheinander alle sechse heraus und waren noch am Leben und hatten nicht einmal Schaden gelitten; denn das Ungetüm hatte sie in der Gier ganz hinuntergeschluckt. Das war eine Freude! Da herzten sie ihre liebe Mutter und hüpften wie ein Schneider, der Hochzeit hält. Die Alte aber sagte: »Jetzt geht und sucht Wackersteine, damit wollen wir dem gottlosen Tier den Bauch füllen, solange es noch im Schlafe liegt.« Da schleppten die sieben Geißerchen in aller Eile die Steine herbei und steckten sie ihm in den Bauch, so viel sie hineinbringen konnten. Dann nähte ihn die Alte in aller Geschwindigkeit wieder zu, dass er nichts merkte und sich nicht einmal regte.

Als der Wolf endlich ausgeschlafen hatte, machte er sich auf die Beine, und weil ihm die Steine im Magen so großen Durst erregten, so wollte er

zu einem Brunnen gehen und trinken. Als er aber anfing zu gehen, so stießen die Steine in seinem Bauch aneinander und rappelten. Da rief er:

»Was rumpelt und pumpelt
in meinem Bauch herum?
Ich meinte, es wären sechs Geißlein,
so sind's lauter Wackerstein.«

Und als er an den Brunnen kam und sich über das Wasser bückte und trinken wollte, da zogen ihn die schweren Steine hinein, und er musste jämmerlich ersaufen. Als die sieben Geißlein das sahen, da kamen sie herbeigelaufen, riefen laut: »Der Wolf ist tot! Der Wolf ist tot!«, und tanzten mit ihrer Mutter vor Freude um den Brunnen herum.

Aschenputtel

Einem reichen Manne wurde seine Frau krank, und als sie fühlte, dass ihr Ende herankam, rief sie ihr einziges Töchterlein zu sich ans Bett und sprach: »Liebes Kind, bleib fromm und gut, so wird dir der liebe Gott immer beistehen, und ich will vom Himmel auf dich herabblicken.« Darauf tat sie die Augen zu und verschied. Das Mädchen ging jeden Tag hinaus zu dem Grabe der Mutter und weinte und blieb fromm und gut. Als der Winter kam, deckte der Schnee ein weißes Tuchlein auf das Grab, und als die Sonne im Frühjahr es wieder herabgezogen hatte, nahm sich der Mann eine andere Frau.

Die Frau hatte zwei Töchter mit ins Haus gebracht, die schön und weiß von Angesicht waren, aber garstig und schwarz von Herzen. Da ging eine schlimme Zeit für das arme Stiefkind an. »Soll die dumme Gans bei uns in der Stube sitzen?«, sprachen sie. »Wer Brot essen will, muss es verdienen, hinaus mit der Küchenmagd!« Sie nahmen ihm seine schönen Kleider weg, zogen ihm einen grauen alten Kittel an und gaben ihm hölzerne Schuhe. »Seht einmal die stolze Prinzessin, wie sie geputzt ist!«, riefen sie, lachten und führten es in die Küche. Da musste es von Morgen bis Abend schwere Arbeit tun, früh vor Tag aufstehn, Wasser tragen, Feuer anmachen, kochen und waschen. Obendrein taten ihm die Schwestern alles ersinnliche Herzeleid an, verspotteten es und schütteten ihm die Erbsen und Linsen in die Asche, so dass es sitzen und sie wieder auslesen musste. Abends, wenn es sich müde gearbeitet hatte, kam es in kein Bett, sondern musste sich neben den Herd in die Asche legen. Und weil es darum immer staubig und schmutzig aussah, nannten sie es Aschenputtel.

Es trug sich zu, dass der Vater einmal in die Messe ziehen wollte, da fragte er die beiden Stieftöchter, was er ihnen mitbringen sollte? »Schöne Kleider«, sagte die eine; »Perlen und Edelsteine«, die zweite. – »Aber du, Aschenputtel«, sprach er, »was willst du haben?« – »Vater, das erste Reis, das Euch auf Eurem Heimweg an den Hut stößt, das brecht für mich ab.« Er kaufte nun für die beiden Stiefschwestern schöne Kleider, Perlen und Edelsteine, und auf dem Rückweg, als er durch einen grünen Busch ritt, streifte ihn ein Haselreis und stieß ihm den Hut ab. Da brach er das Reis ab und nahm es mit. Als er nach Hause kam, gab er den Stieftöchtern, was sie sich gewünscht hatten, und dem Aschenputtel gab er das Reis von dem Haselbusch. Aschenputtel dankte ihm, ging zu seiner Mutter Grab und pflanzte das Reis darauf und weinte so sehr, dass die Tränen darauf niederfielen und es begossen. Es wuchs aber und ward ein schöner Baum. Aschenputtel ging alle Tage drei Mal darunter, weinte und betete, und allemal kam ein weißes Vöglein auf den Baum, und wenn es einen Wunsch aussprach, so warf ihm das Vöglein herab, was es sich gewünscht hatte.

Es begab sich aber, dass der König ein Fest anstellte, das drei Tage dauern sollte und wozu alle schönen Jungfrauen im Lande eingeladen wurden, damit sich sein Sohn eine Braut aussuchen möchte. Die zwei Stiefschwestern, als sie hörten, dass sie auch dabei erscheinen sollten, waren guter Dinge, riefen Aschenputtel und sprachen: »Kämme uns die Haare, bürste uns die Schuhe und mache uns die Schnallen fest; wir gehen zur Hochzeit auf des Königs Schloss.« Aschenputtel gehorchte, weinte aber, weil es auch gern zum Tanz mitgegangen wäre, und bat die Stiefmutter, sie möchte es ihm erlauben. »Du, Aschenputtel«, sprach sie, »bist voll Staub und Schmutz und willst zur Hochzeit?« Als es aber mit Bitten anhielt, sprach sie endlich: »Da habe ich dir eine Schüssel Linsen in die Asche geschüttet, wenn du die Linsen in zwei Stunden wieder ausgelesen hast, so sollst du mitgehen.« Das Mädchen ging durch die Hintertür nach dem Garten und rief: »Ihr zahmen Täubchen, ihr Turteltäubchen, all ihr Vöglein unter dem Himmel, kommt und helft mir lesen,

die guten ins Töpfchen,
die schlechten ins Kröpfchen.«

Da kamen zum Küchenfenster zwei weiße Täubchen herein und danach die Turteltäubchen, und endlich schwirrten und schwärmten alle Vöglein unter dem Himmel herein und ließen sich um die Asche nieder. Und die Täubchen nickten mit den Köpfchen und fingen an pick, pick, pick, pick, und da fingen die übrigen auch an pick, pick, pick, pick und lasen alle guten Körnlein in die Schüssel. Kaum war eine Stunde herum, so waren sie schon fertig und flogen alle wieder hinaus. Da brachte das Mädchen die Schüssel der Stiefmutter, freute sich und glaubte, es dürfte nun mit auf die Hochzeit gehen. Aber sie sprach: »Nein, Aschenputtel, du hast keine Kleider und kannst nicht tanzen, du wirst nur ausgelacht.« – Als es nun weinte, sprach sie: »Wenn du mir zwei Schüsseln voll Linsen in einer Stunde aus der Asche rein lesen kannst, so sollst du mitgehen«, und dachte: ›Das kann es ja nimmermehr‹. Als sie die zwei Schüsseln Linsen in die Asche geschüttet hatte, ging das Mädchen durch die Hintertür nach dem Garten und rief: »Ihr zahmen Täubchen, ihr Turteltäubchen, all ihr Vöglein unter dem Himmel, kommt und helft mir lesen,

die guten ins Töpfchen,
die schlechten ins Kröpfchen.«

Da kamen zum Küchenfenster zwei weiße Täubchen herein und danach die Turteltäubchen, und endlich schwirrten und schwärmten alle Vöglein unter dem Himmel herein und ließen sich um die Asche nieder. Und die Täubchen nickten mit ihren Köpfchen und fingen an pick, pick, pick, pick, und da fingen die Übrigen auch an pick, pick, pick, pick und lasen alle guten Körner in die Schüsseln. Und eh' eine halbe Stunde herum war, waren sie schon fertig und flogen alle wieder hinaus. Da trug das Mädchen die Schüsseln zu der Stiefmutter, freute sich und glaubte, nun dürfte es mit auf die Hochzeit gehen. Aber sie sprach: »Es hilft dir alles nichts, du kommst nicht mit; denn du hast keine Kleider und kannst nicht tanzen; wir müssten uns deiner schämen.« Darauf eilte sie mit ihren zwei stolzen Töchtern fort.

Als nun niemand mehr daheim war, ging Aschenputtel zu seiner Mutter Grab unter den Haselbaum und rief:

»Bäumchen rüttel dich und schüttel dich,
wirf Gold und Silber über mich.«

Da warf ihm der Vogel ein golden und silbern Kleid herunter und mit Seide und Silber ausgestickte Pantoffeln. In aller Eile zog es das Kleid an und ging zur Hochzeit. Seine Schwestern aber und die Stiefmutter kannten es nicht und meinten, es müsste eine fremde Königstochter sein, so schön sah es in dem goldenen Kleide aus. An Aschenputtel dachten sie gar nicht. Der Königssohn kam ihm entgegen, nahm es bei der Hand und tanzte mit ihm. Er wollte auch mit sonst niemand tanzen, also dass er ihm die Hand nicht losließ, und wenn ein anderer kam, es aufzufordern, sprach er: »Das ist meine Tänzerin.«
Es tanzte, bis es Abend war; da wollte es nach Haus gehen. Der Königssohn aber sprach: »Ich gehe mit und begleite dich«, denn er wollte sehen, wem das schöne Mädchen angehörte. Sie entwischte ihm aber und sprang in das Taubenhaus. Nun wartete der Königssohn, bis der Vater kam, und sagte ihm, das fremde Mädchen wär' in das Taubenhaus gesprungen. Der Alte dacht: ›Sollte es Aschenputtel sein?‹, und sie mussten ihm Axt und Hacken bringen, damit er das Taubenhaus entzweischlagen konnte, aber es war niemand darin. Und als sie ins Haus kamen, lag Aschenputtel in seinen schmutzigen Kleidern in der Asche, und ein trübes Öllämpchen brannte im Schornstein; denn Aschenputtel war geschwind aus dem Taubenhaus hinten herabgesprungen und war zu dem Haselbäumchen gelaufen. Da hatte es die schönen Kleider abgezogen und aufs Grab gelegt, und der Vogel hatte sie wieder weggenommen, und dann hatte es sich in seinem grauen Kittelchen in die Küche zur Asche gesetzt.
Am andern Tag, als das Fest von neuem anhub und Eltern und Stiefschwestern wieder fort waren, ging Aschenputtel zu dem Haselbaum und sprach:

»Bäumchen rüttel dich und schüttel dich,
wirf Gold und Silber über mich.«

Da warf der Vogel ein noch viel stolzeres Kleid herab als am vorigen Tag. Und als es mit diesem Kleide auf der Hochzeit erschien, erstaunte jedermann über seine Schönheit. Der Königssohn aber hatte gewartet, bis es kam, nahm es gleich bei der Hand und tanzte nur allein mit ihm. Wenn die andern kamen und es aufforderten, sprach er: »Das ist meine Tänzerin.« Als es nun Abend war, wollte es fort, und der Königssohn ging ihm nach und wollte sehen, in welches Haus es ging. Aber es sprang ihm fort und in den Garten hinter dem Haus. Darin stand ein schöner, großer Baum, an dem die herrlichsten Birnen hingen; es kletterte so bebend wie ein Eichhörnchen zwischen die Äste, und der Königssohn wusste nicht, wo es hingekommen war. Er wartete aber, bis der Vater kam, und sprach zu ihm: »Das fremde Mädchen ist mir entwischt, und ich glaube, es ist auf den Birnbaum gesprungen.« Der Vater dachte: ›Sollte es Aschenputtel sein?‹, ließ sich die Axt holen und hieb den Baum um, aber es war niemand darauf. Und als sie in die Küche kamen, lag Aschenputtel da in der Asche wie sonst auch; denn es war auf der andern Seite vom Baum herabgesprungen, hatte dem Vogel auf dem Haselbäumchen die schönen Kleider wieder gebracht und sein graues Kittelchen angezogen.

Am dritten Tag, als die Eltern und Schwestern fort waren, ging Aschenputtel wieder zu seiner Mutter Grab und sprach zu dem Bäumchen:

»Bäumchen rüttel dich und schüttel dich,
wirf Gold und Silber über mich.«

Nun warf ihm der Vogel ein Kleid herab, das war so prächtig und glänzend, wie es noch keins gehabt hatte, und die Pantoffeln waren ganz golden. Als es in dem Kleid zu der Hochzeit kam, wussten sie alle nicht, was sie vor Verwunderung sagen sollten. Der Königssohn tanzte ganz allein mit ihm, und wenn es einer aufforderte, sprach er: »Das ist meine Tänzerin.«

Als es nun Abend war, wollte Aschenputtel fort, und der Königssohn wollte es begleiten, aber es entsprang ihm so geschwind, dass er nicht folgen konnte. Der Königssohn hatte aber eine List gebraucht und hatte die ganze Treppe mit Pech bestreichen lassen. Da war, als es hinabsprang, der linke Pantoffel des Mädchens hängen geblieben. Der Königssohn hob ihn auf, und er war klein und zierlich und ganz golden. Am nächsten Morgen ging er damit zu dem Mann und sagte zu ihm: »Keine andere soll meine Gemahlin werden als die, an deren Fuß dieser goldene Schuh passt.« Da freuten sich die beiden Schwestern; denn sie hatten schöne Füße. Die älteste ging mit dem Schuh in die Kammer und wollte ihn anprobieren, und die Mutter stand dabei. Aber sie konnte mit der großen Zehe nicht hineinkommen, und der Schuh war ihr zu klein, da sprach die Mutter: »Hau die Zehe ab, wann du Königin bist, so brauchst du nicht mehr zu Fuß zu gehen.« Das Mädchen hieb die Zehe ab, zwängte den Fuß in den Schuh, verbiss den Schmerz und ging heraus zum Königssohn. Da nahm er sie als seine Braut aufs Pferd und ritt mit ihr fort. Sie mussten aber an dem Grabe vorbei; da saßen die zwei Täubchen auf dem Haselbäumchen und riefen:

»Rucke di guck, rucke di guck,
Blut ist im Schuck (Schuh).
Der Schuck ist zu klein,
die rechte Braut sitzt noch daheim.«

Da blickte er auf ihren Fuß und sah, wie das Blut herausquoll. Er wendete sein Pferd um, brachte die falsche Braut wieder nach Haus und sagte, das wäre nicht die rechte; die andere Schwester sollte den Schuh anziehen. Da ging diese in die Kammer und kam mit den Zehen glücklich in den Schuh, aber die Ferse war zu groß. Da sprach die Mutter: »Hau ein Stück von der Ferse ab, wann du Königin bist, brauchst du nicht mehr zu Fuß zu gehen.« Das Mädchen hieb ein Stück von der Ferse ab, zwängte den Fuß in den Schuh, verbiss den Schmerz und ging heraus zum Königssohn. Da nahm er sie als seine Braut aufs Pferd und ritt mit ihr fort. Als sie an dem Haselbäumchen vorbeikamen, saßen die zwei Täubchen darauf und riefen:

»Rucke di guck, rucke di guck,
Blut ist im Schuck.
Der Schuck ist zu klein,
die rechte Braut sitzt noch daheim.«

Er blickte nieder auf ihren Fuß und sah, wie das Blut aus dem Schuh quoll und an den weißen Strümpfen ganz rot heraufgestiegen war. Da wendete er sein Pferd und brachte die falsche Braut wieder nach Haus. »Das ist auch nicht die rechte«, sprach er, »habt ihr keine andere Tochter?« – »Nein«, sagte der Mann, »nur von meiner verstorbenen Frau ist noch ein kleines verbuttetes Aschenputtel da, das kann unmöglich die Braut sein.« Der Königssohn sprach, er sollte es heraufschicken, die Mutter aber antwortete: »Ach nein, das ist viel zu schmutzig.« Er wollte es aber durchaus haben, und Aschenputtel musste gerufen werden. Da wusch es sich erst

Hände und Angesicht rein, ging dann hin und neigte sich vor dem Königssohn, der ihm den goldenen Schuh reichte. Dann setzte es sich auf einen Schemel, zog den Fuß aus dem schweren Holzschuh und steckte ihn in den Pantoffel, der war wie angegossen. Und als es sich in die Höhe richtete und der König ihm ins Gesicht sah, so erkannte er das schöne Mädchen, das mit ihm getanzt hatte, und rief: »Das ist die rechte Braut!« Die Stiefmutter und die beiden Schwestern erschraken und wurden bleich vor Ärger. Er aber nahm Aschenputtel aufs Pferd und ritt mit ihm fort. Als sie an dem Haselbäumchen vorbeikamen, riefen die zwei weißen Täubchen:

»Rucke di guck, rucke di guck,
kein Blut im Schuck.
Der Schuck ist nicht zu klein,
die rechte Braut, die führt er heim.«

Und als sie das gerufen hatten, kamen sie beide herabgeflogen und setzten sich dem Aschenputtel auf die Schultern, eins rechts, das andere links.

Als die Hochzeit mit dem Königssohn sollte gehalten werden, kamen die falschen Schwestern, wollten sich einschmeicheln und teil an seinem Glück nehmen. Als die Brautleute nun zur Kirche gingen, war die Älteste zur rechten, die Jüngste zur linken Seite. Da pickten die Tauben einer jeden das eine Auge aus. Hernach, als sie herausgingen, war die Älteste zur linken und die Jüngste zur rechten, da pickten die Tauben einer jeden das andere Auge aus. Und waren sie also für ihre Bosheit mit Blindheit auf ihr Lebtag gestraft.

Sneewittchen

Es war einmal mitten im Winter, und die Schneeflocken fielen wie Federn vom Himmel herab, da saß eine Königin an einem Fenster, das einen Rahmen von schwarzem Ebenholz hatte, und nähte. Und wie sie so nähte und nach dem Schnee aufblickte, stach sie sich mit der Nadel in den Finger, und es fielen drei Tropfen Blut in den Schnee. Und weil das Rote im weißen Schnee so schön aussah, dachte sie bei sich: ›Hätt' ich ein Kind so weiß wie Schnee, so rot wie Blut und so schwarz wie das Holz an dem Rahmen!‹

Bald darauf bekam sie ein Töchterlein, das war so weiß wie Schnee, so rot wie Blut und so schwarzhaarig wie Ebenholz und ward darum das Sneewittchen (Schneeweißchen) genannt. Und wie das Kind geboren war, starb die Königin.

Über ein Jahr nahm sich der König eine andere Gemahlin. Es war eine schöne Frau, aber sie war stolz und übermütig und konnte nicht leiden, dass sie an Schönheit von jemand sollte übertroffen werden. Sie hatte einen wunderbaren Spiegel, wenn sie vor den trat und sich darin beschaute, sprach sie:

»Spieglein, Spieglein an der Wand,
wer ist die Schönste im ganzen Land?«

So antwortete der Spiegel:

»Frau Königin, Ihr seid die Schönste im Land.«

Da war sie zufrieden; denn sie wusste, dass der Spiegel die Wahrheit sagte.

Sneewittchen aber wuchs heran und wurde immer schöner, und als es sieben Jahr alt war, war es so schön wie der klare Tag und schöner als die Königin selbst. Als diese einmal ihren Spiegel fragte:

»Spieglein, Spieglein an der Wand,
wer ist die Schönste im ganzen Land?«,

so antwortete er:

»Frau Königin, Ihr seid die Schönste hier,
aber Sneewittchen ist tausend Mal schöner als Ihr.«

Da erschrak die Königin und ward gelb und grün vor Neid. Von Stund an hasste sie das Mädchen. Und der Neid und Hochmut wuchsen wie ein Unkraut in ihrem Herzen immer höher, dass sie Tag und Nacht keine Ruhe mehr hatte. Da rief sie einen Jäger und sprach: »Bring das Kind hinaus in den Wald, ich will's nicht mehr vor meinen Augen sehen. Du sollst es töten und mir Lunge und Leber zum Wahrzeichen mitbringen.« Der Jäger gehorchte und führte es hinaus, und als er den Hirschfänger gezogen hatte und Sneewittchens unschuldiges Herz durchbohren wollte, fing es an zu weinen und sprach: »Ach, lieber Jäger, lass mir mein Leben; ich will in den wilden Wald laufen und nimmermehr heimkommen.« Und weil sie so schön war, hatte der Jäger Mitleiden und sprach: »So lauf hin, du armes Kind.« – ›Die wilden Tiere werden dich bald gefressen haben‹, dachte er, und doch war's ihm, als wär' ein Stein von seinem Herzen gewälzt, weil er es nicht zu töten brauchte. Und als gerade ein junger Frischling dahergesprungen kam, stach er ihn ab, nahm Lunge und Leber heraus und brachte sie der Königin mit. Der Koch musste sie in Salz kochen, und das boshafte Weib aß sie auf und meinte, sie hätte Sneewittchens Lunge und Leber gegessen.

Nun war das arme Kind in dem großen Wald mutterseelenallein und wusste nicht, wie es sich helfen sollte. Da fing es an zu laufen und lief über die spitzen Steine und durch die Dornen, und die wilden Tiere sprangen an ihm vorbei, aber sie taten ihm nichts. Es lief, solange nur die Füße noch fort konnten, bis es bald Abend werden wollte; da sah es ein kleines Häuschen und ging hinein, sich zu ruhen. In dem Häuschen war alles klein, aber so zierlich und reinlich, dass es nicht zu sagen ist. Da stand ein weißgedecktes Tischlein mit sieben kleinen Tellern, jedes Tellerlein mit seinem Löffelein, ferner sieben Messerlein und Gäblein und sieben Becherlein. An der Wand waren sieben Bettlein nebeneinander aufgestellt und schneeweiße Laken darübergedeckt. Sneewittchen, weil es so hungrig und durstig war, aß von jedem Tellerlein ein wenig Gemüs und Brot und trank aus jedem Becherlein einen Tropfen Wein; denn es wollte nicht einem allein alles wegnehmen. Hernach, weil es so müde war, legte es sich in ein Bettchen, aber keins passte; das eine war zu lang, das andere zu kurz, bis endlich das siebente recht war. Und darin blieb es liegen, befahl sich Gott und schlief ein.

Als es ganz dunkel geworden war, kamen die Herren von dem Häuslein. Das waren die sieben Zwerge, die in den Bergen nach Erz hackten und gruben. Sie zündeten ihre sieben Lichtlein an, und wie es nun hell im Häuslein ward, sahen sie, dass jemand darin gewesen war; denn es stand nicht alles so in der Ordnung, wie sie es verlassen hatten. Der Erste sprach: »Wer hat auf meinem Stühlchen gesessen?« Der Zweite: »Wer hat von meinem Tellerchen gegessen?« Der Dritte: »Wer hat von meinem Brötchen genommen?« Der Vierte: »Wer hat von meinem Gemüschen gegessen?« Der Fünfte: »Wer hat mit meinem Gäbelchen gestochen?« Der

Sechste: »Wer hat mit meinem Messerchen geschnitten?« Der Siebente: »Wer hat aus meinem Becherlein getrunken?« Dann sah sich der Erste um und sah, dass auf seinem Bett eine kleine Delle war; da sprach er: »Wer hat in mein Bettchen getreten?« Die andern kamen gelaufen und riefen: »In meinem hat auch jemand gelegen.« Der Siebente aber, als er in sein Bett sah, erblickte Sneewittchen, das lag darin und schlief. Nun rief er die andern, die kamen herbeigelaufen und schrien vor Verwunderung, holten ihre sieben Lichtlein und beleuchteten Sneewittchen. »Ei, du mein Gott! Ei, du mein Gott!«, riefen sie, »was ist das Kind so schön!«, und hatten so große Freude, dass sie es nicht aufweckten, sondern im Bettlein fortschlafen ließen. Der siebente Zwerg aber schlief bei seinen Gesellen, bei jedem eine Stunde, da war die Nacht herum.

Als es Morgen war, erwachte Sneewitchen, und wie es die sieben Zwerge sah, erschrak es. Sie waren aber freundlich und fragten: »Wie heißt du?« – »Ich heiße Sneewittchen«, antwortete es. »Wie bist du in unser Haus gekommen?«, sprachen weiter die Zwerge. Da erzählte es ihnen, dass seine Stiefmutter es hätte wollen umbringen lassen, der Jäger hätte ihm aber das Leben geschenkt, und da wär' es gelaufen den ganzen Tag, bis es endlich ihr Häuslein gefunden hätte. Die Zwerge sprachen: »Willst du unsern

Haushalt versehen, kochen, betten, waschen, nähen und stricken, und willst du alles ordentlich und reinlich halten, so kannst du bei uns bleiben, und es soll dir an nichts fehlen.« – »Ja«, sagte Sneewittchen, »von Herzen gern.« Morgens gingen sie in die Berge und suchten Erz und Gold, abends kamen sie wieder, und da musste ihr Essen bereit sein. Den Tag über war das Mädchen allein; da warnten es die guten Zwerglein und sprachen: »Hüte dich vor deiner Stiefmutter, die wird bald wissen, dass du hier bist; lass ja niemand herein.«

Die Königin aber, nachdem sie Sneewittchens Lunge und Leber glaubte gegessen zu haben, dachte nicht anders, als dass sie wieder die Erste und Allerschönste wäre, trat vor ihren Spiegel und sprach:

»Spieglein, Spieglein an der Wand,
wer ist die Schönste im ganzen Land?«

Da antwortete der Spiegel:

»Frau Königin, Ihr seid die Schönste hier,
aber Sneewittchen über den Bergen
bei den sieben Zwergen
ist noch tausend Mal schöner als Ihr.«

Da erschrak sie; denn sie wusste, dass der Spiegel keine Unwahrheit sprach, und merkte, dass der Jäger sie betrogen hatte und Sneewittchen noch lebte. Und da sann und sann sie aufs Neue, wie sie es umbringen wollte; denn, solange sie nicht die Schönste war im ganzen Land, ließ ihr der Neid keine Ruhe. Und als sie sich endlich etwas ausgedacht hatte, färbte sie sich das Gesicht und kleidete sich wie eine alte Krämerin und war ganz unkenntlich. In dieser Gestalt ging sie über die sieben Berge zu den sieben Zwergen, klopfte an die Tür und rief: »Schöne Ware feil, feil!« Sneewittchen guckte zum Fenster heraus und rief: »Guten Tag, liebe Frau, was habt Ihr zu verkaufen?« – »Gute Ware, schöne Ware«, antwortete sie, »Schnürriemen in allen Farben«, und holte einen hervor, der aus bunter Seide geflochten war. ›Die ehrliche Frau kann ich hereinlassen‹, dachte Sneewittchen, riegelte die Tür auf und kaufte sich den hübschen Schnürriemen. »Kind«, sprach die Alte, »wie du aussiehst! Komm, ich will dich einmal ordentlich schnüren.« Sneewittchen hatte kein Arg, stellte sich vor sie und ließ sich mit dem neuen Schnürriemen schnüren. Aber die Alte schnürte geschwind und schnürte so fest, dass dem Sneewittchen der Atem verging und es für tot hinfiel. »Nun bist du die Schönste gewesen«, sprach sie und eilte hinaus.

Nicht lange darauf, zur Abendzeit, kamen die sieben Zwerge nach Hause, aber wie erschraken sie, als sie ihr liebes Sneewittchen auf der Erde liegen sahen; und es regte und bewegte sich nicht, als wäre es tot. Sie hoben es in die Höhe, und weil sie sahen, dass es zu fest geschnürt war, schnitten sie den Schnürriemen entzwei, da fing es ein wenig zu atmen an und ward nach und nach wieder lebendig. Als die Zwerge hörten, was geschehen war, sprachen sie: »Die alte Krämerfrau war niemand anders als die gottlose Königin. Hüte dich und lass keinen Menschen herein.«

Das böse Weib aber, als es nach Haus gekommen war, ging vor den Spiegel und fragte:

»Spieglein, Spieglein an der Wand,
wer ist die Schönste im ganzen Land?«

Da antwortete es wie sonst:

»Frau Königin, Ihr seid die Schönste hier,
aber Sneewittchen über den Bergen
bei den sieben Zwergen
ist noch tausend Mal schöner als Ihr.«

Als sie das hörte, lief ihr alles Blut zum Herzen, so erschrak sie; denn sie sah wohl, dass Sneewittchen wieder lebendig geworden war. »Nun aber«, sprach sie, »will ich etwas aussinnen, das dich zu Grunde richten soll«, und mit Hexenkünsten, die sie verstand, machte sie einen giftigen Kamm. Dann verkleidete sie sich und nahm die Gestalt eines andern alten Weibes an. So ging sie hin über die sieben Berge, klopfte an die Tür und rief: »Gute Ware feil, feil!« Sneewittchen schaute heraus und sprach: »Geht nur weiter, ich darf niemand hereinlassen.« – »Das Ansehen wird dir doch erlaubt sein«, sprach die Alte, zog den giftigen Kamm heraus und hielt ihn in die Höhe. Da gefiel er dem Kinde so gut, dass es sich betören ließ und die Tür öffnete. Als sie des Kaufs einig waren, sprach die Alte: »Nun will ich dich einmal ordentlich kämmen.« Das arme Sneewittchen dachte an nichts und

ließ die Alte gewähren, aber kaum hatte sie den Kamm in die Haare gesteckt, als das Gift darin wirkte und das Mädchen ohne Besinnung niederfiel. »Du Ausbund von Schönheit«, sprach das boshafte Weib, »jetzt ist's um dich geschehen«, und ging fort. Zum Glück aber war es bald Abend, wo die sieben Zwerglein nach Haus kamen. Als sie Sneewittchen wie tot auf der Erde liegen sahen, hatten sie gleich die Stiefmutter in Verdacht, suchten nach und fanden den giftigen Kamm, und kaum hatten sie ihn herausgezogen, so kam Sneewittchen wieder zu sich. Da warnten sie es noch einmal, auf seiner Hut zu sein und niemand die Türe zu öffnen.
Die Königin stellte sich daheim vor den Spiegel und sprach:

»Spieglein, Spieglein an der Wand,
wer ist die Schönste im ganzen Land?«

Antwortete es wie vorher:

»Frau Königin, Ihr seid die Schönste hier,
aber Sneewittchen über den Bergen
bei den sieben Zwergen
ist doch noch tausend Mal schöner als Ihr.«

Als sie den Spiegel so reden hörte, zitterte und bebte sie vor Zorn. »Sneewittchen soll sterben«, rief sie, »und wenn es mein eignes Leben kostet.« Darauf ging sie in eine ganz verborgene einsame Kammer, wo niemand hinkam, und machte da einen giftigen, giftigen Apfel. Äußerlich sah er schön aus, weiß mit roten Backen, dass jeder, der ihn erblickte, Lust danach bekam. Aber wer ein Stückchen davon aß, der musste sterben. Als der Apfel fertig war, färbte sie sich das Gesicht und verkleidete sich in eine Bauersfrau, und so ging sie über die sieben Berge zu den sieben Zwergen. Sie klopfte an, Sneewittchen streckte den Kopf zum Fenster heraus und sprach: »Ich darf keinen Menschen einlassen, die sieben Zwerge haben mir's verboten.« – »Mir auch recht«, antwortete die Bäuerin, »meine Äpfel will ich schon loswerden. Da, einen will ich dir schenken.« – »Nein«, sprach Sneewittchen, »ich darf nichts annehmen.« – »Fürchtest du dich vor Gift?«, sprach die Alte, »siehst du, da schneide ich den Apfel in zwei Teile; die rote Backe iss du, die weiße will ich essen.« Der Apfel war aber so kunstvoll gemacht, dass die rote Backe allein vergiftet war. Sneewitt-

chen lusterte den schönen Apfel an, und als es sah, dass die Bäuerin davon aß, so konnte es nicht länger widerstehen, und nahm die giftige Hälfte. Kaum aber hatte es einen Bissen davon im Mund, so fiel es tot zur Erde nieder. Da betrachtete es die Königin mit grausigen Blicken und lachte überlaut und sprach: »Weiß wie Schnee, rot wie Blut, schwarz wie Ebenholz! Diesmal können dich die Zwerge nicht wieder erwecken.« Und als sie daheim den Spiegel befragte:

»Spieglein, Spieglein an der Wand,
wer ist die Schönste im ganzen Land?«,

so antwortete er endlich:

»Frau Königin, Ihr seid die Schönste im Land.«

Da hatte ihr neidisches Herz Ruhe.

Die Zwerglein, wie sie abends nach Haus kamen, fanden Sneewittchen auf der Erde liegen, und es ging kein Atem mehr aus seinem Mund, und es war tot. Sie hoben es auf, suchten, ob sie was Giftiges fänden, schnürten es auf, kämmten ihm die Haare, wuschen es mit Wasser und Wein, aber es half alles nichts; das liebe Kind war tot und blieb tot. Sie legten es auf eine Bahre und setzten sich alle siebene daran und beweinten es und weinten drei Tage lang. Da wollten sie es begraben, aber es sah noch so frisch aus wie ein lebender Mensch und hatte noch seine schönen roten Backen. Sie sprachen: »Das können wir nicht in die schwarze Erde versenken«, und ließen einen durchsichtigen Sarg von Glas machen, dass man es von allen Seiten sehen konnte, legten es hinein und schrieben mit goldenen Buchstaben seinen Namen darauf und dass es eine Königstochter wäre. Dann setzten sie den Sarg hinaus auf den Berg, und einer von ihnen blieb immer dabei und bewachte ihn. Und die Tiere kamen auch und beweinten Sneewittchen, erst eine Eule, dann ein Rabe, zuletzt ein Täubchen.

Nun lag Sneewittchen lange lange Zeit in dem Sarg und verweste nicht, sondern sah aus, als wenn es schliefe; denn es war noch so weiß wie Schnee, so rot wie Blut und so schwarzhaarig wie Ebenholz. Es geschah aber, dass ein Königssohn in den Wald geriet und zu dem Zwergenhaus kam, da zu übernachten. Er sah auf dem Berg den Sarg und das schöne Sneewittchen darin und las, was mit goldenen Buchstaben darauf geschrieben war. Da sprach er zu den Zwergen: »Lasst mir den Sarg, ich will euch geben, was ihr dafür haben wollt.« Aber die Zwerge antworteten: »Wir geben ihn nicht um alles Gold in der Welt.« Da sprach er: »So schenkt mir ihn; denn ich kann nicht leben, ohne Sneewittchen zu sehen, ich will es ehren und hoch achten wie mein Liebstes.« Wie er so sprach, empfanden die guten Zwerglein Mitleiden mit ihm und gaben ihm den Sarg. Der Königssohn ließ ihn nun von seinen Dienern auf den Schultern forttragen. Da geschah es, dass sie über einen Strauch stolperten, und von dem Schüttern fuhr der giftige Apfelgrütz, den Sneewittchen abgebissen hatte, aus dem Hals. Und nicht lange, so öffnete es die Augen, hob den Deckel vom Sarg in die Höhe und richtete sich auf und war wieder lebendig. »Ach Gott, wo bin ich?«, rief es. Der Königssohn sagte voll Freude: »Du bist bei mir«, und erzählte, was sich zugetragen hatte, und sprach: »Ich habe dich lieber als alles auf der Welt; komm mit mir in meines Vaters Schloss, du sollst meine Gemahlin werden.« Da war ihm Sneewittchen gut und ging mit ihm, und ihre Hochzeit ward mit großer Pracht und Herrlichkeit angeordnet.

Zu dem Fest wurde auch die gottlose Stiefmutter eingeladen. Wie sie sich mit schönen Kleidern angetan hatte, trat sie vor den Spiegel und sprach:

»Spieglein, Spieglein an der Wand,
wer ist die Schönste im ganzen Land?«

Der Spiegel antwortete:

»Frau Königin, Ihr seid die Schönste hier,
aber die junge Königin ist tausend Mal schöner als Ihr.«

Da stieß das böse Weib einen Fluch aus, und ward ihr so angst, so angst, dass sie sich nicht zu lassen wusste. Sie wollte zuerst gar nicht auf die Hochzeit kommen; doch ließ es ihr keine Ruhe, sie musste fort und die junge Königin sehen. Und wie sie hineintrat, erkannte sie Sneewittchen, und vor Angst und Schrecken stand sie da und konnte sich nicht regen. Aber es waren schon eiserne Pantoffeln über Kohlenfeuer gestellt und wurden mit Zangen hereingetragen und vor sie hingestellt. Da musste sie in die rot glühenden Schuhe treten und so lange tanzen, bis sie tot zur Erde fiel.

Märchen von Hans Christian Andersen

Der Schweinehirt

Es war einmal ein armer Prinz; er hatte nur ein ganz kleines Königreich; aber es war immer groß genug, um sich darauf zu verheiraten, und verheiraten wollte er sich.

Nun war es freilich etwas keck von ihm, dass er zur Tochter des Kaisers zu sagen wagte: »Willst du mich haben?« Aber er wagte es doch, denn sein Name war weit und breit berühmt; es gab hundert Prinzessinnen, die gerne Ja gesagt hätten; aber ob sie es tat?

Nun, wir wollen hören.

Auf dem Grabe des Vaters des Prinzen wuchs ein Rosenstrauch, ein herrlicher Rosenstrauch; der blühte nur jedes fünfte Jahr und trug dann auch nur eine einzige Blume; aber das war eine Rose, die duftete so süß, dass man alle seine Sorgen und seinen Kummer vergaß, wenn man daran roch. Der Prinz hatte auch eine Nachtigall, die konnte singen, als ob alle schönen Melodien in ihrer Kehle säßen. Diese Rose und die Nachtigall sollte die Prinzessin haben, und deshalb wurden sie beide in große silberne Behälter gesetzt und ihr zugesandt.

Der Kaiser ließ sie vor sich her in den großen Saal tragen, wo die Prinzessin war und mit ihren Hofdamen ›Es kommt Besuch‹ spielte. Als sie die großen Behälter mit den Geschenken erblickte, klatschte sie vor Freude in die Hände.

»Wenn es doch eine kleine Miezekatze wäre!«, sagte sie, aber da kam der Rosenstrauch mit der herrlichen Rose hervor.

»Wie niedlich sie gemacht ist!«, sagten alle Hofdamen.

»Sie ist mehr als niedlich«, sagte der Kaiser, »sie ist schön!«

Aber die Prinzessin befühlte sie, und da war sie nahe daran, zu weinen.

»Pfui, Papa!«, sagte sie, »sie ist nicht künstlich, sie ist natürlich!«

»Pfui«, sagten alle Hofdamen, »sie ist natürlich!«

»Lasst uns nun erst sehen, was in dem andern Behälter ist, ehe wir böse werden!«, meinte der Kaiser, und da kam die Nachtigall heraus, die so schön sang, dass man nicht gleich etwas Böses gegen sie vorbringen konnte.

»Superbe! Charmant!«, sagten die Hofdamen; denn sie plauderten alle französisch, eine immer ärger als die andere.
»Wie der Vogel mich an die Spieldose der seligen Kaiserin erinnert!«, sagte ein alter Kavalier; »ach ja, das ist derselbe Ton, derselbe Vortrag!«
»Ja!«, sagte der Kaiser, und dann weinte er wie ein kleines Kind.
»Es wird doch hoffentlich kein natürlicher sein?«, sagte die Prinzessin.
»Ja, es ist ein natürlicher Vogel!«, sagten die Boten, die ihn gebracht hatten.
»So lasst den Vogel fliegen«, sagte die Prinzessin, und sie wollte nicht gestatten, dass der Prinz käme.
Aber dieser ließ sich nicht einschüchtern. Er bemalte sich das Antlitz mit Braun und Schwarz, drückte die Mütze tief über den Kopf und klopfte an.
»Guten Tag, Kaiser!«, sagte er. »Könnte ich nicht hier auf dem Schlosse einen Dienst bekommen?«
»Jawohl!«, sagte der Kaiser. »Ich brauche jemand, der die Schweine hüten kann, denn deren haben wir viele.«
So wurde der Prinz angestellt als kaiserlicher Schweinehirt. Er bekam eine jämmerlich kleine Kammer unten bei den Schweinen, und da musste er bleiben; aber den ganzen Tag saß er und arbeitete, und als es Abend war, hatte er einen niedlichen, kleinen Topf gemacht. Rings um ihn waren Schellen, und sobald der Topf kochte, klingelten sie und spielten die schöne Melodie:

›Ach, du lieber Augustin,
Alles ist hin, hin, hin!‹

Aber das Allerkünstlichste war, dass, wenn man den Finger in den Dampf des Topfes hielt, man sogleich riechen konnte, welche Speisen auf jedem Feuerherd in der Stadt zubereitet wurden. Das war wahrlich etwas ganz anderes als die Rose!
Nun kam die Prinzessin mit allen ihren Hofdamen daherspaziert, und als sie die Melodie hörte, blieb sie stehen und sah ganz erfreut aus, denn sie konnte auch ›Ach, du lieber Augustin‹ spielen. Das war das Einzige, was sie konnte, aber das spielte sie mit einem Finger.
»Das ist ja das, was ich kann!«, sagte sie. »Dann muss es ein gebildeter Schweinehirt sein! Höre, gehe hinunter und frage ihn, was das Instrument kostet!«
Da musste eine der Hofdamen hineingehen.
Aber sie zog Holzpantoffeln an.

»Was willst du für den Topf haben?«, fragte die Hofdame.
»Zehn Küsse von der Prinzessin!«, sagte der Schweinehirt.
»Gott bewahre uns!«, sagte die Hofdame.
»Ja, anders tue ich es nicht!«, antwortete der Schweinehirt.
»Er ist unartig!«, sagte die Prinzessin, und dann ging sie; aber als sie ein kleines Stück gegangen war, erklangen die Schellen so lieblich:

›Ach, du lieber Augustin,
Alles ist hin, hin, hin!‹

»Höre«, sagte die Prinzessin, »frage ihn, ob er zehn Küsse von meinen Hofdamen will!«
»Ich danke schön«, sagte der Schweinehirt; »zehn Küsse von der Prinzessin, oder ich behalte meinen Topf.«
»Was ist das doch für eine langweilige Geschichte!«, sagte die Prinzessin.
»Aber dann müsst ihr vor mir stehen, damit es niemand sieht!«
Die Hofdamen stellten sich davor und breiteten ihre Kleider aus, und da bekam der Schweinehirt zehn Küsse, und sie erhielt den Topf.
Nun, das war eine Freude! Den ganzen Abend und den ganzen Tag musste der Topf kochen; es gab nicht einen Feuerherd in der ganzen Stadt, von dem sie nicht wussten, was darauf gekocht wurde, sowohl beim Kammerherrn wie beim Schuhflicker. Die Hofdamen tanzten und klatschten in die Hände.
»Wir wissen, wer süße Suppe und Eierkuchen essen wird, wir wissen, wer Grütze und Braten bekommt! Wie schön ist doch das!«
»Ja, aber haltet reinen Mund, denn ich bin des Kaisers Tochter!«
»Jawohl, jawohl!«, sagten alle.
Der Schweinehirt, das heißt der Prinz – aber sie wussten es ja nicht anders, als dass er ein wirklicher Schweinehirt sei –, ließ die Tage nicht verstreichen, ohne etwas zu tun, und da machte er eine Knarre. Wenn man diese herumschwang, erklangen alle die Walzer und Hopser, die man von Erschaffung der Welt an kannte.
»Ach, das ist superbe«, sagte die Prinzessin, indem sie vorbeiging. »Ich habe nie eine schönere Musik gehört! Höre, gehe hinein und frage ihn, was das Instrument kostet, aber ich küsse nicht wieder!«
»Er will hundert Küsse von der Prinzessin haben!«, sagte die Hofdame, die hineingegangen war, um zu fragen.

»Ich glaube, er ist verrückt!«, sagte die Prinzessin, und dann ging sie; aber als sie ein kleines Stück gegangen war, blieb sie stehen. »Man muss die Kunst aufmuntern«, sagte sie; »ich bin des Kaisers Tochter! Sage ihm, er soll wie neulich zehn Küsse haben; den Rest kann er von meinen Hofdamen nehmen!«

»Ach, aber wir tun es ungern!«, sagten die Hofdamen.

»Das ist Geschwätz«, sagte die Prinzessin, »wenn ich ihn küssen kann, dann könnt ihr es auch; bedenkt, ich gebe euch Kost und Lohn!« Da mussten die Hofdamen wieder zu ihm hineingehen.

»Hundert Küsse von der Prinzessin«, sagte er, »oder jeder behält das Seine!«

»Stellt euch davor!«, sagte sie dann, und da stellten sich alle Hofdamen davor, und nun küsste er.

»Was mag das wohl für ein Auflauf beim Schweinestall sein?«, fragte der Kaiser, der auf den Balkon hinausgetreten war. Er rieb sich die Augen und setzte die Brille auf. »Das sind ja die Hofdamen, die da ihr Wesen treiben; ich werde wohl zu ihnen hinuntergehen müssen!«

Potztausend, wie er sich sputete!

Sobald er in den Hof hinunterkam, ging er ganz leise, und die Hofdamen hatten so viel damit zu tun, die Küsse zu zählen, damit es ehrlich zugehen möge, dass sie den Kaiser gar nicht bemerkten. Er erhob sich hoch auf den Zehen.

»Was ist das?«, sagte er, als er sah, dass sie sich küssten; und dann schlug er seine Tochter mit einem Pantoffel auf den Kopf, gerade als der Schweinehirt den sechsundachtzigsten Kuss erhielt.

»Fort mit euch!«, sagte der Kaiser, denn er war böse, und sowohl die Prinzessin wie der Schweinehirt mussten sein Kaiserreich verlassen.

Da stand sie nun und weinte, der Schweinehirt schalt, und der Regen strömte hernieder.

»Ach, ich elendes Geschöpf«, sagte die Prinzessin, »hätte ich doch den schönen Prinzen genommen! Ach, wie unglücklich bin ich!«

Der Schweinehirt aber ging hinter einen Baum, wischte sich das Schwarze und Braune aus seinem Antlitz, warf die schlechten Kleider von sich und trat nun in seiner Prinzentracht hervor, so schön, dass die Prinzessin sich verneigen musste.

»Ich bin dahin gekommen, dich zu verachten!«, sagte er. »Du wolltest keinen ehrlichen Prinzen haben! Du verstandest dich nicht auf die Rose und

die Nachtigall, aber den Schweinehirten konntest du für eine Spielerei küssen. Das hast du nun dafür!«
Und dann ging er in sein Königreich hinein; da konnte sie draußen ihr Lied singen:

›Ach, du lieber Augustin,
Alles ist hin, hin, hin!‹

Der Tannenbaum

Draußen im Walde stand ein niedlicher, kleiner Tannenbaum; er hatte einen guten Platz, Sonne konnte er bekommen, Luft war genug da, und ringsumher wuchsen viel größere Kameraden, sowohl Tannen als Fichten. Aber dem kleinen Tannenbaum schien nichts so wichtig wie das Wachsen; er achtete nicht der warmen Sonne und der frischen Luft, er kümmerte sich nicht um die Bauernkinder, die da gingen und plauderten, wenn sie herausgekommen waren, um Erdbeeren und Himbeeren zu sammeln. Oft kamen sie mit einem ganzen Topf voll oder hatten Erdbeeren auf einen Strohhalm gezogen, dann setzten sie sich neben den kleinen Tannenbaum und sagten: »Wie niedlich klein ist der!« Das mochte der Baum gar nicht hören.
Im folgenden Jahre war er ein langes Glied größer, und das Jahr darauf war er um noch eins länger, denn bei den Tannenbäumen kann man immer an den vielen Gliedern, die sie haben, sehen, wie viele Jahre sie gewachsen sind.
»Oh, wäre ich doch so ein großer Baum wie die andern!«, seufzte das kleine Bäumchen. »Dann könnte ich meine Zweige so weit umher ausbreiten und mit der Krone in die Welt hinausblicken! Die Vögel würden dann Nester zwischen meinen Zweigen bauen, und wenn der Wind weht, könnte ich so vornehm nicken, gerade wie die andern dort!«
Er hatte gar keine Freude am Sonnenschein, an den Vögeln und den roten Wolken, die morgens und abends über ihn hinsegelten.
War es nun Winter und der Schnee lag ringsumher funkelnd weiß, so kam häufig ein Hase angesprungen und setzte gerade über den kleinen Baum weg. Oh, das war ärgerlich! Aber zwei Winter vergingen, und im dritten war das Bäumchen so groß, dass der Hase um es herumlaufen musste.

›Oh, wachsen, wachsen, groß und alt werden, das ist doch das einzige Schöne in dieser Welt!‹, dachte der Baum.

Im Herbst kamen immer Holzhauer und fällten einige der größten Bäume; das geschah jedes Jahr, und dem jungen Tannenbaum, der nun ganz gut gewachsen war, schauderte dabei; denn die großen, prächtigen Bäume fielen mit Knacken und Krachen zur Erde, die Zweige wurden abgehauen, die Bäume sahen ganz nackt, lang und schmal aus; sie waren fast nicht zu erkennen. Aber dann wurden sie auf Wagen gelegt, und Pferde zogen sie davon, aus dem Walde hinaus.

Wohin sollten sie? Was stand ihnen bevor?

Im Frühjahr, als die Schwalben und Störche kamen, fragte sie der Baum: »Wisst ihr nicht, wohin sie geführt wurden? Seid ihr ihnen begegnet?«

Die Schwalben wussten nichts, aber der Storch sah nachdenkend aus, nickte mit dem Kopfe und sagte: »Ja, ich glaube wohl; mir begegneten viele neue Schiffe, als ich aus Ägypten flog; auf den Schiffen waren prächtige Mastbäume; ich darf annehmen, dass sie es waren, sie hatten Tannengeruch; ich kann vielmals von ihnen grüßen, sie sind schön und stolz!«

»Oh, wäre ich doch auch groß genug, um über das Meer hinfahren zu können! Was ist das eigentlich, dieses Meer, und wie sieht es aus?«

»Ja, das ist viel zu weitläufig zu erklären!«, sagte der Storch, und damit ging er.

»Freue dich deiner Jugend!«, sagten die Sonnenstrahlen; »freue dich deines frischen Wachstums, des jungen Lebens, das in dir ist!«

Und der Wind küsste den Baum, und der Tau weinte Tränen über ihn, aber das verstand der Tannenbaum nicht.

Wenn es gegen die Weihnachtszeit war, wurden ganz junge Bäume gefällt, Bäume, die oft nicht einmal so groß oder gleichen Alters mit diesem Tannenbaume waren, der weder Rast noch Ruhe hatte, sondern immer davon wollte; diese jungen Bäume, und es waren gerade die allerschönsten, behielten immer alle ihre Zweige; sie wurden auf Wagen gelegt, und Pferde zogen sie zum Walde hinaus.

»Wohin sollen diese?«, fragte der Tannenbaum. »Sie sind nicht größer als ich, einer ist sogar viel kleiner; weswegen behalten sie alle ihre Zweige? Wohin fahren sie?«

»Das wissen wir! Das wissen wir!«, zwitscherten die Meisen. »Unten in der Stadt haben wir in die Fenster gesehen! Wir wissen, wohin sie fahren!

Oh, sie gelangen zur größten Pracht und Herrlichkeit, die man sich denken kann! Wir haben in die Fenster gesehen und erblickt, dass sie mitten in der warmen Stube aufgepflanzt und mit den schönsten Sachen, vergoldeten Äpfeln, Honigkuchen, Spielzeug, und vielen hundert Lichtern geschmückt werden.«

»Und dann?«, fragte der Tannenbaum und bebte in allen Zweigen. »Und dann? Was geschieht dann?«

»Ja, mehr haben wir nicht gesehen! Das war unvergleichlich schön!«

»Ob ich wohl bestimmt bin, diesen strahlenden Weg zu betreten?«, jubelte der Tannenbaum. »Das ist noch besser als über das Meer zu ziehen! Wie leide ich an Sehnsucht! Wäre es doch Weihnachten! Nun bin ich hoch und entfaltet wie die andern, die im vorigen Jahre davongeführt wurden! Oh, wäre ich erst auf dem Wagen, wäre ich doch in der warmen Stube mit all der Pracht und Herrlichkeit! Und dann? Ja, dann kommt noch etwas Besseres, noch Schöneres, warum würden sie mich sonst so schmücken? Es muss noch etwas Größeres, Herrlicheres kommen! Aber was? Oh, ich leide, ich sehne mich, ich weiß selbst nicht, wie mir ist!«

»Freue dich unser!«, sagten die Luft und das Sonnenlicht; »freue dich deiner frischen Jugend im Freien!«

Aber er freute sich durchaus nicht; er wuchs und wuchs, Winter und Sommer stand er grün; dunkelgrün stand er da, die Leute, die ihn sahen, sagten: »Das ist ein schöner Baum!«, und zur Weihnachtszeit wurde er von allen zuerst gefällt. Die Axt hieb tief durch das Mark; der Baum fiel mit einem Seufzer zu Boden, er fühlte einen Schmerz, eine Ohnmacht, er konnte gar nicht an irgendein Glück denken, er war betrübt, von der Heimat scheiden zu müssen, von dem Flecke, auf dem er emporgeschossen war; er wusste ja, dass er die lieben, alten Kameraden, die kleinen Büsche und Blumen ringsumher nie mehr sehen werde, ja vielleicht nicht einmal die Vögel. Die Abreise hatte durchaus nichts Behagliches.

Der Baum kam erst wieder zu sich selbst, als er im Hofe mit andern Bäumen abgeladen wurde und einen Mann sagen hörte: »Dieser hier ist prächtig! Wir wollen nur den!«

Nun kamen zwei Diener im vollen Staat und trugen den Tannenbaum in einen großen, schönen Saal. Ringsherum an den Wänden hingen Bilder, und bei dem großen Kachelofen standen große chinesische Vasen mit Löwen auf den Deckeln; da waren Wiegestühle, seidene Sofas, große Tische voll von Bilderbüchern und Spielzeug für hundert mal hundert Taler;

wenigstens sagten das die Kinder. Der Tannenbaum wurde in ein großes, mit Sand gefülltes Fass gestellt, aber niemand konnte sehen, dass es ein Fass war, denn es wurde rundherum mit grünem Zeug behängt und stand auf einem großen, bunten Teppich. Oh, wie der Baum bebte! Was würde da wohl vorgehen? Sowohl die Diener als die Fräulein schmückten ihn. An einen Zweig hängten sie kleine, aus farbigem Papier ausgeschnittene Netze, und jedes Netz war mit Zuckerwerk gefüllt. Vergoldete Äpfel und Walnüsse hingen herab, als wären sie festgewachsen, und über hundert rote, blaue und weiße kleine Lichter wurden in den Zweigen festgesteckt. Puppen, die leibhaft wie die Menschen aussahen – der Baum hatte früher nie solche gesehen –, schwebten im Grünen, und hoch oben in der Spitze wurde ein Stern von Flittergold befestigt. Das war prächtig, ganz außerordentlich prächtig!

»Heute Abend«, sagten alle, »heute Abend wird er strahlen!«, und sie waren außer sich vor Freude.

›Oh‹, dachte der Baum, ›wäre es doch Abend! Würden nur die Lichter bald angezündet! Und was dann wohl geschieht? Ob da wohl Bäume aus dem Walde kommen, mich zu sehen? Ob die Meisen gegen die Fensterscheiben fliegen? Ob ich hier festwachse und Winter und Sommer geschmückt stehen werde?‹

Ja, er wusste gut Bescheid; aber er hatte ordentlich Borkenschmerzen vor lauter Sehnsucht, und Borkenschmerzen sind für einen Baum ebenso schlimm wie Kopfschmerzen für uns andere.

Nun wurden die Lichter angezündet. Welcher Glanz, welche Pracht! Der Baum bebte in allen Zweigen dabei, so dass eins der Lichter das Grüne anbrannte; es sengte ordentlich.

»Gott bewahre uns!«, schrien die Fräulein und löschten es hastig aus.

Nun durfte der Baum nicht einmal beben. Oh, das war ein Grauen! Ihm war bange, etwas von seinem Staate zu verlieren; er war ganz betäubt von all dem Glanze. Da gingen beide Flügeltüren auf, und eine Menge Kinder stürzte herein, als wollten sie den ganzen Baum umwerfen, die älteren Leute kamen bedächtig nach; die Kleinen standen ganz stumm, aber nur einen Augenblick, dann jubelten sie wieder, dass es laut schallte; sie tanzten um den Baum herum, und ein Geschenk nach dem andern wurde abgepflückt und verteilt.

›Was machen sie?‹, dachte der Baum. ›Was soll geschehen?‹ Die Lichter brannten gerade bis auf die Zweige herunter, und je nachdem sie niederbrannten, wurden sie ausgelöscht, und dann erhielten die Kinder die Erlaubnis, den Baum zu plündern. Sie stürzten auf ihn zu, dass es in allen Zweigen knackte; wäre er nicht mit der Spitze und mit dem Goldstern an der Decke festgemacht gewesen, so wäre er umgefallen.

Die Kinder tanzten mit ihrem prächtigen Spielzeug herum, niemand sah nach dem Baume, ausgenommen das alte Kindermädchen, das zwischen die Zweige blickte; aber es geschah nur, um zu sehen, ob nicht noch eine Feige oder ein Apfel vergessen sei.

»Eine Geschichte, eine Geschichte!«, riefen die Kinder und zogen einen kleinen, dicken Mann gegen den Baum hin, und er setzte sich gerade unter ihn, »denn so sind wir im Grünen«, sagte er, »und der Baum kann besonders Nutzen davon haben, zuzuhören! Aber ich erzähle nur eine Geschichte. Wollt ihr die von Ivede-Avede oder die von Klumpe-Dumpe hören, der die Treppen hinunterfiel und doch erhöht wurde und die Prinzessin bekam?«

»Ivede-Avede!«, schrien einige, »Klumpe-Dumpe!«, schrien andere. Das war ein Rufen! Nur der Tannenbaum schwieg ganz still und dachte: ›Komme ich gar nicht mit, werde ich nichts dabei zu tun haben?‹ Er hatte ja geleistet, was er sollte.

Der Mann erzählte von Klumpe-Dumpe, der die Treppen hinunterfiel und doch erhöht wurde und die Prinzessin bekam. Und die Kinder klatschten in die Hände und riefen: »Erzähle, erzähle!« Sie wollten auch die Geschichte von Ivede-Avede hören, aber sie bekamen nur die von Klumpe-Dumpe. Der Tannenbaum stand ganz stumm und gedankenvoll, nie hatten die Vögel im Walde dergleichen erzählt. ›Klumpe-Dumpe fiel die Treppen hinunter und bekam doch die Prinzessin! Ja, ja, so geht es in der Welt zu!‹, dachte der Tannenbaum und glaubte, dass es wahr sei, weil ein so netter Mann es erzählt hatte. ›Ja, ja! Vielleicht falle ich auch die Treppe hinunter und bekomme eine Prinzessin!‹ Und er freute sich, den nächs-

ten Tag wieder mit Lichtern und Spielzeug, Gold und Früchten und dem Stern von Flittergold aufgeputzt zu werden.
›Morgen werde ich nicht zittern!‹, dachte er. ›Ich will mich recht aller meiner Herrlichkeit freuen. Morgen werde ich wieder die Geschichte von Klumpe-Dumpe und vielleicht auch die von Ivede-Avede hören.‹ Und der Baum stand die ganze Nacht still und gedankenvoll.
Am Morgen kamen die Diener und das Mädchen herein.
›Nun beginnt der Staat aufs Neue!‹, dachte der Baum; aber sie schleppten ihn zum Zimmer hinaus, die Treppe hinauf, auf den Boden und stellten ihn in einen dunklen Winkel, wohin kein Tageslicht schien. ›Was soll das bedeuten?‹, dachte der Baum. ›Was soll ich hier wohl machen? Was mag ich hier wohl hören sollen?‹ Er lehnte sich gegen die Mauer und dachte und dachte. Und er hatte Zeit genug, denn es vergingen Tage und Nächte; niemand kam herauf, und als endlich jemand kam, so geschah es, um einige große Kasten in den Winkel zu stellen; der Baum stand ganz versteckt, man musste glauben, dass er ganz vergessen war.
›Nun ist es Winter draußen!‹, dachte der Baum. ›Die Erde ist hart und mit Schnee bedeckt, die Menschen können mich nicht pflanzen; deshalb soll ich wohl bis zum Frühjahr hier im Schutz stehen! Wie wohl bedacht ist das! Wie die Menschen doch so gut sind! Wäre es hier nur nicht so dunkel und schrecklich einsam! Nicht einmal ein kleiner Hase! Das war doch niedlich da draußen im Walde, wenn der Schnee lag und der Hase vorbeisprang, ja selbst als er über mich hinwegsprang; aber damals mochte ich es nicht leiden. Hier oben ist es doch schrecklich einsam!‹
»Piep, piep!«, sagte da eine kleine Maus und huschte hervor; und dann kam noch eine kleine. Sie beschnüffelten den Tannenbaum, und dann schlüpften sie zwischen seine Zweige.
»Es ist eine gräuliche Kälte!«, sagten die kleinen Mäuse. »Sonst ist hier gut sein; nicht wahr, du alter Tannenbaum?«
»Ich bin gar nicht alt!«, sagte der Tannenbaum; »es gibt viele, die weit älter sind denn ich!«
»Woher kommst du?«, fragten die Mäuse, »und was weißt du?« Sie waren gewaltig neugierig. »Erzähle uns doch von den schönsten Orten auf Erden! Bist du dort gewesen? Bist du in der Speisekammer gewesen, wo Käse auf den Brettern liegen und Schinken unter der Decke hängen, wo man auf Talglicht tanzt, mager hineingeht und fett herauskommt?«

»Das kenne ich nicht«, sagte der Baum; »aber den Wald kenne ich, wo die Sonne scheint und die Vögel singen!« Und dann erzählte er alles aus seiner Jugend. Die kleinen Mäuse hatten früher nie dergleichen gehört, sie horchten auf und sagten: »Wie viel du gesehen hast! Wie glücklich du gewesen bist!«

»Ich?«, sagte der Tannenbaum und dachte über das, was er selbst erzählte, nach. »Ja, es waren im Grunde ganz fröhliche Zeiten!« Aber dann erzählte er vom Weihnachtsabend, wo er mit Zuckerwerk und Lichtern geschmückt war.

»Oh«, sagten die kleinen Mäuse, »wie glücklich du gewesen bist, du alter Tannenbaum!«

»Ich bin gar nicht alt!«, sagte der Baum; »erst in diesem Winter bin ich aus dem Walde gekommen! Ich bin in meinem allerbesten Alter, ich bin nur so aufgeschossen.«

»Wie schön du erzählst!«, sagten die kleinen Mäuse, und in der nächsten Nacht kamen sie mit vier anderen kleinen Mäusen, die den Baum erzählen hören sollten, und je mehr er erzählte, desto deutlicher erinnerte er sich selbst an alles und dachte: ›Es waren doch ganz fröhliche Zeiten! Aber sie können wieder kommen, können wieder kommen! Klumpe-Dumpe fiel die Treppe hinunter und bekam doch die Prinzessin; vielleicht kann ich auch eine Prinzessin bekommen.‹ Und dann dachte der Tannenbaum an eine kleine, niedliche Birke, die draußen im Walde wuchs; das war für den Tannenbaum eine wirkliche, schöne Prinzessin.

»Wer ist Klumpe-Dumpe?«, fragten die kleinen Mäuse. Da erzählte der Tannenbaum das ganze Märchen, er konnte sich jedes einzelnen Wortes entsinnen; die kleinen Mäuse sprangen aus reiner Freude bis an die Spitze des Baumes. In der folgenden Nacht kamen weit mehr Mäuse und am Sonntage sogar zwei Ratten, aber die meinten, die Geschichte sei nicht hübsch, und das betrübte die kleinen Mäuse, denn nun hielten sie auch weniger davon.

»Wissen Sie nur die eine Geschichte?«, fragten die Ratten.

»Nur die eine«, antwortete der Baum; »die hörte ich an meinem glücklichsten Abend, aber damals dachte ich nicht daran, wie glücklich ich war.«

»Das ist eine höchst jämmerliche Geschichte! Kennen Sie keine von Speck und Talglicht? Keine Speisekammergeschichte?«

»Nein!«, sagte der Baum.

»Ja, dann danken wir dafür!«, erwiderten die Ratten und gingen zu den Ihrigen zurück.

Die kleinen Mäuse blieben zuletzt auch weg, und da seufzte der Baum: »Es war doch ganz hübsch, als sie um mich herumsaßen, die beweglichen kleinen Mäuse, und zuhörten, wie ich erzählte! Nun ist auch das vorbei! Aber ich werde gerne daran denken, wenn ich wieder hervorgenommen werde.«

Aber wann geschah das? Ja, es war eines Morgens, da kamen Leute und wirtschafteten auf dem Boden; die Kasten wurden weggesetzt, der Baum wurde hervorgezogen; sie warfen ihn freilich ziemlich hart gegen den Fußboden, aber ein Diener schleppte ihn gleich nach der Treppe hin, wo der Tag leuchtete.

›Nun beginnt das Leben wieder!‹, dachte der Baum; er fühlte die frische Luft, die ersten Sonnenstrahlen, und nun war er draußen im Hofe. Alles ging geschwind, der Baum vergaß völlig, sich selbst zu betrachten, da war so vieles ringsumher zu sehen. Der Hof stieß an einen Garten, und alles blühte darin; die Rosen hingen frisch und duftend über das kleine Gitter hinaus, die Lindenbäume blühten, und die Schwalben flogen umher und sagten: »Quirrevirrevit, mein Mann ist kommen!« Aber es war nicht der Tannenbaum, den sie meinten.

»Nun werde ich leben!«, jubelte der und breitete seine Zweige weit aus; aber ach, die waren alle vertrocknet und gelb; und er lag da zwischen Unkraut und Nesseln. Der Stern von Goldpapier saß noch oben in der Spitze und glänzte im hellen Sonnenschein.

Im Hofe selbst spielten ein paar der munteren Kinder, die zur Weihnachtszeit den Baum umtanzt hatten und so froh über ihn gewesen waren. Eins der kleinsten lief hin und riss den Goldstern ab.

»Sieh, was da noch an dem hässlichen, alten Tannenbaum sitzt!«, sagte es und trat auf die Zweige, so dass sie unter seinen Stiefeln knackten.

Der Baum sah auf all die Blumenpracht und Frische im Garten, er betrachtete sich selbst und wünschte, dass er in seinem dunklen Winkel auf dem Boden geblieben wäre; er gedachte seiner frischen Jugend im Walde, des lustigen Weihnachtsabends und der kleinen Mäuse, die so munter die Geschichte von Klumpe-Dumpe angehört hatten.

»Vorbei, vorbei!«, sagte der arme Baum. »Hätte ich mich doch gefreut, als ich es noch konnte! Vorbei, vorbei!«

Der Diener kam und hieb den Baum in kleine Stücke, ein ganzes Bund lag da; hell flackerte es auf unter dem großen Braukessel. Der Baum seufzte

tief, und jeder Seufzer war einem kleinen Schusse gleich; deshalb liefen die Kinder, die da spielten, herbei und setzten sich vor das Feuer, blickten hinein und riefen: »Piff, paff!« Aber bei jedem Knalle, der ein tiefer Seufzer war, dachte der Baum an einen Sommerabend im Walde oder an eine Winternacht da draußen, wenn die Sterne funkelten; er dachte an den Weihnachtsabend und an Klumpe-Dumpe, das einzige Märchen, das er gehört hatte und zu erzählen wusste – und dann war der Baum verbrannt.
Die Knaben spielten im Garten, und der kleinste hatte den Goldstern auf der Brust, den der Baum an seinem glücklichsten Abend getragen hatte. Nun war der vorbei, und mit dem Baum war es vorbei und mit der Geschichte auch; vorbei, vorbei.
Und so geht es mit allen Geschichten!

Der standhafte Zinnsoldat

Es waren einmal fünfundzwanzig Zinnsoldaten, die waren alle Brüder, denn sie waren aus einem alten zinnernen Löffel gemacht worden. Das Gewehr hielten sie im Arm und das Gesicht geradeaus; rot und blau, überaus herrlich war die Uniform; das Allererste, was sie in dieser Welt hörten, als der Deckel von der Schachtel genommen wurde, in der sie lagen, war das Wort »Zinnsoldaten!« Das rief ein kleiner Knabe und klatschte in die Hände; er hatte sie erhalten, denn es war sein Geburtstag, und er stellte sie nun auf dem Tische auf. Der eine Soldat glich dem andern leibhaft, nur ein einziger war etwas anders; er hatte nur ein Bein, denn er war zuletzt gegossen worden, und da war nicht mehr Zinn genug da; doch stand er ebenso fest auf seinem einen Bein wie die andern auf ihren zweien, und gerade er war es, der sich bemerkbar machte.
Auf dem Tisch, auf dem sie aufgestellt wurden, stand vieles andere Spielzeug; aber das, was am meisten in die Augen fiel, war ein niedliches Schloss von Papier; durch die kleinen Fenster konnte man gerade in die Säle hineinsehen. Draußen vor ihm standen kleine Bäume rings um einen kleinen Spiegel, der wie ein kleiner See aussehen sollte. Schwäne von Wachs schwammen darauf und spiegelten sich. Das war alles niedlich, aber das niedlichste war doch ein kleines Mädchen, das mitten in der offenen Schlosstür stand; sie war auch aus Papier ausgeschnitten, aber sie hat-

te ein schönes Kleid und ein kleines, schmales, blaues Band über den Schultern, gerade wie ein Schärpe; mitten in diesem saß ein glänzender Stern, gerade so groß wir ihr Gesicht.

Das kleine Mädchen streckte seine beiden Arme aus, denn es war eine Tänzerin, und dann hob es das eine Bein so hoch empor, dass der Zinnsoldat es durchaus nicht finden konnte und glaubte, dass es gerade wie er nur ein Bein habe.

›Das wäre eine Frau für mich‹, dachte er, ›aber sie ist etwas vornehm, sie wohnt in einem Schlosse, ich habe nur eine Schachtel, und da sind wir fünfundzwanzig darin, das ist kein Ort für sie, doch ich muss suchen, Bekanntschaft mit ihr anzuknüpfen!‹ Und dann legte er sich, so lang er war, hinter eine Schnupftabaksdose, die auf dem Tische stand. Da konnte er recht die kleine, feine Dame betrachten, die fortfuhr auf einem Bein zu stehen, ohne umzufallen.

Als es Abend wurde, kamen alle die andern Zinnsoldaten in ihre Schachtel, und die Leute im Hause gingen zu Bette. Nun fing das Spielzeug an zu spielen, sowohl ›Es kommt Besuch!‹ als auch ›Krieg führen‹ und ›Ball geben‹; die Zinnsoldaten rasselten in der Schachtel, denn sie wollten mit dabei sein, aber sie konnten den Deckel nicht aufheben. Der Nussknacker schoss Purzelbäume, und der Griffel belustigte sich auf der Tafel; es war ein Lärm, dass der Kanarienvogel davon erwachte und anfing mitzusprechen, und zwar in Versen. Die beiden Einzigen, die sich nicht von der Stelle bewegten, waren der Zinnsoldat und die Tänzerin; sie hielt sich gerade auf der Zehenspitze und beide Arme ausgestreckt; er war ebenso standhaft auf seinem einen Bein; seine Augen wandte er keinen Augenblick von ihr weg.

Nun schlug die Uhr zwölf, und klatsch, da sprang der Deckel von der Schnupftabaksdose auf, aber da war kein Tabak darin, nein, sondern ein kleiner, schwarzer Kobold.

Das war ein Kunststück!

»Zinnsoldat«, sagte der Kobold, »halte deine Augen im Zaum!«

Aber der Zinnsoldat tat, als ob er es nicht hörte.

»Ja, warte nur bis morgen!«, sagte der Kobold.

Als es nun Morgen wurde und die Kinder aufstanden, wurde der Zinnsoldat in das Fenster gestellt, und war es nun der Kobold oder der Zugwind, auf einmal flog das Fenster zu, und der Soldat stürzte drei Stockwerke tief hinunter.

Das war eine erschreckliche Fahrt. Er streckte das Bein gerade in die Höhe und blieb auf der Helmspitze mit dem Bajonett abwärts zwischen den Pflastersteinen stecken.
Das Dienstmädchen und der kleine Knabe kamen sogleich hinunter, um zu suchen; aber obgleich sie nahe daran waren, auf ihn zu treten, so konnten sie ihn doch nicht erblicken. Hätte der Zinnsoldat gerufen: ›Hier bin ich!‹, so hätten sie ihn wohl gefunden, aber er fand es nicht passend, laut zu schreien, weil er in Uniform war.
Nun fing es an zu regnen; die Tropfen fielen immer dichter, es ward ein ordentlicher Platzregen; als der zu Ende war, kamen zwei Straßenjungen vorbei.
»Sieh du!«, sagte der eine, »da liegt ein Zinnsoldat! Der soll hinaus und segeln!«
Sie machten ein Boot aus einer Zeitung, setzten den Soldaten mitten hinein, und nun segelte er den Rinnstein hinunter; beide Knaben liefen nebenher und klatschten in die Hände. Was schlugen da für Wellen in dem Rinnstein, und welcher Strom war da! Ja, der Regen hatte aber auch geströmt. Das Papierboot schaukelte auf und nieder, mitunter drehte es sich so geschwind, dass der Zinnsoldat bebte; aber er blieb standhaft, verzog keine Miene, sah geradeaus und hielt das Gewehr im Arm.
Mit einem Male trieb das Boot unter eine lange Rinnsteinbrücke; da wurde es gerade so dunkel, als wäre er in seiner Schachtel.
›Wohin mag ich nun kommen?‹, dachte er. ›Ja, ja, das ist des Kobolds Schuld! Ach, säße doch das kleine Mädchen hier im Boote, da könnte es meinetwegen noch einmal so dunkel sein!‹
Da kam plötzlich eine große Wasserratte, die unter der Rinnsteinbrücke wohnte.
»Hast du einen Pass?«, fragte die Ratte. »Her mit dem Passe!«
Aber der Zinnsoldat schwieg still und hielt das Gewehr noch fester.
Das Boot fuhr davon und die Ratte hinterher. Hu, wie fletschte sie die Zähne und rief den Holzspänen und dem Stroh zu:
»Halt auf! Halt auf! Er hat keinen Zoll bezahlt; er hat den Pass nicht gezeigt!«
Aber die Strömung wurde stärker und stärker! Der Zinnsoldat konnte schon da, wo das Brett aufhörte, den hellen Tag erblicken, aber er hörte auch einen brausenden Ton, der wohl einen tapfern Mann erschrecken konnte.

Denkt nur, der Rinnstein stürzte, wo die Brücke endete, geradehinaus in einen großen Kanal; das würde für den armen Zinnsoldaten ebenso gefährlich gewesen sein wie für uns, einen großen Wasserfall hinunterzufahren!

Nun war er schon so nahe dabei, dass er nicht mehr anhalten kannte. Das Boot fuhr hinaus, der Zinnsoldat hielt sich so steif, wie er konnte; niemand sollte ihm nachsagen, dass er mit den Augen blinke. Das Boot schnurrte drei, vier Mal herum und war bis zum Rande mit Wasser gefüllt, es musste sinken. Der Zinnsoldat stand bis zum Halse im Wasser, und tiefer und tiefer sank das Boot, mehr und mehr löste das Papier sich auf; nun ging das Wasser über des Soldaten Kopf. Da dachte er an die kleine, niedliche Tänzerin, die er nie mehr zu Gesicht bekommen sollte, und es klang vor des Zinnsoldaten Ohren das Lied:

›Fahre, fahre Kriegsmann!
Den Tod musst du erleiden!‹

Nun ging das Papier entzwei, und der Zinnsoldat stürzte hindurch, wurde aber augenblicklich von einem großen Fisch verschlungen.

Wie war es dunkel da drinnen!

Da war es noch schlimmer als unter der Rinnsteinbrücke, und dann war es so sehr eng; aber der Zinnsoldat war standhaft und lag, so lang er war, mit dem Gewehr im Arm.

Der Fisch fuhr umher, er machte die allerschrecklichsten Bewegungen; endlich wurde er ganz still, es fuhr wie ein Blitzstrahl durch ihn hin. Das Licht schien ganz klar, und jemand rief laut: »Der Zinnsoldat!« Der Fisch war gefangen worden, auf den Markt gebracht, verkauft und in die Küche hinaufgekommen, wo die Köchin ihn mit einem großen Messer aufschnitt. Sie nahm mit zwei Fingern den Soldaten mitten um den Leib und trug ihn in die Stube hinein, wo alle den merkwürdigen Mann sehen wollten, der im Magen eines Fisches herumgereist war; aber der Zinnsoldat war gar nicht stolz. Sie stellten ihn auf den Tisch und da – wie sonderbar kann es doch in der Welt zugehen! Der Zinnsoldat war in derselben Stube, in der er früher gewesen war, er sah dieselben Kinder, und das gleiche Spielzeug stand auf dem Tische, das herrliche Schloss mit der niedlichen, kleinen Tänzerin. Die hielt sich noch auf dem einen Bein und hatte das andere hoch in der Luft, sie war auch standhaft. Das rührte den Zinnsoldaten, er

war nahe daran, Zinn zu weinen, aber es schickte sich nicht. Er sah sie an, aber sie sagten gar nichts.
Da nahm der eine der kleinen Knaben den Soldaten und warf ihn gerade in den Ofen, obwohl er gar keinen Grund dafür hatte; es war sicher der Kobold in der Dose, der schuld daran war.
Der Zinnsoldat stand ganz beleuchtet da und fühlte eine Hitze, die erschrecklich war; aber ob sie von dem wirklichen Feuer oder von der Liebe herrührte, das wusste er nicht. Die Farben waren ganz von ihm abgegangen – ob das auf der Reise geschehen oder ob der Kummer daran schuld war, konnte niemand sagen. Er sah das kleine Mädchen an, sie blickte ihn an, und er fühlte, dass er schmelze, aber noch stand er standhaft mit dem Gewehre im Arm. Da ging eine Tür auf, der Wind ergriff die Tänzerin, und sie flog, einer Sylphide gleich, gerade in den Ofen zum Zinnsoldaten, loderte in Flammen auf und war verschwunden. Da schmolz der Zinnsoldat zu einem Klumpen, und als das Mädchen am folgenden Tage die Asche herausnahm, fand sie ihn als ein kleines Zinnherz; von der Tänzerin hingegen war nur der Stern noch da, und der war kohlschwarz gebrannt.

Der kleine Klaus und der große Klaus

In einem Dorfe wohnten zwei Leute, die beide denselben Namen hatten. Beide hießen Klaus, aber der eine besaß vier Pferde und der andere nur ein einziges. Um sie nun voneinander unterscheiden zu können, nannte man den, der vier Pferde besaß, den großen Klaus, und den, der nur ein einziges hatte, den kleinen Klaus.
Nun wollen wir hören, wie es den beiden erging, denn es ist eine wahre Geschichte.
Die ganze Woche hindurch musste der kleine Klaus für den großen Klaus pflügen und ihm sein einziges Pferd leihen, dann half der große Klaus ihm wieder mit allen seinen vieren, aber nur einmal wöchentlich, und das war des Sonntags. Hussa, wie klatschte der kleine Klaus mit seiner Peitsche über alle fünf Pferde! Sie waren ja nun so gut wie sein an dem einen Tage. Die Sonne schien herrlich, und alle Glocken im Kirchturm läuteten zur Kirche, die Leute waren alle geputzt und gingen mit dem

Gesangbuch unter dem Arme, den Prediger zu hören, und sie sahen den kleinen Klaus, der mit fünf Pferden pflügte, und er war so vergnügt, dass er wieder mit der Peitsche klatschte und rief: »Hü, alle meine Pferde!«

»So musst du nicht sprechen«, sagte der große Klaus, »das eine Pferd ist ja nur dein!«

Aber als wieder jemand vorbeiging, vergaß der kleine Klaus, dass er es nicht sagen sollte, und da rief er: »Hü, alle meine Pferde!«

»Nun ersuche ich dich amtlich, dies zu unterlassen«, sagte der große Klaus; »denn sagst du es noch einmal, so schlage ich dein Pferd vor den Kopf, dass es auf der Stelle tot ist.«

»Ich will es wahrlich nicht mehr sagen!«, sagte der kleine Klaus. Aber als da Leute vorbeikamen und ihm guten Tag zunickten, wurde er sehr erfreut und dachte, es sehe doch recht gut aus, dass er fünf Pferde habe, sein Feld zu pflügen, und da klatschte er mit der Peitsche und rief: »Hü, alle meine Pferde!«

»Ich werde deine Pferde hüen!«, sagte der große Klaus, nahm einen Hammer und schlug des kleinen Klaus einziges Pferd vor den Kopf, dass es umfiel und tot war.

»Ach nun habe ich gar kein Pferd mehr!«, sagte der kleine Klaus und fing an zu weinen. Später zog er dem Pferde die Haut ab und ließ sie gut im Winde trocknen, steckte sie dann in einen Sack, den er auf die Schulter warf, und machte sich nach der Stadt auf den Weg, um seine Pferdehaut zu verkaufen.

Er hatte einen sehr weiten Weg zu gehen, musste durch einen großen, dunklen Wald, und nun wurde es gewaltig schlechtes Wetter. Er verirrte sich gänzlich, und ehe er wieder auf den rechten Weg kam, war es Abend und allzu weit, um zur Stadt oder wieder nach Hause zu gelangen, bevor es Nacht wurde.

Dicht am Wege lag ein großer Bauernhof; die Fensterladen waren draußen vor den Fenstern geschlossen, aber das Licht konnte doch darüber hinausscheinen. ›Da werde ich wohl Erlaubnis erhalten können, die Nacht über zu bleiben‹, dachte der kleine Klaus und klopfte an.

Die Bauersfrau machte auf; als sie aber hörte, was er wollte, sagte sie, er solle weitergehen, ihr Mann sei nicht zu Hause, und sie nehme keine Fremden herein.

»Nun, so muss ich draußen liegen bleiben«, sagte der kleine Klaus, und die Bauersfrau schlug ihm die Tür vor der Nase zu.

Dicht daneben stand ein großer Heuschober, und zwischen diesem und dem Wohnhaus war ein kleiner Geräteschuppen mit einem flachen Strohdache gebaut.

»Da oben kann ich liegen«, sagte der kleine Klaus, als er das Dach erblickte; »das ist ja ein herrliches Bett. Der Storch fliegt wohl nicht herunter und beißt mich in die Beine.« Denn ein Storch hatte sein Nest auf dem Dache.

Nun kroch der kleine Klaus auf den Schuppen hinauf, streckte sich hin und drehte sich, um recht gut zu liegen. Die hölzernen Laden vor den Fenstern schlossen oben nicht zu, und so konnte er gerade in die Stube hineinblicken.

Da war ein großer Tisch gedeckt, mit Wein und Braten und einem herrlichen Fisch darauf; die Bauersfrau und der Küster saßen bei Tische und sonst niemand anders, sie schenkte ihm ein, und er gabelte in den Fisch, denn das war sein Leibgericht.

›Wer doch etwas davon abbekommen könnte!‹, dachte der kleine Klaus und streckte den Kopf gerade gegen das Fenster.

Einen herrlichen Kuchen sah er auch im Zimmer stehen! Ja, das war ein Fest!

Nun hörte er jemand von der Landstraße her gegen das Haus reiten; das war der Mann der Bauersfrau, der nach Hause kam.

Das war ein ganz guter Mann, aber er hatte die wunderliche Eigenheit, dass er es nie ertragen konnte, einen Küster zu sehen; kam ihm ein Küster vor die Augen, so wurde er ganz rasend. Deshalb war es auch, dass der Küster zu seiner Frau hineingegangen war, um ihr guten Tag zu sagen, weil er wusste, dass der Mann nicht zu Hause sei, und die gute Frau setzte ihm dafür das herrlichste Essen vor. Als sie nun den Mann kommen hörten, erschraken sie sehr, und die Frau bat den Küster, in eine große, leere Kiste hineinzukriechen, denn er wusste ja, dass der arme Mann es nicht ertragen konnte, einen Küster zu sehen.

Die Frau versteckte geschwind all das herrliche Essen und den Wein in ihrem Backofen, denn hätte der Mann das zu sehen bekommen, so hätte er sicher gefragt, was es zu bedeuten habe.

»Ach ja!«, seufzte der kleine Klaus oben auf seinem Schuppen, als er all das Essen verschwinden sah.

»Ist jemand dort oben?«, fragte der Bauer und sah nach dem kleinen Klaus hinauf. »Warum liegst du dort? Komm lieber mit in die Stube.«

Nun erzählte der kleine Klaus, wie er sich verirrt habe, und bat, dass er die Nacht über bleiben dürfe.

»Ja freilich«, sagte der Bauer, »aber wir müssen zuerst etwas zu leben haben!«

Die Frau empfing beide sehr freundlich, deckte einen langen Tisch und gab ihnen eine große Schüssel voll Grütze. Der Bauer war hungrig und aß mit rechtem Appetit, aber der kleine Klaus konnte nicht unterlassen, an den herrlichen Braten, Fisch und Kuchen, die er im Ofen wusste, zu denken. Unter den Tisch zu seinen Füßen hatte er den Sack mit der Pferdehaut gelegt, die er in der Stadt hatte verkaufen wollen. Die Grütze wollte ihm nicht schmecken, da trat er auf seinen Sack, und die trockene Haut im Sacke knarrte laut.

»St!«, sagte der kleine Klaus zu seinem Sacke, trat aber zu gleicher Zeit wieder darauf; da knarrte es weit lauter als zuvor.

»Ei, was hast du in deinem Sacke?«, fragte der Bauer darauf.

»Oh, es ist ein Zauberer«, sagte der kleine Klaus; »er sagt, wir sollen doch keine Grütze essen, er habe den ganzen Ofen voll Braten, Fische und Kuchen gehext.«

»Ei der tausend!«, sagte der Bauer und machte schnell den Ofen auf, wo er all die prächtigen, leckeren Speisen erblickte, die nach seiner Meinung der Zauberer im Sack für sie gehext hatte. Die Frau durfte nichts sagen, sondern setzte sogleich die Speisen auf den Tisch, und so aßen beide vom Fische, vom Braten und von dem Kuchen. Nun trat der kleine Klaus wieder auf seinen Sack, dass die Haut knarrte.

»Was sagt er jetzt?«, fragte der Bauer.

»Er sagt«, erwiderte der kleine Klaus, »dass er auch drei Flaschen Wein für uns gehext hat; sie stehen dort in der Ecke beim Ofen!« Nun musste die Frau den Wein hervorholen, den sie verborgen hatte, und der Bauer trank und wurde lustig. Einen solchen Zauberer, wie der kleine Klaus im Sacke hatte, hätte er gar zu gern gehabt.

»Kann er auch den Teufel hervorhexen?«, fragte der Bauer. »Ich möchte ihn wohl sehen, denn nun bin ich lustig!«

»Ja«, sagte der kleine Klaus, »mein Zauberer kann alles, was ich verlange.

Nicht wahr, du?«, fragte er und trat auf den Sack, dass es knarrte. »Hörst du? Er sagt Ja! Aber der Teufel sieht hässlich aus, wir wollen ihn lieber nicht sehen!«
»Oh, mir ist gar nicht bange; wie mag er wohl aussehen?«
»Ja, er wird sich ganz leibhaftig als ein Küster zeigen!«
»Hu!«, sagte der Bauer, »das ist hässlich! Ihr müsst wissen, ich kann nicht ertragen, einen Küster zu sehen! Aber es macht nichts, ich weiß ja, dass es der Teufel ist, so werde ich mich wohl leichter darein finden! Nun habe ich Mut, aber er darf mir nicht zu nahe kommen.«
»Ich werde meinen Zauberer fragen«, sagte der kleine Klaus, trat auf den Sack und hielt sein Ohr hin.
»Was sagt er?«
»Er sagt, Ihr könnt hingehen und die Kiste aufmachen, die dort in der Ecke steht, so werdet Ihr den Teufel sehen, wie er darin kauert; aber Ihr müsst den Deckel halten, dass er nicht entwischt.«
»Wollt Ihr mir helfen, ihn zu halten?«, bat der Bauer und ging zu der Kiste hin, wo die Frau den Küster verborgen hatte, der darin saß und sich sehr fürchtete.
Der Bauer öffnete den Deckel ein wenig und sah unter ihn hinein. »Hu!«, schrie er und sprang zurück. »Ja, nun habe ich ihn gesehen, er sah ganz aus wie unser Küster! Das war schrecklich!«

Darauf musste getrunken werden, und so tranken sie denn noch lange in die Nacht hinein.
»Den Zauberer musst du mir verkaufen«, sagte der Bauer; »verlange dafür, was du willst! Ja, ich gebe dir gleich einen ganzen Scheffel Geld!«
»Nein, das kann ich nicht!«, sagte der kleine Klaus. »Bedenke doch, wie viel Nutzen ich von diesem Zauberer haben kann.«
»Ach, ich möchte ihn sehr gern haben«, sagte der Bauer und fuhr fort zu bitten.
»Ja«, sagte der kleine Klaus zuletzt, »da du so gut gewesen bist, mir diese Nacht Obdach zu gewähren, so mag es sein. Du sollst den Zauberer für einen Scheffel Geld haben, aber ich will den Scheffel gehäuft voll haben.«
»Das sollst du bekommen«, sagte der Bauer, »aber die Kiste dort musst du mit dir nehmen; ich will sie nicht eine Stunde länger im Hause behalten; man kann nicht wissen, vielleicht sitzt er noch darin.«
Der kleine Klaus gab dem Bauer seinen Sack mit der trocknen Haut darin und bekam einen ganzen Scheffel Geld, gehäuft gemessen, dafür. Der Bauer schenkte ihm sogar noch einen großen Karren, um das Geld und die Kiste darauf fortzufahren.
»Lebe wohl!«, sagte der kleine Klaus.
Dann fuhr er mit seinem Gelde und der großen Kiste, worin noch der Küster saß, davon.
Auf der andern Seite des Waldes war ein großer, tiefer Fluss; das Wasser floss so reißend darin, dass man kaum gegen den Strom anschwimmen konnte; man hatte eine große, neue Brücke darüber geschlagen; der kleine Klaus hielt mitten auf ihr an und sagte ganz laut, damit der Küster in der Kiste es hören könne:
»Was soll ich doch mit der dummen Kiste machen? Sie ist so schwer, als ob Steine drin wären! Ich werde nur müde davon, sie weiterzufahren; ich will sie in den Fluss werfen; schwimmt sie zu mir nach Hause, so ist es gut, wo nicht, so hat es auch nichts zu sagen.«
Darauf fasste er die Kiste mit der einen Hand an und hob sie ein wenig auf, gerade als ob er sie in das Wasser werfen wollte.
»Nein, lass das sein!«, rief der Küster innerhalb der Kiste. »Lass mich erst heraus!«
»Hu!«, sagte der kleine Klaus und tat, als fürchte er sich. »Er sitzt noch darin! Da muss ich ihn geschwind in den Fluss werfen, damit er ertrinkt!«

»O nein, o nein!«, sagte der Küster; »ich will dir einen ganzen Scheffel Geld geben, wenn du mich gehen lässt!«
»Ja, das ist etwas anderes!«, sagte der kleine Klaus und machte die Kiste auf.
Der Küster kroch schnell heraus, stieß die leere Kiste in das Wasser hinaus und ging nach seinem Hause, wo der kleine Klaus einen ganzen Scheffel Geld bekam; einen hatte er von dem Bauer erhalten, nun hatte er also seinen ganzen Karren voll Geld.
»Sieh, das Pferd erhielt ich ganz gut bezahlt!«, sagte er zu sich selbst, als er zu Hause in seiner eigenen Stube war und alles Geld auf einen Berg mitten in der Stube ausschüttete. »Das wird den großen Klaus ärgern, wenn er erfährt, wie reich ich durch ein einziges Pferd geworden bin; aber ich will es ihm doch nicht geradeheraus sagen!«
Nun sandte er einen Knaben zum großen Klaus hin, um sich ein Scheffelmaß zu leihen.
›Was mag er wohl damit machen wollen?‹, dachte der große Klaus und schmierte Teer auf den Boden, damit von dem, was gemessen wurde, etwas daran hängen bleiben könnte. Und so kam es auch; denn als er das Scheffelmaß zurückerhielt, hingen drei Taler daran.
»Was ist das?«, sagte der große Klaus und lief sogleich zu dem kleinen. »Wo hast du all das Geld bekommen?«
»Oh, das ist für meine Pferdehaut! Ich verkaufte sie gestern Abend.«
»Das war wahrlich gut bezahlt!«, sagte der große Klaus, lief geschwind nach Hause, nahm eine Axt und schlug alle seine vier Pferde vor den Kopf, zog ihnen die Haut ab und fuhr mit diesen Häuten zur Stadt.
»Häute! Häute! Wer will Häute kaufen?«, rief er durch die Straßen.
Alle Schuhmacher und Gerber kamen gelaufen und fragten, was er dafür haben wolle.
»Einen Scheffel Geld für jede«, sagte der große Klaus.
»Bist du toll?«, riefen alle. »Glaubst du, wir haben das Geld scheffelweise?«
»Häute! Häute! Wer will Häute kaufen?«, rief er wieder, aber allen denen, die ihn fragten, was die Häute kosten sollten, erwiderte er: »Einen Scheffel Geld.«
»Er will uns foppen«, sagten alle, und da nahmen die Schuhmacher ihre Spannriemen und die Gerber ihre Schurzfelle und fingen an, auf den großen Klaus loszuprügeln.

»Häute! Häute!«, riefen sie ihm nach; »ja, wir wollen dir die Haut gerben! Hinaus aus der Stadt mit ihm!«, riefen sie, und der große Klaus musste laufen, was er nur konnte.

So war er noch nie durchgeprügelt worden.

»Na«, sagte er, als er nach Hause kam, »dafür soll der kleine Klaus bestraft werden! Ich will ihn totschlagen!«

Zu Hause beim kleinen Klaus war die alte Großmutter gestorben; sie war freilich recht böse und schlimm gegen ihn gewesen, aber er war doch betrübt, nahm die tote Frau und legte sie in sein warmes Bett, um zu sehen, ob sie nicht zum Leben zurückkehren werde. Da sollte sie die ganze Nacht liegen, er selbst wollte im Winkel sitzen und auf einem Stuhle schlafen; das hatte er schon früher getan. Als er nun da in der Nacht saß, ging die Tür auf, und der große Klaus kam mit einer Axt herein; er wusste wohl, wo des kleinen Klaus Bett stand, ging gerade darauf los und schlug nun die alte Großmutter vor den Kopf, denn er glaubte, dass der kleine Klaus dort in seinem Bett liege.

»Sieh«, sagte er, »nun sollst du mich nicht mehr zum Besten haben!« Und dann ging er wieder nach Hause.

»Das ist doch ein recht böser Mann!«, sagte der kleine Klaus; »da wollte er mich totschlagen! Es war doch gut für die alte Mutter, dass sie schon tot war, sonst hätte er ihr das Leben genommen!«

Nun legte er der alten Großmutter Sonntagskleider an, lieh sich von dem Nachbarn ein Pferd, spannte es vor den Wagen und setzte die alte Großmutter auf den hintersten Sitz, so dass sie nicht hinausfallen konnte, wenn er fuhr, und so rollten sie von dannen durch den Wald. Als die Sonne aufging, waren sie vor einem großen Wirtshause, da hielt der kleine Klaus an und ging hinein, um etwas zu genießen.

Der Wirt hatte sehr viel Geld, er war auch ein recht guter, aber hitziger Mann, als wären Pfeffer und Tabak in ihm.

»Guten Morgen!«, sagte er zum kleinen Klaus. »Du bist heute früh ins Zeug gekommen!«

»Ja«, sagte der kleine Klaus, »ich will mit meiner Großmutter zur Stadt; sie sitzt draußen auf dem Wagen, ich kann sie nicht in die Stube hereinbrin-

gen. Wollt Ihr der Alten nicht ein Glas Kümmel geben? Aber Ihr müsst recht laut sprechen, denn sie hört nicht gut.«
»Ja, das will ich tun!«, sagte der Wirt und schenkte ein großes Glas Kümmel ein, mit dem er zur toten Großmutter hinausging, die in dem Wagen aufrecht gesetzt war.
»Hier ist ein Glas Kümmel von Ihrem Sohne!«, sagte der Wirt, aber die tote Frau erwiderte kein Wort, sondern saß ganz still und teilnahmslos, als ob sie alles nichts anginge.
»Hört Ihr nicht?«, rief der Wirt, so laut er konnte. »Hier ist ein Glas Kümmel von Ihrem Sohne!«
Noch einmal rief er und dann noch einmal, aber da sie sich durchaus nicht rührte, wurde er ärgerlich und warf ihr das Glas in das Gesicht, so dass ihr der Kümmel gerade über die Nase lief und sie hintenüber fiel, denn sie war nur aufgesetzt und nicht festgebunden.
»Heda!«, rief der kleine Klaus, sprang zur Tür heraus und packte den Wirt an der Brust, »da hast du meine Großmutter erschlagen! Siehst du, da ist ein großes Loch in ihrer Stirn!«
»Oh, das ist ein Unglück!«, rief der Wirt und schlug die Hände über dem Kopfe zusammen; »das kommt alles von meiner Heftigkeit! Lieber, kleiner Klaus, ich will dir einen Scheffel Geld geben und deine Großmutter begraben lassen, als wäre es meine eigene, aber schweige nur still, sonst wird mir der Kopf abgeschlagen, und das wäre mir unangenehm.«
So bekam der kleine Klaus einen ganzen Scheffel Geld, und der Wirt begrub die alte Großmutter so, als ob es seine eigene gewesen wäre.
Als nun der kleine Klaus wieder mit dem vielen Gelde nach Hause kam, schickte er gleich seinen Knaben hinüber zum großen Klaus, um ihn bitten zu lassen, ihm ein Scheffelmaß zu leihen.
»Was ist das?«, sagte der große Klaus. »Habe ich ihn nicht totgeschlagen? Da muss ich selbst nachsehen!« Und so ging er selbst mit dem Scheffelmaß zum kleinen Klaus.
»Wo hast du doch all das Geld bekommen?«, fragte er und riss die Augen auf, als er alles das erblickte, was noch hinzugekommen war.
»Du hast meine Großmutter, aber nicht mich erschlagen!«, sagte der kleine Klaus. »Die habe ich nun verkauft und einen Scheffel Geld dafür bekommen!«
»Das ist wahrlich gut bezahlt!«, sagte der große Klaus, eilte nach Hause, nahm eine Axt und schlug seine alte Großmutter tot, legte sie auf den Wa-

gen, fuhr mit ihr zur Stadt, wo der Apotheker wohnte, und fragte, ob er einen toten Menschen kaufen wollte.
»Wer ist es, und woher habt Ihr ihn?«, fragte der Apotheker.
»Es ist meine Großmutter!«, sagte der große Klaus. »Ich habe sie totgeschlagen, um einen Scheffel Geld dafür zu bekommen!«
»Gott bewahre uns!«, sagte der Apotheker. »Ihr redet irre! Sagt doch nicht dergleichen, sonst könnt Ihr den Kopf verlieren!« Und nun sagte er ihm gehörig, was das für eine böse Tat sei, die er begangen habe, und was für ein schlechter Mensch er sei und dass er bestraft werden müsse. Da erschrak der große Klaus so sehr, dass er von der Apotheke gerade in den Wagen sprang und auf die Pferde schlug und nach Hause fuhr; aber der Apotheker und alle Leute glaubten, er sei verrückt, und deshalb ließen sie ihn fahren, wohin er wollte.
»Das sollst du mir bezahlen!«, sagte der große Klaus, als er draußen auf der Landstraße war, »ja, ich will dich bestrafen, kleiner Klaus!« Sobald er nach Hause kam, nahm er den größten Sack, den er finden konnte, ging hinüber zum kleinen Klaus und sagte: »Nun hast du mich wieder gefoppt; erst schlug ich meine Pferde tot, dann meine alte Großmutter; das ist alles deine Schuld; aber du sollst mich nie mehr foppen!« Da packte er den kleinen Klaus um den Leib und steckte ihn in seinen Sack, nahm ihn so auf seinen Rücken und rief ihm zu: »Nun gehe ich und ertränke dich!«
Es war ein weiter Weg, den er zu gehen hatte, bevor er zu dem Flusse kam, und der kleine Klaus war nicht leicht zu tragen. Der Weg ging dicht bei der Kirche vorbei; die Orgel ertönte, und die Leute sangen schön darinnen. Da setzte der große Klaus seinen Sack mit dem kleinen Klaus darin dicht bei der Kirchtür nieder und dachte, es könne wohl ganz gut sein, hineinzugehen und einen Psalm zu hören, ehe er weitergehe; der kleine Klaus konnte ja nicht herauskommen, und alle Leute waren in der Kirche. So ging er denn hinein.
»Ach Gott, ach Gott!«, seufzte der kleine Klaus im Sack und drehte und wandte sich, aber es war ihm nicht möglich, das Band aufzulösen. Da kam ein alter, alter Viehtreiber daher, mit schneeweißem Haar und einem großen Stab in der Hand; er trieb eine ganze Herde Kühe und Stiere vor sich her, die liefen an den Sack, in dem der kleine Klaus saß, so dass er umgeworfen wurde.
»Ach Gott!«, seufzte der kleine Klaus, »ich bin noch so jung und soll schon ins Himmelreich!«

»Und ich Armer«, sagte der Viehtreiber, »ich bin schon so alt und kann noch immer nicht dahin kommen!«

»Mache den Sack auf!«, rief der kleine Klaus. »Krieche statt meiner hinein, so kommst du sogleich ins Himmelreich!«

»Ja, das will ich herzlich gern«, sagte der Viehtreiber und band den Sack auf, aus dem der kleine Klaus sogleich heraussprang.

»Willst du nun auf das Vieh Acht geben?«, fragte der alte Mann. Dann kroch er in den Sack hinein, der kleine Klaus band den Sack wieder zu und zog dann mit allen Kühen und Stieren seines Weges.

Bald darauf kam der große Klaus aus der Kirche. Er nahm seinen Sack wieder auf den Rücken, obgleich es ihm schien, als sei der leichter geworden, denn der alte Viehtreiber war nur halb so schwer wie der kleine Klaus. »Wie leicht ist er doch zu tragen geworden! Ja, das kommt daher, dass ich einen Psalm gehört habe!« So ging er nach dem Flusse, der tief und groß war, warf den Sack mit dem alten Viehtreiber ins Wasser und rief hinterdrein, denn er glaubte ja, dass es der kleine Klaus sei: »Sieh, nun sollst du mich nicht mehr foppen!«

Darauf ging er nach Hause; aber als er an die Stelle kam, wo die Wege sich kreuzten, begegnete er ganz unerwartet dem kleinen Klaus, der all sein Vieh dahertrieb.

»Was ist das?«, fragte der große Klaus. »Habe ich dich nicht vor kurzer Zeit ertränkt?«

»Ja«, sagte der kleine Klaus, »du warfst mich ja vor einer halben Stunde in den Fluss hinunter!«

»Aber wo hast du all das herrliche Vieh bekommen?«, fragte der große Klaus.

»Das ist Seevieh!«, sagte der kleine Klaus. »Ich will dir die Geschichte erzählen und dir Dank sagen, dass du mich ertränktest, denn nun bin ich reich! Mir war bange, als ich im Sacke steckte, und der Wind pfiff mir um die Ohren, als du mich von der Brücke hinunter in das kalte Wasser warfst. Ich sank sogleich zu Boden, aber ich stieß mich nicht, denn da unten wächst das schönste, weiche Gras. Darauf fiel ich, und sogleich wurde der Sack geöffnet, und das lieblichste Mädchen, in schneeweißen Kleidern und mit einem grünen Kranz um das Haar, nahm mich bei der Hand und sagte: ›Bist du da, kleiner Klaus? Da hast du zuerst einiges Vieh; eine Meile weiter auf dem Wege steht noch eine ganze Herde, die ich dir schenken will!‹ Nun sah ich, dass der Fluss eine große Landstraße für das Meervolk bildete. Unten auf dem Grunde gingen und fuhren sie gerade von der See her und ganz hinein in das Land, bis wo der Fluss endet. Da waren die schönsten Blumen und das frischeste Gras; die Fische schossen mir an den Ohren vorüber, geradeso wie hier die Vögel in der Luft. Was gab es da für hübsche Leute, und was war da für Vieh, das an den Gräben und Wällen weidete!«

»Aber warum bist du gleich wieder zu uns heraufgekommen?«, fragte der große Klaus. »Das hätte ich bestimmt nicht getan, wenn es so schön dort unten ist.«

»Ja«, sagte der kleine Klaus, »das ist gerade klug von mir gehandelt. Du hörst ja wohl, dass ich dir erzähle: Die Seejungfrau sagte mir, eine Meile weiter auf dem Wege – und mit dem Wege meinte sie ja den Fluss, denn sie kann nirgends anders hinkommen – stehe noch eine ganze Herde Vieh für mich. Aber ich weiß, was der Fluss für Krümmungen macht, bald hier, bald dort, das ist ein weiter Umweg. Nein, so macht man es kürzer ab, wenn man hier auf das Land kommt und treibt querüber wieder zum Flusses; dabei spare ich eine halbe Meile und komme schneller zu meinem Vieh!«

»Oh, du bist ein glücklicher Mann!«, sagte der große Klaus. »Glaubst du, dass ich auch Seevieh erhielte, wenn ich einmal tief bis auf den Grund des Flusses käme?«

»Ja, das denke ich wohl«, sagte der kleine Klaus, »aber ich kann dich nicht im Sacke zum Flusse tragen, du bist mir zu schwer! Willst du selbst dahingehen und dann in den Sack kriechen, so werde ich dich mit dem größten Vergnügen hineinwerfen.«

»Ich danke dir«, sagte der große Klaus. »Aber erhalte ich kein Seevieh, wenn ich hinunterkomme, so glaube mir, werde ich dich so prügeln, wie du noch nie geprügelt worden bist.«

»O nein, mache es nicht so schlimm!« Und da gingen sie zum Flusse hin. Als das Vieh Wasser erblickte, lief es, so schnell es nur konnte, durstig hinunter zum Trinken.

»Sieh, wie es sich sputet!«, sagte der kleine Klaus. »Es verlangt danach, wieder auf den Grund zu kommen!«

»Ja, hilf mir nur erst«, sagte der große Klaus, »sonst bekommst du Prügel!« Und so kroch er in den großen Sack, der quer über dem Rücken eines der Stiere gelegen hatte. »Lege einen Stein hinein, ich fürchte, dass ich sonst nicht untersinke«, sagte der große Klaus.

»Es geht schon!«, sagte der kleine Klaus, legte aber doch einen großen Stein in den Sack, knüpfte das Band fest zu, und dann stieß er daran. Plumps! Da lag der große Klaus in dem Flusse und sank sogleich hinunter auf den Grund.

»Ich fürchte, er wird das Vieh nicht finden! Aber er zwang mich ja dazu!«, sagte der kleine Klaus und trieb dann heim mit dem, was er hatte.

Die Nachtigall

In China, weißt du ja wohl, ist der Kaiser ein Chinese, und alle, die er um sich hat, sind Chinesen. Es sind nun viele Jahre her, aber gerade deshalb ist es wert, die Geschichte zu hören, ehe sie vergessen wird. Des Kaisers Schloss war das prächtigste der Welt, ganz und gar von feinem Porzellan, so kostbar, aber so spröde, so misslich daran zu rühren, dass man sich ordentlich in Acht nehmen musste. Im Garten sah man die wunderbarsten Blumen, und an die allerprächtigsten waren Silberglocken gebunden, die erklangen, damit man nicht vorbeigehen möchte, ohne die Blumen zu bemerken. Ja, alles war in des Kaisers Garten fein ausgedacht, und er erstreckte sich so weit, dass der Gärtner selbst das Ende nicht kannte; ging man immer weiter, so kam man in den herrlichsten Wald mit hohen Bäumen und tiefen Seen. Der Wald ging gerade hinunter bis zum Meere, das blau und tief war. Große Schiffe konnten unter den Zweigen hinsegeln, und in diesen wohnte eine Nachtigall, die so herrlich sang, dass selbst der arme Fischer, der so viel anderes zu tun hatte, stillhielt und horchte, wenn er nachts ausgefahren war, um das Fischnetz aufzuziehen. »Ach Gott, wie ist das schön!«, sagte er, aber dann musste er auf sein Netz Acht geben und vergaß den Vogel; doch wenn dieser in der nächsten Nacht wieder sang und der Fischer dorthin kam, sagte er wieder: »Ach Gott, wie ist das doch schön!«

Von allen Ländern kamen Reisende nach der Stadt des Kaisers und bewunderten sie, das Schloss und den Garten; doch wenn sie die Nachtigall zu hören bekamen, sagten sie alle:

»Das ist doch das Beste!«
Die Reisenden erzählten davon, wenn sie nach Hause kamen, und die Gelehrten schrieben viele Bücher über die Stadt, das Schloss und den Garten, aber die Nachtigall vergaßen sie nicht, sie wurde am höchsten gestellt, und die, welche dichten konnten, schrieben die herrlichsten Gedichte über die Nachtigall im Walde bei dem tiefen See.
Die Bücher durchliefen die Welt, und einige kamen dann auch einmal zum Kaiser. Er saß in seinem goldenen Stuhl, las und las, jeden Augenblick nickte er mit dem Kopfe, denn er freute sich über die prächtigen Beschreibungen der Stadt, des Schlosses und des Gartens. »Aber die Nachtigall ist doch das Allerbeste!«, stand da geschrieben.
»Was ist das?«, fragte der Kaiser. »Die Nachtigall kenne ich ja gar nicht! Ist ein solcher Vogel hier in meinem Kaiserreiche und sogar in meinem Garten? Das habe ich nie gehört; so etwas soll man erst aus Büchern erfahren?«
Da rief er seinen Haushofmeister. Der war so vornehm, dass, wenn jemand, der geringer war als er, mit ihm zu sprechen oder ihn um etwas zu fragen wagte, er weiter nichts erwiderte als: »P!« Und das hat nichts zu bedeuten.
»Hier soll ja ein höchst merkwürdiger Vogel sein, der Nachtigall genannt wird!«, sagte der Kaiser. »Man spricht, dies sei das Allerbeste in meinem großen Reiche; weshalb hat man mir nie etwas davon gesagt?«
»Ich habe ihn früher nie nennen hören«, sagte der Haushofmeister. »Er ist nie bei Hofe vorgestellt worden!«
»Ich will, dass er heute Abend herkomme und vor mir singe!«, sagte der Kaiser. »Die ganze Welt weiß, was ich habe, und ich weiß es nicht!«
»Ich habe ihn früher nie nennen hören!«, sagte der Haushofmeister. »Ich werde ihn suchen, ich werde ihn finden!«

Aber wo war er zu finden? Der Haushofmeister lief alle Treppen auf und nieder, durch Säle und Gänge, keiner von allen denen, auf die er traf, hatte von der Nachtigall sprechen hören. Und der Haushofmeister lief wieder zum Kaiser und sagte, dass es sicher eine Fabel von denen sei, die da Bücher schreiben. »Dero Kaiserliche Majestät können gar nicht glauben, was da alles geschrieben wird; das sind Erdichtungen und etwas, was man die schwarze Kunst nennt!«

»Aber das Buch, in dem ich dieses gelesen habe«, sagte der Kaiser, »ist mir von dem großmächtigen Kaiser von Japan gesandt, also kann es keine Unwahrheit sein. Ich will die Nachtigall hören; sie muss heute Abend hier sein! Sie hat meine höchste Gnade! Und kommt sie nicht, so soll dem ganzen Hof auf den Leib getrampelt werden, wenn er Abendbrot gegessen hat!«

»Tsing-pe!«, sagte der Haushofmeister und lief wieder alle Treppen auf und nieder, durch alle Säle und Gänge; und der halbe Hof lief mit, denn sie wollten nicht gern auf den Leib getrampelt werden. Da gab es ein Fragen nach der merkwürdigen Nachtigall, die von aller Welt gekannt war, nur von niemand bei Hofe.

Endlich trafen sie ein kleines, armes Mädchen in der Küche. Sie sagte: »O Gott, die Nachtigall, die kenne ich gut, ja, wie kann die singen! Jeden Abend habe ich die Erlaubnis, meiner armen, kranken Mutter einige Überbleibsel vom Tische mit nach Hause zu bringen. Sie wohnt unten am Strande, und wenn ich dann zurückgehe, müde bin und im Walde ausruhe, höre ich die Nachtigall singen. Es kommt mir dabei das Wasser in die Augen, und es ist gerade, als ob meine Mutter mich küsste!«

»Kleine Köchin«, sagte der Haushofmeister, »ich werde die eine feste Anstellung in der Küche und die Erlaubnis, den Kaiser speisen zu sehen, verschaffen, wenn du uns zur Nachtigall führen kannst; denn sie ist zu heute Abend angesagt.«

So zogen sie allesamt hinaus in den Wald, wo die Nachtigall zu singen pflegte; der halbe Hof war mit. Als sie im besten Zuge waren, fing eine Kuh zu brüllen an.

»Oh!«, sagten die Hofjunker, »nun haben wir sie; das ist doch eine merkwürdige Kraft in einem so kleinen Tiere! Die habe ich sicher schon früher gehört!«

»Nein, das sind Kühe, die brüllen!«, sagte die kleine Köchin. »Wir sind noch weit von dem Orte entfernt!«

Nun quakten die Frösche im Sumpfe.

»Herrlich!«, sagte der chinesische Schlosspropst. »Nun höre ich sie, es klingt gerade wie kleine Tempelglocken.«
»Nein, das sind Frösche!«, sagte die kleine Köchin. »Aber nun, denke ich, werden wir sie bald hören!«
Da begann die Nachtigall zu singen.
»Das ist sie«, sagte das kleine Mädchen. »Hört, hört! Und da sitzt sie!« Sie zeigte nach einem kleinen, grauen Vogel oben in den Zweigen.
»Ist es möglich?«, sagte der Haushofmeister. »So hätte ich sie mir nimmer gedacht; wie einfach sie aussieht! Sie hat sicher ihre Farbe darüber verloren, dass sie so viele vornehme Menschen um sich erblickt!«
»Kleine Nachtigall«, rief die kleine Köchin ganz laut, »unser gnädigster Kaiser will, dass Sie vor ihm singen möchten!«
»Mit dem größten Vergnügen«, sagte die Nachtigall und sang dann, dass es eine Lust war.
»Es ist gerade wie Glasglocken!«, sagte der Haushofmeister. »Und seht die kleine Kehle, wie sie arbeitet! Es ist merkwürdig, dass wir sie früher nie gesehen haben; sie wird großes Aufsehen bei Hofe machen!«
»Soll ich noch einmal vor dem Kaiser singen?«, fragte die Nachtigall, die glaubte, der Kaiser sei auch da.
»Meine vortreffliche, kleine Nachtigall«, sagte der Haushofmeister, »ich habe die große Freude, Sie zu einem Hoffeste heute Abend einzuladen, wo Sie Dero hohe Kaiserliche Gnaden mit Ihrem prächtigen Gesange bezaubern werden!«
»Der nimmt sich am besten im Grünen aus!«, sagte die Nachtigall, aber sie kam doch gern mit, als sie hörte, dass der Kaiser es wünschte.
Auf dem Schlosse war alles aufgeputzt. Wände und Fußboden, die von Porzellan waren, glänzten im Strahle vieler tausend goldener Lampen, und die prächtigsten Blumen, die recht klingeln konnten, waren in den Gängen aufgestellt. Da war ein Laufen und ein Zugwind, aber alle Glocken klingelten so, dass man sein eigenes Wort nicht hören konnte.
Mitten in dem großen Saal, wo der Kaiser saß, war ein goldener Stab hingestellt, auf dem sollte die Nachtigall sitzen. Der ganze Hof war da, und die kleine Köchin hatte die Erlaubnis erhalten, hinter der Tür zu stehen, da sie nun den Titel einer wirklichen Hofköchin bekommen hatte. Alle waren in ihrem größten Staate, und alle sahen nach dem kleinen, grauen Vogel, dem der Kaiser zunickte.
Die Nachtigall sang so herrlich, dass dem Kaiser die Tränen in die Augen

traten, die Tränen liefen ihm über die Wangen hernieder, und da sang die Nachtigall noch schöner; das ging recht zu Herzen. Der Kaiser war sehr erfreut und sagte, dass die Nachtigall einen goldenen Pantoffel um den Hals tragen solle. Aber die Nachtigall dankte, sie habe schon Belohnung genug erhalten.

»Ich habe Tränen in des Kaisers Augen gesehen, das ist mir der reichste Schatz! Gott weiß es, ich bin genug belohnt!« Und darauf sang sie wieder mit ihrer süßen, herrlichen Stimme.

»Das ist die liebenswürdigste Stimme, die wir kennen!«, sagten die Damen ringsherum, und dann nahmen sie Wasser in den Mund, um zu klucken, wenn jemand mit ihnen spräche; sie glaubten, dann auch Nachtigallen zu sein. Ja, die Diener und Kammermädchen ließen melden, dass auch sie zufrieden seien, und das will viel sagen, denn sie sind am schwierigsten zu befriedigen. Ja, die Nachtigall machte wahrlich Glück.

Sie sollte nun bei Hofe bleiben, ihren eigenen Käfig haben, samt der Freiheit, zwei Mal des Tages und einmal des Nachts herauszuspazieren. Sie bekam zwölf Diener mit, die ihr ein Seidenband um das Bein geschlungen hatten, woran sie sie festhielten. Es war durchaus kein Vergnügen bei solchem Ausflug.

Die ganze Stadt sprach von dem merkwürdigen Vogel, und begegneten sich zwei, dann seufzten sie und verstanden einander: Ja, elf Hökerkinder wurden nach ihr benannt, aber nicht eins von ihnen hatte einen Ton in der Kehle.

Eines Tages erhielt der Kaiser eine Kiste, auf der geschrieben stand: »Die Nachtigall.«

»Da haben wir nun ein neues Buch über unseren berühmten Vogel!«, sagte der Kaiser; aber es war kein Buch, es war ein Kunststück, das in einer Schachtel lag, eine künstliche Nachtigall, die der lebenden gleichen sollte, aber überall mit Diamanten, Rubinen und Saphiren besetzt war. Sobald man den künstlichen Vogel aufzog, konnte er eins der Stücke, die der wirkliche sang, singen, und dann bewegte sich der Schweif auf und nieder und glänzte von Silber und Gold. Um den Hals hing ein kleines Band, und darauf stand geschrieben: »Des Kaisers von Japan Nachtigall ist arm gegen die des Kaisers von China.«

»Das ist herrlich!«, sagten alle, und der Mann, der den künstlichen Vogel gebracht hatte, erhielt sogleich den Titel: Kaiserlicher Oberhofnachtigallbringer.

»Nun müssen sie zusammen singen! Was wird das für ein Genuss werden!«
Sie mussten zusammen singen, aber es wollte nicht recht gehen, denn die wirkliche Nachtigall sang auf ihre Weise, und der Kunstvogel ging auf Walzen. »Der hat keine Schuld«, sagte der Spielmeister; »der ist besonders taktfest und ganz nach meiner Schule!« Nun sollte der Kunstvogel allein singen. Er machte ebenso viel Glück wie der wirkliche, und dann war er viel niedlicher anzusehen; er glänzte wie Armbänder und Brustnadeln.
Dreiunddreißig Mal sang er ein und dasselbe Stück und war doch nicht müde; die Leute hätten ihn gern wieder von vorn gehört, aber der Kaiser meinte, dass nun auch die lebendige Nachtigall etwas singen solle. Aber wo war die? Niemand hatte bemerkt, dass sie aus dem offenen Fenster fort zu ihren grünen Wäldern geflogen war.
»Aber was ist denn das?«, fragte der Kaiser; und alle Hofleute schalten und meinten, dass die Nachtigall ein höchst undankbares Tier sei. »Den besten Vogel haben wir doch!«, sagten sie, und so musste der Kunstvogel wieder singen, und das war das vierunddreißigste Mal, dass sie dasselbe Stück zu hören bekamen, aber sie konnten es noch nicht ganz auswendig, denn es war sehr schwer. Der Spielmeister lobte den Vogel außerordentlich, ja, er versicherte, dass er besser als die wirkliche Nachtigall sei, nicht nur was die Kleider und die vielen herrlichen Diamanten betreffe, sondern auch innerlich.
»Denn sehen Sie, meine Herrschaften, der Kaiser vor allen! Bei der wirklichen Nachtigall kann man nie berechnen, was da kommen wird, aber bei dem Kunstvogel ist alles bestimmt; man kann es erklären, man kann ihn aufmachen und das menschliche Denken zeigen, wie die Walzen liegen, wie sie gehen und wie das eine aus dem andern folgt!«
»Das sind ganz unsere Gedanken!«, sagten sie alle, und der Spielmeister erhielt die Erlaubnis, am nächsten Sonntag den Vogel dem Volke vorzuzeigen. Es sollte ihn auch singen hören, befahl der Kaiser, und es hörte ihn, und es wurde so vergnügt, als ob es sich im Tee berauscht hätte, denn das ist ganz chinesisch; und da sagten alle: »Oh!«, und hielten den Zeigefinger in die Höhe und nickten dazu. Aber die armen Fischer, welche die wirkliche Nachtigall gehört hatten, sagten: »Es klingt hübsch, die Melodien gleichen sich auch, aber es fehlt etwas, wir wissen nicht was!«
Die wirkliche Nachtigall ward aus dem Lande und Reiche verwiesen.
Der Kunstvogel hatte seinen Platz auf einem seidenen Kissen dicht bei des

Kaisers Bett; alle Geschenke, die er erhalten, Gold und Edelsteine, lagen rings um ihn her, und im Titel war er zu einem ›Hochkaiserlichen Nachttischsänger‹ gestiegen, im Range Numero eins zur linken Seite, denn der Kaiser rechnete die Seite für die vornehmste, auf der das Herz saß, und das Herz sitzt auch bei einem Kaiser links. Und der Spielmeister schrieb ein Werk von fünfundzwanzig Bänden über den Kunstvogel; das war so gelehrt und lang, voll von den allerschwersten chinesischen Wörtern, dass alle Leute sagten, sie haben es gelesen und verstanden, denn sonst wären sie ja dumm gewesen und auf den Leib getrampelt worden.

So ging es ein ganzes Jahr; der Kaiser, der Hof und alle die übrigen Chinesen konnten jeden kleinen Kluck in des Kunstvogels Gesang auswendig, aber gerade deshalb gefiel er ihnen jetzt am allerbesten; sie konnten selbst mitsingen, und das taten sie. Die Straßenbuben sangen: »Zizüz! Kluckkluckkluck!«, und der Kaiser sang es. Ja, das war gewiss prächtig!

Aber eines Abends, als der Kunstvogel am besten sang und der Kaiser im Bette lag und darauf hörte, sagte es »Schwupp« inwendig im Vogel; da sprang etwas. »Schnurrrr!« Alle Räder liefen herum, und dann stand die Musik still.

Der Kaiser sprang gleich aus dem Bette und ließ seinen Leibarzt rufen. Aber was konnte der helfen? Dann ließen sie den Uhrmacher holen, und nach vielem Sprechen und Nachsehen brachte er den Vogel etwas in Ordnung, aber er sagte, dass er sehr geschont werden müsse, denn die Zapfen seien abgenutzt, und es sei unmöglich, neue so einzusetzen, dass die Musik sicher gehe. Das war nun eine große Trauer! Nur einmal des Jahres durfte man den Kunstvogel singen lassen, und das war fast schon zu viel, aber dann hielt der Spielmeister eine kleine Rede mit schweren Worten und sagte, dass es ebenso gut wie früher sei, und dann war es ebenso gut wie früher.

Nun waren fünf Jahre vergangen, und das ganze Land bekam eine wirkliche, große Trauer. Die Chinesen hielten im Grunde allesamt große Stücke auf ihren Kaiser, und jetzt war er krank und konnte nicht länger leben. Schon war ein neuer Kaiser gewählt, und das Volk stand draußen auf der Straße und fragte den Haushofmeister, wie es seinem alten Kaiser gehe.

»P!«, sagte er und schüttelte mit dem Kopfe.

Kalt und bleich lag der Kaiser in seinem großen, prächtigen Bett. Der ganze Hof glaubte ihn tot, und ein jeder lief, den neuen Kaiser zu begrüßen, die Kammerdiener liefen hinaus, um darüber zu sprechen, und die Kammermädchen hatten große Kaffeegesellschaft. Ringsumher in allen Sälen und Gängen war Tuch gelegt, damit man niemand gehen höre, und deshalb war es sehr still. Aber der Kaiser war noch nicht tot; steif und bleich lag er in dem prächtigen Bette mit den langen Samtvorhängen und den schweren Goldquasten, hoch oben stand ein Fenster auf, und der Mond schien herein auf den Kaiser und den Kunstvogel.

Der arme Kaiser konnte kaum atmen, es war gerade, als ob etwas auf seiner Brust säße. Er schlug die Augen auf, und da sah er, dass es der Tod war. Er hatte sich eine goldene Krone aufgesetzt und hielt in der einen Hand des Kaisers goldenen Säbel, in der andern seine prächtige Fahne. Ringsumher aus den Falten der großen Samtbettvorhänge sahen allerlei wunderliche Köpfe hervor, einige ganz hässlich, andere lieblich und mild; das waren des Kaisers gute und böse Taten, die ihn anblickten, jetzt, da der Tod ihm auf dem Herzen saß.

»Entsinnst du dich dessen?« Und dann erzählten sie ihm so viel, dass ihm der Schweiß von der Stirne rann.

»Das habe ich nie gewusst!«, sagte der Kaiser. »Musik, Musik, die große chinesische Trommel«, rief er, »damit ich nicht alles zu hören brauche, was sie sagen!«

Aber sie fuhren fort, und der Tod nickte wie ein Chinese zu allem, was gesagt wurde.

»Musik, Musik!«, schrie der Kaiser. »Du kleiner herrlicher Goldvogel, singe doch, singe! Ich habe dir Gold und Kostbarkeiten gegeben, ich habe dir selbst meinen goldenen Pantoffel um den Hals gehängt, singe doch, singe!«

Aber der Vogel stand still, es war niemand da, um ihn aufzuziehen, sonst sang er nicht, und der Tod fuhr fort, den Kaiser mit seinen großen, leeren Augenhöhlen anzustarren, und es war still, erschrecklich still.

Da klang auf einmal vom Fenster her der herrlichste Gesang. Es war die kleine, lebendige Nachtigall, die auf einem Zweige draußen saß. Sie hatte von der Not ihres Kaisers gehört und war deshalb gekommen, ihm Trost und Hoffnung zu singen; und so wie sie sang, wurden die Gespenster bleicher und bleicher, das Blut kam immer rascher und rascher in des Kaisers schwachen Gliedern in Bewegung, und selbst der Tod horchte und sagte: »Fahre fort, kleine Nachtigall! Fahre fort!«

» Ja, willst du mir den prächtigen, goldenen Säbel geben? Willst du mir die reiche Fahne geben? Willst du mir des Kaisers Krone geben?«

Der Tod gab jedes Kleinod für einen Gesang, und die Nachtigall fuhr fort zu singen. Sie sang von dem stillen Gottesacker, wo die weißen Rosen wachsen, wo der Flieder duftet und wo das frische Gras von den Tränen der Überlebenden befeuchtet wird. Da bekam der Tod Sehnsucht nach seinem Garten und schwebte wie ein kalter, weißer Nebel aus dem Fenster.

»Dank, Dank!«, sagte der Kaiser, »du himmlischer, kleiner Vogel, ich kenne dich wohl! Dich habe ich aus meinem Lande und Reich gejagt, und doch hast du die bösen Geister von meinem Bette weggesungen, den Tod von meinem Herzen weggeschafft! Wie kann ich dir lohnen?«

»Du hast mich belohnt!«, sagte die Nachtigall. »Ich habe deinen Augen Tränen entlockt, als ich das erste Mal sang, das vergesse ich nie; das sind die Juwelen, die ein Sängerherz erfreuen. Aber schlafe nun und werde stark, ich werde dir vorsingen!«

Sie sang, und der Kaiser fiel in süßen Schlummer; mild und wohltuend war der Schlaf!

Die Sonne schien durch das Fenster herein, als er gestärkt und gesund erwachte. Keiner von seinen Dienern war noch zurückgekehrt; denn sie glaubten, er sei tot; aber die Nachtigall saß noch und sang.

»Immer musst du bei mir bleiben!«, sagte der Kaiser. »Du sollst nur singen, wenn du selbst willst, und den Kunstvogel schlage ich in tausend Stücke.«

»Tue das nicht«, sagte die Nachtigall, »der hat ja das Gute getan, solange er konnte, behalte ihn wie bisher. Ich kann nicht nisten und wohnen im Schlosse, aber lass mich kommen, wenn ich selbst Lust habe, da will ich des Abends dort beim Fenster sitzen und dir vorsingen, damit du froh werden kannst und gedankenvoll zugleich. Ich werde von den Glücklichen singen und von denen, die da leiden; ich werde vom Bösen und Guten singen, was rings um dich her dir verborgen bleibt. Der kleine Singvogel fliegt weit herum zu dem armen Fischer, zu des Landmanns Dach, zu jedem, der weit von dir und deinem Hofe entfernt ist. Ich liebe dein Herz mehr als deine Krone, und doch hat die Krone einen Duft von etwas Heiligem um sich. Ich komme und singe dir vor! Aber eins musst du mir versprechen!«

»Alles!«, sagte der Kaiser und stand da in seiner kaiserlichen Tracht, die er angelegt hatte, und drückte den Säbel, der schwer von Gold war, an sein Herz.

»Um eins bitte ich dich; erzähle niemand, dass du einen kleinen Vogel hast, der dir alles sagt, dann wird es noch besser gehen!«

So flog die Nachtigall fort.

Die Diener kamen herein, um nach ihrem toten Kaiser zu sehen; ja, da standen sie, und der Kaiser sagte: »Guten Morgen!«

Des Kaisers neue Kleider

Vor vielen Jahren lebte ein Kaiser, der so ungeheuer viel auf neue Kleider hielt, dass er all sein Geld dafür ausgab, um recht geputzt zu sein. Er kümmerte sich nicht um seine Soldaten, kümmerte sich nicht um Theater und liebte es nicht, in den Wald zu fahren, außer um seine neuen Kleider zu zeigen. Er hatte einen Rock für jede Stunde des Tages, und ebenso wie man von einem König sagte, er ist im Rat, so sagte man hier immer: »Der Kaiser ist in der Garderobe!«

In der großen Stadt, in der er wohnte, ging es sehr munter her. An jedem Tag kamen viele Fremde an, und eines Tages kamen auch zwei Betrüger, die gaben sich für Weber aus und sagten, dass sie das schönste Zeug, was man sich denken könne, zu weben verständen. Die Farben und das Muster seien nicht allein ungewöhnlich schön, sondern die Kleider, die von dem Zeuge genäht würden, sollten die wunderbare Eigenschaft besitzen, dass sie für jeden Menschen unsichtbar seien, der nicht für sein Amt tauge oder der unverzeihlich dumm sei.

›Das wären ja prächtige Kleider‹, dachte der Kaiser; ›wenn ich solche hätte, könnte ich ja dahinter kommen, welche Männer in meinem Reiche zu dem Amte, das sie haben, nicht taugen, ich könnte die Klugen von den Dummen unterscheiden! Ja, das Zeug muss sogleich für mich gewebt wer-

den!‹ Er gab den beiden Betrügern viel Handgeld, damit sie ihre Arbeit beginnen sollten.
Sie stellten auch zwei Webstühle auf, taten, als ob sie arbeiteten, aber sie hatten nicht das Geringste auf dem Stuhle. Trotzdem verlangten sie die feinste Seide und das prächtigste Gold, das steckten sie aber in ihre eigene Tasche und arbeiteten an den leeren Stühlen bis spät in die Nacht hinein.
›Nun möchte ich doch wissen, wie weit sie mit dem Zeuge sind!‹, dachte der Kaiser, aber es war ihm beklommen zu Mute, wenn er daran dachte, dass keiner, der dumm sei oder schlecht zu seinem Amte tauge, es sehen könne. Er glaubte zwar, dass er für sich selbst nichts zu fürchten brauche, aber er wollte doch erst einen andern senden, um zu sehen, wie es damit stehe. Alle Menschen in der ganzen Stadt wussten, welche besondere Kraft das Zeug habe, und alle waren begierig zu sehen, wie schlecht oder dumm ihr Nachbar sei.
›Ich will meinen alten, ehrlichen Minister zu den Webern senden‹, dachte der Kaiser, ›er kann am besten beurteilen, wie der Stoff sich ausnimmt, denn er hat Verstand, und keiner versieht sein Amt besser als er!‹
Nun ging der alte, gute Minister in den Saal hinein, wo die zwei Betrüger saßen und an den leeren Webstühlen arbeiteten. ›Gott behüte uns!‹, dachte der alte Minister und riss die Augen auf. ›Ich kann ja nichts erblicken!‹ Aber das sagte er nicht.
Beide Betrüger baten ihn näher zu treten und fragten, ob es nicht ein hübsches Muster und schöne Farben seien. Dann zeigten sie auf den leeren Stuhl, und der arme, alte Minister fuhr fort, die Augen aufzureißen, aber er konnte nichts sehen, denn es war nichts da. ›Herr Gott‹, dachte er, ›sollte ich dumm sein? Das habe ich nie geglaubt, und das darf kein Mensch wissen! Sollte ich nicht zu meinem Amte taugen? Nein, es geht nicht an, dass ich erzähle, ich könne das Zeug nicht sehen!‹
»Nun, Sie sagen nichts dazu?«, fragte der eine von den Webern.
»Oh, es ist niedlich, ganz allerliebst!«, antwortete der alte Minister und sah durch seine Brille. »Dieses Muster und diese Farben! – Ja, ich werde dem Kaiser sagen, dass es mir sehr gefällt!«
»Nun, das freut uns!«, sagten beide Weber, und darauf benannten sie die Farben mit Namen und erklärten das seltsame Muster. Der alte Minister merkte gut auf, damit er dasselbe sagen könne, wenn er zum Kaiser zurückkomme, und das tat er auch.
Nun verlangten die Betrüger mehr Geld, mehr Seide und mehr Gold zum

Weben. Sie steckten alles in ihre eigenen Taschen, auf den Webstuhl kam kein Faden, aber sie fuhren fort, wie bisher an den leeren Stühlen zu arbeiten.

Der Kaiser sandte bald wieder einen anderen tüchtigen Staatsmann hin, um zu sehen, wie es mit dem Weben stehe und ob das Zeug bald fertig sei; es ging ihm aber gerade wie dem ersten, er guckte und guckte; weil aber außer dem Webstuhl nichts da war, so konnte er nichts sehen.

»Ist das nicht ein ganz besonders prächtiges und hübsches Stück Zeug?«, fragten die beiden Betrüger und zeigten und erklärten das prächtige Muster, das gar nicht da war.

›Dumm bin ich nicht‹, dachte der Mann; ›es ist also mein gutes Amt, zu dem ich nicht tauge! Das wäre seltsam genug, aber das muss man sich nicht merken lassen!‹ Daher lobte er das Zeug, das er nicht sah, und versicherte ihnen seine Freude über die schönen Farben und das herrliche Muster. »Ja, es ist ganz allerliebst!«, sagte er zum Kaiser.

Alle Menschen in der Stadt sprachen von dem prächtigen Zeuge. Nun wollte der Kaiser es selbst sehen, während es noch auf dem Webstuhl sei. Mit einer ganzen Schar auserwählter Männer, unter denen auch die beiden ehrlichen Staatsmänner waren, die schon früher da gewesen, ging er zu den beiden listigen Betrügern hin, die nun aus allen Kräften webten, aber ohne Faser oder Faden.

»Ja, ist das nicht prächtig?«, sagten die beiden ehrlichen Staatsmänner. »Wollen Eure Majestät sehen, welches Muster, welche Farben?«, und dann zeigten sie auf den leeren Webstuhl, denn sie glaubten, dass die andern das Zeug wohl sehen könnten.

›Was!‹, dachte der Kaiser; ›ich sehe gar nichts! Das ist ja erschrecklich! Bin ich dumm? Tauge ich nicht dazu, Kaiser zu sein? Das wäre das Schrecklichste, was mir begegnen könnte.‹ »Oh, es ist sehr hübsch«, sagte er; »es hat meinen allerhöchsten Beifall!«, und er nickte zufrieden und betrachtete den leeren Webstuhl; er wollte nicht sagen, dass er nichts sehen könne. Das ganze Gefolge, was er mit sich hatte, sah und sah, aber es bekam nicht mehr heraus als alle die andern, aber sie sagten gleich wie der Kaiser: »Oh, das ist hübsch!«, und sie rieten ihm, diese neuen prächtigen Kleider das erste Mal bei dem großen Feste, das bevorstand, zu tragen. »Es ist herrlich, niedlich, ausgezeichnet!«, ging es von Mund zu Mund, und man schien allerseits innig erfreut darüber. Der Kaiser verlieh jedem der Betrüger ein Ritterkreuz, um es in das Knopfloch zu hängen, und den Titel Hofweber.

Die ganze Nacht vor dem Morgen, an dem das Fest stattfinden sollte, waren die Betrüger auf und hatten sechzehn Lichte angezündet, damit man sie auch recht gut bei ihrer Arbeit beobachten konnte. Die Leute konnten sehen, dass sie stark beschäftigt waren, des Kaisers neue Kleider fertig zu machen. Sie taten, als ob sie das Zeug aus dem Webstuhl nähmen, sie schnitten in die Luft mit großen Scheren, sie nähten mit Nähnadeln ohne Faden und sagten zuletzt: »Sieh, nun sind die Kleider fertig!«

Der Kaiser mit seinen vornehmsten Beamten kam selbst, und beide Betrüger hoben den einen Arm in die Höhe, gerade, als ob sie etwas hielten, und sagten: »Seht, hier sind die Beinkleider, hier ist das Kleid, hier ist der Mantel!«, und so weiter. »Es ist so leicht wie Spinnwebe; man sollte glauben, man habe nichts auf dem Körper, aber das ist gerade die Schönheit dabei!«

»Ja!«, sagten alle Beamten, aber sie konnten nichts sehen, denn es war nichts da.

»Belieben Eure Kaiserliche Majestät Ihre Kleider abzulegen«, sagten die Betrüger, »so wollen wir Ihnen die neuen hier vor dem großen Spiegel anziehen!«

Der Kaiser legte seine Kleider ab, und die Betrüger stellten sich, als ob sie ihm ein jedes Stück der neuen Kleider anzögen, die fertig genäht sein sollten, und der Kaiser wendete und drehte sich vor dem Spiegel.

»Ei, wie gut sie kleiden, wie herrlich sie sitzen!«, sagten alle. »Welches Muster, welche Farben! Das ist ein kostbarer Anzug!«

»Draußen stehen sie mit dem Thronhimmel, der über Eurer Majestät getragen werden soll!«, meldete der Oberzeremonienmeister.

»Seht, ich bin ja fertig!«, sagte der Kaiser. »Sitzt es nicht gut?«, und dann wendete er sich nochmals zu dem Spiegel; denn es sollte scheinen, als ob er seine Kleider recht betrachte.

Die Kammerherren, die das Recht hatten, die Schleppe zu tragen, griffen mit den Händen gegen den Fußboden, als ob sie die Schleppe aufhöben, sie gingen und taten, als hielten sie etwas in der Luft; sie wagten es nicht, es sich merken zu lassen, dass sie nichts sehen konnten.

So ging der Kaiser unter dem prächtigen Thronhimmel, und alle Menschen auf der Straße und in den Fenstern sprachen: »Wie sind des Kaisers neue Kleider unvergleichlich! Welche Schleppe er am Kleide hat! Wie schön sie sitzt!« Keiner wollte es sich merken lassen, dass er nichts sah; denn dann hätte er ja nicht zu seinem Amte getaugt oder wäre sehr dumm gewesen. Keine Kleider des Kaisers hatten solches Glück gemacht wie diese.

»Aber er hat ja gar nichts an!«, sagte endlich ein kleines Kind. »Hört die Stimme der Unschuld!«, sagte der Vater; und der eine zischelte dem andern zu, was das Kind gesagt hatte.

»Aber er hat ja gar nichts an!«, rief zuletzt das ganze Volk. Das ergriff den Kaiser, denn das Volk schien ihm Recht zu haben, aber er dachte bei sich: ›Nun muss ich aushalten.‹ Und die Kammerherren gingen und trugen die Schleppe, die gar nicht da war.

Das alte Haus

Da stand in einer Nebenstraße ein altes, altes Haus, fast dreihundert Jahre alt; denn das konnte man an dem Balken lesen, wo die Jahreszahl zugleich mit Tulpen und Hopfenranken ausgeschnitten war. Da standen ganze Verse in der Schreibart der alten Zeit, und über jedem Fenster war im Balkon ein bis zur Fratze verzogenes Gesicht ausgeschnitzt. Das eine Stockwerk reichte weit über das andere hervor, und unter dem Dache war eine bleierne Rinne mit einem Drachenkopf angebracht; das Regenwasser sollte aus dem Rachen herauslaufen, aber es lief aus dem Bauch, denn es war ein Loch in der Rinne.

Alle die anderen Häuser in der Straße waren neu und hübsch, mit großen Fensterscheiben und glatten Wänden; man konnte sehen, dass sie mit dem alten Hause nichts zu tun haben wollten, sie dachten wohl: ›Wie lange soll dieses alte Gerümpel hier noch zum allgemeinen Ärgernis in der Straße stehen? Auch springt der Erker so weit hervor, dass niemand aus unsern Fenstern sehen kann, was auf jener Seite vorgeht! Die Treppe ist so breit wie zu einem Schlosse und so hoch wie zu einem Kirchturm. Das eiserne Geländer sieht aus wie die Tür zu einem Erbbegräbnisse, und dann hat es messingne Knöpfe. Es ist recht abgeschmackt!‹

Gerade gegenüber in der Straße standen auch neue Häuser, sie dachten wie die andern, aber am Fenster saß hier ein kleiner Knabe mit frischen, roten Wangen, mit hellen, strahlenden Augen; ihm gefiel das alte Haus noch am meisten, und das sowohl im Sonnenschein als im Mondenschein. Und sah er hinüber nach der Mauer, wo der Kalk abgefallen war, dann konnte er sitzen und die sonderbarsten Bilder herausfinden, gerade wie die Straße früher ausgesehen haben mochte, mit Treppen, Erkern und spitzen Giebeln, er konnte Soldaten mit Hellebarden sehen und Dachrinnen, die wie Drachen und Lindwürmer herumliefen. – Das war so recht ein Haus zum Anschauen; und da drüben wohnte ein alter Mann, der trug Kniehosen, hatte einen Rock mit großen, messingnen Knöpfen und eine Perücke, der man es ansehen konnte, dass es eine wirkliche Perücke war. Jeden Morgen kam ein alter Aufwärter zu ihm, der reine machte und Gänge besorgte, sonst war der alte Mann in den Kniehosen ganz allein in dem alten Hause. Manchmal kam er an das Fenster und sah hinaus, und der kleine Knabe nickte ihm zu, und der alte Mann nickte wieder; so wurden sie miteinander bekannt und waren Freunde, obgleich sie nie miteinander gesprochen hatten, aber das war auch gar nicht nötig.

Der kleine Knabe hörte seine Eltern sagen: »Der alte Mann da drüben hat es recht gut, aber er lebt erschrecklich einsam; es muss doch furchtbar sein, gar keine Gesellschaft zu haben!«

Am nächsten Sonntag nahm der kleine Knabe etwas und wickelte es in ein Stück Papier, ging vor die Haustür, und als der Aufwärter, der die Gänge besorgte, vorbeikam, sagte er zu ihm: »Höre, willst du dem alten Manne da drüben das von mir bringen? Ich habe zwei Zinnsoldaten, dies ist der eine, er soll ihn haben; denn ich weiß, er ist schrecklich einsam.«

Der alte Aufwärter sah ganz vergnügt aus, nickte und trug den Zinnsoldaten hinüber in das alte Haus. Darauf wurde angefragt, ob der kleine Knabe nicht Lust habe, selbst hinüberzukommen und einen Besuch abzustatten, und dazu erhielt er von seinen Eltern die Erlaubnis, und so kam er in das alte Haus.

Die Messingknöpfe auf dem Treppengeländer glänzten weit stärker als

sonst; man hätte glauben können, dass sie des Besuches wegen poliert worden seien, und es war, als ob die ausgeschnitzten Trompeter – denn in der Tür waren Trompeter ausgeschnitzt, die in Tulpen standen – aus allen Kräften bliesen, die Backen sahen weit dicker aus als zuvor. Ja, sie bliesen: »Tratteratra! Der kleine Knabe kommt! Tratteratra!« – und dann ging die Tür auf. Der ganze Flur war mit alten Bildern, Rittern in Harnischen und Frauen in seidenen Kleidern, verziert; und die Harnische rasselten, und die seidenen Kleider rauschten! – Dann kam da eine Treppe, die ging ein großes Stück hinauf und ein kleines Stück hinunter, und dann gelangte man auf einen Altan, der freilich sehr gebrechlich, mit großen Löchern und langen Spalten versehen war, aber aus allen wuchsen Gras und Blätter. Der ganze Altan, der Hof und die Mauern waren mit so vielem Grün bewachsen, dass es wie ein Garten aussah, aber es war nur ein Altan. Hier standen alte Blumentöpfe, die Gesichter und Eselsohren hatten, die Blumen wuchsen aber geradeso wie wilde Pflanzen. In dem einen Topfe wuchsen nach allen Seiten Nelken über, das heißt das Grüne davon, Schössling auf Schössling, die sprachen ganz deutlich: »Die Luft hat mich gestreichelt, die Sonne hat mich geküsst und mir zum Sonntag eine kleine Blume versprochen, eine kleine Blume zum Sonntag!«
Dann gelangte er in ein Zimmer, wo die Wände einen Überzug von Schweinsleder hatten, und darauf waren goldene Blumen gedruckt.

»Vergoldung vergeht,
Aber Schweinsleder besteht –«,

sagten die Wände. Da standen Lehnstühle mit hohen Rücken, ganz bunt ausgeschnitzt und mit Armen an beiden Seiten. »Setzen Sie sich! Nehmen Sie Platz!«, sagten die. »Au, wie es in mir knackt! Nun bekomme ich wohl auch die Gicht wie der alte Schrank! Gicht im Rücken, au!«
Und dann kam der kleine Knabe in das Zimmer, wo der Erker war und wo der alte Mann saß.
»Vielen Dank für den Zinnsoldaten, mein kleiner Freund!«, sagte der alte Mann. »Und herzlichen Dank dafür, dass du zu mir herüberkommst.«
»Dank! Dank!«, oder »Knack! Knack!«, sagte es in allen Möbeln; es waren ihrer so viele, dass sie einander fast im Wege standen, um den kleinen Knaben zu sehen.
Mitten an der Wand hing das Gemälde einer schönen Dame, die jung und

fröhlich aussah, aber ganz so gekleidet war wie vor alten Zeiten; mit Puder im Haar und steifstehenden Kleidern; sie sagte weder ›Dank‹ noch ›Knack‹, sah aber mit ihren milden Augen den kleinen Knaben an, der sogleich den alten Mann fragte: »Woher hast du sie bekommen?«

»Vom Trödler drüben!«, sagte der alte Mann. »Dort hängen viele Bilder! Niemand kennt sie oder bekümmert sich darum, denn sie sind alle begraben, aber vor Zeiten habe ich diese hier gekannt, und nun ist sie seit einem halben Jahrhundert tot!«

Unter dem Gemälde hing unter Glas und Rahmen ein Strauß verwelkter Blumen, die waren gewiss auch vor einem halben Jahrhundert gepflückt, so alt sahen sie aus. Der Perpendikel an der großen Uhr ging hin und her, und die Zeiger drehten sich, und alles im Zimmer wurde noch älter, aber das merkten sie nicht.

»Sie sagen zu Hause«, sagte der kleine Knabe, »dass du schrecklich einsam bist!«

»Oh«, sagte er, »die alten Gedanken mit dem, was sie mit sich führen können, kommen und besuchen mich, und jetzt kommst du ja auch! Ich bin ganz zufrieden!«

Dann nahm er von dem Schrank ein Buch mit Bildern, darin waren lange Aufzüge, die sonderbarsten Kutschen, wie man sie heutzutage nicht sieht, Soldaten und Bürger mit wehenden Fahnen; die Schneider hatten eine mit einer Schere, die von zwei Löwen gehalten wurde, und die der Schuhmacher war ohne Stiefel, aber mit einem Adler, der zwei Köpfe hatte; denn die Schuhmacher müssen alles so haben, dass sie sagen können: Das ist ein Paar. Ja, das war ein Bilderbuch!

Der alte Mann ging in das andere Zimmer, um Eingemachtes, Äpfel und Nüsse zu holen; es war wirklich ganz herrlich in dem alten Hause.

»Ich kann es nicht aushalten!«, sagte der Zinnsoldat, der auf dem Tische stand; »hier ist es einsam und traurig; nein, wenn man das Familienleben kennen gelernt hat, so kann man sich an die Einsamkeit hier nicht gewöhnen! Ich kann es nicht aushalten! Der ganze Tag ist schrecklich lang, und der Abend noch länger! Hier ist es gar nicht wie drüben bei dir, wo dein Vater und deine Mutter fröhlich sprechen und wo du und ihr lieben Kinder alle einen herrlichen Lärm macht. Nein, wie lebt der alte Mann doch so einsam! Glaubst du wohl, dass er freundliche Blicke oder einen Weihnachtsbaum erhält? Außer einem Begräbnisse bekommt er gar nichts. Ich kann es nicht aushalten!«

»Du musst es nicht so traurig auffassen!«, sagte der kleine Knabe. »Mir kommt es hier ganz herrlich vor, und alle die alten Gedanken mit dem, was sie mit sich führen können, kommen und statten Besuch ab!«

»Ja, die sehe ich aber nicht und kenne ich auch nicht!«, sagte der Zinnsoldat. »Ich kann es nicht aushalten!«

»Das musst du aber!«, sagte der kleine Knabe.

Der alte Mann kam mit dem fröhlichsten Antlitz, dem schönsten Eingemachten, Äpfeln und Nüssen, und da dachte der kleine Knabe nicht mehr an den Zinnsoldaten.

Glücklich und vergnügt kam der kleine Knabe nach Hause, Tage und Wochen wurde nach dem alten Hause hin- und von dem alten Hause hergerückt, und dann kam der kleine Knabe wieder hinüber.

Die ausgeschnitzten Trompeter bliesen: »Tratteratra! Da ist der kleine Knabe! Tratteratra!« Schwert und Rüstung auf den alten Ritterbildern rasselten, und die seidenen Kleider rauschten, das Schweinsleder erzählte, und die alten Stühle hatten die Gicht im Rücken. »Au!« Es war geradeso wie das erste Mal, denn da drüben war der eine Tag wie der andere Tag und die eine Stunde wie die andere.

»Ich kann es nicht aushalten!«, sagte der Zinnsoldat; »ich habe Zinn geweint! Hier ist es gar zu traurig! Lass mich lieber in den Krieg gehen und Arme und Beine verlieren! Das ist doch eine Veränderung! Jetzt weiß ich, was das heißt, Besuch von seinen alten Gedanken zu haben und von dem, was sie mit sich führen können. Ich habe den Besuch der meinigen gehabt, und glaube mir, das ist auf die Länge der Zeit kein Vergnügen; ich war am Ende nahe daran, von dem Tische herabzuspringen. Ich sah euch alle da drüben im Hause so deutlich, als ob ihr hier wäret; es war wieder der Sonntagmorgen, dessen du dich wohl entsinnst! Ihr Kinder standet alle vor dem Tisch und sangt euer Lied, das ihr jeden Morgen singt; ihr standet andächtig mit gefalteten Händen, Vater und Mutter waren ebenso feierlich, und da ging die Tür auf, und die kleine Schwester Maria, die noch nicht zwei Jahre alt ist und immer tanzt, wenn sie Musik oder Gesang hört, welcher Art es auch sein mag, wurde hereingebracht. Sie sollte nun zwar nicht, aber sie fing an zu tanzen, doch konnte sie nicht in den Takt kommen, denn die Töne waren so lang, da stand sie erst auf dem einen Bein und neigte den Kopf ganz vornüber und dann auf dem andern Bein und bog den Kopf wieder ganz vornüber, aber das wollte nicht passen. Ihr standet alle sehr ernsthaft da, was euch freilich schwer fiel, aber ich lachte inwendig, und deshalb fiel ich vom Tisch herab und bekam eine Beule, die ich noch trage, denn es war nicht recht von mir, dass ich lachte. Aber das Ganze erfüllt mich jetzt wieder, so wie alles, was ich jetzt erlebt habe, und das sind wohl die alten Gedanken, mit dem, was sie mit sich führen können! – Sage mir, ob ihr noch des Sonntags singt! Erzähle mir etwas von der kleinen Maria; und wie ergeht es meinem Kameraden, dem andern Zinnsoldaten? Ja, der ist wahrlich glücklich! – Ich kann es nicht aushalten!«

»Du bist weggeschenkt!«, sagte der kleine Knabe. »Du musst bleiben. Kannst du das nicht einsehen?«

Der alte Mann kam mit einem Kasten, worin vieles zu bewundern war, Kostbarkeiten und Balsambüchsen und alte Karten, so groß und so vergoldet, wie man sie jetzt nie mehr sieht. Es wurden mehrere Kasten sowie auch das Klavier geöffnet; dieses hatte eine Landschaft inwendig auf dem Deckel, und es war heiser, als der alte Mann darauf spielte; dann sang er leise ein Lied.

»Ja, das konnte sie singen!«, sagte er, und dann nickte er dem Bilde zu, das er bei dem Trödler gekauft hatte, und seine Augen glänzten dabei.

»Ich will in den Krieg! Ich will in den Krieg!«, rief der Zinnsoldat so laut, wie er nur konnte, und stürzte sich gerade auf den Fußboden hinab.

Ja, wo war er geblieben? Der alte Mann suchte, der kleine Knabe suchte, fort war er und fort blieb er. »Ich werde ihn wohl finden!«, sagte der Alte, aber er fand ihn nie wieder, der Fußboden war allzu durchlöchert – der Zinnsoldat war durch eine Spalte gefallen und lag im offenen Grabe.

Der Tag verstrich, und der kleine Knabe kam nach Hause. Die Woche verging, und es vergingen mehrere Wochen. Die Fenster waren fest zugefroren; der kleine Knabe musste darauf hauchen, um ein Guckloch nach dem andern Hause hinüber zu erhalten, da war der Schnee in alle Schnörkel und Inschriften hineingetrieben und lag hoch über der Treppe, gerade als ob da niemand zu Hause wäre, und es war auch niemand zu Hause, der alte Mann war gestorben.

Am Abend hielt ein Wagen an der Tür, und auf den trug man ihn in seinem Sarge, er sollte auf dem Lande in seinem Begräbnisplatz bei seinen Angehörigen ruhen. Da fuhr er nun, aber niemand folgte, alle seine Freunde waren ja tot. Der kleine Knabe warf dem Sarge, als er wegfuhr, Kussfinger nach.

Einige Tage darauf wurden das Haus und die Gerätschaften verkauft, der kleine Knabe sah von seinem Fenster aus, wie man alles forttrug; die alten

Ritter und die alten Damen, die Blumentöpfe mit langen Ohren, die alten Stühle und die alten Schränke; einiges kam dahin und anderes dorthin; das Bild, das beim Trödler gefunden war, kam wieder zum Trödler zurück, und da hing es lange, denn niemand kannte die Frau mehr, niemand kümmerte sich um das alte Bild.

Im Frühjahr riss man das alte Haus selbst nieder, denn es war ein Gerümpel, sagten die Leute. Von der Straße aus konnte man gerade in das Zimmer mit dem Schweinslederüberzug hineinsehen, der zerfetzt und zerrissen wurde; und das Grüne am Altan hing ganz verwildert um die fallenden Balken. Dann wurde aufgeräumt.

»Das half!«, sagten die Nachbarhäuser.

An die Stelle des alten Hauses wurde ein schönes Haus mit großen Fenstern und weißen, glatten Mauern gebaut, aber vorn, wo eigentlich das alte Haus gestanden hatte, wurde ein kleiner Garten angelegt, und gegen des Nachbars Mauern wuchsen wilde Weinranken empor; vor den Garten kam ein großes, eisernes Gitter mit eiserner Tür, es sah ganz stattlich aus, die Leute standen still und guckten da hinein. Die Sperlinge setzten sich dutzendweise auf die Weinranken und plauderten miteinander, so laut wie sie konnten, aber nicht von dem alten Hause, denn dessen konnten sie sich nicht erinnern. Viele Jahre verstrichen, der kleine Knabe war zu einem großen Manne herangewachsen, und zwar zu einem tüchtigen Manne, dessen sich die Eltern erfreuten. Er hatte sich eben verheiratet und war mit seiner jungen Frau in das neue Haus, das den Garten hatte, eingezogen. Da stand er neben ihr, während sie eine Feldblume pflanzte, die sie niedlich fand. Sie pflanzte mit ihrer kleinen Hand und drückte die Erde mit den Fingern fest. – »Au!« Was war das? Sie hatte sich gestochen. Da ragte etwas Spitziges aus der weichen Erde hervor.

Das war – ja, denke! – es war der Zinnsoldat, derselbe, der oben bei dem alten Manne verloren gegangen war und der zwischen Zimmerholz und Schutt sich herumgetrieben und dann viele Jahre in der Erde gelegen hatte.

Die junge Frau wischte den Zinnsoldaten zuerst mit einem grünen Blatt und dann mit ihrem feinen Taschentuch ab, das einen herrlichen Duft hatte, und es war dem Zinnsoldaten gerade, als ob er aus einer Ohnmacht erwache.

»Lass mich ihn sehen!«, sagte der junge Mann, lachte und schüttelte dann den Kopf. »Ja, derselbe kann es nun wohl nicht sein, aber er erinnert mich

an eine Geschichte, die ich mit einem Zinnsoldaten hatte, als ich noch ein kleiner Knabe war!« Dann erzählte er seiner Frau von dem alten Haus und von dem alten Manne und von dem Zinnsoldaten, den er ihm hinübergeschickt hatte, weil er so erschrecklich einsam lebte, und er erzählte alles so natürlich, wie es wirklich gewesen, so dass der jungen Frau über das alte Haus und den alten Mann die Tränen in die Augen traten.

»Es ist doch möglich, dass es derselbe Zinnsoldat ist!«, sagte sie. »Ich will ihn aufbewahren und alles dessen gedenken, was du mir erzählt hast. Aber des alten Mannes Grab musst du mir zeigen!«

»Ja, das kenne ich nicht«, sagte er, »und niemand kennt es! Alle seine Freunde waren tot, niemand bekümmerte sich weiter darum, und ich war ja ein kleiner Knabe!«

»Wie muss er doch erschrecklich einsam gewesen sein!«, sagte sie.

»Erschrecklich einsam!«, sagte der Zinnsoldat; »aber schön ist es, nicht vergessen zu werden!«

»Herrlich!«, rief etwas dicht daneben, aber außer dem Zinnsoldaten sah niemand, dass es ein Fetzen der schweinsledernen Tapete war. Er war ohne alle Vergoldung und sah aus wie feuchte Erde, aber eine Ansicht hatte er und sprach sie aus:

»Vergoldung vergeht,
Aber Schweinsleder besteht!«

Doch das glaubte der Zinnsoldat nicht.

Zwölf mit der Post

Es war eine schneidende Kälte, sternenheller Himmel, kein Lüftchen regte sich.

›Bums!‹ Da wurde ein alter Topf an die Haustüre des Nachbars geworfen.

›Puff, paff!‹ Dort knallte die Büchse; man begrüßte das neue Jahr. Es war Neujahrsnacht! Jetzt schlug die Turmuhr zwölf!

›Trateratra!‹ Die Post kam angefahren. Der große Postwagen hielt vor dem Stadttore an. Er brachte zwölf Personen mit, alle Plätze waren besetzt.

»Hurra! Hurra! Hoch!«, sangen die Leute in den Häusern der Stadt, wo die Neujahrsnacht gefeiert wurde und man sich beim zwölften Schlage mit dem gefüllten Glase erhob, um das neue Jahr leben zu lassen.

»Prost Neujahr!«, hieß es, »ein schönes Weib! Viel Geld! Keinen Ärger und Verdruss!«

Das wünschte man sich gegenseitig, und darauf stieß man mit den Gläsern an, dass es klang und sang – und vor dem Stadttore hielt der Postwagen mit den fremden Gästen, den zwölf Reisenden.

Und wer waren diese Fremden? Jeder von ihnen führte seinen Reisepass und sein Gepäck bei sich; ja, sie brachten sogar Geschenke für mich und dich und alle Menschen des Städtchens mit. Wer waren sie, was wollten sie, und was brachten sie?

»Guten Morgen!«, riefen sie der Schildwache am Eingange des Stadttores zu.

»Guten Morgen!«, antwortete diese, denn die Uhr hatte ja zwölf geschlagen.

»Ihr Name? Ihr Stand?«, fragte die Schildwache den von ihnen, der zuerst aus dem Wagen stieg.

»Sehen Sie selbst im Passe nach«, antwortete der Mann. »Ich bin ich!« Und es war auch ein ganzer Kerl, angetan mit Bärenpelz und Pelzstiefeln. »Ich bin der Mann, in den sehr viele Leute ihre Hoffnung setzen. Komm morgen zu mir; ich gebe dir ein Neujahrsgeschenk! Ich werfe Groschen und Taler unter die Leute, ja ich gebe auch Bälle, volle einunddreißig Bälle, mehr Nächte kann ich aber nicht darauf gehen lassen. Meine Schiffe sind eingefroren, aber in meinem Arbeitsraum ist es warm und gemütlich. Ich bin Kaufmann, heiße Januar und führe nur Rechnungen bei mir.«

Nun stieg der Zweite aus, der war ein Bruder Lustig; er war Schauspieldirektor, Direktor der Maskenbälle und aller Vergnügungen, die man sich nur denken kann. Sein Gepäck bestand aus einer großen Tonne.

»Aus der Tonne«, sagte er, »wollen wir zur Fastnachtszeit die Katze herausjagen. Ich werde euch schon Vergnügen bereiten und mir auch; alle Tage lustig! Ich habe nicht gerade lange zu leben; von der ganzen Familie die kürzeste Zeit; ich werde nämlich nur achtundzwanzig Tage alt. Bisweilen schalten sie mir zwar auch noch einen Tag ein – aber das kümmert mich wenig, hurra!«

»Sie dürfen nicht so schreien!«, sagte die Schildwache.

»Ei was, freilich darf ich schreien«, rief der Mann, »ich bin Prinz Karneval und reise unter dem Namen Februarius.«

Jetzt stieg der Dritte aus; er sah wie das leibhaftige Fasten aus, aber er trug die Nase hoch, denn er war verwandt mit den ›vierzig Rittern‹ und war Wetterprophet. Allein das ist kein fettes Amt, und deshalb pries er auch die Fasten. In einem Knopfloche trug er auch ein Sträußchen Veilchen, auch diese waren sehr klein.

»März! März!«, rief der Vierte ihm nach und schlug ihn auf die Schulter; »riechst du nichts? Geschwind in die Wachstube hinein, dort trinken sie Punsch, deinen Leib- und Labetrunk; ich rieche es schon hier außen. Marsch, Herr Martius!« – Aber es war nicht wahr, der wollte ihn nur den Einfluss seines Namens fühlen lassen, ihn in den April schicken; denn damit begann der Vierte seinen Lebenslauf in der Stadt. Er sah überhaupt sehr flott aus; arbeiten tat er nur sehr wenig; desto mehr aber machte er Feiertage. »Wenn es nur etwas beständiger in der Welt wäre«, sagte er; »aber bald ist man gut, bald schlecht gelaunt, je nach Verhältnissen; bald Regen, bald Sonnenschein; ein- und ausziehen! Ich bin auch so eine Art Wohnungsvermietunternehmer, ich kann lachen und weinen, je nach Umständen! Im Koffer hier habe ich Sommergarderobe, aber es würde sehr töricht sein, sie anzuziehen. Hier bin ich nun! Sonntags geh' ich in Schuhen und weißseidenen Strümpfen und mit Muff spazieren.«

Nach ihm stieg eine Dame aus dem Wagen. Fräulein Mai nannte sie sich. Sie trug einen Sommermantel und Überschuhe, ein lindenblattartiges Kleid, Anemonen im Haare, und dazu duftete sie dermaßen nach Waldmeister, dass die Schildwache niesen musste. »Zur Gesundheit und Gottes Segen!«, sagte sie, das war ihr Gruß. Wie sie niedlich war! Und Sängerin war sie, nicht Theatersängerin, auch nicht Bänkelsängerin, nein, Sängerin des Waldes; – den frischen, grünen Wald durchstreifte sie und sang dort zu ihrem eigenen Vergnügen.

»Jetzt kommt die junge Frau!«, riefen die drinnen im Wagen, und aus stieg die junge Frau, fein, stolz und niedlich. Man sah es ihr an, dass sie, Frau Juni, von faulen Siebenschläfern bedient zu werden gewohnt war. Am längsten Tage des Jahres gab sie große Gesellschaft, damit die Gäste Zeit haben möchten, die vielen Gerichte der Tafel zu verzehren. Sie hatte zwar ihren eigenen Wagen; allein sie reiste dennoch mit der Post wie die andern, weil sie zeigen wollte, dass sie nicht hochmütig sei. Aber ohne Begleitung war sie nicht; ihr jüngerer Bruder Julius war bei ihr.

Er war ein wohl genährter Bursche, sommerlich angekleidet und mit Panamahut. Er führte nur wenig Gepäck bei sich, weil dies bei großer Hitze zu beschwerlich sei; deshalb hatte er sich nur mit einer Schwimmhose versehen, und dies ist nicht viel.

Darauf kam die Mutter selbst, Madame August, Obsthändlerin en gros, Besitzerin einer Menge Fischteiche, sie war dick und heiß, fasste selbst überall an, trug eigenhändig den Arbeitern Bier auf das Feld hinaus. »Im Schweiße deines Angesichtes sollst du dein Brot essen!«, sagte sie, »das steht in der Bibel. Hinterdrein kommen die Spazierfahrten, Tanz und Spiel und die Erntefeste!« Sie war eine tüchtige Hausfrau.

Nach ihr stieg wieder ein Mann aus der Kutsche, ein Maler, Herr Koloriermeister September; der musste den Wald bekommen; die Blätter mussten Farbe wechseln, aber wie schön; wenn er es wollte, schillerte der Wald bald in Rot, Gelb oder Braun. Der Meister pfiff wie der schwarze Star, war ein flinker Arbeiter und wand die blaugrüne Hopfenranke um seinen Bierkrug. Das putzte den Krug, und für Ausputz hatte er gerade Sinn. Da stand er nun mit seinem Farbentopfe, der war sein ganzes Gepäck!

Ihm folgte der Gutsbesitzer, der an den Saatmonat, an das Pflügen und Beackern des Bodens, auch an die Jagdvergnügungen dachte; Herr Oktober führte Hund und Büchse mit sich, hatte Nüsse in seiner Jagdtasche – ›knick, knack!‹ Er hatte viel Reisegut bei sich, sogar einen englischen Pflug; er sprach von der Landwirtschaft; aber vor lauter Husten und Stöhnen seines Nachbars vernahm man nicht viel davon. –

Der November war es, der so hustete, während er ausstieg. Er war sehr mit Schnupfen behaftet; er putzte sich fortwährend die Nase, und doch, sagte er, müsse er die Dienstmädchen begleiten und sie in ihre neuen Winterdienste einführen; die Erkältung, meinte er, verliere sich schon wieder, wenn er ans Holzmachen ginge, und Holz müsse er sägen und spalten; denn er sei Sägemeister der Holzmacherinnung.

Endlich kam der letzte Reisende zum Vorschein, das alte Mütterchen Dezember mit der Feuerkiepe; die Alte fror, aber ihre Augen strahlten wie zwei helle Sterne. Sie trug einen Blumentopf auf dem Arme, in dem ein kleiner Tannenbaum eingepflanzt war. »Den Baum will ich hegen und pflegen, damit er gedeihe und groß werde bis zum Weihnachtsabend, vom Fußboden bis an die Decke reiche und emporschieße mit flammenden Lichtern, goldenen Äpfeln und ausgeschnittenen Figürchen. Die Feuerkiepe wärmt wie ein Ofen; ich hole das Märchenbuch aus der Tasche und lese laut aus ihm vor, dass alle Kinder im Zimmer still, die Figürchen an dem Baume aber lebendig werden und der kleine Engel von Wachs auf der äußersten Spitze die Flittergoldflügel ausbreitet, herabfliegt vom grünen Sitze und klein und groß im Zimmer küsst, ja, auch die armen Kinder küsst, die draußen auf dem Flure und auf der Straße stehen und das Weihnachtslied von dem Bethlehemsgestirne singen.«

»So! Jetzt kann die Kutsche abfahren«, sagte die Schildwache, »wir haben sie alle zwölf. Der Beiwagen mag vorfahren!«

»Lass doch erst die zwölf zu mir herein!«, sprach der Wachhabende, »einen nach dem andern! Die Pässe behalte ich hier; sie gelten jeder einen Monat; wenn der verstrichen ist, werde ich das Verhalten auf dem Passe bescheinigen. Herr Januar, belieben Sie näher zu treten.«

Und Herr Januar trat näher.

Wenn ein Jahr verstrichen ist, werde ich dir sagen, was die zwölf uns allen gebracht haben. Jetzt weiß ich es noch nicht, und sie wissen es wohl selbst nicht – denn es ist eine seltsam unruhige Zeit, in der wir leben.

Die wilden Schwäne

Weit von hier, da, wohin die Schwalben fliegen, wenn wir Winter haben, wohnte ein König, der elf Söhne und eine Tochter, Elisa, hatte. Die elf Brüder waren Prinzen, sie gingen mit dem Stern auf der Brust und dem Säbel an der Seite in die Schule; sie schrieben mit Diamantgriffeln auf Goldtafeln und lernten ebenso gut auswendig, wie sie lasen; man konnte sogleich hören, dass sie Prinzen waren. Die Schwester Elisa saß auf einem kleinen Schemel von Spiegelglas und hatte ein Bilderbuch, das unmenschlich viel Geld gekostet hatte.

Oh, die Kinder hatten es gut, aber so sollte es nicht immer bleiben!

Ihr Vater, der König über das ganze Land war, verheiratete sich mit einer bösen Königin, die den Kindern gar nicht gut war. Schon am ersten Tage konnten sie es merken; in dem ganzen Schlosse war große Pracht, und da spielten die Kinder ›Besuch‹; aber anstatt sie sonst all den Kuchen und die gebratenen Äpfel erhielten, die nur zu haben waren, gab die neue Königin ihnen nur Sand in eine Teetasse und sagte, sie könnten tun, als ob es etwas wäre.

Die Woche darauf brachte sie die kleine Elisa auf das Land zu einem Bauernpaar, und lange währte es nicht, da redete sie dem König so viel von den Prinzen vor, dass er sich schließlich gar nicht mehr um sie bekümmerte.

»Fliegt hinaus in die Welt und helft euch selbst!«, sagte die böse Königin; »fliegt als große Vögel ohne Stimme!« Aber sie konnte es doch nicht so schlimm machen, wie sie gern wollte; sie wurden elf herrliche Schwäne. Mit einem sonderbaren Schrei flogen sie aus den Schlossfenstern hinaus über den Park und den Wald dahin.

Es war noch ganz früh am Morgen, als sie da vorbeikamen, wo die Schwester Elisa in der Stube des Landmanns lag und schlief; hier schwebten sie über dem Dache, drehten ihre langen Hälse und schlugen mit den Flügeln, aber niemand hörte oder sah es. Sie mussten wieder weiter, hoch gegen die Wolken empor, hinaus in die weite Welt; da flogen sie nach einem großen Wald, der sich gerade bis an den Strand des Meeres erstreckte.

Die kleine Elisa stand in der Stube des Landmanns und spielte mit einem grünen Blatte, anderes Spielzeug hatte sie nicht; sie stach ein Loch in das grüne Blatt, sah da hindurch gegen die Sonne empor, und da war es gera-

de, als sähe sie ihrer Brüder klare Augen, und jedes Mal, wenn die warmen Sonnenstrahlen auf ihre Wangen schienen, gedachte sie aller ihrer Küsse.
Der eine Tag verging ebenso wie der andere. Strich der Wind durch die großen Rosenhecken draußen vor dem Hause, so flüsterte er den Rosen zu: »Wer kann schöner sein als ihr?« Aber die Rosen schüttelten das Haupt und sagten: »Elisa ist es!« Wenn die alte Frau am Sonntag an der Tür saß und in ihrem Gesangbuch las, so wendete der Wind die Blätter um und sagte zum Buch: »Wer kann frömmer sein als du?«
»Elisa ist es!«, sagte das Gesangbuch, und das war die reine Wahrheit, was die Rosen und das Gesangbuch sagten.
Als sie fünfzehn Jahre alt war, sollte sie nach Hause kommen; da aber die Königin sah, wie schön sie war, wurde sie ihr gram und voll Hass und hätte gern auch sie in einen wilden Schwan verwandelt wie die Brüder, aber das wagte sie nicht sogleich, weil ja der König seine Tochter sehen wollte.
Früh des Morgens ging die Königin in das Bad, das von Marmor erbaut und mit weichen Kissen und den prächtigsten Decken geschmückt war, nahm drei Kröten, küsste sie und sagte zu der einen: »Setze dich auf Elisas Kopf, wenn sie in das Bad kommt, damit sie dumm wird wie du! – Setze dich auf ihre Stirn«, sagte sie zur andern, »damit sie hässlich wird wie du,

so dass ihr Vater sie nicht kennt! – Ruhe an ihrem Herzen«, flüsterte sie der Dritten zu, »lass sie einen bösen Sinn erhalten, damit sie Schmerzen davon habe!« Dann setzte sie die Kröten in das klare Wasser, das sogleich eine grüne Farbe erhielt, rief Elisa, zog sie aus und ließ sie in das Wasser hinabsteigen. Indem sie untertauchte, setzte sich eine Kröte ihr in das Haar, die andere auf ihre Stirn und die dritte auf die Brust; aber Elisa schien es gar nicht zu merken; sobald sie sich emporrichtete, da schwammen drei rote Mohnblumen auf dem Wasser. Wären die Tiere nicht giftig gewesen und von der Hexe geküsst worden, so wären sie in rote Rosen verwandelt worden, aber Blumen wurden sie doch, weil sie auf ihrem Haupte und an ihrem Herzen geruht hatten; sie war zu fromm und unschuldig, als dass die Zauberei Macht über sie haben konnte.

So rieb sie das Mädchen mit Walnusssaft, so dass sie ganz schwarzbraun wurde, bestrich das hübsche Antlitz mit einer stinkenden Salbe und ließ das herrliche Haar sich verwirren; es war unmöglich, die schöne Elisa wieder zu erkennen.

Daher erschrak ihr Vater sehr, als er sie erblickte, und sagte, es sei nicht seine Tochter; niemand wollte sie wieder erkennen außer dem Kettenhund und den Schwalben, aber das waren arme Tiere, die nichts zu sagen hatten.

Da weinte die arme Elisa und dachte an ihre elf Brüder, die alle weg waren. Betrübt verließ sie das Schloss und ging den ganzen Tag über Feld und Moor bis in den großen Wald hinein. Sie wusste gar nicht, wohin sie wollte, aber sie fühlte sich sehr betrübt und sehnte sich nach ihren Brüdern, die sicher auch gleich ihr in die Welt hinausgejagt waren, diese wollte sie suchen und finden.

Nur kurze Zeit war sie im Walde gewesen, als die Nacht einbrach; sie war ganz von Weg und Steg abgekommen. Da legte sie sich auf das weiche Moos nieder, betete ihr Abendgebet und lehnte ihr Haupt an einen Baumstumpf. Es war da ganz still, die Luft war mild, und ringsumher im Grase und im Moose leuchteten, einem grünen Feuer gleich, viele Hunderte Johanniswürmchen; als sie einen der Zweige mit der Hand berührte, fielen die leuchtenden Insekten wie Sternschnuppen zu ihr nieder.

Die ganze Nacht träumte sie von ihren Brüdern; sie spielten wieder als Kinder, schrieben mit dem Diamantgriffel auf die Goldtafel und betrachteten das herrliche Bilderbuch, das so viel Geld gekostet hatte, aber auf die Tafel schrieben sie nicht wie früher Nullen und Striche, sondern die mutigen Taten, die sie vollführt, alles, was sie erlebt und gesehen hatten; und im Bilderbuch war alles lebendig, die Vögel sangen, und die Menschen gingen aus dem Buch heraus und sprachen mit Elisa und ihren Brüdern, aber wenn sie das Blatt umwandte, sprangen sie sogleich wieder hinein, damit keine Verwirrung in den Bildern entstehen möchte.

Als sie erwachte, stand die Sonne schon hoch; Elisa konnte sie freilich nicht sehen, die hohen Bäume breiteten ihre Zweige dicht und fest aus, aber die Strahlen spielten dort oben gerade wie ein wehender Goldflor. Da war ein Duft von dem Grünen, und die Vögel setzten sich fast auf ihre Schultern. Sie hörte das Wasser plätschern, das waren Quellen, die alle in einen See fielen, in dem der herrlichste Sandboden war; freilich wuchsen hier dichte Büsche ringsherum, aber an einer Stelle hatten die Hirsche eine große Öffnung gemacht, und hier ging Elisa zum Wasser hin. Das war so klar, dass, hätte der Wind nicht die Zweige und die Büsche berührt, so dass sie sich bewegten, sie hätte glauben müssen, dass sie auf dem Boden abgemalt seien, so deutlich spiegelte sich jedes Blatt, sowohl das von der Sonne beschienene als das im Schatten.

Sobald sie ihr eigenes Antlitz erblickte, erschrak sie gewaltig, so braun und hässlich war es. Doch als sie ihre kleine Hand benetzte und Augen und Stirn rieb, glänzte die weiße Haut wieder vor; da entkleidete sie sich und ging in das frische Wasser hinein; ein schöneres Königskind, als sie war, gab es nicht in dieser Welt.

Als sie wieder angekleidet war und ihr langes Haar geflochten hatte, ging sie zur sprudelnden Quelle, trank aus der hohlen Hand und wanderte tiefer in den Wald hinein, ohne selbst zu wissen, wohin. Sie dachte an ihre Brüder, dachte an den lieben Gott, der sie sicher nicht verlassen werde; er ließ ja die wilden Waldäpfel wachsen, um den Hungrigen zu sättigen; und er zeigte ihr einen solchen Baum, dessen Zweige sich unter der Last der Früchte beugten. Hier hielt sie ihre Mittagsmahlzeit, setzte Stützen unter die Zweige und ging dann in den dunkelsten Teil des Waldes hinein. Da war es so still, dass sie ihre eigenen Fußtritte hörte, sowie jedes kleine, vertrocknete Blatt, das sich unter ihrem Fuße bog. Nicht ein Vogel war da zu sehen, nicht ein Sonnenstrahl konnte durch die großen, dichten Baumzweige dringen; die hohen Stämme standen so nahe beisammen, dass, wenn sie geradeaus sah, ein Balkengitter sie zu umschließen schien. Oh, hier war eine Einsamkeit, die sie früher noch nie gekannt hatte!

Die Nacht wurde sehr dunkel, nicht ein einziger Johanniswurm leuchtete aus dem Moose. Betrübt legte sie sich nieder, um zu schlafen. Da schien es ihr, als ob die Baumzweige über ihr sich zur Seite bewegten und der liebe Gott mit milden Augen auf sie niederblickte, und kleine Engel sahen über seinen Kopf und unter seinen Armen hervor.

Als sie am Morgen erwachte, wusste sie nicht, ob sie geträumt habe oder ob es wirklich so gewesen sei.

Sie ging einige Schritte vorwärts, da begegnete sie einer alten Frau mit vielen Beeren in dem Korbe, die sie im Walde fleißig gesammelt hatte. Die Alte gab ihr einige davon. Elisa fragte, ob sie nicht elf Prinzen durch den Wald habe reiten sehen.

»Nein«, sagte die Alte, »aber ich sah gestern elf Schwäne mit goldenen Kronen auf dem Haupte in der Nähe schwimmen.«

Sie führte Elisa ein Stück weiter vor zu einem Abhange, an dessen Fuß sich ein kleiner Fluss schlängelte; die Bäume an seinen Ufern streckten ihre langen, blattreichen Zweige einander entgegen, und wo sie ihrem natürlichen Wuchse nach nicht zusammenreichen konnten, da hatten sie die Wurzeln aus der Erde losgerissen und hingen, mit den Zweigen ineinander geflochten, über das Wasser hinaus.

Elisa sagte der Alten Lebewohl und ging den Fluss entlang, bis dieser in den großen, offenen Strand mündete.

Das ganze herrliche Meer lag vor dem jungen Mädchen; aber nicht ein Segel zeigte sich darauf, nicht ein Boot war da zu sehen, wie sollte sie nun weiter fortkommen? Sie betrachtete die unzähligen, kleinen Steine am Ufer; das Wasser hatte sie alle rund geschliffen. Glas, Eisen, Steine, alles, was da zusammengespült lag, hatte die Gestalt des Wassers angenommen, das doch viel weicher war als ihre feine Hand. »Das rollt unermüdlich fort, und so ebnet sich das Harte, ich will ebenso unermüdlich sein; Dank für eure Lehre, ihr kleinen, rollenden Wogen; einst, das sagt mir mein Herz, werdet ihr mich zu meinen lieben Brüdern tragen!«

Auf dem angespülten Seegrase lagen elf weiße Schwanenfedern; die sammelte sie. Einsam war es dort am Strande, aber sie fühlte es nicht; denn das Meer bot ewige Abwechslung, ja, es wandelte sich in wenigen Stunden mehr als die süßen Landseen in einem ganzen Jahr. Kam da eine große, schwarze Wolke, so war es, als ob die See sagen wollte: Ich kann auch finster aussehen. Und dann blies der Wind, und die Wogen kehrten das Weiße nach außen; schienen aber die Wolken rot und schliefen die Winde, so war das Meer einem Rosenblatte gleich; bald wurde es grün, bald weiß; aber wie still es auch ruhte, am Ufer war doch eine leise Bewegung; das Wasser hob sich schwach wie die Brust eines schlafenden Kindes.

Als die Sonne im Begriff war, unterzugehen, sah Elisa elf wilde Schwäne mit Goldkronen auf dem Kopfe dem Lande zufliegen, sie schwebten der eine hinter dem andern; es sah aus wie ein langes, weißes Band. Da stieg Elisa den Abhang hinauf und verbarg sich hinter einem Busche; die Schwäne ließen sich nahe bei ihr nieder und schlugen mit ihren großen weißen Schwingen.

Sowie die Sonne unter dem Wasser war, fielen plötzlich die Schwanenhäute, und elf schöne Prinzen, Elisas Brüder, standen da. Sie stieß einen lauten Schrei aus; denn obwohl die Brüder sich sehr verändert hatten, so wusste Elisa doch, dass sie es waren, fühlte, dass sie es sein mussten; sie sprang in ihre Arme, nannte sie bei Namen, und die Brüder waren ganz glücklich, als sie ihre Schwester sahen und erkannten, die nun groß und schön war. Sie lachten und weinten, und bald hatten sie einander erzählt, wie grausam ihre Stiefmutter gegen sie alle gewesen war.

»Wir Brüder«, sagte der Älteste, »fliegen als wilde Schwäne, solange die Sonne am Himmel steht; sobald sie untergegangen ist, erhalten wir unsere menschliche Gestalt wieder. Deshalb müssen wir immer dafür sorgen, dass wir beim Sonnenuntergang eine Ruhestätte für die Füße haben, denn fliegen wir dann gegen die Wolken an, so müssen wir als Menschen in die Tiefe hinunterstürzen. Hier wohnen wir nicht; es liegt ein ebenso schönes Land wie dieses jenseits der See, aber der Weg dahin ist weit. Wir müssen über das große Meer, und es findet sich keine Insel auf unserm Wege, wo wir übernachten können. Nur eine einsame kleine Klippe ragt in der Mitte daraus hervor, sie ist nicht größer, als dass wir Seite an Seite darauf Platz haben; ist die See stark bewegt, so spritzt das Wasser hoch über uns, aber doch danken wir Gott für die Ruhestelle. Da übernachten wir in unsrer Menschengestalt; ohne diese Klippe könnten wir nie unser liebes Vaterland besuchen, denn zwei der längsten Tage des Jahres brauchen wir zu unserm Fluge. Nur einmal im Jahre ist es uns vergönnt, unsere Heimat zu besuchen, elf Tage können wir hier bleiben, über den großen Wald hinfliegen, von wo wir das Schloss erblicken können, wo wir geboren wurden und wo unser Vater wohnt, den hohen Kirchturm sehen, wo die Mutter begraben ist. – Hier kommt es uns vor, als wären Bäume und Büsche mit uns verwandt, hier laufen die wilden Pferde über die Steppen hin, wie wir es in unserer Kindheit gesehen haben, hier singt der alte Kohlenbrenner

die alten Lieder, nach denen wir als Kinder tanzten, hier ist unser Vaterland, hierher zieht es uns, und hier haben wir dich, du liebe Schwester, gefunden! Zwei Tage können wir noch hier bleiben, dann müssen wir fort über das Meer nach einem herrlichen Lande, das aber nicht unser Vaterland ist. Wie nehmen wir dich mit? Wir haben weder Schiff noch Boot!«

»Auf welche Art kann ich euch erlösen?«, fragte die Schwester.

Sie unterhielten sich fast die ganze Nacht und schlummerten nur einige Stunden.

Elisa erwachte durch das Rauschen der Schwanenflügel über ihr. Die Brüder waren wieder verwandelt und flogen in großen Kreisen und zuletzt weit weg – aber der eine von ihnen, der Jüngste, blieb zurück, er legte seinen Kopf in ihren Schoß, und sie streichelte seine Flügel; den ganzen Tag waren sie beisammen. Gegen Abend kamen die anderen zurück, und als die Sonne untergegangen war, standen sie in ihrer menschlichen Gestalt da.

»Morgen fliegen wir von hier weg und können nicht vor Verlauf eines Jahres zurückkehren, aber dich können wir nicht so verlassen! Hast du Mut, mitzukommen? Mein Arm ist stark genug, dich durch den Wald zu tragen, sollten wir da nicht alle so starke Flügel haben, um mit dir über das Meer zu fliegen?«

»Ja, nehmt mich mit!«, sagte Elisa.

Die ganze Nacht brachten sie damit zu, ein großes und starkes Netz aus der geschmeidigen Weidenrinde und dem zähen Schilf zu flechten. Auf dieses legte sich Elisa, und als die Sonne hervortrat und die Brüder in wilde Schwäne verwandelt wurden, ergriffen sie das Netz mit ihren Schnäbeln und flogen mit ihrer lieben Schwester, die noch schlief, hoch gegen die Wolken an. Die Sonnenstrahlen fielen ihr gerade auf das Antlitz, deswegen flog einer der Schwäne über ihr Haupt, damit seine breiten Schwingen sie beschatten möchten.

Sie waren weit vom Lande entfernt, als Elisa erwachte; sie glaubte noch zu träumen, so sonderbar kam es ihr vor, hoch durch die Luft, über das Meer getragen zu werden. An ihrer Seite lag ein Zweig mit herrlichen, reifen Beeren und ein Bund wohlschmeckender Wurzeln. Die hatte der Jüngste der Brüder gesammelt und ihr hingelegt; sie lächelte ihn dankbar an, denn sie erkannte ihn, er war es, der über ihrem Haupte flog und sie mit den Schwingen beschattete.

Sie waren so hoch, dass das erste Schiff unter ihnen eine weiße Möwe zu sein schien, die auf dem Wasser lag. Eine große Wolke stand hinter ihnen, das war ein Berg, und auf ihm sah Elisa ihren eigenen Schatten und den der elf Schwäne, so riesengroß flogen sie davon. Das war ein Gemälde, prächtiger als sie früher je eins gesehen; doch als die Sonne höher stieg und die Wolke weiter zurückblieb, verschwand das Schattenbild.

Den ganzen Tag flogen sie gleich einem sausenden Pfeil durch die Luft, aber es ging doch langsamer als sonst, sie hatten ja die Schwester zu tragen. Es zog ein böses Wetter auf, der Abend näherte sich. Ängstlich sah Elisa die Sonne sinken, und noch war die einsame Klippe im Meer nicht zu erblicken; es kam ihr vor, als machten die Schwäne stärkere Schläge mit den Flügeln. Ach, sie war schuld daran, dass sie nicht rasch genug fortkamen; wenn die Sonne untergegangen war, so wurden sie Menschen, mussten in das Meer stürzen und ertrinken. Da betete sie aus tiefstem Herzen zu Gott, aber noch erblickte sie keine Klippe; die schwarze Wolke kam immer näher, die starken Windstöße verkündeten einen Sturm; die Wolken standen in einer einzigen großen, drohenden Welle da, die fast wie Blei vorwärts schoss, Blitz leuchtete auf Blitz.

Jetzt war die Sonne gerade am Rande des Meeres. Elisas Herz bebte; da schossen die Schwäne hinab, so schnell, dass sie zu fallen glaubte; aber nun schwebten sie wieder. Die Sonne war halb unter dem Wasser, da erblickte sie erst die kleine Klippe unter sich. Sie sah nicht größer aus, als ob sie ein Seehund wäre, der den Kopf aus dem Wasser streckte. Die Sonne sank schnell; jetzt erschien sie nur noch wie ein Stern, da berührte ihr Fuß den festen Grund – die Sonne erlosch gleich dem letzten Funken in brennendem Papier. Arm in Arm sah sie die Brüder um sich stehen, aber mehr Platz als gerade für sie alle war auch nicht da. Die See schlug gegen die Klippe und ging wie ein Staubregen über sie hin; der Himmel leuchtete in fortwährendem Feuer, und Schlag auf Schlag rollte der Donner, aber Schwester und Brüder hielten einander an den Händen, woraus sie Trost und Mut schöpften.

In der Morgendämmerung war die Luft rein und still; sobald die Sonne emporstieg, flogen die Schwäne mit Elisa von der Insel fort. Das Meer ging noch so hoch, es sah aus, wie sie hoch in der Luft waren, als ob der weiße Schaum auf der schwarzgrünen See Millionen Schwäne wären, die auf dem Wasser schwammen.

Als die Sonne höher stieg, sah Elisa vor sich, halb in der Luft schwimmend, ein Bergland mit glänzenden Eismassen auf den Felsen, und mitten darauf erstreckte sich ein sicher meilenlanges Schloss mit einem kühnen Säulengange über dem andern; unten wogten Palmenwälder und Prachtblumen, so groß wie Mühlräder. Sie fragte, ob dies das Land sei, wohin sie wollten, aber die Schwäne schüttelten den Kopf, denn das, was sie sah, war der Fata Morgana herrliches, alle Zeit abwechselndes Wolkenschloss; da durften sie keinen Menschen hineinbringen. Elisa starrte es an, da stürzten Berge, Wälder und Schloss zusammen, und zwanzig stolze Kirchen, alle einander gleich, mit hohen Türmen und spitzen Fenstern, standen da. Sie glaubte die Orgel ertönen zu hören, aber es war das Meer, das sie hörte. Nun waren sie den Kirchen ganz nahe; da wurden diese zu einer ganzen Flotte, die unter ihr dahinsegelte; sie sah nieder, und es waren nur Meernebel, die über dem Wasser hinglitten. Ja, eine ewige Abwechslung hatten sie vor Augen, und nun sahen sie das wirkliche Land, nach dem sie hinwollten. Da erhoben sich die herrlichen, blauen Berge mit Zedernwäldern, Städten und Schlössern. Lange bevor die Sonne unterging, saß sie auf dem Felsen vor einer großen Höhle, die mit feinen, grünen Schlingpflanzen bewachsen war; es sah aus, als wären es gestickte Teppiche.

»Nun wollen wir sehen, was du diese Nacht hier träumst!«, sagte der jüngere Bruder und zeigte ihr die Schlafkammer.

»Gebe der Himmel, dass ich träumen möge, wie ich euch erretten kann!«, sagte sie, und dieser Gedanke beschäftigte sie dann lebhaft. Sie betete inbrünstig zu Gott um seine Hilfe, ja selbst im Schlafe betete sie fort. Da kam es ihr vor, als ob sie hoch in die Luft fliege, zu Fata Morganas Wolkenschloss. Die Fee kam ihr entgegen, schön und glänzend, und doch glich sie ganz der alten Frau, die ihr Beeren im Walde gegeben und ihr von den Schwänen mit Goldkronen auf dem Kopfe erzählt hatte.

»Deine Brüder können erlöst werden!«, sagte sie, »aber hast du Mut und Ausdauer? Wohl ist das Wasser weicher als deine feinen Hände und formt doch die Steine um, aber es fühlt nicht die Schmerzen, die deine Finger fühlen werden, es hat kein Herz, leidet nicht die Angst und Qual, die du aushalten musst. Siehst du die Brennnessel, die ich in meiner Hand halte? Von derselben Art wachsen viele rings um die Höhle, in der du schläfst, nur die dort und die, welche auf des Kirchhofs Gräbern wachsen, sind tauglich, merke dir das. Diese musst du pflücken, obgleich sie deine Haut voll Blasen brennen werden. Brich die Nesseln mit deinen Füßen, so erhältst du Flachs, mit diesem musst du elf Panzerhemden mit langen Ärmeln flechten und binden, wirf diese über die elf Schwäne, so ist der Zauber gelöst. Aber bedenke wohl, dass du von dem Augenblicke an, wo du diese Arbeit beginnst, bis sie vollendet ist, wenn auch Jahre darüber vergehen, nicht sprechen darfst. Das erste Wort, das du sprichst, fährt wie ein tötender Dolch in deiner Brüder Herz; an deiner Zunge hängt ihr Leben. Merke dir das alles!«

Die Fee berührte zugleich ihre Hand mit der Nessel; es war einem brennenden Feuer gleich, Elisa erwachte dadurch. Es war heller Tag, und dicht neben ihr lag eine Nessel wie die aus dem Traume. Da fiel sie auf ihre Knie, dankte dem lieben Gott und ging aus der Höhle hinaus, um ihre Arbeit zu beginnen.

Mit den feinen Händen griff sie hinunter in die hässlichen Nesseln, sie waren wie Feuer; große Blasen brannten sie an ihren Händen und Armen, aber gern wollte sie es leiden, wenn sie die lieben Brüder befreien konnte. Sie brach jede Nessel mit ihren bloßen Füßen und flocht den grünen Flachs.

Als die Sonne untergegangen war, kamen die Brüder, die sehr erschraken, Elisa stumm zu finden; sie glaubten, es sei ein neuer Zauber der bösen Stiefmutter; aber als sie ihre Hände erblickten, begriffen sie, was ihre Schwester ihrethalben tue, und der jüngste Bruder weinte, und wohin seine Tränen fielen, da fühlte sie keine Schmerzen, da verschwanden die brennenden Blasen.

Die Nacht brachte sie bei ihrer Arbeit zu, denn sie hatte keine Ruhe, bevor sie die lieben Brüder erlöst hatte. Den ganzen folgenden Tag, während die Schwäne fort waren, saß sie in ihrer Einsamkeit, aber nie war die Zeit so eilig entflohen. Ein Panzerhemd war schon fertig, nun fing sie das zweite an.

Da ertönte ein Jagdhorn zwischen den Bergen; sie wurde von Furcht ergriffen, der Ton kam immer näher, sie hörte Hunde bellen, erschrocken floh sie in die Höhle, band die Nesseln, die sie gesammelt und gehechelt hatte, in einen Bund zusammen und setzte sich darauf.

Zugleich kam ein großer Hund aus der Schlucht hervorgesprungen, und gleich darauf wieder einer und noch einer; sie bellten laut, liefen zurück und kamen wieder vor. Es währte nicht lange, so standen alle Jäger vor der Höhle, und der schönste unter ihnen war der König des Landes; dieser trat auf Elisa zu, nie hatte er ein schöneres Mädchen gesehen.

»Wie bist du hierher gekommen, du herrliches Kind?«, sagte er. Elisa schüttelte das Haupt, sie durfte ja nicht sprechen, es galt ihrer Brüder Erlösung und Leben; und sie verbarg ihre Hände unter der Schürze, damit der König nicht sehe, was sie leiden müsse.

»Komm mit mir!«, sagte er, »hier darfst du nicht bleiben! Bist du so gut, wie du schön bist, so will ich dich in Seide und Samt kleiden, die Goldkrone dir auf das Haupt setzen, und du sollst in meinem schönsten Schlosse wohnen!« – Und dann hob er sie auf sein Pferd. Sie weinte, rang ihre Hände, aber der König sagte: »Ich will nur dein Glück! Einst wirst du mir dafür danken.« Dann jagte er fort durch die Berge und hielt sie vorn auf dem Pferde, und die Jäger jagten hinterher.

Als die Sonne unterging, lag die schöne Königsstadt mit Kirchen und Kuppeln vor ihnen. Der König führte sie in das Schloss, wo große Springbrunnen in den hohen Marmorsälen plätscherten, wo Wände und Decken von Gemälden prangten, aber Elisa hatte keine Augen dafür, sie weinte und trauerte. Willig ließ sie die Frauen ihr königliche Kleider anlegen, Perlen in ihre Haare flechten und feine Handschuhe über die verbrannten Finger ziehen.

Als sie in all ihrer Pracht dastand, war sie so blendend schön, dass der Hof sich noch tiefer vor ihr verneigte, und der König erkor sie zu seiner Braut, obgleich der Geistliche den Kopf schüttelte und flüsterte, dass das schöne

Waldmädchen sicher eine Hexe sei; sie blende die Augen und betöre das Herz des Königs.

Aber der König hörte nicht darauf, ließ die Musik ertönen, die köstlichsten Gerichte auftragen, die lieblichsten Mädchen um sie tanzen. Sie wurde durch duftende Gärten in prächtige Säle geführt; aber nicht ein Lächeln kam auf ihre Lippen oder sprach aus ihren Augen, die voll Trauer waren. Nun öffnete der König eine kleine Kammer, dicht daneben, wo sie schlafen sollte; sie war mit köstlichen, grünen Teppichen geschmückt und glich ganz der Höhle, in der sie gewesen war. Auf dem Fußboden lag das Bund Flachs, das sie aus den Nesseln gesponnen hatte, und unter der Decke hing das Panzerhemd, das fertig gestrickt war; alles dieses hatte einer der Jäger als eine Seltenheit mitgenommen.

»Hier kannst du dich in deine frühere Heimat zurückträumen!«, sagte der König. »Hier ist die Arbeit, die dich dort beschäftigte; nun, mitten in all deiner Pracht, wird es dich belustigen, an jene Zeit zurückzudenken.«

Als Elisa das sah, was ihr am Herzen lag, spielte ein Lächeln um ihren Mund, und das Blut kehrte in die Wangen zurück. Sie dachte an die Erlösung ihrer Brüder, küsste des Königs Hand, er drückte sie an sein Herz und ließ durch alle Kirchenglocken das Hochzeitsfest verkünden. Das schöne, stumme Mädchen aus dem Walde war des Landes Königin.

Da flüsterte der Geistliche böse Worte in des Königs Ohr, aber sie drangen nicht bis zu seinem Herzen. Die Hochzeit sollte sein, der Geistliche selbst musste ihr die Krone auf das Haupt setzen, und er drückte in seinem Unwillen den engen Ring fest auf ihre Stirn nieder, so dass er wehe tat. Doch es lag ein schwererer Ring um ihr Herz, die Trauer um ihre Brüder; sie fühlte nicht die körperlichen Leiden. Ihr Mund war stumm, ein einziges Wort würde ja ihren Brüdern das Leben kosten, aber in ihren Augen sprach sich eine innige Liebe zu dem guten, hübschen Könige aus, der alles tat, um sie zu erfreuen. Sie gewann ihn von Tag zu Tag lieber und wünschte nur, dass sie sich ihm vertrauen, ihm ihre Leiden klagen dürfte! Aber stumm musste sie sein, stumm musste sie ihr Werk vollbringen. Deshalb schlich sie nachts von seiner Seite, ging in die kleine Kammer und strickte ein Panzerhemd nach dem andern fertig; aber als sie das siebente begann, hatte sie keinen Flachs mehr.

Auf dem Kirchhof, das wusste sie, wuchsen die Nesseln, die sie brauchen konnte, aber selbst musste sie diese pflücken; wie sollte sie das tun, wie sollte sie da hinaus gelangen?

›Oh, was ist der Schmerz in meinen Fingern gegen die Qual, die mein Herz erduldet!‹, dachte sie, ›ich muss es wagen! Der Herr wird seine Hand nicht von mir zurückziehen!‹ Mit einer Herzensangst, als sei es eine böse Tat, die sie vorhabe, schlich sie sich in der mondhellen Nacht in den Garten hinunter, ging durch die langen Alleen, in die einsamen Straßen nach dem Kirchhofe hinaus.

Nur ein einziger Mensch hatte sie gesehen, der Geistliche; er war wach, wenn andere schliefen. Nun hatte er doch Recht gehabt, wie er meinte, dass es mit der Königin nicht sei, wie es sein sollte. Sie war eine Hexe, deshalb hatte sie den König und das ganze Volk betört.

Er erzählte dem König, was er gesehen und was er fürchtete, und als die harten Worte seiner Zunge entströmten, rollten zwei schwere Tränen über des Königs Wangen herab. Er ging nach Hause mit Zweifel in seinem Herzen. Er stellte sich, als ob er in der Nacht schlafe, aber es kam kein ruhiger Schlaf in seine Augen, er merkte, wie Elisa aufstand, jede Nacht wiederholte sie das, und jedes Mal folgte er sachte nach und sah, wie sie in ihre Kammer verschwand.

Tag für Tag wurde seine Miene finsterer. Elisa sah es, begriff aber nicht, warum; es ängstigte sie, und noch mehr litt sie in ihrem Herzen für ihre Brüder. Auf den königlichen Samt und Purpur flossen ihre heißen Tränen. Sie war nun bald mit ihrer Arbeit fertig, nur ein Panzerhemd fehlte noch; aber Flachs hatte sie auch nicht mehr und nicht eine einzige Nessel. Einmal noch, nur dieses letzte Mal, musste sie deswegen zum Kirchhof und einige Hände voll pflücken. Sie dachte mit Angst an diese einsame Wanderung, aber ihr Wille stand fest wie ihr Vertrauen auf den Herrn.

Sie ging, aber der König und der Geistliche folgten nach; sie sahen Elisa bei der Gitterpforte hineinverschwinden, und als sie sich näherten, saßen Hexen auf dem Grabsteine, und der König wendete sich ab; denn unter diesen dachte er sich die, deren Haupt noch diesen Abend an seiner Brust geruht hatte.

»Das Volk muss sie verurteilen!«, sagte er, und das Volk urteilte, sie solle verbrannt werden.

Aus den prächtigen Königssälen wurde sie in ein dunkles, feuchtes Loch geführt, wo der Wind durch das Gitter hineinpfiff; anstatt Samt und Seide gab man ihr das Bund Nesseln, das sie gesammelt hatte, darauf konnte sie ihr Haupt legen. Die harten, brennenden Panzerhemden, die sie gestrickt hatte, sollten ihre Decke sein, aber nichts Lieberes konnten sie ihr geben, sie nahm wieder ihre Arbeit auf und betete zu Gott. Draußen sangen die Straßenbuben Spottlieder auf sie, keine Seele tröstete sie mit einem freundlichen Worte.

Da sauste gegen Abend dicht beim Gitter ein Schwanenflügel; es war der Jüngste der Brüder, der die Schwester gefunden hatte, und sie schluchzte laut vor Freude, obgleich sie dachte, dass die Nacht, die da kam, wahrscheinlich die letzte sein werde, die sie zu leben habe; aber nun war ja auch die Arbeit fast beendet, und ihre Brüder waren hier.

Der Geistliche kam nun, um die letzte Stunde bei ihr zu sein, das hatte er dem König versprochen; aber sie schüttelte den Kopf, bat mit Blick und Mienen, er möge gehen. In dieser Nacht musste sie ja ihre Arbeit vollenden, sonst war alles unnütz, alles, Schmerz, Tränen und die schlaflosen Nächte. Der Geistliche entfernte sich mit bösen Worten gegen sie, aber die arme Elisa wusste, dass sie unschuldig war, und fuhr in ihrer Arbeit fort.

Die kleinen Mäuse liefen auf dem Fußboden, sie schleppten Nesseln zu ihren Füßen hin, um doch etwas zu helfen. Ein Vogel setzte sich an das Gitter des Fensters und sang die ganze Nacht, so munter er konnte, damit Elisa den Mut nicht verliere.

Es war noch nicht Morgendämmerung, erst nach einer Stunde konnte die Sonne aufgehen, da standen die elf Brüder an der Pforte des Schlosses und verlangten, vor den König geführt zu werden. Das könne nicht geschehen, wurde geantwortet, es sei ja noch Nacht, der König schlafe und dürfe nicht geweckt werden. Sie baten, sie drohten, die Wache kam, ja selbst der König trat heraus und fragte, was das bedeute; da ging die Sonne auf, und es waren keine Brüder mehr zu sehen, aber über das Schloss flogen elf wilde Schwäne hin.

Aus dem Stadttore strömte das Volk, es wollte die Hexe verbrennen sehen. Ein alter Gaul zog den Karren, auf dem sie saß; man hatte ihr einen Kittel von grobem Sackleinen angetan, ihr herrliches Haar hing lose um das schöne Haupt, ihre Wangen waren totenbleich, ihre Lippen bewegten sich leise, während die Finger den grünen

Flachs flochten. Selbst auf dem Wege zu ihrem Tode unterbrach sie die angefangene Arbeit nicht, die zehn Panzerhemden lagen zu ihren Füßen, an dem elften strickte sie. Der Pöbel verhöhnte sie:

»Sieh die Hexe, wie sie murmelt! Kein Gesangbuch hat sie in der Hand, nein, mit ihrer hässlichen Gaukelei sitzt sie da. Reißt sie ihr in tausend Stücke!«

Man drängte auf sie ein und wollte die Panzerhemden zerreißen; da kamen elf weiße Schwäne geflogen, die setzten sich rings um sie auf den Karren und schlugen mit ihren großen Schwingen. Da wich der Haufen erschrocken zur Seite.

»Das ist ein Zeichen des Himmels! Sie ist sicher unschuldig!«, flüsterten viele, aber sie wagten nicht, es laut zu sagen.

Nun ergriff sie der Büttel bei der Hand, da warf sie hastig die elf Panzerhemden über die Schwäne, und alsbald standen elf schöne Prinzen da; aber der Jüngste hatte einen Schwanenflügel anstatt des einen Armes, denn es fehlte ein Ärmel in seinem Panzerhemde, den hatte sie nicht fertig bekommen.

»Nun darf ich sprechen!«, sagte sie, »ich bin unschuldig!«

Als das Volk sah, was geschehen war, neigte es sich vor ihr; aber sie sank ohnmächtig in der Brüder Arme, so hatten die Spannung, die Angst und der Schmerz auf sie gewirkt.

»Ja, unschuldig ist sie!«, sagte der älteste Bruder, und nun erzählte er alles, was da geschehen war. Während er sprach, verbreitete sich ein Duft wie von Millionen Rosen, denn jedes Stück Brennholz im Scheiterhaufen hatte Wurzel geschlagen und trieb Zweige. Da stand eine duftende Hecke, hoch und groß mit roten Rosen; ganz oben saß eine Blume, weiß und glänzend, sie leuchtete wie ein Stern. Die brach der König und steckte sie an Elisas Brust. Da erwachte sie mit Frieden und Glückseligkeit im Herzen.

Alle Kirchenglocken läuteten von selbst, und die Vögel kamen in großen Zügen; es wurde ein Hochzeitszug zurück zum Schlosse, wie ihn noch kein König gesehen hatte.

Das hässliche junge Entlein

Es war wunderschön auf dem Lande; es war Sommer, das Korn stand gelb, der Hafer grün, das Heu war unten auf den grünen Wiesen in Schobern aufgesetzt, und da ging der Storch auf seinen langen, roten Beinen und plapperte ägyptisch, denn diese Sprache hatte er von seiner Mutter gelernt. Rings um den Acker und die Wiese waren große Wälder und mitten in den Wäldern tiefe Seen, ja, es war wirklich herrlich da draußen! Mitten im Sonnenschein lag dort ein altes Rittergut, von tiefen Kanälen umgeben, und von der Mauer bis zum Wasser herunter wuchsen große Klettenblätter, die so hoch waren, dass kleine Kinder unter den höchsten aufrecht stehen konnten; es war aber so wild darin wie im tiefsten Walde. Hier saß eine Ente, die ihre Jungen ausbrüten musste, auf dem Neste; aber es wurde ihr fast zu langweilig, ehe die Jungen kamen, dazu bekam sie selten Besuch; die andern Enten schwammen lieber in den Kanälen umher, als dass sie hinaufliefen, sich unter ein Blatt zu setzen und mit ihr zu schnattern.
Endlich borst ein Ei nach dem andern, »Piep, piep!«, sagte es, und alle Eidotter waren lebendig geworden, und die jungen Entlein steckten den Kopf heraus.
»Rapp, rapp!«, sagte sie, und so rappelten sich alle, was sie konnten, und sahen nach allen Seiten unter den grünen Blättern, und die Mutter ließ sie sehen, so viel sie wollten, denn das Grüne ist gut für die Augen.
»Wie groß ist doch die Welt!«, sagten alle Jungen; denn nun hatten sie freilich ganz anders Platz als vorher, da sie noch drinnen im Ei lagen.
»Glaubt ihr, dass dies die ganze Welt sei?«, sagte die Mutter. »Die erstreckt sich noch weit über die andere Seite des Gartens, gerade hinein in des Pfarrers Feld, aber da bin ich noch nie gewesen! Ihr seid doch alle beisammen?«, fuhr sie fort, und so stand sie auf. »Nein, ich habe noch nicht alle, das größte Ei liegt noch da. Wie lange soll das noch währen? Jetzt bin ich es bald überdrüssig!« Und so setzte sie sich wieder.
»Nun, wie geht es?«, fragte eine alte Ente, die gekommen war, um ihr einen Besuch abzustatten.
»Es dauert so lange mit dem einen Ei!«, sagte die Ente, die da saß; »es will nicht entzweigehen; doch blicke nur auf die andern hin, sind sie nicht die niedlichsten Entlein, die man je gesehen hat? Sie gleichen allesamt ihrem Vater; der Bösewicht kommt nicht, mich zu besuchen.«
»Lass mich das Ei sehen, das nicht bersten will!«, sagte die Alte. »Glaube

mir, es ist ein Kalekutenei; ich bin auch einmal so angeführt worden und hatte meine große Sorge und Not mit den Jungen, denn ihnen ist bange vor dem Wasser. Ich konnte sie nicht hineinbekommen, ich rappte und schnappte, aber es half nichts. Lass mich das Ei sehen. Ja, das ist ein Kalekutenei, lass du das liegen, und bringe lieber den andern Kindern das Schwimmen bei.«

»Ich will doch noch ein bisschen darauf sitzen«, sagte die Ente, »habe ich nun so lange gesessen, kann ich auch noch einige Zeit sitzen.«

»Nach Belieben«, sagte die alte Ente und ging von dannen.

Endlich borst das große Ei.

»Piep, piep!«, sagte das Junge und kroch heraus; es war groß und hässlich. Die Ente betrachtete es. »Das ist doch ein gewaltig großes Entlein«, sagte sie; »keins von den andern sieht so aus; sollte es doch ein kalekutisches Kücklein sein? Nun, wir wollen bald dahinter kommen; in das Wasser muss es, ob ich es auch selbst hineinstoßen soll.«

Am nächsten Tage war schönes, herrliches Wetter. Die Sonne schien auf all die grünen Kletten. Die Entleinmutter ging mit ihrer ganzen Familie zu dem Kanal hinunter; platsch; da sprang sie in das Wasser. »Rapp, rapp!«, sagte sie, und ein Entlein nach dem andern plumpte hinein; das Wasser schlug ihnen über dem Kopfe zusammen, aber sie kamen gleich wieder

empor und schwammen so prächtig, die Beine gingen von selbst, und alle waren sie darin, selbst das hässliche, graue Junge schwamm mit.
»Nein, es ist kein Kalekut«, sagte sie; »sieh, wie herrlich es die Beine gebraucht, wie gerade es sich hält, es ist mein eigenes Kind. Im Grunde ist es doch ganz hübsch, wenn man es nur recht betrachtet. Rapp, rapp! – Kommt nur mit mir, ich werde euch in die große Welt führen, euch im Entenhof vorstellen, aber haltet euch immer nahe zu mir, damit niemand auf euch trete, und nehmt euch vor den Katzen in Acht!«
Und so kamen sie in den Entenhof hinein. Da drinnen war ein schrecklicher Lärm, denn da waren zwei Familien, die sich um einen Aalkopf bissen, und am Ende bekam ihn doch die Katze.
»Seht, so geht es in der Welt zu!«, sagte die Entenmutter und wetzte ihren Schnabel, denn sie wollte auch den Aalkopf haben. »Braucht nur die Beine!«, sagte sie. »Seht, dass ihr euch rappeln könnt, und neigt euren Hals vor der alten Ente dort; sie ist die vornehmste von allen hier, sie ist aus spanischem Geblüt, deswegen ist sie so dick; und seht ihr, sie hat einen roten Lappen um das Bein, das ist etwas außerordentlich Schönes und die größte Auszeichnung, die einer Ente zuteil werden kann; das bedeutet so viel, dass man sie nicht verlieren will und dass sie von Tieren und Menschen erkannt werden soll! Rappelt euch; setzt die Füße nicht einwärts. Ein wohlerzogenes Entlein setzt die Füße weit voneinander, gerade wie Vater und Mutter: Seht, so! Nun neigt euren Hals und sagt: ›Rapp!‹«
Und das taten sie; aber die anderen Enten ringsherum betrachteten sie und sagten ganz laut: »Sieh da! Nun sollen wir noch den Anhang haben, als ob wir nicht schon genug wären, und pfui, wie das eine Entlein aussieht, das wollen wir nicht dulden!« Und sogleich flog eine Ente hin und biss es in den Nacken.
»Lass es in Ruhe!«, sagte die Mutter. »Es tut ja niemand etwas.«
»Ja, aber es ist so groß und ungewöhnlich«, sagte die beißende Ente, »und deshalb muss es gepufft werden.«
»Es sind hübsche Kinder«, sagte die Ente mit dem Lappen um das Bein. »Alle zusammen schön, bis auf das eine, das ist nicht geglückt; ich möchte wünschen, dass sie es umarbeiten könnte.«
»Das geht nicht, Ihro Gnaden«, sagte die Entleinmutter; »es ist nicht hübsch, aber es hat ein gutes Gemüt und schwimmt so herrlich wie eins von den andern, ja, ich darf sagen, noch etwas besser; ich denke, es wird hübsch heranwachsen und mit der Zeit etwas kleiner werden; es hat so

lange in dem Ei gelegen und deshalb nicht die rechte Gestalt bekommen!« Und so zupfte sie es im Nacken und glättete das Gefieder. »Es ist überdies ein Enterich«, sagte sie, »und darum macht es nicht so viel aus. Ich denke, er wird gute Kräfte bekommen, er schlägt sich schon durch.«

»Die andern Entlein sind niedlich«, sagte die Alte. »Tut nun, als ob ihr zu Hause wäret, und findet ihr einen Aalkopf, so könnt ihr mir ihn bringen.«

Und so waren sie wie zu Hause.

Aber das arme Entlein, das zuletzt aus dem Ei gekrochen war und so hässlich aussah, wurde gebissen, gestoßen und zum Besten gehalten, und das sowohl von den Enten wie von den Hühnern. »Es ist zu groß«, sagten sie allesamt, und der kalekutische Hahn, der mit Sporen zur Welt gekommen war und deshalb glaubte, dass er Kaiser sei, blies sich wie ein Fahrzeug mit vollen Segeln auf, ging gerade auf das Entlein los, und dann kollerte er und wurde ganz rot am Kopfe. Das arme Entlein wusste weder wo es stehen noch wo es gehen sollte; es war betrübt, weil es hässlich aussah und vom ganzen Entenhofe verspottet wurde.

So ging es den ersten Tag, und später wurde es schlimmer und schlimmer. Das Entlein wurde von allen gejagt, selbst seine Geschwister waren böse darauf und sagten immer: »Wenn die Katze dich nur fangen möchte, du hässliches Geschöpf!«, und die Mutter sagte: »Wenn du nur weit fort wärest!« Die Enten bissen es, und die Hühner schlugen es, und ein Mädchen, das die Tiere füttern sollte, stieß mit dem Fuße danach.

Da lief und flatterte es über das Gehege; die kleinen Vögel in den Büschen flogen erschrocken auf. ›Das geschieht, weil ich hässlich bin!‹, dachte das Entlein und schloss die Augen, lief aber gleichwohl weiter; so kam es hinaus zu dem großen Moor, wo die wilden Enten wohnten. Hier lag es die ganze Nacht, es war sehr müde und kummervoll.

Am Morgen flogen die wilden Enten auf, und sie betrachteten den neuen Kameraden. »Was bist du für einer?«, fragten sie, und das Entlein wandte sich nach allen Seiten und grüßte, so gut es konnte.

»Du bist außerordentlich hässlich!«, sagten die wilden Enten. »Aber das kann uns gleichgültig sein, wenn du nur nicht in unsere Familie hinein heiratest.« Das Arme dachte wirklich nicht daran, sich zu verheiraten, wenn es nur die Erlaubnis hatte, im Schilfe zu liegen und etwas Moorwasser zu trinken.

So lag es ganze zwei Tage. Da kamen zwei wilde Gänse oder richtiger wil-

de Gänseriche dorthin; es war noch nicht lange her, dass sie aus dem Ei gekrochen waren, und deshalb waren sie auch so keck.
»Höre, Kamerad«, sagten sie, »du bist so hässlich, dass wir dich gut leiden mögen; willst du mitziehen und Zugvogel sein? Hier nahebei in einem anderen Moor gibt es einige liebliche, wilde Gänse, alle zusammen Fräulein, die da ›Rapp‹ sagen können. Du bist im Stande, dein Glück zu machen, so hässlich du auch bist!«
»Piff, paff!«, ertönte es, und beide wilde Gänseriche fielen tot in das Schilf nieder, und das Wasser wurde blutrot. »Piff, paff!«, erscholl es wieder, und ganze Scharen wilder Gänse flogen aus dem Schilfe auf, und dann knallte es wieder. Es war große Jagd: Die Jäger lagen rings um das Rohr herum, ja, einige saßen oben in den Baumzweigen, die sich weit über das Schilf hinstreckten. Der blaue Dampf zog gleich Wolken in die dunklen Bäume hinein und ging weit über das Wasser hin; zum Moor kamen die Jagdhunde: platsch! platsch! – das Schilf und das Rohr neigten sich nach allen Seiten. Das war ein Schreck für das arme Entlein; es wendete den Kopf, um ihn unter den Flügel zu stecken, und im selben Augenblick stand ein fürchterlich großer Hund dicht bei dem Entlein. Die Zunge hing ihm lang aus dem Halse heraus, und die Augen leuchteten gräulich hässlich; er streckte seinen Rachen dem Entlein gerade entgegen, zeigte ihm die scharfen Zähne und, platsch, platsch, ging er wieder, ohne es zu packen.

»Oh, Gott sei Dank!«, seufzte das Entlein, »ich bin so hässlich, dass mich selbst der Hund nicht beißen mag!«
So lag es ganz still, während der Bleihagel durch das Schilf sauste und Schuss auf Schuss knallte.
Erst spät am Tage wurde es still, aber das arme Junge wagte noch nicht, sich zu erheben; es wartete noch mehrere Stunden, bevor es sich umsah, und dann eilte es fort aus dem Moor, so schnell es konnte; es lief über Feld und Wiese, und es war ein Sturm, dass es ihm schwer wurde, von der Stelle zu kommen.
Gegen Abend erreichte es eine kleine Bauernhütte, die war so baufällig, dass sie selbst nicht wusste, nach welcher Seite sie fallen sollte, und darum

blieb sie stehen. Der Sturm umsauste das Entlein so, dass es sich niedersetzen musste, um sich dagegen zu stemmen; und es wurde schlimmer und schlimmer; da bemerkte es, dass die Tür aus der einen Angel gegangen war und so schief hing, dass es durch die Öffnung in die Stube hineinschlüpfen konnte, und das tat es.

Hier wohnte eine alte Frau mit ihrer Katze und ihrem Huhn, und die Katze, die sie Söhnchen nannte, konnte einen Buckel machen und spinnen, sie sprühte sogar Funken, wenn man sie gegen die Haare streichelte. Das Huhn hatte ganz kleine, niedrige Beine, und deshalb wurde es Küchelchen Kurzbein genannt; es legte gut Eier, und die Frau liebte es wie ihr eigenes Kind.

Am Morgen bemerkte man sogleich das fremde Entlein, und die Katze fing an zu spinnen und das Huhn zu glucken.

»Was ist das?«, sagte die Frau und sah sich rings um, aber sie sah nicht gut, und so glaubte sie, dass das Entlein eine fette Ente sei, die sich verirrt habe. »Das ist ja ein seltsamer Fang!«, sagte sie. »Nun kann ich Enteneier bekommen. Wenn es nur kein Enterich ist! Das müssen wir erproben.«

Und so wurde das Entlein für drei Wochen auf Probe angenommen, aber da kamen keine Eier. Und die Katze war Herr im Hause, und das Huhn war die Frau, und immer sagten sie: »Wir und die Welt!«, denn sie glaubten, dass sie die Hälfte seien, und zwar der allerbeste Teil. Das Entlein glaubte, dass man auch eine andere Meinung haben könne, aber das litt das Huhn nicht.

»Kannst du Eier legen?«, fragte es.

»Nein!«

»So wirst du deinen Mund halten!«

Und die Katze sagte: »Kannst du einen krummen Buckel machen, spinnen und Funken sprühen?«

»Nein!«

»So darfst du auch keine Meinung haben, wenn vernünftige Leute sprechen!«

Das Entlein saß im Winkel und war bei schlechter Laune; da fiel es ihm ein, an die frische Luft und den Sonnenschein zu denken; es bekam so sonderbare Lust, auf dem Wasser zu schwimmen, dass es nicht unterlassen konnte, dies der Henne zu sagen.

»Was fehlt dir?«, fragte die. »Du hast nichts zu tun, deshalb bekommst du die Grillen! Lege Eier oder spinne, so gehen sie vorüber.«

»Aber es ist so schön, auf dem Wasser zu schwimmen«, sagte das Entlein, »so herrlich, es über dem Kopfe zusammenschlagen zu lassen und auf den Grund niederzutauchen!«

»Ja, das ist ein großes Vergnügen!«, sagte die Henne. »Du bist wohl verrückt geworden! Frage die Katze danach – sie ist die Klügste, die ich kenne –, ob sie es liebt, auf dem Wasser zu schwimmen oder unterzutauchen; ich will nicht von mir sprechen. Frage selbst unsere Herrschaft, die alte Frau, klüger als sie ist niemand auf der Welt! Glaubst du, dass sie Lust hat, zu schwimmen und das Wasser über dem Kopfe zusammenschlagen zu lassen?«

»Ihr versteht mich nicht!«, sagte die Ente.

»Wir verstehen dich nicht? Wer soll dich denn verstehen können? Du wirst doch wohl nicht klüger sein wollen als die Katze und die Frau, mich will ich nicht erwähnen! Bilde dir nichts ein, Kind, und danke deinem lieben Schöpfer für all das Gute, das man dir erwiesen hat! Bist du nicht in eine warme Stube gekommen und hast einen Umgang, von dem du etwas lernen kannst? Aber du bist ein Schwätzer, und es ist nicht erfreulich, mit dir umzugehen. Mir kannst du glauben, ich meine es gut mit dir, ich sage dir Unannehmlichkeiten, und daran kann man seine wahren Freunde erkennen! Sieh zu, dass du Eier legen oder spinnen und Funken sprühen lernst!«

»Ich glaube, ich gehe hinaus in die weite Welt!«, sagte das Entlein.

»Ja, tue das!«, sagte das Huhn. Und so ging das Entlein.

Es schwamm auf dem Wasser, es tauchte unter, aber von allen Tieren wurde es wegen seiner Hässlichkeit übersehen.

Nun kam der Herbst, die Blätter im Walde wurden gelb und braun, der Wind riss sie ab, so dass sie umhertanzten, und oben in der Luft war es sehr kalt; die Wolken hingen schwer von Hagel und Schneeflocken. Auf dem Zaun stand ein Rabe und schrie: »Au, au!« vor lauter Kälte – ja, man konnte ordentlich frieren, wenn man daran dachte. Das arme Entlein hatte es wahrlich nicht gut. Eines Abends, als die Sonne schön unterging, kam ein ganzer Schwarm herrlicher, großer Vögel aus dem Busche; das Entlein hatte nie solche schönen gesehen. Sie waren ganz blendend weiß, mit langen, geschmeidigen Hälsen, es waren Schwäne. Sie stießen einen ganz eigentümlichen Ton aus, breiteten ihre prächtigen, langen Flügel aus und flogen von der kalten Gegend fort nach warmen Ländern, nach offenen Seen. Sie stiegen sehr hoch, und dem hässlichen, kleinen Entlein wurde es

sonderbar zu Mute; es drehte sich im Wasser wie ein Rad rund herum, streckte den Hals hoch in die Luft nach ihnen aus und stieß einen so lauten und sonderbaren Schrei aus, dass es sich selbst davor fürchtete.
Oh, es konnte die so schönen und die so glücklichen Vögel nicht mehr vergessen, und sobald es sie nicht mehr erblickte, tauchte es gerade bis auf den Grund, und als es wieder heraufkam, war es wie außer sich. Es wusste nicht, wie alle die Vögel hießen, nicht, wohin sie flogen, aber doch war es ihnen gut, wie es nie jemandem gewesen. Es beneidete sie durchaus nicht; wie konnte es ihm einfallen, sich solche Lieblichkeit zu wünschen! Es wäre schon froh gewesen, wenn die Enten es unter sich geduldet hätten, das arme, hässliche Tier!
Der Winter wurde immer kälter; das Entlein musste im Wasser herumschwimmen, um nicht völlig einzufrieren; aber in der Nacht wurde das Loch, worin es schwamm, kleiner und kleiner; es fror, dass es knackte; das Entlein musste fortwährend die Beine gebrauchen, damit das Wasser sich nicht schloss; zuletzt wurde es matt und fror so im Eise fest.

Des Morgens früh kam ein Landmann, der dies sah; er schlug mit seinem Holzschuh das Eis in Stücke und trug das Entlein heim zu seiner Frau.
Da wurde es wieder belebt. Die Kinder wollten mit ihm spielen, aber das Entlein glaubte, sie wollten ihm etwas zu Leide tun, und fuhr in der Angst gerade in den Milchnapf hinein, so dass die Milch in die Stube hinausspritzte. Die Frau schrie und schlug die Hände zusammen, worauf es in das Butterfass, dann hinunter in die Milchtonne und dann wieder aufflog.
Wie sah es da aus!
Die Frau schlug mit der Feuerzange danach, die Kinder rannten einander über den Haufen, um das Entlein zu fangen; sie lachten und schrien! Gut war es, dass die Tür aufstand und es zwischen die Reiser in den frisch gefallenen Schnee schlüpfen konnte; da lag es ganz ermattet.
Aber all die Not und das Elend, die das Entlein in dem harten Winter erdulden musste, zu erzählen, würde zu trübe sein. Es lag im Moor, zwi-

schen dem Rohre, als die Sonne wieder warm zu scheinen begann; die Lerchen sangen, es war herrlicher Frühling.
Da konnte auf einmal das Entlein seine Flügel schwingen, sie brausten stärker als früher und trugen es kräftig davon; und ehe es das selbst recht wusste, befand es sich in einem großen Garten, wo die Apfelbäume in Blüte standen, wo der Flieder duftete und seine langen, grünen Zweige gerade bis zu den gekrümmten Kanälen hinunter neigte. Oh, hier war es schön und frühlingsfrisch! Gerade vorn aus dem Dickicht kamen drei prächtige weiße Schwäne; sie brausten mit den Federn und schwammen leicht auf dem Wasser. Das Entlein kannte die prächtigen Tiere und wurde von einer eigentümlichen Traurigkeit befallen.
»Ich will zu ihnen hinfliegen, zu den königlichen Vögeln, und sie werden mich totschlagen, weil ich so hässlich bin und mich ihnen zu nähern wage; aber das ist ja gleichviel! Besser, von ihnen getötet, als von den Enten gezwackt, von den Hühnern geschlagen, von dem Mädchen, das den Hühnerhof hütet, gestoßen zu werden und im Winter Mangel zu leiden.«
Es flog hinaus in das Wasser und schwamm den prächtigen Schwänen entgegen; diese erblickten es und schossen mit brausenden Federn darauflos. »Tötet mich nur!«, sagte das arme Tier und neigte seinen Kopf der Wasserfläche zu und erwartete den Tod. Aber was erblickte es in dem klaren Wasser? Es sah sein eigenes Bild unter sich, das kein plumper, schwarzgrauer Vogel mehr war, hässlich und garstig, sondern selbst ein Schwan.
Es schadet nichts, in einem Entenhofe geboren zu sein, wenn man nur in einem Schwanenei gelegen hat.
Es fühlte sich ordentlich erfreut über all die Not und die Drangsal, die es erduldet hatte; jetzt erkannte es erst sein Glück an all der Herrlichkeit, die es begrüßte.
Die großen Schwäne umschwammen es und streichelten es mit dem Schnabel.
Im Garten kamen da einige kleine Kinder, die warfen Brot und Korn in das Wasser, und das kleinste rief: »Da ist ein Neuer!« Und die anderen Kinder jubelten mit: »Ja, es ist ein Neuer angekommen!« Sie klatschten in die Hände und tanzten umher, liefen zum Vater und zu der Mutter, und es wurden Brot und Kuchen in das Wasser geworfen, und sie sagten alle: »Der Neue ist der Schönste, so jung und so prächtig!« Und die alten Schwäne neigten sich vor ihm.

Da fühlte er sich beschämt und steckte den Kopf unter seine Flügel; er wusste selbst nicht, was er beginnen sollte, er war allzu glücklich, aber durchaus nicht stolz; denn ein gutes Herz wird nie stolz! Er dachte daran, wie er verfolgt und verhöhnt worden war, und hörte nun alle sagen, dass er der schönste dieser schönen Vögel sei; selbst der Flieder bog sich mit den Zweigen gerade zu ihm in das Wasser hinunter, und die Sonne schien warm und mild. Da brausten seine Federn, der schlanke Hals hob sich, und aus vollem Herzen jubelte er: »So viel Glück habe ich mir nicht träumen lassen, als ich noch das hässliche Entlein war!«

Die kleine Seejungfrau

Weit hinaus im Meer ist das Wasser so blau wie die Blätter der schönsten Kornblume und so klar wie das reinste Glas, aber es ist sehr tief, tiefer als irgendein Ankertau reicht; viele Kirchtürme müssten aufeinander gestellt werden, um vom Boden bis über das Wasser zu reichen.

Nun muss man aber nicht glauben, dass da nur der weiße Sandboden sei; nein, da wachsen die sonderbarsten Bäume und Pflanzen, die so geschmeidig im Stiel und in den Blättern sind, dass sie sich bei der geringsten Bewegung des Wassers rühren, gerade als ob sie lebten. Alle Fische, kleine und große, schlüpfen zwischen den Zweigen hindurch, ebenso wie hier oben die Vögel in der Luft. An der allertiefsten Stelle liegt des Meerkönigs Schloss, die Mauern sind von Korallen und die langen, spitzen Fenster vom allerklarsten Bernstein; aber das Dach bilden Muschelschalen, die sich öffnen und schließen, je nachdem das Wasser strömt. Das sieht herrlich aus, denn in jeder liegen strahlende Perlen; eine einzige würde in der Krone einer Königin die größte Pracht geben.

Der Meerkönig dort unten war seit vielen Jahren Witwer gewesen, während seine alte Mutter bei ihm wirtschaftete. Sie war eine kluge Frau, aber stolz auf ihren Adel, deshalb trug sie zwölf Austern auf dem Schwanze, die anderen Vornehmen durften nur sechs tragen. – Sonst verdiente sie großes Lob, besonders weil sie viel von den kleinen Meerprinzessinnen, ihren Enkelinnen, hielt. Es waren sechs schöne Kinder, aber die Jüngste war die Schönste von allen, ihre Haut war so klar und fein wie ein Rosenblatt, ihre Augen waren so blau wie der tiefste See, aber wie

all die andern hatte sie keine Füße, ihr Körper endete in einen Fischschwanz.
Den ganzen Tag konnten sie unten im Schlosse in den großen Sälen, wo lebendige Blumen aus den Wänden hervorwuchsen, spielen. Die großen Bernsteinfenster wurden aufgemacht, und dann schwammen die Fische zu ihnen hinein, wie bei uns die Schwalben hereinfliegen, wenn wir die Fenster aufmachen. Die Fische schwammen gerade zu den Prinzessinnen hin, fraßen aus ihren Händen und ließen sich streicheln.
Draußen vor dem Schlosse war ein großer Garten mit feuerroten und dunkelblauen Bäumen; die Früchte strahlten wie Gold und die Blumen wie brennendes Feuer, und sie bewegten fortwährend Stängel und Blätter. Die Erde selbst war der feinste Sand, aber blau wie die Schwefelflamme. Über dem Ganzen lag ein eigentümlich blauer Schein, man hätte eher glauben mögen, dass man hoch in der Luft stehe und nur Himmel über und unter sich habe, als dass man auf dem Grund des Meeres sei. Während der Windstille konnte man die Sonne erblicken, sie erschien wie eine Purpurblume, aus deren Kelch alles Licht ausströmte.
Eine jede der kleinen Prinzessinnen hatte ihren kleinen Fleck im Garten, wo sie graben und pflanzen konnte, wie es ihr gefiel. Die eine gab ihrem Blumenfleck die Gestalt eines Walfisches, einer andern gefiel es besser, dass der ihre einem kleinen Meerweib gleiche, aber die jüngste machte den ihren ganz rund, der Sonne gleich, und hatte nur Blumen, die rot wie diese schienen. Sie war ein wunderbares Kind, still und nachdenkend, und wenn die andern Schwestern mit den seltsamen Sachen, die sie von gestrandeten Schiffen erhalten hatten, Staat machten, wollte sie nur außer den rosenroten Blumen, die der Sonne dort oben glichen, ein hübsches Marmorbild haben; es war ein herrlicher Knabe, aus weißem, klarem Stein gehauen, der beim Stranden auf den Meeresgrund gekommen war. Sie pflanzte bei dem Bilde eine rosenrote Trauerwinde, die wuchs herrlich und hing mit ihren frischen Zweigen über den Knaben

hinweg, gegen den blauen Sandboden hinunter, wo der Schatten sich bläulich zeigte und gleich den Zweigen in Bewegung war. Es sah aus, als ob die Spitze und die Wurzeln miteinander spielten, als wollten sie sich küssen.

Es gab keine größere Freude für sie, als von der Menschenwelt dort oben zu hören; die alte Großmutter musste alles, was sie von Schiffen und Städten, Menschen und Tieren wusste, erzählen. Hauptsächlich erschien ihr ganz besonders schön, dass oben auf der Erde die Blumen duften, das taten sie auf dem Grunde des Meeres nicht, und dass die Wälder grün sind und dass die Fische, die man dort zwischen den Bäumen erblickt, so laut und herrlich singen können, dass es eine Lust ist; das waren die kleinen Vögel, die von der Großmutter Fische genannt wurden, denn sonst konnten die Kinder sie nicht verstehen, da sie noch keinen Vogel erblickt hatten.

»Wenn ihr euer fünfzehntes Jahr erreicht habt«, sagte die Großmutter, »dann sollt ihr die Erlaubnis erhalten, aus dem Wasser emporzutauchen, im Mondschein auf der Klippe zu sitzen und die großen Schiffe, die vorbeisegeln, zu sehen, Wälder und Städte werdet ihr dann erblicken!« In dem kommenden Jahr war die eine der Schwestern fünfzehn Jahre alt. Von den Übrigen war eine immer ein Jahr jünger als die andere, die jüngste von ihnen hatte demnach noch volle fünf Jahre zu warten, bevor sie aus dem Grunde des Meeres hinaufkommen und sehen konnte, wie es bei uns aussah. Aber die eine versprach der andern zu erzählen, was sie erblickt, was sie am ersten Tag am schönsten gefunden habe; denn ihre Großmutter erzählte ihnen nicht genug, da war vieles, worüber sie Auskunft haben wollten.

Keine war so sehnsüchtig wie die Jüngste, gerade sie, die noch die längste Zeit zu warten hatte und die so still und gedankenvoll war. Manche Nacht stand sie am offenen Fenster und sah durch das dunkelblaue Wasser empor, wie die Fische mit ihren Flossen und Schwänzen schlugen. Mond und Sterne konnte sie sehen, freilich schienen sie ganz bleich, aber durch das Wasser sahen sie weit größer aus als vor unsern Augen. Zog dann etwas einer schwarzen Wolke gleich unter ihnen hin, so wusste sie, dass es entweder ein Walfisch, der über ihr schwamm, oder auch ein Schiff mit vielen Menschen war; sie dachten sicher nicht daran, dass eine liebliche, kleine Seejungfrau unten stehe und ihre weißen Hände gegen den Kiel emporstrecke.

Nun war die älteste Prinzessin fünfzehn Jahre alt und durfte über die Meeresfläche emporsteigen.
Als sie zurückkehrte, hatte sie hunderterlei zu erzählen, aber das Schönste, sagte sie, war, im Mondschein auf einer Sandbank in der ruhigen See zu liegen und nahebei die Küste mit der großen Stadt zu betrachten, wo die Lichter gleich hundert Sternen blinkten, die Musik und den Lärm und das Toben von Wagen und Menschen zu hören, die vielen Kirchtürme und Spitzen zu sehen und das Läuten der Glocken zu hören. Gerade weil sie noch nicht da hinauf gelangen konnte, sehnte die Jüngste sich am allermeisten nach allem diesem.
Oh, wie horchte sie auf, und wenn sie später des Abends am Fenster stand und durch das dunkelblaue Wasser emporblickte, gedachte sie der großen Stadt mit all dem Lärm und Toben, und dann glaubte sie das Läuten der Kirchenglocken bis zu sich herunter hören zu können.
Im folgenden Jahre erhielt die zweite Schwester die Erlaubnis, durch das Wasser emporzusteigen und zu schwimmen, wohin sie wolle. Sie tauchte auf, eben als die Sonne unterging, und dieser Anblick, fand sie, war das Schönste. Der ganze Himmel habe wie Gold ausgesehen, sagte sie, und die Wolken, ja, deren Schönheit konnte sie nicht genug beschreiben; rot und blau waren sie über ihr dahingesegelt, aber weit schneller als diese flog, einem langen, weißen Schleier gleich, ein Schwarm wilder Schwäne über das Wasser hin, wo die Sonne stand. Sie schwammen ihr entgegen, aber die Sonne sank, und der Rosenschein erlosch auf der Meeresfläche und den Wolken.
Das Jahr darauf kam die dritte Schwester hinauf; sie war die mutigste von allen, deshalb schwamm sie einen breiten Fluss aufwärts, der in das Meer ausmündete. Herrlich grüne Hügel mit Weinranken erblickte sie, Schlösser und Gehöfte schimmerten durch prächtige Wälder hervor, und sie hörte, wie alle Vögel sangen. In einer kleinen Bucht traf sie einen ganzen Schwarm kleiner Menschenkinder, ganz nackt liefen sie und plätscherten im Wasser; sie wollte mit ihnen spielen, aber die Kinder liefen erschrocken davon, und es kam ein kleines, schwarzes Tier, das war ein Hund, aber sie hatte nie einen Hund gesehen, der bellte sie so erschrecklich an, dass ihr bange wurde und sie die offene See zu erreichen suchte. Nie konnte sie die Wälder, die Hügel und die niedlichen Kinder vergessen, die im Wasser schwimmen konnten, obgleich sie keinen Fischschwanz hatten.
Die vierte Schwester war nicht so kühn, sie blieb draußen mitten im wil-

den Meer und erzählte, dass es dort am schönsten sei; man sehe ringsumher, viele Meilen weit, und der Himmel stehe wie eine Glasglocke darüber. Schiffe hatte sie gesehen, aber nur in weiter Ferne, sie sahen wie Strandmöwen aus, und die possierlichen Delfine hatten Purzelbäume geschossen und die großen Walfische aus ihren Nasenlöchern Wasser emporgespritzt, so dass es ausgesehen hatte wie Hunderte von Springbrunnen ringsumher.

Nun kam die Reihe an die fünfte Schwester; ihr Geburtstag fiel in den Winter, und deshalb sah sie, was die andern das erste Mal nicht gesehen hatten. Die See nahm sich ganz grün aus, und ringsherum schwammen große Eisberge, ein jeder sah wie eine Perle aus, sagte sie, und war doch weit größer als die Kirchtürme der Menschen. Sie zeigten sich in den sonderbarsten Gestalten und glänzten wie Diamanten. Sie hatte sich auf einen der allergrößten gesetzt, und alle Segler kreuzten erschrocken draußen herum, wo sie saß und den Wind mit ihrem langen Haar spielen ließ; aber gegen Abend hatte sich der Himmel mit Wolken überzogen, es blitzte und donnerte, während die schwarze See die großen Eisblöcke hoch emporhob und sie beim roten Blitz erglänzen ließ. Auf allen Schiffen zog man die Segel ein, da war eine Angst und ein Grauen, aber sie saß ruhig auf ihrem schwimmenden Eisberge und sah die blauen Blitzstrahlen im Zickzack in die schimmernde See fahren.

Das erste Mal, wenn eine der Schwestern über das Wasser emporkam, war jede entzückt über das Neue und Schöne, was sie erblickte; aber da sie nun als erwachsene Mädchen die Erlaubnis hatten, hinaufzusteigen wann sie wollten, wurde es ihnen gleichgültig. Sie sehnten sich wieder zurück, und nach Verlauf eines Monats sagten sie, dass es da unten bei ihnen am allerschönsten sei. Da sei man hübsch zu Hause.

In mancher Abendstunde nahmen die fünf Schwestern einander in die Arme und stiegen in einer Reihe über das Wasser auf; herrliche Stimmen hatten sie, schöner als irgendein Mensch, und wenn dann ein Sturm im Anzug war, so dass sie vermuten konnten, dass Schiffe untergehen würden, schwammen sie vor den Schiffen her und sangen lieblich, wie schön es auf dem Grunde des Meeres sei. Sie baten die Seeleute, sich nicht zu fürchten, da hinunterzukommen, die aber konnten die Worte nicht verstehen und glaubten, es sei der Sturm. Sie bekamen auch die Herrlichkeiten dort unten nicht zu sehen, denn wenn das Schiff sank, ertranken die Menschen und kamen als Leichen zu des Meerkönigs Schloss.

Wenn die Schwestern so des Abends Arm in Arm hoch durch das Wasser hinaufstiegen, dann stand die kleine Schwester ganz allein und sah ihnen nach, und es war ihr, als ob sie weinen müsste, aber die Seejungfrau hat keine Tränen, und darum leidet sie weit mehr.

»Ach, wäre ich doch fünfzehn Jahre alt!«, sagte sie. »Ich weiß, dass ich die Welt dort oben und die Menschen, die darauf wohnen, recht lieben werde.«

Endlich war sie fünfzehn Jahre alt.

»Sieh, nun bist du erwachsen!«, sagte die Großmutter, die alte Königin-Witwe. »Komm, nun lass mich dich schmücken gleich deinen andern Schwestern!« Und sie setzte ihr einen Kranz weißer Lilien auf das Haar, aber jedes Blatt in der Blume war die Hälfte einer Perle; und die Alte ließ acht große Austern sich im Schwanze der Prinzessin festklemmen, um ihren hohen Rang zu zeigen.

»Das tut weh!«, sagte die kleine Seejungfrau.
»Ja, Hoffart muss Zwang leiden!«, sagte die Alte.
Oh, sie hätte gern alle diese Pracht abschütteln und den schweren Kranz ablegen mögen, ihre roten Blumen im Garten kleideten sie besser, aber sie konnte es nun nicht ändern. »Lebt wohl!«, sprach sie und stieg leicht und klar, gleich einer Blase, durch das Wasser auf.
Die Sonne war eben untergegangen, als sie den Kopf über das Wasser erhob, aber alle Wolken glänzten noch wie Rosen und Gold, und inmitten der blassroten Luft strahlte der Abendstern hell und schön, die Luft war mild und frisch und das Meer ganz ruhig. Da lag ein großes Schiff mit drei Masten, ein einziges Segel war nur aufgezogen, denn es rührte sich kein Lüftchen, und ringsumher im Tauwerk und auf den Stangen saßen Matrosen. Da war Musik und Gesang, und wie der Abend dunkler ward, wurden Hunderte von bunten Laternen angezündet; sie sahen aus, als ob die Flaggen aller Völker in der Luft wehten. Die kleine Seejungfrau schwamm bis zum Kajütenfenster hin, und jedes Mal, wenn das Wasser sie emporhob, konnte sie durch die spiegelklaren Fensterscheiben blicken, wo viele geputzte Menschen standen; aber der schönste war doch der junge Prinz mit den großen, schwarzen Augen. Er war sicher nicht mehr als fünfzehn Jahre alt; heute war sein Geburtstag, und deshalb herrschte all diese Pracht. Die Matrosen tanzten auf dem Verdeck, und als der junge Prinz da hinaustrat, stiegen über hundert Raketen in die Luft, die leuchteten wie der helle Tag, so dass die kleine Seejungfrau sehr erschrak und unter das Wasser tauchte. Aber bald steckte sie den Kopf wieder hervor, und da war es gerade, als ob alle Sterne des Himmels zu ihr herunterfielen. Nie hatte sie solche Feuerkünste gesehen. Große Sonnen sprühten herum, prächtige Feuerfische flogen in die blaue Luft, und alles glänzte in der klaren, stillen See wider. Auf dem Schiffe selbst war es so hell, dass man jedes kleine Tau, wie viel mehr die Menschen sehen konnte. Oh, wie war doch der junge Prinz hübsch, und er drückte den Leuten die Hände und lächelte, während die Musik in der herrlichen Nacht erklang!
Es wurde spät, aber die kleine Seejungfrau konnte ihre Augen nicht von dem Schiffe und dem schönen Prinzen wegwenden. Die bunten Laternen wurden ausgelöscht, Raketen stiegen nicht mehr in die Höhe, es ertönten auch keine Kanonenschüsse mehr, aber tief unten im Meer summte und brummte es. Inzwischen saß sie auf dem Wasser und schaukelte auf und nieder, so dass sie in die Kajüte hineinblicken konnte. Aber das Schiff be-

kam mehr Wind, ein Segel nach dem andern breitete sich aus, nun gingen die Wogen stärker, große Wolken zogen auf, es blitzte in der Ferne. Oh, es würde ein erschrecklich böses Wetter werden; deshalb zogen die Matrosen die Segel ein. Das große Schiff schaukelte in fliegender Fahrt auf der wilden See, das Wasser erhob sich gleich großen, schwarzen Bergen, die sich über die Maste wälzen wollten, aber das Schiff tauchte einem Schwan gleich zwischen den hohen Wogen nieder und ließ sich wieder auf die aufgetürmten Wasser heben. Der kleinen Seejungfrau dünkte es eine recht lustige Fahrt zu sein, aber so erschien es den Seeleuten nicht. Das Schiff knackte und krachte, die dicken Planken bogen sich bei den starken Stößen, die See drang in das Schiff hinein, der Mast brach mittendurch, als ob er ein Rohr wäre, und das Schiff legte sich auf die Seite, während das Wasser in den Raum eindrang. Nun sah die kleine Seejungfrau, dass sie in Gefahr waren, sie musste sich selbst vor Balken und Stücken vom Schiff, die auf dem Wasser trieben, in Acht nehmen. Einen Augenblick war es so stockdunkel, dass sie nicht das Mindeste wahrnehmen konnte, aber wenn es dann blitzte, wurde es wieder so hell, dass sie alle auf dem Schiff erkennen konnte; besonders suchte sie den jungen Prinzen, und sie sah ihn, als das Schiff verschwand, in das tiefe Meer versinken. Zuerst wurde sie ganz vergnügt, denn nun kam er zu ihr hinunter, aber da gedachte sie, dass die Menschen nicht im Wasser leben können und dass er nicht anders als tot zum Schlosse ihres Vaters hinuntergelangen konnte. Nein, sterben, das durfte er nicht; deshalb schwamm sie hin zwischen Balken und Planken, die auf der See trieben, und vergaß völlig, dass diese sie hätten zerquetschen können; sie tauchte tief unter das Wasser und stieg wieder hoch zwischen den Wogen empor und gelangte am Ende so zu dem jungen Prinzen hin, der fast nicht länger in der stürmenden See schwimmen konnte; seine Arme und Beine begannen zu ermatten, die schönen Augen schlossen sich, er hätte sterben müssen, wäre die kleine Seejungfrau nicht hinzugekommen. Sie hielt seinen Kopf über das Wasser empor und ließ sich dann mit ihm von den Wogen treiben, wohin sie wollten.

Am Morgen war das böse Wetter vorüber, von dem Schiffe war keine Spur zu erblicken, die Sonne stieg rot und glänzend aus dem Wasser empor, es war, als ob des Prinzen Wangen Leben dadurch erhielten, aber die Augen blieben geschlossen. Die Seejungfrau küsste seine hohe, schöne Stirn und strich sein nasses Haar zurück; es kam ihr vor, als gleiche er dem

Marmorbilde unten in ihrem kleinen Garten, sie küsste ihn wieder und wünschte, dass er noch leben möchte.

Nun erblickte sie vor sich das feste Land, hohe, blaue Berge, auf deren Gipfeln der weiße Schnee erglänzte, als wären es Schwäne, die dort lägen; unten an der Küste waren herrliche, grüne Wälder, und vorn lag eine Kirche oder ein Kloster, das wusste sie nicht recht, aber ein Gebäude war es. Zitronen- und Apfelsinenbäume wuchsen im Garten, und vor dem Tor standen hohe Palmbäume. Die See bildete hier eine kleine Bucht, da war es ganz still, aber sehr tief; hierher bis zur Klippe, wo der weiße, feine Sand aufgespült war, schwamm sie mit dem schönen Prinzen, legte ihn in den Sand und sorgte besonders dafür, dass der Kopf hoch im warmen Sonnenschein lag.

Nun läuteten die Glocken in dem großen, weißen Gebäude, und es kamen viel junge Mädchen durch den Garten. Da schwamm die kleine Seejungfrau weiter hinaus, hinter einige hohe Steine, die aus dem Wasser emporragten, legte Seeschaum auf ihr Haar und ihre Brust, so dass niemand ihr kleines Antlitz sehen konnte, und dann passte sie auf, wer zu dem armen Prinzen kommen würde.

Es währte nicht lange, bis ein junges Mädchen dorthin kam; sie schien sehr zu erschrecken, aber nur einen Augenblick, dann holte sie mehrere Menschen, und die Seejungfrau sah, dass der Prinz zum Leben zurückkehrte und dass er alle ringsherum anlächelte, aber zu ihr hinaus lächelte er nicht, er wusste ja auch nicht, dass sie ihn gerettet hatte. Sie fühlte sich sehr betrübt, und als er in das große Gebäude hineingeführt wurde, tauchte sie traurig unter das Wasser und kehrte zum Schlosse ihres Vaters zurück.

Immer war sie still und nachdenkend gewesen, aber nun wurde sie es weit mehr. Die Schwestern fragten sie, was sie das erste Mal dort oben gesehen habe, aber sie erzählte nichts.

Manchen Abend und Morgen stieg sie da hinauf, wo sie den Prinzen verlassen hatte. Sie sah, wie die Früchte des Gartens reiften und abgepflückt wurden, sie sah, wie der Schnee auf den hohen Bergen schmolz, aber den Prinzen erblickte sie nicht, und deshalb kehrte sie immer betrübter heim. Da war es ihr einziger Trost, in ihrem kleinen Garten zu sitzen und ihre Arme um das schöne Marmorbild zu schlingen, das dem Prinzen glich, aber ihre Blumen pflegte sie nicht, die wuchsen wie in einer Wildnis über die Gänge hinaus und flochten ihre langen Stiele und Blätter in die Zweige der Bäume hinein, so dass es dort ganz dunkel war.

Zuletzt konnte sie es nicht länger aushalten, sondern sagte es einer ihrer Schwestern, und da bekamen es gleich alle andern zu wissen, aber auch niemand sonst als diese und ein paar andere Seejungfrauen, die es nicht weiter sagten, außer ihren nächsten Freundinnen. Eine von ihnen wusste, wer der Prinz war, sie hatte auch das Fest auf dem Schiffe gesehen und gab an, woher er war und wo sein Königsschloss lag.

Dieses war aus einer hellgelben, glänzenden Steinart aufgeführt, mit großen Marmortreppen, deren eine gerade in das Meer hinunterreichte. Prächtige vergoldete Kuppeln erhoben sich über dem Dache, und zwischen den Säulen, die um das Gebäude herumliefen, standen Marmorbilder, die sahen aus, als lebten sie. Durch das klare Glas in den hohen Fenstern blickte man in die prächtigsten Säle hinein, wo köstliche, seidene Vorhänge und Teppiche aufgehängt und alle Wände mit großen Gemälden geziert waren, so dass es ein wahres Vergnügen war, sie zu betrachten. Mitten in dem größten Saal plätscherte ein großer Springbrunnen, seine Strahlen reichten hoch hinauf gegen die Glaskuppel in der Decke. Durch diese Kuppel aber schien die Sonne auf das Wasser und die schönen Pflanzen, die in dem großen Becken wuchsen.

Nun wusste die kleine Seejungfrau, wo er wohnte, und dort war sie manchen Abend und manche Nacht auf dem Wasser; sie schwamm dem Lande weit näher, als eine der andern es gewagt hatte, ja, sie ging den schmalen Kanal ganz hinauf, unter den prächtigen Marmoraltan, der einen langen Schatten über das Wasser hinwarf. Hier saß sie und betrachtete den jungen Prinzen, der glaubte, er sei ganz allein in dem klaren Mondschein.

Sie sah ihn manchen Abend mit Musik in seinem prächtigen Boote, von dem die Flaggen wehten, segeln; sie lauschte durch das grüne Schilf hervor; und ergriff der Wind ihren langen, silberweißen Schleier und jemand sah ihn, so glaubte er, es sei ein Schwan, der die Flügel ausbreite.

Sie hörte in mancher Nacht, wenn die Fischer mit Fackeln auf der See waren, dass sie viel Gutes von dem jungen Prinzen erzählten, und es freute sie, dass sie sein Leben gerettet hatte, als er halb tot auf den Wogen herumtrieb, und sie dachte daran, wie fest sein Haupt an ihrem Busen geruht und wie herzlich sie ihn da geküsst hatte; er wusste gar nichts davon, konnte nicht einmal von ihr träumen.

Mehr und mehr fing sie an, die Menschen zu lieben, mehr und mehr wünschte sie, unter ihnen umherwandeln zu können, deren Welt ihr weit größer zu sein schien als die ihrige; sie konnten ja auf Schiffen über das Meer fliegen, auf den hohen Bergen hoch über die Wolken emporsteigen, und die Länder, die sie besaßen, erstreckten sich mit Wäldern und Feldern weiter, als ihre Blicke reichten. Da war so vieles, was sie zu wissen wünschte, aber die Schwestern wussten ihr nicht alles zu beantworten, deshalb fragte sie die alte Großmutter, und diese kannte die höhere Welt recht gut, die sie sehr richtig die Länder über dem Meer nannte.

»Wenn die Menschen nicht ertrinken«, fragte die kleine Seejungfrau, »können sie dann ewig leben, sterben sie nicht wie wir unten im Meer?«

»Ja«, sagte die Alte, »sie müssen auch sterben, und ihre Lebenszeit ist sogar noch kürzer als die unsere. Wir können dreihundert Jahre alt werden, aber wenn wir dann aufhören zu sein, so werden wir in Schaum auf dem Wasser verwandelt, haben nicht einmal ein Grab hier unten unter unsern Lieben. Wir haben keine unsterbliche Seele, wir erhalten nie wieder Leben, wir sind gleich dem grünen Schilf, ist das einmal durchschnitten, so kann es nicht wieder grünen. Die Menschen dahingegen haben eine Seele, die ewig lebt, nachdem der Körper zu Erde geworden ist; sie steigt hinauf zu den glänzenden Sternen! So wie wir aus dem Wasser auftauchen und die Länder der Menschen erblicken, so steigen sie zu unbekannten, herrlichen Orten auf, die wir nie zu sehen bekommen.«

»Warum bekamen wir keine unsterbliche Seele?«, fragte die kleine Seejungfrau betrübt. »Ich möchte alle meine Hunderte von Jahren, die ich zu leben habe, dafür geben, um nur einen Tag ein Mensch zu sein und dann Anteil an der himmlischen Welt zu haben.«

»Daran musst du nicht denken!«, sagte die Alte. »Wir fühlen uns weit glücklicher und besser als die Menschen dort oben!«

»Ich werde also sterben und als Schaum auf dem Meer treiben, nicht die Musik der Wogen hören, die Blumen und die Sonne sehen? Kann ich denn gar nichts tun, um eine unsterbliche Seele zu gewinnen?«

»Nein«, sagte die Alte, »nur wenn ein Mensch dich so lieben würde, dass du ihm mehr als Vater und Mutter wärest; wenn er mit all seinem Denken und all seiner Liebe an dir hinge, seine rechte Hand in die deinige legen wollte, mit dem Versprechen der Treue hier und in alle Ewigkeit, dann flösse seine Seele in deinen Körper über, und auch du erhieltest Anteil an der Glückseligkeit der Menschen. Er gäbe dir Seele und behielte doch seine eigene. Aber das kann nie geschehen! Was hier im Meer gerade schön ist, dein Fischschwanz, den finden sie dort auf der Erde hässlich, sie verstehen es nun nicht besser, man muss dort zwei plumpe Stützen haben, die sie Beine nennen, um schön zu sein!«

Da seufzte die kleine Seejungfrau und sah betrübt auf ihren Fischschwanz.

»Lass uns froh sein!«, sagte die Alte. »Hüpfen und springen wollen wir in den dreihundert Jahren, die wir zu leben haben. Das ist wahrlich lange Zeit genug, später kann man umso besser ausruhen. Heute Abend werden wir Hofball haben!«

Das war auch eine Pracht, wie man sie nie auf Erden erblickt. Die Wände und die Decke des großen Tanzsaales waren von dickem, aber klarem Glase. Mehrere Hundert ungeheure Muschelschalen, rosenrote und grasgrüne, standen zu jeder Seite in Reihen mit einem blau brennenden Feuer, das den ganzen Saal beleuchtete und durch die Wände hinausschien, so dass die See draußen ganz beleuchtet war. Man konnte alle die unzähligen Fische sehen, große und kleine, die gegen die Glasmauern hinschwammen; auf einigen glänzten die Schuppen purpurrot, auf andern erschienen sie wie Silber und Gold. – Mitten durch den Saal floss ein breiter Strom, und auf ihm tanzten die Meermänner und Meerweibchen zu ihrem eigenen lieblichen Gesang. So schöne Stimmen haben die Menschen auf der Erde nicht. Die kleine Seejungfrau sang am schönsten von ihnen allen, sie wurde deshalb beklatscht, und einen Augenblick fühlte sie eine Freude in ihrem Herzen, denn sie wusste, dass sie die schönste Stimme von allen auf der Erde und im Meere hatte. Aber bald gedachte sie wieder der Welt oben über sich; sie konnte den hübschen Prinzen und ihren Kummer, dass sie keine unsterbliche Seele wie er besaß, nicht vergessen. Deshalb schlich sie sich aus ihres Vaters Schloss hinaus, und während alles drinnen Gesang und Frohsinn war, saß sie betrübt in ihrem kleinen Garten. Da hörte sie das Waldhorn durch das Wasser ertönen, und sie dachte: ›Nun segelt er sicher dort oben, er, von dem ich mehr halte als von Vater und Mutter, er, an dem meine Sinne hängen und in dessen Hand ich meines Lebens Glück legen möchte. Alles will ich wagen, um ihn und eine unsterbliche Seele zu gewinnen! Während meine Schwestern dort in meines Vaters Schloss tanzen, will ich zur Meerhexe gehen, vor der ich mich immer gefürchtet habe, aber sie kann mir vielleicht raten und helfen!‹

Nun ging die kleine Seejungfrau aus ihrem Garten hinaus nach den brausenden Strudeln hin, hinter denen die Hexe wohnte. Den Weg hatte sie früher nie zurückgelegt; da wuchsen keine Blumen, kein Seegras, nur der nackte, graue Sandboden erstreckte sich gegen die Strudel hin, wo das Wasser gleich brausenden Mühlrädern herumwirbelte und alles, was es erfasste, mit sich in die Tiefe riss. Mitten zwischen diesen zermalmenden Wirbeln musste sie hindurch, um in den Bereich der Meerhexe zu gelangen, und hier war ein langes Stück kein anderer Weg als über warmen sprudelnden Schlamm, den die Hexe ihr Torfmoor nannte. Dahinter lag ihr Haus mitten in einem seltsamen Walde. Alle Bäume und Büsche waren Polypen, halb Tier, halb Pflanze, sie sahen aus wie hundertköpfige Schlangen, die aus der Erde hervorwuchsen; alle Zweige waren lange, schleimige Arme mit Fingern wie geschmeidige Würmer, und Glied um Glied bewegten sie sich, von der Wurzel bis zur äußersten Spitze. Alles, was sie im Meer erfassen konnten, umschlangen sie fest und ließen es nie wieder fahren. Die kleine Seejungfrau blieb ganz erschrocken stehen; ihr Herz pochte vor Furcht, fast wäre sie umgekehrt, aber sie dachte an den Prinzen und an die Seele des Menschen, und da bekam sie Mut. Ihr langes, fliegendes Haar band sie fest um das Haupt, damit die Polypen sie nicht daran ergreifen möchten, beide Hände legte sie über ihre Brust zusammen und schoss so davon, wie der Fisch durch das Wasser schießen kann, zwischen den hässlichen Polypen hindurch, die ihre geschmeidigen Arme und Finger hinter ihr herstreckten. Sie sah, wie jeder von ihnen etwas, das er ergriffen hatte, mit Hunderten von kleinen Armen, gleich starken Eisenbanden, hielt. Menschen, die auf der See umgekommen und tief hinunter gesunken waren, sahen als weiße Gerippe aus den Armen der Polypen hervor. Schiffsruder und Kisten hielten sie fest, Knochen von Landtieren und ein kleines Meerweib, das sie gefangen und erstickt hatten, das war ihr das Schrecklichste.

Nun kam sie zu einem großen, sumpfigen Platz im Walde, wo große, fette Wasserschlangen sich wälzten und ihren hässlichen, weißgelben Bauch zeigten. Mitten auf dem Platze war ein Haus, von weißen Knochen ge-

strandeter Menschen errichtet, da saß die Meerhexe und ließ eine Kröte aus ihrem Munde fressen, gerade wie die Menschen einem kleinen Kanarienvogel Zucker zu essen geben. Die hässlichen, fetten Wasserschlangen nannte sie ihre Küchlein und ließ sie sich auf ihrer Brust ringeln.

»Ich weiß schon, was du willst!«, sagte die Meerhexe; »es ist zwar dumm von dir, doch sollst du deinen Willen haben, denn er wird dich ins Unglück stürzen, meine schöne Prinzessin. Du willst gern deinen Fischschwanz los sein und stattdessen zwei Stützen gleich wie die Menschen zum Gehen haben, damit der junge Prinz verliebt in dich werden möge und du ihn und eine unsterbliche Seele erhalten kannst!« Dabei lachte die Hexe widerlich, so dass die Kröte und die Schlange auf die Erde fielen, wo sie sich wälzten. »Du kommst gerade zur rechten Zeit«, sagte die Hexe, »morgen, wenn die Sonne aufgeht, könnte ich dir nicht helfen, bis wieder ein Jahr vorüber wäre. Ich werde dir einen Trank bereiten, mit dem musst du, bevor die Sonne aufgeht, nach dem Lande schwimmen, dich dort an das Ufer setzen und ihn trinken, dann schwindet dein Schweif und schrumpft zu dem, was die Menschen niedliche Beine nennen, ein; aber das tut weh, es ist, als ob ein scharfes Schwert dich durchdränge. Alle, die dich sehen, werden sagen, du seiest das schönste Menschenkind, was sie gesehen haben! Du behältst deinen schwebenden Gang, keine Tänzerin kann schweben wie du, aber bei jedem Schritt, den du machst, ist dir, als ob du auf scharfe Messer trätest, als ob dein Blut fließen müsste. Willst du alles dies leiden, so werde ich dir helfen!«

»Ja!«, sagte die kleine Seejungfrau mit bebender Stimme und gedachte des Prinzen und der unsterblichen Seele.

»Aber bedenke«, sagte die Hexe, »hast du erst menschliche Gestalt bekommen, so kannst du nie wieder eine Seejungfrau werden! Du kannst nie durch das Wasser zu deinen Schwestern und zum Schlosse deines Vaters zurückkehren, und gewinnst du des Prinzen Liebe nicht, so dass er für dich Vater und Mutter vergisst, an dir mit Leib und Seele hängt und ihr Mann und Frau werdet, so bekommst du keine unsterbliche Seele! Am ersten Morgen, nachdem er mit einer andern verheiratet ist, da wird dein Herz brechen, und du wirst zu Schaum auf dem Wasser.«

»Ich will es!«, sagte die kleine Seejungfrau und ward bleich wie der Tod.

»Aber du musst mich auch bezahlen!«, sagte die Hexe, »und es ist nicht wenig, was ich verlange. Du hast die schönste Stimme von allen hier auf dem Grunde des Meeres, damit glaubst du wohl, ihn bezaubern zu können, aber diese Stimme musst du mir geben. Das Beste, was du besitzest, will ich für meinen köstlichen Trank haben! Mein eigen Blut muss ich dir ja darin geben, damit der Trank scharf werde wie ein zweischneidig Schwert!«

»Aber wenn du meine Stimme nimmst«, sagte die kleine Seejungfrau, »was bleibt mir dann übrig?«

»Deine schöne Gestalt«, sagte die Hexe, »dein schwebender Gang und deine sprechenden Augen, damit kannst du schon ein Menschenherz betören. Nun, hast du den Mut verloren? – Strecke deine kleine Zunge hervor, dann schneide ich sie an Zahlungs statt ab, und du erhältst den kräftigen Trank!«

»Es geschehe!«, sagte die kleine Seejungfrau, und die Hexe setzte ihren Kessel auf, um den Zaubertrank zu kochen. »Reinlichkeit ist eine gute Sache!«, sagte sie und scheuerte den Kessel mit den Schlangen ab, die sie in einen Knoten band; nun ritzte sie sich selbst in die Brust und ließ ihr schwarzes Blut dahinein tröpfeln; der Dampf bildete die sonderbarsten Gestalten, so dass einem Angst und Bange werden musste. Jeden Augenblick warf die alte Hexe neue Sachen in den Kessel, und als es recht kochte, klang es, als ob ein Krokodil weinte. Zuletzt war der Trank fertig, er sah aus wie das klarste Wasser.

»Da hast du ihn!«, sagte die Hexe und schnitt der kleinen Seejungfrau die Zunge ab, die nun stumm war, weder singen noch sprechen konnte.

»Sollten die Polypen dich ergreifen, wenn du durch meinen Wald zurückkehrst«, sagte die Hexe, »so wirf nur einen einzigen Tropfen dieses Getränkes auf sie, davon zerspringen ihre Arme und Finger in tausend Stücke!« Aber das brauchte die kleine Seejungfrau nicht zu tun, die Polypen zogen sich erschrocken vor ihr zurück, als sie den glänzenden Trank erblickten, der in ihrer Hand leuchtete, als sei es ein funkelnder Stern. So kam sie schnell durch den Wald, das Moor und die brausenden Strudel.

Sie konnte ihres Vaters Schloss sehen, die Fackeln waren in dem großen Tanzsaal erloschen; sie schliefen sicher alle darin, aber sie wagte doch nicht, sie aufzusuchen, nun, da sie stumm war und sie auf immer verlassen wollte. Es war, als ob ihr Herz vor Trauer zerspringen sollte. Sie schlich in den Garten, nahm eine Blume von jedem Blumenbeet ihrer Schwestern, warf tausend Kussfinger dem Schlosse zu und stieg durch die dunkelblaue See hinauf.

Die Sonne war noch nicht aufgegangen, als sie des Prinzen Schloss erblickte und die prächtige Marmortreppe hinaufstieg. Der Mond schien herrlich klar. Die kleine Seejungfrau trank den brennenden, scharfen Trank, und es war, als ginge ein zweischneidig Schwert durch ihren feinen Körper, sie fiel dabei in Ohnmacht und lag wie tot da. Als die Sonne über die See schien, erwachte sie und fühlte einen schneidenden Schmerz, aber vor ihr stand der schöne junge Prinz und heftete seine kohlschwarzen Augen auf sie, so dass sie die ihrigen niederschlug. Da sah sie, dass ihr Fischschwanz fort war und dass sie die niedlichsten, kleinen weißen Beine hatte, die nur ein Mädchen haben kann; aber sie war ganz nackt, deshalb hüllte sie sich in ihr dichtes, langes Haar ein. Der Prinz fragte, wer sie sei und wie sie dahin gekommen sei, und sie sah ihn milde und doch betrübt mit ihren dunkelblauen Augen an, sprechen konnte sie ja nicht. Da nahm er sie bei der Hand und führte sie in das Schloss hinein. Bei jedem Schritt, den sie tat, war ihr, wie die Hexe vorausgesagt hatte, als träte sie auf spitze Nadeln und scharfe Messer, aber das ertrug sie gern; an des Prinzen Hand stieg sie so leicht wie eine Seifenblase, und er sowie alle wunderten sich über ihren lieblichen, schwebenden Gang.

Köstliche Kleider von Seide und Musselin bekam sie nun anzuziehen, im Schlosse war sie die Schönste von allen, aber sie war stumm, konnte weder singen noch sprechen. Herrliche Sklavinnen, in Seide und Gold gekleidet, kamen hervor und sangen vor dem Prinzen und seinen königlichen Eltern; eine sang schöner als alle die andern, und der Prinz klatschte in die Hände und lächelte sie an, da wurde die kleine Seejungfrau betrübt, sie

wusste, dass sie selbst weit schöner gesungen hatte. ›Oh‹, dachte sie, ›er sollte nur wissen, dass ich, um bei ihm sein zu können, meine Stimme für alle Ewigkeit dahingegeben habe.‹
Nun tanzten die Sklavinnen niedliche, schwebende Tänze zur herrlichsten Musik; da erhob die kleine Seejungfrau ihre schönen, weißen Arme, richtete sich auf den Zehenspitzen empor und schwebte tanzend über den Fußboden hin, wie noch keine getanzt hatte; bei jeder Bewegung wurde ihre Schönheit noch sichtbarer, und ihre Augen sprachen tiefer zum Herzen als der Gesang der Sklavinnen.
Alle waren entzückt davon, besonders der Prinz, der sie sein kleines Findelkind nannte, und sie tanzte immerfort, obwohl es jedes Mal, wenn ihr Fuß die Erde berührte, war, als ob sie auf scharfe Messer träte. Der Prinz sagte, dass sie immer bei ihm sein solle, und sie erhielt die Erlaubnis, vor seiner Tür auf einem Samtkissen zu schlafen.
Er ließ ihr eine Männertracht machen, damit sie ihn zu Pferde begleiten könne. Sie ritten durch die duftenden Wälder, wo die grünen Zweige ihre Schultern berührten und die kleinen Vögel hinter den frischen Blättern sangen. Sie kletterte mit dem Prinzen auf die hohen Berge hinauf, und obgleich ihre zarten Füße bluteten, so dass die andern es sehen konnten, lachte sie doch darüber und folgte ihm, bis sie die Wolken unter sich segeln sahen, als wäre es ein Schwarm Vögel, die nach fremden Ländern zögen.
Zu Hause in des Prinzen Schloss, wenn nachts die andern schliefen, ging sie auf die breite Marmortreppe hinaus, kühlte ihre brennenden Füße im kalten Seewasser und gedachte derer dort unten in der Tiefe.
Einmal nachts kamen ihre Schwestern Arm in Arm, sie sangen sehr traurig, indem sie über dem Wasser schwammen, und sie winkte ihnen, und sie erkannten sie und erzählten, wie sie sie allesamt betrübt habe. Darauf besuchten sie die jüngste Schwester in jeder Nacht, und einst erblickte sie auch in weiter Ferne ihre alte Großmutter, die in vielen Jahren nicht über der Meeresfläche gewesen war, und den Seekönig, mit seiner Krone auf dem Haupte; sie streckten beide die Hände gegen sie aus, wagten sich aber dem Lande nicht so nahe wie die Schwestern.
Tag für Tag wurde sie dem Prinzen lieber, er hatte sie so lieb, wie man nur ein gutes, liebes Kind lieben kann, aber sie zur Königin zu machen, kam ihm nicht in den Sinn, und seine Frau musste sie doch werden, sonst erhielt sie keine unsterbliche Seele und musste an seinem Hochzeitsmorgen zu Schaum auf dem Meere werden.

»Liebst du mich nicht am meisten von ihnen allen?«, schienen der kleinen Seejungfrau Augen zu sagen, wenn er sie in seine Arme nahm und ihre schöne Stirne küsste.

»Ja, du bist mir die Liebste«, sagte der Prinz, »denn du hast das beste Herz von allen, du bist mir am meisten ergeben, und du gleichst einem jungen Mädchen, das ich einmal sah, aber sicher nie wieder finde. Ich war auf einem Schiffe, das strandete, die Wellen warfen mich bei einem Tempel an das Land, wo mehrere junge Mädchen den Dienst verrichteten. Die jüngste dort fand mich am Ufer und rettete mein Leben; ich sah sie nur zwei Mal; sie wäre die Einzige, die ich in dieser Welt lieben könnte, aber du gleichst ihr, du verdrängst fast ihr Bild aus meiner Seele, sie gehört dem heiligen Tempel an, und deshalb hat mein gutes Glück dich mir gesendet, nie wollen wir uns trennen!« – ›Ach, er weiß nicht, dass ich sein Leben gerettet habe!‹, dachte die kleine Seejungfrau. ›Ich trug ihn über das Meer zum Walde hin, wo der Tempel steht, ich saß hinter dem Schaume und sah, ob keine Menschen kommen würden. Ich sah das hübsche Mädchen, das er mehr liebt als mich!‹ Und die Seejungfrau seufzte tief, weinen konnte sie nicht. ›Das Mädchen gehört dem heiligen Tempel an, hat er gesagt, sie kommt nie in die Welt hinaus, sie begegnen sich nicht mehr, ich bin bei ihm, sehe ihn jeden Tag, ich will ihn pflegen, lieben, ihm mein Leben opfern!‹

Aber nun sollte der Prinz sich verheiraten und des Nachbarkönigs schöne Tochter haben, erzählte man, deswegen rüstete er ein prächtiges Schiff aus. Der Prinz reist, um des Nachbarkönigs Länder zu besichtigen, heißt es wohl, aber es geschieht, um des Nachbarkönigs Tochter zu sehen, ein großes Gefolge soll ihn begleiten; aber die kleine Seejungfrau schüttelte das Haupt und lächelte; sie kannte des Prinzen Gedanken weit besser als die andern. »Ich muss reisen!«, hatte er zu ihr gesagt. »Ich muss die schöne Prinzessin sehen, meine Eltern verlangen es, aber sie wollen mich nicht zwingen, sie als meine Braut heimzuführen. Ich kann sie nicht lieben, sie gleicht nicht dem schönen Mädchen im Tempel, der du ähnlich bist; sollte ich einst eine Braut wählen, so würdest du es eher sein, mein liebes, gutes Findelkind mit den sprechenden Augen!« Und er küsste sie, spielte mit ihren schönen, langen Haaren und legte sein Haupt an ihr Herz, so dass es von Menschenglück und einer unsterblichen Seele träumte.

»Du fürchtest doch das Meer nicht, mein stummes Kind?«, sagte er, als sie auf dem prächtigen Schiffe standen, das ihn nach dem Lande des Nachbarkönigs führen sollte, und er erzählte ihr vom Sturm und von der Windstille, von seltsamen Fischen in der Tiefe und was die Taucher dort gesehen, und sie lächelte bei seiner Erzählung, sie wusste ja besser als sonst jemand auf dem Grunde des Meeres Bescheid.

In der mondhellen Nacht, wenn sie alle bis auf den Steuermann, der am Ruder stand, schliefen, saß sie an dem Bord des Schiffes und starrte durch das klare Wasser hinunter, und sie glaubte ihres Vaters Schloss zu erblicken; hoch auf dem Dach stand die alte Großmutter mit der Silberkrone auf dem Haupte und starrte durch die reißenden Ströme nach des Schiffes Kiel empor. Da kamen ihre Schwestern über das Wasser hervor und starrten sie traurig an und rangen ihre weißen Hände; sie winkte ihnen zu, lächelte und wollte erzählen, dass es ihr gut gehe, dass sie glücklich sei, aber der Schiffsjunge näherte sich ihr, und die Schwestern tauchten unter, so dass er glaubte, das Weiße, was er gesehen, sei nur Schaum auf der See gewesen.

Am nächsten Morgen segelte das Schiff in den Hafen von des Nachbarkönigs prächtiger Stadt. Alle Kirchenglocken läuteten, und von den hohen Türmen wurden die Posaunen geblasen, während die Soldaten mit fliegenden Fahnen und blitzenden Bajonetten in Reihe und Glied dastanden. Jeder Tag führte ein neues Fest mit sich. Bälle und Gesellschaften folgten einander, aber die Prinzessin war noch nicht da, sie werde weit davon entfernt in einem Tempel erzogen, sagten sie, dort lerne sie alle königlichen Tugenden. Endlich traf sie ein.

Die kleine Seejungfrau war begierig, ihre Schönheit zu sehen, und sie musste anerkennen, dass sie eine lieblichere Erscheinung noch nie gesehen habe. Die Haut war fein und klar, und hinter den langen, dunklen Augenwimpern lächelten ein Paar schwarzblaue, treue Augen.

»Du bist es«, sagte der Prinz, »du, die mich gerettet hat, als ich einer Leiche gleich an der Küste lag!« Und er drückte seine errötende Braut in die Arme. »Oh, ich bin allzu glücklich!«, sagte er zur kleinen Seejungfrau. »Das Beste, was ich je hoffen durfte, ist mir in Erfüllung gegangen. Du wirst dich über mein Glück freuen, denn du meinst es am besten mit mir von allen!« Die kleine Seejungfrau küsste seine Hand, und es war ihr, als fühle sie ihr Herz brechen. Sein Hochzeitsmorgen sollte ihr ja den Tod geben und sie in Schaum auf dem Meere verwandeln.

Alle Kirchenglocken läuteten, die Herolde ritten in den Straßen umher und verkündeten die Verlobung. Auf allen Altären brannte duftendes Öl

in köstlichen Silberlampen. Die Priester schwangen die Räucherfässer, und Braut und Bräutigam reichten einander die Hand und erhielten den Segen des Bischofs. Die kleine Seejungfrau stand in Seide und Gold und hielt die Schleppe der Braut, aber ihre Ohren hörten die festliche Musik nicht, ihr Auge sah die heilige Handlung nicht, sie gedachte ihrer Todesnacht und alles dessen, was sie in dieser Welt verloren hatte.

Noch an demselben Abend gingen die Braut und der Bräutigam an Bord des Schiffes; die Kanonen donnerten, alle Flaggen wehten, und mitten auf dem Schiffe war ein köstliches Zelt von Gold und Purpur und mit den schönsten Kissen errichtet, da sollte das Brautpaar in der stillen, kühlen Nacht schlafen.

Die Segel schwollen im Winde, und das Schiff glitt leicht und ohne große Bewegung über die klare See dahin.

Als es dunkelte, wurden bunte Lampen angezündet, und die Seeleute tanzten lustige Tänze auf dem Verdeck. Die kleine Seejungfrau musste ihres ersten Auftauchens aus dem Meere gedenken, wo sie dieselbe Pracht und Freude erblickt hatte, und sie drehte sich mit im Tanze, schwebte, wie die Schwalbe schwebt, wenn sie verfolgt wird, und alle jubelten ihr Bewunderung zu, nie hatte sie so herrlich getanzt. Es schnitt wie scharfe Messer in die zarten Füße, aber sie fühlte es nicht; es schnitt ihr noch schmerzlicher durch das Herz. Sie wusste, es war der letzte Abend, an dem sie ihn erblickte, für den sie ihre Verwandten und ihre Heimat verlassen, ihre schöne Stimme dahingegeben und täglich unendliche Qualen ertragen, ohne dass er eine Ahnung davon hatte. Es war die letzte Nacht, dass sie dieselbe Luft mit ihm einatmete, das tiefe Meer und den sternklaren Himmel erblickte, eine ewige Nacht ohne Gedanken und Traum harrte ihrer, die keine Seele hatte, keine Seele gewinnen konnte. Alles war Freude und Heiterkeit auf dem Schiffe bis weit über Mitternacht hinaus, sie lachte und tanzte mit Todesgedanken im Herzen. Der Prinz küsste seine schöne Braut, und sie spielte mit seinen schwarzen Haaren, und Arm in Arm gingen sie zur Ruhe in das prächtige Zelt.

Es wurde tot und stille auf dem Schiffe, nur der Steuermann stand am Ruder, die kleine Seejungfrau legte ihre weißen Arme auf den Schiffsrand und blickte gegen Osten nach der Morgenröte, der erste Sonnenstrahl, wusste sie, würde sie töten. Da sah sie ihre Schwestern aus dem Meere aufsteigen, sie waren bleich wie sie; ihre langen, schönen Haare wehten nicht mehr im Winde, sie waren abgeschnitten.

»Wir haben sie der Hexe gegeben, um dir Hilfe bringen zu können, damit du diese Nacht nicht sterben musst! Sie hat uns ein Messer gegeben, hier ist es! Siehst du, wie scharf? Bevor die Sonne aufgeht, musst du es in das Herz des Prinzen stechen, und wenn dann das warme Blut auf deine Füße spritzt, so wachsen diese in einen Fischschwanz zusammen, und du wirst wieder eine Seejungfrau, kannst zu uns herabsteigen und lebst deine dreihundert Jahre, bevor du der tote, salzige Meerschaum wirst. Beeile dich! Einer von euch muss sterben, er oder du, bevor die Sonne aufgeht! Unsere alte Großmutter trauert so, dass ihr weißes Haar gefallen ist wie das unsrige, von der Schere der Hexe. Töte den Prinzen und komm zurück! Beeile dich, siehst du den roten Streifen am Himmel? In wenigen Minuten steigt die Sonne auf, und dann musst du sterben!« Und sie stießen einen tiefen Seufzer aus und versanken in die Wogen.

Die kleine Seejungfrau zog den Purpurteppich vom Zelte fort, und sie sah die schöne Braut mit ihrem Haupte an des Prinzen Brust ruhen. Sie bog sich nieder, küsste ihn auf seine schöne Stirn, blickte gen Himmel auf, wo die Morgenröte mehr und mehr leuchtete, betrachtete das scharfe Messer und heftete die Augen wieder auf den Prinzen, der im Traum seine Braut beim Namen nannte; nur sie war in seinen Gedanken, und das Messer zitterte in der Seejungfrau Hand – aber da warf sie es weit hinaus in die Wogen, die glänzten rot; wo es hinfiel, sah es aus, als keimten Blutstropfen aus dem Wasser auf. Noch einmal sah sie mit halbgebrochenem Blick auf den Prinzen, stürzte sich vom Schiffe in das Meer hinab und fühlte, wie ihr Körper sich in Schaum auflöste. Nun stieg die Sonne aus dem Meere, die Strahlen fielen mild und warm auf den totkalten Meeresschaum, und die kleine Seejungfrau fühlte nichts vom Tode; sie sah die klare Sonne, und oben über ihr schwebten Hunderte von durchsichtigen, herrlichen Geschöpfen, sie konnte durch sie des Schiffes weiße Segel und des Himmels rote Wolken erblicken. Ihre Sprache war melodisch, aber so geistig, dass kein menschliches Ohr sie vernehmen, ebenso wie kein menschliches Auge sie erblicken konnte; ohne Schwingen schwebten sie vermittels ihrer eigenen Leichtigkeit durch die Luft. Die kleine Seejungfrau sah, dass sie einen Körper hatte wie diese, der sich mehr und mehr aus dem Schaume erhob.

»Zu wem komme ich?«, fragte sie, und ihre Stimme klang wie die der andern Wesen, so geistig, dass keine irdische Musik sie wiederzugeben vermag.

»Zu den Töchtern der Luft!«, erwiderten die andern. »Die Seejungfrau hat keine unsterbliche Seele, kann sie nie erhalten, wenn sie nicht eines Menschen Liebe gewinnt; von einer fremden Macht hängt ihr ewiges Dasein ab. Die Töchter der Luft haben auch keine ewige Seele, aber sie können durch gute Handlungen sich selbst eine schaffen. Wir fliegen nach den warmen Ländern, dort fächeln wir Kühlung. Wir breiten den Duft der Blumen durch die Luft aus und senden Erquickung und Heilung. Wenn wir dreihundert Jahre lang gestrebt haben, alles Gute, was wir vermögen, zu vollbringen, so erhalten wir eine unsterbliche Seele und nehmen teil an dem ewigen Glücke der Menschen. Du arme, kleine Seejungfrau hast mit ganzem Herzen gelitten und geduldet, nun kannst du dir selbst durch gute Werke nach drei Jahrhunderten eine unsterbliche Seele schaffen.«

Die kleine Seejungfrau erhob ihre verklärten Arme gegen Gottes Sonne, und zum ersten Mal fühlte sie Tränen in ihren Augen. – Auf dem Schiffe war wieder Lärm und Leben, sie sah den Prinzen mit seiner schönen Braut nach ihr suchen; wehmütig starrten sie den perlenden Schaum an, als ob sie wüssten, dass sie sich in die Fluten gestürzt habe. Unsichtbar küsste sie die Stirn der Braut, lächelte ihn an und stieg mit den übrigen Kindern der Luft auf die rosenrote Wolke hinauf, die den Äther durchschiffte.

Das Feuerzeug

Es kam ein Soldat auf der Landstraße dahermarschiert: eins, zwei; eins, zwei! Er hatte seinen Tornister auf dem Rücken und einen Säbel an der Seite, denn er war im Krieg gewesen und wollte nun nach Hause.

Da begegnete er einer alten Hexe; sie war widerlich, ihre Unterlippe hing ihr gerade bis auf die Brust hinunter. Sie sagte: »Guten Abend, Soldat! Was hast du doch für einen schönen Säbel und großen Tornister! Du bist ein wahrer Soldat! Nun sollst du so viel Geld haben, wie du willst.«

»Ich danke dir, du alte Hexe!«, sagte der Soldat.

»Siehst du den großen Baum da?«, sagte die Hexe und zeigte auf eine Eiche, die ihnen zur Seite stand. »Er ist inwendig ganz hohl; da musst du den Wipfel erklettern, dann findest du ein Loch, durch das du dich hinabgleiten lassen und tief in den Erdboden gelangen kannst. Ich werde dir einen Strick um den Leib binden, damit ich dich wieder heraufziehen kann, wenn du mich rufst!«

»Was soll ich denn da unten?«, fragte der Soldat.

»Geld holen!«, sagte die Hexe. »Wisse, wenn du auf den Boden hinunterkommst, so bist du in einer großen Halle; da ist es ganz hell, denn da brennen über hundert Lampen. Dann erblickst du drei Türen! Du kannst sie öffnen, der Schlüssel steckt daran. Gehst du in die erste Kammer hinein, so siehst du mitten auf dem Fußboden eine große Kiste. Auf ihr sitzt ein Hund; er hat ein Paar Augen, so groß wie Teetassen, doch darum brauchst du dich nicht zu kümmern! Ich gebe dir meine blaue Schürze, die kannst du auf dem Fußboden ausbreiten, geh dann rasch hin und nimm den Hund, setze ihn auf meine Schürze, öffne die Kiste und nimm so viel Geld, wie du willst; es ist lauter Kupfer. Willst du lieber Silber haben, so musst du in das nächste Zimmer hineingehen; da sitzt ein Hund, der hat ein Paar Augen, so groß wie Mühlräder; doch das soll dich nicht kümmern. Setze ihn auf meine Schürze und nimm von dem Gelde! Willst du hingegen Gold haben, so kannst du es auch bekommen, und zwar so viel, wie du tragen willst, wenn du in die dritte Kammer hineingehst. Aber der Hund, der auf dem Goldkasten sitzt, hat zwei Augen, jedes so groß wie ein Turm. Glaube mir, das ist ein ordentlicher Hund; aber daran sollst du dich nicht kehren. Setze ihn auf meine Schürze, so tut er dir nichts, und nimm aus der Kiste so viel Gold, wie du willst!«

»Das ist nicht übel!«, sagte der Soldat. »Aber was soll ich dir geben, du alte Hexe, denn etwas willst du doch auch wohl haben?«

»Nein«, sagte die Hexe, »nicht einen einzigen Groschen will ich haben! Für mich sollst du nur ein altes Feuerzeug nehmen, das meine Großmutter vergaß, als sie das letzte Mal da unten war!«

»Nun, so binde mir den Strick um den Leib!«, sagte der Soldat.
»Hier ist er«, sagte die Hexe, »und hier ist meine blaue Schürze.«
Dann kletterte der Soldat auf den Baum hinauf, ließ sich in das Loch hinuntergleiten und stand nun, wie die Hexe gesagt hatte, unten in der großen Halle, wo die vielen Lampen brannten.
Nun öffnete er die erste Tür. Uh, da saß der Hund mit den Augen, so groß wie Teetassen, und glotzte ihn an.
»Du bist ein netter Kerl!«, sagte der Soldat, setzte ihn auf die Schürze der Hexe und nahm so viel Kupfergeld, als seine Tasche fassen konnte, schloss dann die Kiste, setzte den Hund wieder darauf und ging in das andere Zimmer hinein. Wahrhaftig, da saß der Hund mit den Augen, so groß wie Mühlräder.
»Du solltest mich lieber nicht so ansehen«, sagte der Soldat, »du könntest Augenschmerzen bekommen!« Und dann setzte er den Hund auf die Schürze der Hexe. Aber als er das viele Silbergeld in der Kiste erblickte, warf er all das Kupfergeld, was er hatte, fort und füllte die Taschen und den Tornister nur mit Silber. Nun ging er in die dritte Kammer. Das war hässlich! Der Hund darin hatte wirklich zwei Augen, so groß wie ein Turm, und die drehten sich im Kopfe, gerade wie die Flügel von Windmühlen.
»Guten Abend!«, sagte der Soldat und berührte die Mütze, denn einen solchen Hund hatte er früher nie gesehen; aber als er ihn etwas genauer betrachtet hatte, dachte er: ›Nun ist es genug!‹, hob ihn auf den Fußboden herunter und machte die Kiste auf. Was war da für eine Menge Gold! Er konnte dafür die ganze Stadt und die Zuckerferkel der Kuchenfrauen, alle Zinnsoldaten, Peitschen und Schaukelpferde in der ganzen Welt kaufen! Ja, das war einmal Gold! Nun warf der Soldat alles Silbergeld, womit er seine Taschen und seinen Tornister gefüllt hatte, fort und nahm dafür Gold; ja, alle Taschen, der Tornister, die Mütze und die Stiefel wurden gefüllt, so dass er kaum gehen konnte; nun hatte er Geld! Den Hund setzte er auf die Kiste, schlug die Türe zu und rief dann durch den Baum hinauf:
»Zieh mich jetzt in die Höhe, du alte Hexe!«
»Hast du auch das Feuerzeug?«, fragte die Hexe.
»Wahrhaftig«, sagte der Soldat, »das habe ich vergessen.« Und er ging und holte es. Die Hexe zog ihn hinauf, und da stand er wieder auf der Landstraße, die Taschen, Stiefel, Tornister und Mütze voll Gold.

»Was willst du mit dem Feuerzeug?«, fragte der Soldat.
»Das geht dich nichts an!«, sagte die alte Hexe. »Nun hast du ja Geld bekommen! Gib mir nur das Feuerzeug!«
»Ach was!«, sagte der Soldat. »Willst du mir gleich sagen, was du damit willst, oder ich ziehe ganz einfach meinen Säbel aus der Scheide und schlage dir, ohne zu zögern, den Kopf ab!«
»Nein!«, sagte die Hexe.
Da schlug der Soldat ihr den Kopf ab. Da lag sie. Aber er band all sein Geld in ihre Schürze, nahm es wie ein Bündel auf seinen Rücken, steckte das Feuerzeug ein und ging gerade nach der Stadt.
Das war eine prächtige Stadt, und in den prachtvollsten Wirtshäusern kehrte er ein, verlangte die allerbesten Zimmer und seine Lieblingsspeisen, denn nun war er ja reich, da er so viel Geld hatte.
Dem Diener, der seine Stiefel putzen sollte, kam es freilich vor, als seien es recht jämmerliche, alte Stiefel, die ein so reicher Herr besaß, aber er hatte sich noch keine neuen gekauft; am nächsten Tage bekam er anständige Stiefel und schöne Kleider. Nun war aus dem Soldaten ein vornehmer Herr geworden, und man erzählte ihm von all den Herrlichkeiten, die in der Stadt waren, und von dem König und was für eine niedliche Prinzessin seine Tochter sei.
»Wo kann man sie zu sehen bekommen?«, fragte der Soldat.
»Sie ist gar nicht zu Gesicht zu bekommen!«, antwortete man. »Sie wohnt in einem großen Schlosse, von vielen Mauern und Türmen umgeben. Niemand außer dem König darf bei ihr ein und aus gehen, denn es ist prophezeit, dass sie an einen ganz gemeinen Soldaten verheiratet wird, und das kann der König nicht zugeben.«
›Ich möchte sie wohl sehen!‹, dachte der Soldat, aber dazu konnte er ja durchaus keine Erlaubnis erhalten.
Nun lebte er recht lustig, besuchte das Theater, fuhr in des Königs Garten und gab den Armen viel Geld, und das war hübsch von ihm; er wusste noch von früheren Zeiten her, wie schlimm es ist, nicht einen Groschen zu besitzen! Er war immer noch reich, hatte schöne Kleider und bekam viele Freunde, die alle sagten, er sei ein vortrefflicher Mensch, ein wahrer Edelmann, und das hatte der Soldat gern! Aber da er jeden Tag Geld ausgab und nie etwas einnahm, so blieben ihm zuletzt nicht mehr als zwei Groschen übrig. Er musste die schönen Zimmer verlassen und oben in einer ganz kleinen Kammer wohnen, dicht unter dem Dache, seine Stie-

fel selbst bürsten und sie mit einer Stopfnadel zusammennähen, und keiner seiner Freunde kam zu ihm, denn es waren viele Treppen hinaufzusteigen.
Es war ein ganz dunkler Abend, er konnte sich nicht einmal ein Licht kaufen, aber da fiel es ihm ein, dass ein kleines Stückchen in dem Feuerzeuge liege, das er aus dem hohlen Baume, in den die Hexe ihm hinuntergeholfen, genommen hatte. Er holte das Feuerzeug und das Lichtstückchen vor; aber gerade als er Feuer schlug, sprang die Tür auf, und der Hund, der Augen so groß wie ein paar Teetassen hatte und den er unten unter dem Baume gesehen hatte, stand vor ihm und fragte: »Was befiehlt mein Herr?«
»Was ist das?«, fragte der Soldat. »Das ist ja ein lustiges Feuerzeug, wenn ich so bekommen kann, was ich haben will! Schaffe mit etwas Geld«, sagte er zum Hunde, und schnell war er fort und wieder da, und hielt einen großen Beutel voll Geld in seinem Maule.
Nun wusste der Soldat, was für ein prächtiges Feuerzeug das war! Schlug er einmal, so kam der Hund, der auf der Kiste mit Kupfergeld saß, schlug er zwei Mal, so kam der, der das Silbergeld bewachte, und schlug er drei Mal, so kam der, der das Gold hatte. Nun zog der Soldat wieder in die schönen Zimmer, erschien wieder in schönen Kleidern, und da erkannten ihn sogleich alle seine Freunde und hielten sehr viel von ihm.
Da dachte er einmal: ›Es ist doch etwas recht Sonderbares, dass man die Prinzessin nicht zu sehen bekommen kann. Sie soll sehr schön sein; aber was kann das helfen, wenn sie immer in dem großen Schlosse sitzen soll! Kann ich sie denn gar nicht zu sehen bekommen? Wo ist mein Feuerzeug?‹ Er schlug Feuer, und da kam der Hund mit den Augen, so groß wie Teetassen.
»Es ist freilich mitten in der Nacht«, sagte der Soldat, »aber ich möchte herzlich gern die Prinzessin nur einen Augenblick sehen!«
Der Hund war gleich aus der Tür, und ehe der Soldat daran dachte, sah er ihn schon mit der Prinzessin wieder. Sie saß und schlief auf dem Rücken des Hundes und war so lieblich, dass jedermann sehen konnte, dass es

eine wirkliche Prinzessin war; der Soldat konnte es durchaus nicht unterlassen, sie zu küssen, denn er war ganz und gar Soldat.
Darauf lief der Hund mit der Prinzessin zurück. Doch als es Morgen wurde und der König und die Königin kamen, sagte die Prinzessin, sie habe in der vorigen Nacht einen ganz sonderbaren Traum von einem Hunde und einem Soldaten gehabt. Sie sei auf dem Hunde geritten, und der Soldat habe sie geküsst.
»Das wäre wahrlich eine schöne Geschichte!«, sagte die Königin.
Nun sollte in der nächsten Nacht eine der alten Hofdamen am Bette der Prinzessin wachen, um zu sehen, ob es ein Traum sei oder was sonst.
Der Soldat hatte eine außerordentliche Sehnsucht, die Prinzessin wieder zu sehen, und so kam denn der Hund in der Nacht, nahm sie und lief, was er konnte; aber die alte Hofdame lief ebenso schnell hinterher. Als sie nun sah, dass der Hund mit der Prinzessin in einem großen Hause verschwand, dachte sie: ›Nun weiß ich, wo er ist‹, und machte mit einem Stück Kreide ein großes Kreuz an die Tür. Dann ging sie nach Hause und legte sich nieder, und der Hund kam auch mit der Prinzessin wieder. Aber als er sah, dass ein Kreuz an der Tür, wo der Soldat wohnte, gemacht war, nahm er auch ein Stück Kreide und machte Kreuze an alle Türen in der ganzen Stadt. Das war klug getan, denn nun konnte ja die Hofdame die richtige Tür nicht finden, da Kreuze an allen waren.
Frühmorgens kamen der König und die Königin, die alte Hofdame und alle Offiziere, um zu sehen, wo die Prinzessin gewesen war.
»Da ist es!«, sagte der König, als er die erste Tür mit einem Kreuze erblickte.
»Nein, dort ist es, lieber Mann!«, sagte die Königin, als sie die zweite Tür mit einem Kreuze darauf gewahr wurde.
»Aber da ist eins und dort ist eins!«, sagten alle; wohin sie blickten, waren Kreuze an den Türen. Da begriffen sie denn wohl, dass ihnen das Suchen nichts helfen würde.
Aber die Königin war eine äußerst kluge Frau, die mehr konnte als in einer Kutsche fahren. Sie nahm ihre große, goldene Schere, schnitt ein großes Stück Seidenzeug in Stücke und nähte einen kleinen, niedlichen Beutel; den füllte sie mit feiner Buchweizengrütze, band ihn der Prinzessin auf den Rücken, und als das getan war, schnitt sie ein kleines Loch in den Beutel, so dass die Grütze den ganzen Weg bestreuen konnte, den die Prinzessin nahm.
In der Nacht kam nun der Hund wieder, nahm die Prinzessin auf den Rü-

cken und lief mit ihr zu dem Soldaten hin, der sie lieb hatte und gern ein Prinz hätte sein mögen, um sie zur Frau bekommen zu können.

Der Hund merkte nicht, wie die Grütze gerade vom Schlosse bis zum Fenster des Soldaten, wo er mit der Prinzessin die Mauer hinauflief, sich ausstreute. Am Morgen sahen der König und die Königin nun wohl, wo ihre Tochter gewesen war, und da nahmen sie den Soldaten und setzten ihn ins Gefängnis.

Da saß er. Hu, wie dunkel und hässlich war es da! Und dazu sagte man ihm: »Morgen wirst du gehängt werden.« Das zu hören war eben nicht ergötzlich, und sein Feuerzeug hatte er zu Hause im Gasthofe gelassen. Am Morgen konnte er durch das Eisengitter vor dem kleinen Fenster sehen, wie sich das Volk beeilte, aus der Stadt zu kommen, um ihn hängen zu sehen. Er hörte die Trommeln und sah die Soldaten marschieren. Alle Menschen liefen hinaus; unter ihnen war auch ein Schuhmacherjunge mit Schurzfell und Pantoffeln; er lief so im Galopp, dass einer seiner Pantoffeln gerade gegen die Mauer abflog, hinter der der Soldat saß und durch das Eisengitter hinaussah.

»Ei, du Schuhmacherjunge! Du brauchst nicht solche Eile zu haben«, sagte der Soldat zu ihm; »es wird nichts daraus, bevor ich komme! Willst du aber hinlaufen, wo ich gewohnt habe, und mir mein Feuerzeug holen, so sollst du vier Groschen haben! Aber du musst schnell machen!« Der Schuhmacherjunge wollte gern die vier Groschen haben und lief fort nach dem Feuerzeuge, brachte es dem Soldaten und – ja, nun werden wir hören!

Außerhalb der Stadt war ein großer Galgen gemauert, ringsherum standen die Soldaten und viele tausend Menschen. Der König und die Königin saßen oben auf einem prächtigen Thron, den Richtern und dem ganzen Rat gegenüber.

Der Soldat stand schon oben auf der Leiter; aber als sie ihm den Strick um den Hals legen wollten, sagte er, dass man ja immer einem armen Sünder, bevor er seine Strafe erdulde, die Erfüllung eines unschuldigen Wunsches gewähre. Er möchte eine Pfeife Tabak rauchen, es sei ja die letzte Pfeife, die er in dieser Welt bekomme.

Das wollte der König ihm denn auch nicht abschlagen, und so nahm der Soldat sein Feuerzeug und schlug Feuer, ein, zwei, drei Mal! Da standen alle drei Hunde, der mit den Augen, so groß wie Teetassen, der mit den Augen wie Mühlräder und der, dessen Augen so groß waren wie ein Turm.

»Helft mir, dass ich nicht gehängt werde«, sagte der Soldat, und da fielen die Hunde über die Richter und den ganzen Rat her, nahmen den einen bei den Beinen und den andern bei der Nase und warfen sie viele Ellen hoch in die Luft, dass sie beim Niederfallen sich in Stücke zerschlugen.

»Ich will nicht«, sagte der König, aber der größte Hund nahm sowohl ihn wie die Königin und warf sie den andern nach; da erschraken die Soldaten, und alles Volk rief: »Guter Soldat, du sollst unser König sein und die schöne Prinzessin haben!«

Dann setzten sie den Soldaten in des Königs Kutsche, und alle drei Hunde tanzten vorauf und riefen Hurra, und die Knaben pfiffen auf den Fingern, und die Soldaten präsentierten das Gewehr. Die Prinzessin kam aus dem Schlosse und wurde Königin, und das gefiel ihr wohl! Die Hochzeit währte acht Tage lang, und die Hunde saßen mit bei Tische und machten große Augen.

Die Schneekönigin

Sieben Geschichten

Erste Geschichte, die von dem Spiegel und den Scherben handelt

Seht, nun fangen wir an. Wenn wir am Ende der Geschichte sind, wissen wir mehr als jetzt! Es war ein böser Zauberer, einer der allerärgsten, es war der Teufel! Eines Tages war er recht bei Laune, denn er hatte einen Spiegel gemacht, der die Eigenschaft besaß, dass alles Gute und Schöne, was sich darin spiegelte, fast zu nichts zusammenschwand, aber das, was nichts taugte und sich schlecht ausnahm, das trat hervor und wurde noch ärger. Die herrlichsten Landschaften sahen wie gekochter Spinat darin aus, und die besten Menschen wurden darin widerlich oder standen auf dem Kopfe ohne Rumpf, ihre Gesichter wurden so verdreht, dass sie nicht zu erkennen waren, und hatte man ein Sonnenfleckchen, so konnte man versichert sein, dass es sich über Mund und Nase ausbreitete. Das sei äußerst belustigend, sagte der Teufel. Fuhr nun ein guter, frommer Gedanke durch einen Menschen, dann zeigte sich ein Grinsen im Spiegel, so dass der Zauberteufel über seine künstliche Erfindung lachen musste. Alle, die seine Zauberschule besuchten, denn er hielt Zauberschule, erzählten ringsumher, dass ein Wunder geschehen sei; nun könnte man erst sehen, meinten sie, wie die Welt und die Menschen wirklich aussehen. Sie liefen mit dem Spiegel umher, und zuletzt gab es kein Land oder keinen Menschen, der nicht verdreht darin gewesen wäre. Nun wollten sie auch zum Himmel selbst auffliegen, um sich über die Engel und den lieben Gott lustig zu machen. Je höher sie mit dem Spiegel flogen, umso mehr grinste und zitterte er, sie konnten ihn kaum fest halten; sie flogen höher und höher, Gott und den Engeln näher; da erzitterte der Spiegel so fürchterlich in seinem Grinsen, dass er ihren Händen entflog und zur Erde stürzte, wo er in hundert Millionen Stücke zersprang. Damit verursachte er weit größeres Unglück als zuvor, denn einige Stücke waren so groß wie ein Sandkorn, und die flogen ringsherum in der weiten Welt, und wo Leute sie ins Auge bekamen, da blieben sie sitzen, und da sahen die Menschen alles verkehrt oder hatten nur Sinn für das Verkehrte bei einer Sache, denn jede kleine Spiegelscherbe hatte dieselben Kräfte behalten, die der ganze Spie-

gel besaß. Einige Menschen bekamen sogar eine kleine Spiegelscherbe ins Herz, und dann war es ganz gräulich: Das Herz wurde einem Klumpen Eise gleich. Einige Spiegelscherben waren so groß, dass sie zu Fensterscheiben gebraucht wurden, aber es taugte nichts, seine Freunde durch diese Scheiben zu betrachten. Andere Stücke kamen in Brillen, und dann ging es schlecht, wenn die Leute diese Brillen aufsetzten, um recht zu sehen und gerecht zu sein. Der Böse lachte, dass ihm beinahe der Bauch platzte, und das kitzelte ihn angenehm. Aber draußen flogen noch kleine Glasscherben in der Luft umher. Nun werden wir's hören.

Zweite Geschichte
Ein kleiner Knabe und ein kleines Mädchen

Drinnen in der großen Stadt, wo so viele Menschen und Häuser sind und nicht genug Platz, dass alle Leute einen kleinen Garten besitzen können, und wo sich deshalb die meisten mit Blumen in Blumentöpfen begnügen müssen, da lebten zwei arme Kinder, die einen etwas größeren Garten als einen Blumentopf besaßen. Sie waren nicht Bruder und Schwester, aber sie waren sich so gut, als ob sie es gewesen wären. Die Eltern wohnten einander gerade gegenüber in zwei Dachkammern, da, wo das Dach des einen Nachbarhauses gegen das andere stieß und die Wasserrinne zwischen den Dächern entlang lief. Hier war in jedem Hause ein kleines Fenster; man brauchte nur über die Rinne zu schreiten, so konnte man von dem einen Fenster zum andern gelangen.

Die Eltern hatten draußen jedes einen großen Holzkasten, darin wuchsen Küchenkräuter, die sie brauchten, und ein kleiner Rosenstock; es stand einer in jedem Kasten, und sie wuchsen herrlich. Nun fiel es den Eltern ein, die Kasten quer über die Rinne zu stellen, so dass sie fast von dem einen bis zum andern Fenster reichten und zwei Blumenwällen ganz ähnlich sahen. Erbsenranken hingen über die Kästen hinunter, und die Rosenstöcke schossen lange Zweige, die sich um die Fenster rankten und sich einander entgegenbogen, es war fast einer Ehrenpforte von Blättern und Blumen gleich. Da die Kästen sehr hoch waren und die Kinder wussten, dass sie nicht hinaufkriechen durften, so erhielten sie oft die Erlaubnis, zueinander hinauszusteigen, auf ihren kleinen Schemeln unter den Rosen zu sitzen, und da spielten sie dann prächtig.

Im Winter hatte dies Vergnügen ein Ende. Die Fenster waren oft ganz zugefroren. Aber dann wärmten die Kinder Kupferdreier auf dem Ofen, legten den warmen Dreier gegen die gefrorene Scheibe, und dann entstand da ein rundes, schönes Guckloch; dahinter blitzte ein lieblich mildes Auge, eins von jedem Fenster; das waren der kleine Knabe und das kleine Mädchen. Er hieß Karl, und sie hieß Gretchen. Im Sommer konnten sie mit einem Sprunge zueinander gelangen, im Winter mussten sie erst die vielen Treppen hinunter- und die andern Treppen hinaufsteigen; draußen trieb der Schnee.

»Das sind die weißen Bienen, die schwärmen!«, sagte die alte Großmutter.

»Haben sie auch eine Bienenkönigin?«, fragte der kleine Knabe, denn er wusste, dass unter den wirklichen Bienen eine solche ist.

»Die haben sie!«, sagte die Großmutter. »Sie fliegt dort, wo sie am dichtesten schwärmen, sie ist die größte von allen, und nie bleibt sie liegen auf Erden, sie fliegt wieder in die schwarze Wolke hinauf. Manche Winternacht fliegt sie durch die Straßen der Stadt und blickt zu den Fenstern hinein, und dann gefrieren diese sonderbar, gleich wie mit Blumen.«

»Ja, das habe ich gesehen!«, sagten beide Kinder, und nun wussten sie, dass es wahr sei.

»Kann die Schneekönigin denn auch zu uns hereinkommen?«, fragte das kleine Mädchen.

»Lass sie nur kommen«, sagte der Knabe, »dann setze ich sie auf den warmen Ofen, und dann schmilzt sie.«

Aber die Großmutter glättete sein Haar und erzählte andere Geschichten.

Am Abend, als der kleine Karl zu Hause und halb entkleidet war, kletterte er auf den Stuhl am Fenster und guckte aus dem kleinen Loche. Ein paar Schneeflocken fielen draußen, und eine, die allergrößte, blieb auf dem Rande des einen Blumenkastens liegen; sie wuchs mehr und mehr und wurde zuletzt ein ganzes Frauenzimmer, in den feinsten, weißen Flor gekleidet, der wie von Millionen sternartiger Flocken zusammengesetzt war. Sie war schön und fein, aber von Eis, dem blendenden, blinkenden Eise, und doch war sie lebend; die Augen blitzten wie zwei klare Sterne, aber es war keine Ruhe noch Rast in ihnen. Sie nickte dem Fenster zu und winkte mit der Hand. Der kleine Knabe erschrak und sprang vom Stuhle hernieder, da war es, als ob draußen vor dem Fenster ein großer Vogel vorbeiflöge.

Am nächsten Tage wurde es klarer Frost – und dann kam das Frühjahr, die Sonne schien, das Grün keimte hervor, Schwalben bauten Nester, die

Fenster wurden geöffnet, und die Kinder saßen wieder in ihrem kleinen Garten hoch oben in der Dachrinne über allen Stockwerken.
Die Rosen blühten diesmal prachtvoll. Das kleine Mädchen hatte in diesem Sommer ein Lied gelernt, in dem auch von Rosen die Rede war, und bei den Rosen dachte sie an ihre eigenen, und sie sang es dem kleinen Knaben vor, und er sang mit:

»Die Rosen, die blühn und verwehn,
Wir werden den Weihnachtsbaum sehn!«

Und die Kleinen hielten einander bei den Händen, küssten die Rosen und blickten in Gottes klaren Sonnenschein. Was waren das für herrliche Sommertage, wie schön war es draußen bei den frischen Rosenstöcken, die mit dem Blühen nie aufhören wollten!
Karl und Gretchen saßen und blickten in das Bilderbuch mit Tieren und Vögeln, da war es – die Uhr schlug gerade fünf auf dem großen Kirchturme –, dass Karl sagte: »Au, es stach mir ins Herz! Und nun flog mir etwas ins Auge!«
Das kleine Mädchen war erschrocken und wollte ihm helfen; es nahm ihn um den Hals, er blinzelte ein wenig mit den Augen, aber es war gar nichts zu sehen.
»Ich glaube, es ist fort!«, sagte er; aber weg war es nicht. Es war eins von den Glaskörnern, das vom Zauberspiegel gesprungen war, der alles Große und Gute, was sich darin abspiegelte, klein und hässlich machte, aber das Böse und Schlechte trat ordentlich hervor, und jeder Fehler an einer Sache war gleich zu bemerken. Der arme Kerl hatte auch ein Korn gerade in das Herz hinein bekommen. Das wird nun bald wie ein Eisklumpen werden. Nun tat es nicht mehr wehe, aber es war da.

»Weshalb weinst du?«, fragte er. »So siehst du hässlich aus! Mir fehlt ja nichts! Pfui!«, rief er auf einmal, »die Rose dort hat einen Wurmstich! Und sieh, diese da ist ja ganz schief! Im Grunde sind es hässliche Rosen, sie gleichen dem Kasten, in dem sie stehen!«, und dann stieß er mit dem Fuß gegen den Kasten und riss die beiden Rosen ab.

»Karl, was machst du?«, rief das Mädchen; und als er ihren Schreck gewahr wurde, riss er noch eine Rose ab und lief dann in sein Fenster hinein, von dem kleinen, lieblichen Gretchen fort.

Wenn sie später mit dem Bilderbuche kam, dann sagte er, dass das für Säuglinge sei, und erzählte die Großmutter Geschichten, so kam er immer mit einem Aber. Ja, konnte er dazugelangen, dann ging er hinter ihr her, setzte eine Brille auf und sprach ebenso wie sie; das machte er ganz treffend, und dann lachten die Leute über ihn. Bald konnte er allen Menschen in der ganzen Straße nachsprechen und nachgehen. Alles, was ihnen eigen und unschön war, das wusste Karl nachzumachen, und dann sagten die Leute: »Das ist sicher ein ausgezeichneter Kopf, den der Knabe hat!« Aber das war das Glas, was ihm ins Auge gekommen war, das Glas, das ihm im Herzen saß; daher kam es, dass er selbst das kleine Gretchen neckte, das ihm von ganzen Herzen gut war.

Seine Spiele wurden nun ganz anders als früher, sie wurden ganz verständig! An einem Wintertage, als es schneite, kam er mit einem großen Brennglase, hielt seinen blauen Rockzipfel hinaus und ließ die Schneeflocken darauf fallen.

»Sieh nun in das Glas, Gretchen!«, sagte er, und jede Schneeflocke wurde viel größer und sah aus wie eine prächtige Blume oder ein sechseckiger Stern; es war schön anzusehen. »Siehst du, wie künstlich!«, sagte Karl. »Das ist weit hübscher als die wirklichen Blumen, und es ist kein einziger Fehler daran, sie sind ganz regelmäßig, wenn sie nur nicht schmelzen würden!«

Bald darauf kam Karl mit großen Handschuhen und seinem Schlitten auf dem Rücken und rief Gretchen in die Ohren: »Ich habe Erlaubnis erhalten, auf den großen Platz zu fahren, wo die andern Knaben spielen!« Und weg war er.

Dort auf dem Platze banden oft die kecksten Knaben ihre Schlitten an die Wagen der Landleute fest, und dann fuhren sie ein gutes Stück Weges mit. Das ging prächtig. Als sie im besten Spielen waren, da kam ein großer Schlitten, der war ganz weiß angestrichen, und darin saß jemand in einen rauen, weißen Pelz gehüllt und mit einer weißen, rauen Mütze. Der Schlitten fuhr zwei Mal um den Platz herum, und Karl band seinen kleinen Schlitten schnell daran fest, und nun fuhr er mit. Es ging rascher und rascher, gerade hinein in die nächste Straße. Der Kutscher wendete das Haupt und nickte dem Knaben freundlich zu, es war gerade, als ob sie einander kannten, und jedes Mal, wenn Karl seinen Schlitten ablösen wollte, nickte die Person wieder, und dann blieb Karl sitzen. Sie fuhren endlich zum Stadttor hinaus, da begann der Schnee so stark herniederzufallen, dass der kleine Knabe keine Hand vor sich erblicken konnte, aber er fuhr davon. Da ließ er schnell die Schnur los, um von dem großen Schlitten freizukommen, aber das half nichts, sein kleines Fahrzeug hing fest, und es ging mit Windeseile. Da rief er ganz laut, aber niemand hörte ihn, der Schnee trieb, und der Schlitten flog dahin; mitunter gab es einen Sprung, es war, als führe er über Gräben und Hecken. Karl war ganz erschrocken, er wollte beten, aber er konnte sich nur des großen Einmaleins entsinnen.

Die Schneeflocken wurden größer und größer, zuletzt sahen sie aus wie große, weiße Hühner; auf einmal sprangen sie zur Seite, der große Schlitten hielt, und die Person, die ihn fuhr, erhob sich. Pelze und Mütze waren ganz und gar von Schnee, es war eine Dame, hoch und schlank, glänzend weiß, es war die Schneekönigin.

»Wir sind gut gefahren!«, sagte sie, »aber wer wird frieren! Krieche in meinen Bärenpelz!« Sie setzte ihn neben sich in den Schlitten, schlug den Pelz um ihn, und es war, als versinke er in einem Schneetreiben.

»Friert dich noch?«, fragte sie, und dann küsste sie ihn auf die Stirn. Oh, das war kälter als Eis, das ging ihm gerade hinein bis an sein Herz, das ja doch zur Hälfte ein Eisklumpen war. Es war, als sollte er sterben, aber nur einen Augenblick, dann tat es ihm gerade recht wohl; er spürte nichts mehr von der Kälte ringsumher.

»Meinen Schlitten! Vergiss nicht meinen Schlitten!« Daran dachte er zuerst, und der wurde an eines der weißen Hühner festgebunden. Das flog hinterher, mit dem Schlitten auf dem Rücken. Die Schneekönigin küsste Karl nochmals, und dann hatte er das kleine Gretchen, die Großmutter und alle daheim vergessen.

»Nun bekommst du keine Küsse mehr«, sagte sie, »denn sonst küsse ich dich tot!«

Karl sah sie an, sie war sehr schön, ein klügeres, lieblicheres Antlitz konnte er sich nicht denken. Sie erschien ihm nun nicht von Eis wie damals, als sie draußen vor dem Fenster saß und ihm winkte; in seinen Augen war sie vollkommen, er fühlte gar keine Furcht; er erzählte ihr, dass er im Kopfe rechnen könnte, und zwar mit Brüchen, er wisse die Größe des Landes und die Einwohnerzahl, und sie lächelte immer. Das kam ihm vor, als wäre es noch nicht genug, was er wisse, und er blickte hinauf in den großen, großen Luftraum, und sie flog mit ihm, flog hoch hinauf in die schwarze Wolke, und der Sturm sauste und brauste, es war, als sänge er alte Lieder. Sie flogen über Wälder und Seen, über Meere und Länder; unter ihnen sauste der kalte Wind, die Wölfe heulten, der Schnee funkelte, über ihnen flogen die schwarzen, schreienden Krähen dahin, aber hoch oben schien der Mond groß und klar, und den betrachtete Karl die lange, lange Winternacht; am Tage schlief er zu den Füßen der Schneekönigin.

Dritte Geschichte
Der Blumengarten bei der Frau, die zaubern konnte

Aber wie erging es dem kleinen Gretchen, als Karl nicht zurückkehrte? Wo war er doch geblieben? – Niemand wusste es, niemand konnte Bescheid geben. Die Knaben erzählten nur, dass sie ihn seinen Schlitten an einen prächtig großen hatten binden sehen, der in die Straße hinein und aus dem Stadttore gefahren sei. Niemand wusste, wo er war, viele Tränen flossen, das kleine Gretchen weinte viel und lange; dann sagten sie, er sei tot, er sei im Flusse versunken, der nahe bei der Stadt vorbeifloss. Oh, das waren recht lange, finstere Wintertage.

Nun kam der Frühling mit warmem Sonnenschein.

»Karl ist tot!«, sagte das kleine Gretchen.

»Das glaube ich nicht!«, sagte der Sonnenschein.

»Er ist tot!«, sagte sie zu den Schwalben.

»Das glauben wir nicht!«, erwiderten die, und am Ende glaubte das kleine Gretchen es auch nicht.

»Ich will meine neuen, roten Schuhe anziehen«, sagte sie eines Morgens, »die Karl noch nie gesehen hat, und dann will ich zum Flusse hinuntergehen und den nach ihm fragen!«

Es war noch ganz früh, sie küsste die alte Großmutter, die noch schlief, zog die roten Schuhe an und ging ganz allein aus dem Stadttore zum Flusse.

»Ist es wahr, dass du meinen kleinen Spielkameraden genommen hast?

Ich will dir meine roten Schuhe geben, wenn du mir ihn wiedergeben willst!«
Es kam ihr vor, als nickten die Wogen sonderbar; da nahm sie ihre roten Schuhe, das, was sie am liebsten hatte, und warf sie beide in den Fluss hinaus, aber sie fielen dicht an das Ufer, und die kleinen Wellen trugen sie ihr wieder an das Land. Es war, als wollte der Fluss das Liebste, was sie hatte, nicht nehmen, weil er den kleinen Karl ja nicht hatte. Gretchen aber glaubte nun, dass sie die Schuhe nicht weit genug hinausgeworfen habe, und so kroch sie in ein Boot, das im Schilfe lag, ging ganz an das Ende und warf die Schuhe von da aus in das Wasser. Aber das Boot war nicht festgebunden, und bei der Bewegung, die sie verursachte, glitt es vom Lande ab. Sie bemerkte es und beeilte sich fortzukommen, aber ehe sie zurückkam, war das Boot weit vom Lande, und nun trieb es schneller dahin.
Da wurde das kleine Gretchen ganz ängstlich und fing an zu weinen; aber niemand außer den Sperlingen hörte sie, und die konnten sie nicht an das Land tragen, aber sie flogen längs dem Ufer und zwitscherten gleichsam, um sie zu trösten: »Hier sind wir, hier sind wir!« Das Boot trieb mit dem Strome; das kleine Gretchen saß ganz still in bloßen Strümpfen; ihre kleinen, roten Schuhe trieben hinterher, aber sie konnten das Boot nicht erreichen, das hatte stärkere Fahrt.
Hübsch war es an beiden Ufern, schöne Blumen, alte Bäume und Abhänge mit Schafen und Kühen, aber nicht ein Mensch war zu erblicken.
›Vielleicht trägt mich der Fluss zu dem kleinen Karl hin!‹, dachte Gretchen, und da wurde sie heiter, erhob sich und betrachtete viele Stunden die schönen, grünen Ufer; dann gelangte sie zu einem großen Kirschengarten, in dem ein kleines Haus mit sonderbar roten und blauen Fenstern war. Dazu hatte es ein Strohdach, und draußen standen zwei hölzerne Soldaten, die vor den Vorbeisegelnden das Gewehr schulterten.
Gretchen rief nach ihnen; sie glaubte, dass sie lebend seien, aber sie antworteten natürlich nicht; sie kam ihnen ganz nahe, der Fluss trieb das Boot gerade auf das Land zu.
Gretchen rief noch lauter, und da kam eine alte, alte Frau aus dem Hause, die sich auf einen Krückstock stützte; sie hatte einen großen Sonnenhut auf, und der war mit den schönsten Blumen bemalt.
»Du kleines, armes Kind!«, sagte die alte Frau. »Wie bist du doch auf den großen, reißenden Strom gekommen und weit in die Welt hinausgetrie-

ben?« Und dann ging die alte Frau ans Wasser, erfasste mit ihrem Krückstock das Boot, zog es ans Land und hob Gretchen heraus.

Diese war froh, wieder auf das Trockene zu gelangen, obgleich sie sich vor der alten Frau ein wenig fürchtete.

»Komm, erzähle mir, wer du bist und wie du hierher kommst!«, sagte sie.

Gretchen erzählte ihr alles; und die Alte schüttelte den Kopf und sagte: »Hm! hm!«, und als ihr Gretchen alles gesagt und gefragt hatte, ob sie nicht den kleinen Karl gesehen habe, sagte die Frau, dass er nicht vorbeigekommen sei, aber er komme wohl noch, sie solle nur nicht betrübt sein, sondern die Kirschen kosten, ihre Blumen betrachten, die seien schöner als irgendein Bilderbuch, eine jede könne eine Geschichte erzählen. Da nahm sie Gretchen bei der Hand, sie gingen in das kleine Haus hinein, und die alte Frau schloss die Tür zu.

Die Fenster lagen sehr hoch, und die Scheiben waren rot, blau und gelb, und das Tageslicht schien ganz sonderbar herein; aber auf dem Tische standen die schönsten Kirschen, und Gretchen aß davon, so viel sie wollte, denn das war ihr erlaubt. Während sie speiste, kämmte die alte Frau ihr Haar mit einem goldenen Kamme, und das Haar ringelte sich und glänzte herrlich gelb rings um das kleine, freundliche Antlitz, das frisch wie eine Rose aussah.

»Nach einem so lieben kleinen Mädchen habe ich mich schon lange gesehnt!«, sagte die Alte. »Nun wirst du sehen, wie gut wir miteinander leben werden!« Und so wie sie dem kleinen Gretchen das Haar kämmte, vergaß diese mehr und mehr ihren Kameraden Karl, denn die alte Frau konnte zaubern, aber eine böse Zauberin war sie nicht. Sie zauberte nur ein bisschen zu ihrem eigenen Vergnügen und wollte gern das kleine Gretchen behalten. Deshalb ging sie hinaus in den Garten, streckte ihren Krückstock gegen alle Rosensträucher aus, und wie schön sie auch blühten, so sanken sie alle in die schwarze Erde hinunter, und man konnte nicht sehen, wo sie gestanden hatten. Die Alte fürchtete, dass Gretchen, wenn sie die Rosen erblickte, an ihre eigenen denken, sich dann des kleinen Karl erinnern und davonlaufen würde.

Nun führte sie Gretchen in den Blumengarten. Was war da für ein Duft und eine Herrlichkeit! Alle nur denkbaren Blumen, für jede Jahreszeit, standen hier in der prächtigsten Blüte; kein Bilderbuch konnte hübscher und bunter sein. Gretchen sprang vor Freude und spielte, bis die Sonne hinter den hohen Kirschbäumen unterging, dann bekam sie ein schönes

RENATE

Bett mit roten Seidenkissen, die mit Veilchen gestopft waren, und sie schlief und träumte da so herrlich wie nur eine Königin an ihrem Hochzeitstage.
Am nächsten Tage konnte sie wieder mit den Blumen im warmen Sonnenschein spielen. So verflossen viele Tage. Gretchen kannte jede Blume, aber wie viele es auch waren, so war es ihr doch, als ob eine fehle. Welche, das wusste sie nicht. Da saß sie eines Tages und betrachtete den Sonnenhut der alten Frau mit den gemalten Blumen, und gerade die schönste darunter war eine Rose. Die Alte hatte vergessen, die vom Hute wegzuwischen, als sie die anderen Rosen in die Erde verbannte. Aber so ist es, wenn man die Gedanken nicht immer gesammelt hat! »Was!«, sagte Gretchen, »sind hier keine Rosen?«, und sprang zwischen die Beete, suchte und suchte, aber da waren keine zu finden. Da setzte sie sich hin und weinte; aber ihre Tränen fielen gerade auf eine Stelle, wo ein Rosenstrauch versunken war, und als die warmen Tränen die Erde benetzten, schoss der Strauch auf einmal empor, so blühend er versunken war. Gretchen umarmte ihn, küsste die Blüten und gedachte der herrlichen Rosen daheim und auch des kleinen Karl.
»Oh, wie bin ich aufgehalten worden!«, sagte das kleine Mädchen. »Ich wollte ja den kleinen Karl suchen! – Wisst ihr nicht, wo er ist?«, fragte sie die Rosen. »Glaubt ihr, er sei tot?«
»Tot ist er nicht«, sagten die Rosen. »Wir sind ja in der Erde gewesen, dort sind ja alle die Toten, aber Karl war nicht da!«
»Ich danke euch!«, sagte das kleine Gretchen, und sie ging zu den andern Blumen hin, sah in deren Kelch hinein und fragte: »Wisst ihr nicht, wo der kleine Karl ist?«
Aber jede Blume stand in der Sonne und träumte ihr eigenes Märchen oder Geschichtchen, aber keine wusste etwas von Karl.
»Es nützt zu nichts, dass ich die Blumen frage«, sagte Gretchen, »die wissen nur ihr eigenes Lied, sie geben mir keinen Bescheid!« Und dann band sie ihr kleines Kleid auf, damit sie rascher gehen könne, und dann lief sie nach dem Ende des Gartens.
Die Tür war verschlossen, aber sie drückte auf die verrostete Klinke, so dass diese losging – die Tür sprang auf, und da lief das kleine Gretchen mit bloßen Füßen in die weite Welt hinaus. Sie blickte drei Mal zurück, aber da war niemand, der sie verfolgte. Zuletzt konnte sie nicht mehr gehen und setzte sich auf einen großen Stein, und als sie ringsum sah, war der Sommer vorbei, es war Spätherbst, das konnte man in dem schönen

Garten gar nicht bemerken, wo immer Sonnenschein und Blumen aller Jahreszeiten gewesen waren.

»Gott, wie habe ich mich verspätet!«, sagte das kleine Gretchen. »Es ist ja Herbst geworden, da darf ich nicht ruhen!«, und sie erhob sich, um weiterzugehen.

Oh, wie waren die kleinen Füße wund und müde! Ringsumher sah es kalt und rau aus; die langen Weidenblätter waren ganz gelb, und der Tau tröpfelte als Wasser herab, ein Blatt fiel nach dem andern ab, nur der Schlehendorn trug noch Früchte, aber die waren herb und zogen Gretchen den Mund zusammen. Oh, wie war es grau und schwer in der weiten Welt!

Vierte Geschichte
Prinz und Prinzessin

Gretchen musste wieder ausruhen. Da hüpfte dort auf dem Schnee, der Stelle, wo sie saß, gerade gegenüber, eine große Krähe, die hatte lange gesessen, sie betrachtet und mit dem Kopfe gewackelt; nun sagte sie: »Kra, kra! – Gut' Tag, gut' Tag!« Besser konnte sie es nicht herausbringen, aber sie meinte es gut mit dem kleinen Mädchen und fragte, wohin sie allein in die weite Welt hinausgehe. Das Wort ›allein‹ verstand Gretchen sehr wohl und fühlte recht, wie viel darin lag, und dann erzählte sie der Krähe ihr ganzes Leben und Geschick und fragte, ob sie Karl nicht gesehen habe.

Die Krähe nickte ganz bedächtig und sagte: »Das könnte sein!«

»Wie? Glaubst du?«, rief das kleine Mädchen, küsste die Krähe und hätte sie aus Freude fast tot gedrückt.

»Vernünftig, vernünftig!«, sagte die Krähe. »Ich glaube, ich weiß – ich glaube, es kann der kleine Karl sein! Aber nun hat er dich sicher über der Prinzessin vergessen!«

»Wohnt er bei einer Prinzessin?«, fragte Gretchen.

»Ja, höre!«, sagte die Krähe. »Aber es fällt mir schwer, deine Sprache zu reden. Verstehst du die Krähensprache, dann will ich besser erzählen?«

»Nein, die habe ich nicht gelernt!«, sagte Gretchen.

»Schadet gar nichts!«, sagte die Krähe. »Ich werde erzählen, so gut ich kann, aber schlecht wird es immer!« Dann erzählte sie, was sie wusste.

»In diesem Königreich, in dem wir jetzt sitzen, wohnt eine Prinzessin, die ist ganz außerordentlich klug, aber sie hat auch alle Zeitungen, die es in der Welt gibt, gelesen und wieder vergessen, so klug ist sie. Vor kurzem saß sie auf dem Throne, und das ist doch nicht angenehm, sagt man, da fing sie an, ein Lied zu singen: ›Weshalb sollte ich mich nicht verheiraten?‹ ›Höre, da ist etwas daran‹, sagte sie, und so wollte sie sich verheiraten, aber sie wollte einen Mann haben, der zu antworten verstand, wenn man mit ihm sprach, einen, der nicht nur stand und vornehm aussah, denn das ist zu langweilig. Nun ließ sie alle Hofdamen zusammentrommeln, und als diese hörten, was sie wollte, wurden sie sehr vergnügt. ›Das mag ich leiden!‹, sagten sie, ›daran dachte ich neulich auch!‹ – Du kannst glauben, dass jedes Wort, was ich sage, wahr ist!«, sagte die Krähe. »Ich habe eine zahme Geliebte, die geht frei im Schlosse umher, und die hat mir alles erzählt!«

Die Geliebte war natürlicherweise auch eine Krähe. Denn eine Krähe sucht die andere, und das bleibt immer eine Krähe.

»Die Zeitungen kamen sogleich mit einem Rande von Herzen und der Prinzessin Namenszug heraus. Man konnte darin lesen, dass es jedem jungen Mann, der gut aussah, freistehe, auf das Schloss zu kommen und mit der Prinzessin zu sprechen, und derjenige, der rede, dass man hören könne, er sei dort zu Hause, und der am besten spreche, den wolle die Prinzessin zum Mann nehmen! – Ja, ja!«, sagte die Krähe, »du kannst es mir glauben, es ist so gewiss wahr, als ich hier sitze. Die Leute strömten herzu, da

war ein Gedränge und ein Laufen, aber es glückte nicht, weder den ersten noch den zweiten Tag. Sie konnten alle gut sprechen, wenn sie draußen auf der Straße waren, aber wenn sie in das Schlosstor traten und sahen die Wachen in Silber und die Treppen hinauf die Diener in Gold und die großen, erleuchteten Säle, dann wurden sie verwirrt; und standen sie vor dem Throne, wo die Prinzessin saß, dann wussten sie nichts zu sagen als das letzte Wort, was sie gesprochen hatte, und sie kümmerte sich nicht darum, das noch einmal zu hören. Es war gerade, als ob die Leute in den Schlaf gefallen wären, bis sie wieder auf die Straße kamen; dann konnten sie wieder sprechen. Da stand eine ganze Reihe vom Stadttor an bis zum Schloss. Ich war selbst drinnen, um es zu sehen!«, sagte die Krähe. »Sie wurden sowohl hungrig wie durstig! Aber auf dem Schloss erhielten sie nicht einmal ein Glas Wasser. Zwar hatten einige der Klügsten Butterbrote mitgenommen, aber sie teilten nicht mit ihrem Nachbar, sie dachten: ›Lass ihn nur hungrig aussehen, dann nimmt die Prinzessin ihn nicht!‹«

»Aber Karl, der kleine Karl?«, fragte Gretchen. »Wann kam der? War er unter der Menge?«

»Warte, warte, nun sind wir gerade bei ihm! Es war am dritten Tag, da kam eine kleine Person, ohne Pferd oder Wagen, ganz fröhlich gerade auf das Schloss marschiert; seine Augen glänzten wie deine, er hatte schöne, lange Haare, aber sonst ärmliche Kleider.«

»Das war Karl!«, jubelte Gretchen. »Oh, dann habe ich ihn gefunden!« Und dann klatschte sie in die Hände.

»Er hatte ein kleines Ränzel auf dem Rücken!«, sagte die Krähe.

»Nein, das war sicher sein Schlitten«, sagte Gretchen, »denn mit dem Schlitten ging er fort!«

»Das kann wohl sein«, sagte die Krähe, »ich sah nicht so genau danach; aber das weiß ich von meiner zahmen Geliebten, dass, wie er in das Schlosstor kam und die Leibwache in Silber und die Treppe hinauf die Diener in Gold sah, er nicht im Mindesten verlegen wurde, nickte und zu ihnen sagte: ›Das muss langweilig sein, auf der Treppe zu stehen, ich gehe lieber hinein!‹ Da glänzten die Säle von Lichtern; Geheimräte und Staatsräte gingen auf leisen Füßen und trugen Goldgefäße; man konnte wohl bedenklich werden; seine Stiefel knarrten gewaltig laut, aber ihm wurde doch nicht Bange!«

»Das ist ganz gewiss Karl!«, sagte Gretchen. »Ich weiß, er hatte neue Stiefel, ich habe sie in der Großmutter Stube knarren hören!«

»Ja, sie knarrten«, sagte die Krähe, »und fröhlich ging er gerade zur Prinzessin hinein, die auf einer großen Perle saß, so groß wie ein Spinnrad. Alle Hofdamen mit ihren Jungfern und den Jungfern der Jungfern, und alle Ritter mit ihren Dienern und den Dienern der Diener, die wieder einen Burschen hielten, standen ringsherum aufgestellt; und je näher sie der Tür standen, desto stolzer sahen sie aus. Den Burschen von des Dieners Diener, der immer in Pantoffeln geht, darf man kaum anzusehen wagen, so stolz steht er in der Tür.«
»Das muss gräulich sein!«, sagte das kleine Gretchen. »Und Karl hat doch die Prinzessin erhalten?«
»Wäre ich nicht Krähe gewesen, so hätte ich sie genommen, und das, ungeachtet ich verlobt bin. Er soll ebenso gut gesprochen haben, wie ich spreche, wenn ich die Krähensprache rede, das habe ich von meiner zahmen Geliebten gehört. Er war fröhlich und niedlich; er war gar nicht gekommen zum Freien, sondern nur, um der Prinzessin Klugheit zu hören, und die fand er gut, und sie fand ihn wieder gut.«
»Ja, sicher, das war Karl!«, sagte Gretchen. »Er war so klug, er konnte mit Brüchen kopfrechnen! – Oh, willst du mich nicht auf dem Schlosse einführen?«
»Ja, das ist leicht gesagt!«, sagte die Krähe. »Aber wie machen wir das? Ich werde darüber mit meiner zahmen Geliebten sprechen; sie kann uns wohl Rat erteilen; denn das muss ich dir sagen, so ein kleines Mädchen wie du bekommt nie Erlaubnis hineinzukommen!«
»Ja, die erhalte ich!«, sagte Gretchen. »Wenn Karl hört, dass ich da bin, kommt er sogleich heraus und holt mich!«
»Erwarte mich dort am Gitter!«, sagte die Krähe, wackelte mit dem Kopf und flog davon.
Erst als es spät am Abend war, kehrte die Krähe zurück. »Rar, rar!«, sagte sie. »Ich soll dich viel Mal von ihr grüßen, und hier ist ein kleines Brot für dich, das nahm sie aus der Küche, da ist Brot genug, und du bist sicher hungrig! – Es ist nicht möglich, dass du in das Schloss hineinkommst. Du hast ja bloße Füße. Die Wachen in Silber und die Diener in Gold würden es nicht erlauben. Aber weine nicht, du sollst schon hinaufkommen. Meine Geliebte kennt eine kleine Hintertreppe, die zum Schlafgemach führt, und sie weiß, wo sie den Schlüssel erhalten kann.«
Sie gingen in den Garten hinein, in die große Allee, wo ein Blatt nach dem andern abfiel, und als auf dem Schlosse die Lichter ausgelöscht wurden,

eines nach dem andern, führte die Krähe das kleine Gretchen zu einer Hintertür, die angelehnt stand.
Oh, wie Gretchens Herz vor Angst und Sehnsucht pochte! Es war ihr, als ob sie etwas Böses tun wollte, und sie wollte ja doch nur wissen, ob der kleine Karl da sei. Ja, er musste hier sein; sie gedachte ganz deutlich seiner klaren Augen, seines langen Haares; sie konnte ihn lächeln sehen wie damals, als sie daheim unter den Rosen saßen. Er würde sicher froh sein, sie zu erblicken, zu hören, welch langen Weg sie um seinetwillen zurückgelegt, zu wissen, wie betrübt sie alle daheim gewesen, als er nicht wieder gekommen. Oh, das war eine Furcht und eine Freude!
Nun waren sie auf der Treppe. Da brannte eine kleine Lampe auf einem Schranke, und mitten auf dem Fußboden stand die zahme Krähe und wendete den Kopf nach allen Seiten und betrachtete Gretchen, die sich verneigte, wie die Großmutter sie gelehrt hatte.
»Mein Verlobter hat mir sehr viel Gutes von Ihnen gesagt, mein kleines Fräulein«, sagte die zahme Krähe, »Ihr Lebenslauf ist auch sehr rührend! – Wollen Sie die Lampe nehmen, dann werde ich vorangehen. Wir gehen hier den geraden Weg, denn da begegnen wir niemand!«
»Es ist mir, als käme gerade jemand hinter uns!«, sagte Gretchen, und es sauste an ihr vorbei; es war wie Schatten an der Wand entlang, Pferde mit fliegenden Mähnen, Jägerburschen, Herren und Damen zu Pferde.
»Das sind nur Träume!«, sagte die Krähe, »die kommen und holen der hohen Herrschaft Gedanken zur Jagd ab. Das ist recht gut, dann können Sie sie besser im Bette betrachten. Aber ich hoffe, wenn Sie zu Ehren und Würden gelangen, dass Sie dann ein dankbares Herz zeigen werden.«
»Darüber bedarf es keiner Worte!«, sagte die Krähe vom Wald.
Nun kamen sie in den ersten Saal, der war von rosenrotem Atlas, mit künstlichen Blumen an den Wänden hinauf. Hier sausten die Träume schon an ihnen vorüber, aber sie fuhren so schnell, dass Gretchen nicht die

hohen Herrschaften zu sehen bekam. Ein Saal war immer prächtiger als der andere, ja, man konnte wohl betäubt werden, und nun waren sie im Schlafgemach. Die Decke hier glich einer großen Palme mit Blättern von kostbarem Glas, und mitten auf dem Fußboden hingen an einem dicken Stängel von Gold zwei Betten, von denen jedes wie eine Lilie aussah. Das eine Bett war weiß, in diesem lag die Prinzessin; das andere war rot, und in diesem sollte Gretchen den kleinen Karl suchen. Sie bog eines der roten Blätter zur Seite, und da sah sie einen braunen Nacken. – Oh, das war Karl! – Sie rief ganz laut seinen Namen, hielt die Lampe gegen ihn hin – die Träume sausten zu Pferde wieder in die Stube herein – er erwachte, wendete das Haupt und – es war nicht der kleine Karl.

Der Prinz glich ihm nur im Nacken, aber jung und hübsch war er. Und aus dem weißen Lilienblatt blinzelte die Prinzessin hervor und fragte, was das sei. Da weinte das kleine Gretchen und erzählte ihre ganze Geschichte und alles, was die Krähen für sie getan hatten.

»Du armes Kind!«, sagten der Prinz und die Prinzessin, belobten die Krähen und sagten, dass sie gar nicht böse auf sie seien, aber sie sollten es doch nicht wieder tun. Übrigens sollten sie eine Belohnung erhalten.

»Wollt ihr frei fliegen?«, fragte die Prinzessin. »Oder wollt ihr feste Anstellung als Hofkrähen haben mit allem, was da in der Küche abfällt?«

Beide Krähen verneigten sich und baten um feste Anstellung, denn sie gedachten des Alters und sagten, es sei schön, etwas für das Alter zu haben.

Der Prinz stand aus seinem Bette auf und ließ Gretchen darin schlafen, mehr konnte er wirklich nicht tun. Sie faltete ihre kleinen Hände und dachte: ›Wie gut sind die Menschen und die Tiere!‹, und dann schloss sie ihre Augen und schlief sanft. Alle Träume kamen wieder hereingeflogen, und da sahen sie wie Gottes Engel aus, und sie zogen einen kleinen Schlitten, auf dem Karl saß und nickte. Aber das Ganze war nur Traum.

Am nächsten Tage wurde sie von Kopf bis zu Fuß in Seide und Samt gekleidet; es wurde ihr angeboten, auf dem Schloss zu bleiben und gute Tage zu genießen, aber sie bat nur um einen kleinen Wagen mit einem Pferd davor und um ein Paar Schuhe, dann wollte sie wieder in die weite Welt hinausfahren und Karl suchen.

Sie erhielt sowohl Schuhe und Muff, sie wurde niedlich gekleidet, und als sie fort wollte, hielt vor der Tür eine neue Kutsche von reinem Gold; des Prinzen und der Prinzessin Wappen glänzte an ihr wie ein Stern. Kutscher, Diener und Vorreiter, denn da waren auch Vorreiter, saßen mit

Goldkronen auf dem Kopfe. Der Prinz und die Prinzessin halfen ihr selbst in den Wagen und wünschten ihr alles Glück. Die Waldkrähe, die nun verheiratet war, begleitete sie die ersten drei Meilen; sie saß ihr zur Seite, denn sie konnte nicht ertragen, rückwärts zu fahren. Die andere Krähe stand in der Tür und schlug mit den Flügeln, sie kam nicht mit, denn sie litt an Kopfschmerzen, seitdem sie feste Anstellung und zu viel zu essen erhalten hatte. Inwendig war die Kutsche mit Zuckerbrezen gefüttert, und im Sitze waren Früchte und Pfeffernüsse.
»Lebe wohl! Lebe wohl!«, riefen der Prinz und die Prinzessin, das kleine Gretchen weinte, und die Krähe weinte auch. – So ging es die ersten Meilen, da sagte auch die Krähe Lebewohl, und das war der schwerste Abschied. Sie flog auf einen Baum und schlug mit ihren schwarzen Flügeln, solange sie den Wagen, der wie der klare Sonnenschein glänzte, erblicken konnte.

Fünfte Geschichte
Das kleine Räubermädchen

Sie fuhren durch den dunkeln Wald, aber die Kutsche leuchtete gleich einer Fackel. Das stach den Räubern in die Augen, das konnten sie nicht ertragen.
»Das ist Gold, das ist Gold!«, riefen sie, stürzten hervor, ergriffen die Pferde, schlugen die kleinen Vorreiter, den Kutscher und die Diener tot und zogen nun das kleine Gretchen aus dem Wagen.
»Sie ist fett, sie ist niedlich, sie ist mit Nusskernen gefüttert!«, sagte das alte Räuberweib, die einen struppigen Bart und Augenbrauen hatte, die ihr über die Augen herabhingen. »Das ist so gut wie ein kleines, fettes Lamm! Na, wie soll die schmecken!« Und dann zog sie ihr blankes Messer heraus, und das glänzte, dass es gräulich war.
»Au!«, sagte das Weib zu gleicher Zeit, denn sie wurde von ihrer eigenen Tochter, die auf ihrem Rücken hing, so wild und unartig, dass es eine Lust war, in das Ohr gebissen. »Du hässlicher Balg!«, sagte die Mutter und kam nicht dazu, Gretchen zu schlachten.
»Sie soll mit mir spielen!«, sagte das kleine Räubermädchen.
»Sie soll mir ihren Muff, ihr hübsches Kleid geben, bei mir in meinem Bett schlafen!«, und dabei biss sie wieder, dass das Räuberweib in die Höhe sprang und sich ringsherum drehte, und alle Räuber lachten und sagten: »Sieh, wie sie mit ihrem Jungen tanzt!«

»Ich will in den Wagen hinein!« Und sie musste und wollte ihren Willen haben, denn sie war verzogen und hartnäckig. Sie und Gretchen saßen darinnen, und so fuhren sie über Stock und Stein tiefer in den Wald hinein. Das kleine Räubermädchen war so groß wie Gretchen, aber stärker, breitschultriger und von dunkler Haut. Die Augen waren ganz schwarz, sie sahen fast traurig aus. Sie nahm das kleine Gretchen um den Leib und sagte: »Sie sollen dich nicht schlachten, solange ich dir nicht böse werde! Du bist wohl eine Prinzessin?«

»Nein!«, sagte Gretchen und erzählte ihr alles, was sie erlebt hatte und wie viel sie vom kleinen Karl hielt.

Das Räubermädchen betrachtete sie ganz ernsthaft, nickte ein wenig mit dem Kopfe und sagte: »Sie sollen dich nicht schlachten, selbst wenn ich dir böse werde, dann werde ich es schon selbst tun!«, und dann trocknete sie Gretchens Augen und steckte ihre beiden Hände in den schönen Muff, der weich und warm war.

Nun hielt die Kutsche still; sie waren mitten auf dem Hofe eines Räuberschlosses, das von oben bis unten auseinander geborsten war. Raben und Krähen flogen aus den offenen Löchern, und die großen Bullenbeißer, von denen ein jeder aussah, als könne er einen Menschen verschlingen, sprangen hoch empor, aber sie bellten nicht, denn das war verboten.

In dem großen, alten, verräucherten Saale brannte mitten auf dem steinernen Fußboden ein großes Feuer; der Rauch zog unter der Decke hin und musste sich selbst den Ausweg suchen; ein großer Braukessel mit Suppe kochte, und Hasen und Kaninchen wurden an Spießen gebraten.

»Du sollst diese Nacht mit mir bei allen meinen kleinen Tieren schlafen!«, sagte das Räubermädchen. Sie bekamen zu essen und zu trinken und gingen dann nach einer Ecke, wo Stroh und Teppiche lagen. Oben darüber saßen auf Latten und Stäben mehr als hundert Tauben, die alle zu schlafen schienen, sich aber doch ein wenig drehten, als die beiden kleinen Mädchen kamen.

»Die gehören mir alle!«, sagte das kleine Räubermädchen und ergriff eine der nächsten, hielt sie bei den Füßen und schüttelte sie, dass sie mit den Flügeln schlug. »Küsse sie!«, rief sie und schlug sie ihr ins Gesicht. »Da sitzen die Waldtauben!«, fuhr sie fort und zeigte hinter eine Anzahl Stäbe, die vor einem Loche oben in die Mauer eingeschlagen waren. »Das sind Waldtauben, die beiden, die fliegen gleich fort, wenn man sie nicht ordentlich eingeschlossen hält; und hier steht mein alter, liebster Bä!«, und

damit zog sie ein Rentier am Horn, das einen kupfernen Ring um den Hals trug und angebunden war. »Den müssen wir auch in der Klemme halten, sonst springt er von uns fort. An jedem Abend kitzele ich ihn mit meinem scharfen Messer, davor fürchtet er sich!« Und das kleine Mädchen zog ein langes Messer aus einer Spalte in der Mauer und ließ es über des Rentiers Hals hingleiten. Das arme Tier schlug mit den Beinen aus, aber das kleine Räubermädchen lachte und zog dann Gretchen mit in das Bett hinein.

»Willst du das Messer behalten, wenn du schläfst?«, fragte Gretchen und blickte etwas furchtsam nach ihm.

»Ich schlafe immer mit dem Messer!«, sagte das kleine Räubermädchen. »Man weiß nie, was vorfallen kann. Aber erzähle mir nun wieder, was du mir vorhin von dem kleinen Karl erzähltest und weshalb du in die weite Welt hinausgegangen bist.« Gretchen erzählte wieder von vorn an, und die Waldtauben knurrten oben im Käfig, und die andern Tauben schliefen. Das kleine Räubermädchen legte ihren Arm um Gretchens Hals, hielt das Messer in der andern Hand und schlief, dass man es hören konnte; aber Gretchen konnte ihre Augen nicht schließen, sie wusste nicht, ob sie leben oder sterben würde. Die Räuber saßen rings um das Feuer, sangen und tranken, und das Räuberweib schoss Purzelbäume. Oh, es war für das kleine Mädchen ganz gräulich anzusehen.

Da sagten die Waldtauben: »Kurre, kurre! Wir haben den kleinen Karl gesehen. Ein weißes Huhn trug seinen Schlitten, er saß im Wagen der Schneekönigin, die dicht über den Wald hinfuhr, als wir im Neste lagen; sie blies auf uns Junge, und außer uns beiden starben alle; kurre, kurre!«

»Was sagt ihr dort oben?«, rief Gretchen. »Wohin reiste die Schneekönigin?«

»Sie reiste wahrscheinlich nach Lappland, denn dort ist immer Schnee und Eis! Frage das Rentier, das am Strick angebunden steht.«

»Dort ist Eis und Schnee, dort ist es herrlich und gut!«, sagte das Rentier; »dort springt man frei umher in den großen glänzenden Tälern; dort hat die Schneekönigin ihr Sommerzelt, aber ihr festes Schloss hat sie droben gegen den Nordpol, auf der Insel, die Spitzbergen genannt wird!«

»O Karl, kleiner Karl!«, seufzte Gretchen.

»Nun musst du stillliegen«, sagte das Räubermädchen, »sonst stoße ich dir das Messer in den Leib!«

Am andern Morgen erzählte Gretchen ihr alles, was die Waldtauben gesagt hatten.

Das Räubermädchen sah ganz ernsthaft aus, nickte aber mit dem Kopf und sagte: »Das ist einerlei, das ist einerlei! – Weißt du, wo Lappland ist?«, fragte sie das Rentier.

»Wer könnte es wohl besser wissen als ich!«, sagte das Tier, und die Augen funkelten ihm im Kopfe. »Dort bin ich geboren und erzogen, dort bin ich auf den Schneefeldern herumgesprungen.«

»Höre!«, sagte das Räubermädchen zu Gretchen, »du siehst, alle unsere Mannsleute sind fort, jedoch die Mutter ist noch hier, und sie bleibt zu Hause. Gegen Mittag aber trinkt sie aus der großen Flasche und schlummert dann ein wenig darauf – dann werde ich etwas für dich tun!« Nun sprang sie aus dem Bett, fuhr der Mutter um den Hals, zog sie am Knebelbart und sagte: »Mein einzig lieber Ziegenbock, guten Morgen!« Die Mutter gab ihr Nasenstüber, dass die Nase rot und blau wurde, aber alles aus lauter Liebe.

Als die Mutter dann aus der Flasche getrunken hatte und darauf einschlief, ging das Räubermädchen zum Rentier hin und sagte: »Ich könnte große Freude davon haben, dich noch manchesmal mit dem scharfen Messer zu kitzeln, denn dann bist du so possierlich; aber das ist einerlei, ich will deine Schnur lösen und dir hinaushelfen, damit du nach Lappland laufen kannst. Du musst aber tüchtig springen und dieses kleine Mädchen zum Schloss der Schneekönigin bringen, wo ihr Spielkamerad ist. Du hast wohl gehört, was sie erzählte, denn sie sprach laut genug, und du lauschtest.«

Das Rentier sprang vor Freude hoch empor. Das Räubermädchen hob das kleine Gretchen hinauf und hatte die Vorsicht, sie festzubinden, ja ihr sogar ein kleines Kissen zum Sitzen zu geben. »Das ist einerlei«, sagte sie, »da hast du deine Pelzschuhe, denn es wird kalt, aber den Muff behalte ich, der ist gar zu niedlich! Darum sollst du doch nicht frieren. Hier hast du meiner Mutter große Fausthandschuhe, die reichen dir gerade bis zum Ellenbogen hinauf; ziehe sie an! – Nun siehst du an den Händen gerade wie meine Mutter aus!«

Gretchen weinte vor Freude.

»Ich kann nicht leiden, dass du weinst!«, sagte das kleine Räubermädchen. »Nun musst du gerade recht froh aussehen; und da hast du zwei Brote und einen Schinken, dann wirst du nicht hungern.« Beides wurde hinten

auf das Rentier gebunden; das kleine Räubermädchen öffnete die Tür, lockte alle großen Hunde herein, durchschnitt dann den Strick mit ihrem scharfen Messer und sagte zum Rentier: »Laufe, aber gib recht auf das kleine Mädchen Acht!«
Gretchen streckte die beiden Hände mit den großen Fausthandschuhen gegen das Räubermädchen aus und sagte Lebewohl, und dann flog das Rentier über Stock und Stein davon, durch den großen Wald, über Sümpfe und Steppen, so viel es nur konnte.
Die Wölfe heulten, und die Raben schrien. Es war gerade, als sprühte der Himmel Feuer.
»Das sind meine alten Nordlichter!«, sagte das Rentier, »sieh, wie sie leuchten!«
Und dann lief es noch schneller davon, Nacht und Tag. Die Brote wurden alle verzehrt und der Schinken auch, und dann waren sie in Lappland.

Sechste Geschichte
Die Lappin und die Finnin

Vor einem kleinen Hause hielten sie an, es war sehr ärmlich; das Dach ging bis zur Erde hinunter, und die Tür war so niedrig, dass die Familie auf dem Bauch kriechen musste, wenn sie heraus- oder hineinkommen wollte. Hier war außer einer alten Lappin, die bei einer Tranlampe Fische kochte, niemand zu Hause. Das Rentier erzählte Gretchens ganze Geschichte, aber zuerst seine eigene, denn diese erschien ihm weit wichtiger, und Gretchen war von der Kälte so mitgenommen, dass sie nicht sprechen konnte.
»Ach, ihr Armen«, sagte die Lappin, »da habt ihr noch weit zu laufen! Ihr müsst über hundert Meilen weit nach Finnmarken hinein, denn dort wohnt die Schneekönigin auf dem Lande und brennt jeden Abend bengalische Flammen. Ich werde ein paar Worte auf einen trockenen Klippfisch schreiben, Papier habe ich nicht, den Fisch werde ich euch für die Finnin dort oben mitgeben; die kann euch besser Bescheid erteilen als ich.«
Und als Gretchen nun erwärmt worden war und zu essen und zu trinken erhalten hatte, schrieb die Lappin ein paar Worte auf einen trockenen Klippfisch, bat Gretchen, wohl darauf zu achten, band sie wieder auf das Rentier fest, und dieses sprang davon. Die ganze Nacht brannten die schönsten, blauen Nordlichter; – und dann kamen sie nach Finnland und

klopften an den Schornstein der Finnin, denn sie hatte nicht einmal eine Tür.

Da war eine Hitze drinnen, so dass die Finnin selbst fast ganz nackt ging; sie war klein und dabei ganz schmutzig. Sie löste gleich die Kleider des kleinen Gretchen auf, zog ihr die Fausthandschuhe und Stiefel aus, denn sonst wäre es ihr zu heiß geworden, legte dem Rentier ein Stück Eis auf den Kopf und las dann, was auf dem Klippfisch geschrieben stand. Sie las es drei Mal, und dann wusste sie es auswendig und steckte den Fisch in den Suppenkessel, denn er konnte ja gut gegessen werden, und sie verschwendete nie etwas.

Nun erzählte das Rentier zuerst seine Geschichte, dann die des kleinen Gretchen, und die Finnin blinzelte mit den klugen Augen, sagte aber nichts.

»Du bist klug!«, sagte das Rentier. »Ich weiß, du kannst alle Winde der Welt in einen Zwirnsfaden zusammenbinden; wenn der Schiffer den einen Knoten löst, so erhält er guten Wind, löst er den andern, dann weht es scharf, und löst er den dritten und vierten, dann stürmt es, dass die Wälder umfallen. Willst du nicht dem kleinen Mädchen einen Trank geben, dass sie Zwölf-Männer-Kraft erhält und die Schneekönigin überwindet?«

»Zwölf-Männer-Kraft«, sagte die Finnin, »ja, das würde viel helfen!«

Dann ging sie nach einem Brette, nahm ein großes, zusammengerolltes Fell hervor und rollte es auf. Da waren wunderbare Buchstaben darauf ge-

schrieben, und die Finnin las, dass ihr das Wasser von der Stirn herunterlief.
Aber das Rentier bat so sehr für das kleine Gretchen, und Gretchen blickte die Finnin mit so bittenden Augen voller Tränen an, dass diese wieder mit den ihrigen zu blinzeln anfing und das Rentier in einen Winkel zog, wo sie ihm zuflüsterte, während es wieder frisches Eis auf den Kopf bekam:
»Der kleine Karl ist noch bei der Schneekönigin und findet dort alles nach seinem Geschmack und Gefallen, er glaubt, es sei der beste Ort in der Welt. Das kommt aber davon, weil er einen Glassplitter ins Herz und ein kleines Glaskörnchen ins Auge bekommen hat; die müssen zuerst heraus, sonst wird er nie ein guter Mensch, und die Schneekönigin wird die Gewalt über ihn behalten!«
»Aber kannst du nicht dem kleinen Gretchen etwas eingeben, so dass sie Gewalt über das Ganze erhält?«
»Ich kann ihr keine größere Gewalt geben, als sie schon besitzt! Siehst du nicht, wie groß diese ist? Siehst du nicht, wie Menschen und Tiere ihr dienen müssen, wie sie auf bloßen Füßen so gut in der Welt fortgekommen ist? Sie kann ihre Macht nicht von uns erhalten, diese sitzt in ihrem Herzen und besteht darin, dass sie ein liebes, unschuldiges Kind ist. Kann sie nicht selbst zur Schneekönigin hineingelangen und das Glas aus dem kleinen Karl bringen, dann können wir nicht helfen! Zwei Meilen von hier beginnt der Garten der Schneekönigin, dahin kannst du das kleine Mädchen tragen. Setze sie beim großen Busche ab, der mit roten Beeren im Schnee steht, verliere aber nicht viele Worte und spute dich, hierher zurückzukommen.« Damit hob die Finnin das kleine Gretchen auf das Rentier, und das lief, was es konnte.
»Oh, ich bekam meine Schuhe nicht! Ich bekam meine Fausthandschuhe nicht!«, rief das kleine Gretchen in der schneidenden Kälte, aber das Rentier wagte nicht anzuhalten, es lief, bis es zu dem Busche mit den roten Beeren gelangte. Da setzte es Gretchen ab, küsste sie auf den Mund, und es liefen einige große Tränen über des Tieres Backen, und dann lief es, was es nur konnte, wieder zurück. Da stand das arme Gretchen ohne Schuhe, ohne Handschuh, mitten in dem fürchterlich eiskalten Finnmarken.
Sie lief vorwärts, so schnell sie konnte; da kam ein ganzes Heer Schneeflocken, aber sie fielen nicht vom Himmel herunter; der war klar und glänzte von Nordlichtern. Die Schneeflocken liefen gerade auf der Erde hin, und je näher sie kamen, desto größer wurden sie. Gretchen erinnerte sich noch,

wie groß und künstlich sie damals ausgesehen hatten, als sie die Schneeflocken durch ein Brennglas betrachtet hatte, aber hier waren sie wahrlich noch viel größer und fürchterlicher, sie waren lebend, sie waren der Schneekönigin Vorposten. Sie hatten die sonderbarsten Gestalten; einige sahen aus wie hässliche, große Stachelschweine, andere wie ganze Knoten, gebildet von Schlangen, die nach allen Seiten ihre Köpfe hervorstreckten, und andere wie kleine, dicke Bären, auf denen die Haare sich sträubten, alle glänzten weiß, alle waren lebendige Schneeflocken.
Da betete das kleine Gretchen, und die Kälte war so groß, dass sie ihren eigenen Atem sehen konnte; der wurde immer dichter und dichter und gestaltete sich zu kleinen, klaren Engeln, die mehr und mehr wuchsen, wenn sie die Erde berührten, und alle Helme auf dem Kopf und Spieß und Schild in den Händen hatten. Ihre Anzahl wurde größer und größer, und als Gretchen ihr Gebet geendet hatte, da war ein ganzes Heer um sie; sie stachen mit ihren Spießen gegen die gräulichen Schneeflocken, so dass diese in hundert Stücke zersprangen, und das kleine Gretchen ging ganz sicher und froh vorwärts. Die Engel liebkosten ihre Hände und Füße, da fühlte sie weniger, wie kalt es war, und ging rasch gegen der Schneekönigin Schloss vor.
Aber nun wollen wir erst sehen, wie es Karl geht. Er dachte freilich nicht an das kleine Gretchen und am wenigsten, dass sie draußen vor dem Schloss stand.

Siebente Geschichte
Von dem Schlosse der Schneekönigin und was sich später darin zutrug

Des Schlosses Wände waren gebildet von dem treibenden Schnee und Fenster und Türen von den schneidenden Winden, da waren über hundert Säle, alle wie der Schnee sie zusammentrieb, der größte erstreckte sich mehrere Meilen lang, alle beleuchtet von dem starken Nordlicht, und sie waren leer, eisig, kalt und glänzend. Nie gab es hier eine Lustbarkeit, nicht einmal einen kleinen Bärenball, wozu der Sturm aufspielen und die Eisbären auf den Hinterfüßen gehen und dabei ihre Gebärden hätten zeigen können; nie ein klein bisschen Kaffeeklatsch der weißen Fuchsfräulein; leer, groß und kalt war es in den Sälen der Schneekönigin. Die Nordlichter flammten so genau, dass man sie zählen konnte, wenn sie am höchsten und wenn sie am niedrigsten standen. Mitten in diesem leeren, unendlichen Schneesaale war ein zugefrorener See, der war in tausend Stücke gesprungen, aber jedes Stück war dem andern so gleich, dass es ein wahres Kunstwerk war. Mitten auf diesem saß die Schneekönigin, wenn sie zu Hause war, und dann sagte sie, dass sie im Spiegel des Verstandes sitze und dass dieser der einzige und der beste in der Welt sei.

Der kleine Karl war ganz blau vor Kälte, ja fast schwarz, aber er merkte es nicht, denn sie hatte ihm den Frostschauer abgeküsst, und sein Herz glich einem Eisklumpen. Er ging und schleppte einige scharfe, flache Eisstücke, die er auf alle mögliche Weise aneinander passte, gleich, wie wenn wir kleine Holztafeln haben und diese in Figuren zusammenlegen, was man das chinesische Spiel nennt. Karl ging auch und legte die allerkünstlichsten Figuren, das war das Eisspiel des Verstandes. In seinen Augen waren die Figuren ganz ausgezeichnet und von der höchsten Wichtigkeit. Das machte das Glaskörnchen, das ihm im Auge saß! Er legte Figuren, die ein geschriebenes Wort waren, aber nie konnte er es herausbringen, das Wort zu legen, was er gerade haben wollte, das Wort ›Ewigkeit‹, und die Schneekönigin hatte gesagt: »Kannst du die Figur ausfindig machen, dann sollst du dein eigener Herr sein, und ich schenke dir die ganze Welt und ein Paar neue Schlittschuhe.« Aber er konnte es nicht.

»Nun sause ich fort nach den warmen Ländern!«, sagte die Schneekönigin. »Ich will hinfahren und in die schwarzen Töpfe hineinsehen!« – Das waren die Feuer speienden Berge, Ätna und Vesuv, wie man sie nennt. »Ich werde sie ein wenig weiß machen, das gehört dazu, das tut den Zitronen und Weintrauben gut!« Damit flog die Schneekönigin davon, und Karl saß ganz allein in dem viele Meilen weiten, großen, leeren Eissaal, betrachtete die Eisstücke und dachte und dachte, so dass es in ihm knackte. Ganz still und steif saß er, man hätte glauben können, er sei erfroren.

Da war es, dass das kleine Gretchen durch das Tor in das Schloss trat. Hier herrschten schneidende Winde; aber sie betete ein Abendgebet, und da legten sich die Winde, als ob sie schlafen wollten, und sie trat in die großen, leeren, kalten Säle hinein – da erblickte sie Karl, sie erkannte ihn, sie flog ihm um den Hals, hielt ihn dann fest und rief: »Karl! Lieber, kleiner Karl! Da habe ich dich endlich gefunden!«

Aber er saß ganz still, steif und kalt; da weinte das kleine Gretchen heiße Tränen, die fielen auf seine Brust, sie drangen in sein Herz, sie tauten den Eisklumpen auf und verzehrten das kleine Spiegelstück darin; er betrachtete sie, und sie sang:

»Rosen, die blühn und verwehn,
Wir werden den Weihnachtsbaum sehn!«

Da brach Karl in Tränen aus; er weinte, dass das Spiegelkörnchen aus dem Auge schwamm, er erkannte sie und jubelte: »Gretchen! Liebes, kleines Gretchen! – Wo bist du doch so lange gewesen? Und wo bin ich gewesen?« Und er blickte rings um sich her. »Wie kalt ist es hier! Wie es hier weit und leer ist!« Und er klammerte sich an Gretchen an, und sie lachte und weinte vor Freude. Das war so herrlich, dass selbst die Eisstücke vor Freude ringsumher tanzten, und als sie müde waren und sich niederlegten, lagen sie gerade in den Buchstaben, von denen die Schneekönigin gesagt hatte, dass er sie ausfindig machen sollte, dann sei er sein eigener Herr und sie wollte ihm die ganze Welt und ein Paar neue Schlittschuhe geben.

Gretchen küsste seine Wangen, und sie wurden blühend; sie küsste seine Augen, und sie leuchteten gleich den ihren; sie küsste seine Hände und Füße, und er war gesund und munter. Die Schneekönigin mochte nun nach Hause kommen, sein Freibrief stand da mit glänzenden Eisstücken geschrieben.

Sie fassten einander an den Händen und wanderten aus dem großen Schloss hinaus; sie sprachen von der Großmutter und von den Rosen auf dem Dache; und wo sie gingen, ruhten die Winde, und die Sonne brach hervor. Als sie den Busch mit den roten Beeren erreichten, stand das Rentier da und wartete; es hatte ein anderes junges Rentier mit sich, dessen Euter voll war, und dieses gab den Kleinen seine warme Milch und küsste sie auf den Mund. Dann trugen sie Karl und Gretchen erst zur Finnin, wo sie sich in der heißen Stube aufwärmten und über die Heimreise Bescheid erhielten, dann zur Lappin, die ihnen neue Kleider genäht und ihren Schlitten in Stand gesetzt hatte.

Das Rentier und das Junge sprangen zur Seite und folgten mit bis zur Grenze des Landes; dort sprosste das erste Grün hervor, da nahmen sie Abschied vom Rentier und von der Lappin. »Lebt wohl!«, sagten alle. Und die ersten kleinen Vögel begannen zu zwitschern, der Wald hatte grüne Knospen, und aus ihm kam auf einem prächtigen Pferde, das Gretchen kannte – es war vor die goldene Kutsche gespannt gewesen –, ein junges Mädchen geritten, mit einer glänzenden, roten Mütze auf dem Kopfe und Pistolen im Halfter. Das war das kleine Räubermädchen, das es satt hatte,

zu Hause zu sein, und nun erst gegen Norden und später, wenn ihr dies zusagte, nach einer anderen Weltgegend hin wollte. Sie erkannte Gretchen sogleich, und Gretchen erkannte sie, das war eine Freude.

»Du bist ein wahrer Künstler im Herumstreifen!«, sagte sie zum kleinen Karl. »Ich möchte wissen, ob du verdienst, dass man deinethalben bis an der Welt Ende läuft!«

Aber Gretchen klopfte ihr die Wangen und fragte nach dem Prinzen und der Prinzessin.

»Die sind nach fremden Ländern gereist!«, sagte das Räubermädchen.

»Aber die Krähe?«, fragte Gretchen.

»Ja, die Krähe ist tot!«, erwiderte sie. »Die zahme Geliebte ist Witwe geworden, geht mit einem Stückchen schwarzem Garn um das Bein und klagt ganz jämmerlich. Aber erzähle mir nun, wie es dir ergangen ist und wie du ihn erwischt hast.« Gretchen und Karl erzählten.

Das Räubermädchen nahm beide bei den Händen und versprach, dass sie, wenn sie je durch ihre Stadt kommen sollte, hinaufkommen wolle, sie zu besuchen, und dann ritt sie in die weite Welt hinaus. Aber Karl und Gretchen gingen Hand in Hand, und wie sie gingen, war es herrlicher Frühling mit Blumen und mit Grün; sie erkannten die hohen Türme, die große Stadt, es war die, in der sie wohnten, und sie gingen hinein und hin zu der Tür der Großmutter, die Treppe hinauf, in die Stube, wo alles wie früher auf derselben Stelle stand. Die Uhr sagte »Tick! tack!«, und die Zeiger drehten sich; aber indem sie durch die Tür gingen, bemerkten sie, dass sie erwachsene Menschen geworden waren. Die Rosen aus der Dachrinne blühten zum offenen Fenster herein, und da standen noch die kleinen Kinderstühle. Karl und Gretchen setzten sich ein jeder auf den seinigen und hielten einander bei den Händen; die kalte, leere Herrlichkeit bei der Schneekönigin hatten sie gleich einem schweren Traum vergessen. Die Großmutter saß in Gottes hellem Sonnenschein und las: »Werdet ihr nicht wie die Kinder, so werdet ihr das Reich Gottes nicht erben!«

Karl und Gretchen sahen einander in die Augen, und sie verstanden auf einmal den alten Gesang:

»Rosen, die blühn und verwehn,
Wir werden den Weihnachtsbaum sehn!«

Da saßen sie beide, erwachsen und doch Kinder, Kinder im Herzen; und es war Sommer, warmer, wohltuender Sommer.

Die Prinzessin auf der Erbse

Es war einmal ein Prinz, der wollte eine Prinzessin heiraten, aber es sollte eine wirkliche Prinzessin sein. Da reiste er in der ganzen Welt herum, um eine solche zu finden, aber überall war da etwas im Wege. Prinzessinnen gab es genug, aber ob es wirkliche Prinzessinnen waren, konnte er nicht herausbringen, immer war etwas, was nicht in der Ordnung war. Da kam er wieder nach Hause und war ganz traurig, denn er wollte doch gern eine wirkliche Prinzessin haben.

Eines Abends zog ein furchtbares Wetter auf; es blitzte und donnerte, der Regen stürzte herunter, es war ganz entsetzlich. Da klopfte es an das Stadttor, und der alte König ging hin, aufzumachen.

Es war eine Prinzessin, die draußen vor dem Tore stand. Aber wie sah sie vom Regen und dem bösen Wetter aus! Das Wasser lief ihr von den Haaren und Kleidern herunter und lief in die Schnäbel der Schuhe hinein und aus den Hacken wieder heraus, und sie sagte, dass sie eine wirkliche Prinzessin sei.

›Ja, das werden wir schon erfahren!‹, dachte die alte Königin, aber sie sagte nichts, ging in die Schlafkammer hinein, nahm alle Betten ab und legte

eine Erbse auf den Boden der Bettstelle. Darauf nahm sie zwanzig Matratzen, legte sie auf die Erbse und dann noch zwanzig Eiderdunenbetten oben auf die Matratzen.

Da sollte nun die Prinzessin die ganze Nacht liegen.

Am Morgen wurde sie gefragt, wie sie geschlafen habe.

»Oh, schrecklich schlecht!«, sagte die Prinzessin. »Ich habe meine Augen die ganze Nacht nicht geschlossen! Gott weiß, was das im Bette gewesen ist. Aber auch nicht eine Minute lang habe ich schlafen können. Ich habe auf etwas Hartem gelegen, so dass ich ganz braun und blau über meinem ganzen Körper bin! Es ist ganz entsetzlich!«

Nun sahen sie wohl, dass es eine wirkliche Prinzessin war, da sie durch die zwanzig Matratzen und die zwanzig Eiderdunenbetten die Erbse verspürt hatte. So empfindlich konnte niemand sein außer einer wirklichen Prinzessin.

Da nahm der Prinz sie zur Frau, denn nun wusste er, dass er eine wirkliche Prinzessin besitze, und die Erbse kam auf die Kunstkammer, wo sie noch zu sehen ist, wenn sie niemand genommen hat.

Sieh, das ist eine wahre Geschichte.

Märchen
von Wilhelm Hauff

Die Geschichte von Kalif Storch

Der Kalif Chasid zu Bagdad saß einmal an einem schönen Nachmittag behaglich auf seinem Sofa; er hatte ein wenig geschlafen, denn es war ein heißer Tag, und er sah nun nach seinem Schläfchen recht heiter aus. Er rauchte aus einer langen Pfeife von Rosenholz, trank hie und da ein wenig Kaffee, den ihm ein Sklave einschenkte, und strich sich allemal vergnügt den Bart, wenn es ihm geschmeckt hatte. Kurz, man sah dem Kalifen an, dass es ihm recht wohl war. Um diese Stunde konnte man gar gut mit ihm reden, weil er da immer recht mild und leutselig war; deswegen besuchte ihn auch sein Großwesir Mansor alle Tage um diese Zeit. An diesem Nachmittag nun kam er auch, sah aber sehr nachdenklich aus, ganz gegen seine Gewohnheit. Der Kalif nahm die Pfeife ein wenig aus dem Mund und sprach: »Warum machst du ein so nachdenkliches Gesicht, Großwesir?«

Der Großwesir schlug die Arme kreuzweis über die Brust, verneigte sich vor seinem Herrn und antwortete: »Herr, ob ich ein nachdenkliches Gesicht mache, weiß ich nicht; aber da unten am Schloss steht ein Krämer, der hat so schöne Sachen, dass es mich ärgert, nicht viel überflüssiges Geld zu haben.«

Der Kalif, der seinem Großwesir schon lange gern eine Freude gemacht hätte, schickte seinen schwarzen Sklaven hinunter, um den Krämer heraufzuholen. Bald kam der Sklave mit ihm zurück. Es war ein kleiner, dicker Mann, schwarzbraun im Gesicht und in zerlumptem Anzug. Er trug einen Kasten, in dem er allerhand Waren hatte, Perlen und Ringe, reichbeschlagene Pistolen, Becher und Kämme. Der Kalif und sein Großwesir musterten alles durch, und der Kalif kaufte endlich für sich und Mansor schöne Pistolen, für die Frau des Wesirs aber einen Kamm. Als der Krämer seinen Kasten schon wieder zumachen wollte, sah der Kalif eine kleine Schublade und fragte, ob darin auch noch Waren seien. Der Krämer zog die Schublade heraus und zeigte eine Dose mit schwärzlichem Pulver und ein Papier mit sonderbarer Schrift, die weder der Kalif noch Mansor lesen

konnten. »Ich bekam einmal diese zwei Stücke von einem Kaufmann, der sie in Mekka auf der Straße fand«, sagte der Krämer, »ich weiß nicht, was sie enthalten; Euch stehen sie um geringen Preis zu Dienst, ich kann doch nichts damit anfangen.« Der Kalif, der in seiner Bibliothek gerne alte Manuskripte hatte, wenn er sie auch nicht lesen konnte, kaufte Schrift und Dose und entließ den Krämer. Der Kalif aber dachte, er möchte gerne wissen, was die Schrift enthalte, und fragte den Wesir, ob er jemanden kenne, der sie entziffern könnte. »Gnädigster Herr und Gebieter«, antwortete der, »an der großen Moschee wohnt ein Mann, er heißt Selim der Gelehrte; der versteht alle Sprachen; lass ihn kommen, vielleicht kennt er diese geheimnisvollen Schriftzüge!«

Der Gelehrte war bald herbeigeholt. »Selim«, sprach der Kalif zu ihm, »Selim, man sagt, du seiest sehr klug; guck einmal ein wenig in diese Schrift, ob du sie lesen kannst! Kannst du sie lesen, so bekommst du ein neues Festkleid von mir, kannst du es nicht, so bekommst du zwölf Backenstreiche und fünfundzwanzig auf die Fußsohlen, weil man dich dann ohne Grund Selim den Gelehrten nennt.« Selim verneigte sich und sprach: »Dein Wille geschehe, o Herr!« Lange betrachtete er die Schrift, plötzlich aber rief er aus: »Das ist Lateinisch, o Herr, oder ich lasse mich hängen.« »Sag, was drin steht«, befahl der Kalif, »wenn es Lateinisch ist!«

Selim fing an zu übersetzen: »Mensch, der du dieses findest, preise Allah für seine Gnade! Wer von dem Pulver in dieser Dose schnupft und dazu spricht: ›Mutabor‹, der kann sich in jedes Tier verwandeln und versteht auch die Sprache der Tiere. Will er wieder in seine menschliche Gestalt zurückkehren, so neige er sich drei Mal gen Osten und spreche wieder jenes Wort. Aber hüte dich, wenn du verwandelt bist, dass du nicht lachest, sonst verschwindet das Zauberwort sogleich gänzlich aus deinem Gedächtnis, und du bleibst für immer ein Tier.«

Als Selim der Gelehrte also gelesen hatte, war der Kalif über die Maßen vergnügt. Er ließ den Gelehrten schwören, niemandem etwas von dem Geheimnis zu sagen, schenkte ihm ein schönes Kleid und entließ ihn. Zu seinem Großwesir aber sagte er: »Das heiß' ich gut einkaufen, Mansor! Wie freue ich mich darauf, ein Tier zu sein! Morgen Früh kommst du zu mir. Wir gehen dann miteinander aufs Feld, schnupfen eine Kleinigkeit aus meiner Dose und belauschen dann, was in der Luft und im Wasser, im Wald und auf dem Feld gesprochen wird.«

Kaum hatte am andern Morgen der Kalif Chasid gefrühstückt und sich angekleidet, als schon der Großwesir erschien, um ihn auf dem Spaziergang zu begleiten. Der Kalif steckte die Dose mit dem Zauberpulver in den Gürtel, und nachdem er seinem Gefolge befohlen, zurückzubleiben, machte er sich mit dem Großwesir ganz allein auf den Weg. Sie gingen zuerst durch die weiten Gärten des Kalifen, spähten aber vergebens nach etwas Lebendigem, um ihr Kunststück zu versuchen. Der Wesir schlug endlich vor, weiter hinaus an einen Teich zu gehen, wo er schon oft viele Tiere, namentlich Störche, gesehen habe, die durch ihr gravitätisches Wesen und ihr Geklapper immer seine Aufmerksamkeit erregt hätten.

Der Kalif billigte den Vorschlag seines Wesirs und ging mit ihm dem Teich zu. Als sie dort angekommen waren, sahen sie einen Storch ernsthaft auf und ab gehen, Frösche suchend und hie und da etwas vor sich hin klappernd. Zugleich sahen sie auch weit oben in der Luft einen andern Storch dieser Gegend zuschweben.

»Ich wette meinen Bart, gnädigster Herr«, sagte der Großwesir, »diese zwei Langbeine werden jetzt ein schönes Gespräch miteinander führen. Wie wäre es, wenn wir Störche würden?«

»Wohl gesprochen!«, antwortete der Kalif. »Aber vorher wollen wir noch einmal nachsehen, wie man wieder Mensch wird. – Richtig! Drei Mal gen Osten geneigt und ›Mutabor‹ gesagt, so bin ich wieder Kalif und du Wesir. Aber nur um's Himmels willen nicht gelacht, sonst sind wir verloren!«

Während der Kalif also sprach, sah er den andern Storch über ihrem Haupte schweben und langsam sich zur Erde niederlassen. Schnell zog er die Dose aus dem Gürtel, nahm eine gute Prise, bot sie dem Großwesir dar, der gleichfalls schnupfte, und beide riefen: »Mutabor!«

Da schrumpften ihre Beine ein und wurden dünn und rot, die schönen gelben und roten Pantoffeln des Kalifen und seines Begleiters wurden unförmliche Storchfüße, die Arme wurden zu Flügeln, der Hals fuhr aus den Achseln und ward eine Elle lang, der Bart war verschwunden, und den Körper bedeckten weiche Federn.

»Ihr habt einen hübschen Schnabel, Herr Großwesir«, sprach nach langem Erstaunen der Kalif. »Beim Barte des Propheten, so etwas habe ich in meinem Leben noch nicht gesehen.«

»Danke untertänigst«, erwiderte der Großwesir, indem er sich bückte; »aber wenn ich es wagen darf, möchte ich behaupten, Eure Hoheit sehen als Storch beinahe noch hübscher aus denn als Kalif. Aber kommt, wenn es Euch gefällig ist, dass wir unsere Kameraden dort belauschen und erfahren, ob wir wirklich Storchisch können!«

Indem war der andere Storch auf der Erde angekommen. Er putzte sich mit dem Schnabel die Füße, legte seine Federn zurecht und ging auf den ersten Storch zu. Die beiden neuen Störche aber beeilten sich, in ihre Nähe zu kommen, und vernahmen zu ihrem Erstaunen folgendes Gespräch:

»Guten Morgen, Frau Langbein, so früh schon auf der Wiese?«

»Schönen Dank, liebe Klapperschnabel! Ich habe mir ein kleines Frühstück geholt. Ist Euch vielleicht ein Viertelchen Eidecks gefällig oder ein Froschschenkelein?«

»Danke gehorsamst; habe heute gar keinen Appetit. Ich komme auch wegen etwas ganz anderem auf die Wiese. Ich soll heute vor den Gästen meines Vaters tanzen, und da will ich mich im Stillen ein wenig üben.«

Zugleich schritt die junge Störchin mit wunderlichen Bewegungen durch das Feld. Der Kalif und Mansor sahen ihr verwundert nach. Als sie aber in malerischer Stellung auf einem Fuß stand und mit den Flügeln anmutig dazu wedelte, da konnten sich die beiden nicht mehr halten; ein unaufhaltsames Gelächter brach aus ihren Schnäbeln hervor, von dem sie sich erst nach langer Zeit erholten. Der Kalif fasste sich zuerst wieder. »Das war einmal ein Spaß«, rief er, »der nicht mit Gold zu bezahlen ist. Schade, dass die dummen Tiere durch unser Gelächter sich haben verscheuchen lassen, sonst hätten sie gewiss auch noch gesungen!«

Aber jetzt fiel es dem Großwesir ein, dass das Lachen während der Verwandlung verboten war. Er teilte seine Angst deswegen dem Kalifen mit.

»Potz Mekka und Medina! Das wäre ein schlechter Spaß, wenn ich ein Storch bleiben müsste! Besinne dich doch auf das dumme Wort, ich bringe es nicht heraus!«

»Dreimal gen Osten müssen wir uns bücken und dazu sprechen: Mu– Mu– Mu–«

Sie stellten sich gen Osten und bückten sich in einem fort, dass ihre Schnäbel beinahe die Erde berührten. Aber o Jammer, das Zauberwort war ihnen entfallen, und sooft sich auch der Kalif bückte, so sehnlich auch sein Wesir ›Mu– Mu–‹ dazu rief, jede Erinnerung daran war verschwunden, und der arme Chasid und sein Wesir waren und blieben Störche.

Traurig wandelten die Verzauberten durch die Felder, sie wussten gar nicht, was sie in ihrem Elend anfangen sollten. Aus ihrer Storchenhaut konnten sie nicht heraus, in die Stadt zurück konnten sie auch nicht, um sich zu erkennen zu geben, denn wer hätte einem Storch geglaubt, dass er ein Kalif sei, und wenn man es auch geglaubt hätte, würden die Einwohner von Bagdad einen Storch zum Kalifen gewollt haben?

So schlichen sie mehrere Tage umher und ernährten sich kümmerlich von Feldfrüchten, die sie aber wegen ihrer langen Schnäbel nicht gut verspeisen konnten. Auf Eidechsen und Frösche hatten sie keinen Appetit, denn sie befürchteten, mit solchen Leckerbissen sich den Magen zu verderben. Ihr einziges Vergnügen in dieser traurigen Lage war, dass sie fliegen konnten, und so flogen sie oft auf die Dächer von Bagdad, um zu sehen, was in der Stadt vorging.

In den ersten Tagen bemerkten sie große Unruhe und Trauer in den Straßen. Als sie aber ungefähr am vierten Tage nach ihrer Verzauberung auf dem Palaste des Kalifen saßen, da sahen sie unten in den Straßen einen prächtigen Aufzug. Trommeln und Pfeifen ertönten, ein Mann in einem goldgestickten Scharlachmantel ritt auf einem geschmückten Pferd, umgeben von glänzenden Dienern. Halb Bagdad sprang ihm nach, und alle schrien: »Heil Mizra, dem Herrscher von Bagdad!« Da sahen die beiden Störche auf dem Dache des Palastes einander an, und der Kalif Chasid sprach: »Ahnst du jetzt, warum ich verzaubert bin, Großwesir? Dieser Mizra ist der Sohn meines Todfeindes, des mächtigen Zauberers Kaschnur, der mir in einer bösen Stunde Rache schwur. Kein anderer als er verkaufte uns das Verwandlungspulver. Aber noch gebe ich die Hoffnung nicht auf. Komm mit mir, du treuer Gefährte meines Elends, wir wollen zum Grab des Propheten wandern, vielleicht, dass an heiliger Stätte der Zauber gelöst wird!«

Sie erhoben sich vom Dach des Palastes und flogen der Gegend von Medina zu.

Mit dem Fliegen wollte es aber gar nicht gut gehen, denn die beiden Störche hatten noch wenig Übung. »O Herr«, ächzte nach ein paar Stunden der Großwesir, »ich halte es mit Eurer Erlaubnis nicht mehr lange aus, Ihr fliegt gar zu schnell! Auch ist es schon Abend, und wir täten wohl, ein Unterkommen für die Nacht zu suchen.«

Chasid gab der Bitte seines Dieners Gehör, und da er unten im Tal eine Ruine erblickte, die ein Obdach zu gewähren schien, so flogen sie dahin. Der Ort, wo sie sich diese Nacht niedergelassen hatten, schien ehemals ein Schloss gewesen zu sein. Schöne Säulen ragten unter den Trümmern hervor; mehrere Gemächer, die noch ziemlich erhalten waren, zeugten von der ehemaligen Pracht des Hauses. Chasid und sein Begleiter gingen in den Gängen umher, um sich ein trockenes Plätzchen zu suchen. Plötzlich blieb Storch Mansor stehen. »Herr und Gebieter«, flüsterte er leise, »wenn es nur nicht töricht für einen Großwesir, noch mehr aber für einen Storch wäre, sich vor Gespenstern zu fürchten! Mir ist ganz unheimlich zumut, denn hierneben hat es ganz vernehmlich geseufzt und gestöhnt.«

Der Kalif blieb nun auch stehen und hörte ganz deutlich ein leises Weinen, das eher einem Menschen als einem Tiere anzugehören schien. Voll Erwartung wollte er der Gegend zugehen, woher die Klagetöne kamen; der Wesir aber packte ihn mit dem Schnabel am Flügel und bat ihn flehentlich, sich nicht in neue unbekannte Gefahren zu stürzen. Doch vergebens! Der Kalif, dem auch unter dem Storchenflügel ein tapferes Herz schlug, riss sich mit Verlust einiger Federn los und eilte in einen finsteren Gang. Bald war er an einer Tür angelangt, die nur angelehnt schien und woraus er deutliche Seufzer und ein leises Geheul vernahm. Er stieß mit dem Schnabel die Tür auf, blieb aber überrascht auf der Schwelle stehen. In dem verfallenen Gemach, das nur durch ein kleines Gitterfenster spärlich erleuchtet war, sah er eine große Nachteule am Boden sitzen. Dicke Tränen rollten ihr aus den großen runden Augen, und mit heiserer Stimme stieß sie ihre Klagen aus dem krummen Schnabel hervor. Als sie aber den Kalifen und seinen Wesir, der indessen auch herbeigeschlichen war, erblickte, erhob sie ein lautes Freudengeschrei. Zierlich wischte sie mit dem braun gefleckten Flügel die Träne aus dem Auge, und zu dem großen Erstaunen der beiden rief sie in gutem menschlichem Arabisch: »Willkommen, ihr Störche, ihr seid mir ein gutes Zeichen meiner Errettung, denn durch Störche werde mir ein großes Glück kommen, ist mir einst vorausgesagt worden!«

Als sich der Kalif von seinem Erstaunen erholt hatte, bückte er sich mit sei-

nem langen Hals, brachte seine dünnen Füße in zierliche Stellung und sprach: »Nachteule! Deinen Worten nach darf ich glauben, eine Leidensgefährtin an dir zu sehen. Aber ach, deine Hoffnung, dass durch uns deine Rettung kommen werde, ist vergeblich. Du wirst unsere Hilflosigkeit selbst erkennen, wenn du unsere Geschichte hörst.« Die Nachteule bat ihn, zu sprechen; der Kalif hub an und erzählte, was wir bereits wissen.

Als der Kalif der Eule seine Geschichte vorgetragen hatte, dankte sie ihm und sagte: »Vernimm auch meine Geschichte und höre, wie ich nicht weniger unglücklich bin als du! Mein Vater ist der König von Indien, ich, seine einzige unglückliche Tochter, heiße Lusa. Jener Zauberer Kaschnur, der euch verzauberte, hat auch mich ins Unglück gestürzt. Er kam eines Tages zu meinem Vater und begehrte mich zur Frau für seinen Sohn Mizra. Mein Vater aber, der ein hitziger Mann ist, ließ ihn die Treppe hinunterwerfen. Der Elende wusste sich unter einer anderen Gestalt wieder in meine Nähe zu schleichen, und als ich einst in meinem Garten Erfrischungen zu mir nehmen wollte, brachte er mir, als Sklave verkleidet, einen Trank bei, der mich in diese abscheuliche Gestalt verwandelte. Als ich vor Schrecken ohnmächtig wurde, brachte er mich hierher und rief mir mit schrecklicher Stimme in die Ohren: ›Da sollst du bleiben, von den Tieren gehasst, bis an dein Ende oder bis einer aus freiem Willen dich, selbst in dieser Gestalt, zur Gattin begehrt. So räche ich mich an dir und deinem stolzen Vater.‹
Seitdem sind viele Monate verflossen. Einsam und traurig lebe ich als Einsiedlerin in diesem Gemäuer, fern von der Welt, selbst den Tieren ein Gräuel. Die schöne Natur ist vor mir verschlossen, denn ich bin blind am Tage, und nur wenn der Mond sein bleiches Licht über diese Ruine ausgießt, fällt der verhüllende Schleier von meinem Blick.«
Die Eule hatte geendet und wischte sich mit dem Flügel wieder die Augen aus, denn die Erzählung ihrer Leiden hatte ihr Tränen entlockt.
Der Kalif war bei der Erzählung der Prinzessin in tiefes Nachdenken versunken. »Wenn mich nicht alles täuscht«, bemerkte er, »so besteht zwischen meinem und deinem Unglück ein geheimer Zusammenhang; aber wo finde ich den Schlüssel zu diesem Rätsel?« Die Eule antwortete ihm: »O Herr, auch mir ahnet dies; denn es ist mir einst in meiner frühesten Jugend von einer weisen Frau vorhergesagt worden, dass ein Storch mir ein großes Glück bringen werde. Ich wusste vielleicht, wie wir uns retten könnten.« Der Kalif war sehr erstaunt und fragte, auf welchem Wege sie

meine. »Der Zauberer, der uns beide unglücklich gemacht hat«, sagte sie, »kommt alle Monate einmal in diese Ruinen. Nicht weit von diesem Gemach ist ein Saal. Dort pflegt er dann mit vielen Genossen zu schmausen. Schon oft habe ich sie dort belauscht. Sie erzählen einander dann ihre schändlichen Werke, vielleicht, dass er dabei das Zauberwort, das ihr vergessen habt, ausspricht.«

»O teuerste Prinzessin«, rief der Kalif, »sag an, wann kommt er, und wo ist der Saal?«

Die Eule schwieg einen Augenblick und sprach dann: »Nehmet es nicht ungütig, aber versteht mich bitte recht, meine Herren, nur unter einer Bedingung kann ich Euren Wunsch erfüllen.«

»Sprich aus! Sprich aus!«, schrie Chasid. »Befiehl, es ist mir jede recht!«

»Ich möchte nämlich gerne zugleich auch frei sein; dies kann aber nur geschehen, wenn einer von euch mir seine Hand reicht.«

Die Störche schienen über den Antrag etwas betroffen zu sein, und der Kalif winkte seinem Diener, mit ihm ein wenig hinauszugehen.

»Großwesir«, sprach vor der Tür der Kalif, »das ist ein dummer Handel, aber Ihr könntet sie schon nehmen.«

»So?«, antwortete dieser. »Dass mir meine Frau, wenn ich nach Haus komme, die Augen auskratzt? Auch bin ich ein alter Mann, und Ihr seid noch jung und unverheiratet und könntet eher einer jungen schönen Prinzessin die Hand geben.«

»Das ist es eben«, seufzte der Kalif, indem er traurig die Flügel hängen ließ, »wer sagt dir denn, dass sie jung und schön ist? Das heißt die Katze im Sack kaufen!«

Sie redeten einander gegenseitig noch lange zu, endlich aber, als der Kalif sah, dass sein Wesir lieber Storch bleiben als die Eule heiraten wollte, entschloss er sich, die Bedingung selbst zu erfüllen. Die Eule war hocherfreut. Sie gestand ihnen, dass sie zu keiner bessern Zeit hätten kommen können, weil wahrscheinlich in dieser Nacht die Zauberer sich versammeln würden. Sie verließ mit den Störchen das Gemach, um sie in jenen Saal zu führen. Lange gingen sie in einem finstern Gang hin; endlich strahlte ihnen aus einer halb verfallenen Mauer ein heller Schein entgegen. Als sie dort angelangt waren, riet ihnen die Eule, sich ganz ruhig zu verhalten. Sie konnten von der Lücke, an der sie standen, einen großen Saal übersehen. Er war ringsum mit Säulen geschmückt und prachtvoll verziert. Viele farbige Lampen ersetzten das Licht des Tages. In der Mitte des Saales stand ein

runder Tisch, mit vielen und ausgesuchten Speisen beladen. Rings um den Tisch zog sich ein Sofa, auf dem acht Männer saßen. In einem dieser Männer erkannten die Störche jenen Krämer wieder, der ihnen das Zauberpulver verkauft hatte. Sein Nachbar forderte ihn auf, ihnen seine neuesten Taten zu berichten. Er erzählte unter andern auch die Geschichte des Kalifen und seines Wesirs.
»Was für ein Wort hast du ihnen denn aufgegeben?«, fragte ihn ein anderer Zauberer. »Ein recht schweres lateinisches, es heißt Mutabor.«

Als die Störche an ihrer Mauerlücke dieses hörten, waren sie vor Freude beinahe außer sich. Sie liefen auf ihren großen Füßen so schnell dem Tor der Ruine zu, dass die Eule kaum folgen konnte. Dort sprach der Kalif gerührt zu der Eule: »Retterin meines Lebens und des Lebens meines Freundes, nimm zum ewigen Dank für das, was du an uns getan, mich zum Gemahl an!« Dann aber wandte er sich nach Osten. Drei Mal bückten die Störche ihre langen Hälse der Sonne entgegen, die soeben hinter dem Gebirge heraufstieg; »Mutabor!«, riefen sie, und im Nu waren sie verwandelt, und in der hohen Freude des neu geschenkten Lebens lagen Herr und Diener lachend und weinend einander in den Armen. Wer beschreibt aber ihr Erstaunen, als sie sich umsahen? Eine schöne Dame, herrlich geschmückt, stand vor ihnen. Lächelnd gab sie dem Kalifen die Hand. »Erkennt Ihr Eure Nachteule nicht mehr?«, sagte sie. Sie war es; der Kalif war von ihrer Schönheit und Anmut so entzückt, dass er ausrief, es sei sein größtes Glück, dass er Storch geworden sei.
Die drei zogen nun miteinander auf Bagdad zu. Der Kalif fand in seinen Kleidern nicht nur die Dose mit Zauberpulver, sondern auch seinen Geldbeutel. Er kaufte daher im nächsten Dorfe, was zu ihrer Reise nötig war, und so kamen sie bald an die Tore von Bagdad. Dort aber erregte die An-

kunft des Kalifen großes Erstaunen. Man hatte ihn für tot erklärt, und das Volk war daher hocherfreut, seinen geliebten Herrscher wiederzuhaben. Umso mehr aber entbrannte der Hass gegen den Betrüger Mizra. Das Volk zog in den Palast und nahm den alten Zauberer und seinen Sohn gefangen. Den Alten schickte der Kalif in dasselbe Gemach der Ruine, das die Prinzessin als Eule bewohnt hatte, und ließ ihn dort aufhängen. Dem Sohn aber, der nichts von den Künsten des Vaters verstand, ließ der Kalif die Wahl, ob er sterben oder schnupfen wolle. Als er das Letztere wählte, bot ihm der Großwesir die Dose. Eine tüchtige Prise, und das Zauberwort des Kalifen verwandelte ihn in einen Storch. Der Kalif ließ ihn in einen eisernen Käfig sperren, den man in seinem Garten aufstellte.

Lange und vergnügt lebte Kalif Chasid mit seiner Frau, der Prinzessin; seine vergnügtesten Stunden waren immer die, wenn ihn der Großwesir nachmittags besuchte; da sprachen sie dann oft von ihrem Storchenabenteuer, und wenn der Kalif recht heiter war, ließ er sich herab, den Großwesir nachzuahmen, wie er als Storch ausgesehen hatte. Er stieg dann ernsthaft mit steifen Füßen im Zimmer auf und ab, klapperte, wedelte mit den Armen wie mit Flügeln und zeigte, wie jener sich vergeblich nach Osten geneigt und Mu– Mu– dazu gerufen habe. Für die Frau Kalifin und ihre Kinder war diese Vorstellung allemal eine große Freude; wenn aber der Kalif gar zu lange klapperte und nickte und Mu– Mu– schrie, dann drohte ihm lächelnd der Wesir: Er wollte das, was vor der Türe der Prinzessin Nachteule verhandelt worden sei, der Frau Kalifin mitteilen.

Die Geschichte von dem Gespensterschiff

Mein Vater hatte einen kleinen Laden in Balsora. Er war weder arm noch reich und einer von jenen Leuten, die nicht gerne etwas wagen, aus Furcht, das Wenige zu verlieren, das sie haben. Er erzog mich schlicht und recht und brachte es bald so weit, dass ich ihm an die Hand gehen konnte. Gerade als ich achtzehn Jahre alt war und er eben die erste größere Handelsunternehmung machte, starb er, wahrscheinlich aus Gram, tausend Goldstücke dem Meere anvertraut zu haben. Ich musste ihn bald wegen seines Todes glücklich preisen, denn wenige Wochen hernach lief die Nachricht ein, dass das Schiff, dem mein Vater seine Güter mitgegeben

hatte, gesunken sei. Meinen jugendlichen Mut konnte aber dieser Unfall nicht beugen. Ich machte alles, was mein Vater hinterlassen hatte, vollends zu Geld und zog aus, um in der Fremde mein Glück zu versuchen, nur von einem alten Diener meines Vaters begleitet, der sich aus alter Anhänglichkeit nicht von mir und meinem Schicksal trennen wollte.
Im Hafen von Balsora schifften wir uns mit günstigem Winde ein. Das Schiff, auf dem ich mich eingemietet hatte, fuhr nach Indien. Wir waren schon fünfzehn Tage auf der gewöhnlichen Straße gefahren, als uns der Kapitän einen Sturm verkündete. Er machte ein bedenkliches Gesicht, denn es schien, er kenne in dieser Gegend das Fahrwasser nicht genug, um einem Sturm mit Ruhe begegnen zu können. Er ließ alle Segel einziehen, und wir trieben ganz langsam dahin. Die Nacht war hell und kalt angebrochen, und der Kapitän glaubte schon, sich in den Anzeichen des Sturmes getäuscht zu haben. Auf einmal schwebte ein Schiff, das wir vorher nicht gesehen hatten, dicht an dem unsrigen vorbei. Wildes Jauchzen und Geschrei erschollen von dem Verdeck herauf, worüber ich mich zu dieser angstvollen Stunde vor einem Sturm nicht wenig wunderte. Aber der Kapitän an meiner Seite wurde blass. »Mein Schiff ist verloren«, rief er, »dort segelt der Tod!« Ehe ich ihn noch über diesen sonderbaren Ausruf befragen konnte, stürzten schon heulend und schreiend die Matrosen herbei. »Habt ihr ihn gesehen?«, schrien sie. »Jetzt ist's mit uns vorbei!«
Der Kapitän ließ Trostsprüche aus dem Koran vorlesen und setzte sich selbst ans Steuerruder. Vergebens! Zusehends brauste der Sturm auf, und ehe eine Stunde verging, krachte das Schiff und blieb festgefahren sitzen. Die Boote wurden ausgesetzt, und kaum hatten sich die letzten Matrosen gerettet, so versank das Schiff vor unseren Augen, und als ein Bettler fuhr ich in die See hinaus. Aber der Jammer hatte noch kein Ende. Fürchterlicher tobte der Sturm, das Boot war nicht mehr zu regieren. Ich hatte meinen alten Diener fest umschlungen, und wir versprachen uns, nie voneinander zu weichen. Endlich brach der Tag an. Aber mit dem ersten Anblick der Morgenröte fasste der Wind unser Boot und stürzte es um. Ich habe keinen meiner Schiffsleute mehr gesehen. Der Sturz hatte mich betäubt; und als ich aufwachte, befand ich mich in den Armen meines alten treuen Dieners, der sich auf das umgeschlagene Boot gerettet und mich nachgezogen hatte. Der Sturm hatte sich gelegt. Von unserem Schiff war nichts mehr zu sehen, wohl aber entdeckten wir nicht weit von uns ein anderes, auf das die Wellen uns hintrieben. Als wir näher hinzukamen, erkannte

ich es als dasselbe, das in der Nacht an uns vorbeigefahren und den Kapitän so sehr in Schrecken versetzt hatte. Ich empfand ein sonderbares Grauen vor diesem Schiffe. Die Äußerung des Kapitäns, die sich so furchtbar bestätigt hatte, das öde Aussehen des Fahrzeuges, auf dem sich, so nahe wir auch herankamen, so laut wir schrien, niemand zeigte, erschreckten mich. Doch es war dies unser einziges Rettungsmittel, darum priesen wir den Propheten, der uns so wundervoll erhalten hatte.
Am Vorderteil des Schiffes hing ein langes Tau herab. Mit Händen und Füßen ruderten wir darauf zu, um es zu erfassen. Endlich glückte es. Laut erhob ich meine Stimme, aber immer noch blieb es still auf dem Schiff. Da klommen wir an dem Tau hinauf, ich als der Jüngere voran. Aber Entsetzen, welches Schauspiel stellte sich meinen Augen dar, als ich das Verdeck betrat! Der Boden war von Blut gerötet, zwanzig bis dreißig Leichname in türkischen Kleidern lagen auf den Planken, am mittleren Mastbaum stand ein Mann, reich gekleidet, den Säbel in der Hand, aber das Gesicht war blass und verzerrt. Durch die Stirn ging ein großer Nagel, der ihn an den Mastbaum heftete; auch er war tot. Schrecken fesselte meine Schritte, ich wagte kaum zu atmen. Endlich war mein Begleiter heraufgekommen. Auch ihn erschütterte der Anblick des Verdecks, das gar nichts Lebendiges, sondern nur so viele schreckliche Leichname zeigte. Wir wagten es endlich, nachdem wir in der Seelenangst zum Propheten gefleht hatten, weiter vorzuschreiten. Bei jedem Schritte sahen wir uns um, ob nicht etwas Neues, noch Schrecklicheres sich zeigte. Aber alles blieb, wie es war. Weit und breit nichts Lebendiges als wir und das Weltmeer. Nicht einmal laut zu sprechen wagten wir, aus Furcht, der tote, am Mast angespießte Capitano möchte seine starren Augen nach uns hindrehen oder einer der Getöteten könnte seinen Kopf umwenden. Endlich waren wir bis an eine Treppe gekommen, die in den Schiffsraum führte. Unwillkürlich machten wir dort Halt und sahen einander an, denn keiner wagte es recht, seine Gedanken zu äußern.
»O Herr«, sprach mein treuer Diener, »hier ist etwas Schreckliches geschehen. Doch wenn auch das Schiff da unten voll von Mördern steckt, so will ich mich ihnen lieber auf Gnade und Ungnade ergeben, als längere Zeit unter diesen Toten zubringen.« Ich dachte wie er, wir fassten ein Herz und stiegen voll Erwartung hinunter. Totenstille war aber auch hier, und nur unsere Schritte hallten auf der Treppe. Wir standen an der Türe der Kajüte. Ich legte mein Ohr an die Tür und lauschte; es war nichts zu hören. Ich

machte auf. Das Gemach bot einen unordentlichen Anblick dar. Kleider, Waffen und anderes Gerät lagen bunt durcheinander. Nichts war in Ordnung. Die Mannschaft oder wenigstens der Capitano musste vor kurzem gezecht haben, denn es lag alles noch umher. Wir gingen weiter von Raum zu Raum, von Gemach zu Gemach, überall fanden wir herrliche Vorräte an Seide, Perlen, Zucker und so weiter. Ich war vor Freude über diesen Anblick außer mir, denn da niemand auf dem Schiff war, glaubte ich alles mir aneignen zu dürfen. Ibrahim aber machte mich aufmerksam darauf, dass wir wahrscheinlich noch sehr weit vom Land seien, wohin wir allein und ohne menschliche Hilfe nicht kommen könnten.

Wir labten uns an den Speisen und Getränken, die wir in reichlichem Maß vorfanden, und stiegen endlich wieder aufs Verdeck. Hier schauderte uns immer die Haut ob dem schrecklichen Anblick der Leichen. Wir beschlossen, uns davon zu befreien und sie über Bord zu werfen. Aber wie schauerlich ward uns zumut, als wir fanden, dass sich keiner aus seiner Lage bewegen ließ. Wie festgebannt lagen sie am Boden, und man hätte die Bretter des Verdecks ausheben müssen, um sie zu entfernen, und dazu gebrach es uns an Werkzeugen. Auch der Capitano ließ sich nicht von seinem Mast losmachen, nicht einmal seinen Säbel konnten wir der starren Hand entwinden.

Wir brachten den Tag in trauriger Betrachtung unserer Lage zu, und als es Nacht zu werden anfing, erlaubte ich dem alten Ibrahim, sich schlafen zu legen, ich selbst wollte auf dem Verdeck wachen, um nach Rettung auszuspähen. Als aber der Mond heraufkam und ich nach den Gestirnen berechnete, dass es wohl die elfte Stunde sei, überfiel mich ein so unwiderstehlicher Schlaf, dass ich unwillkürlich hinter ein Fass, das auf dem Verdeck stand, zurückfiel. Doch war es mehr Betäubung als Schlaf, denn ich hörte deutlich die See an der Seite des Schiffes anschlagen und die Segel im Winde knarren und pfeifen. Auf einmal glaubte ich Stimmen und Männertritte auf dem Verdeck zu hören. Ich wollte mich aufrichten, um danach zu schauen. Aber eine unsichtbare Gewalt hielt meine Glieder gefesselt, nicht einmal die Augen konnte ich aufschlagen. Immer deutlicher wurden die Stimmen, es war mir, als wenn ein fröhliches Schiffsvolk sich auf dem Verdeck umhertriebe. Mitunter glaubte ich die kräftige Stimme eines Befehlenden zu hören, auch hörte ich Taue und Segel deutlich auf und ab ziehen. Nach und nach schwanden mir die Sinne, ich verfiel in einen tieferen Schlaf, in dem ich nur noch ein Geräusch von Waffen zu hören glaubte, und erwachte erst, als die Sonne schon hoch stand und mir aufs Gesicht brannte. Verwundert schaute ich mich um, Sturm, Schiff, die Toten und was ich in der Nacht gehört hatte, kamen mir wie ein Traum vor; aber als ich aufblickte, fand ich alles wie gestern. Unbeweglich lagen die Leichname, unbeweglich war der Capitano an den Mastbaum geheftet. Ich lachte über meinen Traum und stand auf, um meinen Alten zu suchen.

Er saß ganz nachdenklich in der Kajüte. »O Herr«, rief er aus, als ich zu ihm hineintrat, »ich wollte lieber im tiefsten Grunde des Meeres liegen als in diesem verhexten Schiff noch eine Nacht zuzubringen.« Ich fragte ihn nach der Ursache seines Kummers, und er antwortete mir: »Als ich einige Stunden geschlafen hatte, wachte ich auf und vernahm, wie man über meinem Haupte hin und her lief. Ich dachte zuerst, Ihr wäret es, aber es waren wenigstens zwanzig, die oben umherliefen; auch hörte ich rufen und schreien. Endlich kamen schwere Tritte die Treppe herab. Da wusste ich nichts mehr von mir, nur hie und da kehrte auf einige Augenblicke meine Besinnung zurück, und da sah ich dann denselben Mann, der oben am Mast angenagelt ist, an jenem Tisch dort sitzen, singend und trinkend; aber der, der in einem roten Scharlachkleid nicht weit von ihm am Boden liegt, saß neben ihm und half ihm trinken.« Also erzählte mir mein alter Diener.

Ihr könnt es mir glauben, meine Freunde, dass mir gar nicht wohl zumut war, denn es war keine Täuschung, ich hatte ja auch die Toten nur zu gut gehört. In solcher Gesellschaft zu bleiben, war mir gräulich. Mein Ibrahim versank in tiefes Nachdenken. »Jetzt hab' ich's!«, rief er endlich aus; es fiel ihm nämlich ein Sprüchlein ein, das ihn sein Großvater, ein erfahrener, weltgereister Mann, gelehrt hatte und das gegen jeden Geister- und Zauberspuk helfen sollte; auch behauptete er, jenen unnatürlichen Schlaf, der uns befiel, in der nächsten Nacht verhindern zu können, wenn wir nämlich recht fleißig Sprüche aus dem Koran beteten. Der Vorschlag des alten Mannes gefiel mir.

In banger Erwartung sahen wir die Nacht herankommen. Neben der Kajüte war ein kleines Kämmerchen, dorthin beschlossen wir uns zurückzuziehen. Wir bohrten mehrere Löcher in die Tür, hinlänglich groß, um durch sie die ganze Kajüte zu überschauen; dann verschlossen wir die Tür, so gut es ging, von innen, und Ibrahim schrieb den Namen des Propheten in alle vier Ecken. So erwarteten wir die Schrecken der Nacht. Es mochte wieder ungefähr elf Uhr sein, als ich anfing, gewaltig schläfrig zu werden. Mein Gefährte riet mir daher, einige Sprüche des Korans zu beten, was mir auch half. Mit einem Mal schien es oben lebendig zu werden, die Taue knarrten, Schritte gingen über das Verdeck, und mehrere Stimmen waren deutlich zu unterscheiden. Einige Minuten hatten wir so in gespannter Erwartung gesessen, da hörten wir etwas die Treppe der Kajüte herabkommen. Als dies der Alte vernahm, fing er an, den Spruch, den ihn sein Großvater gegen Spuk und Zauberei gelehrt hatte, herzusagen:

»Kommt ihr herab aus der Luft,
Steigt ihr aus tiefem Meer,
Schlieft ihr in dunkler Gruft,
Stammt ihr vom Feuer her:
Allah ist euer Herr und Meister,
Ihm sind gehorsam alle Geister.«

Ich muss gestehen, ich glaubte gar nicht recht an diesen Spruch, und mir stieg das Haar zu Berg, als die Tür aufflog. Herein trat jener große, stattliche Mann, den ich am Mastbaum angenagelt gesehen hatte. Der Nagel ging ihm auch jetzt mitten durchs Hirn, das Schwert aber hatte er in die Scheide gesteckt. Hinter ihm trat noch ein anderer herein, weniger kostbar gekleidet; auch ihn hatte ich oben liegen sehen. Der Capitano, denn dies war er unverkennbar, hatte ein bleiches Gesicht, einen großen, schwarzen Bart, wild rollende Augen, mit denen er sich im ganzen Gemach umsah. Ich konnte ihn ganz deutlich sehen, als er an unserer Tür vorüberging; er aber schien gar nicht auf die Tür zu achten, die uns verbarg. Beide setzten sich an den Tisch, der in der Mitte der Kajüte stand, und sprachen laut und fast schreiend miteinander in einer uns unbekannten Sprache. Sie wurden immer lauter und eifriger, bis endlich der Capitano mit geballter Faust auf den Tisch schlug, dass das Zimmer dröhnte. Mit wildem Gelächter sprang der andere auf und winkte dem Capitano, ihm zu folgen. Der Capitano stand auf, riss seinen Säbel aus der Scheide, und beide verließen das Gemach. Wir atmeten freier, als sie fort waren, aber unsere Angst hatte noch lange kein Ende. Immer lauter und lauter ward es auf dem Verdeck. Man hörte eilends hin und her laufen und schreien, lachen und heulen. Endlich ging ein wahrhaft höllischer Lärm los, so dass wir glaubten, das Verdeck mit allen Segeln komme zu uns herab, Waffengeklirr und Geschrei – auf einmal aber tiefe Stille. Als wir es nach vielen Stunden wagten, hinaufzu-

gehen, trafen wir alles wie sonst; nicht einer lag anders als früher, alle waren steif wie Holz.
So waren wir mehrere Tage auf dem Schiffe; es fuhr immer nach Osten, in der Richtung, wo nach meiner Berechnung Land liegen musste; aber wenn es auch bei Tag viele Meilen zurückgelegt hatte, bei Nacht schien es immer wieder zurückzukehren, denn wir befanden uns immer wieder am nämlichen Fleck, wenn die Sonne aufging. Wir konnten uns dies nicht anders erklären, als dass die Toten jede Nacht mit vollem Wind zurücksegelten. Um nun dies zu verhüten, zogen wir, ehe es Nacht wurde, alle Segel ein und wandten dasselbe Mittel an wie bei der Tür in der Kajüte; wir schrieben den Namen des Propheten auf Pergament und auch das Sprüchlein des Großvaters dazu und banden es um die eingezogenen Segel. Ängstlich warteten wir in unserem Kämmerchen den Erfolg ab. Der Spuk schien diesmal noch ärger zu toben, aber am andern Morgen waren die Segel noch aufgerollt, wie wir sie verlassen hatten. Wir spannten den Tag über nur so viele Segel auf, als nötig waren, das Schiff sanft fortzutreiben, und so legten wir in fünf Tagen eine gute Strecke zurück.
Endlich, am Morgen des sechsten Tages, entdeckten wir in geringer Ferne Land, und wir dankten Allah und seinem Propheten für unsere wunderbare Rettung. Diesen Tag und die folgende Nacht trieben wir an einer Küste hin, und am siebten Morgen glaubten wir in geringer Entfernung eine Stadt zu entdecken. Wir ließen mit vieler Mühe einen Anker in die See, der alsobald Grund fasste, setzten ein kleines Boot, das auf dem Verdeck stand, aus und ruderten mit aller Macht der Stadt zu. Nach einer halben Stunde liefen wir in einen Fluss ein, der sich in die See ergoss, und stiegen ans Ufer.
Im Stadttor erkundigten wir uns, wie die Stadt heiße, und erfuhren, dass es eine indische Stadt sei, nicht weit von der Gegend, wohin ich zuerst zu reisen willens war. Wir begaben uns in eine Karawanserei und erfrischten uns von unserer abenteuerlichen Reise. Ich forschte daselbst auch nach einem weisen und verständigen Mann, wobei ich dem Wirt zu verstehen gab, dass ich einen solchen haben möchte, der sich ein wenig auf Zauberei verstehe. Er führte mich in eine abgelegene Straße an ein unscheinbares Haus, pochte an, und man ließ mich eintreten mit der Weisung, ich solle nur nach Muley fragen. In dem Hause kam mir ein altes Männlein mit grauem Bart und langer Nase entgegen und fragte nach meinem Begehr. Ich sagte ihm, ich suche den weisen Muley, und er antwortete mir, er sei es

selbst. Ich fragte ihn nun um Rat, was ich mit den Toten machen solle und wie ich es angreifen müsse, um sie aus dem Schiff zu bringen. Er antwortete mir, die Leute des Schiffes seien wahrscheinlich wegen irgendeines Frevels auf das Meer verzaubert; er glaube, der Zauber werde sich lösen, wenn man sie ans Land bringe; dies könne aber nur geschehen, wenn man die Bretter, auf denen sie liegen, losmache. Mir gehöre von Gott und Rechts wegen das Schiff samt allen Gütern, weil ich es gleichsam gefunden habe; doch solle ich alles sehr geheim halten und ihm ein kleines Geschenk von meinem Überfluss machen, er wolle dafür mit seinen Sklaven mir behilflich sein, die Toten wegzuschaffen. Ich versprach, ihn reichlich zu belohnen, und wir machten uns mit fünf Sklaven, die mit Sägen und Beilen versehen waren, auf den Weg. Unterwegs konnte der Zauberer Muley unsern glücklichen Einfall, die Segel mit den Sprüchen des Korans zu umwinden, nicht genug loben. Er sagte, es sei dies das einzige Mittel gewesen, uns zu retten.

Es war noch ziemlich früh am Tage, als wir beim Schiffe ankamen. Wir machten uns alle sogleich ans Werk, und in einer Stunde lagen schon vier von der ehemaligen Besatzung in dem Nachen. Einige der Sklaven mussten sie ans Land rudern, um sie dort zu verscharren. Sie erzählten, als sie zurückkamen, die Toten hätten ihnen die Mühe des Begrabens erspart, sie seien, sowie man sie auf die Erde gelegt habe, in Staub zerfallen. Wir fuhren fort, die Toten abzusägen, und vor Abend waren alle ans Land gebracht. Es war endlich keiner mehr an Bord als der, welcher am Mast angenagelt war. Vergebens suchten wir den Nagel aus dem Holz zu ziehen, keine Gewalt vermochte ihn auch nur ein Haar breit zu verrücken. Ich wusste nicht, was anzufangen war, man konnte doch nicht den Mastbaum abhauen, um ihn ans Land zu führen. Doch aus dieser Verlegenheit half Muley. Er ließ schnell einen Sklaven ans Land rudern, um einen Topf mit Erde zu bringen. Als der herbeigeholt war, sprach der Zauberer geheimnisvolle Worte darüber aus und schüttete die Erde auf das Haupt des Toten. Sogleich schlug dieser die Augen auf, holte tief Atem, und die Wunde des Nagels in seiner Stirn fing an zu bluten. Wir zogen den Nagel jetzt leicht heraus, und der Verwundete fiel einem Sklaven in die Arme.

»Wer hat mich hierher geführt?«, fragte er, nachdem er sich ein wenig erholt zu haben schien. Muley zeigte auf mich, und ich trat zu ihm. »Dank dir, unbekannter Fremdling, du hast mich von langen Qualen errettet! Seit fünfzig Jahren schifft mein Leib durch diese Wogen, und mein Geist war verdammt, jede Nacht in ihn zurückzukehren. Aber jetzt hat mein Haupt die Erde berührt, und ich kann entsühnt zu meinen Vätern gehen.« Ich bat ihn, uns doch zu sagen, wie er zu diesem schrecklichen Zustand gekommen sei, und er sprach: »Vor fünfzig Jahren war ich ein mächtiger, angesehener Mann und wohnte in Algier; die Sucht nach Gewinn trieb mich, ein Schiff auszurüsten und Seeraub zu treiben. Ich hatte dieses Geschäft schon einige Zeit fortgeführt, da nahm ich einmal auf Zante einen Derwisch an Bord, der umsonst reisen wollte. Ich und meine Gesellen waren rohe Leute und achteten nicht auf die Heiligkeit des Mannes, vielmehr trieb ich mein Gespött mit ihm. Als er aber einst in heiligem Eifer mir meinen sündigen Lebenswandel verwiesen hatte, übermannte mich nachts in meiner Kajüte, als ich mit meinem Steuermann viel getrunken hatte, der Zorn. Wütend über das, was der Derwisch gesagt hatte und was ich mir von keinem Sultan hätte sagen lassen, stürzte ich aufs Verdeck und stieß ihm meinen Dolch in die Brust. Sterbend verwünschte er mich und meine Mannschaft, nicht sterben und nicht leben zu können, bis wir unser Haupt auf die Erde legten. Der Derwisch starb, und wir warfen ihn in die See und verlachten seine Drohungen; aber noch in derselben Nacht erfüllten sich seine Worte. Ein Teil meiner Mannschaft empörte sich gegen mich. Mit fürchterlicher Wut wurde gestritten, bis meine Anhänger unterlagen und ich an den Mast genagelt wurde. Aber auch die Empörer erlagen ihren Wunden, und bald war mein Schiff nur ein großes Grab. Auch mir brachen die Augen, mein Atem hielt an, und ich meinte zu sterben. Aber es war nur eine Erstarrung, die mich gefesselt hielt; in der nächsten Nacht, zur nämlichen Stunde, da wir den Derwisch in die See geworfen, erwachte ich mit all meinen Genossen; das Leben war zurückgekehrt, aber wir konnten nichts anderes tun und sprechen, als was wir in jener Nacht gesprochen und getan hatten. So segeln wir seit fünfzig Jahren, konnten nicht leben, nicht sterben; denn wie konnten wir das Land erreichen? In toller Freude segelten wir allemal mit vollen Segeln in den Sturm, weil wir hofften, endlich an einer Klippe zu zerschellen und das müde Haupt auf dem Grunde des Meeres zur Ruhe zu legen. Es ist uns nicht gelungen. Jetzt aber werde ich sterben. Noch einmal meinen Dank, unbekannter Retter! Wenn Schätze dich lohnen können, so nimm mein Schiff als Zeichen meiner Dankbarkeit!«

Der Capitano ließ sein Haupt sinken, als er gesprochen hatte, und verschied. Sogleich zerfiel er auch wie seine Gefährten in Staub. Wir sammel-

ten diesen in ein Kästchen und begruben ihn auf dem Lande. Aus der Stadt nahm ich Arbeiter, die mir mein Schiff in guten Zustand setzten. Nachdem ich die Waren, die ich an Bord hatte, gegen andere mit großem Gewinn eingetauscht hatte, mietete ich Matrosen, beschenkte meinen Freund Muley reichlich und schiffte mich nach meinem Vaterlande ein. Ich machte aber einen Umweg, indem ich an vielen Inseln und Reichen landete und meine Waren zu Markt brachte. Der Prophet segnete mein Unternehmen. Nach drei viertel Jahren lief ich, noch einmal so reich, als mich der sterbende Capitano gemacht hatte, in Balsora ein. Meine Mitbürger waren erstaunt über meine Reichtümer und mein Glück und glaubten nicht anders, als dass ich das Diamantental des berühmten Reisenden Sindbad gefunden habe. Ich ließ sie bei ihrem Glauben. Von nun an mussten die jungen Leute aus Balsora, wenn sie kaum achtzehn Jahre alt waren, in die Welt hinaus, um gleich mir ihr Glück zu suchen. Ich aber lebte ruhig und in Frieden, und alle fünf Jahre machte ich eine Reise nach Mekka, um dem Herrn an heiliger Stätte für seinen Segen zu danken und für den Capitano und seine Leute zu bitten, dass er sie in sein Paradies aufnehme.

Die Geschichte von dem kleinen Muck

In Nicea, meiner lieben Vaterstadt, wohnte ein Mann, den man den kleinen Muck hieß. Ich kann mich seiner, obgleich ich damals noch sehr jung war, noch recht wohl erinnern, besonders weil ich einmal von meinem Vater seinetwegen halb tot geprügelt wurde. Der kleine Muck war nämlich schon ein alter Geselle, als ich ihn kannte, doch war er nur drei bis vier Schuh hoch, dabei hatte er eine sonderbare Gestalt, denn sein Leib, so klein und zierlich er war, musste einen Kopf tragen, viel größer und dicker als der Kopf anderer Leute. Er wohnte ganz allein in einem großen Haus und kochte sich sogar selbst. Auch hätte man in der Stadt nicht gewusst, ob er lebe oder gestorben sei – denn er ging alle vier Wochen nur einmal aus –, wenn nicht um die Mittagsstunde ein mächtiger Dampf aus dem Hause aufgestiegen wäre. Auch sah man ihn oft abends auf seinem Dache auf und ab gehen; von der Straße aus glaubte man aber, nur sein großer Kopf allein laufe auf dem Dache umher. Ich und meine Kameraden waren böse Buben, die jedermann gerne neckten und belachten. Daher war es uns allemal ein Festtag, wenn der kleine Muck ausging. Wir versammelten uns an dem bestimmten Tage vor seinem Haus und warteten, bis er herauskam; wenn dann die Tür aufging und zuerst der große Kopf mit dem noch größeren Turban herausguckte, wenn dann das übrige Körperlein nachfolgte, angetan mit einem abgeschabten Mäntelein, weiten Beinkleidern und einem breiten Gürtel, an dem ein langer Dolch hing, so lang, dass man nicht wusste, ob Muck an dem Dolch oder der Dolch an Muck stak, wenn er so heraustrat, dann ertönte die Luft von unserm Freudengeschrei, wir warfen unsere Mützen in die Höhe und tanzten wie toll um ihn her. Der kleine Muck aber grüßte uns mit ernsthaftem Kopfnicken und ging mit langsamen Schritten die Straße hinab; dabei schlurfte er mit den Füßen, denn er hatte große, weite Pantoffeln an, wie ich sie sonst nie gesehen. Wir Knaben liefen hinter ihm her und schrien immer: »Kleiner Muck, kleiner Muck!« Auch hatten wir ein lustiges Verslein, das wir ihm zu Ehren hie und da sangen; es hieß:

Kleiner Muck, kleiner Muck,
Wohnst in einem großen Haus.
Gehst nur all' vier Wochen aus,
Bist ein braver kleiner Zwerg,
Hast ein Köpflein wie ein Berg;
Schau dich einmal um und guck,
Lauf und fang uns, kleiner Muck!

So hatten wir schon oft unsere Kurzweil getrieben, und zu meiner Schande muss ich es gestehen, ich trieb's am ärgsten, denn ich zupfte ihn oft am Mäntelein, und einmal trat ich ihm auch von hinten auf die großen Pantoffeln, dass er hinfiel. Dies kam mir nun höchst komisch vor, aber das Lachen verging mir, als ich den kleinen Muck auf meines Vaters Haus zugehen sah. Er ging richtig hinein und blieb einige Zeit dort. Ich versteckte mich an der Haustür und sah den Muck wieder herauskommen, von meinem Vater begleitet, der ihn ehrerbietig an der Hand hielt und an der Tür unter vielen Bücklingen sich von ihm verabschiedete. Mir war gar nicht wohl zu Mute, ich blieb daher lange in meinem Versteck; endlich aber trieb mich der Hunger, den ich ärger fürchtete als Schläge, heraus. Demütig und mit gesenktem Kopf trat ich vor meinen Vater.

»Du hast, wie ich höre, den guten Muck beschimpft?«, sagte er in sehr ernstem Tone. »Ich will dir die Geschichte dieses Muck erzählen, und du wirst ihn gewiss nicht mehr auslachen; vor- und nachher aber bekommst du das Gewöhnliche.« Das Gewöhnliche aber waren fünfundzwanzig Hiebe, die er nur allzu richtig aufzuzählen pflegte. Er nahm daher sein langes Pfeifenrohr, schraubte die Bernsteinspitze ab und bearbeitete mich ärger als je zuvor.

Als die fünfundzwanzig voll waren, befahl er mir aufzumerken und erzählte mir von dem kleinen Muck:

Der Vater des kleinen Muck, der eigentlich Mukrah heißt, war ein angesehener, aber armer Mann hier in Nicea. Er lebte beinahe so einsiedlerisch wie jetzt sein Sohn. Diesen konnte er nicht gut leiden, weil er sich seiner Zwerggestalt schämte, und ließ ihn daher auch in Unwissenheit aufwachsen. Der kleine Muck war noch in seinem sechzehnten Jahr ein lustiges Kind, und der Vater, ein ernster Mann, tadelte ihn immer, dass er, der schon längst die Kinderschuhe vertreten haben sollte, noch so dumm und läppisch sei.

Der Alte aber tat einmal einen bösen Fall, an dem er starb, und den kleinen Muck ließ er arm und unwissend zurück. Die harten Verwandten, denen der Verstorbene mehr schuldig war, als er bezahlen konnte, jagten den armen Kleinen aus dem Hause und rieten ihm, in die Welt hinauszugehen und sein Glück zu suchen. Der kleine Muck antwortete, er sei schon reisefertig, bat sich aber nur noch den Anzug seines Vaters aus, und der wurde ihm auch bewilligt. Sein Vater war ein großer, starker Mann gewesen, daher passten die Kleider nicht. Muck aber wusste bald Rat; er schnitt ab, was zu lang war, und zog dann die Kleider an. Er schien aber vergessen zu haben, dass er auch in der Weite davon abschneiden müsse, daher sein sonderbarer Anzug, wie er noch heute zu sehen ist; der große Turban, der breite Gürtel, die weiten Hosen, das blaue Mäntelein, alles dies sind Erbstücke seines Vaters, die er seitdem getragen hat, den langen Damaszenerdolch seines Vaters aber steckte er in den Gürtel, ergriff ein Stöcklein und wanderte zum Tor hinaus.

Fröhlich wanderte er den ganzen Tag, denn er war ja ausgezogen, um sein Glück zu suchen; wenn er einen Scherben auf der Erde im Sonnenschein glänzen sah, so steckte er ihn gewiss zu sich, im Glauben, dass er sich in den schönsten Diamant verwandeln werde; sah er in der Ferne die Kuppel einer Moschee wie Feuer strahlen, sah er einen See wie einen Spiegel blinken, so eilte er voll Freude darauf zu; denn er dachte, in einem Zauberland angekommen zu sein. Aber ach, jene Trugbilder verschwanden in der Nähe, und nur allzu bald erinnerten ihn seine Müdigkeit und sein vor Hunger knurrender Magen daran, dass er noch im Lande der Sterblichen sich befinde.

So war er zwei Tage gereist unter Hunger und Kummer und zweifelte daran, sein Glück zu finden; die Früchte des Feldes waren seine einzige Nahrung, die harte Erde bildete sein Nachtlager. Am Morgen des dritten Tages erblickte er von einer Anhöhe eine große Stadt. Hell leuchtete der Halbmond auf ihren Zinnen, bunte Fahnen schimmerten auf den Dächern und schienen den kleinen Muck zu sich heranzuwinken. Überrascht stand er stille und betrachtete Stadt und Gegend.

»Ja, dort wird Klein-Muck sein Glück finden«, sprach er zu sich und machte trotz seiner Müdigkeit einen Luftsprung, »dort oder nirgends.« Er raffte alle seine Kräfte zusammen und schritt auf die Stadt zu. Aber obgleich sie ganz nahe schien, konnte er sie doch erst gegen Mittag erreichen, denn seine kleinen Glieder versagten ihm beinahe gänzlich ihren Dienst, und er musste sich oft in den Schatten einer Palme setzen, um auszuruhen. Endlich war er am Tor angelangt. Er legte sein Mäntelein zurecht, band den Turban schöner um, zog den Gürtel noch breiter an und steckte den langen Dolch tiefer; dann wischte er den Staub von den Schuhen, ergriff sein Stöcklein und ging mutig zum Tor hinein. Er hatte schon einige Straßen durchwandert, aber nirgends öffnete sich ihm eine Tür, nirgends rief man, wie er sich vorgestellt hatte: ›Kleiner Muck, komm herein und iss und trink und lass deine Fußlein ausruhen!‹

Er schaute gerade auch wieder recht sehnsüchtig an einem großen, schönen Haus hinauf, da öffnete sich ein Fenster, eine alte Frau schaute heraus und rief mit singender Stimme:

»Herbei, herbei,
Gekocht ist der Brei,
Den Tisch ließ ich decken;
Drum lasst es euch schmecken!
Ihr Nachbarn herbei,
Gekocht ist der Brei.«

Die Tür des Hauses öffnete sich, und Muck sah viele Hunde und Katzen hineingehen. Er stand einige Augenblicke im Zweifel, ob er der Einladung folgen sollte; endlich aber fasste er sich ein Herz und ging in das Haus hinein. Vor ihm her gingen ein paar junge Kätzlein, und er beschloss, ihnen zu folgen, weil sie vielleicht die Küche besser wüssten als er.

Als Muck die Treppe hinaufgestiegen war, begegnete er jener alten Frau, die zum Fenster herausgeschaut hatte. Sie sah ihn mürrisch an und fragte nach seinem Begehr. »Du hast ja jedermann zu deinem Brei eingeladen«, antwortete der kleine Muck, »und weil ich gar so hungrig bin, bin ich auch gekommen.« Die Alte lachte und sprach: »Woher kommst du denn, wunderlicher Gesell? Die ganze Stadt weiß, dass ich für niemand koche als für meine lieben Katzen, und hie und da lade ich ihnen Gesellschaft aus der Nachbarschaft ein, wie du siehst.« Der kleine Muck erzählte der alten Frau, wie es ihm nach seines Vaters Tod so hart ergangen sei, und bat

sie, ihn heute mit ihren Katzen speisen zu lassen. Die Frau, der die treuherzige Erzählung des Kleinen wohl gefiel, erlaubte ihm, ihr Gast zu sein, und gab ihm reichlich zu essen und zu trinken. Als er gesättigt und gestärkt war, betrachtete ihn die Frau lange und sagte dann: »Kleiner Muck, bleibe bei mir in meinem Dienste! Du hast geringe Mühe und sollst gut gehalten sein.« Der kleine Muck, dem der Katzenbrei geschmeckt hatte, willigte ein und wurde also der Bediente der Frau Ahavzi. Er hatte einen leichten, aber sonderbaren Dienst. Frau Ahavzi hatte nämlich zwei Kater und vier Katzen, diesen musste der kleine Muck alle Morgen den Pelz kämmen und sie mit köstlichen Salben einreiben; wenn die Frau ausging, musste er auf die Katzen Acht geben, wenn sie aßen, musste er ihnen die Schüsseln vorlegen, und nachts musste er sie auf seidene Polster legen und sie mit samtenen Decken einhüllen. Auch waren noch einige kleine Hunde im Haus, die er bedienen musste, doch wurden mit diesen nicht so viele Umstände gemacht wie mit den Katzen, die Frau Ahavzi wie ihre eigenen Kinder hielt. Übrigens führte Muck ein so einsames Leben wie in seines Vaters Haus, denn außer der Frau sah er den ganzen Tag nur Hunde und Katzen. Eine Zeit lang ging es dem kleinen Muck ganz gut, er hatte immer zu essen und wenig zu arbeiten, und die alte Frau schien recht zufrieden mit ihm zu sein; aber nach und nach wurden die Katzen unartig: Wenn die Alte ausgegangen war, sprangen sie wie besessen in den Zimmern umher, warfen alles durcheinander und zerbrachen manches schöne Geschirr, das ihnen im Wege stand. Sobald sie aber die Frau die Treppe heraufkommen hörten, verkrochen sie sich auf ihre Polster und wedelten ihr mit den Schwänzen entgegen, wie wenn nichts geschehen wäre. Die Frau Ahavzi geriet dann in Zorn, wenn sie ihre Zimmer so verwüstet sah, und schob alles auf Muck; er mochte seine Unschuld beteuern, wie er wollte, sie glaubte ihren Katzen, die so unschuldig aussahen, mehr als ihrem Diener.

Der kleine Muck war sehr traurig, dass er also auch hier sein Glück nicht gefunden hatte, und beschloss bei sich, den Dienst der Frau Ahavzi zu verlassen. Da er aber auf seiner ersten Reise erfahren hatte, wie schlecht man ohne Geld lebt, so beschloss er, sich den Lohn, den ihm seine Gebieterin immer versprochen, aber nie gegeben hatte, auf irgendeine Art zu verschaffen.

Es befand sich in dem Hause der Frau Ahavzi ein Zimmer, das immer verschlossen war und dessen Inneres er nie gesehen hatte. Doch hatte er die

Frau oft darin rumoren gehört, und er hätte für sein Leben gern gewusst, was sie dort versteckt habe. Als er nun an sein Reisegeld dachte, fiel ihm ein, dass dort die Schätze der Frau versteckt sein könnten. Aber immer war die Tür fest verschlossen, und er konnte daher den Schätzen nie beikommen.

Eines Morgens, als die Frau Ahavzi ausgegangen war, zupfte ihn eines der Hündlein, das von der Frau immer sehr stiefmütterlich behandelt wurde, dessen Gunst er sich aber durch allerlei Liebesdienste in hohem Grade erworben hatte, an seinen Beinkleidern und gebärdete sich dabei, wie wenn Muck ihm folgen sollte. Muck, der gerne mit dem Hündchen spielte, folgte ihm, und siehe da, das Hündchen führte ihn in die Schlafkammer der Frau Ahavzi und vor eine kleine Tür, die er nie zuvor dort bemerkt hatte. Die Tür war halb offen. Das Hündlein ging hinein, Muck folgte ihm, und wie freudig war er überrascht, als er sah, dass er sich in dem Gemach befand, das schon lange das Ziel seiner Wünsche war. Er spähte überall umher, ob er kein Geld finden könnte, fand aber nichts. Nur alte Kleider und wunderlich geformte Geschirre standen umher. Eines dieser Geschirre zog seine besondere Aufmerksamkeit auf sich. Es war von Kristall, und schöne Figuren waren darauf ausgeschnitten. Er hob es auf und drehte es nach allen Seiten. Aber, o Schrecken! Er hatte nicht bemerkt, dass es einen Deckel hatte, der nur leicht darauf hingesetzt war. Der Deckel fiel herab und zerbrach in tausend Stücke.

Lange stand der kleine Muck vor Schrecken leblos. Jetzt war sein Schicksal entschieden; jetzt musste er entfliehen, sonst schlug ihn die Alte tot. Sogleich war auch seine Reise beschlossen, und nur noch einmal wollte er sich umschauen, ob er nichts von den Habseligkeiten der Frau Ahavzi zu seinem Marsch brauchen könnte. Da fielen ihm ein Paar mächtige große Pantoffeln ins Auge, sie waren zwar nicht schön, aber seine eigenen konnten keine Reise mehr mitmachen; auch zogen ihn jene wegen ihrer Größe an, denn hatte er diese am Fuß, so mussten ihm hoffentlich alle Leute ansehen, dass er die Kinderschuhe vertreten habe. Er zog also schnell seine Töffelein aus und fuhr in die großen hinein. Ein Spazierstöcklein mit einem schön geschnittenen Löwenkopf schien ihm auch hier allzu müßig in der Ecke zu stehen, er nahm es also mit und eilte zum Zimmer hinaus. Schnell ging er jetzt auf seine Kammer, zog sein Mäntelein an, setzte den väterlichen Turban auf, steckte den Dolch in den Gürtel und lief, so schnell ihn seine Füße trugen, zum Haus und zur Stadt hinaus. Vor der

Stadt lief er aus Angst vor der Alten immer weiter fort, bis er vor Müdigkeit beinahe nicht mehr konnte. So schnell war er in seinem ganzen Leben nicht gegangen, ja es schien ihm, als könne er gar nicht aufhören zu rennen, denn eine unsichtbare Gewalt schien ihn fortzureißen. Endlich bemerkte er, dass es mit den Pantoffeln eine eigene Bewandtnis haben müsse, denn sie schossen immer fort und führten ihn mit sich. Er versuchte auf allerlei Weise stillzustehen, aber es wollte nicht gelingen; da rief er in der höchsten Not, wie man den Pferden zuruft, sich selbst zu: »Oh – oh, halt, oh!« Da hielten die Pantoffeln, und Muck warf sich erschöpft auf die Erde nieder.

Die Pantoffeln freuten ihn ungemein. So hatte er sich denn doch durch seine Dienste etwas erworben, das ihm in der Welt, auf seinem Weg, das Glück zu suchen, forthelfen konnte. Er schlief trotz seiner Freude vor Erschöpfung ein, denn das Körperlein des kleinen Muck, das einen so schweren Kopf zu tragen hatte, konnte nicht viel aushalten. Im Traum erschien ihm das Hündlein, das ihm im Hause der Frau Ahavzi zu den Pantoffeln verholfen hatte, und sprach zu ihm: »Lieber Muck, du verstehst den Gebrauch der Pantoffeln noch nicht recht; merke dir: Wenn du dich in ihnen drei Mal auf dem Absatz herumdrehst, so kannst du hinfliegen, wohin du nur willst; und mit dem Stöcklein kannst du Schätze finden, denn wo Gold vergraben ist, da wird es drei Mal auf die Erde schlagen, bei Silber zwei Mal.« So träumte der kleine Muck. Als er aufwachte, dachte er über den wunderbaren Traum nach und beschloss, alsbald einen Versuch zu machen. Er zog die Pantoffeln an, hob einen Fuß auf und begann sich auf dem Absatz umzudrehen. Wer es aber jemals versucht hat, in einem ungeheuer weiten Pantoffel dieses Kunststück drei Mal hintereinander zu machen, der wird sich nicht wundern, wenn es dem kleinen Muck nicht gleich glückte, besonders wenn man bedenkt, dass ihn sein schwerer Kopf bald auf diese, bald auf jene Seite hinüberzog.

Der arme Kleine fiel einige Mal tüchtig auf die Nase, doch ließ er sich nicht abschrecken, den Versuch zu wiederholen, und endlich glückte es. Wie ein Rad fuhr er auf seinem Absatz herum, wünschte sich in die nächste große Stadt, und – die Pantoffeln ruderten hinauf in die Lüfte, liefen mit Windeseile durch die Wolken, und ehe sich der kleine Muck noch besinnen konnte, wie ihm geschah, befand er sich schon auf einem großen Marktplatz, wo viele Buden aufgeschlagen waren und unzählige Menschen geschäftig auf und ab liefen. Er ging unter den Leuten hin und her,

hielt es aber für ratsamer, sich in eine einsamere Straße zu begeben, denn auf dem Markt trat ihm bald einer auf die Pantoffeln, dass er beinahe umfiel, bald stieß er mit seinem weit hinausstehenden Dolch einen oder den andern an, dass er mit Mühe den Schlägen entging.
Der kleine Muck bedachte nun ernstlich, was er wohl anfangen könnte, um sich ein Stück Geld zu verdienen. Er hatte zwar ein Stäblein, das ihm verborgene Schätze anzeigte, aber wo sollte er gleich einen Platz finden, wo Gold oder Silber vergraben wäre? Auch hätte er sich zur Not für Geld sehen lassen können, aber dazu war er doch zu stolz. Endlich fiel ihm die Schnelligkeit seiner Füße ein. ›Vielleicht‹, dachte er, ›können mir meine Pantoffeln Unterhalt gewähren‹, und er beschloss, sich als Schnell-Läufer zu verdingen. Da er aber hoffen durfte, dass der König dieser Stadt solche Dienste am besten bezahle, so erfragte er den Palast. Unter dem Tore des Palastes stand eine Wache, die ihn fragte, was er hier zu suchen habe. Auf seine Antwort, dass er einen Dienst suche, wies man ihn zum Aufseher der Sklaven. Ihm trug er sein Anliegen vor und bat, ihm einen Dienst unter den königlichen Boten zu besorgen. Der Aufseher maß ihn mit seinen Augen vom Kopf bis zu den Füßen und sprach: »Wie, mit deinen Füßlein, die kaum eine Spanne lang sind, willst du königlicher Schnell-Läufer werden? Mach dich weg, ich bin nicht dazu da, mit jedem Narren Kurzweil zu treiben.« Der kleine Muck versicherte ihm aber, dass es ihm vollkommen ernst sei mit dem Antrag und dass er es mit dem Schnellsten auf eine Wette ankommen lassen wolle. Dem Aufseher kam die Sache lächerlich vor. Er befahl ihm, sich bis auf den Abend zu einem Wettlauf bereitzuhalten, führte ihn in die Küche und sorgte dafür, dass ihm gehörig Speise und Trank gereicht wurden. Er selbst begab sich zum König und erzählte ihm von dem kleinen Menschen und seinem Anerbieten. Der König war ein lustiger Herr, daher gefiel es ihm wohl, dass der Aufseher der Sklaven den kleinen Muck zu einem Spaß behalten habe. Er befahl ihm, auf einer großen Wiese hinter dem Schloss Anstalten zu treffen, dass das Wettlaufen mit Bequemlichkeit von seinem ganzen Hofstaat könnte gesehen werden, und ordnete nochmals an, große Sorgfalt für den Zwerg zu haben. Der König erzählte seinen Prinzen und Prinzessinnen, was sie diesen Abend für ein Schauspiel haben würden. Diese erzählten es wieder ihren Dienern, und als der Abend herankam, war man in gespannter Erwartung. Alles strömte hinaus auf die Wiese, wo Gerüste aufgeschlagen waren, um den großsprecherischen Zwerg laufen zu sehen.

Als der König und seine Söhne und Töchter auf dem Gerüst Platz genommen hatten, trat der kleine Muck heraus auf die Wiese und machte vor den hohen Herrschaften eine überaus zierliche Verbeugung. Ein allgemeines Freudengeschrei ertönte, als man des Kleinen ansichtig wurde; eine solche Figur hatte man dort noch nie gesehen. Das Körperlein mit dem mächtigen Kopf, das Mäntelein und die weiten Beinkleider, der lange Dolch in dem breiten Gürtel, die kleinen Füßlein in den weiten Pantoffeln – nein, es war zu drollig anzusehen, als dass man nicht hätte laut lachen sollen. Der kleine Muck ließ sich aber durch das Gelächter nicht irremachen. Er stellte sich stolz, auf sein Stöcklein gestützt, hin und erwartete seinen Gegner. Der Aufseher der Sklaven hatte nach Mucks eigenem Wunsche den besten Läufer ausgesucht. Der trat nun heraus, stellte sich neben den Kleinen, und beide harrten auf das Zeichen. Da winkte Prinzessin Amarza, wie es ausgemacht war, mit ihrem Schleier, und wie zwei Pfeile, auf dasselbe Ziel abgeschossen, flogen die beiden Wettläufer über die Wiese hin.

Anfangs hatte Mucks Gegner einen bedeutenden Vorsprung, aber dieser jagte ihm auf seinem Pantoffelfuhrwerk nach, holte ihn ein, überfing ihn und stand längst am Ziele, als jener noch, nach Luft schnappend, daherlief. Verwunderung und Staunen fesselten einige Augenblicke die Zuschauer; als aber der König zuerst in die Hände klatschte, da jauchzte die Menge, und alle riefen: »Hoch lebe der kleine Muck, der Sieger im Wettlauf!«

Man hatte indes den kleinen Muck herbeigebracht; er warf sich vor dem König nieder und sprach: »Großmächtiger König, ich habe dir hier nur eine kleine Probe meiner Kunst gegeben. Wolle nun gestatten, dass man mir eine Stelle unter deinen Läufern gebe!« Der König aber antwortete ihm: »Nein, du sollst mein Leibläufer und immer um meine Person sein, lieber Muck. Jährlich sollst du hundert Goldstücke erhalten als Lohn, und an der Tafel meiner ersten Diener sollst du speisen.«

So glaubte denn Muck, endlich das Glück gefunden zu haben, das er so lange suchte, und war fröhlich und wohlgemut in seinem Herzen. Auch erfreute er sich der besonderen Gnade des Königs, denn dieser gebrauchte ihn zu seinen schnellsten und geheimsten Sendungen, die der kleine Muck dann mit der größten Genauigkeit und mit unbegreiflicher Schnelle besorgte.

Aber die übrigen Diener des Königs waren ihm gar nicht zugetan, weil sie

sich ungern durch einen Zwerg, der nichts verstand, als schnell zu laufen, in der Gunst des Herrn zurückgesetzt sahen. Sie veranstalteten daher manche Verschwörung gegen ihn, um ihn zu stürzen, aber alle scheiterten an dem großen Zutrauen, das der König in seinen geheimen Oberleibläufer – denn zu dieser Würde hatte er es in so kurzer Zeit gebracht – setzte.
Muck, dem diese Bewegungen gegen ihn nicht entgingen, sann nicht auf Rache, dazu hatte er ein zu gutes Herz, nein, auf Mittel dachte er, sich bei seinen Feinden notwendig und beliebt zu machen. Da fiel ihm sein Stäblein, das er in seinem Glück außer Acht gelassen hatte, ein; wenn er Schätze finde, dachte er, würden ihm die Herren schon geneigter werden. Er hatte schon oft gehört, dass der Vater des jetzigen Königs viele seiner Schätze vergraben habe, als der Feind sein Land überfallen; man sagte auch, er sei darüber gestorben, ohne dass er sein Geheimnis habe seinem Sohn mitteilen können. Von nun an nahm Muck immer sein Stöcklein mit, in der Hoffnung, einmal an einem Ort vorüberzugehen, wo das Geld des alten Königs vergraben sei. Eines Abends führte ihn der Zufall in einen entlegenen Teil des Schlossgartens, den er wenig besuchte, und plötzlich fühlte er das Stöcklein in seiner Hand zucken, drei Mal schlug es gegen den Boden. Nun wusste er schon, was dies zu bedeuten hatte. Er zog daher seinen Dolch heraus, machte ein Zeichen in die umstehenden Bäume und schlich sich wieder ins Schloss; dort verschaffte er sich einen Spaten und wartete die Nacht zu seinem Unternehmen ab.
Das Schatzgraben selbst machte übrigens dem kleinen Muck mehr zu

schaffen, als er geglaubt hatte. Seine Arme waren gar zu schwach, sein Spaten aber groß und schwer; und er mochte wohl schon zwei Stunden gearbeitet haben, ehe er ein paar Fuß tief gegraben hatte. Endlich stieß er auf etwas Hartes, das wie Eisen klang. Er grub jetzt emsiger, und bald hatte er einen großen eisernen Deckel zu Tage gefördert. Er stieg in die Grube hinein, um nachzuspähen, was wohl der Deckel bedeckt haben könnte, und fand richtig einen großen Topf, mit Goldstücken angefüllt. Aber seine schwachen Kräfte reichten nicht hin, den Topf zu heben, daher steckte er in seine Beinkleider und seinen Gürtel, so viel er zu tragen vermochte, und auch sein Mäntelein füllte er damit, bedeckte das Übrige wieder sorgfältig und trat den Rückweg an. Aber wenn er die Pantoffeln nicht an den Füßen gehabt hätte, er wäre nicht vom Fleck gekommen, so zog ihn die Last des Goldes nieder. Doch unbemerkt kam er auf sein Zimmer und verwahrte dort sein Gold unter den Polstern seines Sofas.

Als der kleine Muck sich im Besitz so vielen Goldes sah, glaubte er, das Blatt werde sich jetzt wenden und er werde sich unter seinen Feinden am Hofe viele Gönner und Anhänger erwerben. Aber schon daran konnte man erkennen, dass der gute Muck keine gar zu sorgfältige Erziehung genossen haben musste, sonst hätte er sich wohl nicht einbilden können, durch Gold wahre Freunde zu gewinnen. Ach, dass er damals seine Pantoffeln geschmiert und sich mit seinem Mäntelein voll Gold aus dem Staube gemacht hätte!

Das Gold, das der kleine Muck von jetzt an mit vollen Händen austeilte, erweckte den Neid der übrigen Hofbedienten. Der Küchenmeister Ahuli sagte: »Er ist ein Falschmünzer.« Der Sklavenaufseher Achmed sagte: »Er hat's dem König abgeschwatzt.« Archaz, der Schatzmeister aber, sein ärgster Feind, der selbst hie und da einen Griff in des Königs Kasse tun mochte, sagte geradezu: »Er hat's gestohlen.« Um nun ihrer Sache gewiss zu sein, verabredeten sie sich, und der Obermundschenk Korchuz stellte sich eines Tages vor den Augen des Königs recht traurig und niedergeschlagen. Er machte seine traurigen Gebärden so auffallend, dass ihn der König fragte, was ihm fehle. »Ach!«, antwortete er, »ich bin traurig, dass ich die Gnade meines Herrn verloren habe.« »Was fabelst du, Freund Korchuz?«, entgegnete ihm der König. »Seit wann hätte ich die Sonne meiner Gnade nicht über dich leuchten lassen?« Der Obermundschenk antwortete ihm, dass er ja den geheimen Oberleibläufer mit Gold belade, seinen armen treuen Dienern aber nichts gebe.

Der König war sehr erstaunt über diese Nachricht, ließ sich die Goldausteilungen des kleinen Muck erzählen, und die Verschworenen brachten ihm leicht den Verdacht bei, dass Muck auf irgendeine Art das Geld aus der Schatzkammer gestohlen habe. Sehr lieb war diese Wendung der Sache dem Schatzmeister, der ohnehin nicht gerne Rechenschaft ablegte. Der König gab daher den Befehl, heimlich auf alle Schritte des kleinen Muck Acht zu geben, um ihn womöglich auf der Tat zu ertappen. Als nun in der Nacht, die auf diesen Unglückstag folgte, der kleine Muck, da er durch seine Freigebigkeit seine Kasse sehr erschöpft sah, den Spaten nahm und in den Schlossgarten schlich, um dort von seinem geheimen Schatze neuen Vorrat zu holen, folgten ihm von weitem die Wachen, von dem Küchenmeister Ahuli und Archaz, dem Schatzmeister, angeführt, und in dem Augenblick, da er das Gold aus dem Topf in sein Mäntelein legen wollte, fielen sie über ihn her, banden ihn und führten ihn sogleich vor den König. Dieser, den ohnehin die Unterbrechung seines Schlafes mürrisch gemacht hatte, empfing seinen armen geheimen Oberleibläufer sehr ungnädig und stellte sogleich das Verhör über ihn an. Man hatte den Topf vollends aus der Erde gegraben und mit dem Spaten und mit dem Mäntelein voll Gold vor die Füße des Königs gesetzt. Der Schatzmeister sagte aus, dass er mit seinen Wachen den Muck überrascht habe, wie er diesen Topf mit Gold gerade in die Erde gegraben habe.
Der König befragte hierauf den Angeklagten, ob es wahr sei und woher er das Gold, das er vergraben, bekommen habe?
Der kleine Muck, im Gefühle seiner Unschuld, sagte aus, dass er diesen Topf im Garten entdeckt habe, dass er ihn habe nicht ein-, sondern ausgraben wollen. Alle Anwesenden lachten laut über diese Entschuldigung, der König aber, aufs Höchste erzürnt über diese vermeintliche Frechheit des Kleinen, rief aus: »Wie, Elender, du willst deinen König so dumm und schändlich belügen, nachdem du ihn bestohlen hast? Schatzmeister Archaz, ich fordere dich auf, zu sagen, ob du diese Summe Goldes für die nämliche erkennst, die in meinem Schatze fehlt?«
Der Schatzmeister antwortete, er sei seiner Sache ganz gewiss, so viel und noch mehr fehle seit einiger Zeit in dem kaiserlichen Schatz, und er könnte einen Eid darauf ablegen, dass dies das Gestohlene sei.
Da befahl der König, den kleinen Muck in enge Ketten zu legen und in den Turm zu führen, dem Schatzmeister aber übergab er das Gold, um es wieder in den Schatz zu tragen. Vergnügt über den glücklichen Ausgang der

Sache, zog dieser ab und zählte zu Hause die blinkenden Goldstücke; aber das hat dieser schlechte Mann niemals angezeigt, dass unten in dem Topf ein Zettel lag, der sagte: ›Der Feind hat mein Land überschwemmt, daher verberge ich hier einen Teil meiner Schätze; wer ihn auch finden mag, den treffe der Fluch seines Königs, wenn er ihn nicht sogleich meinem Sohne ausliefert. König Sadi.‹

Der kleine Muck stellte in seinem Kerker traurige Betrachtungen an. Er wusste, dass auf Diebstahl an königlichen Sachen der Tod gesetzt war, und doch mochte er das Geheimnis mit dem Stäbchen dem Könige nicht verraten, weil er mit Recht fürchtete, dieses Zauberstäbchens und seiner Pantoffeln beraubt zu werden. Seine Pantoffeln konnten ihm leider auch keine Hilfe bringen, denn da er in engen Ketten an die Mauer geschlossen war, konnte er, sosehr er sich quälte, sich nicht auf dem Absatz umdrehen. Als ihm aber am andern Tage sein Tod angekündigt wurde, da dachte er doch, es sei besser, ohne das Zauberstäbchen zu leben, als mit ihm zu sterben; er ließ den König um ein geheimes Gehör bitten und entdeckte ihm das Geheimnis. Der König maß anfangs seinem Geständnis keinen Glauben bei; aber der kleine Muck versprach eine Probe, wenn ihm der König zugestünde, dass er nicht getötet werden solle. Der König gab ihm sein Wort darauf und ließ, von Muck ungesehen, einiges Gold in die Erde graben und befahl diesem, mit seinem Stäbchen zu suchen. In wenigen Augenblicken hatte er es gefunden, denn das Stäbchen schlug deutlich drei Mal auf die Erde. Da merkte der König, dass ihn sein Schatzmeister betrogen hatte, und sandte ihm, wie es im Morgenlande gebräuchlich ist, eine seidene Schnur, damit er sich selbst erdrossle. Zum kleinen Muck aber sprach er: »Ich habe dir zwar dein Leben versprochen, aber es scheint mir, als ob du nicht nur allein dieses Geheimnis mit dem Stäbchen besitzest; darum bleibst du in ewiger Gefangenschaft, wenn du nicht gestehst, was für eine Bewandtnis es mit deinem Schnell-Laufen hatte.« Der kleine Muck, dem die einzige Nacht im Turm alle Lust zu längerer Gefangenschaft genommen hatte, bekannte, dass seine ganze Kunst in den Pantoffeln liege, doch lehrte er den König nicht das Geheimnis von dem dreimaligen Umdrehen auf dem Absatz. Der König schlüpfte selbst in die Pantoffeln, um die Probe zu machen, und jagte wie unsinnig im Garten umher; oft wollte er anhalten, aber er wusste nicht, wie man die Pantoffeln zum Stehen brachte, und Muck, der sich diese kleine Rache nicht versagen konnte, ließ ihn laufen, bis er ohnmächtig auf die Erde niederfiel.

Als der König wieder zur Besinnung zurückgekehrt war, war er schrecklich aufgebracht über den kleinen Muck, der ihn so ganz außer Atem hatte laufen lassen. »Ich habe dir mein Wort gegeben, dir Freiheit und Leben zu schenken, aber innerhalb zwölf Stunden musst du mein Land verlassen, sonst lasse ich dich aufknüpfen.« Die Pantoffeln und das Stäbchen aber ließ er in seine Schatzkammer legen.

So arm wie je wanderte der kleine Muck zum Land hinaus, seine Torheit verwünschend, die ihm vorgespiegelt hatte, er könne eine bedeutende Rolle am Hofe spielen. Das Land, aus dem er verjagt wurde, war zum Glück nicht groß, daher war er schon nach acht Stunden an der Grenze, obgleich ihm das Gehen, da er an seine lieben Pantoffeln gewöhnt war, sehr sauer ankam.

Als er über die Grenze war, verließ er die gewöhnliche Straße, um die dichteste Einöde der Wälder aufzusuchen und dort nur sich selbst zu leben, denn er war allen Menschen gram. In einem Walde traf er auf einen Platz, der ihm zu dem Entschluss, den er gefasst hatte, ganz tauglich schien. Ein klarer Bach, von großen, schattigen Feigenbäumen umgeben, ein weicher Rasen luden ihn ein; hier warf er sich nieder mit dem Entschluss, keine Speise mehr zu sich zu nehmen, sondern den Tod zu erwarten. Über traurigen Todesbetrachtungen schlief er ein; als er aber wieder aufwachte und der Hunger ihn zu quälen anfing, bedachte er doch, dass der Hungertod eine gefährliche Sache sei; und er sah sich um, ob er nirgends etwas zu essen bekommen könnte.

Köstliche reife Feigen hingen an dem Baume, unter welchem er geschlafen hatte; er stieg hinauf, um sich einige zu pflücken, ließ es sich trefflich schmecken und ging dann hinunter an den Bach, um seinen Durst zu löschen. Aber wie groß war sein Schrecken, als ihm das Wasser seinen Kopf mit zwei gewaltigen Ohren und einer dicken, langen Nase geschmückt zeigte! Bestürzt griff er mit den Händen nach den Ohren, und wirklich, sie waren über eine halbe Elle lang. »Ich verdiene Eselsohren«, rief er aus, »denn ich habe mein Glück wie ein Esel mit Füßen getreten.«

Er wanderte unter den Bäumen umher, und als er wieder Hunger fühlte, musste er noch einmal zu den Feigen seine Zuflucht nehmen, denn sonst fand er nichts Essbares an den Bäumen. Als ihm über der zweiten Portion Feigen einfiel, ob wohl seine Ohren nicht unter seinem großen Turban Platz hätten, damit er doch nicht gar zu lächerlich aussähe, fühlte er, dass seine Ohren verschwunden seien. Er lief gleich an den Bach zurück, um

sich davon zu überzeugen, und wirklich, es war so, seine Ohren hatten ihre vorige Gestalt, seine lange, unförmliche Nase hatte er nicht mehr. Jetzt merkte er, wie dies gekommen war: Von dem ersten Feigenbaum hatte er die lange Nase und die Ohren bekommen, der zweite hatte ihn geheilt. Freudig erkannte er, dass sein gütiges Geschick ihm noch einmal die Mittel an die Hand gebe, glücklich zu sein. Er pflückte daher von jedem Baum, so viel er tragen konnte, und ging in das Land zurück, das er vor kurzem verlassen hatte. Dort machte er sich in dem ersten Städtchen durch andere Kleider ganz unkenntlich, ging dann weiter auf die Stadt zu, die jener König bewohnte, und kam auch bald dort an.
Es war gerade zu einer Jahreszeit, wo reife Früchte noch ziemlich selten waren; der kleine Muck setzte sich daher unter das Tor des Palastes, denn ihm war von früherer Zeit her wohl bekannt, dass hier solche Seltenheiten von dem Küchenmeister für die königliche Tafel eingekauft wurden. Muck hatte noch nicht lange gesessen, als er den Küchenmeister über den Hof herüberschreiten sah. Er musterte die Waren der Verkäufer, die sich am Tore des Palastes eingefunden hatten, endlich fiel sein Blick auch auf Mucks Körbchen. »Ah, ein seltener Bissen«, sagte er, »der Ihrer Majestät gewiss behagen wird. Was willst du für den ganzen Korb?« Der kleine Muck bestimmte einen mäßigen Preis, und sie waren bald des Handels einig. Der Küchenmeister übergab den Korb einem Sklaven und ging weiter. Der kleine Muck machte sich einstweilen aus dem Staub, weil er fürchtete, wenn sich das Unglück an den Köpfen des Hofes zeige, möchte man ihn als Verkäufer aufsuchen und bestrafen.
Der König war über Tisch sehr heiter gestimmt und sagte seinem Küchenmeister ein Mal über das andere Lobsprüche wegen seiner guten Küche und der Sorgfalt, mit der er immer das Seltenste für ihn aussuche. Der Küchenmeister, der wohl wusste, welchen Leckerbissen er noch im Hintergrunde habe, schmunzelte freundlich und ließ nur einzelne Worte fallen: »Es ist noch nicht aller Tage Abend«, oder: »Ende gut, alles gut«, so dass die Prinzessinnen sehr neugierig wurden, was er wohl noch bringen werde. Als er nun die schönen, einladenden Feigen auftischen ließ, da entfloh ein allgemeines »Ah!« dem Munde der Anwesenden. »Wie reif, wie appetitlich!«, rief der König. »Küchenmeister, du bist ein ganzer Kerl und verdienst unsere ganz besondere Gnade!« Also sprechend, teilte der König, der mit solchen Leckerbissen sehr sparsam zu sein pflegte, mit eigener Hand die Feigen an seiner Tafel aus. Jeder Prinz und jede Prinzessin beka-

men zwei, die Hofdamen und die Wesire und Agas eine, die übrigen aber stellte er vor sich hin und begann mit fröhlichem Gesicht und mit großem Behagen sie zu verschlingen.

»Aber lieber Gott, wie siehst du so wunderlich aus, Vater?«, rief auf einmal die Prinzessin Amarza. Alle sahen den König erstaunt an; ungeheure Ohren hingen ihm am Kopf, eine lange Nase zog sich über sein Kinn herunter. Auch sich selbst betrachteten sie untereinander mit Staunen und Schrecken; alle waren mehr oder minder mit dem sonderbaren Kopfputz geschmückt.

Man denke sich den Schrecken des Hofes! Es wurde sogleich nach allen Ärzten der Stadt geschickt, sie kamen haufenweise, verordneten Pillen und Mixturen, aber die Ohren und die Nasen blieben. Man operierte einen der Prinzen, aber die Ohren wuchsen nach.

Muck hatte die ganze Geschichte in seinem Versteck, wohin er sich zurückgezogen hatte, gehört und erkannt, dass es jetzt Zeit sei, zu handeln. Er hatte sich schon vorher von dem aus den Feigen gelösten Geld einen Anzug verschafft, der ihn als Gelehrten darstellen konnte; ein langer Bart von Ziegenhaaren vollendete die Täuschung. Mit einem Säckchen voll Feigen wanderte er in den Palast des Königs und bot als fremder Arzt seine Hilfe an. Man war anfangs sehr ungläubig, als aber der kleine Muck einem der Prinzen eine Feige zu essen gab und Ohren und Nase dadurch in den alten Zustand zurückbrachte, da wollte alles von dem fremden Arzte geheilt sein. Der König nahm ihn schweigend bei der Hand und führte ihn in sein Gemach; dort schloss er eine Tür zur Schatzkammer auf und winkte Muck, ihm zu folgen. »Hier sind meine Schätze«, sprach der König. »Wähle dir, was es auch sei, es soll dir gewährt werden, wenn du mich von diesem schmachvollen Übel befreist!« Das war süße Musik in des kleinen Mucks Ohren; er hatte gleich beim Eintritt seine Pantoffeln auf dem Boden stehen sehen, gleich daneben lag auch sein Stäbchen. Er ging nun umher in dem Saal, wie wenn er die Schätze des Königs bewundern wollte; kaum aber war er an seine Pantoffeln gekommen, so schlüpfte er eilends hinein, ergriff sein Stäbchen, riss seinen falschen Bart herab und zeigte dem erstaunten König das wohl bekannte Gesicht seines verstoßenen Muck. »Treuloser König«, sprach er, »der du treue Dienste mit Undank lohnst, nimm als wohlverdiente Strafe die Missgestalt, die du trägst! Die Ohren lass' ich dir zurück, damit sie dich täglich erinnern an den kleinen Muck.« Als er so gesprochen hatte, drehte er sich schnell auf dem Ab-

satz herum, wünschte sich weit hinweg, und ehe noch der König um Hilfe rufen konnte, war der kleine Muck geflohen. Seitdem lebt er hier in großem Wohlstand, aber einsam, denn er verachtet die Menschen. Er ist durch Erfahrung ein weiser Mann geworden, der, wenn auch sein Äußeres etwas Auffallendes haben mag, mehr deine Bewunderung als deinen Spott verdient.

So erzählte mir mein Vater. Ich bezeugte ihm meine Reue über mein rohes Betragen gegen den guten kleinen Mann, und mein Vater schenkte mir die andere Hälfte der Strafe, die er mir zugedacht hatte. Ich erzählte meinen Kameraden die wunderbaren Schicksale des Kleinen, und wir gewannen ihn so lieb, dass ihn keiner mehr hänselte. Im Gegenteil, wir ehrten ihn, solange er lebte, und haben uns vor ihm immer so tief gebückt wie vor Kadi und Mufti.

Der Zwerg Nase

Es ist gewiss Unrecht, zu glauben, dass es nur zu Zeiten Harun Al-Raschids, des Beherrschers von Bagdad, Feen und Zauberer gegeben habe, oder gar zu behaupten, alle Berichte vom Treiben der Geister, die man von den Erzählern auf den Märkten der Stadt hört, seien unwahr. Noch heute gibt es Feen, und es ist nicht so lange her, dass ich selbst Zeuge einer Begebenheit war, wo offenbar die Genien im Spiel waren, wie ich heute berichten werde.

In einer bedeutenden Stadt meines lieben Vaterlandes Deutschland lebte vor vielen Jahren schlicht und recht ein Schuster mit seiner Frau. Er saß bei Tag an der Ecke der Straße, flickte Schuhe und Pantoffeln und machte wohl auch neue, wenn ihm einer welche anvertrauen mochte; doch musste er dann das Leder erst einkaufen, denn er war arm und hatte keine Vorräte. Seine Frau verkaufte Gemüse und Früchte, die sie in einem kleinen Gärtchen vor dem Tore pflanzte, und viele Leute kauften gerne bei ihr, weil sie ordentlich und sauber gekleidet war und ihr Gemüse auf gefällige Art auszubreiten und zu legen wusste.

Die beiden Leutchen hatten einen schönen Knaben, angenehm von Gesicht, wohlgestaltet und für das Alter von zwölf Jahren schon ziemlich groß. Er pflegte gewöhnlich bei der Mutter auf dem Gemüsemarkt zu sitzen, und den Weibern oder Köchen, die viel bei der Schustersfrau eingekauft hatten, trug er wohl auch einen Teil der Früchte nach Hause. Selten kam er von einem solchen Gang zurück ohne eine schöne Blume oder ein Stückchen Geld oder Kuchen, denn die Herrschaften dieser Köche sahen den schönen Knaben gern und beschenkten ihn immer reichlich.

Eines Tages saß die Frau des Schusters wieder wie gewöhnlich auf dem Markte; sie hatte vor sich einige Körbe mit Kohl und anderem Gemüse, allerlei Kräuter und Sämereien, auch in einem kleinen Körbchen frühe Birnen, Äpfel und Aprikosen. Der kleine Jakob, so hieß der Knabe, saß neben ihr und rief mit heller Stimme die Waren aus: »Hierher, ihr Herren! Seht, welch schöner Kohl, wie wohlriechend diese Kräuter! Frühe Birnen, ihr Frauen, frühe Äpfel und Aprikosen, wer kauft? Meine Mutter gibt es wohlfeil.« So rief der Knabe. Da kam ein altes Weib über den Markt her; sie sah etwas zerrissen und zerlumpt aus, hatte ein kleines, spitzes Gesicht, vom Alter ganz eingefurcht, rote Augen und eine lange, gebogene Nase, die sich gegen das Kinn hinabstreckte. Sie ging an einem langen

Stock, und doch konnte man nicht sagen, wie sie ging, denn sie hinkte und rutschte und wankte, es war, als habe sie Räder an den Beinen, könne jeden Augenblick umkippen und mit der spitzigen Nase aufs Pflaster fallen.

Die Frau des Schusters betrachtete das Weib aufmerksam. Es waren jetzt doch schon sechzehn Jahre, dass sie täglich auf dem Markt saß, und nie hatte sie diese sonderbare Gestalt bemerkt. Aber sie erschrak unwillkürlich, als die Alte auf sie zuhinkte und an ihren Körben stillstand.

»Seid Ihr Hanne, die Gemüsehändlerin?«, fragte das alte Weib mit unangenehmer, krächzender Stimme, indem es beständig den Kopf hin und her schüttelte.

»Ja, die bin ich«, antwortete die Schustersfrau; »ist Euch etwas gefällig?«

»Wollen sehen, wollen sehen! Kräutlein schauen, Kräutlein schauen; ob du hast, was ich brauche«, antwortete die Alte, beugte sich nieder vor den Körben und fuhr mit dunkelbraunen, hässlichen Händen in den Kräuterkorb hinein, packte die Kräutlein, die so schön und zierlich ausgebreitet waren, mit langen Spinnenfingern, hob sie dann eines um das andere hinauf an die lange Nase und beroch sie hin und her. Der Frau des Schusters wollte es fast das Herz abdrücken, wie sie das alte Weib mit ihren seltenen Kräutern hantieren sah, aber sie wagte nichts zu sagen, denn es war das Recht des Käufers, die Ware zu prüfen, und überdies empfand sie ein sonderbares Grauen vor dem Weibe. Als die Alte den ganzen Korb durchgemustert hatte, murmelte sie: »Schlechtes Zeug, schlechtes Kraut, nichts von allem, was ich will; war viel besser vor fünfzig Jahren; schlechtes Zeug, schlechtes Zeug!«

Solche Reden verdrossen nun den kleinen Jakob. »Hör mal«, rief er unmutig; »erst fährst du mit deinen garstigen braunen Fingern in die schönen Kräuter hinein und drückst sie zusammen, dann hältst du sie an deine lange Nase, dass sie niemand mehr mag, und jetzt schimpfst du noch unsere Ware schlechtes Zeug! Aber der Koch des Herzogs kauft doch alles bei uns!«

Das alte Weib schielte den mutigen Knaben an, lachte widerlich und sprach mit heiserer Stimme: »Söhnchen, Söhnchen! Also gefällt dir meine Nase, meine schöne, lange Nase? Sollst auch eine haben, mitten im Gesicht, bis übers Kinn herab.« Während sie so sprach, rutschte sie an den andern Korb, in dem Kohl ausgelegt war. Sie nahm die herrlichsten weißen Kohlhäupter in die Hand, drückte sie zusammen, dass sie ächzten, warf

sie dann wieder unordentlich in den Korb und sprach auch hier: »Schlechte Ware, schlechter Kohl!«
»Wackle nur nicht so garstig mit dem Kopf hin und her!«, rief der Kleine ängstlich. »Dein Hals ist ja so dünn wie ein Kohlstängel; der könnte leicht abbrechen, und dann fiele dein Kopf hinein in den Korb; wer wollte dann noch kaufen?«
»Gefallen sie dir nicht, die dünnen Hälse?«, murmelte die Alte lachend. »Sollst gar keinen haben, Kopf muss in den Schultern stecken, dass er nicht herabfällt vom kleinen Körperlein!«
»Schwatzt nicht so unnützes Zeug mit dem Kleinen!«, sagte endlich die Frau des Schusters im Unmut über das lange Prüfen, Mustern und Beriechen. »Wenn Ihr etwas kaufen wollt, so sputet Euch! Ihr verscheucht mir ja die anderen Kunden.«
»Gut, es sei, wie du sagst«, rief die Alte mit grimmigem Blick, »ich will dir diese sechs Kohlhäupter abkaufen; aber siehe, ich muss mich auf den Stab stützen und kann nichts tragen, erlaube deinem Söhnlein, dass es mir die Waren nach Hause bringt, ich will es dafür belohnen.«
Der Kleine wollte nicht mitgehen und weinte, denn ihm graute vor der hässlichen Frau; aber die Mutter befahl es ihm ernstlich, weil sie es doch für Unrecht hielt, der alten, schwächlichen Frau die Last allein aufzubürden. Halb weinend tat er, wie sie befohlen, raffte die Kohlhäupter in einen Korb zusammen und folgte dem alten Weib über den Markt hin.
Es ging nicht sehr schnell bei ihr, und sie brauchte beinahe drei Viertelstunden, bis sie in einen ganz entlegenen Teil der Stadt kam und endlich vor einem kleinen, baufälligen Hause stillhielt. Dort zog sie einen alten, rostigen Haken aus der Tasche, fuhr damit geschickt in ein kleines Loch in der Tür, und plötzlich sprang diese krachend auf. Aber wie war der kleine Jakob überrascht, als er eintrat! Das Innere des Hauses war prachtvoll ausgeschmückt, von Marmor waren Decken und Wände, die Gerätschaften vom schönsten Ebenholz, mit Gold und geschliffenen Steinen eingelegt, der Boden war von Glas und so glatt, dass der Kleine einige Mal ausglitt und hinfiel. Die Alte zog ein silbernes Pfeifchen aus der Tasche und pfiff eine Weise darauf, die gellend durch das Haus tönte. Da kamen sogleich einige Meerschweinchen die Treppe herab; es war aber ganz sonderbar, dass sie aufrecht auf zwei Beinen gingen, Nuss-Schalen statt Schuhen an den Pfoten trugen, menschliche Kleider angelegt und sogar Hüte nach der neuesten Mode auf die Köpfe gesetzt hatten. »Wo habt ihr meine Pantof-

feln, schlechtes Gesindel!«, rief die Alte und schlug mit dem Stock nach ihnen, dass sie jammernd in die Höhe sprangen. »Wie lange soll ich noch so dastehen?«

Sie sprangen schnell die Treppe hinauf und kamen wieder mit einem Paar Schalen von Kokosnuss, mit Leder gefüttert, die sie der Alten geschickt an die Füße steckten. Jetzt war alles Hinken und Rutschen vorbei. Sie warf den Stab von sich und glitt mit großer Schnelligkeit über den Glasboden hin, indem sie den Jungen an der Hand mit fortzog. Endlich hielt sie in einem Zimmer still, das, mit allerlei Gerätschaften ausgeputzt, beinahe einer Küche glich, obgleich die Tische von Mahagoniholz und die Sofas, mit reichen Teppichen behängt, mehr zu einem Prunkgemach passten. »Setz dich!«, sagte die Alte recht freundlich, indem sie ihn in die Ecke eines Sofas drückte und einen Tisch also vor ihn hinstellte, dass er nicht mehr hervorkommen konnte. »Setz dich, du hast gar schwer zu tragen gehabt; die Menschenköpfe sind nicht so leicht – nicht so leicht.«

»Aber Frau, was sprecht Ihr so wunderlich?«, sagte der Kleine. »Müde bin ich zwar, aber es waren ja Kohlköpfe.«

»Ei, das weißt du falsch!«, lachte das Weib, hob den Deckel des Korbes auf und brachte einen Menschenkopf hervor, den sie am Schopf gefasst hatte. Der Kleine war vor Schrecken außer sich; er konnte nicht fassen, wie dies alles zuging. Aber er dachte an seine Mutter; wenn jemand von diesen Menschenköpfen etwas erfahren würde, da würde man gewiss seine Mutter dafür anklagen.

»Muss dir nun auch etwas geben zum Lohn, weil du so artig bist«, murmelte die Alte. »Gedulde dich nur ein Weilchen, will dir ein Süppchen einbrocken, an das du dein Leben lang denken wirst!« So sprach sie und pfiff wieder. Da kamen zuerst viele Meerschweinchen in menschlichen Kleidern; sie hatten Küchenschürzen umgebunden und im Gürtel Rührlöffel und Vorlegemesser; nach diesen kamen eine Menge Eichhörnchen hereingehüpft, sie hatten weite türkische Beinkleider an, gingen aufrecht, und auf dem Kopf trugen sie grüne Mützchen von Samt. Sie schienen die Küchenjungen zu sein, denn sie kletterten mit großer Geschwindigkeit an den Wänden hinauf und brachten Pfannen und Schüsseln, Eier und Butter, Kräuter und Mehl herab und trugen alles zum Herd; dort aber fuhr die alte Frau mit ihren Pantoffeln von Kokosschalen beständig hin und her, und der Kleine sah, dass sie es sich recht angelegen sein lasse, ihm etwas Gutes zu kochen. Jetzt knisterte das Feuer höher empor, jetzt rauchte und sott es in der Pfanne, ein angenehmer Geruch verbreitete sich im Zimmer; die Alte aber rannte auf und ab, die Eichhörnchen und Meerschweinchen ihr nach, und sooft sie am Herde vorbeikam, guckte sie mit ihrer langen Nase in den Topf. Endlich fing es an zu sprudeln und zu zischen, Dampf stieg aus dem Topf hervor, und der Schaum floss herab ins Feuer. Da nahm sie den Topf weg, goss die Speise in eine silberne Schale und setzte sie dem kleinen Jakob vor.

»So, Söhnchen, so«, sprach sie, »iss nur dieses Süppchen, dann hast du alles, was dir an mir so gefiel! Sollst auch ein geschickter Koch werden, dass du doch etwas bist, aber ein Kräutlein sollst du nimmer finden; warum hat es deine Mutter nicht in ihrem Korbe gehabt?« Der Kleine verstand nicht recht, was sie sprach, desto aufmerksamer aß er die Suppe, die ihm ganz trefflich schmeckte. Seine Mutter hatte ihm manch schmackhaftes Gericht bereitet, aber so gut hatte ihm noch nichts geschmeckt. Der Duft von feinen Kräutern und Gewürzen stieg aus der Suppe auf, dabei war sie süß und säuerlich zugleich und sehr stark. Während er noch die letzten Tropfen der köstlichen Speise auslöffelte, zündeten die Meerschweinchen arabischen Weihrauch an, der in bläulichen Wolken durch das Zimmer schwebte; dichter und immer dichter wurden diese Wolken und sanken herab. Der Geruch wirkte betäubend auf den Kleinen; er mochte sich zurufen, sooft er wollte, dass er zu seiner Mutter zurückkehren müsse – wenn er sich ermannte, sank er immer wieder von neuem in den Schlummer zurück und schlief endlich wirklich auf dem Sofa des alten Weibes ein.

Sonderbare Träume kamen über ihn. Es war ihm, als ziehe ihm die Alte seine Kleider aus und umhülle ihn dafür mit einem Eichhörnchenbalg. Jetzt konnte er Sprünge machen und klettern wie ein Eichhörnchen; er ging mit den übrigen Eichhörnchen und Meerschweinchen, die sehr artige, gesittete Leute waren, um und versah mit ihnen den Dienst bei der alten Frau. Zuerst wurde er nur zu den Arbeiten eines Schuhputzers ge-

braucht, das heißt, er musste die Kokosschalen, welche die Frau statt der Pantoffeln trug, mit Öl salben und durch Reiben glänzend machen. Da er nun in seines Vaters Hause zu ähnlichen Geschäften oft angehalten worden war, so ging es ihm flink von der Hand.

Etwa nach einem Jahre, träumte er weiter, wurde er zu feineren Geschäften gebraucht; er musste nämlich mit noch einigen Eichhörnchen Sonnenstäubchen fangen und, wenn sie genug hatten, sie durch das feinste Haarsieb sieben. Die Frau hielt nämlich die Sonnenstäubchen für das Allerfeinste, und weil sie nicht gut beißen konnte, denn sie hatte keinen Zahn mehr, so ließ sie ihr Brot aus Sonnenstäubchen zubereiten.

Wiederum nach einem Jahr wurde er zu den Dienern versetzt, die das Trinkwasser für die Alte sammelten. Man denke nicht, dass sie sich hierzu etwa einen Brunnen hatte graben lassen oder ein Fass in den Hof stellte, um das Regenwasser darin aufzufangen; da ging es viel feiner zu. Die Eichhörnchen, und Jakob mit ihnen, mussten mit Haselnuss-Schalen den Tau aus den Rosen schöpfen, und das war das Trinkwasser der Alten. Da sie nun viel trank, so hatten die Wasserträger schwere Arbeit. Nach einem Jahre wurde er zum innern Dienst des Hauses bestellt; er hatte nämlich das Amt, die Böden rein zu machen; da nun diese von Glas waren, worin man jeden Hauch sah, war es keine geringe Arbeit. Sie mussten sie bürsten und ein altes Tuch an die Füße schnallen und auf diesem mit viel Geschick im Zimmer umherfahren. Im vierten Jahre ward er endlich zur Küche versetzt. Es war dies ein Ehrenamt, zu dem man nur nach langer Prüfung gelangen konnte. Jakob diente dort vom Küchenjungen aufwärts bis zum ersten Pastetenmacher und erreichte eine so ungemeine Geschicklichkeit und Erfahrung in allem, was die Küche betrifft, dass er sich oft über sich selbst wundern musste. Die schwierigsten Sachen, Pasteten von zweihunderterlei Essenzen, Kräutersuppen, von allen Kräutlein der Erde zusammengesetzt, alles verstand er schnell und gut zuzubereiten.

So waren etwa sieben Jahre im Dienste des alten Weibes vergangen, da befahl sie ihm eines Tages, indem sie die Kokosschuhe auszog, Korb und Krückstock zur Hand nahm, um auszugehen, er solle ein Hühnlein rupfen, mit Kräutern füllen und es schön bräunlich und gelb rösten, bis sie wieder käme. Er tat dies nach den Regeln der Kunst. Er drehte dem Hühnlein den Kragen um, brühte es in heißem Wasser, zog ihm geschickt die Federn aus, schabte ihm nachher die Haut, dass sie glatt und fein wurde, und nahm ihm die Eingeweide heraus. Sodann fing er an, die Kräuter zu sammeln, womit er das Hühnlein füllen sollte. In der Kräuterkammer gewahrte er aber diesmal ein Wandschränkchen, dessen Tür halb geöffnet war und das er sonst nie bemerkt hatte. Er ging neugierig näher, um zu sehen, was es enthalte, und siehe da, es standen viele Körbchen darin, von denen ein starker, angenehmer Geruch ausging. Er öffnete eines dieser Körbchen und fand darin Kräutlein von ganz besonderer Gestalt und Farbe. Die Stängel und Blätter waren blaugrün und trugen oben eine kleine Blume von brennendem Rot, mit Gelb verbrämt. Er betrachtete sinnend diese Blume, beroch sie, und sie strömte denselben starken Geruch aus, von dem einst jene Suppe, die ihm die Alte gekocht, geduftet hatte. Aber so stark war der Geruch, dass er zu niesen anfing, immer heftiger niesen musste und – am Ende niesend erwachte.

Da lag er auf dem Sofa des alten Weibes und blickte verwundert umher. »Nein, wie man aber so lebhaft träumen kann!«, sprach er zu sich. »Hätte ich jetzt doch schwören wollen, dass ich ein schnödes Eichhörnchen, ein Kamerad von Meerschweinchen und anderem Getier, dabei aber ein großer Koch geworden sei. Wie wird die Mutter lachen, wenn ich ihr alles erzähle! Aber wird sie nicht auch schelten, dass ich in einem fremden Hause einschlafe, statt ihr zu helfen auf dem Markte?« Mit diesem Gedanken raffte er sich auf, um hinwegzugehen. Noch waren seine Glieder vom Schlafe ganz steif, besonders sein Nacken, denn er konnte den Kopf nicht recht hin und her bewegen; er musste auch selbst über sich lächeln, dass er so schlaftrunken war, denn alle Augenblicke, ehe er es sich versah, stieß er mit der Nase an einen Schrank oder an die Wand oder schlug sie, wenn er sich schnell umwandte, an einen Türpfosten. Die Eichhörnchen und Meerschweinchen liefen winselnd um ihn her, als wollten sie ihn begleiten; er lud sie auch wirklich ein, als er auf der Schwelle war, denn es waren niedliche Tierchen; aber sie fuhren auf ihren Nuss-Schalen schnell ins Haus zurück, und er hörte sie nur noch in der Ferne heulen.

Es war ein winkliger Teil der Stadt, wohin ihn die Alte geführt hatte, und er konnte sich kaum aus den engen Gassen herausfinden; auch war dort ein großes Gedränge, denn es musste sich, wie ihm dünkte, gerade in der Nähe ein Zwerg sehen lassen. Überall hörte er rufen: »Ei, seht den hässlichen Zwerg! Wo kommt der Zwerg her? Ei, was hat er doch für eine lange Nase, und wie ihm der Kopf in den Schultern steckt, und die braunen, hässlichen Hände!« Zu einer andern Zeit wäre er wohl auch nachgelaufen,

denn er sah für sein Leben gern Riesen oder Zwerge oder seltsame fremde Trachten, aber so musste er sich sputen, um zur Mutter zu kommen.
Es war ihm ganz ängstlich zu Mute, als er auf den Markt kam. Die Mutter saß noch da und hatte noch ziemlich viel Früchte im Korb, lange konnte er also nicht geschlafen haben, aber doch kam es ihm von weitem schon vor, als sei sie sehr traurig; denn sie rief die Vorübergehenden nicht an, einzukaufen, sondern hatte den Kopf in die Hand gestützt, und als er näher kam, glaubte er auch, sie sei bleicher als sonst. Er zauderte, was er tun sollte; endlich fasste er sich ein Herz, schlich sich hinter sie hin, legte traulich seine Hand auf ihren Arm und sprach: »Mütterchen, was fehlt dir? Bist du böse auf mich?«
Die Frau wandte sich nach ihm um, fuhr aber mit einem Schrei des Entsetzens zurück.
»Was willst du von mir, hässlicher Zwerg?«, rief sie. »Fort, fort! Ich kann dergleichen Possenspiele nicht leiden.«
»Aber Mutter, was hast du denn?«, fragte Jakob ganz erschrocken; »dir ist gewiss nicht wohl; warum willst du denn deinen Jungen fortjagen?«
»Ich habe dir schon gesagt, gehe deines Weges!«, entgegnete Frau Hanne zürnend. »Bei mir verdienst du kein Geld durch deine Gaukeleien, hässliche Missgeburt.«
›Sie ist wirklich verrückt geworden‹, dachte der Kleine bekümmert, ›was fange ich nur an, um sie nach Haus zu bringen?‹
»Lieb Mütterchen, so sei doch vernünftig, sieh mich doch nur recht an, ich bin ja dein Sohn, dein Jakob!«
»Nein, jetzt wird mir der Spaß zu unverschämt!«, rief Hanne ihrer Nachbarin zu. »Seht nur den hässlichen Zwerg da, da steht er und vertreibt mir gewiss alle Käufer, und mit meinem Unglück wagt er zu spotten und spricht zu mir: ›Ich bin ja dein Sohn, dein Jakob‹, der Unverschämte!«
Da erhoben sich die Nachbarinnen und fingen an zu schimpfen, so arg sie konnten – und Marktweiber, wisst ihr wohl, verstehen es! –, und schalten ihn, dass er des Unglückes der armen Hanne spotte, der vor sieben Jahren ihr bildschöner Knabe gestohlen worden sei, und drohten insgesamt, über ihn herzufallen und ihn zu zerkratzen, wenn er nicht alsobald ginge.
Der arme Jakob wusste nicht, was er von dem allen denken sollte. War er doch, wie er glaubte, heute Früh wie gewöhnlich mit der Mutter auf den Markt gegangen, hatte ihr geholfen, die Früchte aufzustellen, war nachher mit dem alten Weib in ihr Haus gekommen, hatte ein Süppchen verzehrt,

ein kleines Schläfchen gemacht und war jetzt wieder da; und doch sprachen die Mutter und die Nachbarinnen von sieben Jahren! Und sie nannten ihn einen garstigen Zwerg! Was war denn nun mit ihm vorgegangen? – Als er sah, dass die Mutter gar nichts mehr von ihm wissen wollte, traten ihm die Tränen in die Augen, und er ging trauernd die Straße hinab nach der Bude, wo sein Vater den Tag über Schuhe flickte. ›Ich will doch sehen‹, dachte er bei sich, ›ob er mich auch nicht kennen will; unter die Tür will ich mich stellen und mit ihm sprechen.‹ Als er an der Bude des Schusters angekommen war, stellte er sich unter die Tür und schaute hinein. Der Meister war so emsig mit seiner Arbeit beschäftigt, dass er ihn gar nicht sah; als er aber einmal zufällig einen Blick herüberwarf, ließ er Schuhe, Draht und Pfriem auf die Erde fallen und rief mit Entsetzen: »Um Gottes willen, was ist das – was ist das?«

»Guten Abend, Meister!«, sprach der Kleine, indem er vollends in den Laden trat. »Wie geht es Euch?«

»Schlecht, schlecht, kleiner Herr!«, antwortete der Vater zu Jakobs großer Verwunderung, denn er schien ihn auch nicht zu kennen. »Das Geschäft will mir nicht mehr von der Hand. Bin so allein und werde jetzt alt, und doch ist mir ein Geselle zu teuer.«

»Aber habt Ihr denn kein Söhnlein, das Euch nach und nach an die Hand gehen könnte bei der Arbeit?«, forschte der Kleine weiter.

»Ich hatte einen, der hieß Jakob und müsste jetzt ein schlanker, gewandter

Bursche von zwanzig Jahren sein, der mir tüchtig unter die Arme greifen könnte. Ha, das müsste ein Leben sein. Schon als er zwölf Jahre alt war, zeigte er sich so anstellig und geschickt und verstand schon manches vom Handwerk, und hübsch und angenehm war er auch; der hätte mir eine Kundschaft hergelockt, dass ich bald nicht mehr geflickt, sondern nichts als Neues geliefert hätte! Aber so geht's in der Welt!«

»Wo ist denn aber Euer Sohn?«, fragte Jakob mit zitternder Stimme seinen Vater.

»Das weiß Gott«, antwortete er; »vor sieben Jahren, ja, so lange ist's jetzt her, wurde er uns vom Markt weggestohlen.«

»Vor sieben Jahren?«, rief Jakob mit Entsetzen.

»Ja, kleiner Herr, vor sieben Jahren; ich weiß noch wie heute, wie mein Weib nach Hause kam, heulend und schreiend, das Kind sei den ganzen Tag nicht zurückgekommen, sie habe überall geforscht und gesucht und es nicht gefunden. Ich habe es immer gedacht und gesagt, dass es so kommen würde; der Jakob war ein schönes Kind, das muss man sagen; da war nun meine Frau stolz auf ihn und sah es gerne, wenn ihn die Leute lobten, und schickte ihn oft mit Gemüse und dergleichen in vornehme Häuser. Das war schon recht; er wurde allemal reichlich beschenkt. ›Aber‹, sagte ich, ›gib Acht, die Stadt ist groß. Viele schlechte Leute wohnen da, gib mir auf den Jakob Acht!‹ Und so war es, wie ich sagte. Kommt einmal ein altes, hässliches Weib auf den Markt, feilscht um Früchte und Gemüse und kauft am Ende so viel, dass sie es nicht selbst tragen kann. Mein Weib, die mitleidige Seele, gibt ihr den Jungen mit und hat ihn von Stund an nicht mehr gesehen.«

»Und das ist jetzt sieben Jahre her, sagt Ihr?«

»Sieben Jahre wird es im Frühling. Wir ließen ihn ausrufen, wir gingen von Haus zu Haus und fragten; manche hatten den hübschen Jungen gekannt und lieb gewonnen und suchten jetzt mit uns, alles vergeblich. Die Frau, die das Gemüse gekauft hatte, wollte niemand kennen; aber ein steinaltes Weib, das schon neunzig Jahre gelebt hatte, sagte, es könne wohl die böse Fee Kräuterweis gewesen sein, die alle fünfzig Jahre einmal in die Stadt komme, um sich allerlei einzukaufen.«

So sprach Jakobs Vater, klopfte dabei seine Schuhe und zog den Draht mit beiden Fäusten weit hinaus. Dem Kleinen aber wurde es nach und nach klar, was mit ihm vorgegangen, dass er nämlich nicht geträumt, sondern dass er sieben Jahre bei der bösen Fee als Eichhörnchen gedient habe. Zorn und Gram erfüllten sein Herz so sehr, dass es beinahe zerspringen wollte. Sieben Jahre seiner Jugend hatte ihm die Alte gestohlen, und was hatte er für Ersatz dafür? Dass er Pantoffeln von Kokosnüssen blank putzen, dass er ein Zimmer mit gläsernem Fußboden rein machen konnte? Dass er von den Meerschweinchen alle Geheimnisse der Küche gelernt hatte? Er stand eine gute Weile so da und dachte über sein Schicksal nach, da fragte ihn endlich sein Vater: »Ist Euch vielleicht etwas von meiner Arbeit gefällig, junger Herr? Etwa ein Paar neue Pantoffel oder«, setzte er lächelnd hinzu, »vielleicht ein Futteral für Eure Nase?«

»Was wollt Ihr nur mit meiner Nase?«, fragte Jakob. »Warum sollte ich denn ein Futteral dazu brauchen?«

»Nun«, entgegnete der Schuster, »jeder nach seinem Geschmack; aber das muss ich Euch sagen, hätte ich diese schreckliche Nase, ein Futteral ließ' ich mir darüber machen von rosafarbigem Glanzleder. Schaut, da habe ich ein schönes Stückchen zur Hand; freilich würde man eine Elle wenigstens dazu brauchen. Aber wie gut wäret Ihr verwahrt, kleiner Herr; so, weiß ich gewiss, stoßt Ihr Euch an jedem Türpfosten, an jedem Wagen, dem Ihr ausweichen wollt.«

Der Kleine stand stumm vor Schrecken; er betastete seine Nase, sie war dick und wohl zwei Hände lang! So hatte also die Alte auch seine Gestalt verwandelt; darum kannte ihn also die Mutter nicht, darum schalt man ihn einen hässlichen Zwerg! »Meister«, sprach er halb weinend zu dem Schuster, »habt Ihr keinen Spiegel bei der Hand, worin ich mich beschauen könnte?«

»Junger Herr«, erwiderte der Vater mit Ernst, »Ihr habt nicht gerade eine Gestalt empfangen, die Euch eitel machen könnte, und Ihr habt nicht Ursache, alle Stunden in den Spiegel zu gucken. Gewöhnt es Euch ab, es ist besonders bei Euch eine lächerliche Gewohnheit.«

»Ach, so lasst mich doch in den Spiegel schauen«, rief der Kleine, »gewiss, es ist nicht aus Eitelkeit!«

»Lasst mich in Ruhe, ich hab' keinen; meine Frau hat ein Spiegelchen, ich weiß aber nicht, wo. Müsst Ihr aber durchaus in den Spiegel gucken, nun, über der Straße hier wohnt Urban, der Barbier, der hat einen Spiegel, zwei Mal so groß wie Euer Kopf; guckt dort hinein, und indessen guten Morgen!«

Mit diesen Worten schob ihn der Vater ganz gelinde zur Bude hinaus, schloss die Tür hinter ihm zu und setzte sich wieder zur Arbeit. Der Kleine ging sehr niedergeschlagen über die Straße zu Urban, dem Barbier, den er noch aus früheren Zeiten gut kannte. »Guten Morgen, Urban«, sprach er zu ihm, »ich komme, Euch um eine Gefälligkeit zu bitten; seid so gut und lasst mich ein wenig in Euren Spiegel schauen!«

»Mit Vergnügen, dort steht er«, rief der Barbier lachend, und seine Kunden, denen er den Bart scheren sollte, lachten mit. »Ihr seid ein hübsches Bürschchen, schlank und fein, ein Häkchen wie ein Schwan, Händchen wie eine Königin und ein Stumpfhäschen, man kann es nicht schöner sehen. Ein wenig eitel seid Ihr darauf, das ist wahr; aber beschaut Euch immer, man soll nicht von mir sagen, ich habe Euch aus Neid nicht in meinen Spiegel schauen lassen!«

So sprach der Barbier, und wieherndes Gelächter füllte die Baderstube. Der Kleine aber war indes vor den Spiegel getreten und hatte sich beschaut. Tränen traten ihm in die Augen. »Ja, so konntest du freilich deinen Jungen nicht wieder erkennen, liebe Mutter«, sprach er zu sich, »so war er nicht anzuschauen in den Tagen der Freude, wo du gerne mit ihm prangtest vor den Leuten!« Seine Augen waren klein geworden wie die der Schweine, seine Nase war ungeheuer und hing über Mund und Kinn herunter, der Hals schien gänzlich weggenommen worden zu sein, denn sein Kopf stak tief in den Schultern, und nur mit den größten Schmerzen konnte er ihn nach rechts und links bewegen. Sein Körper war noch so klein wie vor sieben Jahren, aber wenn andere vom zwölften bis ins zwanzigste Jahr in die Höhe wachsen, so hatte er sich nur der Breite nach ausgedehnt. Rücken und Brust waren weit ausgebogen und anzusehen wie ein kleiner, prall gefüllter Sack. Der dicke Oberleib saß auf kleinen, schwachen Beinchen, die dieser Last nicht gewachsen schienen, aber umso länger waren die Arme, die ihm am Leib herabhingen. Sie waren so lang wie die Arme eines wohlgewachsenen Mannes, seine Hände waren grob und braungelb, seine Finger lang und spinnenartig, und wenn er sie recht ausstreckte, konnte er damit auf den Boden reichen, ohne dass er sich bückte. So sah er aus, der kleine Jakob, zum missgestalteten Zwerg war er geworden.

Jetzt gedachte er auch jenes Morgens, an dem das alte Weib an die Körbe seiner Mutter getreten war. Alles, was er damals an ihr getadelt hatte, die lange Nase, die hässlichen Finger, alles hatte sie ihm angetan, und nur den langen, zitternden Hals hatte sie gänzlich weggelassen.

»Nun, habt Ihr Euch jetzt genug beschaut, mein Prinz?«, sagte der Barbier,

indem er zu ihm trat und ihn lachend betrachtete. »Wahrlich, wenn man sich dergleichen träumen lassen wollte, so komisch könnte es einem im Traume nicht vorkommen. Doch ich will Euch einen Vorschlag machen, kleiner Mann. Mein Barbierzimmer ist zwar sehr besucht, aber doch seit neuerer Zeit nicht so, wie ich wünsche. Das kommt daher, weil mein Nachbar, der Barbier Schaum, irgendwo einen Riesen aufgefunden hat, der ihm die Kunden ins Haus lockt. Nun, ein Riese zu werden, ist gerade keine Kunst, aber so ein Männchen wie Ihr, ja, das ist schon ein ander Ding. Tretet bei mir in Dienste, kleiner Mann! Ihr sollt Wohnung, Essen, Trinken, Kleider, alles sollt Ihr haben; dafür stellt Ihr Euch morgens unter meine Tür und ladet die Leute ein, hereinzukommen. Ihr schlagt den Seifenschaum, reicht den Kunden das Handtuch, und seid versichert, wir stehen uns beide gut dabei; ich bekomme mehr Kunden als jener mit dem Riesen, und jeder gibt Euch noch ein Trinkgeld.«

Der Kleine war in seinem Innern empört über den Vorschlag, als Lockvogel für einen Barbier zu dienen. Aber musste er sich nicht diesen Schimpf geduldig gefallen lassen? Er sagte daher dem Barbier ganz ruhig, dass er nicht Zeit habe zu dergleichen Diensten, und ging weiter.

Hatte das böse alte Weib seine Gestalt verändert, so hatte sie doch seinem Geist nichts anhaben können, das fühlte er wohl; denn er dachte und fühlte nicht mehr, wie er vor sieben Jahren getan, nein, er glaubte in diesem Zeitraum weiser, verständiger geworden zu sein. Er trauerte nicht um seine verlorene Schönheit, nicht über diese hässliche Gestalt, sondern nur darüber, dass er wie ein Hund von der Tür seines Vaters gejagt wurde. Darum beschloss er, noch einen Versuch bei seiner Mutter zu machen.

Er trat zu ihr auf den Markt und bat sie, ihm ruhig zuzuhören. Er erinnerte sie an jenen Tag, an dem er mit dem alten Weib gegangen, er erinnerte sie an alle einzelnen Vorfälle seiner Kindheit, erzählte ihr dann, wie er sieben Jahre als Eichhörnchen gedient habe bei der Fee und wie sie ihn verwandelte, weil er sie damals getadelt. Die Frau des Schusters wusste nicht, was sie denken sollte. Alles traf zu, was er ihr von seiner Kindheit erzählte, aber wenn er davon sprach, dass er sieben Jahre lang ein Eichhörnchen gewesen sei, da antwortete sie: »Es ist unmöglich, und es gibt keine Fee!« – Und wenn sie ihn ansah, so verabscheute sie den hässlichen Zwerg und glaubte nicht, dass dies ihr Sohn sein könne. Endlich hielt sie es fürs Beste, mit ihrem Manne darüber zu sprechen. Sie raffte also ihre Körbe zusammen und hieß ihn mitgehen. So kamen sie zur Bude des Schusters.

»Sieh einmal«, sprach sie zu diesem, »der Mensch da will unser verlorener Jakob sein. Er hat mir alles erzählt, wie er uns vor sieben Jahren gestohlen wurde und wie er von einer Fee verzaubert worden sei.«

»So?«, unterbrach sie der Schuster mit Zorn. »Hat er dir das erzählt? Warte, du Range! Ich habe ihm alles gesagt, noch vor einer Stunde, und jetzt geht er hin, dich so zu foppen! Verzaubert bist du worden, mein Söhnchen? Warte doch, ich will dich wieder entzaubern.« Dabei nahm er ein Bündel Riemen, die er eben zerschnitten hatte, sprang auf den Kleinen zu und schlug ihn auf den hohen Rücken und auf die langen Arme, dass er vor Schmerz aufschrie und weinend davonlief.

In jener Stadt gab es, wie überall, wenig mitleidige Seelen, die einen Unglücklichen, der zugleich etwas Lächerliches an sich trägt, unterstützten. Daher kam es, dass der unglückliche Zwerg den ganzen Tag ohne Speise und Trank blieb und abends die Treppen einer Kirche, so hart und kalt sie waren, zum Nachtlager wählen musste.

Als ihn aber am nächsten Morgen die ersten Strahlen der Sonne erweckten, da dachte er ernstlich darüber nach, wie er sein Leben fristen könne, da ihn Vater und Mutter verstoßen hatten. Er fühlte sich zu stolz, um als Aushängeschild eines Barbiers zu dienen, er wollte sich nicht zu einem Possenreißer verdingen und sich um Geld sehen lassen; was sollte er anfangen? Da fiel ihm ein, dass er als Eichhörnchen große Fortschritte in der Kochkunst gemacht hatte; er glaubte hoffen zu dürfen, dass er es mit manchem Koch aufnehmen könne, und beschloss, seine Kunst zu benützen.

Sobald es daher lebhafter wurde auf den Straßen und der Morgen ganz heraufgekommen war, trat er seinen Weg an. Der Herzog, der Herr des Landes, war ein bekannter Schlemmer und Lecker, der eine gute Tafel liebte und seine Köche in allen Weltteilen suchte. Zu seinem Palast begab sich der Kleine. Als er an die äußerste Pforte kam, fragten die Türhüter nach seinem Begehr und hatten ihren Spott mit ihm; er aber verlangte nach dem Oberküchenmeister. Sie lachten und führten ihn durch die Vorhöfe, und wo er hinkam, blieben die Diener stehen, schauten nach ihm, lachten und schlossen sich an, so dass nach und nach ein Zug von Dienern aller Art sich die Treppe des Palastes hinaufbewegte. Die Stallknechte warfen ihre Striegel weg, die Läufer liefen, was sie konnten, die Teppichbreiter vergaßen die Teppiche auszuklopfen, alles drängte und trieb sich, es war ein Gewühl, als sei der Feind vor den Toren, und das Geschrei: »Ein Zwerg, ein Zwerg! Habt ihr den Zwerg gesehen?« füllte die Lüfte.

Da erschien der Aufseher des Hauses mit grimmigem Gesicht in der Tür. »Um des Himmels willen, Leute, was macht ihr solchen Lärm! Wisst ihr nicht, dass der Herr noch schläft?« »Ach, Herr!«, riefen sie, »seht Ihr denn nicht? Da bringen wir einen Zwerg, einen Zwerg, wie Ihr noch keinen gesehen habt.« Der Aufseher des Palastes zwang sich mit Mühe, nicht laut aufzulachen, als er des Kleinen ansichtig wurde, denn er fürchtete, durch Lachen seiner Würde zu schaden. Er trieb daher die Übrigen hinweg, führte den Kleinen ins Haus und fragte nach seinem Begehr. Als er hörte, Jakob wolle zum Küchenmeister, erwiderte er: »Du irrst dich, mein Söhnchen, zu mir, dem Aufseher des Hauses, willst du; du willst Leibzwerg werden beim Herzog; ist es nicht also?«

»Nein, Herr!«, antwortete der Zwerg. »Ich bin ein geschickter Koch und erfahren in allerlei seltenen Speisen. Wollt mich zum Oberküchenmeister bringen, vielleicht kann er meine Kunst brauchen!«

»Jeder nach seinem Willen, kleiner Mann. Übrigens bist du doch ein unbesonnener Junge. In die Küche! Als Leibzwerg hättest du keine Arbeit gehabt und Essen und Trinken nach Herzenslust und schöne Kleider. Doch, wir wollen sehen, deine Kochkunst wird schwerlich so weit reichen, wie sie ein Mundkoch des Herrn nötig hat, und zum Küchenjungen bist du zu gut.« Bei diesen Worten nahm ihn der Aufseher des Palastes bei der Hand und führte ihn in die Gemächer des Oberküchenmeisters.

»Gnädiger Herr«, sprach dort der Zwerg und verbeugte sich so tief, dass er mit der Nase den Fußteppich berührte, »braucht Ihr keinen geschickten Koch?«

Der Oberküchenmeister betrachtete ihn vom Kopf bis zu den Füßen, brach dann in lautes Lachen aus und rief: »Wie? Du ein Koch? Meinst du, unsere Herde seien so niedrig, dass du auch nur auf einen hinaufschauen könntest, wenn du dich auch auf die Zehen stellst und den Kopf recht aus den Schultern herausarbeitest? Oh, lieber Kleiner, wer dich zu mir geschickt hat, um dich als Koch zu verdingen, der hat dich zum Narren gehabt.« So lachte der Oberküchenmeister, und mit ihm lachten der Aufseher des Palastes und alle Diener, die im Zimmer waren.

Der Zwerg aber ließ sich nicht aus der Fassung bringen. »Was liegt an einem Ei oder zweien, an ein wenig Sirup und Wein, an Mehl und Gewürz in einem Hause, wo man genug davon hat?«, sagte er. »Tragt mir auf, irgendeine leckerhafte Speise zu bereiten, und schafft mir, was ich dazu brauche. Sie soll vor Euren Augen schnell bereitet sein, und Ihr sollt sagen müssen: ›Er ist ein Koch nach Regel und Recht.‹« Solche und ähnliche Reden führte der Kleine, und es war wunderlich anzuschauen, wie es dabei aus seinen kleinen Äuglein hervorblitzte, wie seine lange Nase sich hin und her schlängelte und seine dünnen Spinnenfinger seine Rede begleiteten. »Wohlan!«, rief der Küchenmeister und nahm den Aufseher des Palastes an dem Arme. »Wohlan, es sei um des Spaßes willen; lasst uns zur Küche gehen!« Sie gingen durch mehrere Säle und Gänge und kamen endlich in die Küche. Es war dies ein großes, weitläufiges Gebäude, herrlich eingerichtet; auf zwanzig Herden brannten beständig Feuer, ein klares Wasser, das zugleich als Fischbehälter diente, floss mitten hindurch, in Schränken von Marmor und köstlichem Holz waren die Vorräte aufgestellt, die man immer zur Hand haben musste, und zur Rechten und Linken waren zehn Säle, in denen alles aufgespeichert war, was man in allen Ländern von Frankistan und selbst im Morgenlande Köstliches und Leckeres für den Gaumen erfunden hatte. Küchenbediente aller Art liefen umher und rasselten und hantierten mit Kesseln und Pfannen, mit Gabeln und Schaumlöffeln; als aber der Oberküchenmeister in die Küche eintrat, blieben sie alle regungslos stehen, und nur das Feuer hörte man noch knistern und das Bächlein rieseln.

»Was hat der Herr heute zum Frühstück befohlen?«, fragte der Meister den ersten Frühstückmacher, einen alten Koch.

»Herr, die dänische Suppe hat er geruht zu befehlen und rote Hamburger Klößchen.«

»Gut«, sprach der Küchenmeister weiter; »hast du gehört, was der Herr speisen will? Getraust du dich, diese schwierigen Speisen zu bereiten? Die Klößchen bringst du auf keinen Fall heraus, das ist ein Geheimnis.«

»Nichts leichter als dies«, erwiderte zu allgemeinem Erstaunen der Zwerg, denn er hatte diese Speisen als Eichhörnchen oft gemacht, »nichts leichter; man gebe mir zu der Suppe die und die Kräuter, dies und jenes Gewürz, Fett von einem wilden Schwein, Wurzeln und Eier; zu den Klößchen aber«, sprach er leiser, dass nur der Küchenmeister und der Frühstückmacher es hören konnten, »zu den Klößchen brauche ich viererlei

Fleisch, etwas Wein, Entenschmalz, Ingwer und ein gewisses Kraut, das man Magentrost heißt.«
»Ha! Bei Sankt Benedikt! Bei welchem Zauberer hast du gelernt?«, rief der Koch mit Staunen. »Alles bis auf ein Haar hat er gesagt, und das Kräutlein Magentrost haben wir selbst nicht gewusst; ja, das muss es noch angenehmer machen. O du Wunder von einem Koch!«
»Das hätte ich nicht gedacht«, sagte der Oberküchenmeister. »Doch lassen wir ihn die Probe machen; gebt ihm die Sachen, die er verlangt, Geschirr und alles, und lasst ihn das Frühstück bereiten!«
Man tat, wie er befohlen, und rüstete alles auf dem Herde zu; aber da fand es sich, dass der Zwerg kaum mit der Nase bis an den Herd reichte. Es wurden daher ein paar Stühle zusammengesetzt und eine Marmorplatte darüber gelegt. Nun lud man den kleinen Wundermann ein, sein Kunststück zu beginnen. In einem großen Kreis standen die Köche, Küchenjungen, Diener und allerlei Volk umher. Sie sahen zu und staunten, wie ihm alles so flink und fertig von der Hand ging, wie er alles so reinlich und niedlich bereitete. Als er mit der Zubereitung fertig war, befahl er, beide Schüsseln ans Feuer zu setzen und genau so lange kochen zu lassen, bis er rufen werde; dann fing er an zu zählen: eins, zwei, drei und so fort, und gerade, als er fünfhundert gezählt hatte, rief er: »Halt!« Die Töpfe wurden weggesetzt, und der Kleine lud den Küchenmeister ein, zu kosten.
Der Mundkoch ließ sich von einem Küchenjungen einen goldenen Löffel reichen, spülte ihn am Bach und überreichte ihn dem Oberküchenmeister; der trat mit feierlicher Miene an den Herd; nahm von den Speisen, kostete, drückte die Augen zu, schnalzte vor Vergnügen mit der Zunge und sprach dann: »Köstlich, bei des Herzogs Leben, köstlich! Wollt Ihr nicht auch ein Löffelchen zu Euch nehmen, Aufseher des Palastes?« Dieser verbeugte sich, nahm den Löffel, kostete und war vor Vergnügen und Lust außer sich. »Eure Kunst in Ehren, lieber Frühstückmacher, Ihr seid ein erfahrener Koch, aber so herrlich habt Ihr weder die Suppe noch die Hamburger Klöße machen können!« Auch der Koch kostete jetzt, schüttelte dann dem Zwerg ehrfurchtsvoll die Hand und sagte: »Kleiner, du bist Meister in der Kunst; ja, das Kräutlein Magentrost, das gibt allem einen ganz eigenen Reiz.«
In diesem Augenblick kam der Kammerdiener des Herzogs in die Küche und berichtete, der Herr verlange das Frühstück. Die Speisen wurden nun auf silberne Platten gelegt und dem Herzog zugeschickt; der Oberküchen-

meister nahm den Kleinen in sein Zimmer und unterhielt sich mit ihm. Kaum waren sie halb so lange da, wie man ein Paternoster spricht – es ist dies das Gebet der Franken, o Herr, und dauert nicht halb so lange wie das Gebet der Gläubigen –, so kam schon ein Bote und rief den Oberküchenmeister zum Herrn. Er kleidete sich schnell in sein Festkleid und folgte dem Boten.

Der Herzog sah sehr vergnügt aus. Er hatte alles aufgezehrt, was auf den silbernen Schüsseln gewesen war, und wischte sich eben den Mund ab, als der Oberküchenmeister zu ihm eintrat. »Höre, Küchenmeister«, sprach er, »ich bin mit deinen Köchen bisher immer sehr zufrieden gewesen; aber sage mir, wer hat heute mein Frühstück bereitet? So köstlich war es nie, seit ich auf dem Thron meiner Väter sitze; sage an, wie er heißt, der Koch, dass wir ihm einige Dukaten zum Geschenk schicken!«

»Herr, das ist eine wunderbare Geschichte«, antwortete der Oberküchenmeister und erzählte, wie man ihm heute Früh einen Zwerg gebracht, der durchaus Koch werden wollte, und wie sich dies alles begeben. Der Herzog verwunderte sich höchlich, ließ den Zwerg vor sich rufen und fragte ihn aus, wer er sei und woher er komme. Da konnte nun der arme Jakob freilich nicht sagen, dass er verzaubert worden sei und früher als Eichhörnchen gedient habe. Doch blieb er bei der Wahrheit, indem er erzählte, er sei jetzt ohne Vater und Mutter und habe bei einer alten Frau kochen gelernt. Der Herzog fragte nicht weiter, sondern ergötzte sich an der sonderbaren Gestalt seines neuen Kochs.

»Willst du bei mir bleiben«, sprach er, »so will ich dir jährlich fünfzig Dukaten, ein Festkleid und noch überdies zwei Paar Beinkleider reichen lassen. Dafür musst du aber täglich mein Frühstück selbst bereiten, musst angeben, wie das Mittagessen gemacht werden soll, und überhaupt dich meiner Küche annehmen. Da jeder meiner Diener seinen eigenen Namen von mir empfängt, so

sollst du Nase heißen und die Würde eines Unterküchenmeisters bekleiden.«

Der Zwerg Nase fiel nieder vor dem mächtigen Herzog in Frankenland und versprach, ihm treu zu dienen.

So war nun der Kleine fürs Erste versorgt, und er machte seinem Amt Ehre. Denn man kann sagen, dass der Herzog ein ganz anderer Mann war, seit der Zwerg Nase sich in seinem Hause aufhielt. Sonst hatte es ihm oft beliebt, die Schüsseln oder Platten, die man ihm auftrug, den Köchen an den Kopf zu werfen; ja, dem Oberküchenmeister selbst warf er im Zorn einmal einen gebackenen Kalbsfuß, der nicht weich genug geworden war, so heftig an die Stirne, dass er umfiel und drei Tage zu Bett liegen musste. Der Herzog suchte zwar, was er im Zorn getan, durch einige Dukaten wieder gutzumachen, aber dennoch war nie ein Koch ohne Zittern und Zagen mit den Speisen zu ihm gekommen. Seit der Zwerg im Hause war, schien alles wie durch Zauber umgewandelt. Der Herr aß jetzt statt drei Mal des Tages fünf Mal, um sich an der Kunst seines kleinsten Dieners recht zu laben, und dennoch verzog er nie eine Miene zum Unmut, nein, er fand alles neu, trefflich, war leutselig und angenehm und wurde von Tag zu Tag fetter.

Oft ließ er mitten bei der Tafel den Küchenmeister und den Zwerg Nase rufen, setzte den einen rechts, den andern links zu sich und schob ihnen mit seinen eigenen Fingern einige Bissen der köstlichsten Speisen in den Mund, eine Gnade, die beide wohl zu schätzen wussten.

Der Zwerg war das Wunder der Stadt. Man erbat sich flehentlich Erlaubnis vom Oberküchenmeister, den Zwerg kochen zu sehen, und einige der vornehmsten Männer hatten es beim Herzog so weit gebracht, dass ihre Diener in der Küche beim Zwerg Unterrichtsstunden genießen durften. Das trug viel Geld ein, denn jeder zahlte täglich einen halben Dukaten. Um nun die übrigen Köche bei guter Laune zu erhalten und sie nicht neidisch auf sich zu machen, überließ ihnen Nase dies Geld, das die Herren für den Unterricht ihrer Köche zahlen mussten.

So lebte Nase beinahe zwei Jahre in äußerlichem Wohlleben und Ehre, und nur der Gedanke an seine Eltern betrübte ihn. So lebte er, ohne etwas Merkwürdiges zu erfahren, bis sich ein folgenschwerer Vorfall ereignete. Der Zwerg Nase war besonders geschickt und glücklich in seinen Einkäufen. Daher ging er, sooft es ihm die Zeit erlaubte, immer selbst auf den Markt, um Geflügel und Früchte einzuhandeln. Eines Morgens ging er auch auf den Gänsemarkt und forschte nach schweren, fetten Gänsen, wie sie der Herr liebte. Er war musternd schon einige Mal auf und ab gegangen. Seine Gestalt, weit entfernt, hier Lachen und Spott zu erregen, gebot Ehrfurcht, denn man erkannte ihn als den berühmten Mundkoch des Herzogs, und jede Gänsefrau fühlte sich glücklich, wenn er ihr die Nase zuwandte.

Da sah er ganz am Ende einer Reihe in einer Ecke eine Frau sitzen, die auch Gänse feilhatte, aber nicht wie die Übrigen ihre Ware anpries und nach Käufern schrie. Zu der trat er und maß und wog ihre Gänse. Sie waren, wie er sie wünschte, und er kaufte drei samt dem Käfig, lud sie auf seine breiten Schultern und trat den Rückzug an. Da kam es ihm sonderbar vor, dass nur zwei von diesen Gänsen schnatterten und schrien, wie rechte Gänse zu tun pflegen, die dritte aber ganz still und in sich gekehrt dasaß und Seufzer ausstieß und ächzte wie ein Mensch. »Die ist halb krank«, sprach er vor sich hin. »Ich muss eilen, dass ich sie umbringe und zurichte.« Aber die Gans antwortete ganz deutlich und laut:

»Stichst du mich,
So beiß' ich dich.
Drückst du mir die Kehle ab,
Bring' ich dich ins frühe Grab.«

Ganz erschrocken setzte der Zwerg Nase seinen Käfig nieder, und die Gans sah ihn mit schönen, klugen Augen an und seufzte. »Ei, der Tausend!«, rief Nase. »Sie kann sprechen, Jungfer Gans? Das hätte ich nicht gedacht. Na, sei Sie nur nicht ängstlich! Man weiß zu leben und wird einem so seltenen Vogel nicht zu Leibe gehen. Aber ich wollte wetten, Sie ist nicht von jeher in diesen Federn gewesen. War ich ja selbst einmal ein schnödes Eichhörnchen.«

»Du hast Recht«, erwiderte die Gans, »wenn du sagst, ich sei nicht in dieser schmachvollen Hülle geboren worden. Ach, an meiner Wiege wurde es mir nicht gesungen, dass Mimi, des großen Wetterbocks Tochter, in der Küche eines Herzogs getötet werden soll!«

»Sei Sie doch ruhig, liebe Jungfer Mimi!«, tröstete der Zwerg. »So wahr ich ein ehrlicher Kerl und Unterküchenmeister Seiner Durchlaucht bin, es soll Ihr keiner an die Kehle. Ich will Ihr in meinen eigenen Gemächern einen Stall anweisen; Futter soll Sie genug haben, und meine freie Zeit werde ich Ihrer Unterhaltung widmen. Den übrigen Küchenmenschen werde ich sagen, dass ich eine Gans mit allerlei besonderen Kräutern für den Herzog mäste, und sobald sich Gelegenheit findet, setze ich Sie in Freiheit.«

Die Gans dankte ihm mit Tränen, und der Zwerg tat, wie er versprochen hatte. Er schlachtete die zwei andern Gänse, für Mimi aber baute er einen eigenen Stall unter dem Vorwande, sie für den Herzog ganz besonders zuzurichten. Er gab ihr auch kein gewöhnliches Gänsefutter, sondern versah sie mit Backwerk und süßen Speisen. Sooft er freie Zeit hatte, ging er hin, sich mit ihr zu unterhalten und sie zu trösten. Sie erzählten sich auch gegenseitig ihre Geschichte, und Nase erfuhr auf diesem Wege, dass die Gans eine Tochter des Zauberers Wetterbock sei, der auf der Insel Gotland lebe. Er sei in Streit geraten mit einer alten Fee, die ihn durch Ränke und List überwunden und sie aus Rache in eine Gans verwandelt und weit hinweg bis hierher gebracht habe. Als der Zwerg Nase ihr seine Geschichte ebenfalls erzählt hatte, sprach sie: »Ich habe allerlei Erfahrung in diesen Sachen. Mein Vater hat mir und meinen Schwestern einige Anleitung gegeben, soviel er nämlich davon mitteilen durfte. Die Geschichte mit dem Streit am Kräuterkorb, deine plötzliche Verwandlung, als du an jenem Kräutlein rochst, auch einzelne Worte der Alten, die du mir sagtest, beweisen mir, dass du durch Kräuter verzaubert bist, das heißt, wenn du das Kraut auffindest, das sich die Fee bei deiner Verzauberung gedacht hat, so kannst du erlöst werden.« Es war dies ein geringer Trost für den Kleinen, denn wo sollte er ein Kraut finden, das er noch gar nicht kannte? Doch dankte er ihr und schöpfte einige Hoffnung.

Um diese Zeit bekam der Herzog Besuch von einem benachbarten Fürsten, seinem Freunde. Er ließ daher seinen Zwerg Nase vor sich kommen und sprach zu ihm: »Jetzt ist die Zeit gekommen, wo du zeigen musst, ob du mir treu dienst und Meister deiner Kunst bist. Dieser Fürst, der bei mir zu Besuch ist, speist bekanntlich außer mir am besten und ist ein großer Kenner der feinen Küche. Sorge nun dafür, dass meine Tafel täglich so besorgt werde, dass er immer mehr in Erstaunen gerät! Dabei darfst du, bei meiner Ungnade, solange er da ist, keine Speise zwei Mal bringen. Dafür kannst du dir von meinem Schatzmeister alles reichen lassen, was du nur brauchst. Und wenn du Gold und Diamanten in Schmalz backen musst, so tue es! Ich will lieber ein armer Mann werden als vor meinem Gast erröten!«

So sprach der Herzog, und der Zwerg verbeugte sich: »Es soll alles geschehen! Wenn es Gott gefällt, werde ich alles so machen, dass es diesem Fürsten der Feinschmecker wohl gefällt.«

Der kleine Koch suchte nun seine ganze Kunst hervor. Er schonte die Schätze seines Herrn nicht, noch weniger aber sich selbst. Denn man sah ihn den ganzen Tag in einer Wolke von Rauch und Feuer eingehüllt, und seine Stimme hallte beständig durch das Gewölbe der Küche. Denn er befahl als Herrscher den Küchenjungen und niederen Köchen.–

Der fremde Fürst war schon vierzehn Tage beim Herzog und lebte herrlich und in Freuden. Sie speisten des Tages nicht weniger als fünf Mal, und der Herzog war zufrieden mit der Kunst Nases, denn er sah Zufriedenheit auf der Stirn seines Gastes. Am fünfzehnten Tage ließ der Herzog den Zwerg zur Tafel rufen, stellte ihn seinem Gast vor und fragte ihn, was er von dem Zwerg halte.

»Du bist ein wunderbarer Koch«, antwortete der fremde Fürst, »und weißt, was anständig essen heißt. Du hast in der ganzen Zeit, die ich hier bin, nicht eine einzige Speise wiederholt und alles trefflich bereitet. Aber sage mir doch, warum bringst du so lange nicht die Königin der Speisen, die Pastete Souzeraine?«

Der Zwerg war sehr erschrocken, denn er hatte von dieser Pastetenkönigin nie gehört; doch fasste er sich und antwortete: »O Herr, noch lange, hoffte ich, sollte dein Angesicht leuchten an diesem Hoflager. Darum wartete ich mit dieser Speise, denn womit sollte dich wohl der Koch begrüßen am Tage des Scheidens als mit der Königin der Pasteten!«

»So?«, entgegnete der Herzog lachend. »Und bei mir wolltest du wohl warten bis an meinen Tod, um mich dann noch zu begrüßen? Denn auch mir hast du die Pastete noch nie vorgesetzt. Doch denke auf einen andern Scheidegruß, denn morgen musst du die Pastete auf die Tafel setzen.«

»Es sei, wie du sagst, Herr!«, antwortete der Zwerg und ging. Aber er ging nicht vergnügt, denn der Tag seiner Schande und seines Unglücks schien gekommen. Er wusste nicht, wie er die Pastete machen sollte. Er ging daher in seine Kammer und weinte über sein Schicksal. Da trat die Gans Mimi, die in seinem Gemach umhergehen durfte, zu ihm und fragte ihn nach der Ursache seines Jammers. »Stille deine Tränen!«, antwortete sie, als sie von der Pastete Souzeraine gehört hatte. »Dieses Gericht kam oft auf meines Vaters Tisch, und ich weiß ungefähr, was man dazu braucht; du nimmst dies und jenes, soundsoviel, und wenn es auch nicht durchaus alles ist, was eigentlich dazu nötig, die Herren werden keinen so feinen Geschmack haben.« So sprach Mimi. Der Zwerg sprang vor Freuden auf, segnete den Tag, an dem er die Gans gekauft hatte, und schickte sich an, die Königin der Pasteten zuzurichten. Er machte zuerst einen kleinen Versuch, und siehe, es schmeckte trefflich, und der Oberküchenmeister, dem er davon zu kosten gab, pries aufs Neue seine große Kunst.

Den andern Tag setzte er die Pastete in größerer Form auf und schickte sie, warm, wie sie aus dem Ofen kam, nachdem er sie mit Blumenkränzen geschmückt hatte, auf die Tafel. Er selbst zog sein bestes Festkleid an und ging in den Speisesaal. Als er eintrat, war der Obervorschneider gerade damit beschäftigt, die Pastete zu zerschneiden und auf einem silbernen Schäufelein dem Herzog und seinem Gaste hinzureichen. Der Herzog tat einen tüchtigen Biss hinein, schlug die Augen auf zur Decke und sprach, nachdem er geschluckt hatte: »Ah! Ah! Ah! Mit Recht nennt man dies die Königin der Pasteten; aber mein Zwerg ist auch der König aller Köche! – Nicht wahr, lieber Freund?«

Der Gast nahm einige kleine Bissen zu sich, kostete und prüfte aufmerksam und lächelte dabei höhnisch und geheimnisvoll. »Das Ding ist recht artig gemacht«, antwortete er, indem er den Teller hinwegrückte, »aber die Souzeraine ist es denn doch nicht ganz, das habe ich mir wohl gedacht.«

Da runzelte der Herzog vor Unmut die Stirne und errötete vor Beschämung. »Elender Zwerg«, rief er. »Wie wagst du es, deinem Herrn dies anzutun? Soll ich dir deinen großen Kopf abschlagen lassen zur Strafe für deine schlechte Kocherei?«

»Ach Herr! Um des Himmels willen, ich habe das Gericht doch zubereitet nach den Regeln der Kunst, es kann gewiss nichts fehlen!«, so sprach der Zwerg und zitterte.

»Es ist eine Lüge, du Bube!«, erwiderte der Herzog. »Mein Gast würde sonst nicht sagen, es fehlt etwas. Dich selbst will ich zerhacken und in einer Pastete backen lassen!«

»Habt Mitleiden!«, rief der Kleine und rutschte auf den Knien zu dem Gast, dessen Füße er umfasste. »Sagt, was fehlt an dieser Speise, dass sie Eurem Gaumen nicht zusagt? Lasst mich nicht sterben wegen einer Hand voll Fleisch und Mehl!«

»Das wird dir wenig helfen, mein lieber Nase«, antwortete der Fremde mit Lachen; »ich habe mir schon gestern gedacht, dass du diese Speise nicht machen kannst wie mein Koch. Wisse, es fehlt ein Kräutlein, das man hier zu Lande gar nicht kennt, das Kraut Niesmitlust; ohne dies bleibt die Pastete würzlos, und dein Herr wird sie nie essen wie ich.«

Da geriet der Herrscher von Frankistan in Wut. »Und doch werde ich sie essen«, rief er mit funkelnden Augen, »denn ich schwöre auf meine fürstliche Ehre: Entweder zeige ich Euch morgen die Pastete, wie Ihr sie verlanget – oder den Kopf dieses Burschen, aufgespießt auf dem Tor meines Palastes. Geh, noch einmal gebe ich dir vierundzwanzig Stunden Zeit!«

So rief der Herzog; der Zwerg aber ging wieder in sein Kämmerlein und klagte der Gans sein Schicksal, dass er sterben müsse, denn von dem Kraut habe er nie gehört. »Ist es nur dies«, sprach sie, »da kann ich dir schon helfen, denn mein Vater lehrte mich alle Kräuter kennen. Wohl wärest du vielleicht zu einer andern Zeit des Todes gewesen, aber glücklicherweise ist es gerade Neumond, und um diese Zeit blüht das Kräutlein. Doch sage an, sind alte Kastanienbäume in der Nähe des Palastes?«

»O ja«, erwiderte Nase erleichtert, »am See, zweihundert Schritt vom Haus, steht eine ganze Gruppe, doch was ist es damit?«

»Nur am Fuße alter Kastanien blüht das Kräutlein«, sagte Mimi. »Darum lass uns keine Zeit versäumen und suchen, was du brauchst! Nimm mich auf deinen Arm und setzte mich im Freien nieder! Ich will es dir suchen.«

Er tat, wie sie gesagt hatte, und ging mit ihr zur Pforte des Palastes. Dort aber streckte der Türhüter sein Gewehr vor und sprach: »Mein guter Nase, mit dir ist's vorbei, aus dem Hause darfst du nicht, ich habe den strengsten Befehl.«

»Aber in den Garten kann ich doch wohl gehen?«, erwiderte der Zwerg. »Sei so gut und schicke einen deiner Gesellen zum Aufseher des Palastes und frage, ob ich nicht in den Garten gehen und Kräuter suchen dürfe!«

Der Türhüter befolgte den Wunsch, und es wurde erlaubt, denn der Garten hatte hohe Mauern, es war an kein Entkommen daraus zu denken. Als Nase mit der Gans Mimi ins Freie gekommen war, setzte er sie behutsam nieder, und sie ging schnell vor ihm her dem See zu, wo die Kastanien

standen. Er folgte ihr nur mit beklommenem Herzen, denn es war ja seine letzte, einzige Hoffnung; fand sie das Kräutlein nicht, so stand sein Entschluss fest, er stürzte sich dann lieber in den See, als dass er sich köpfen ließ. Die Gans aber suchte vergebens, sie wandelte unter allen Kastanien, sie wandte mit dem Schnabel jedes Gräschen um, es wollte sich nichts zeigen, und sie fing aus Mitleid und Angst an zu weinen; denn schon wurde der Abend dunkler und die Gegenstände umher schwerer zu erkennen.
Da fielen die Blicke des Zwerges über den See hin, und plötzlich rief er: »Sieh, sieh, dort über dem See steht noch ein großer, alter Baum. Lass uns dorthin gehn und suchen, vielleicht blüht dort mein Glück!« Die Gans hüpfte und flog voran, und er lief nach, so schnell seine kleinen Beine konnten. Der Kastanienbaum warf einen großen Schatten, und es war dunkel umher, fast war nichts mehr zu erkennen; aber da blieb plötzlich die Gans still stehen, schlug vor Freuden mit den Flügeln, fuhr dann schnell mit dem Kopf ins hohe Gras und pflückte etwas ab, das sie dem erstaunten Nase zierlich mit dem Schnabel überreichte, und sprach: »Das ist das Kräutlein, und hier wächst eine Menge davon, so dass es dir nie daran fehlen wird.«
Der Zwerg betrachtete das Kraut sinnend, und ein süßer Duft strömte ihm daraus entgegen, der ihn unwillkürlich an die Szene seiner Verwandlung erinnerte; die Stängel, die Blätter waren dunkelgrün, sie trugen eine brennend rote Blume mit gelbem Rande.
»Gelobt sei Gott«, rief er endlich aus, »welches Wunder! Ich glaube, es ist dies dasselbe Kraut, das mich aus einem Eichhörnchen in diese schändliche Gestalt umwandelte; soll ich den Versuch machen?«
»Noch nicht!«, bat die Gans. »Nimm von diesem Kraut eine Hand voll mit dir, lass uns auf dein Zimmer gehen und dein Geld und was du sonst hast zusammenraffen, und dann wollen wir die Kraft des Krautes versuchen.«
Sie taten so und gingen in seine Kammer zurück, und das Herz des Zwerges pochte hörbar vor Erwartung. Nachdem er fünfzig oder sechzig Dukaten, die er erspart, einige Kleider und Schuhe zusammen in ein Bündel geknüpft hatte, sprach er: »Wenn es Gott gefällig ist, werde ich diese Bürde loswerden«, steckte seine Nase tief in die Kräuter und sog ihren Duft ein.
Da zog und knackte es in allen seinen Gliedern, er fühlte, wie sich sein Kopf aus den Schultern hob, er schielte hinab auf seine Nase und sah sie kleiner und kleiner werden, sein Rücken und seine Brust fingen an, sich zu ebnen, und seine Beine wurden länger.

Die Gans sah mit Erstaunen diesem allem zu. »Ha, wie groß, wie schön du bist!«, rief sie. »Gott sei gedankt, es ist nichts mehr an dir von allem, was du vorher warst!« Da freute sich Jakob sehr, er faltete die Hände und betete. Aber seine Freude ließ ihn nicht vergessen, welchen Dank er der Gans Mimi schuldig sei. Zwar drängte ihn sein Herz, zu seinen Eltern zu gehen, doch besiegte er aus Dankbarkeit diesen Wunsch und sprach: »Wem anders als dir habe ich es zu danken, dass ich mir selbst wiedergeschenkt bin? Ohne dich hätte ich dieses Kraut nimmer gefunden, hätte also ewig in jener Gestalt bleiben oder vielleicht gar unter dem Beile des Henkers sterben müssen. Das will ich dir vergelten. Ich will dich zu deinem Vater bringen; er, der so erfahren ist in jedem Zauber, wird dich leicht entzaubern können.« Die Gans vergoss Freudentränen und nahm sein Anerbieten an. Jakob entkam glücklich und unerkannt mit der Gans aus dem Palast und machte sich auf den Weg nach dem Meeresstrand, Mimis Heimat zu.

Was soll ich noch weiter erzählen, dass sie ihre Reise glücklich vollendeten, dass Wetterbock seine Tochter entzauberte und Jakob mit Geschenken beladen entließ; dass er in seine Vaterstadt zurückkam und dass seine Eltern in dem schönen jungen Mann mit Vergnügen ihren verlorenen Sohn erkannten, dass er von den Geschenken, die er von Wetterbock mitbrachte, sich einen Laden kaufte und reich und glücklich wurde!

Nur so viel will ich noch sagen, dass nach seinem Fortgehen aus dem Palast des Herzogs große Unruhe entstand; denn als am andern Tag der Herzog seinen Schwur erfüllen und dem Zwerg, wenn er die Kräuter nicht gefunden hätte, den Kopf abschlagen lassen wollte, war er nirgends zu finden; der Fürst aber behauptete, der Herzog habe ihn heimlich entkommen lassen, um sich nicht seines besten Kochs zu berauben, und klagte ihn an, dass er wortbrüchig sei. Dadurch entstand dann ein großer Krieg zwischen beiden Fürsten, der in der Geschichte unter dem Namen ›Kräuterkrieg‹ wohl bekannt ist. Es wurde manche Schlacht geschlagen, aber am Ende doch Friede gemacht, und diesen Frieden nennt man bei uns den ›Pastetenfrieden‹, weil beim Versöhnungsfest durch den Koch des Fürsten die Souzeraine, die Königin der Pasteten, zubereitet wurde, die sich der Herr Herzog trefflich schmecken ließ.

So führen oft die kleinsten Ursachen zu großen Folgen – und dies, o Herr, ist die Geschichte des Zwerges Nase.

Das kalte Herz

Wer durch Schwaben reist, der sollte nie vergessen, auch ein wenig in den Schwarzwald hineinzuschauen; nicht der Bäume wegen, obgleich man nicht überall solch unermessliche Menge herrlich aufgeschossener Tannen findet, sondern wegen der Leute, die sich von den andern ringsumher merkwürdig unterscheiden. Sie sind meist besonders hoch gewachsen, breitschulterig, von starken Gliedern, und es ist, als ob der stärkende Duft, der morgens durch die Tannen strömt, ihnen von Jugend auf einen freieren Atem, ein klareres Auge und einen festeren, wenn auch raueren Mut gegeben hätte als den Bewohnern der Stromtäler und Ebenen. Und nicht nur durch Haltung und Wuchs, auch durch ihre Sitten und Trachten sondern sie sich von den Leuten, die außerhalb des Waldes wohnen, streng ab. Am schönsten kleiden sich die Bewohner des badischen Schwarzwaldes. Die Männer lassen den Bart wachsen, wie er von Natur dem Mann gegeben ist; ihre schwarzen Wämser, ihre ungeheuren, eng gefalteten Pluderhosen, ihre roten Strümpfe und die spitzen Hüte, von einer weiten Scheibe umgeben, verleihen ihnen etwas Fremdartiges, aber etwas Ernstes, Ehrwürdiges. Dort beschäftigen sich die Leute gewöhnlich mit Glasmachen, auch verfertigen sie Uhren und tragen sie in der halben Welt umher.

Auf der andern Seite des Waldes wohnt ein Teil desselben Stammes, aber ihre Arbeiten haben ihnen andere Sitten und Gewohnheiten gegeben als den Glasmachern. Sie handeln mit ihrem Wald, sie fällen und behauen ihre Tannen, flößen sie durch die Nagold in den Neckar und von dem obern Neckar den Rhein hinab, bis weit hinein nach Holland, und am Meer kennt man die Schwarzwälder und ihre langen Flöße. Sie halten an jeder Stadt, die am Strom liegt, und erwarten stolz, dass man ihnen Balken und Bretter abkaufen werde. Ihre stärksten und längsten Balken aber verhandeln sie um schweres Geld an die Mynheers, die ihre Schiffe daraus bauen. Diese Menschen nun sind an ein raues, wanderndes Leben gewöhnt. Ihre Freude ist, auf ihrem Holz die Ströme hinabzufahren, ihr Leid, am Ufer wieder heraufzuwandern. Darum ist auch ihr Prachtanzug so verschieden von dem der Glasmänner im andern Teil des Schwarzwaldes. Sie tragen Wämser von dunkler Leinwand, einen handbreiten, grünen Hosenträger über die breite Brust, Beinkleider von schwarzem Leder, aus deren Tasche ein Zollstab von Messing wie ein Ehrenzeichen hervorschaut. Ihr Stolz und ihre Freude aber sind ihre Stiefel, die größten wahrscheinlich, die auf irgendeinem Teil der Erde Mode sind, denn sie können zwei Spannen weit über das Knie hinaufgezogen werden, und die »Flößer« können damit in metertiefem Wasser umherwandeln, ohne sich die Füße nass zu machen.

Sonderbar ist es, dass auch die Waldgeister, die der Sage nach im Schwarzwalde hausen, in diese verschiedenen Trachten sich geteilt haben. So hat man versichert, dass das Glasmännlein, ein gutes Geistchen von zierlichem Wuchs, sich nie anders zeige als in einem spitzen Hütlein mit großem Rand, mit Wams und Pluderhöschen und roten Strümpfchen. Der Holländermichel aber, der auf der andern Seite des Waldes umgeht, soll ein riesengroßer, breitschulteriger Kerl in der Kleidung der Flößer sein, und mehrere, die ihn gesehen haben wollen, versichern, dass sie die Kälber nicht aus ihrem Beutel bezahlen möchten, deren Felle man zu seinen Stiefeln brauchen würde. »So groß, dass ein gewöhnlicher Mann bis an den Hals darin stehen könnte«, sagen sie und wollen nicht übertrieben haben.

Mit diesen Waldgeistern soll einmal ein junger Schwarzwälder ein sonderbares Erlebnis gehabt haben, das ich erzählen will. Es lebte nämlich im Schwarzwald eine Witwe, Frau Barbara Munkin. Ihr Gatte war Kohlenbrenner gewesen, und nach seinem Tode hielt sie ihren sechzehnjährigen Knaben nach und nach zu demselben Geschäft an. Der junge Peter Munk, ein schlanker Bursche, ließ es sich gefallen, weil er es bei seinem Vater auch nicht anders gesehen hatte, die ganze Woche über am rauchenden Meiler zu sitzen oder, schwarz und berußt, hinab in die Städte zu fahren und seine Kohlen zu verkaufen. Ein Köhler hat viel Zeit zum Nachdenken über sich und andere, und wenn Peter Munk an seinem Meiler saß, stimmten die dunkeln Bäume umher und die tiefe Waldesstille sein Herz zu Tränen und unbewusster Sehnsucht. Es betrübte ihn etwas, es ärgerte ihn etwas, er wusste nicht recht, was. Endlich merkte er doch, was ihn ärgerte, und das war – sein Stand. »Ein schwarzer, einsamer Kohlenbrenner!«, sagte er sich. »Es ist ein elend Leben. Wie angesehen sind die Glasmänner, die Uhrmacher, selbst die Musikanten am Sonntagabend! Und wenn Peter Munk, rein gewaschen und geputzt, in des Vaters Ehrenwams mit silbernen Knöpfen und mit nagelneuen, roten Strümpfen erscheint und wenn dann einer hinter mir hergeht und denkt: ›Wer ist wohl der schlanke Bursche?‹, und lobt bei sich die Strümpfe und meinen stattlichen Gang – sieh, wenn er vorübergeht und schaut sich um, sagt er gewiss: ›Ach, es ist bloß der Kohlenmunkpeter.‹«

Auch die Flößer auf der andern Seite waren ein Gegenstand seines Neides. Wenn diese Waldriesen herüberkamen mit stattlichen Kleidern und an Knöpfen, Schnallen und Ketten einen halben Zentner Silber auf dem Leib trugen, wenn sie mit ausgespreizten Beinen und vornehmen Gesichtern dem Tanz zuschauten, holländisch fluchten und wie die vornehmsten Mynheers aus ellenlangen kölnischen Pfeifen rauchten, da stellte er sich als das vollendetste Bild eines glücklichen Menschen solch einen Flößer vor. Und wenn diese Glücklichen dann erst in die Taschen fuhren, großer Taler herauslangten und um Sechsbätzner würfelten, fünf Gulden hin, zehn her, so wollten ihm die Sinne vergehen, und er schlich trübselig nach seiner Hütte, denn an manchem Feiertagabend hatte er einen oder den anderen dieser »Holzherren« mehr verspielen sehen, als der arme Vater Munk in einem Jahr verdiente. Es waren vorzüglich drei dieser Männer, von denen er nicht wusste, welchen er am meisten bewundern sollte. Der eine war ein dicker, großer Mann mit rotem Gesicht und galt als der reichste Mann in der Runde. Man hieß ihn den dicken Ezechiel. Er reiste alle Jahre zwei Mal mit Bauholz nach Amsterdam und hatte das Glück, es immer um so viel teurer als andere zu verkaufen, dass er, wenn die Übrigen zu Fuß heimgingen, stattlich herauffahren konnte. Der andere war der längste und magerste Mensch im ganzen Wald, man nannte ihn den langen Schlurker, und diesen beneidete Munk wegen seiner ausnehmenden Kühnheit; er widersprach den angesehensten Leuten, brauchte, wenn man noch so gedrängt im Wirtshaus saß, mehr Platz als vier der Dicksten, denn er stützte entweder beide Ellbogen auf den Tisch oder zog eines seiner langen Beine zu sich auf die Bank, und doch wagte keiner ihm zu widersprechen, denn er hatte unmenschlich viel Geld. Der Dritte aber war ein schöner junger Mann, der am besten tanzte weit und breit und daher den Namen Tanzbodenkönig hatte. Er war ein armer Mensch gewesen und hatte bei einem Holzherrn als Knecht gedient; da wurde er auf einmal steinreich. Die einen sagten, er habe unter einer alten Tanne einen Topf voll Geld gefunden, die andern behaupteten, er habe unweit Bingen im Rhein mit der Stechstange, womit die Flößer zuweilen nach den Fischen stechen, einen Pack mit Goldstücken heraufgefischt, und der Pack gehöre zu dem großen Nibelungenhort, der dort versunken liegt; kurz, er war auf einmal begütert und wurde von Jung und Alt angesehen wie ein Prinz.

An diese drei Männer dachte Kohlenmunkpeter oft, wenn er einsam im Tannenwald saß. Zwar hatten alle drei einen Hauptfehler, der sie bei den Leuten verhasst machte; es war dies ihr unmenschlicher Geiz, ihre Gefühllosigkeit gegen Schuldner und Arme, denn die Schwarzwälder sind ein gutmütiges Völklein. Aber man weiß, wie es mit solchen Dingen geht; waren sie auch wegen ihres Geizes verhasst, so standen sie doch wegen ihres Geldes in Ansehen; denn wer konnte Taler wegwerfen wie sie, als ob man das Geld von den Tannen schüttelte?

»So geht es nicht mehr weiter«, sagte Peter eines Tages schmerzlich betrübt zu sich, denn tags zuvor war Feiertag und alles Volk war in der Schenke gewesen. »Wenn ich nicht bald auf einen grünen Zweig komme, so tu' ich mir etwas zu Leide; wär' ich doch nur so angesehen und reich wie der dicke Ezechiel oder so kühn und so gewaltig wie der lange Schlurker oder so berühmt, und könnte ich den Musikanten Taler statt Kreuzer zuwerfen wie der Tanzbodenkönig! Wo nur der Bursche das Geld her hat?« Allerlei Mittel ging er durch, wie man sich Geld erwerben könne, aber keines wollte ihm gefallen. Endlich fielen ihm auch die Sagen von Leuten ein, die vor alten Zeiten durch den Holländermichel und durch das Glasmännlein reich geworden waren. Solange sein Vater noch lebte, kamen oft andere arme Leute zu Besuch, und da wurde lang und breit von reichen Menschen gesprochen und wie sie reich geworden waren. Da spielte nun oft das Glasmännlein eine Rolle; ja, wenn er recht nachsann, konnte er sich beinahe noch des Versleins erinnern, das man am Tannenbühl in der Mitte des Waldes sprechen musste, wenn es erscheinen solle. Es fing an:

›Schatzhauser im grünen Tannenwald,
Bist schon viel hundert Jahre alt,
Dir gehört all' Land, wo Tannen stehn ...‹

Aber er mochte sein Gedächtnis anstrengen, wie er wollte, weiter konnte er sich keines Verses mehr entsinnen. Er dachte oft, ob er nicht den oder jenen alten Mann fragen sollte, wie das Sprüchlein heiße; aber immer hielt ihn eine gewisse Scheu, seine Gedanken zu verraten, ab; auch schloss er, es müsse die Sage vom Glasmännlein nicht sehr bekannt sein, und den Spruch müssten nur wenige wissen, denn es gab nicht viele reiche Leute im Wald, und – warum hatten denn nicht sein Vater und die andern armen Leute ihr Glück versucht? Er brachte endlich einmal seine Mutter auf das Männlein zu sprechen, und diese erzählte ihm, was er schon wusste, kannte auch nur noch die erste Zeile des Spruches und sagte ihm endlich, nur Leuten, die an einem Sonntag zwischen elf und zwei Uhr geboren seien, zeige sich das Geistchen. Er selbst würde wohl dazu passen, wenn er nur das Sprüchlein wüsste, denn er sei an einem Sonntag, mittags um zwölf Uhr, geboren.
Als dies der Kohlenmunkpeter hörte, war er vor Freude und vor Begierde, dies Abenteuer zu unternehmen, beinahe außer sich. Es schien ihm hinlänglich, einen Teil des Sprüchleins zu wissen und am Sonntag geboren zu sein, und das Glasmännlein musste sich ihm zeigen. Als er daher eines Tages seine Kohlen verkauft hatte, zündete er keinen neuen Meiler an, sondern zog seines Vaters Staatswams und neue rote Strümpfe an, setzte den Sonntagshut auf, fasste seinen zwei Meter hohen Schwarzdornstock in die Hand und nahm von der Mutter Abschied. »Ich muss aufs Amt in die Stadt, denn wir werden bald spielen müssen, wer Soldat wird, und da will ich dem Amtmann nur noch einmal einschärfen, dass Ihr Witwe seid und ich Euer einziger Sohn bin.« Die Mutter lobte seinen Entschluss, und er machte sich auf zum Tannenbühl.
Der Tannenbühl liegt auf der höchsten Höhe des Schwarzwaldes, und auf zwei Stunden im Umkreis stand damals kein Dorf, ja nicht einmal eine Hütte, denn die Leute meinten, es sei dort unsicher. Man schlug auch, so hoch und prachtvoll dort die Tannen standen, ungern Holz in jenem Revier, denn oft waren den Holzhauern, wenn sie dort arbeiteten, die Äxte vom Stiel gesprungen und in den Fuß gefahren, oder die Bäume waren schnell umgestürzt und hatten die Männer mit umgerissen und verletzt

oder gar getötet; auch hätte man die schönsten Bäume von dorther nur zu Brennholz brauchen können, denn die Floßherren nahmen nie einen Stamm aus dem Tannenbühl unter ein Floß auf, weil die Sage ging, dass Mann und Holz verunglückten, wenn ein Tannenbühler mit im Wasser sei. Daher kam es, dass im Tannenbühl die Bäume so dicht und so hoch standen, dass es am hellen Tag beinahe Nacht war, und Peter Munk wurde es ganz schaurig dort zumut, denn er hörte keine Stimme, keinen Tritt als den seinigen, keine Axt; selbst die Vögel schienen diese dichte Tannennacht zu meiden.
Kohlenmunkpeter hatte jetzt den höchsten Punkt des Tannenbühls erreicht und stand vor einer Tanne von ungeheurem Umfang, um die ein holländischer Schiffsherr an Ort und Stelle viele hundert Gulden gegeben hätte. ›Hier‹, dachte er, ›wird wohl der Schatzhauser wohnen‹, zog seinen großen Sonntagshut, machte vor dem Baum eine tiefe Verbeugung, räusperte sich und sprach mit zitternder Stimme: »Wünsche glückseligen Abend, Herr Glasmann!« Aber es erfolgte keine Antwort, und alles umher war so still wie zuvor. ›Vielleicht muss ich doch das Verslein sprechen‹, dachte er weiter und murmelte:

»Schatzhauser im grünen Tannenwald,
Bist schon viel hundert Jahre alt,
Dir gehört all' Land, wo Tannen stehn …«

Während er diese Worte sprach, sah er zu seinem großen Schrecken eine ganz kleine, sonderbare Gestalt hinter der dicken Tanne hervorschauen. Es war ihm, als habe er das Glasmännlein gesehen, wie man es beschrieb; das schwarze Wämschen, die roten Strümpfchen, das Hütchen, alles war so; selbst das blasse, feine und kluge Gesicht, wovon man erzählte, glaubte er gesehen zu haben. Aber ach, so schnell es hervorgeschaut hatte, das Glasmännlein, so schnell war es auch wieder verschwunden! »Herr Glasmann«, rief nach einigem Zögern Peter Munk, »seid so gütig und haltet mich nicht zum Narren! Herr Glasmann, wenn Ihr meint, ich habe Euch nicht gesehen, so täuschet Ihr Euch sehr, ich sah Euch wohl hinter dem Baum hervorgucken!« Immer keine Antwort, nur zuweilen glaubte er ein leises, heiseres Kichern hinter dem Baum zu vernehmen. Endlich überwand seine Ungeduld die Furcht, die ihn bis jetzt noch abgehalten hatte. »Warte, du kleiner Bursche«, rief er, »dich will ich bald haben!« Er sprang

mit einem Satz hinter die Tanne, aber da war kein Schatzhauser im grünen Tannenwald, und nur ein kleines zierliches Eichhörnchen jagte in wilden Sprüngen an dem Baum hinauf.
Peter Munk schüttelte den Kopf. Er sah ein, dass er die Beschwörung bis auf einen gewissen Grad gebracht habe und dass ihm vielleicht nur noch ein Reim zu dem Sprüchlein fehle, so könne er das Glasmännlein hervorlocken; aber er sann hin, er sann her und fand nichts. Das Eichhörnchen zeigte sich an den untersten Ästen der Tanne und schien ihn aufzumuntern oder zu verspotten. Es putzte sich, es rollte den schönen Schweif, es schaute ihn mit klugen Augen an, aber endlich fürchtete er sich doch beinahe, mit diesem Tier allein zu sein; denn bald schien das Eichhörnchen einen Menschenkopf zu haben und einen dreispitzigen Hut zu tragen, bald war es ganz wie ein anderes Eichhörnchen und hatte nur an den Hinterfüßen rote Strümpfe und schwarze Schuhe. Kurz, es war ein lustiges Tier, aber dennoch graute es Kohlenpeter, denn er meinte, es gehe nicht mit rechten Dingen zu.

Mit schnelleren Schritten, als er gekommen war, zog Peter wieder ab. Das Dunkel des Tannenwaldes schien immer schwärzer zu werden, die Bäume standen immer dichter, und ihm fing so an zu grauen, dass er im Trab davonjagte; und erst, als er in der Ferne Hunde bellen hörte und bald darauf zwischen den Bäumen den Rauch einer Hütte erblickte, wurde er wieder ruhiger. Aber als er näher kam und die Tracht der Leute in der Hütte erblickte, merkte er, dass er aus Angst gerade die entgegengesetzte Richtung genommen und statt zu den Glasleuten zu den Flößern gekommen war. Die Leute, die in der Hütte wohnten, waren Holzfäller, ein alter Mann, sein Sohn, der Hauswirt, und einige erwachsene Enkel. Sie nahmen Kohlenmunkpeter, der um ein Nachtlager bat, gut auf, ohne nach seinem Namen und Wohnort zu fragen, gaben ihm Apfelwein zu trinken, und abends wurde ein großer Auerhahn, die beste Schwarzwaldspeise, aufgesetzt.

Nach dem Nachtessen setzten sich die Hausfrau und ihre Töchter mit ihren Spinnrocken um den großen Lichtspan, den die Jungen mit dem feinsten Tannenharz nährten; der Großvater, der Gast und der Hauswirt rauchten und schauten den Weibern zu, die Burschen aber waren beschäftigt, Löffel und Gabeln aus Holz zu schnitzen. Draußen im Wald heulte der Sturm und raste in den Tannen; man hörte da und dort sehr heftige Schläge, und es schien oft, als ob ganze Bäume abgeknickt würden und zusammenkrachten. Die furchtlosen Jungen wollten hinaus in den Wald laufen und dieses furchtbar schöne Schauspiel mit ansehen, ihr Großvater aber hielt sie mit strengem Wort und Blick zurück. »Ich will keinem raten, dass er jetzt vor die Tür geht«, rief er ihnen zu, »bei Gott, der kommt nimmermehr wieder, denn der Holländermichel baut sich heute Nacht ein neues Floß im Wald!«

Die Jungen staunten ihn an; sie mochten von dem Holländermichel schon gehört haben, aber sie baten jetzt den Ähni, einmal von ihm zu erzählen. Auch Peter Munk, der vom Holländermichel auf der andern Seite des Waldes nur undeutlich hatte sprechen gehört, stimmte mit ein und fragte den Alten, wer und wo er sei. »Er ist der Herr dieses Waldes, und nach dem zu schließen, dass Ihr in Eurem Alter dies noch nicht erfahren, müsst Ihr drüben über dem Tannenbühl oder wohl gar noch weiter zu Hause sein. Vom Holländermichel will ich Euch aber erzählen, was ich weiß und wie die Sage von ihm geht. Vor etwa hundert Jahren, so erzählte es wenigstens mein Ähni, war weit und breit kein ehrlicheres Volk auf Erden als die Schwarzwälder. Jetzt, seit so viel Geld im Land ist, sind die Menschen unredlich und schlecht. Die Burschen tanzen und johlen am Sonntag und fluchen, dass es ein Schrecken ist. Damals war es aber anders, und wenn er jetzt zum Fenster dort hereinschaute, so sag' ich's und hab' es oft gesagt: Der Holländermichel ist schuld an all dieser Verderbnis. Es lebte also vor hundert Jahren und drüber ein reicher Holzherr, der viel Gesinde hatte; er handelte bis weit an den Rhein hinab, und sein Geschäft war gesegnet, denn er war ein frommer Mensch. Kam da eines Abends ein Mann an seine Tür, dergleichen er noch nie gesehen hatte. Seine Kleidung war die der Schwarzwälder Burschen, aber er war einen guten Kopf höher als alle, und man hatte noch nie geglaubt, dass es einen solchen Riesen geben könne. Dieser bat um Arbeit bei dem Holzherrn, und der Holzherr, der ihm ansah, dass er stark und zu großen Lasten tüchtig sei, vereinbarte mit ihm seinen Lohn, und sie schlugen ein. Der Michel war ein Arbeiter, wie der

Holzherr noch keinen gehabt hatte. Beim Baumschlagen galt er für drei, und wenn sechs am einen End' schleppten, trug er allein das andere. Als er aber ein halb Jahr Holz geschlagen hatte, trat er eines Tages vor seinen Herrn und begehrte von ihm: ›Hab' jetzt lang genug hier Holz gehackt, und so möcht' ich auch sehen, wohin meine Stämme kommen, und wie wär' es, wenn Ihr mich auch mal auf das Floß ließet?‹
Der Holzherr antwortete: ›Ich will dir nicht im Weg sein, Michel, wenn du ein wenig hinaus willst in die Welt; beim Holzfällen brauche ich zwar starke Leute, wie du bist, auf dem Floß aber kommt es auf Geschicklichkeit an, doch es sei für diesmal.‹
Und so war es; das Floß, mit dem er abgehen sollte, hatte acht Glieder, und im letzten waren einige von den größten Zimmerbalken. Aber was geschah? Am Abend zuvor brachte der lange Michel noch acht Bäume ans Wasser, so dick und lang, wie man keine je sah, und jeden trug er so leicht auf der Schulter wie eine Flößerstange, so dass sich alles entsetzte. Wo er sie gehauen, weiß bis heute noch niemand. Dem Holzherrn lachte das Herz, als er dies sah, denn er berechnete, was die kosten könnten; Michel aber sagte: ›So, die sind für mich zum Fahren, auf den kleinen Spänen dort kann ich nicht fortkommen.‹ Sein Herr wollte ihm zum Dank ein Paar Flö-

ßerstiefel schenken, aber er warf sie auf die Seite und brachte ein Paar hervor, wie es sonst noch keine gab; mein Großvater hat versichert, sie haben hundert Pfund gewogen und seien anderthalb Meter lang gewesen.

Das Floß fuhr ab, und hatte Michel früher die Holzhauer in Verwunderung gesetzt, so staunten jetzt die Flößer, denn statt dass das Floß, wie man wegen der ungeheuren Balken geglaubt hatte, langsamer auf dem Fluss ging, flog es, sobald sie in den Neckar kamen, wie ein Pfeil; machte der Neckar eine Wendung und hatten sonst die Flößer Mühe gehabt, das Floß in der Mitte zu halten und nicht auf Kies oder Sand zu stoßen, so sprang jetzt Michel allemal ins Wasser, rückte mit einem Zug das Floß links oder rechts, so dass es ohne Gefahr vorüberglitt, und kam dann eine gerade Stelle, so lief er aufs erste Glied vor, ließ alle ihre Stangen beisetzen, steckte seinen ungeheuren Weberbaum in den Kies, und mit einem Druck flog das Floß dahin, dass Land und Bäume und Dörfer vorbeizujagen schienen. So waren sie in der Hälfte der Zeit, die man sonst brauchte, nach Köln am Rhein gekommen, wo sie sonst ihre Ladung verkauft hatten. Hier aber sprach Michel: ›Ihr seid mir rechte Kaufleute und versteht euren Nutzen! Meinet ihr denn, die Kölner brauchen all dies Holz, das aus dem Schwarzwald kommt, für sich? Nein, um den halben Wert kaufen sie es euch ab und verhandeln es teuer nach Holland. Lasset uns die kleinen Balken hier verkaufen und mit den großen nach Holland gehen! Was wir über den gewöhnlichen Preis lösen, ist unser eigener Nutzen.‹

So sprach der arglistige Michel, und die andern waren es zufrieden, die einen, weil sie gern nach Holland gezogen wären, es zu sehen, die andern des Geldes wegen. Nur ein Einziger war redlich und mahnte sie ab, das Gut ihres Herrn der Gefahr auszusetzen oder ihn um den höheren Preis zu betrügen. Sie hörten nicht auf ihn und vergaßen seine Worte, aber der Holländermichel vergaß sie nicht. Sie fuhren mit dem Holz den Rhein hinab, Michel leitete das Floß und brachte sie schnell bis nach Rotterdam. Dort bot man ihnen das Vierfache vom früheren Preis, und besonders die ungeheuren Bäume des Michel wurden mit schwerem Geld bezahlt. Als die Schwarzwälder so viel Geld sahen, wussten sie sich vor Freude nicht zu fassen. Michel teilte auf: einen Teil dem Holzherrn, die drei andern unter die Männer. Und nun setzten sie sich mit Matrosen und anderem schlechten Gesindel in die Wirtshäuser, verschlemmten und verspielten ihr Geld, den braven Mann aber, der ihnen abgeraten, verkaufte der Holländermichel an einen Seelenverkäufer, und man hat nichts mehr von ihm

gehört. Von da an war den Burschen im Schwarzwald Holland das Paradies und Holländermichel ihr König. Die Holzherren erfuhren lange nichts von dem Handel, und unvermerkt kamen Geld, Flüche, schlechte Sitten, Trunk und Spiel aus Holland herauf.
Der Holländermichel war, als die Geschichte herauskam, nirgends zu finden, aber tot ist er auch nicht. Seit hundert Jahren treibt er seinen Spuk im Wald, und man sagt, dass er schon vielen behilflich gewesen sei, reich zu werden, aber – auf Kosten ihrer armen Seele, und mehr will ich nicht sagen. So viel ist gewiss, dass er noch jetzt in solchen Sturmnächten im Tannenbühl, wo man nicht hauen soll, überall die schönsten Tannen aussucht, und mein Vater hat ihn einen meterdicken Stamm umbrechen sehen wie ein Rohr. Mit diesen beschenkt er die, welche sich vom Rechten abwenden und zu ihm gehen. Um Mitternacht bringen sie dann die Flöße ins Wasser, und er rudert mit ihnen nach Holland. Aber wäre ich Herr und König in Holland, ich ließe ihn mit Kartätschen in den Boden schmettern, denn alle Schiffe, die von dem Holländermichel auch nur einen Balken haben, müssen untergehen. Daher kommt es, dass man so viel von Schiffbrüchen hört. Wie könnte denn sonst ein schönes, starkes Schiff, so groß wie eine Kirche, zu Grunde gehen auf dem Wasser? Aber sooft Holländermichel in einer Sturmnacht im Schwarzwald eine Tanne fällt, springt eine seiner alten aus den Fugen des Schiffes, das Wasser dringt ein, und das Schiff ist mit Mann und Maus verloren. Das ist die Sage vom Holländermichel, und wahr ist es, alles Böse im Schwarzwald schreibt sich von ihm her. Oh, er kann einen reich machen«, setzte der Greis geheimnisvoll hinzu, »aber ich möchte nichts von ihm haben: ich möchte um keinen Preis in der Haut des dicken Ezechiel und des langen Schlurkers stecken; auch der Tanzbodenkönig soll sich ihm ergeben haben!«
Der Sturm hatte sich während der Erzählung des Alten gelegt. Die Mädchen zündeten schüchtern die Lampen an und gingen weg. Die Männer aber legten Peter Munk einen Sack voll Laub als Kopfkissen auf die Ofenbank und wünschten ihm gute Nacht.
Kohlenmunkpeter hatte noch nie so schwere Träume gehabt wie in dieser Nacht. Bald glaubte er, der finstere, riesige Holländermichel reiße die Stubenfenster auf und reiche mit seinem ungeheuer langen Arm einen Beutel voll Goldstücke herein, die er untereinander schüttelte, dass es hell und lieblich klang, bald sah er wieder das kleine, freundliche Glasmännlein auf einer ungeheuren grünen Flasche im Zimmer herumreiten, und er

meinte das heisere Lachen wieder zu hören wie im Tannenbühl; dann brummte es ihm wieder ins linke Ohr:

»In Holland gibt's Gold,
Könnt's haben, wenn ihr wollt,
Um geringen Sold,
Gold, Gold!«

Dann hörte er wieder in seinem rechten Ohr das Liedchen vom Schatzhauser im grünen Tannenwald, und eine zarte Stimme flüsterte: »Dummer Kohlenpeter, dummer Peter Munk, kannst kein Sprüchlein reimen auf stehen und bist doch am Sonntag geboren Schlag zwölf Uhr. Reime, dummer Peter, reime!«

Er ächzte, er stöhnte im Schlaf, er mühte sich ab, einen Reim zu finden, aber da er in seinem Leben noch keinen gemacht hatte, war seine Mühe im Traume vergebens. Als er mit dem ersten Frührot erwachte, kam ihm sein Traum sonderbar vor. Er setzte sich mit verschränkten Armen hinter den Tisch und dachte über die Einflüsterungen nach, die ihm noch immer im Ohr lagen. »Reime, dummer Kohlenmunkpeter, reime!«, sprach er zu sich und pochte mit dem Finger an seine Stirn, aber es wollte kein Reim hervorkommen. Als er noch so dasaß, trübe vor sich hinschaute und an den Reim auf stehen dachte, da zogen drei Burschen vor dem Haus vorbei in den Wald, und einer sang im Vorbeigehen:

»Am Berge tat ich stehen
Und schaute in das Tal,
Da hab' ich sie gesehen
Zum allerletzten Mal.«

Das fuhr wie ein leuchtender Blitz durch Peters Ohr, und hastig raffte er sich auf, stürzte aus dem Haus, weil er meinte, nicht recht gehört zu haben, sprang den drei Burschen nach und packte den Sänger hastig und unsanft beim Arm. »Halt, Freund«, rief er, »was habt Ihr da auf stehen gereimt? Tut mir die Liebe und sprecht, was habt Ihr gesungen?«

»Was ficht's dich an, Bursche?«, entgegnete der Schwarzwälder. »Ich kann singen, was ich will, und lass gleich meinen Arm los oder …«

»Nein, sagen sollst du, was du gesungen hast!«, schrie Peter beinahe außer

sich und packte ihn noch fester an. Als die zwei andern das sahen, zögerten sie nicht lange, sondern fielen mit derben Fäusten über den armen Peter her und walkten ihn tüchtig, bis er vor Schmerzen das Gewand des Dritten ließ und erschöpft in die Knie sank. »Jetzt hast du dein Teil«, sprachen sie lachend, »und merk dir, toller Bursche, dass du Leute, wie wir sind, nimmer anfällst auf offenem Wege.«
»Ach, ich will mir es gewiss merken!«, erwiderte Kohlenpeter seufzend. »Aber so ich die Schläge habe, seid so gut und sagt deutlich, was der eine gesungen hat!«
Da lachten sie aufs Neue und spotteten ihn aus. Aber der das Lied sang, sagte es ihm vor, und lachend und singend zogen sie weiter.
»Also sehen«, sprach der arme Geschlagene, indem er sich mühsam aufrichtete, »sehen auf stehen; jetzt, Glasmännlein, wollen wir wieder ein Wort zusammen sprechen.« Er ging in die Hütte, holte seinen Hut und den langen Stock, nahm Abschied von den Bewohnern der Hütte und trat seinen Rückweg nach dem Tannenbühl an. Er ging langsam und sinnend seine Straße, denn er musste ja einen Vers ersinnen; endlich, als er schon in dem Bereich des Tannenbühls ging und die Tannen höher und dichter wurden, hatte er auch seinen Vers gefunden und machte vor Freuden einen Sprung in die Höhe. Da trat ein riesengroßer Mann in Flößerkleidung, der eine Stange, so lang wie ein Mastbaum, in der Hand trug, hinter den Tannen hervor. Peter Munk sank beinahe in die Knie, als er diesen langsamen Schrittes neben sich wandeln sah, denn er dachte: ›Das ist der Holländermichel und kein anderer‹. Noch immer schwieg der furchtbare Gesell, und Peter schielte zuweilen furchtsam nach ihm hin. Er war wohl einen Kopf größer als der längste Mann, den Peter je gesehen, sein Gesicht war nicht mehr jung, doch auch nicht alt, aber voll Furchen und Falten; er trug ein Wams von Leinwand, und die ungeheuren Stiefel, über die Lederbeinkleider heraufgezogen, waren Peter aus der Sage wohl bekannt.
»Peter Munk, was tust du im Tannenbühl?«, fragte der Waldkönig endlich mit tiefer, dröhnender Stimme.
»Guten Morgen, Landsmann«, antwortete Peter, indem er sich unerschrocken zeigen wollte, aber heftig zitterte.
»Ich will durch den Tannenbühl nach Haus zurück.«
»Peter Munk«, erwiderte jener und warf einen stechenden, furchtbaren Blick nach ihm herüber, »dein Weg geht nicht durch diesen Hain.«

»Nun, so gerade just nicht«, sagte jener, »aber es ist heute warm, da dachte ich, es wird hier kühler sein.«
»Lüge nicht, du Kohlenpeter«, rief Holländermichel mit donnernder Stimme, »oder ich schlag' dich mit der Stange zu Boden; meinst, ich hab' dich nicht betteln sehen bei dem Kleinen?«, setzte er sanft hinzu. »Geh, geh, das war ein dummer Streich, und gut ist es, dass du das Sprüchlein nicht wusstest. Er ist ein Knauser, der kleine Kerl, und gibt nicht viel, und wem er gibt, der wird seines Lebens nicht froh. – Peter, du bist ein armer Tropf und dauerst mich in der Seele. So ein munterer, schöner Bursche, der in der Welt was anfangen könnte, und sollst Kohlen brennen! Wenn andere große Taler oder Dukaten aus dem Ärmel schütteln, kannst du kaum ein paar Sechser aufwenden; 's ist ein ärmlich Leben.«
»Wahr ist's, und Recht habt Ihr – ein elendes Leben.«
»Na, mir soll's nicht darauf ankommen«, fuhr der schreckliche Michel fort, »hab' schon manchem braven Kerl aus der Not geholfen, und du wärest nicht der Erste. Sag einmal, wie viel hundert Taler brauchst du fürs Erste?«
Bei diesen Worten schüttelte er das Geld in seiner ungeheuren Tasche untereinander, und es klang wieder wie diese Nacht im Traum. Aber Peters Herz zuckte ängstlich und schmerzhaft bei diesen Worten, es wurde ihm kalt und warm, und der Holländermichel sah nicht aus, als ob er aus Mitleid Geld wegschenkte, ohne etwas dafür zu verlangen. Es fielen ihm die geheimnisvollen Worte des alten Mannes über die reichen Menschen ein, und, von unerklärlicher Angst und Bangigkeit gejagt, rief er: »Schön Dank, Herr! Aber mit Euch will ich nichts zu schaffen haben, und ich trenn' Euch schon!« – und lief, was er laufen konnte. Der Waldgeist schritt mit ungeheuren Schritten neben ihm her und murmelte dumpf und drohend: »Wirst's noch bereuen, Peter, auf deiner Stirne steht's geschrieben, in deinem Auge ist's zu lesen: Du entgehst mir nicht! – Lauf nicht so schnell, höre nur noch ein vernünftig Wort, dort ist schon meine Grenze.«
Als Peter dies hörte und unweit vor ihm einen kleinen Graben sah, beeilte er sich nur noch mehr, über die Grenze zu kommen, so dass Michel am Ende schneller laufen musste und unter Flüchen und Drohungen ihn verfolgte. Der junge Mann setzte mit einem verzweifelten Sprung über den Graben, denn er sah, wie der Waldgeist mit seiner Stange ausholte und sie auf ihn niederschmettern lassen wollte. Er kam glücklich jenseits an, die Stange zersplitterte in der Luft wie an einer unsichtbaren Mauer, und ein langes Stück fiel zu Peter herüber.

Triumphierend hob er es auf, um es dem groben Holländermichel zuzuwerfen, aber in diesem Augenblick fühlte er das Stück Holz in seiner Hand sich bewegen, und zu seinem Entsetzen sah er, dass es eine ungeheure Schlange war, die sich schon mit geifernder Zunge und mit blitzenden Augen an ihm hinaufbäumte. Er ließ sie los, aber sie hatte sich schon fest um seinen Arm gewickelt und kam mit schwankendem Kopf seinem Gesicht immer näher. Da rauschte auf einmal ein ungeheurer Auerhahn

nieder, packte den Kopf der Schlange mit dem Schnabel, erhob sich mit ihr in die Lüfte, und Holländermichel, der dies alles von dem Graben aus gesehen hatte, heulte und schrie und raste, als die Schlange von einem Gewaltigeren entführt ward.

Erschöpft und zitternd setzte Peter seinen Weg fort. Der Pfad wurde steiler, die Gegend wilder, und bald befand er sich an der ungeheuren Tanne. Er machte wieder wie gestern seine Verbeugungen gegen das unsichtbare Glasmännlein und hub dann an:

»Schatzhauser im grünen Tannenwald,
Bist schon viel hundert Jahre alt,
Dein ist all' Land, wo Tannen stehn,
Lässt dich nur Sonntagskindern sehn.«

»Hast's zwar nicht ganz getroffen, aber weil du es bist, Kohlenmunkpeter, soll es so hingehen«, sprach eine zarte, feine Stimme neben ihm. Erstaunt sah er sich um. Unter einer schönen Tanne saß ein kleines, altes Männlein in schwarzem Wams und roten Strümpfen, den großen Hut auf dem Kopf. Es hatte ein feines, freundliches Gesicht und ein Bärtchen, so zart wie aus Spinnweben; es rauchte, was sonderbar anzusehen war, aus einer Pfeife von blauem Glas, und als Peter näher trat, sah er zu seinem Erstaunen, dass auch Kleider, Schuhe und Hut des Kleinen aus gefärbtem Glas bestanden; aber es war geschmeidig, als ob es noch heiß wäre, denn es schmiegte sich wie Tuch nach jeder Bewegung des Männleins.
»Du bist dem Flegel begegnet, dem Holländermichel?«, fragte der Kleine, indem er zwischen den Worten sonderbar hüstelte. »Er hat dich recht ängstigen wollen, aber seinen Kunstprügel habe ich ihm abgejagt, den soll er nimmer wieder kriegen.«
»Ja, Herr Schatzhauser«, erwiderte Peter mit einer tiefen Verbeugung, »es war mir recht bange. Ihr seid wohl der Herr Auerhahn gewesen, der die Schlange totgebissen hat? Da bedanke ich mich schönstens. – Ich komme, um mir bei Euch Rat zu holen. Es geht mir gar schlecht; ein Kohlenbrenner bringt es nicht weit, und da ich noch jung bin, dächte ich doch, es könnte noch was Besseres aus mir werden, und wenn ich oft andere sehe, wie weit die es in kurzer Zeit gebracht haben: Wenn ich nur den Ezechiel nehme und den Tanzbodenkönig – die haben Geld wie Heu.«
»Peter«, sagte der Kleine sehr ernst und blies den Rauch aus seiner Pfeife weit hinweg, »Peter, sag mir nichts von denen! Was haben sie davon, wenn sie hier ein paar Jahre dem Schein nach glücklich und dann nachher desto unglücklicher sind? Du musst dein Handwerk nicht verachten; dein Vater und dein Großvater waren Ehrenmänner und haben es auch getrieben, Peter Munk! Ich will nicht hoffen, dass es Liebe zum Müßiggang ist, was dich zu mir führt.«
Peter erschrak vor dem Ernst des Männleins und errötete. »Nein«, sagte er, »Müßiggang, weiß ich wohl, Herr Schatzhauser im Tannenwald, Müßiggang ist aller Laster Anfang, aber das könnt Ihr mir nicht übel nehmen,

wenn mir ein anderer Stand besser gefällt als der meinige. Ein Kohlenbrenner ist halt etwas gar so Geringes auf der Welt, und die Glasleute und Flößer und Uhrmacher und alle sind angesehener.«
»Hochmut kommt oft vor dem Fall«, erwiderte der kleine Herr vom Tannenwald etwas freundlicher. »Ihr seid ein sonderbar Geschlecht, ihr Menschen! Selten ist einer mit dem Stand ganz zufrieden, in dem er geboren und erzogen ist, und was gilt's, wenn du ein Glasmann wärest, möchtest du gern ein Holzherr sein, und wärest du Holzherr, so stünde dir des Försters Dienst oder des Amtmanns Wohnung an! Aber es sei; wenn du versprichst, brav zu arbeiten, so will ich dir zu etwas Besserem verhelfen, Peter. Ich pflege jedem Sonntagskind, das sich zu mir zu finden weiß, drei Wünsche zu gewähren. Die ersten zwei sind frei. Den dritten kann ich verweigern, wenn er töricht ist. So wünsche dir also jetzt etwas, aber, Peter, etwas Gutes und Nützliches!«
»Heißa, Ihr seid ein treffliches Glasmännlein, und mit Recht nennt man Euch Schatzhauser, denn bei Euch sind die Schätze zu Hause. Nu – und also darf ich wünschen, wonach mein Herz begehrt, so will ich denn fürs Erste, dass ich noch besser tanzen könne als der Tanzbodenkönig und immer so viel Geld in der Tasche habe wie der dicke Ezechiel.«
»Du Tor!«, erwiderte der Kleine zürnend. »Welch ein erbärmlicher Wunsch ist dies, gut tanzen zu können und Geld zum Spiel zu haben! Schämst du dich nicht, dummer Peter, dich selbst so um dein Glück zu betrügen? Was nützt es dir und deiner armen Mutter, wenn du tanzen kannst? Was nützt dir dein Geld, das nach deinem Wunsch nur für das Wirtshaus ist und wie das des elenden Tanzbodenkönigs dort bleibt? Dann hast du wieder die ganze Woche nichts und darbst wie zuvor. Noch einen Wunsch gebe ich dir frei, aber sieh dich vor, dass du vernünftiger wünschest!«
Peter kratzte sich hinter den Ohren und sprach nach einigem Zögern: »Nun, so wünsche ich mir die schönste und reichste Glashütte im ganzen Schwarzwald mit allem Zubehör und Geld, um sie zu leiten.«
»Sonst nichts?«, fragte der Kleine mit besorglicher Miene. »Peter, sonst nichts?«
»Nun – Ihr könnt noch ein Pferd dazutun und ein Wägelchen …«
»Oh, du dummer Kohlenmunkpeter!«, rief der Kleine und warf seine gläserne Pfeife im Unmut an eine dicke Tanne, dass sie in hundert Stücke sprang. »Pferde? Wägelchen? Verstand, sag' ich dir, Verstand, gesunden Menschenverstand und Einsicht hättest du dir wünschen sollen, aber

nicht Pferdchen und Wägelchen. Nun, werde nur nicht so traurig, wir wollen sehen, dass es auch so nicht zu deinem Schaden ist; denn der zweite Wunsch war im Ganzen nicht töricht. Eine gute Glashütte nährt auch ihren Mann und Meister, nur hättest du Einsicht und Verstand dazu mitnehmen können, Wagen und Pferde wären dann wohl von selbst gekommen.«

»Aber Herr Schatzhauser«, erwiderte Peter. »Ich habe ja noch einen Wunsch übrig. Da könnte ich ja Verstand wünschen, wenn er mir so überaus nötig ist, wie Ihr meint.«

»Nichts da! Du wirst noch in manche Verlegenheit kommen, wo du froh sein wirst, wenn du noch einen Wunsch frei hast. Und nun mache dich auf den Weg nach Hause! Hier sind«, sprach der kleine Tannengeist, indem er ein kleines Beutelein aus der Tasche zog, »hier sind zweitausend Gulden, und damit genug, und komm mir nicht wieder, um Geld zu fordern, denn dann müsste ich dich an der höchsten Tanne aufhängen. So hab ich's gehalten, seit ich in dem Wald wohne. Vor drei Tagen ist der alte Winkfritz gestorben, der die große Glashütte gehabt hat im Unterwald. Dorthin gehe morgen Früh und mach ein Gebot auf das Gewerbe, wie es recht ist! Halt dich wohl, sei fleißig, und ich will dich zuweilen besuchen und dir mit Rat und Tat an die Hand gehen, weil du dir doch keinen Verstand erbeten hast. Aber, und das sag' ich dir ernstlich, dein erster Wunsch war böse. Nimm dich in Acht vor dem Wirtshauslaufen, Peter! 's hat noch bei keinem lange gut getan.« Das Männlein hatte, während es dies sprach, eine neue Pfeife vom schönsten Beinglas hervorgezogen, sie mit gedörrten Tannenzapfen gestopft und in den kleinen, zahnlosen Mund gesteckt. Dann zog es ein ungeheures Brennglas hervor, trat in die Sonne und zündete seine Pfeife an. Als es damit fertig war, bot es dem Peter freundlich die Hand, gab ihm noch ein paar gute Lehren mit auf den Weg, rauchte und blies immer schneller und verschwand endlich in einer Rauchwolke, die nach echtem holländischem Tabak roch und langsam sich kräuselnd in den Tannenwipfeln verschwebte.

Als Peter nach Hause kam, fand er seine Mutter sehr in Sorgen um ihn, denn die gute Frau glaubte nicht anders, als ihr Sohn sei zum Soldaten ausgehoben worden. Er aber war fröhlich und guter Dinge und erzählte ihr, wie er im Wald einen guten Freund getroffen, der ihm Geld vorgeschossen habe, um ein anderes Geschäft als Kohlenbrennen anzufangen. Obgleich seine Mutter schon seit dreißig Jahren in der Köhlerhütte wohn-

te und an den Anblick berußter Leute so gewöhnt war wie jede Müllerin an das Mehlgesicht ihres Mannes, so war sie doch eitel genug, sobald ihr Peter ein glänzenderes Los hatte, ihren früheren Stand zu verachten, und sprach: »Ja, als Mutter eines Mannes, der eine Glashütte besitzt, bin ich doch was anderes als Nachbarin Grete und Bete und setze mich in Zukunft vornehm in der Kirche, wo rechte Leute sitzen.«

Ihr Sohn wurde mit den Erben der Glashütte bald handelseinig. Er behielt die Arbeiter, die er vorfand, bei sich und ließ nun Tag und Nacht Glas machen. Anfangs gefiel ihm das Handwerk wohl. Er pflegte gemächlich in die Glashütte hinabzusteigen, ging dort mit vornehmen Schritten, die Hände in die Taschen gesteckt, hin und her, guckte dahin, guckte dorthin, sprach dies und jenes, worüber seine Arbeiter oft nicht wenig lachten. Seine größte Freude war, das Glas blasen zu sehen. Oft machte er sich selbst an die Arbeit und formte aus der noch weichen Masse die sonderbarsten Figuren. Bald aber war ihm die Arbeit verleidet, und er kam zuerst nur noch eine Stunde des Tages in die Hütte, dann nur alle zwei Tage, endlich die Woche nur einmal, und seine Gesellen machten, was sie wollten.

Das alles kam aber nur vom Wirtshauslaufen. Den Sonntag, nachdem er vom Tannenbühl zurückgekommen war, ging er ins Wirtshaus, und wer schon auf dem Tanzboden sprang, war der Tanzbodenkönig, und der dicke Ezechiel saß auch schon hinter der Maßkanne und knöchelte um Kronentaler. Da fuhr Peter schnell in die Tasche, zu sehen, ob ihm das Glasmännlein Wort gehalten, und er fand eine Menge Silber und Gold. Auch in seinen Beinen zuckte und drückte es, wie wenn sie tanzen und springen wollten, und als der erste Tanz zu Ende war, stellte er sich mit seiner Tänzerin obenan neben den Tanzbodenkönig, und sprang dieser drei Schuh hoch, so flog Peter vier, und machte dieser wunderliche und zierliche Schritte, so verschlang und drehte Peter seine Füße, dass alle Zuschauer vor Lust und Verwunderung beinahe außer sich kamen. Als man aber auf dem Tanzboden vernahm, dass Peter eine Glashütte gekauft habe, als man sah, dass er, sooft er an den Musikanten vorbeitanzte, ihnen einen Sechsbätzner zuwarf, da war des Staunens kein Ende. Die einen glaubten, er habe einen Schatz im Wald gefunden, die anderen meinten, er habe eine Erbschaft getan, aber alle verehrten ihn jetzt und hielten ihn für einen gemachten Mann, nur weil er Geld hatte. Verspielte er doch noch an demselben Abend zwanzig Gulden, und nichtsdestoweniger rasselte und klang es in seiner Tasche, als ob noch hundert Taler darin wären.

Als Peter sah, wie angesehen er war, wusste er sich vor Freude und Stolz nicht zu fassen. Er warf das Geld mit vollen Händen weg und teilte es den Armen reichlich aus; wusste er doch, wie ihn selbst die Armut gedrückt hatte. Des Tanzbodenkönigs Künste wurden vor den übernatürlichen Künsten des neuen Tänzers zu Schanden, und Peter führte jetzt den Namen Tanzkaiser. Die unternehmendsten Spieler am Sonntag wagten nicht so viel wie er, aber sie verloren auch nicht so viel. Und je mehr er verlor, desto mehr gewann er. Das verhielt sich aber ganz so, wie er es vom kleinen Glasmännlein verlangt hatte. Er hatte sich gewünscht, immer so viel Geld in der Tasche zu haben wie der dicke Ezechiel, und gerade dieser war es, an welchen er sein Geld verspielte. Und wenn er zwanzig, dreißig Gulden auf einmal verlor, so hatte er sie alsobald wieder in der Tasche, wenn sie der Ezechiel einstrich. Nach und nach brachte er es aber im Schlemmen und Spielen weiter als die schlechtesten Gesellen im Schwarzwald, und man nannte ihn öfter Spielpeter als Tanzkaiser, denn er spielte jetzt auch beinahe an allen Werktagen. Darüber kam aber seine Glashütte nach und nach in Verfall, und daran war Peters Unverstand schuld. Glas ließ er machen, so viel man immer machen konnte, aber er hatte mit der Hütte nicht zugleich das Geheimnis gekauft, wohin man es am besten verhandeln könne. Er wusste am Ende mit der Menge Glas nichts anzufangen und verschleuderte es um den halben Preis an herumziehende Händler, nur um seine Arbeiter bezahlen zu können.

Eines Abends ging er auch wieder vom Wirtshaus heim und dachte trotz dem vielen Wein, den er getrunken, um sich fröhlich zu machen, mit Schrecken und Gram an den Verfall seines Vermögens. Da bemerkte er auf einmal, dass jemand neben ihm gehe; er sah sich um, und siehe da – es war das Glasmännlein. Er geriet in Zorn und Eifer, vermaß sich hoch und teuer und schwor, der Kleine sei an all seinem Unglück schuld. »Was tu' ich nun mit Pferd und Wägelchen?«, rief er. »Was nutzt mich die Hütte und all mein Glas? Selbst als ich noch ein elender Köhlerbursch war, lebte ich froher und hatte keine Sorgen. Jetzt weiß ich nicht, wann der Amtmann kommt und meine Habe schätzt und mich pfändet der Schulden wegen!«

»So?«, entgegnete das Glasmännlein. »So? Ich also soll schuld daran sein, wenn du unglücklich bist? Ist dies der Dank für meine Wohltaten? Wer hieß dich auch so töricht wünschen? Ein Glasmann wolltest du sein und wusstest nicht, wohin dein Glas verkaufen? Sagte ich dir nicht, du solltest behutsam wünschen? Verstand, Peter, Klugheit hat dir gefehlt.«

»Was Verstand und Klugheit!«, rief jener. »Ich bin ein so kluger Bursche als irgendeiner und will es dir zeigen, Glasmännlein«, und bei diesen Worten fasste er das Männlein unsanft am Kragen und schrie:

»Hab' ich dich jetzt, Schatzhauser im grünen Tannenwald? Und den dritten Wunsch will ich jetzt tun, den sollst du mir gewähren. Und so will ich hier auf der Stelle zwei mal hunderttausend harte Taler und ein Haus und – o weh!«, schrie er und schüttelte die Hand, denn das Kleid des Waldmännleins hatte sich in glühendes Glas verwandelt und brannte in seiner Hand wie sprühendes Feuer. Aber das Männlein selbst war verschwunden und nichts mehr von ihm zu sehen.

Mehrere Tage lang erinnerte ihn seine geschwollene Hand an seine Undankbarkeit und Torheit. Dann aber übertäubte er sein Gewissen und sprach: »Und wenn sie mir die Glashütte und alles verkaufen, so bleibt mir doch immer der dicke Ezechiel. Solange der Geld hat am Sonntag, kann es mir nicht fehlen.«

Ja, Peter! Aber wenn er keines hat? Und so geschah es eines Tages und war ein wunderliches Rechenexempel. Denn eines Sonntags kam er angefahren am Wirtshaus, und die Leute streckten die Köpfe durch die Fenster, und der eine sagte: »Da kommt der Spielpeter«, der andere: »Ja, der Tanzkaiser, der reiche Glasmann«, und ein Dritter schüttelte den Kopf und sprach: »Mit dem Reichtum ist es nicht mehr weit her, man sagt allerlei von seinen Schulden, und in der Stadt hat einer gesagt, der Amtmann werde nicht mehr lange säumen zum Auspfänden.« Indessen grüßte der reiche Peter die Gäste am Fenster vornehm und gravitätisch, stieg vom Wagen und schrie: »Sonnenwirt, guten Abend, ist der dicke Ezechiel schon da?« Und eine tiefe Stimme rief: »Nur herein, Peter! Dein Platz ist dir aufbehalten, wir sind schon bei den Karten.« So trat Peter Munk in die Wirtsstube, fuhr gleich in die Tasche und merkte, dass Ezechiel gut versehen sein müsse, denn seine Tasche war bis oben angefüllt.

Er setzte sich hinter den Tisch zu den andern und spielte und gewann und verlor hin und her, und so spielten sie, bis andere ehrliche Leute, als es Abend wurde, nach Hause gingen, und spielten bei Licht, bis zwei andere Spieler sagten: »Jetzt ist's genug, und wir müssen heim zu Frau und Kind.« Spielpeter fordete nun den dicken Ezechiel auf, zu bleiben. Der wollte lange nicht, endlich rief er: »Gut, jetzt will ich mein Geld zählen, und dann wollen wir knöcheln, den Satz um fünf Gulden, denn niederer ist es doch nur Kinderspiel.« Er zog den Beutel und zählte und fand hundert Gulden bar, und Spielpeter wusste nun, wie viel er selbst habe, und brauchte es nicht erst zu zählen. Aber hatte Ezechiel vorher gewonnen, so verlor er jetzt Satz für Satz und fluchte gräulich dabei. Warf er einen Pasch, gleich warf Spielpeter auch einen, und immer zwei Augen höher. Da setzte er endlich die letzten fünf Gulden auf den Tisch und rief: »Noch einmal, und wenn ich auch den noch verliere, so höre ich doch nicht auf, dann leihst du mir von deinem Gewinn, Peter, ein ehrlicher Kerl hilft dem andern!«

»So viel du willst, und wenn es hundert Gulden sein sollten«, sprach der Tanzkaiser, fröhlich über seinen Gewinn, und der dicke Ezechiel schüttelte die Würfel und warf sechzehn. »Pasch!«, rief er. »Jetzt wollen wir sehen!« Peter aber warf achtzehn, und eine heisere bekannte Stimme hinter ihm sprach: »So, das war der Letzte!«

Er sah sich um, und riesenhaft stand der Holländermichel hinter ihm. Erschrocken ließ er das Geld fallen, das er schon eingezogen hatte. Aber der dicke Ezechiel sah den Waldmann nicht, sondern verlangte, der Spielpeter solle ihm zehn Gulden vorstrecken zum Spiel. Halb im Traum fuhr dieser mit der Hand in die Tasche, da war kein Geld, er suchte in der andern Tasche, auch da fand sich nichts; er kehrte den Rock um, aber es fiel kein roter Heller heraus, und jetzt erst gedachte er seines eigenen ersten Wunsches, immer so viel Geld zu haben wie der dicke Ezechiel. Wie Rauch war alles verschwunden!

Der Wirt und Ezechiel sahen ihn staunend an, als er immer suchte und sein Geld nicht finden konnte. Sie wollten ihm nicht glauben, dass er keines mehr habe; aber als sie endlich selbst in seinen Taschen suchten, wurden sie zornig und schwuren, der Spielpeter sei ein böser Zauberer und hab all das gewonnene Geld und sein eigenes nach Hause gewünscht. Peter verteidigte sich standhaft, aber der Schein war gegen ihn. Ezechiel sagte, er wolle die schreckliche Geschichte allen Leuten im Schwarzwald er-

zählen, und der Wirt versprach ihm, morgen in aller Frühe in die Stadt zu gehen und Peter Munk als Zauberer anzuklagen, und er wolle es erleben, setzte er hinzu, dass man ihn verbrenne. Dann fielen sie wütend über ihn her, rissen ihm das Wams vom Leib und warfen ihn zur Tür hinaus.
Kein Stern schien am Himmel, als Peter trübselig seiner Wohnung zuschlich, aber dennoch konnte er eine dunkle Gestalt erkennen, die neben ihm herschritt und endlich sprach: »Mit dir ist's aus, Peter Munk, all deine Herrlichkeit ist zu Ende, und das hätt' ich dir schon damals sagen können, als du nichts von mir hören wolltest und zu dem dummen Glaszwerg liefst. Da siehst du jetzt, was man davon hat, wenn man meinen Rat verachtet. Versuch es einmal mit mir, ich habe Mitleiden mit deinem Schicksal! Noch keinen hat es gereut, der sich an mich wandte, und wenn du den Weg nicht scheust, morgen den ganzen Tag bin ich am Tannenbühl zu sprechen, wenn du mich rufst.« Peter merkte wohl, wer so zu ihm spreche, und es kam ihm ein Grauen an. Er antwortete nichts, sondern lief seinem Haus zu.

Als Peter am Montagmorgen in seine Glashütte ging, waren nicht nur seine Arbeiter da, sondern auch andere Leute, die man nicht gern sieht, nämlich der Amtmann und drei Gerichtsdiener. Der Amtmann wünschte Peter einen guten Morgen, fragte, wie er geschlafen hätte, und zog dann ein langes Register heraus, und darauf waren Peters Gläubiger verzeichnet. »Könnt Ihr zahlen oder nicht?«, fragte der Amtmann mit strengem Blick. »Macht es nur kurz, denn ich habe nicht viel Zeit zu versäumen, und in den Turm ist es drei gute Stunden.« Da verzagte Peter, gestand, dass er nichts mehr habe, und überließ es dem Amtmann, Haus und Hof, Hütte und Stall, Wagen und Pferde zu schätzen. Als dann die Gerichtsdiener und der Amtmann umhergingen und prüften und schätzten, dachte er: ›Bis zum Tannenbühl ist's nicht weit; hat mir der Kleine nicht geholfen, so will ich es einmal mit dem Großen versuchen.‹ Er lief so schnell dem Tannenbühl zu, als ob die Gerichtsdiener ihm auf den Fersen wären. Es war ihm, als er an dem Platz vorbeirannte, wo er das Glasmännlein zuerst gesprochen hatte, als halte ihn eine unsichtbare Hand auf, aber er riss sich los und lief weiter bis an die Grenze, die er sich früher wohl gemerkt hatte. Und kaum hatte er, beinahe atemlos: »Holländermichel! Herr Holländermichel!« gerufen, als auch schon der riesengroße Flößer mit seiner Stange vor ihm stand.

»Kommst du?«, sprach dieser lachend: »Haben sie dir die Haut abziehen und deinen Gläubigern verkaufen wollen? Nun, sei ruhig. Dein ganzer Jammer kommt wie gesagt von dem kleinen Glasmännlein, von dem Einzelgänger und Frömmler her. Wenn man schenkt, muss man gleich recht schenken und nicht wie dieser Knauser. Doch komm«, fuhr er fort und wandte sich gegen den Wald, »folge mir in mein Haus, dort wollen wir sehen, ob wir handelseinig werden.«

›Handelseinig?‹, dachte Peter. ›Was kann er denn von mir verlangen, was kann ich an ihn verhandeln? Soll ich ihm etwa dienen, oder was will er?‹ Sie gingen zuerst über einen steilen Waldsteig hinan und standen dann mit einem Mal an einer dunklen, tiefen, abschüssigen Schlucht. Holländermichel sprang den Felsen hinab, wie wenn es eine sanfte Marmortreppe wäre; aber bald wäre Peter in Ohnmacht gesunken, denn als sein Begleiter unten angekommen war, machte er sich so groß wie ein Kirchturm und reichte ihm einen Arm, so lang wie ein Weberbaum, und eine Hand daran, so breit wie der Tisch im Wirtshaus, und er rief mit einer Stimme, die heraufschallte wie eine tiefe Totenglocke: »Setz dich nur auf meine Hand und halte dich an den Fingern, so wirst du nicht fallen.« Peter tat zitternd, wie ihm befohlen war, nahm Platz auf der Hand und hielt sich am Daumen des Riesen.

Es ging weit und tief hinab, aber dennoch wurde es zu Peters Verwunderung nicht dunkler, im Gegenteil, die Tageshelle schien sogar zuzunehmen in der Schlucht, aber er konnte sie lange in den Augen nicht ertragen. Der Holländermichel hatte sich, je weiter Peter herabkam, wieder kleiner gemacht und stand nun in seiner früheren Gestalt vor einem Haus, so gering oder gut, wie es reiche Bauern im Schwarzwald haben. Die Stube, in die Peter geführt wurde, unterschied sich durch nichts von den Stuben anderer Leute als dadurch, dass sie einsam erschien.

Die hölzerne Wanduhr, der ungeheure Kachelofen, die breiten Bänke, die Gerätschaften auf den Gesimsen waren hier wie überall. Michel wies ihm einen Platz hinter dem großen Tisch an, ging dann hinaus und kam bald mit einem Krug Wein und Gläsern wieder. Er goss ein, und nun schwatzten sie, und Holländermichel erzählte von den Freuden der Welt, von fremden Ländern, schönen Städten und Flüssen, dass Peter, am Ende große Sehnsucht danach bekommend, dies auch offen dem Holländer sagte.

»Wenn du im ganzen Körper Mut und Kraft hattest, etwas zu unternehmen, da konnten ein paar Schläge des dummen Herzens dich zittern machen; und dann die Kränkungen der Ehre, das Unglück, wozu soll sich ein vernünftiger Kerl um dergleichen bekümmern? Hast du's im Kopf empfunden, als dich letzthin einer einen Betrüger und schlechten Kerl nannte? Hat es dir im Magen wehe getan, als der Amtmann kam, dich aus dem Hause zu werfen? Was, sag an, was hat dir wehe getan?«

»Mein Herz«, sprach Peter, indem er die Hand auf die pochende Brust presste, denn es war ihm, als ob sein Herz sich ängstlich hin und her wendete.

»Du hast, nimm mir es nicht übel, du hast viele hundert Gulden an schlechte Bettler und anderes Gesindel weggeworfen; was hat es dich genützt? Sie haben dir dafür Segen und einen gesunden Leib gewünscht; ja, bist du deswegen gesünder geworden? Für die Hälfte des verschleuderten Geldes hättest du einen Arzt gehalten. Segen, ja, ein schöner Segen, wenn man ausgepfändet und ausgestoßen wird! Und was war es, das dich trieb, in die Tasche zu fahren, sooft ein Bettelmann seinen zerlumpten Hut hinstreckte? – Dein Herz, auch wieder dein Herz, und weder deine Augen noch deine Zunge, deine Arme noch deine Beine, sondern dein Herz; du hast dir es, wie man richtig sagt, zu sehr zu Herzen genommen.«

»Aber wie kann es denn anders sein, wie kann man sich denn angewöhnen, dass es nicht mehr so ist? Ich gebe mir auch jetzt alle Mühe, es zu unterdrücken, und dennoch pocht mein Herz wie ein Dampfhammer und tut mir weh.«

»Du freilich«, rief jener mit Lachen, »du, armer Schelm, kannst nichts dagegen tun; aber gib mir das immer pochende Ding, und du wirst sehen, wie gut du es dann hast.«

»Euch, mein Herz?«, schrie Peter mit Entsetzen. »Da müsste ich ja sterben auf der Stelle! Nimmermehr!«

»Ja, wenn dir einer eurer Herren Wundärzte das Herz aus dem Leibe operieren wollte, da müsstest du wohl sterben; bei mir ist das ein anderes Ding. Doch komm herein und überzeuge dich selbst!« Er stand bei diesen Worten auf, öffnete eine Kammertür und führte Peter hinein. Sein Herz zog sich krampfhaft zusammen, als er über die Schwelle trat, aber er achtete es nicht, denn der Anblick, der sich ihm bot, war sonderbar und überraschend. Auf mehreren Gesimsen von Holz standen Gläser, mit durchsichtiger Flüssigkeit gefüllt, und in jedem dieser Gläser lag ein Herz, auch waren an den Gläsern Zettel angeklebt und Namen darauf geschrieben, die Peter neugierig las. Da war das Herz des Amtmanns in F., das Herz des dicken Ezechiel, das Herz des Tanzbodenkönigs, das Herz des Oberförsters; da waren sechs Herzen von Kornwucherern, acht von Werbeoffizieren, drei von Geldmaklern – kurz, es war eine Sammlung der angesehensten Herzen im Umkreis von zwanzig Stunden.

»Schau«, sprach der Holländermichel, »die alle haben des Lebens Ängste und Sorgen weggeworfen; keines dieser Herzen schlägt mehr ängstlich und besorgt, und ihre ehemaligen Besitzer befinden sich wohl dabei, dass sie den unruhigen Gast aus dem Hause haben.«

»Aber was tragen sie denn jetzt in der Brust?«, fragte Peter, den dies alles, was er gesehen, beinahe schwindeln machte.

»Dies«, antwortete Michel und reichte ihm aus einem Schubfach ein – steinernes Herz!

»So!«, erwiderte Peter und konnte sich eines Schauers, der ihm über die Haut ging, nicht erwehren. »Ein Herz von Marmelstein? Aber horch einmal, Herr Holländermichel, das muss doch gar kalt sein in der Brust.«

»Freilich, aber ganz angenehm kühl. Warum soll denn ein Herz warm sein? Im Winter nützt dir die Wärme nichts, da hilft ein guter Kirschgeist mehr als ein warmes Herz, und im Sommer, wenn alles schwül und heiß ist – du glaubst nicht, wie dann ein solches Herz abkühlt. Und wie gesagt,

weder Angst noch Schrecken, weder törichtes Mitleiden noch anderer Jammer pocht an solch ein Herz.«
»Und das ist alles, was Ihr mir geben könnt«, fragte Peter unmutig, »ich hoffte auf Geld, und Ihr wollt mir einen Stein geben!«
»Nun, ich denke, an hunderttausend Gulden hättest du fürs Erste genug. Wenn du es geschickt umtreibst, kannst du bald ein Millionär werden.«
»Hunderttausend?«, rief der arme Köhler freudig. »Nun, so poche doch nicht so ungestüm in meiner Brust, wir werden bald fertig sein miteinander. Gut, Michel, gebt mir den Stein und das Geld, und die Unruhe könnt Ihr aus dem Gehäuse nehmen!«
»Ich dachte es doch, dass du ein vernünftiger Bursche seist«, antwortete der Holländer freundlich lächelnd; »komm, lass uns noch eins trinken, und dann will ich das Geld auszahlen.«
So setzten sie sich wieder in die Stube zum Wein und tranken, bis Peter in einen tiefen Schlaf verfiel. –
Kohlenmunkpeter erwachte beim fröhlichen Schmettern eines Posthorns, und siehe da, er saß in einem schönen Wagen, fuhr auf einer breiten Straße dahin, und als er sich aus dem Wagen bog, sah er in blauer Ferne hinter sich den Schwarzwald liegen. Anfänglich wollte er gar nicht glauben, dass er es selbst sei, der in seinem Wagen sitze. Denn auch seine Kleider waren gar nicht mehr dieselben, die er gestern getragen, aber er erinnerte sich doch an alles so deutlich, dass er endlich sein Nachsinnen aufgab und rief: »Der Kohlenmunkpeter bin ich, das ist ausgemacht, und kein anderer!«
Er wunderte sich über sich selbst, dass er gar nicht wehmütig werden konnte, als er jetzt zum ersten Mal aus der stillen Heimat zog, aus den Wäldern, wo er so lange gelebt hatte. Selbst nicht, als er an seine Mutter dachte, die jetzt wohl hilflos und im Elend saß, konnte er eine Träne aus dem Auge pressen oder nur seufzen, denn es war ihm alles so gleichgültig. »Ach, freilich«, sagte er dann, »Tränen und Seufzer, Heimweh und Wehmut kommen ja aus dem Herzen, und dank dem Holländermichel – ist das meine kalt und von Stein.«
Er legte seine Hand auf die Brust, und es war ganz ruhig dort, und es rührte sich nichts. »Wenn er mit den Hunderttausenden so gut Wort hielt wie mit dem Herzen, so soll es mich freuen«, sprach er und fing an, seinen Wagen zu untersuchen. Er fand Kleidungsstücke von aller Art, wie er sie nur wünschen konnte, aber kein Geld. Endlich stieß er auf eine Tasche und fand viele tausend Taler in Gold und Scheinen auf Handlungshäuser in al-

len großen Städten. ›Jetzt hab' ich's, wie ich wollte‹, dachte er, setzte sich bequem in die Ecke des Wagens und fuhr in die weite Welt.

Er fuhr zwei Jahre in der Welt umher und schaute aus seinem Wagen links und rechts an den Häusern hinauf, schaute, wenn er anhielt, nichts als das Schild seines Wirtshauses an, lief dann in der Stadt umher und ließ sich die schönsten Merkwürdigkeiten zeigen. Aber es freute ihn nichts, kein Bild, kein Haus, keine Musik, kein Tanz, sein Herz von Stein nahm an nichts Anteil, und seine Augen, seine Ohren waren abgestumpft für alles Schöne. Nichts war ihm mehr geblieben als die Freude am Essen und Trinken und der Schlaf, und so lebte er, indem er ohne Zweck durch die Welt reiste, zu seiner Unterhaltung speiste und aus Langeweile schlief. Hie und da erinnerte er sich zwar, dass er fröhlicher, glücklicher gewesen sei, als er noch arm war und arbeiten musste, um sein Leben zu fristen. Da hatte ihn jede schöne Aussicht ins Tal gefreut, Musik und Gesang hatten ihn ergötzt, da hatte er sich stundenlang auf die einfache Kost, die ihm die Mutter zu dem Meiler bringen sollte, gefreut. Wenn er so über die Vergangenheit nachdachte, so kam es ihm ganz sonderbar vor, dass er jetzt nicht einmal lachen konnte, und sonst hatte er über den kleinsten Scherz gelacht. Wenn andere lachten, so verzog er nur aus Höflichkeit den Mund, aber sein Herz – lächelte nicht mit. Er merkte dann, dass er zwar überaus ruhig sei, aber zufrieden fühlte er sich doch nicht. Es war nicht Heimweh oder Wehmut, sondern Öde, Überdruss, freudenloses Leben, was ihn endlich wieder nach Hause trieb.

Als er von Strassburg herüberfuhr und den dunklen Wald seiner Heimat erblickte, als er zum ersten Mal wieder jene kräftigen Gestalten, jene freundlichen, treuen Gesichter der Schwarzwälder sah, als sein Ohr die heimatlichen Klänge, stark, tief, aber wohltönend, vernahm, da fühlte er schnell an sein Herz, denn sein Blut wallte stärker, und er glaubte, er müsse sich freuen und müsse weinen zugleich; aber – wie konnte er nur so töricht sein, er hatte ja ein Herz von Stein. Und Steine sind tot und lächeln und weinen nicht.

Sein erster Gang war zum Holländermichel, der ihn mit aller Freundlichkeit aufnahm. »Michel«, sagte er zu ihm, »gereist bin ich nun und habe alles gesehen, ist aber alles dummes Zeug, und ich hatte nur Langeweile. Überhaupt, Euer steinernes Ding, das ich in der Brust trage, schützt mich zwar vor manchem. Ich erzürne mich nie, bin nie traurig, aber ich freue mich auch nie, und es ist mir, als wenn ich nur halb lebte. Könnt Ihr das

Steinherz nicht ein wenig beweglicher machen? Oder – gebt mir lieber mein altes Herz! Ich hatte mich in fünfundzwanzig Jahren daran gewöhnt, und wenn es zuweilen auch einen dummen Streich machte, so war es doch munter und ein fröhliches Herz.«

Der Waldgeist lachte grimmig und bitter. »Wenn du einmal tot bist, Peter Munk«, antwortete er, »dann soll es dir nicht fehlen; dann sollst du dein weiches, rührbares Herz wiederhaben, und du kannst dann fühlen, was kommt, Freud' oder Leid. Aber hier oben kann es nicht mehr dein werden! Doch, Peter, gereist bist du wohl, aber so wie du lebtest, konnte es dir nichts nützen. Setze dich jetzt hier irgendwo im Wald, bau ein Haus, heirate, treibe dein Vermögen um! Es hat dir nur an Arbeit gefehlt; weil du müßig warst, hattest du Langeweile und schiebst jetzt alles auf dieses unschuldige Herz.« Peter sah ein, dass Michel Recht habe, was den Müßiggang betreffe, und nahm sich vor, reich und immer reicher zu werden. Michel schenkte ihm noch einmal hunderttausend Gulden und entließ ihn als seinen guten Freund.

Bald hörte man im Schwarzwald, der Kohlenmunkpeter oder Spielpeter sei wieder da und viel reicher als zuvor. Es ging auch jetzt wie immer; als er am Bettelstab war, wurde er in der ›Sonne‹ zur Tür hinausgeworfen, und als er nun an einem Sonntagmittag seinen ersten Einzug dort hielt, schüttelten sie ihm die Hand, lobten sein Pferd, fragten nach seiner Reise, und als er wieder mit dem dicken Ezechiel um harte Taler spielte, stand er in der Achtung so hoch wie nur je. Er trieb jetzt nicht mehr das Glashandwerk, sondern den Holzhandel, aber nur zum Schein. Sein Hauptgeschäft war, mit Korn und Geld zu handeln. Der halbe Schwarzwald wurde ihm nach und nach schuldig, aber er lieh Geld nur auf zehn vom Hundert aus oder verkaufte Korn an die Armen, die nicht gleich zahlen konnten, um den dreifachen Wert. Mit dem Amtmann stand er jetzt in enger Freundschaft, und wenn einer Herrn Peter Munk nicht auf den Tag bezahlte, so ritt der Amtmann mit seinen Schergen hinaus, schätzte Haus und Hof, verkaufte es flugs und trieb Vater, Mutter und Kind fort. Anfangs machte das dem reichen Peter einige Unlust, denn die armen Ausgepfändeten belagerten dann haufenweise seine Tür, die Männer flehten um Nachsicht, die Weiber suchten das steinerne Herz zu erweichen, und die Kinder winselten um ein Stücklein Brot. Aber als er sich ein paar tüchtige Fleischerhunde angeschafft hatte, hörte diese Katzenmusik, wie er es nannte, bald auf. Er pfiff und hetzte, und die Bettelleute flogen schreiend auseinander.

Am lästigsten war ihm das ›alte Weib‹. Das war aber niemand anders als Frau Munkin, Peters Mutter. Sie war in Not und Elend geraten, als man ihr Haus und Hof verkauft hatte, und ihr Sohn, als er reich zurückgekehrt war, hatte sich nicht mehr nach ihr umgesehen. Da kam sie nun zuweilen, alt, schwach und gebrechlich, an einem Stock vor das Haus. Hinein wagte sie sich nicht mehr, denn er hatte sie einmal weggejagt; aber es tat ihr wehe, von den Guttaten anderer Menschen leben zu müssen, da der eigene Sohn ihr ein sorgenloses Alter hätte bereiten können. Doch das kalte Herz wurde nimmer gerührt vom Anblick der bleichen, wohl bekannten Züge, von den bittenden Blicken, von der welken, ausgestreckten Hand, von der hinfälligen Gestalt. Mürrisch zog er, wenn sie sonnabends an die Tür pochte, einen Sechsbätzer hervor, schlug ihn in ein Papier und ließ ihn hinausreichen durch einen Knecht. Er vernahm ihre zitternde Stimme, wenn sie dankte und wünschte, es möge ihm wohl gehen auf Erden, er hörte sie hüstelnd von der Tür schleichen, aber er dachte weiter nicht mehr daran, als dass er wieder sechs Batzen unnütz ausgegeben hatte.
Endlich kam Peter auf den Gedanken, zu heiraten. Er wusste, dass im ganzen Schwarzwald jeder Vater ihm gerne seine Tochter geben werde, aber er war schwierig in seiner Wahl, denn er wollte, dass man auch hierin sein Glück und seinen Verstand preisen sollte. Daher ritt er umher im ganzen Wald, schaute hier, schaute dort, und keine der schönen Schwarzwälderinnen deuchte ihm schön genug. Endlich, nachdem er auf allen Tanzböden umsonst nach der Schönsten ausgeschaut hatte, hörte er eines Tages, die Schönste und Tugendsamste im ganzen Wald sei eines armen Holzhauers Tochter. Sie lebe still und für sich, besorge geschickt und emsig ihres Vaters Haus und lasse sich nie auf dem Tanzboden sehen, nicht einmal zu Pfingsten oder zur Kirchweih. Als Peter von diesem Wunder des Schwarzwaldes hörte, beschloss er, um sie zu werben, und ritt nach der Hütte, die man ihm bezeichnet hatte. Der Vater der schönen Lisbeth empfing den vornehmen Herrn mit Staunen und verwunderte sich noch mehr, als er hörte, es sei dies der reiche Herr Peter und er wolle sein Schwiegersohn werden. Er besann sich auch nicht lange, denn er meinte, all seine Sorge und Armut würden nun ein Ende haben, sagte zu, ohne die schöne Lisbeth zu fragen, und das gute Kind war so folgsam, dass es ohne Widerrede Frau Peter Munkin wurde.
Aber es wurde der Armen nicht so gut, wie sie sich geträumt hatte. Sie glaubte, ihr Hauswesen wohl zu verstehen, aber sie konnte Herrn Peter

nichts zu Dank machen; sie hatte Mitleiden mit armen Leuten, und da ihr Eheherr reich war, dachte sie, es sei keine Sünde, einem armen Bettelweib einen Pfennig oder einem alten Mann einen Schnaps zu reichen. Aber als Herr Peter dies eines Tages merkte, sprach er mit zürnenden Blicken und rauer Stimme: »Warum verschleuderst du mein Vermögen an Lumpen und Straßenläufer? Hast du was mitgebracht ins Haus, das du wegschenken könntest? Mit deines Vaters Bettelstab kann man keine Suppe wärmen, und du wirfst das Geld aus wie eine Fürstin. Noch einmal lass dich ertappen, so sollst du meine Hand fühlen!« Die schöne Lisbeth weinte in ihrer Kammer über den harten Sinn ihres Mannes, und sie wünschte oft, lieber daheim zu sein in ihres Vaters ärmlicher Hütte, als bei dem reichen, aber geizigen, hartherzigen Peter zu hausen. Ach, hätte sie gewusst, dass er ein Herz von Marmor habe und weder sie noch irgendeinen Menschen lieben könnte, so hätte sie sich wohl nicht gewundert. Sooft sie aber jetzt unter der Tür saß, und es ging ein Bettelmann vorüber und zog den Hut ab und hub seinen Spruch an, so drückte sie die Augen zu, das Elend nicht zu schauen, sie ballte die Hand fester, damit sie nicht unwillkürlich in die Tasche fahre, ein Kreuzerlein herauszulangen.

So kam es, dass die schöne Lisbeth im ganzen Wald verschrien wurde, und es hieß, sie sei noch geiziger als Peter Munk. Eines Tages saß Frau Lisbeth wieder vor dem Haus und spann und murmelte ein Liedchen dazu, denn sie war munter, weil es schön Wetter und Herr Peter ausgeritten war über Feld. Da kam ein altes Männlein des Weges daher, das trug einen großen, schweren Sack, und sie hörte es schon von weitem keuchen. Teilnehmend sah ihm Frau Lisbeth zu und dachte, einem so alten kleinen Mann sollte man nicht mehr so schwer aufladen.

Indes keuchte und wankte das Männlein heran, und als es gegenüber von Frau Lisbeth war, brach es unter dem Sack beinahe zusammen. »Ach, habt Barmherzigkeit, Frau, und reicht mir nur einen Trunk Wasser!«, sprach das Männlein. »Ich kann nicht weiter, muss elend verschmachten.«

»Aber Ihr solltet in Eurem Alter nicht mehr so schwer tragen«, sagte Frau Lisbeth.

»Ja, wenn ich nicht als Bote gehen müsste der Armut halber und um mein Leben zu fristen«, antwortete er; »ach, so eine reiche Frau wie Ihr weiß nicht, wie wehe Armut tut und wie wohl ein Trunk bei solcher Hitze.«

Als sie dies hörte, eilte sie ins Haus, nahm einen Krug vom Gesims und füllte ihn mit Wasser. Doch als sie zurückkehrte und nur noch wenige Schritte von ihm entfernt war und das Männlein sah, wie es so elend und verkümmert auf dem Sack saß, da fühlte sie inniges Mitleid und bedachte, dass ja ihr Mann nicht zu Hause sei. Sie stellte den Wasserkrug beiseite, nahm einen Becher und füllte ihn mit Wein, legte ein gutes Roggenbrot darauf und brachte es dem Alten. »So, ein Schluck Wein mag Euch besser frommen als Wasser, da Ihr schon gar so alt seid«, sprach sie, »aber trinkt nicht so hastig, und esst auch Brot dazu!«

Das Männlein sah sie staunend an, bis große Tränen in seinen alten Augen standen; es trank und sprach dann: »Ich bin alt geworden, aber ich habe wenig Menschen gesehen, die so mitleidig waren und ihre Gaben so schön und herzig zu spenden wussten wie Ihr, Frau Lisbeth. Es wird Euch dafür auch recht wohl gehen auf Erden; solch ein Herz bleibt nicht unbelohnt.«

»Nein, und den Lohn soll sie auf der Stelle haben!«, schrie eine schreckliche Stimme, und als sie sich umsahen, war es Herr Peter mit blutrotem Gesicht. »Und sogar meinen Ehrenwein gießest du aus an Bettelleute, und meinen Mundbecher gibst du an die Lippen der Straßenläufer? Da, nimm deinen Lohn!«

Frau Lisbeth stürzte zu seinen Füßen und bat um Verzeihung, aber das steinerne Herz kannte kein Mitleid. Er drehte die Peitsche um, die er in der Hand hielt, und schlug sie mit dem Handgriff von Ebenholz so heftig vor die schöne Stirn, dass sie leblos dem alten Mann in die Arme sank. Als Peter das sah, war es doch, als reute ihn diese Tat auf der Stelle; er bückte sich herab, zu schauen, ob noch Leben in ihr sei, aber das Männlein sprach mit wohl bekannter Stimme: »Gib dir keine Mühe, Kohlenpeter! Es war die schönste und lieblichste Blume im Schwarzwald, aber du hast sie zertreten, und nie mehr wird sie wieder blühen.«

Da wich alles Blut aus Peters Wangen, und er sprach: »Also Ihr seid es, Herr Schatzhauser? Nun, was geschehen ist, ist geschehen, und es hat wohl so kommen müssen. Ich hoffe aber, Ihr werdet mich nicht bei dem Gericht anzeigen als Mörder.«
»Elender!«, erwiderte das Glasmännlein. »Was würde es mir frommen, wenn ich deine sterbliche Hülle an den Galgen brächte? Nicht irdische Gerichte sind es, die du zu fürchten hast, sondern andere und strengere, denn du hast deine Seele an den Bösen verkauft.«
»Und hab' ich mein Herz verkauft«, schrie Peter, »so ist niemand daran schuld als du und dein betrügerischer Schatz; du tückischer Geist hast mich ins Verderben geführt, mich getrieben, dass ich bei einem andern Hilfe suchte, und auf dir liegt die ganze Verantwortung.« Kaum hatte er das gesagt, so wuchs und schwoll das Glasmännlein und wurde hoch und breit, und seine Augen sollen so groß gewesen sein wie Suppenteller, und sein Mund war wie ein geheizter Backofen, und Flammen blitzten daraus hervor. Peter warf sich auf die Knie, und sein steinernes Herz schützte ihn nicht, dass nicht seine Glieder zitterten. Mit Geierkrallen packte ihn der Waldgeist im Nacken, drehte ihn um wie ein Wirbelwind dürres Laub und warf ihn dann zu Boden, dass ihm alle Rippen knackten. »Erdenwurm«, rief er mit einer Stimme, die wie der Donner rollte, »ich könnte dich zerschmettern, wenn ich wollte, denn du hast gegen den Herrn des Waldes gefrevelt. Aber um dieses toten Weibes willen, das mich gespeist und getränkt hat, gebe ich dir acht Tage Frist. Bekehrst du dich nicht zum Guten, so komme ich und zermalme dein Gebein, und du fährst hin in deinen Sünden.«
Es war schon Abend, als einige Männer, die vorbeigingen, den reichen Peter Munk auf der Erde liegen sahen. Sie wandten ihn hin und her und untersuchten, ob noch Atem in ihm sei, aber lange war ihr Suchen vergebens. Endlich ging einer in das Haus, brachte Wasser herbei und besprengte ihn. Da holte Peter tief Atem, stöhnte und schlug die Augen auf, schaute lange um sich her und fragte dann nach Frau Lisbeth, aber keiner hatte sie gesehen. Er dankte den Männern für ihre Hilfe, schlich sich in sein Haus und suchte überall, aber Frau Lisbeth war weder im Keller noch auf dem Boden, und das, was er für einen schrecklichen Traum gehalten hatte, war bittere Wahrheit. Wie er nun so ganz allein war, da kamen ihm sonderbare Gedanken; er fürchtete sich vor nichts, denn sein Herz war ja kalt; aber wenn er an den Tod seiner Frau dachte, kam ihm

sein eigenes Hinscheiden in den Sinn und wie belastet er dahinfahren werde, schwer belastet mit Tränen der Armen, mit Tausenden ihrer Flüche, die sein Herz nicht erweichen konnten, mit dem Jammer der Elenden, auf die er seine Hunde gehetzt, belastet mit der stillen Verzweiflung seiner Mutter, mit dem Blute der schönen guten Lisbeth. Und konnte er doch nicht einmal dem alten Mann, ihrem Vater, Rechenschaft geben, wenn er käme und fragte: ›Wo ist meine Tochter, dein Weib?‹ Wie wollte er einem andern Frage stehen, dem alle Wälder, alle Seen, alle Berge gehören und die Leben der Menschen?

Es quälte ihn auch nachts im Traume, und alle Augenblicke wachte er auf an einer süßen Stimme, die ihm zurief: »Peter, schaff dir ein wärmeres Herz!« Wenn er erwacht war, schloss er doch schnell wieder die Augen, denn der Stimme nach musste es Frau Lisbeth sein, die ihm diese Warnung zurief. Am andern Tag ging er ins Wirtshaus, um seine Gedanken zu zerstreuen, und dort traf er den dicken Ezechiel. Er setzte sich zu ihm, sie sprachen dies und jenes, vom schönen Wetter, vom Krieg, von den Steuern und endlich auch vom Tod und wie da und dort einer so schnell gestorben sei. Da fragte Peter den Dicken, was er denn vom Tod halte und wie es nachher sein werde. Ezechiel antwortete ihm, dass man den Leib begrabe, die Seele aber fahre entweder auf zum Himmel oder hinab in die Hölle.

»Also begräbt man das Herz auch?«, fragte der Peter gespannt.

»Ei freilich, das wird auch begraben.«

»Wenn aber einer sein Herz nicht mehr hat?«, fuhr Peter fort.

Ezechiel sah ihn bei diesen Worten schrecklich an. »Was willst du damit sagen? Willst du mich foppen? Meinst du, ich habe kein Herz?«

»Oh, Herz genug, so fest wie Stein«, erwiderte Peter.

Ezechiel sah ihn verwundert an, schaute sich um, ob es niemand gehört habe, und sprach dann: »Woher weißt du es? Oder pocht vielleicht das deinige auch nicht mehr?«

»Pocht nicht mehr, wenigstens nicht hier in meiner Brust!«, antwortete Peter Munk. »Aber sag mir, da du jetzt weißt, was ich meine, wie wird es gehen mit unseren Herzen?«

»Was kümmert dich dies, Gesell?«, fragte Ezechiel lachend. »Hast ja auf Erden vollauf zu leben und damit genug. Das ist ja gerade das Bequeme mit unsern kalten Herzen, dass uns keine Furcht befällt vor solchen Gedanken.«

»Wohl wahr, aber man denkt doch daran; und wenn ich auch jetzt keine

Furcht mehr kenne, so weiß ich doch wohl noch, wie sehr ich mich vor der Hölle gefürchtet habe, als ich noch ein kleiner, unschuldiger Knabe war.«
»Nun – gut wird es uns gerade nicht gehen«, sagte Ezechiel. »Hab' mal einen Schulmeister darüber gefragt, der sagte mir, dass nach dem Tod die Herzen gewogen werden, wie schwer sie sich versündigt hätten. Die leichten steigen auf, die schweren sinken hinab, und ich denke, unsere Steine werden ein gutes Gewicht haben.«
»Ach freilich«, erwiderte Peter, »und es ist mir oft selbst unbequem, dass mein Herz so teilnahmslos und ganz gleichgültig ist, wenn ich an solche Dinge denke.«
So sprachen sie; aber in der nächsten Nacht hörte er fünf- oder sechs Mal die bekannte Stimme in sein Ohr lispeln: »Peter, schaff dir ein wärmeres Herz!« Er empfand keine Reue, dass er Lisbeth getötet hatte, aber wenn er dem Gesinde sagte, seine Frau sei verreist, so dachte er immer dabei: ›Wohin mag sie wohl gereist sein?‹ Sechs Tage hatte er es so getrieben, und immer hörte er nachts diese Stimme, und immer dachte er an den Waldgeist und seine schreckliche Drohung; aber am siebenten Morgen sprang er auf von seinem Lager und rief: »Nun ja, will sehen, ob ich mir ein wärmeres schaffen kann, denn der gleichgültige Stein in meiner Brust macht mir das Leben nur langweilig und öde.« Er zog schnell seinen Sonntagsrock an, setzte sich auf sein Pferd und ritt dem Tannenbühl zu.
Im Tannenbühl, wo die Bäume dichter standen, saß er ab, band sein Pferd an und ging schnellen Schrittes dem Gipfel des Hügels zu. Als er vor der dicken Tanne stand, hub er seinen Spruch an:

»Schatzhauser im grünen Tannenwald,
Bist viele hundert Jahre alt,
Dein ist all' Land, wo Tannen stehn,
Lässt dich nur Sonntagskindern sehn.«

Da kam das Glasmännlein hervor, aber nicht freundlich und traulich wie sonst, sondern düster und traurig; es hatte ein Röcklein an von schwarzem Glas, und ein langer Trauerflor flatterte herab vom Hut, und Peter wusste wohl, um wen es trauerte.
»Was willst du von mir, Peter Munk?«, fragte es mit dumpfer Stimme.
»Ich hab' noch einen Wunsch gut, Herr Schatzhauser«, antwortete Peter mit niedergeschlagenen Augen.

»Können Steinherzen noch wünschen?«, sagte jener. »Du hast alles, was du für deinen schlechten Sinn brauchst, und ich werde schwerlich deinen Wunsch erfüllen.«

»Aber Ihr habt mir doch drei Wünsche zugesagt, einen hab' ich immer noch übrig.«

»Ich kann ihn versagen, wenn er töricht ist«, fuhr der Waldgeist fort, »aber wohlan, ich will hören, was du willst!«

»So nehmt mir den toten Stein heraus und gebt mir mein lebendiges Herz!«, sprach Peter.

»Hab' ich den Handel mit dir gemacht?«, fragte das Glasmännlein. »Bin ich der Holländermichel, der Reichtum und kalte Herzen schenkt? Dort, bei ihm musst du dein Herz suchen.«

»Ach, er gibt es nimmer zurück«, antwortete Peter traurig.

»Du dauerst mich, so schlecht du auch bist«, sprach das Männlein nach einigem Nachdenken. »Aber weil dein Wunsch nicht töricht ist, so kann ich dir wenigstens meine Hilfe nicht versagen. So höre! Dein Herz kannst du mit keiner Gewalt mehr bekommen, wohl aber durch List, und es wird vielleicht nicht schwer halten, denn Michel bleibt doch nur der dumme Michel, obgleich er sich ungemein klug dünkt. So gehe denn geradenwegs zu ihm hin und tue, wie ich dir heiße!«

Und nun unterrichtete er ihn in allem und gab ihm ein Kreuzlein aus reinem Glas. »Am Leben kann er dir nicht schaden, und er wird dich freilassen, wenn du ihm dies vorhalten und dazu beten wirst. Und hast du dann, was du verlangt hast, erhalten, so komm wieder zu mir an diesen Ort!«

Peter Munk nahm mit vielem Dank das Kreuzlein, prägte sich alle Worte ins Gedächtnis und ging weiter nach Holländermichels Behausung. Er rief drei Mal seinen Namen, und bald stand der Riese vor ihm. »Du hast dein Weib erschlagen?«, fragte er ihn mit schrecklichem Lachen. »Hätt' es auch so gemacht, sie hat dein Vermögen an das Bettelvolk gebracht. Aber du wirst auf einige Zeit außer Landes gehen müssen, denn es wird Lärm machen, wenn man sie nicht findet, und du brauchst wohl Geld und kommst, um es zu holen.«

»Du hast's erraten«, erwiderte Peter, »und nur recht viel diesmal, denn nach Amerika ist's weit.«

Michel ging voran und brachte ihn in seine Hütte, dort schloss er eine Truhe auf, worin viel Geld lag, und langte ganze Rollen Gold heraus. Während er es so auf den Tisch hinzählte, sprach Peter: »Du bist ein loser Vogel, Michel, dass du mich belogen hast, ich hätte einen Stein in der Brust, und du habest mein Herz!«

»Und ist es denn nicht so?«, fragte Michel staunend. »Fühlst du denn dein Herz? Ist es nicht kalt wie Eis? Hast du Furcht oder Gram, kann dich etwas reuen?«

»Du hast mein Herz nur stillstehen lassen, aber ich hab' es noch wie sonst in meiner Brust, und Ezechiel auch, der hat es mir gesagt, dass du uns angelogen hast; du bist nicht der Mann dazu, der einem das Herz so unbemerkt und ohne Gefahr aus der Brust reißen könnte; da müsstest du zaubern können.«

»Aber ich versichere dir«, rief Michel unmutig, »du und Ezechiel und alle reichen Leute, die es mit mir gehalten haben, haben solche kalten Herzen wie du, und ihre rechten Herzen habe ich hier in meiner Kammer.«

»Ei, wie dir das Lügen von der Zunge geht!«, lachte Peter. »Das mach du einem andern weis! Meinst du, ich hab' auf meinen Reisen nicht solche Kunststücke zu Dutzenden gesehen? Aus Wachs nachgeahmt sind deine Herzen hier in der Kammer. Du bist ein reicher Kerl, das geb' ich zu, aber zaubern kannst du nicht.«

Da ergrimmte der Riese und riss die Kammertür auf. »Komm herein und lies die Zettel alle, und jenes dort, schau, das ist Peter Munks Herz. Siehst du, wie es zuckt? Kann man das auch aus Wachs machen?«

»Und doch ist es aus Wachs«, antwortete Peter. »So schlägt ein rechtes Herz nicht, ich habe das meinige noch in der Brust. Nein, zaubern kannst du nicht!«

»Aber ich will es dir beweisen!«, rief jener ärgerlich. »Du sollst es selbst fühlen, dass dies dein Herz ist.«

Er nahm es, riss Peters Wams auf, nahm einen Stein aus seiner Brust und zeigte ihn vor. Dann nahm er das Herz, hauchte es an und setzte es behutsam an seine Stelle. Sofort fühlte Peter, wie es pochte, und er konnte sich wieder darüber freuen.

»Wie ist dir jetzt?«, fragte Michel lächelnd.
»Wahrhaftig, du hast doch Recht gehabt«, antwortete Peter, indem er behutsam sein Kreuzlein aus der Tasche zog. »Hätt' ich doch nicht geglaubt, dass man dergleichen tun könne!«
»Nicht wahr? Und zaubern kann ich, das siehst du; aber komm, jetzt will ich dir den Stein wieder hineinsetzen.«
»Gemach, Herr Michel!«, rief Peter, trat einen Schritt zurück und hielt ihm das Kreuzlein entgegen. »Mit Speck fängt man Mäuse, und diesmal bist du der Betrogene.« Und zugleich fing er an zu beten, was ihm nur einfiel.
Da wurde Michel kleiner und immer kleiner, fiel nieder und wand sich hin und her wie ein Wurm und ächzte und stöhnte, und alle Herzen umher fingen an zu zucken und zu pochen, dass es tönte wie in der Werkstatt eines Uhrmachers. Peter aber fürchtete sich, es wurde ihm ganz unheimlich zu Mute, er rannte zur Kammer und zum Haus hinaus und klomm, von Angst getrieben, die Felsenwand hinan, denn er hörte, dass Michel sich aufraffte, stampfte und tobte und ihm schreckliche Flüche nachschickte. Als er oben war, lief er dem Tannenbühl zu; ein schreckliches Gewitter zog auf, Blitze zuckten links und rechts von ihm nieder und zerschmetterten die Bäume, aber er kam wohlbehalten in dem Revier des Glasmännleins an.
Sein Herz pochte freudig, und nur darum, weil es pochte. Dann aber sah er mit Entsetzen auf sein Leben zurück wie auf das Gewitter, das hinter ihm rechts und links den schönen Wald zersplitterte.
Er dachte an Frau Lisbeth, sein schönes, gutes Weib, das er aus Geiz gemordet hatte, er kam sich selbst wie der Auswurf der Menschen vor und weinte heftig, als er an Glasmännleins Hügel kam.
Schatzhauser saß unter dem Tannenbaum und rauchte aus einer kleinen Pfeife, doch sah er munterer aus als zuvor. »Warum weinst du, Kohlenpeter?«, fragte er. »Hast du dein Herz nicht erhalten? Liegt noch das kalte in deiner Brust?«
»Ach, Herr!«, seufzte Peter. »Als ich noch das kalte Steinherz trug, da weinte ich nie, meine Augen waren so trocken wie das Land im Juli; jetzt aber will es mir beinahe das alte Herz zerbrechen, was ich getan! Meine Schuldner habe ich ins Elend gejagt, auf Arme und Kranke die Hunde gehetzt und, Ihr wisst es ja selbst – wie meine Peitsche auf ihre schöne Stirne fiel!«
»Peter, du warst ein großer Sünder!«, sprach das Männlein. »Das Geld

und der Müßiggang haben dich verderbt, bis dein Herz zu Stein wurde, nicht Freud', nicht Leid, keine Reue, kein Mitleid mehr kannte. Aber Reue versöhnt, und wenn ich nur wüsste, dass dir dein böses Leben recht Leid tut, so könnte ich schon noch was für dich tun.«

»Will nichts mehr«, antwortete Peter und ließ traurig sein Haupt sinken. »Mit mir ist es aus, kann mich mein Lebtag nicht mehr freuen; was soll ich so allein auf der Welt tun? Meine Mutter verzeiht mir nimmer, was ich ihr getan, und vielleicht hab' ich sie unter den Boden gebracht, ich Ungeheuer! Und Lisbeth, meine Frau! Schlagt mich lieber auch tot, Herr Schatzhauser, dann hat mein elend Leben mit einmal ein Ende.«

»Gut«, erwiderte das Männlein, »wenn du nicht anders willst, so kannst du es haben; meine Axt habe ich bei der Hand.« Er nahm ganz ruhig sein Pfeiflein aus dem Mund, klopfte es aus und steckte es ein. Dann stand er langsam auf und ging hinter die Tannen. Peter setzte sich weinend ins Gras, sein Leben war ihm nichts mehr wert, und er erwartete geduldig den Todesstreich. Nach einiger Zeit hörte er leise Tritte hinter sich und dachte: ›Jetzt wird er kommen.‹

»Schau dich noch einmal um, Peter Munk!«, rief das Männlein. Er wischte sich die Tränen aus den Augen, schaute sich um und sah – seine Mutter und Lisbeth, seine Frau, die ihn freundlich anblickten. Da sprang er freudig auf: »So bist du nicht tot, Lisbeth? Und auch Ihr seid da, Mutter, und habt mir vergeben?«

»Sie wollen dir verzeihen«, sprach das Glasmännlein, »weil du wahre Reue fühlst, und alles soll vergessen sein. Zieh jetzt heim in deines Vaters Hütte und sei ein Köhler wie zuvor; bist du brav und bieder, so wirst du dein Handwerk ehren, und deine Nachbarn werden dich mehr lieben und achten, als wenn du zehn Tonnen Goldes hättest.« So sprach das Glasmännlein und nahm Abschied von ihnen.

Die drei lobten und segneten ihn und gingen heim.

Das prachtvolle Haus des reichen Peter stand nicht mehr, der Blitz hatte es angezündet und mit all seinen Schätzen niedergebrannt; aber nach der väterlichen Hütte war es nicht weit, dorthin ging jetzt ihr Weg, und der große Verlust bekümmerte sie nicht.

Aber wie staunten sie, als sie an die Hütte kamen! Sie war zu einem schönen Bauernhaus geworden, und alles darin war einfach, aber gut und reinlich.

»Das hat das gute Glasmännlein getan!«, rief Peter.

»Wie schön!«, sagte Frau Lisbeth. »Und hier ist mir viel heimlicher als in dem großen Haus mit dem vielen Gesinde.«

Von jetzt an wurde Peter Munk ein fleißiger und wackerer Mann. Er war zufrieden mit dem, was er hatte, trieb sein Handwerk unverdrossen, und so kam es, dass er durch eigene Kraft wohlhabend wurde und angesehen und beliebt im ganzen Wald. Er zankte nie mehr mit Frau Lisbeth, ehrte seine Mutter und gab den Armen, die an seine Tür pochten.

Als nach Jahr und Tag Frau Lisbeth von einem schönen Knaben genas, ging Peter nach dem Tannenbühl und sagte sein Sprüchlein. Aber das Glasmännlein zeigte sich nicht. »Herr Schatzmeister!«, rief er laut. »Hört mich doch, ich will ja nichts anderes, als Euch zu Gevatter bitten bei meinem Söhnlein!« Aber er gab keine Antwort; nur ein kurzer Windstoß sauste durch die Tannen und warf einige Tannenzapfen herab ins Gras. »So will ich dies zum Andenken mitnehmen, weil Ihr Euch doch nicht sehen lassen wollet!«, rief Peter, steckte die Zapfen in die Tasche und ging nach Hause. Aber als er zu Hause das Sonntagswams auszog und seine Mutter die Taschen umwandte und das Wams in den Kasten legen wollte, da fielen vier stattliche Geldrollen heraus, und als man sie öffnete, waren es lauter gute, neue badische Taler. Das war ein Patengeschenk des Männleins im Tannenwald für den kleinen Peter.

So lebten sie still und unverdrossen fort, und noch oft nachher, als Peter Munk schon graue Haare hatte, sagte er: »Es ist doch besser, zufrieden zu sein mit wenigem, als Gold und Güter haben und ein kaltes Herz.«

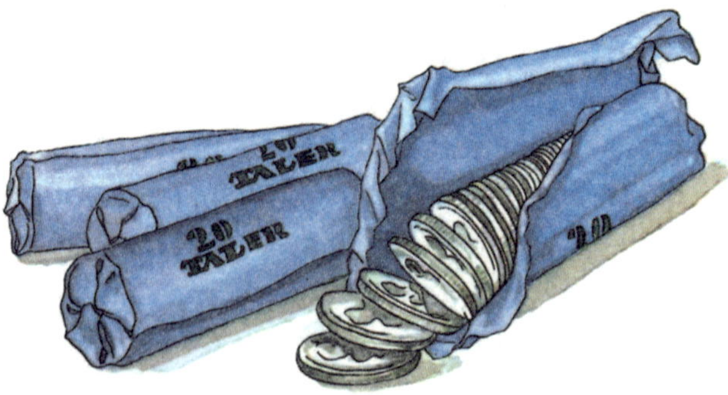

Märchen
von Ludwig Bechstein

Der Mann ohne Herz

Es sind einmal sieben Brüder gewesen. Sie waren arme Waisen, hatten keine Schwester und mussten alles im Hause selbst tun; das gefiel ihnen nicht, und sie beschlossen zu heiraten.

Weil es aber da, wo sie wohnten, keine Bräute für sie gab, sagten die Älteren, sie wollten in die Fremde ziehen, um sich Bräute zu suchen. Der Jüngste sollte indessen das Haus hüten; dafür wollten sie ihm eine recht schöne Braut mitbringen. Damit war der Jüngste zufrieden, und die sechs Brüder machten sich fröhlich und wohlgemut auf den Weg.

Sie kamen auf ihrer Wanderschaft an ein kleines Häuschen, das stand ganz einsam in einem Walde, und vor dem Häuschen stand ein alter, alter Mann, der rief die Brüder an und fragte: »Heda! Ihr jungen Kiek-in-die-Welt! Wohin denn so lustig und so geschwind?«

»Ei, wir wollen uns jeder eine hübsche Braut holen und unserm jüngsten Bruder daheim auch eine!«, antworteten die Brüder.

»Oh, ihr lieben Jungen!«, sagte da der Alte: »ich lebe hier so mutterseelenallein, bringt mir doch auch eine Braut mit, aber eine junge hübsche muss es sein!«

Die Brüder zogen weiter und dachten: »Hm, was will so ein alter eisgrauer Hutzelmann mit einer jungen hübschen Braut?«

Als nun die Brüder in eine Stadt gekommen waren, fanden sie dort sieben Schwestern, so jung und so hübsch sie sich's nur wünschen konnten. Die nahmen sie, und die Jüngste nahmen sie für ihren Bruder mit.

Der Weg führte sie wieder durch den Wald, und der Alte stand wieder vor seinem Häuschen und wartete auf sie; er rief ihnen zu: »Grüß euch Gott, ihr braven Jungen! Ich danke euch sehr, dass ihr mir so eine junge, hübsche Braut mitgebracht habt!«

»Nein!«, sagten die Brüder, »die Braut ist nicht für dich, sie ist für unseren Bruder zu Hause, dem haben wir sie versprochen!«

»So?«, sagte der Alte böse, »versprochen? Ei, dass dich … Ich will euch auch versprechen!« Er nahm ein weißes Stäbchen, murmelte ein paar Zau-

berworte und rührte die Brüder und die Bräute mit dem Stäbchen an – bis auf die jüngste. Da wurden sie alle in graue Steine verwandelt.
Die jüngste der Schwestern aber führte der Mann in sein Haus. Das musste sie nun behüten und in Ordnung halten. Sie tat das auch gern, aber sie hatte immer Angst, der alte Zauberer könne bald sterben, und dann würde sie in dem einsamen Häuschen im wilden öden Wald auch so mutterseelenallein sein, wie der Alte es bisher gewesen war. Darüber sprach sie mit ihm, und er antwortete: »Hab' keine Angst; fürchte nicht, dass ich sterbe. Denn wisse, ich habe kein Herz in meiner Brust! Sollte ich aber dennoch sterben, so findest du über der Tür mein weißes Zauberstäbchen und rührst du damit an die grauen Steine, dann sind deine Schwestern und ihre Freier wieder befreit, und du hast Gesellschaft genug.«
»Wo aber, in aller Welt, hast du dein Herz, wenn du es nicht in der Brust hast?«, fragte die junge Braut.
»Musst du denn alles wissen?«, erwiderte der Alte. »Nun, wenn du es schon wissen musst – in der Bettdecke steckt mein Herz.«
Da nähte und stickte die junge Braut, sobald der Alte fort in seine Wälder ging, in ihrer Einsamkeit die schönsten Blumen auf seine Bettdecke, damit sein Herz eine Freude habe. Der Alte aber lächelte darüber und sagte: »Du gutes Kind, es war ja nur ein Scherz; mein Herz, das steckt – das steckt –«
»Nun, wo steckt es denn, lieber Vater?«
»Das steckt in der – Stubentür!«
Als der Alte fort war, da hat sie die Stubentür schön geschmückt mit bunten Federn und frischen Blumen und hat Kränze daran gehängt. Und als

der Alte heimkam, fragte er sofort, was das zu bedeuten hätte. »Das tat ich deinem Herzen zuliebe«, sagte das junge Mädchen. Da lächelte der Alte wieder und sagte: »Gutes Kind, mein Herz ist ganz woanders als in der Stubentür!«

Da wurde die junge Braut sehr betrübt und sprach: »Ach, Vater, du hast doch ein Herz, und kannst deshalb auch sterben, und ich werde dann ganz verlassen sein in dieser Einsamkeit.«

Da wiederholte der Alte alles, was er ihr schon zwei Mal gesagt hatte. Aber sie wollte unbedingt wissen, wo sein Herz war. Da sagte der Alte: »Weit, weit von hier liegt in tiefer Einsamkeit eine große, uralte Kirche, die ist fest verschlossen mit eisernen Türen. Ein tiefer Wallgraben ist um sie gezogen, über den führt keine Brücke. In der Kirche fliegt ein Vogel auf und ab. Er isst nicht, er trinkt nicht und stirbt nicht, und niemand vermag ihn zu fangen. Solange dieser Vogel lebt, so lange lebe ich auch – denn in dem Vogel ist mein Herz.«

Da wurde die Braut traurig, dass sie dem Herzen des alten Zauberers nichts zuliebe tun konnte, und die Zeit wurde ihr lang, wenn sie so allein saß, denn der Alte war fast den ganzen Tag nicht zu Hause.

Da kam einmal ein junger Wandergeselle vorüber, der grüßte sie, und sie grüßte ihn. Sie gefiel ihm, und er kam näher. Da fragte sie ihn, wohin er reise und woher er komme?

»Ach!«, seufzte der junge Geselle: »ich bin sehr traurig. Ich hatte noch sechs Brüder, die sind von dannen gezogen, sich Bräute zu holen, und mir, dem Jüngsten, wollten sie auch eine mitbringen. Sie sind aber nimmer wieder gekommen, und nun bin ich auch fort gewandert und will meine Brüder suchen!«

»Ach, lieber Geselle!«, rief die Braut, »da brauchst du nicht weiter zu gehen! Erst setze dich und iss und trinke etwas, und dann lass dir erzählen!«

Sie gab ihm zu essen und zu trinken und erzählte ihm, wie seine Brüder in die Stadt gekommen waren, und wie sie ihre sechs Schwestern und sie selbst als Bräute mit sich nach Hause hätten führen wollen. Sie selbst aber sei für ihn bestimmt gewesen, doch habe der Alte sie bei sich behalten und die anderen in graue Steine verwandelt. Das alles erzählte sie ihm und weinte dazu, und auch, dass der Alte kein Herz in der Brust habe, sondern dass sein Herz in einem unsterblichen Vogel lebe. Da sagte der Bräutigam: »Ich will fort, ich will den Vogel suchen, vielleicht, dass ich ihn fange.«

»Ja, daran wirst du wohl tun«, erwiderte das Mädchen, »dann werden deine Brüder und meine Schwestern wieder Menschen werden!«, und sie versteckte den Bräutigam, denn es wurde schon Abend. Am andern Morgen, sobald der Alte wieder fort war, packte sie dem Wandergesellen viel zu essen und zu trinken ein, gab es ihm mit und wünschte ihm alles Glück und Gottes Segen auf seiner Fahrt.

Als nun der Wandersmann eine tüchtige Strecke gegangen war, packte er seine Reisetasche aus, freute sich der vielen Gaben und rief: »Holla! Nun wollen wir schmausen! Herbei, wer mein Gast sein will!«

Da rief es hinter dem Gesellen: »Muh!« und als er sich umsah, stand ein großer, roter Ochse da und sprach: »Du hast eingeladen, ich möchte wohl dein Gast sein!«

»Sei willkommen und lange zu, so gut ich's habe!«

Da legte sich der Ochse behaglich auf den Boden, ließ es sich schmecken und leckte sich dann mit der Zunge sein Maul recht schön ab. Als er satt war, sagte er: »Hab vielen Dank, und wenn du einmal jemand brauchst, der dir in Not und Gefahr helfen soll, so rufe nur in Gedanken nach mir, deinem Gast.«

Danach erhob er sich und verschwand wieder im Gebüsch. Der Geselle packte die Reste seiner Mahlzeit zusammen und wanderte weiter.

Nach längerer Zeit sah er, dass der Schatten, den er warf, sehr kurz geworden war, und er wusste, dass es Mittag war. Er breitete deshalb sein Tafeltuch auf dem Rasen aus, setzte seine Speisen und Getränke darauf und rief:

»Wohlan! Mittagsmahlzeit! Jetzt melde sich, was mitessen will!« Da rauschte es ganz stark in den Büschen, und es brach ein wildes Schwein heraus, das grunzte und sagte: »Es hat hier jemand zum Essen gerufen! Ich weiß nicht, ob du es warst, und ob ich gemeint bin?«

»Sei willkommen und lange nur zu!«, sprach der Wandersmann. Da aßen sie beide wohlgemut miteinander, und es schmeckte beiden gut. Darauf erhob sich das wilde Schwein und sagte: »Habe Dank. Bedarfst du mein, so rufe dem Schwein!« Und damit trollte es sich wieder in die Büsche. Nun wanderte der Geselle eine lange Strecke, und als er schon sehr lang gewandert war, da wurde es Abend, und er fühlte wieder Hunger, breitete sein Tuch aus, legte alles, was er noch hatte, darauf und rief: »Wer Lust hat, mitzuessen, der soll eingeladen sein. Es ist nicht so, als wenn nichts mehr da wäre!« Da rauschte über ihm ein schwerer Flügelschlag. Es wurde dunkel auf dem Boden wie vom Schatten einer Wolke, und ein großer

Vogel Greif rief: »Ich hörte jemand hier unten zur Tafel einladen! Für mich wird wohl nichts abfallen?«
»Warum denn nicht?«, rief der Jüngling. »Lass dich nieder und nimm vorlieb mit dem, was ich noch habe.«
Da ließ sich der Vogel Greif nieder, aß sich satt und sagte: »Brauchst du mich – so rufe mich!« Damit hob er sich in die Lüfte und verschwand.
»Ei«, dachte der Geselle, »der hatte es aber eilig; er hätte mir gewiss den Weg nach der Kirche zeigen können, denn allein finde ich ihn nie.« Er raffte seine Sachen zusammen und wollte vor dem Schlafengehen noch ein Stückchen wandern.
Nach kurzer Zeit schon sah er die Kirche vor sich liegen und war bald an dem breiten und tiefen Graben, der sie rings ohne Brücke umzog. Da suchte er sich ein hübsches Ruheplätzchen, denn er war müde von dem weiten Weg, und schlief.
Am anderen Morgen da wünschte er sich, über den Graben zu kommen, und er dachte: »Wenn der rote Ochse jetzt hier wäre, und er hätte großen Durst, so könnte er gewiss den Graben aussaufen, und ich käme trocken hinüber.«
Kaum war dieser Wunsch getan, so stand der Ochse schon da und begann, den Graben auszusaufen. Nun stand der Geselle an der Kirchenmauer; die war dick, und die Türme aus Eisen. Da dachte er so bei sich: »Ach, wenn ich doch einen Mauerbrecher hätte! Das starke wilde Schwein könnte vielleicht hier eher etwas ausrichten als ich.« Und siehe, gleich kam das wilde Schwein dahergerannt, stieß heftig an die Mauer und wühlte mit seinen Hauern einen Stein los. Und als erst einer los war, da wühlte es immer mehr und mehr Steine aus der Mauer, bis ein großes tiefes Loch gewühlt war, durch das man in die Kirche eindringen konnte.
Da ging nun der Jüngling hinein und sah den Vogel darin herumfliegen. Er vermochte aber nicht, ihn zu greifen. Da sagte er: »Wenn jetzt der Vogel Greif da wäre, der würde dich schon greifen, dafür ist er ja der Vogel Greif!«
Augenblicklich war der Greif da und fing den Vogel, in dem das Herz des alten Mannes war, gab ihn dem jungen Gesellen, und der verwahrte ihn gut. Der Vogel Greif aber flog davon.
Nun eilte der Jüngling, so schnell er nur konnte, zu seiner Braut, kam noch an, bevor es dunkel wurde, und erzählte ihr alles.
Sie gab ihm wieder zu essen und zu trinken und ließ ihn unter die Bettstel-

le kriechen mitsamt seinem Vogel, damit ihn der Alte nicht sah. Bald danach kam der Alte nach Hause und klagte, dass er sich krank fühle, weil sein Herzvogel gefangen sei.

Das hörte der Bräutigam unter dem Bett und dachte: »Der Alte hat mir an meinem Leibe zwar nichts Böses getan, aber er hat meine Brüder und ihre Bräute verzaubert, und meine Braut hat er für sich behalten – das war schlecht genug von ihm!« Dabei drückte er den Vogel fest in seiner Hand. Da wimmerte der Alte:

»Ach, es erdrückt mich! – Kind, ich sterbe!« Er fiel vom Stuhl und aus war es mit ihm, denn ohne es zu merken, hatte der Jüngling den Vogel totgedrückt.

Nun kroch er aus seinem Versteck hervor, die Braut nahm den weißen Stab und schlug damit, wie der Alte sie gelehrt hatte, an die zwölf grauen Steine. Siehe, da wurden sie wieder die sechs Brüder und die sechs Schwestern! Das war eine Freude und ein Umarmen, ein Herzen und Küssen! Der alte Mann aber war tot und blieb tot, und nichts konnte ihn wieder lebendig machen. Dann zogen sie alle miteinander fort, hielten Hochzeit, und lebten lange Jahre gut und glücklich miteinander.

Das Nusszweiglein

Es war einmal ein reicher Kaufmann, der musste in seinen Geschäften in fremde Länder reisen. Als er Abschied nahm, sprach er zu seinen drei Töchtern: »Liebe Töchter, ich möchte euch gerne bei meiner Rückkehr eine Freude bereiten, sagt mir daher, was ich euch mitbringen soll?« Die Älteste sagte: »Lieber Vater, mir eine schöne Perlenkette!« Die andere sprach: »Ich wünsche mir einen Fingerring mit einem Diamanten!« Die Jüngste schmiegte sich an des Vaters Brust und flüsterte: »Mir ein schönes grünes Nusszweiglein, Väterchen.« – »Gut, meine lieben Töchter!«, erwiderte der Kaufmann, »ich will mir's merken, lebet wohl!«

Der Kaufmann reiste weit fort und machte große Einkäufe, aber er gedachte auch treulich der Wünsche seiner Töchter. Eine kostbare Perlenkette hatte er bereits in seinen Reisekoffer gepackt, um seine Älteste damit zu erfreuen, und einen wertvollen Diamantring hatte er für die mittlere Tochter eingekauft. Einen grünen Nusszweig aber konnte er nirgends finden, sosehr er sich auch darum bemühte. Auf der Heimreise ging er deshalb große Strecken zu Fuß, wenn ihn sein Weg durch Wälder führte, um endlich einen Nussbaum anzutreffen. Das war lange vergeblich, und der gute Vater fing an, betrübt zu werden, weil er die bescheidene Bitte seines jüngsten und liebsten Kindes nicht erfüllen konnte.

Endlich, als er so betrübt seines Weges durch einen dunklen Wald und an dichtem Gebüsch vorbei dahinzog, stieß er mit seinem Hut an einen Zweig, und es raschelte, als fielen Hagelkörner herunter. Aber es waren Nüsse, eine ganze Traube goldener Nüsse, die an einem schönen grünen Nusszweig hingen. Da war der Vater sehr erfreut und brach den herrlichen Zweig ab. In demselben Augenblicke schoss ein wilder Bär aus dem Dickicht hervor und stellte sich grimmig brummend auf die Hintertatzen, als wollte er den Kaufmann gleich zerreißen. Mit furchtbarer Stimme brüllte er: »Warum hast du meinen Nusszweig abgebrochen, du? Warum? Ich werde dich fressen.«

Bebend vor Schreck und zitternd sprach der Kaufmann: »Lieber Bär, friss mich nicht, lass mich mit dem Nusszweiglein meines Weges ziehen, ich will dir einen großen Schinken und viele Würste dafür geben!«
Aber der Bär brüllte weiter: »Behalte deinen Schinken und deine Würste! Wenn du mir versprichst, mir das zu geben, was dir zu Hause am Ersten begegnet, so will ich dich nicht fressen.« Das versprach der Kaufmann gern, denn er dachte, dass sein Pudel ihm wie immer als Erstes entgegenlaufen würde, und den wollte er gerne opfern, um sich das Leben zu retten. Nach einem derben Handschlag tappte der Bär ruhig ins Dickicht zurück. Der Kaufmann atmete erleichtert auf, und eilte so schnell als möglich nach Hause.
Der goldene Nusszweig prangte herrlich am Hut des Kaufmanns, als er seiner Heimat zueilte. Freudig hüpfte das jüngste Mägdlein ihrem lieben Vater entgegen. Mit tollen Sprüngen kam der Pudel hinterdrein. Die älteren Töchter und die Mutter schritten etwas weniger schnell aus der Haustür, um ihn zu begrüßen. Aber wie erschrak der Kaufmann, als seine jüngste Tochter die Erste war, die ihm entgegenflog! Bekümmert und betrübt entzog er sich ihrer Umarmung und sagte den Seinigen sofort nach den ersten Grüßen, wie es ihm mit dem Nusszweig ergangen war. Da weinten alle und wurden betrübt, nur die jüngste Tochter behielt ihren Mut und nahm sich vor, das Versprechen des Vaters zu erfüllen. Die Mutter aber ersann bald einen guten Rat und sprach: »Ängstigen wir uns nicht, meine Lieben! Sollte der Bär wirklich kommen und dich, lieber Vater, an dein Versprechen erinnern, so geben wir ihm die Hirtentochter, mit der wird er auch zufrieden sein.« Dieser Vorschlag erschien allen gut, und die Töchter waren wieder fröhlich und freuten sich über die schönen Geschenke. Die Jüngste trug ihren Nusszweig immer bei sich. Sie dachte bald gar nicht mehr an den Bären und an das Versprechen ihres Vaters.
Doch eines Tages rasselte ein dunkler Wagen durch die Straße und hielt vor dem Haus des Kaufmanns. Der hässliche Bär stieg aus, trat brummend in das Haus und verlangte von dem erschrockenen Vater die Erfüllung seines Versprechens. Schnell und heimlich wurde die Hirtentochter, die sehr hässlich war, herbeigeholt, schön geputzt und in den Wagen des Bären gesetzt. Als der Wagen in voller Fahrt war, legte der Bär sein wildes, zottiges Haupt auf den Schoß der Hirtin und brummte:

Kraule mich, kraule mich
Hinter den Ohren zart und fein,
Sonst fress ich dich mit Haut und Bein!

Das Mädchen fing an ihn zu kraulen; aber sie machte es dem Bären nicht recht, und er merkte, dass er betrogen worden war. Da wollte er die Hirtin fressen, doch in ihrer Todesangst sprang sie rasch aus dem Wagen.
Da fuhr der Bär wieder vor das Haus des Kaufmanns und forderte furchtbar drohend die rechte Braut. So musste denn das liebliche Mägdlein nach schwerem, bitterm Abschied mit dem hässlichen Bräutigam fortfahren. Draußen legte er seinen rauen Kopf auf des Mädchens Schoß und brummte:

Kraule mich, kraule mich
Hinter den Ohren zart und fein,
Sonst fress ich dich mit Haut und Bein!

Und das Mädchen kraulte ihn so sanft, dass es ihm behagte und sein furchtbarer Bärenblick freundlicher wurde, so dass die arme Bärenbraut allmählich Vertrauen zu ihm gewann. Die Reise dauerte nicht lange, denn der Wagen fuhr ungeheuer schnell, so als brause ein Sturmwind durch die Luft. Bald kamen sie in einen sehr dunklen Wald, und dort hielt plötzlich der Wagen vor einer finster gähnenden Höhle. Das war die Wohnung des Bären. Oh, wie zitterte das Mädchen! Besonders als der Bär sie mit seinen furchtbaren Klauenarmen umschlang und freundlich brummend zu ihr sagte: »Hier sollst du wohnen und glücklich sein! Wenn du dich brav benimmst, wird mein wildes Getier dich nicht zerreißen.« Als beide in der dunklen Höhle einige Schritte getan hatten, schloss er eine eiserne Tür auf. Da kamen sie in ein Zimmer, das mit giftigem Gewürm angefüllt war. Das züngelte ihnen gierig entgegen. Dazu brummte der Bär:

Sieh dich nicht um!
Nicht rechts – nicht links!
Geradezu! – So hast du Ruh!

Da ging das Mädchen, ohne sich umzublicken, durch das Zimmer, und es regte und bewegte sich kein Wurm. Und so ging es noch durch zehn Zimmer, und das letzte war von den scheußlichsten Kreaturen angefüllt. Drachen und Schlangen, giftgeschwollene Kröten, Basilisken und Lindwürmer. Und der Bär brummte in jedem Zimmer:

Sieh dich nicht um!
Nicht rechts – nicht links!
Geradezu! – So hast du Ruh!

Das Mädchen zitterte und bebte vor Angst und Entsetzen wie Espenlaub, doch sie blieb standhaft und sah sich nicht um, nicht rechts, nicht links. Als sich aber das zwölfte Zimmer öffnete, da strahlte ihnen ein glänzender Lichtschimmer entgegen, liebliche Musik ertönte, und es jauchzte überall wie Freudengeschrei, wie Jubel. Ehe sich die Braut nur ein wenig erholen konnte von all dem Entsetzlichen, tat es einen furchtbaren Donnerschlag. Sie dachte, Erde und Himmel brächen zusammen; aber bald herrschte wieder tiefste Stille. Der Wald, die Höhle, die Gifttiere, der Bär – alles war verschwunden. Ein prächtiges Schloss mit goldgeschmückten Zimmern und schön gekleideter Dienerschaft stand dafür da. Der Bär war ein schöner junger Mann geworden. Er war der Fürst dieses herrlichen Schlosses, der nun sein liebes Bräutchen ans Herz drückte und ihr tausend Mal dankte, dass sie ihn und seine Diener so liebreich aus der Verzauberung erlöst hatte.
Die junge Fürstin behielt aber immer ihren schönen Nusszweig angesteckt; er hatte die Eigenschaft, nie zu verwelken. Sie trug ihn so gern, weil er der Schlüssel ihres großen Glückes geworden war. Bald wurden auch ihre Eltern und Geschwister von ihrem freundlichen Geschick benachrichtigt, und sie wurden für immer zu einem herrlichen Leben von dem Bärenfürsten auf das Schloss genommen.

Der Zauberer Wettkampf

Einstmals zog ein junger Buchbindergeselle in die Fremde und wanderte so lange, bis kein Kreuzerlein mehr in seiner Tasche klimperte. Da musste er sich Arbeit suchen. Er wurde auch bald von einem Meister angenommen und traf es sehr gut. Sein Meister sprach zu ihm: »Geselle, du wirst es gut bei mir haben, denn die Arbeit ist ganz gering. Du staubst nur die Bücher hier alle Tage säuberlich ab und stellst sie in derselben Ordnung wieder auf. Aber dieses eine Büchlein, das hier für sich allein steht, darfst du nicht anrühren, auch nicht hineinsehen – sonst ergeht es dir schlimm! Merk dir das, Bursche. Dagegen kannst du in den andern Büchern lesen, soviel du nur magst.«

Der Geselle beherzigte die Worte seines Meisters und hatte zwei Jahre lang die besten Tage. Er säuberte täglich nur die Bücher, las in manchem und hatte dabei die vortrefflichste Kost – jenes verbotene Büchlein aber ließ er gänzlich unangerührt. Dadurch erwarb er sich das volle Vertrauen seines Herrn, so dass dieser oft tagelang vom Hause entfernt blieb.

Einmal, als der Meister wieder verreist war, regte sich doch in dem Gesellen eine mächtige Begierde, endlich zu wissen, was in dem Büchlein stehe, das immer ganz heilig an seinem bestimmten Orte lag – denn alle andern Bücher hatte er bereits durchgelesen. Wohl sträubte sich sein Gewissen, aber die Neugierde war mächtiger. Er nahm das Büchlein, schlug es auf und begann darin zu lesen. In diesem Büchlein standen die größten, kostbarsten Geheimnisse und die stärksten Zauberformeln. Dem staunenden und höchst verwunderten Gesellen wurde nach und nach alles so sonnenklar, dass er schon anfing, Versuche im Zaubern zu machen. Alles gelang. Auch lehrte das Büchlein, jede menschliche Gestalt in eine andere zu verwandeln. Nun probierte er mehr und mehr, und zuletzt verzauberte er sich in

eine Schwalbe. Dann nahm er das Büchlein unter seine Flügel und flog im schnellsten Fluge seiner Heimat zu. Sein Vater war nicht wenig erstaunt, als eine Schwalbe in sein Fenster hineinflog, sich verwandelte und plötzlich aus ihr sein Sohn wurde, den er zwei Jahre lang nicht mehr gesehen hatte. Der Bursche drückte den Alten herzlich an seine Brust und sprach: »Vater, nun können wir für immer glücklich sein. Ich bringe ein Zauberbüchlein mit, durch das wir die reichsten Leute werden.« Das gefiel dem Alten wohl, denn er lebte sehr dürftig. Bald darauf verwandelte sich der junge Zauberer in einen sehr großen, fetten Ochsen und sprach zu seinem Vater: »Nun führe mich zum Markt und verkaufe mich, und fordere viel, recht viel Geld; man wird mich teuer bezahlen, aber vergiss ja nicht das kleine Stricklein um meinen linken Hinterfuß abzulösen und wieder mit heim zu nehmen, sonst bin ich verloren.«

Der Vater machte alles so, wie der Sohn es wünschte. Er machte sich mit dem Ochsen auf den Weg. Als er nun mit ihm auf dem Markt erschien, versammelte sich gleich ein Haufen Volks um ihn; alles bewunderte den Ochsen, und viele Käufer schlugen sich darum, ihn zu kaufen. Der Käufer aber, der das meiste Geld bezahlte und den Ochsen von dannen führte, hatte am anderen Morgen statt des herrlichen Ochsen ein Bündlein Stroh in seinem Stalle liegen. Und der Buchbindergeselle, der war wohlgemut wieder daheim bei seinem Vater und lebte mit ihm herrlich und in Freuden von dem Gelde.

Bald darauf verzauberte sich der Bursche in einen prächtigen Rappen, ließ sich von seinem Vater auf den Rossmarkt führen und verkaufen. Da lief wieder das Volk zusammen, um das wunderschöne glänzend schwarze Ross zu sehen.

Jener Meister Buchbinder aber hatte nach seiner Rückkehr gleich gesehen, was hier geschehen war, und weil er eigentlich ein mächtiger Zauberer war, wusste er auch sofort, wie viel es geschlagen hatte, und verfolgte den Entflohenen. Er kam auf den Rossmarkt, und weil er alle Stücklein seines Zauberbuches kannte, merkte er sofort, was der Handel mit dem schwarzen Pferd bedeutete, und dachte: »Halt, jetzt will ich dich fangen.« Deshalb suchte er um jeden Preis das Pferd zu kaufen. Das gelang ihm auch ohne große Mühe, denn er nahm es, ohne zu handeln, um den ersten Kaufpreis. Der Vater kannte den Käufer nicht, aber das Pferd fing an heftig zu zittern und zu schwitzen und gebärdete sich äußerst scheu und ängstlich. Aber der Vater konnte ja die gefährliche Lage seines Sohnes nicht ahnen und wollte wieder das Stricklein ablösen. Doch der Käufer ließ das durchaus nicht zu, weil er wusste, dass es dann um seinen Fang geschehen wäre. So musste der Vater ohne Stricklein abziehen. Er dachte in seinem Sinn: er

wird sich schon selbst helfen; wenn er so viel kann, um sich in Tiere zu verwandeln, dann kann er sich gewiss auch durch seine Zauberkunst dort in dem Stall wieder losmachen und heimkommen.
In jenem Pferdestall war ein großes Gedränge, denn alle Menschen, Groß und Klein, Alt und Jung – wollten das ausgezeichnete, schöne Ross sehen. Ein kecker Knabe wagte es sogar, das Pferd zu streicheln und liebkosend zu klopfen. Das ließ es sich gerne gefallen, und als der Knabe sich immer vertraulicher näherte und das Pferd am Kopf und am Hals streichelte, da flüsterte es dem Knaben ganz leise zu: »Liebster Junge, hast du ein Messerchen?« Der Knabe antwortete erstaunt: »O ja, ich habe sogar ein recht scharfes.« Da sprach der Rappe wieder ganz leise: »Schneide das Stricklein an meinem linken Hinterfuß ab«, und schnell schnitt es der Knabe entzwei. In diesem Augenblick fiel das schöne Ross vor aller Augen zusammen und war ein Bündlein Stroh, daraus flog eine Schwalbe hervor und stieg empor in die Lüfte. Der Meister hatte das Ross nur einen Augenblick außer Acht gelassen, jetzt war keine Zeit mehr zu verlieren. Er sagte einen Zauberspruch, durch den er sich in einen Geier verwandelte, und schoss der flüchtigen Schwalbe nach. Es fehlte nicht viel, und der Geier hätte die Schwalbe in seinen Klauen gehabt. Aber das Schwälblein merkte seinen Feind, blickte hernieder auf die Erde und sah da gerade unter sich ein schönes Schloss. Vor dem Schloss saß eine Prinzessin. Schnell verwandelte sich das Schwälblein in einen goldenen Fingerreif, der fiel hernieder und gerade der holden Prinzessin in den Schoß. Die wusste nicht, wie ihr geschah, und steckte das Ringlein an den Finger. Aber die scharfen Augen des Geiers hatten alles gesehen, und rasch verwandelte sich der Zaubermeister aus dem Geier in einen schmucken Junker, trat vor die Prinzessin hin und bat sie höflichst und untertänigst, ihm dieses Ringlein, mit welchem er soeben ein Kunststück gemacht habe, wieder zurückzugeben. Die schöne Prinzessin lächelte errötend, zog das Ringlein vom Finger und wollte es dem Junker überreichen – doch siehe, da entfiel es ihr und rollte als ein winziges Hirsekörnlein in eine Steinritze. In demselben Augenblick verwandelte sich der Junker und wurde ein stolzer Gockelhahn, der mit seinem Schnabel emsig in der Steinritze nach dem Hirsekörnlein pickte. Doch aus dem Hirsekörnlein wurde augenblicklich ein Fuchs, und der biss dem Gockel den Kopf ab. Damit war der Zaubermeister besiegt. Jetzt aber nahm der junge Geselle wieder seine eigene Gestalt an, sank der Prinzessin zu Füßen und pries sie dankend, dass sie ihn an ihrem Finger getra-

gen und sich dadurch mit ihm bereits verlobt habe. Die Prinzessin schenkte ihm ihr Herz und ihre Hand, doch unter der Bedingung, dass er in Zukunft aller Verwandlungskünste entsage und ihr unwandelbar treu bleibe. Das gelobte der Jüngling und opferte sein Zauberbüchlein den Flammen – und daran tat er nicht gut, denn er hätte es ja dir oder mir schenken können.

Die drei Hunde

Ein Schäfer hinterließ seinen beiden Kindern, einem Sohn und einer Tochter, nichts als drei Schafe und ein Häuschen und sprach auf seinem Totenbette: »Teilt euch geschwisterlich darein, dass nicht Zank und Streit zwischen euch entstehe.« Als der Schäfer nun gestorben war, fragte der Bruder die Schwester, was sie lieber hätte, die Schafe oder das Häuschen? Und als sie das Häuschen wählte, sagte er: »So nehm' ich die Schafe und gehe in die weite Welt: dort hat schon mancher sein Glück gefunden, und ich bin ein Sonntagskind.« Er ging mit seinem Erbteil fort. Das Glück wollte ihm jedoch lange nicht begegnen. Einst saß er recht verdrießlich an einem Kreuzweg, ungewiss, wohin er sich wenden sollte. Auf einmal sah er einen Mann neben sich, der hatte drei schwarze Hunde, von denen der eine immer größer war als der andere. »Ei, junger Geselle«, sagte der Mann, »Ihr habt da drei schöne Schafe. Wisst Ihr was? Gebt mir die Schafe, ich will Euch meine Hunde dafür geben.« Trotz seiner Traurigkeit musste der Schäfer lachen. »Was soll ich mit Euren Hunden tun?«, fragte er. »Meine Schafe ernähren sich selbst, die Hunde aber wollen gefüttert sein.« – »Meine Hunde sind von absonderlicher Art«, antwortete der Fremde; »sie ernähren Euch und werden Euer Glück machen. Der kleine da heißt: ›Bring Speisen‹, der zweite ›Zerreiß'n‹ und der große starke ›Brich Stahl und Eisen‹.« Der Schäfer ließ sich endlich beschwatzen und gab seine Schafe her. Um seine Hunde zu prüfen, sprach er: »Bring Speisen!«, und alsbald lief der eine Hund fort und kam mit einem großen Korb voll der herrlichsten Speisen zurück. Den Schäfer gereute nun der Tausch nicht; er ließ sich's wohl sein und zog lange im Lande umher.
Einst begegnete ihm ein Wagen, mit zwei Pferden bespannt und ganz mit schwarzen Decken bekleidet, und auch der Kutscher war schwarz ange-

tan. In dem Wagen saß ein wunderschönes Mädchen in einem schwarzen Gewande, das weinte bitterlich. Die Pferde trabten traurig und langsam und ließen die Köpfe hängen. »Kutscher, was bedeutet das?« Der Kutscher wollte nicht antworten. Aber der Schäfer ließ nicht nach zu fragen, bis der Kutscher ihm erzählte, dass ein großer Drache in der Gegend hause, dem habe man eine Jungfrau als jährliche Abgabe versprechen müssen, die er mit Haut und Haar verschlinge; nur dann würde er nichts mehr im Lande verwüsten. Das Los entscheide allemal unter den vierzehnjährigen Jungfrauen, und diesmal habe es die Königstochter getroffen. Daher sei der König und das ganze Land in besonders tiefer Betrübnis, und doch müsse der Drache sein Opfer erhalten. Der Schäfer fühlte Mitleid mit dem schönen jungen Mädchen und folgte dem Wagen, der endlich an einem hohen Berge hielt. Die Jungfrau stieg aus und schritt langsam ihrem schrecklichen Schicksal entgegen. Der Kutscher sah, dass der fremde Mann ihr folgen wollte, und warnte ihn; der Schäfer ließ sich jedoch nicht zurückhalten.

Als sie die Hälfte des Berges erstiegen hatten, kam vom Gipfel herab ein schreckliches Untier mit einem Schuppenleib, Flügeln und ungeheuren Krallen an den Füßen. Aus seinem Rachen loderte ein glühender Feuerstrom, und schon wollte es sich auf seine Beute stürzen, da rief der Schäfer: »Zerreiß'n«, und der zweite Hund stürzte sich auf den Drachen, biss sich in der Weiche des Ungeheuers fest und setzte ihm so zu, dass das Untier endlich niedersank und sein giftiges Leben aushauchte. Der Hund aber fraß ihn völlig auf, so dass nichts übrig blieb als ein paar Zähne; die steckte der Schäfer zu sich. Die Königstochter war ohnmächtig geworden vor Schreck und Freude. Der Schäfer erweckte sie wieder zum Leben, und nun sank sie ihrem Retter zu Füßen und bat ihn flehentlich, mit zu ihrem Vater zu kommen, der ihn reich belohnen werde. Der Jüngling antwortete, er wolle sich erst in der Welt umsehen, aber nach drei Jahren würde er wieder kommen. Und bei diesem Entschluss blieb er. Die Jungfrau setzte sich wieder in den Wagen, und der Schäfer ging in die weite Welt hinaus.

Der Kutscher aber war auf böse Gedanken gekommen. Als sie über eine Brücke fuhren, unter der ein großer Strom floss, hielt er still, wandte sich zur Königstochter und sprach: »Euer Retter ist fort und begehrt Euren Dank nicht. Es wäre schön von Euch, wenn Ihr einen armen Menschen glücklich machtet. Saget deshalb Eurem Vater, dass ich den Drachen umgebracht habe; wollt Ihr das aber nicht, so werfe ich Euch hier in den

Strom, und niemand wird nach Euch fragen, denn alle denken ja, der Drache habe Euch verschlungen.« Die Jungfrau wehklagte und flehte, aber vergeblich; sie musste endlich schwören, den Kutscher für ihren Retter auszugeben und keiner Seele das Geheimnis zu verraten. So fuhren sie in die Stadt zurück, wo alles außer sich war vor Entzücken. Die schwarzen Fahnen wurden von den Türmen genommen und bunte darauf gesteckt. Der König umarmte mit Freudentränen seine Tochter und ihren vermeintlichen Retter. »Du hast nicht nur mein Kind, sondern das ganze Land von einer großen Plage errettet«, sprach er. »Darum muss ich dich belohnen. Meine Tochter soll deine Gemahlin werden; da sie aber noch allzu jung ist, so soll die Hochzeit erst im nächsten Jahre sein.« Der Kutscher dankte; er wurde prächtig gekleidet, zum Edelmanne gemacht und in allen feinen Sitten unterwiesen. Die Königstochter aber erschrak heftig und weinte bitterlich und wagte doch nicht, ihren Schwur zu brechen. Als das Jahr nun um war, konnte sie nichts anderes erreichen als die Frist noch eines weiteren Jahres. Auch dieses ging zu Ende, und sie warf sich ihrem Vater zu Füßen und bat um noch ein drittes Jahr, denn sie dachte an das Versprechen ihres wirklichen Erretters. Der König konnte ihrem Flehen nicht widerstehen und gewährte ihr die Bitte, jedoch mit dem Zusatz, dass dies die letzte Frist sei, die er ihr gestatte. Wie schnell verrann die Zeit! Und eines Tages war die Stunde der Trauung festgesetzt, auf den Türmen wehten bunte Fahnen, und das ganze Volk jubelte.

An demselben Tage aber kam ein Fremder mit drei Hunden in die Stadt. Der fragte nach der Ursache der allgemeinen Freude und erfuhr, dass die Königstochter eben mit dem Manne vermählt werde, der den schrecklichen Drachen erschlagen hatte. Der Fremde nannte diesen Mann einen Betrüger, der sich mit fremden Federn schmückte. Aber er wurde von der Wache ergriffen und in ein enges Gefängnis mit eisernen Türen geworfen. Als er nun so auf seinem Strohbündel lag und sein trauriges Geschick überdachte, glaubte er plötzlich draußen das Winseln seiner Hunde zu hören; da dämmerte ein lichter Gedanke in ihm auf. »Brich Stahl und Eisen!«, rief er, so laut als er konnte, und alsbald sah er die Tatzen seines größten Hundes an dem Gitterfenster, durch welches das Tageslicht spärlich in seine Zelle fiel. Das Gitter brach, der Hund sprang in die Zelle und zerbiss die Ketten, mit denen sein Herr gefesselt war. Darauf sprang er wieder hinaus, und sein Herr folgte ihm. Nun war er wieder frei, aber der Gedanke schmerzte ihn sehr, dass ein anderer seinen Lohn ernten sollte.

Er rief seinen Hund an: »Bring Speisen!« Bald darauf kam der Hund mit einem Tuch voll köstlicher Speisen zurück; in das weiße Tuch war eine Königskrone gestickt.
Der König speiste gerade mit seinem ganzen Hofstaat an der Tafel, als der Hund erschien und der bräutlichen Jungfrau bittend die Hand leckte. Mit freudigem Schreck hatte sie den Hund erkannt und ihm selbst Wein und Braten gegeben und vertraute nun dem Vater das ganze Geheimnis an. Der König sandte dem Hunde einen Boten nach und ließ den Fremden holen und führte ihn an der Hand in den Saal. Der ehemalige Kutscher erblasste bei seinem Anblick und bat kniend um Gnade. Die Königstochter erkannte in dem Fremdling ihren Retter, der sich auch durch die Drachenzähne, die er noch bei sich trug, ausweisen konnte. Der Kutscher wurde in einen tiefen Keller geworfen, und der Schäfer nahm seine Stelle an der Seite der Königstochter ein. Aber diesmal bat sie nicht um Aufschub der Trauung.
Das junge Ehepaar lebte schon eine geraume Zeit in wonnigem Glück, da dachte der ehemalige Schäfer an seine arme Schwester und hatte den Wunsch, sein Glück mit ihr zu teilen. Er sandte einen Wagen fort, um sie zu holen; es dauerte nicht lange, da lag sie an der Brust ihres Bruders. Jetzt begann einer der Hunde zu sprechen und sagte : »Unsere Zeit ist nun um; du bedarfst unserer Hilfe nicht mehr. Wir blieben nur deshalb so lange bei dir, um zu sehen, ob du auch im Glück deine Schwester nicht vergessen würdest.« Darauf verwandelten sich die Hunde in drei Vögel und verschwanden in den Lüften.

Der kleine Däumling

Es war einmal ein armer Korbmacher, der hatte mit seiner Frau sieben Jungen, da war immer einer kleiner als der andere, und der jüngste war bei seiner Geburt nicht viel über Fingers Länge, daher nannte man ihn Däumling. Zwar ist er hernach noch etwas gewachsen, aber nicht sehr, und den Namen Däumling hat er behalten. Doch war es ein gar kluger und pfiffiger kleiner Knirps, der an Gewandtheit und Schlauheit seine Brüder alle in den Sack steckte.

Den Eltern ging es erst gar übel, denn Korbmachen und Strohflechten ist kein so nahrhafter Beruf wie Semmelbacken und Kälberschlachten, und als vollends eine teure Zeit kam, wurde dem Korbmacher und seiner Frau himmelangst, wie sie ihre sieben Würmer satt machen sollten, die alle mit äußerst gutem Appetit gesegnet waren. Da beratschlagten eines Abends, als die Kinder zu Bett waren, die beiden Eltern miteinander, was sie anfangen wollten, und beschlossen, die Kinder mit in den Wald zu nehmen, wo die Weiden wachsen, aus denen man Körbe flicht, und sie heimlich zu verlassen. Das alles hörte der Däumling an, der nicht schlief wie seine Brüder, und schrieb sich der Eltern übeln Ratschlag hinter die Ohren. Sann auch die ganze Nacht, wie er sich und seinen Brüdern helfen könne.

Frühmorgens lief der Däumling an den Bach, suchte die kleinen Taschen voll weißer Kiesel und ging wieder heim. Seinen Brüdern sagte er von dem, was er erhorcht hatte, kein Sterbenswörtchen. Nun machten sich die Eltern auf in den Wald, hießen die Kinder folgen, und der Däumling ließ ein Kieselsteinchen nach dem andern auf den Weg fallen. Das sah niemand, weil er als der Jüngste, Kleinste und Schwächste stets hintennach trottete. Das wussten die Alten schon nicht anders.

Im Walde machten sich die Alten unvermerkt von den Kindern fort, und auf einmal waren sie weg. Als das die Kinder merkten, erhoben sie ein Zetergeschrei. Däumling aber lachte und sprach zu seinen Brüdern: »Heult und schreit nicht so jämmerlich! Wollen den Weg schon allein finden!« Und nun ging Däumling voran und nicht hinterdrein, richtete sich genau nach den weißen Kieselsteinchen und fand auch den Weg ohne alle Mühe. Als die Eltern heimkamen, bescherte ihnen Gott Geld ins Haus; eine alte Schuld, auf die sie nicht mehr gehofft hatten, wurde von einem Nachbarn an sie abbezahlt, und nun wurden Esswaren gekauft, dass sich der Tisch bog. Aber jetzt kam auch die Reue, dass die Kinder verstoßen worden wa-

ren, und die Frau begann erbärmlich zu jammern: »Ach du lieber Gott! Wenn wir doch die Kinder nicht im Wald gelassen hätten! Ach, jetzt könnten sie sich dicksatt essen, und so haben die Wölfe sie vielleicht schon im Magen! Ach, wären nur unsre lieben Kinder da!« – »Mutter, da sind wir ja!«, sprach da der kleine Däumling, der gerade mit seinen Brüdern vor der Tür angelangt war und die Wehklage gehört hatte, öffnete die Tür, und herein trippelten die kleinen Korbmacher – eins, zwei, drei, vier, fünf, sechs, sieben. Ihren guten Appetit hatten sie wieder mitgebracht, und dass der Tisch so reichlich gedeckt war, war ihnen ein gefundenes Essen. Die Freude war groß, dass die Kinder wieder da waren, und es wurde herrlich gelebt.

Nicht lange währte es, so war in des Korbmachers Hütte Schmalhans wieder Küchenmeister, und es erwachte aufs Neue der Vorsatz, die Kinder im Walde ihrem Schicksal zu überlassen. Da der Plan wieder als lautes Abendgespräch zwischen Vater und Mutter verhandelt wurde, so hörte auch der kleine Däumling wieder alles, und nahm sich's zu Herzen.

Am andern Morgen wollte Däumling aus dem Häuschen schlüpfen, Kieselsteine aufzulesen, aber o weh, es war verriegelt, und Däumling war viel zu klein, als dass er den Riegel hätte erreichen können. Da gedachte er sich anders zu helfen. Als es fort ging zum Walde, steckte Däumling Brot ein und streute davon Krümchen auf den Weg.

Alles begab sich wie das erste Mal nur mir dem Unterschied, dass Däumling den Heimweg nicht fand, weil die Vögel alle Krümchen rein aufgefressen hatten. Nun war guter Rat teuer, und die Brüder machten ein Geheul in dem Walde zum Steinerbarmen. Dabei tappten sie durch den Wald, bis es ganz finster wurde, und fürchteten sich über die Maßen. Nur Däumling schrie nicht und fürchtete sich nicht. Unter dem schirmenden Laubdach eines Baumes auf weichem Moos schliefen die sieben Brüder, und als es Tag war, stieg Däumling auf einen Baum, um die Gegend zu erkunden. Erst sah er nichts als eitel Waldbäume, dann aber entdeckte er das Dach eines kleinen Häuschens, merkte sich die Richtung, rutschte vom Baume herab und ging seinen Brüdern tapfer voran. Nach manchem Kampf mit Dickicht, Dornen und Disteln sahen alle das Häuschen durch die Büsche blicken, schritten guten Mutes darauf los und klopften ganz bescheiden an die Tür. Da trat eine Frau heraus, und Däumling bat gar schön, sie doch einzulassen, sie hätten sich verirrt und wüssten nicht wohin? Die Frau sagte: »Ach, ihr armen Kinder!«, und ließ den Däumling mit seinen Brüdern eintreten, sagte ihnen aber auch gleich, dass sie im Hause eines Menschenfressers wären, der besonders gern kleine Kinder fräße. Das war eine schöne Aussicht! Die Kinder zitterten wie Espenlaub, als sie das hörten, sie hätten lieber selbst zu essen gehabt als stattdessen gegessen zu werden. Doch die Frau war gut und mitleidig, verbarg die Kinder und gab ihnen auch etwas zu essen. Bald darauf hörte man Tritte, und es klopfte stark an die Tür; das war kein anderer als der heimkehrende Menschenfresser. Der setzte sich an den Tisch zur Mahlzeit, ließ Wein auftragen und schnüffelte, als wenn er etwas röche, dann rief er seiner Frau zu: »Ich wittere Menschenfleisch!« Die Frau wollte es ihm ausreden, aber er ging seinem Geruch nach und fand die Kinder. Die waren ganz starr vor Entsetzen. Schon wetzte er sein langes Messer, um die Kinder zu schlachten, und nur allmählich gab er den Bitten seiner Frau nach, sie noch ein wenig am Leben zu lassen und aufzufüttern, weil sie doch gar zu dürr seien, besonders der kleine Däumling. So ließ der böse Mann und Kinderfresser sich endlich beschwichtigen. Die Kinder wurden zu Bett gebracht und zwar in derselben Kammer, wo ebenfalls in einem großen Bette die sieben Töchter des Menschenfressers schliefen, die so alt waren wie die sieben Brüder. Sie waren von Angesicht sehr hässlich, jede hatte aber ein goldenes Krönlein auf dem Haupte. Das alles hatte der Däumling bemerkt, machte sich ganz still aus dem Bett, nahm seine und seiner Brüder Nachtmützen, setzte sie des Menschenfressers Töchtern auf und deren Krönlein sich und seinen Brüdern.

Der Menschenfresser trank viel Wein, und da kam ihn seine böse Lust wieder an, die Kinder zu morden. Er nahm sein Messer und schlich sich in die Schlafkammer, um ihnen die Hälse abzuschneiden. Es war aber stockdunkel in der Kammer, und der Menschenfresser tappte blind umher, bis er an ein Bett stieß. Er fühlte nach den Köpfen der darin Schlafenden. Da fühlte er die Krönchen und sprach: »Halt! Das sind deine Töchter. Bald hättest du betrunkenes Schaf einen Eselsstreich gemacht!«

Nun tappelte er nach dem andern Bett, fühlte da die Nachtmützen und schnitt seinen sieben Töchtern die Hälse ab, einer nach der andern. Dann legte er sich nieder und schlief seinen Rausch aus. Als der Däumling ihn schnarchen hörte, weckte er seine Brüder, schlich sich mit ihnen aus dem Hause und suchte das Weite. Aber wie sehr sie auch eilten, so wussten sie doch weder Weg noch Steg und liefen in der Irre herum voll Angst und Sorge nach wie vor.

Als der Morgen kam, erwachte der Menschenfresser und sprach zu seiner Frau: »Geh und richte die Krabben zu, die gestrigen!« Sie meinte, sie sollte die Kinder wecken und ging voll Angst hinauf in die Kammer. Welch ein Schreck für die Frau, als sie sah, was geschehen war; sie fiel gleich in Ohnmacht über diesen schrecklichen Anblick. Als sie nun dem Menschenfresser zu lange blieb, ging er selbst hinauf, und da sah er, was er angerichtet hatte. Seine Wut war nicht zu beschreiben. Er zog seine Siebenmeilenstiefel an, das waren Stiefel, wenn man damit sieben Schritte tat, so war man eine Meile gegangen. Nicht lange, so sahen die sieben Brüder ihn von weitem über Berg und Täler schreiten und waren sehr in Sorge, doch Däumling versteckte sich mit ihnen in die Höhlung eines großen Felsens. Als der Menschenfresser an diesen Felsen kam, setzte er sich darauf, um ein wenig zu ruhen, weil er müde geworden war, und bald schlief er ein und schnarchte, dass es war, als brause ein Sturmwind. Wie der Menschenfresser so schlief und schnarchte, schlich sich Däumling hervor wie ein

Mäuschen aus seinem Loch und zog ihm die Meilenstiefel aus und zog sie selber an. Zum Glück hatten diese Stiefel die Eigenschaft, an jeden Fuß zu passen wie angemessen und angegossen. Nun nahm er an jede Hand einen seiner Brüder, die fassten wieder einander an den Händen, und so ging es, hast du nicht gesehen, mit Siebenmeilenstiefelschritten nach Hause. Da waren sie alle willkommen. Däumling empfahl seinen Eltern, ein sorglich Auge auf die Brüder zu haben, er wolle nun mit Hilfe der Stiefel schon selbst für sein Fortkommen sorgen. Er tat einen Schritt und war schon weit fort, noch einen, und er stand über eine halbe Stunde weg auf einem Berge, noch einen, und er war den Eltern und Brüdern aus den Augen.

Nach und nach hat der Däumling mit seinen Stiefeln sein Glück gemacht und viele große und weite Reisen, hat den verschiedensten Herren gedient, und wenn es ihm irgendwo nicht gefallen hat, ist er spornstreichs weitergegangen. Kein Verfolger zu Fuß noch zu Pferd konnte ihn einholen, und seine vielen Abenteuer, die er mit Hilfe seiner Siebenmeilenstiefel bestand, sind gar nicht zu beschreiben.

Die Probestücke des Meisterdiebes

Es wohnten in einem Dorfe ein Paar sehr arme alte Leute mutterseelenallein in einem armseligen Häuslein, das ganz weit draußen am Ende des Dorfes stand. Die beiden Alten waren brav und fleißig, doch sie hatten keine Kinder. Einen Sohn, einen einzigen, hatten sie gehabt, aber der war ein ungeratener Bube gewesen und heimlich auf und davon gegangen, hatte auch sein Lebtag nichts wieder von sich hören lassen, und so glaubten die Eltern, ihr Einziger sei lange tot und bei Gott gut aufgehoben.

Nun saßen einstmals an einem Feiertage die beiden Alten vor ihrer Haustür, da fuhr zum Dorfe herein ein stattlicher Wagen, den zogen sechs schöne Rosse, und darin saß ein einzelner Herr. Hintenauf stand ein Bedienter, dessen Hut und Rock von Gold und Silber nur so starrte. Der Wagen fuhr durch das ganze Dorf, und die Bäuerlein, die gerade aus der Kirche kamen, meinten, es fahre ein Herzog oder gar ein König vorbei, denn solche Pracht konnte der Edelmann, der droben im alten Schloss wohnte, nicht aufwenden. Da hielt der Wagen vor dem letzten Häuslein still, der Bediente sprang vom Bock und öffnete den Schlag. Sein Herr stieg aus und eilte auf die beiden Alten zu, die sich ganz bestürzt von ihrer Bank erhoben hatten. Er bot ihnen freundlich guten Tag und Handschlag und fragte, ob er nicht ein Gericht Kartoffelhütes (Klöße) mit ihnen essen könne? Darüber verwunderte sich am meisten das Mütterlein, aber der junge, hübsche und sehr vornehm gekleidete Herr sagte, dass ihm noch kein Koch diese Hütes habe recht machen können, er wolle sie einmal von Landleu-

ten zubereitet essen wie in seiner Jugend. Da luden die Alten den edlen Junker, für den sie den Fremdling hielten, freundlich in ihre Hütte, und er ließ den Wagen mit Kutscher und Bedientem einstweilen in das Wirtshaus fahren. Das Mütterlein holte eilends Kartoffeln aus dem kleinen Keller des Häuschens herauf, schälte, rieb und presste sie, tat die geballten Klöße, zu denen sie etwas Schmalz getan, ins heiße Wasser und segnete dieses Essen mit dem frommen Spruch: »Gott behüt es«. Deshalb heißen die Klöße an vielen Orten Südthüringens auch »Hütes«. Während die Alte ihr Mahl bereitete, war ihr Mann mit dem Fremdling in das Hausgärtchen gegangen. Er hatte junge Bäumchen an Pfähle gebunden, und wo der Wind ein Stämmchen abgerissen hatte, da band er es wieder fest. Da hub der junge Fremde an zu fragen:
»Warum bindet Ihr dieses kleine Stämmchen drei Mal an?«
»Ja!«, sprach der Alte, »es hat drei Krümmen, darum bind' ich's fest, dass es gerade wächst.«
»Das ist recht, Alter!«, sprach der Fremde, »aber dort habt Ihr ja einen alten krummen Knorz von Baum! Warum bindet Ihr den nicht auch an einen Pfahl, dass er gerade wird?«
»Hoho!«, lachte da der Alte, »alte Bäume, wenn sie krumm sind, werden nicht wieder gerade. Wenn man sie gerade haben will, muss man sie jung ziehen.«
»Habt Ihr auch Kinder?«, fragte der Fremde weiter.
»O lieber Gott, Euer Gnaden!«, antwortete der Mann, »gehabt hab' ich einen Jungen; war ein arger Taugenichts, hat wilde, böse Streiche gemacht und ist mir zuletzt davongelaufen und sein Lebtag nicht wieder gekommen. Wer weiß, wo er steckt und wo ihn der liebe Gott hingeführt hat oder der Böse.«
»Warum habt Ihr denn Euren Sohn nicht beizeiten gerade gezogen wie Eure Bäumchen?«, sprach betrübt und vorwurfsvoll der Fremde. »Wenn er nun ein ungeratener, krummer Knorz und Wildling geworden ist, so ist's Eure Schuld. Aber wenn er Euch nun wieder unter die Augen käme, würdet Ihr ihn wohl erkennen?«
»Weiß ich nicht, lieber Herr!«, erwiderte der Bauer. »Doch er hatte ein Muttermal am Leibe, daran könnt' ich ihn allenfalls erkennen. Der kommt aber doch erst am Nimmermehrstag wieder heim.«
Da zog der Fremde seinen Rock aus und zeigte dem Alten ein Muttermal; der schlug die Hände überm Kopf zusammen und schrie: »Herr Jes's! Du

bist mein Sohn – aber nein – du bist so schrecklich vornehm. Bist du denn ein Graf geworden oder gar ein Herzog?«
»Das nicht, Vater«, sprach der Sohn leise, »aber etwas anders, ein Spitzbub' bin ich geworden, weil Ihr mich nicht gerade gezogen habt; doch lasst's gut sein, ich hab' meine Kunst tüchtig studiert, bin nicht etwa so ein miserabler Pfuscher, wie's viele gibt.«
Der alte Mann war ganz stumm vor Schreck und vor Freude, führte den Sohn an der Hand ins Haus und zur Mutter, die gerade die Klöße fertig hatte und auftrug, und sagte ihr alles. Da fiel das Mütterlein ihrem Sohn um den Hals, küsste ihn und weinte und sagte: »Dieb hin, Dieb her! Du bist doch mein lieber Sohn, den ich unterm Herzen getragen habe, und mir hüpft das Herz hoch in der Brust, dass ich dich in meinen alten Tagen wieder sehe! Ach, was wird dein Herr Pate sagen, droben auf dem Schloss der Edelmann!«
»Ja!«, sprach der Vater, während alle drei nun miteinander tapfer in die Klöße einhieben. »Dein Herr Pate wird nichts von dir wissen wollen – unter diesen Umständen; er wird dich am Ende an dem Galgen zappeln lassen.«
»Nun, besuchen will ich ihn doch, den Herrn Paten!«, antwortete der Sohn, ließ seinen Wagen anspannen und fuhr aufs Schloss hinauf.
Der Edelmann war sehr erfreut, seinen Paten, den er als armes Kind aus Gnade zur Taufe gehoben, so stattlich wieder vor sich treten zu sehen. Als aber auf Befragen, was er denn in der Welt geworden sei, der junge Pate zur Antwort gab, er wäre ein ausgelernter Spitzbube geworden, freute er sich nicht im Mindesten darüber. Vielmehr sann er nach, wie er mit guter Art einen so gefährlichen Menschen beizeiten loswerden möchte.
»Wohlan!«, sprach er, »wir wollen sehen, ob du das Deinige ordentlich gelernt hast und ein so großer Dieb geworden bist, den man mit Ehren laufen lassen kann, oder nur so ein kleiner, den man an den ersten besten Galgen henkt. Das werde ich in meinem Gerichtsbann mit dir unfehlbar tun, wenn du nicht die drei Proben bestehst, die ich dir auferlegen werde!«
»Nur her damit, mein gestrenger Herr Pate! Ich fürchte mich vor gar keiner Arbeit.«
Der Edelmann sann eine kleine Weile nach, dann sprach er: »Hör an! Dieses sind die drei Proben. Zum Ersten: stiehl mir mein Leibpferd aus dem Stalle, den ich wohl bewachen lasse von Soldaten und Stall-Leuten, die jeden totschlagen, der Miene macht, in den Stall zu dringen. Zum andern: stiehl mir, wenn ich mit meiner Frau im Bette liege, das Betttuch unterm Leibe weg

und meiner Frau den Trauring vom Finger, doch wisse, dass ich geladene Pistolen zur Hand habe. Zum Dritten und Letzten: stiehl mir Pfarrer und Schulmeister aus der Kirche und hänge beide lebend in einem Sack in meinen Schornstein. Tor und Türen im Schlosse sollen dir dazu offen stehen.«

Der Meisterdieb bedankte sich freundlich bei seinem Herrn Paten, dass er ihm so leichte Stücklein aufgegeben, und ging seiner Wege, um in der nächsten Nacht gleich das erste Stück auszuführen. Der Edelmann traf alle Anstalten, sein Leibross gut bewachen zu lassen. Sein erster Reitknecht musste sich darauf setzen, ein anderer Diener musste den Zaum fassen, ein Dritter den Schwanz, und vor die Türe befahl der Herr eine Soldatenwache.

Die wachten und wachten, froren und fluchten, denn es war kalt, und alle waren durstig; da zeigte sich ein altes, müdes Mütterlein, das trug ein Fässlein auf einem Korbe, hüstelte schwer und keuchte zum Schlosshof hinein.

Das Fässlein weckte in der Seele der Soldaten ganz besonders anziehende Gedanken, nämlich die, dass möglicherweise Branntwein darin sein könne, und dass Branntwein ein Spezifikum gegen den Nachtfrost sei und gegen die bösen Nebel. Sie riefen daher das alte Mütterlein zum Feuer, dass sich's wärme, und forschten nach dem Inhalt des Fässleins. Richtig geahnt! Branntwein war darin, und noch dazu veredelter – Doppelpomeranzen, Spanischbitter oder so eine Sorte. Auch war das Fässlein nicht tückischerweise verpicht und verspundet, sondern es war ein Hähnlein daran,

und die Frau hatte – das war das Beste – den Branntwein zu verkaufen. Da kauften die Soldaten ein Becherlein ums andere, riefen's auch den Wächtern im Stalle zu, dass draußen im Hofe der Weizen blühe, und das alte Frauchen hatte alle Hände voll zu tun mit Einschenken, so dass ihr Fässlein bald leer war.

Die alte Frau war aber kein anderer Mensch als der Erzdieb, der sich gut verkleidet und in den Schnaps einen barbarischen Schlaftrunk gemischt hatte. Es währte gar nicht lange, so fiel ein Soldat nach dem andern in Schlaf, und den Wächtern im Stalle fielen die Augen zu, und es war gut, dass der Dieb schon im Stalle bei dem Pferde stand, so konnte er den Reitknecht in seinen Armen auffangen, als der gerade vom Pferde fiel. Er setzte ihn sanft rittlings auf die Schranke und band ihn ein wenig, damit der gute Mensch nicht etwa auch da noch herunterfalle und Schaden leide. Dem Leibkutscher, der den Zaum hielt und in der Ecke schnarchte, gab der Dieb einen Strick in die Hand, und dem Stallknecht statt des Rossschweifes ein Strohseil. Dann nahm er eine Pferdedecke, schnitt sie in Stücke, wickelte sie um des Rosses Füße, schwang sich in den Sattel, und heidi, hast du nicht gesehen – zum Stall und zum offen gebliebenen Schlosstor hinaus.

Als es heller Tag geworden, sah der Edelmann zum Fenster hinaus und sah einen stattlichen Reiter dahergaloppiert kommen auf einem nicht minder stattlichen Ross, das ihm sehr bekannt vorkam. Der Reiter hielt an und bot guten Morgen hinauf zum Schlossfenster. »Guten Morgen, Herr Pate! Euer Pferd ist Goldes wert!« »Ei, dass dich alle Teufel!«, rief der Edelmann, als er sah, dass das Pferd sein Schecke war. »Du bist ein Oberdieb! Nu, nu – nur zu! Lass deine Kunst weiter sehen!« Der Edelmann nahm seine Reitpeitsche und ging nach dem Stalle voller Zorn. Als er die wunderlichen Gruppen der noch immer schlafenden Wächter sah, musste er laut auflachen, und er dachte bei sich: ›Wenn der Gauner heute Nacht kommt, mir das Betttuch zu stehlen, will ich ihm eine Kugel durch den Kopf schießen, denn solch einen gefährlichen Kerl möchte ich nicht in meiner Nähe wissen.‹

Da nun die Nacht herbeigekommen war, legte sich der Edelmann mit seiner Frau zu Bette, und neben sich legte er eine geladene Pistole und andere Wehr und Waffen, schlief auch nicht ein, sondern blieb wachsam, horchte und lauschte, ob sich nichts regte. Lange blieb alles still. Jetzt endlich – es war schon ziemlich dunkel – war es, als würde eine lange Leiter

angelehnt, und bald darauf wurde draußen am Fenster die Gestalt eines Menschen sichtbar, der hereinsteigen wollte. »Erschrick nicht, Frau!«, rief leise der Edelmann, nahm die Pistole, zielte gut, drückte los und schoss dem Räuber mitten durch den Kopf. Der Dieb wankte, und gleich darauf hörte man unten einen schweren Fall. »Der steht nicht wieder auf«, sprach der Edelmann, »doch möcht' ich Aufsehen vermeiden, ich will deshalb geschwind die Leiter hinuntersteigen, dass im Hause kein Lärm wird, und den Erschossenen beiseite schaffen.« Das war der Edelfrau recht, und ihr Mann tat, wie er gesagt. Bald darauf kam er wieder herauf und sprach leise zur Frau: »Der ist mausetot; ich will den armen Teufel aber doch, ehe ich ihn in die Grube werfe, in ein Leinlaken hüllen, und da er um deines Ringes willen sein Leben hat lassen müssen, so wollen wir ihm diesen Ring anstecken: gib mir den Ring und auch das Betttuch.« Die Frau gab beides her, und jener stieg eilend wieder hinunter. Es war aber nicht der Edelmann, sondern der Meisterdieb, der vom ersten besten Galgen einen frisch Gehenkten abgeschnitten und ihn dann auf seine Schultern geladen hatte, als er die Leiter emporstieg. Als drinnen der Schuss fiel, ließ er den Leichnam hinunterstürzen, stieg eilend die Leiter herab und versteckte sich. Und als nun der Edelmann herunterkam und sich mit dem vermeintlich Erschossenen zu schaffen machte, wischte er rasch hinauf ins Zimmer der Frau, ahmte des Paten Stimme nach und forderte Ring und Betttuch.

Am andern Morgen sah der Edelmann wieder nach seiner Gewohnheit zum Fenster hinaus, da ging drunten ein Mann auf und ab, der hatte, wie es schien, Leinwand zu verkaufen; wenigstens trug er ein zusammengeschlagenes Bündel über der Schulter und ließ einen schönen Ring in der Morgensonne blitzen und funkeln. Der Mann rief hinauf: »Schönsten guten Morgen, Herr Pate! Ich wünsche Ihnen und der Frau Patin, recht wohl geruht zu haben!« – Der Edelmann war wie vom Donner gerührt, als er seinen Paten, den er die vorige Nacht mit eigner Hand erschossen und mit derselben Hand in eine Grube geworfen hatte, leibhaftig stehen sah, und fragte hastig seine Frau nach Ring und Tuch. »Nun, du hast mir's ja heute Nacht abverlangt!«, erwiderte die Dame. »Der Satan! Aber nicht ich!«, tobte der Edelmann – doch gab er sich bald wieder zufrieden, denn er bedachte, dass der kühne Dieb noch mehr hätte nehmen können. Er machte dem Paten eine Faust zum Fenster hinaus und rief: »Erzgauner! Das Dritte! Das Dritte bringt dich sicherlich an den Galgen!«

In der Nacht darauf begab sich etwas sehr Seltsames auf dem Gottesacker. Der Schulmeister wurde es zuerst gewahr und meldete es dem Herrn Pfarrer. Über den Gräbern wandelten kleine brennende Lichtlein in unsteter Bewegung umher. »Das sind die armen Seelen, Schulmeister!«, flüsterte der Pfarrer mit Grausen. Plötzlich erschien eine große schwarze Gestalt auf den Stufen der Kirchtür, die rief mit hohlem Tone:

Kommt all' zu mir, kommt all' zu mir,
Der Jüngste Tag ist vor der Tür!
O Menschenkinder, betet still!
Die Toten sammeln schon ihr Gebein!
Wer mit mir in den Himmel will,
Der kreuch in diesen Sack hinein!

»Wollen wir?«, fragte der Schulmeister den Pfarrer mit Zähneklappern. »Zeit wär's – vorm Torschluss. Der heilige Apostel Petrus ruft uns, das ist keine Frage. Aber Reisegeld?« – »Ich habe mir zwanzig Kronen erspart«, wisperte das Schulmeisterlein. »Ich habe mir hundert gute Dukaten für den Notfall zurückgelegt!«, sprach der Pfarrer. »Holen wir's und nehmen's mit!«, riefen beide und holten das Geld.

Dann näherten sie sich der schwarzen Gestalt mit Furcht und Zittern. Das war der Meisterdieb: er hatte Krebse gekauft und ihnen brennende Wachslichterlein auf den Rücken geklebt, – das waren die armen Seelen – hatte einen Mönchsbart und eine Mönchskutte und einen Hopfensack, in den er die beiden Schwarzröcke aufnahm, nachdem er ihnen ihr Erspartes abgenommen hatte. Jetzt schnürte er den Sack zu und schleifte ihn hinter sich her durch das Dorf und durch einen Tümpel, wobei er rief: »Jetzt geht's durch das Rote Meer!«, dann durch den Bach. »Jetzt geht's durch den Bach Kidron«, dann durch den Schlossflur, allwo es kühl war: »Jetzt geht's durch das Tal Josaphat«, dann zur Treppe hinauf: »Dieses ist schon die Himmelsleiter.«

Endlich hängte er den Sack im Schornstein auf an einen Haken, an dem man die Schinken räuchert, machte darunter ein Strohfeuer an, welches ziemlichen Qualm entwickelte, und rief mit schrecklicher Stimme: »Dieses ist das Fegefeuer! Es dauert etwelche Jahre!«, und machte sich fort. Da schrien Pfarrer und Schulmeister Zeter und Mordio, dass das ganze Hausgesinde zusammenlief. Der Meisterdieb aber trat kecklich zum Edelmann:

»Herr Pate, meine dritte Probe ist auch gelöst. Pfarrer und Schulmeister hängen im Schornstein, und so es Euch gefällig ist, könnt Ihr sie selber zappeln sehen und schreien hören!«

»O du Erzschalk und Erzgauner, du Erzbösewicht und Meisterdieb aller Meisterdiebe!«, rief der Edelmann und gab gleich Befehl, die beiden aus dem Fegefeuer zu erlösen. »Du hast gewonnen! Hier hast du ein Goldstück. Geh und komm mir nicht mehr vor Augen und lass dich für dein Geld henken, wo es dir gefällig ist.«

»Danke allerschönstens, gestrenger Herr Pate, das will ich tun!«, antwortete der Spitzbub, »aber wollt Ihr nicht die Pfänder auslösen, die ich redlich erworben habe? Euer Leibross mit zweihundert Kronen, Eurer Gemahlin Trauring und das Tuch mit hundert Kronen, des Pfarrers und Schulmeisters Geld mit hundertundzwanzig Kronen! Wo nicht, so fahr' ich damit von dannen.« Den Edelmann rührte fast der Schlag; er wurde rot vor Zorn und bemeisterte sich nur mühsam, schließlich sprach er:

»Lieber Pate, das war ja alles nur ein Spaß, du wirst doch das Pferd, den Ring und das Tuch nicht etwa behalten wollen; ich schenke dir ja das Leben.«

»Nun, so will ich gehen und Euch die Sachen alle herbringen!«, sprach der Meisterdieb, tat aber nicht so, sondern ging und ließ seinen Wagen anspannen, seinen alten Vater und seine Mutter hineinsetzen, setzte sich selbst auf des Edelmanns Ross, steckte alsdann den prächtigen Ring an

den Finger und schickte dem Edelmann nur das Betttuch mit einem Brieflein, darin stand:
»Gebt dem Pfarrer und dem Schulmeister ihr Geld zurück, sonst stiehlt Euch Eure Frau Dero untertäniger Pate und Meisterdieb.«

Das Natterkrönlein

Schon oft haben Großväter und Großmütter ihren Enkeln und Urenkeln von schönen Schlangen erzählt, die goldene Krönlein auf ihrem Haupte tragen; sie hießen Otterkönig, Krönleinnatter, Schlangenkönigin und dergleichen, und man sagte, der Besitz eines solchen Krönleins bringe großes Glück.
Bei einem geizigen Bauern diente eine gutherzige Magd. In dem Kuhstall dieses Bauern wohnte eine Krönleinnatter, die man zuweilen nachts wunderschön singen hörte, denn diese Nattern haben die Gabe, schöner singen zu können als das beste Vöglein.
Wenn nun die treue Magd in den Stall kam und mit großer Sorgfalt die Kühe molk oder sie fütterte und ihnen frisches Heu gab, dann kroch manchmal das Schlänglein, das so weiß wie ein weißes Mäuschen war, aus der Mauerspalte, in der es wohnte, und sah mit klugen Augen die geschäftige Dirne an, die immer das Gefühl hatte, dass die Schlange etwas von ihr haben wollte. Und es wurde ihr bald zur Gewohnheit, etwas kuhwarme Milch in ein kleines Untertässchen zu gießen. Das stellte sie dem Schlänglein hin, und das trank die Milch mit großem Wohlbehagen und wandte dabei sein Köpfchen, dass das Krönlein wie ein Diamant oder ein Karfunkelstein glitzerte, und es leuchtete wunderbar in dem dunklen Stall.
Die gute Dirne freute sich sehr über die weiße Schlange, und sie bemerkte auch, dass die Kühe ihres Herrn viel besser gediehen, seit sie dem Tierlein die Milch gab. Sie waren stets gesund, gaben viel mehr Milch und brachten sehr schöne Kälbchen zur Welt. Und daran hatte sie die größte Freude.
Da traf sich's einmal, dass der Bauer in den Stall trat, als gerade die Krönleinnatter ihr Tröpfchen Milch schleckte, das ihr die gute Dirne hingestellt hatte. Weil er aber geizig und über alle Maßen habsüchtig war, wurde er gleich so zornig, als ob die arme Magd die Milch eimerweise weggeschenkt hätte.

»Du nichtsnutzige Dirn', die du bist!«, schrie der böse Bauer. »So gehst du also um mit dem Hab und Gut deines Herrn? Schämst du dich nicht der Sünde, einen solchen giftigen Wurm, der ohnedies den Kühen nachts die Milch aus den Eutern zieht, auch noch zu füttern und an den Stall zu gewöhnen? Hat man je so etwas erlebt? Schier glaub' ich, dass du eine böse Hexe bist und dein Satanswesen treibst mit dem Teufelswurm!«

Die arme Dirne konnte diesen harten Vorwürfen nur mit Tränen begegnen; aber der Bauer kehrte sich nicht im Mindesten daran, dass sie weinte. Er schrie und zankte sich immer mehr und mehr in Zorn hinein, vergaß alle Treue und allen Fleiß der Magd und fuhr fort zu wettern und zu toben: »Aus dem Hause, sag' ich, aus dem Hause! Und auf der Stelle! Ich brauche keine Schlangen als Kostgänger! Ich brauche keine Milchdiebinnen und Hexendirnen! Sofort schnürst du dein Bündel – aber sofort! Und mach, dass du aus dem Dorfe kommst, und dich nimmer wieder hier blicken lässt, sonst zeige ich dich an. Und dann wirst du eingesperrt, du Hexendirne!«

Laut weinend lief die gescholtene Magd aus dem Stall, ging hinauf in ihre Kammer, packte ihre Kleider zusammen und schnürte ihr Bündlein. Dann trat sie aus dem Hause und ging über den Hof. Da wurde ihr weh ums Herz, denn im Stalle brüllte ihre Lieblingskuh. – Der Bauer war weitergegangen; sie trat noch einmal in den Stall, um im Stillen und unter Tränen Abschied von ihrem lieben Vieh zu nehmen; denn frommem Hausgesinde wird das Vieh seiner Herrschaft so lieb, als wäre es sein eigenes. Daher pflegt man auch zu sagen, im ersten Dienstjahre spricht die Magd: meines Herrn Kuh, im zweiten: unsere Kuh, und im dritten und in allen folgenden Jahren: meine Kuh.

Da stand nun die Dirne im Stall und weinte sich aus und streichelte noch einmal jede Kuh, und ihr Liebling leckte ihr noch einmal die Hand, und da kam die Schlange mit dem Krönlein auch angekrochen.

»Leb wohl, du armer Wurm, dich wird nun auch niemand mehr füttern.«

Da hob sich das Schlänglein empor, als wollte es ihr seinen Kopf in die Hand legen, und plötzlich fiel das Natterkrönlein in die Hand des Mädchens, und die Schlange glitt aus dem Stall; das hatte sie noch nie getan. Das war ein Zeichen, dass auch sie aus dem Hause scheide, wo man ihr nicht mehr ein Tröpflein Milch gönnen wollte.

Jetzt ging die arme Dirne ihres Weges und wusste nicht, wie reich sie war. Sie kannte die große Macht des Natterkrönleins nicht: Wer es besitzt und bei sich trägt, bei dem ist das Glück, er ist allen Menschen angenehm, und Ehre und Freude wird ihm zuteil.

Draußen vor dem Dorfe begegnete der scheidenden Magd der reiche Schulzensohn, dessen Vater vor kurzem gestorben war, der schönste junge Bursche des Dorfes. Der gewann die Dirne gleich lieb. Er grüßte sie und fragte sie, wohin sie gehe und warum sie aus dem Dienst scheide. Da sie ihm nun ihr Leid klagte, schickte er sie zu seiner Mutter, und sie sollte ihr nur sagen, er sende sie. Wie nun die Dirne zu der alten Frau Schulzin kam und ausrichtete, was der Schulzensohn ihr aufgetragen hatte, da fasste die Frau gleich ein großes Vertrauen zu ihr und behielt sie im Hause.

Als am Abend die Knechte und die Mägde des reichen Bauern zum Essen kamen, musste die neu aufgenommene Dirne das Tischgebet sprechen, und allen schien es, als flössen des Gebetes Worte von den Lippen eines heiligen Engels. Sie wurden alle von einer wundersamen Andacht bewegt und gewannen die Dirne sehr lieb. Und als abgegessen war und die fromme Dirne wieder das Gebet und den Abendsegen gesprochen und das Gesinde die Stube verlassen hatte, da fasste der reiche Schulzensohn die

Hand der Dirne, trat mit ihr vor seine Mutter und sagte: »Frau Mutter, segnet mich und die – denn die nehm' ich zur Frau oder keine. Sie hat mir's einmal angetan!«
So wurde die arme Magd zu des Dorfes reichster Frau und zu einer ganz glücklichen dazu.
Mit jenem geizigen Bauern aber, der sich um die paar Tröpflein Milch so erzürnt und die treueste Magd aus dem Hause getrieben hatte, ging es bald abwärts. Mit der Krönleinnatter war all sein Glück hinweggezogen. Er musste erst sein Vieh verkaufen, dann seine Äcker; und alles kaufte der reiche Schulzensohn. Seine Frau führte die lieben Kühe, die nun ihre eigenen waren, mit grünen Kränzen geschmückt in ihren Stall, streichelte sie und ließ sich wieder die Hände von ihnen lecken, molk und fütterte sie mit eigener Hand. Auf einmal sah sie bei dieser Arbeit die weiße Schlange wieder. Da zog sie schnell das Krönlein hervor und sagte: »Das ist schön von dir, dass du zu mir kommst. Nun sollst du auch alle Tage frische Milch haben, so viel du willst; und da hast du auch dein Krönlein wieder mit tausend Dank, dass du mir damit so viel geholfen hast! Ich brauche es nun nicht mehr, denn ich bin reich und glücklich durch Liebe, durch Treue und durch Fleiß.«
Da nahm die weiße Schlange ihr Krönlein wieder und wohnte in dem Stalle der jungen Frau, und auf deren ganzem Gut blieben Friede, Glück und Gottes Segen ruhen.

Der beherzte Flötenspieler

Es war einmal ein lustiger Musikant, der die Flöte meisterhaft spielte. Er reiste in der Welt herum, spielte in Dörfern und Städten und erwarb sich dadurch seinen Unterhalt. So kam er auch eines Abends auf einen Pachthof. Er übernachtete dort, weil er das nächste Dorf vor einbrechender Nacht nicht mehr erreichen konnte. Der Musikant wurde von dem Pächter freundlich aufgenommen, musste mit ihm speisen und nach beendeter Mahlzeit einige Stücklein auf seiner Flöte vorspielen. Als das der Musikant getan hatte, schaute er zum Fenster hinaus. In kurzer Entfernung sah er bei dem Scheine des Mondes eine alte Burg, die teilweise in Trümmern zu liegen schien. »Was ist das für ein altes Schloss?«, fragte er den Pächter,

»und wem hat es gehört?« Der Pächter erzählte, dass vor vielen, vielen Jahren ein Graf darin gewohnt hätte, der sehr reich, aber auch sehr geizig gewesen sei. Er hätte seine Untertanen sehr geplagt, keinem armen Menschen ein Almosen gegeben und sei endlich ohne Erben gestorben, denn aus Geiz hatte er sich nicht einmal verheiratet! Darauf wollten seine nächsten Anverwandten die Erbschaft in Besitz nehmen, aber sie hätten nicht das geringste Geld gefunden. Man behauptet daher, der alte Geizige hätte den Schatz vergraben, und man glaubt, dass er heute noch in dem alten Schloss verborgen liege. Schon viele Menschen wären des Schatzes wegen in die alte Burg gegangen, aber keiner wäre wieder zurückgekommen. Deshalb hat die Obrigkeit den Eintritt in dieses alte Schloss verboten und alle Menschen im ganzen Lande ernstlich davor gewarnt.

Der Musikant hatte aufmerksam zugehört, und als der Pächter seinen Bericht beendet hatte, äußerte er den Wunsch, trotz allem einmal in das Schloss zu gehen, denn er sei beherzt und kenne keine Furcht. Der Pächter bat ihn dringend, sein junges Leben zu schonen und nicht hineinzugehen. Aber es half kein Bitten und Flehen, der Musikant blieb unerschütterlich.

Zwei Knechte des Pächters mussten ihre Laternen anzünden und den beherzten Musikanten bis an das alte Schloss begleiten. Dann schickte er sie mit einer Laterne wieder zurück; er aber nahm die zweite in die Hand und stieg mutig die hohe Treppe hinauf. Er kam in einen großen Saal, um den ringsherum Türen waren. Er öffnete die erste Tür und ging hinein, setzte sich an einen schönen, alten Tisch, stellte das Licht darauf und spielte auf seiner Flöte. Der Pächter aber konnte die ganze Nacht vor Sorgen nicht schlafen und sah oft zum Fenster hinaus. Er freute sich jedes Mal unaussprechlich, wenn er drüben den Gast noch immer musizieren hörte. Doch als seine Wanduhr elf schlug und das Flötenspiel verstummte, erschrak er heftig und glaubte nun nichts anderes, als dass der Geist oder der Teufel, oder wer sonst in diesem Schlosse hauste, dem schönen Burschen nun ganz gewiss doch noch den Hals umgedreht habe. Doch der Musikant hatte ohne Furcht seine Flöte gespielt. Als sich aber endlich Hunger bei ihm regte, weil er bei dem Pächter nicht viel gegessen hatte, ging er in dem Zimmer umher und sah sich um. Da erblickte er einen Topf voll ungekochter Linsen, auf einem andern Tische stand ein Gefäß voll Wasser, eines voll Salz und eine Flasche Wein. Er goss geschwind Wasser über die Linsen, tat Salz hinein, machte Feuer in dem Ofen von dem Holz, das daneben lag, und kochte sich eine Linsensuppe. Während die Linsen kochten, trank er die Flasche Wein leer, und dann spielte er wieder Flöte. Als die Linsen gekocht waren, nahm er sie vom Feuer, schüttete sie in die auf dem Tisch schon bereitstehende Schüssel und aß frisch darauf los. Er sah auf seiner Uhr, dass es die zwölfte Stunde war. Da ging plötzlich die Tür auf, zwei lange schwarze Männer traten herein, die trugen einen Sarg. Den stellten sie, ohne ein Wort zu sagen, vor den Musikanten, der sich aber keineswegs beim Essen stören ließ. Dann gingen die Männer ebenso lautlos, wie sie gekommen waren, wieder zur Tür hinaus. Nachdem sie sich entfernt hatten, stand der Musikant hastig auf und öffnete den Sarg. Ein altes Männchen, klein und verhutzelt, mit grauen Haaren und grauem Bart lag darin. Der Bursche fürchtete sich nicht, nahm das Männchen heraus und setzte es an den Ofen. Kaum schien es erwärmt zu sein, als sich schon Leben in ihm regte. Er gab ihm Linsen zu essen und war ganz mit dem Männchen beschäftigt, ja er fütterte es, wie eine Mutter ihr Kind. Da wurde das Männchen ganz lebhaft und sprach zu ihm: »Folge mir!« Das Männchen ging voraus, der Bursche nahm seine Laterne und folgte ihm ohne Furcht. Es führte ihn nun eine hohe, verfallene Treppe hinab, und sie gelangten endlich beide in ein tiefes, schauerliches Gewölbe.

Hier lag ein großer Haufen Geld. Da gebot das Männchen dem Burschen: »Diesen Haufen teile mir in zwei gleiche Teile. Aber so, dass nichts übrig bleibt, sonst bringe ich dich ums Leben!« Der Bursche lächelte nur und fing sofort an zu zählen. Er stellte zwei große Tische nebeneinander und brachte so das Geld in kurzer Zeit in zwei gleiche Teile, doch zuletzt – war noch ein Kreuzer übrig. Der Musikant aber besann sich nicht lange, nahm sein Taschenmesser heraus, setzte es mit der Schneide auf den Kreuzer und schlug ihn mit einem daneben liegenden Hammer entzwei. Als er nun die eine Hälfte auf diesen, die andere auf jenen Haufen geworfen hatte, wurde das Männchen ganz heiter und sprach: »Du guter und furchtloser Mann, du hast mich erlöst! Schon hundert Jahre muss ich meinen Schatz bewachen, den ich aus Geiz zusammengescharrt habe, bis es einem gelingen würde, das Geld in zwei gleiche Teile zu teilen. Noch nie ist es einem gelungen, und ich habe sie alle umbringen müssen. Der eine Haufen Geld ist nun dein, den andern aber teile unter die Armen.« Darauf verschwand das Männchen. Der Bursche aber stieg die Treppe hinauf und spielte oben wieder lustige Stücklein auf seiner Flöte.

Da freute sich der Pächter, als er ihn wieder spielen hörte. Am frühen Mor-

ANNO 1461

gen schon ging er nach dem Schloss – denn am Tage durfte jedermann hinein – und begrüßte den Burschen voller Freude. Der Musikant erzählte ihm die Geschichte; dann ging er hinunter zu seinem Schatz und tat, wie ihm das Männchen befohlen hatte. Er verteilte die Hälfte unter die Armen. Das alte Schloss aber ließ er niederreißen, und bald stand da ein neues, in dem nun der Musikant als reicher Mann wohnte.

Vom Knaben, der das Hexen lernen wollte

Es war einmal ein Knabe, der hatte vieles gehört von der Hexenkunst und wollte sie auch gerne lernen. Wen er aber danach fragte, der sagte ihm, dass er diese Kunst nicht kenne und nicht könne und auch nichts von ihr wissen wolle. Da ging der Knabe ganz allein in einen dunkeln Wald und rief mehr als einmal recht laut: »Wer lehrt mich das Hexen?« Und da schallte es wie antwortend an mehreren Stellen des tiefen Waldes: »Hexen! Hexen!«

Nach einer Weile kam ein uraltes Weiblein durch das Gebüsch gekrochen. Das hatte keinen Zahn mehr im Mund und schrecklich rote Augen. Ihr Rücken war gekrümmt, das Haar weiß und hing ihr wild um den Kopf herum und wehte im Winde. Ihre Stimme klang wie die Stimme des Vogels Kreideweiß, wenn er ruft: Komm mit! Und geradeso rief auch das alte Weib dem Knaben zu und winkte ihm zu folgen, sie wollte ihn das Hexen lehren. Der Knabe folgte ihr. Da führte sie ihn immer tiefer in den Wald hinein, und zuletzt auf ein sumpfiges Erlenmoor. Darauf stand eine graue, unscheinbare, halb verfallene Waldhütte. Die Wände waren aus Torfziegeln und mit Moos austapeziert, das Dach mit Schilf gedeckt. In der Waldhütte war niemand als ein junges, hübsches Mädchen, das Lieschen hieß; die Alte sagte aber nicht, ob es ihre Tochter oder ihre Enkelin war. Außerdem saßen nur noch drei große Kröten da, und über dem niedrigen Herd hing ein Kessel, darin kochte eine Brühe aus Gänseschwarz, Hasenpfeffer oder sonstigem Schwarzsauer mit Fleischknöchlein darin. Die Alte setzte eine Kröte vor die Türschwelle, dass sie Wache halte, die zweite Kröte schickte sie auf den Boden, dem Knaben eine Lagerstatt zu bereiten, und die dritte Kröte stellte sie auf den Tisch, dass sie leuchte. Diese Kröte tat ihr Bestes im Leuchten; doch wie auch ihre Äuglein in grünlichem Schimmer flammten, sie brachte es trotzdem kaum dahin, so hell zu leuchten wie ein Glühwurm; daher kommt auch der Hass, den die Kröten gegen die Glühwürmer haben. Nun aßen die Alte und das Lieschen aus dem Kessel ihre Abendmahlzeit, und der Knabe sollte auch essen, aber es graute ihm vor dieser Speise. Er klagte, dass er sehr müde sei, und wurde auf sein Strohlager gewiesen. Er schlief bald mit dem Gedanken ein, dass am anderen Morgen seine Lehrzeit in der Hexenkunst beginnen würde und dass er es besonders schön fände, wenn das kleine Lieschen ihm diesen Unterricht geben würde. Die alte Hexe aber zischelte dem Mädchen zu: »Wieder einen gefangen! Einen hübschen Braten! Morgen wecke mich recht früh, ehe die Sonne aufgeht, dann wollen wir ihn schlachten.«

Jetzt gingen die beiden auch schlafen; aber Lieschen fand keinen Schlaf. Es betrübte sie sehr, dass der schöne Knabe auch sterben sollte. Sie stand von ihrem Lager auf, trat an das seine und sah, wie schön rot seine Wängelein waren und wie blond sein gelocktes Haar! Dass seine Augen blau wie Vergissmeinnicht waren, hatte Lieschen nicht vergessen. Es graute ihr vor sich selbst, weil sie gezwungen war, der alten bösen Hexe zu dienen, die sie schon lange, als sie noch ein ganz kleines Kind war, ihren Eltern geraubt und in den tiefen Wald geschleppt hatte. Sie hatte das Hexenhandwerk lernen müssen: wie man pfeilschnell durch die Luft eilt, wie man sich unsichtbar macht, und wie man sich in andere Gestalten verwandelt. Als sich nun Lieschens Herz in voller Zuneigung dem Knaben zuwandte, beschloss sie, ihn zu erretten. Sie weckte ihn deshalb ganz leise und flüsterte ihm zu: »Lieber Knabe, steh auf und folge mir! Hier wartet deiner nur der Tod.«

»Soll ich denn hier nicht das Hexen lernen?«, fragte der Knabe, der Friedel hieß.

»Es ist besser für dich, wenn du es niemals lernst; außerdem hast du immer noch Zeit genug dazu«, antwortete Lieschen; »jetzt eile dich, flieh, und ich will mit dir fliehen.«

»Mit dir gehe ich gerne«, sagte der Knabe, »bei der hässlichen Alten mit ihren garstigen Kröten möchte ich nicht bleiben.«

»So komm denn!«, sprach Lieschen, öffnete leise das Häuschen und sah nach, ob die Alte schlief. Das tat sie, denn es war erst die halbe Nacht vorbei und noch lange nicht Morgen.

Jetzt trat Lieschen mit Friedel aus dem Häuschen, und Lieschen spuckte auf die Schwelle. Danach eilten sie beide schnell von dannen. Durch das

Öffnen und Schließen der Tür war aber doch ein kleines Geräusch entstanden, und weil alte Leute sehr leise schlafen, erwachte die Hexe und rief: »Lieschen! Steh auf! Ich glaube, es wird bald Tag!« Da rief der Speichel auf der Schwelle durch einen Hexenzauber, den Lieschen angewendet hatte: »Ich bin schon auf! Ruhe nur noch, bis ich das Hüttchen gekehrt und Laub und Holz zum Feuer zusammengelesen haben.« Nun blieb die Alte noch ein Weilchen liegen, während die Fliehenden unaufhaltsam von dannen eilten. Die Hexe konnte aber nicht wieder einschlafen und rief abermals: »Lieschen, brennt das Feuer?«

Da antwortete abermals der Speichel auf der Schwelle: »Es brennt noch nicht, das Laub ist feucht, das Holz raucht; – ruhe noch ein Weilchen, bis ich das Feuer angeblasen habe.« Die Alte ruhte noch eine kurze Zeit, während die Fliehenden sich immer mehr von ihrer Hütte entfernten. Unterdes ging die Sonne auf, da fuhr die Alte, die ein wenig eingenickt war, mit beiden Beinen zugleich aus dem Bett und schrie: »Satanskind! Die Sonne geht auf, und du hast mich nicht geweckt. Wo steckst du?«

Auf diese Frage bekam die Alte keine Antwort, denn die Sonne hatte den Speichel auf der Schwelle getrocknet. Nun fuhr die Hexe wie ein Wirbelwind im Hause herum. Der Knabe war fort, und Lieschen war fort, und die Hütte war nicht gefegt, es lag nicht Laub, nicht Holz auf dem Herde. Die Alte war wütend. Sie ergriff einen Besenstiel und rannte aus dem Hause. Sie schlug mit dem Besen an die Tür, da wurde das Häuschen unsichtbar; sie trat auf einen Pilz, da wallte eine Wolke empor. Dann setzte sie sich auf ihren Besenstiel und fuhr mit der Wolke in die Luft. Da sah sie, nach welcher Richtung die Flüchtlinge flohen – und mit Windeseile flog die Wolke ihnen nach. Lieschen aber sah sich auf der Flucht beständig um – denn sie kannte die Künste der alten Hexe – und sprach zu Friedel: »Siehst du dort am hohen Himmel die braune Wolke? Das ist die Hexe, die uns nachfährt; wir können nicht weiter fliehen, sie wird uns bald einholen. Jetzt lass mich meine Kunst brauchen. Ich will ein Dornenstrauch werden und dich als eine Schlehe tragen.«

Plötzlich war Lieschen ein Schlehdornbusch, der viele Früchte trug und an einem Raine stand; und die unterste Beere, das war der Friedel.

Die Hexe bekam auf ihrer Luftfahrt großen Durst, und als sie den Schlehdornstrauch mit den vielen Früchten sah, sprach sie zu sich selbst: »Die Luft ist trocken und zehrt – ich muss mich herablassen und ein paar Schlehen essen.« Das tat sie und pflückte eine Beere nach der andern und sagte:

»Sauer macht lustig.« Jetzt waren die Beeren alle verzehrt bis auf die letzte. Das war der Friedel, und das wusste die schlimme Alte recht gut; sie krallte mehrmals danach, aber der Dornbusch stach sie tüchtig in ihre langen, dürren Finger. Doch sie kehrte sich nicht daran, sie gab sich viel Mühe, die in Dornen ganz versteckte letzte Schlehe auch noch zu erhaschen. Da fiel die Schlehe ab und rollte den Rain hinab; und da wurde plötzlich der Dornbusch zu einem Wasser und die Beere zu einem kleinen Enterich, alles durch Lieschens Zauberkunst, die sie von der Alten gelernt hatte. Nun warf die Alte einen ihrer Pantoffel in die Luft. Der wurde alsbald ein großer Raubvogel und stieß auf den Enterich. Der tauchte schnell unter, und sobald der Raubvogel mit seinem Schnabel das Wasser berührte, schlug es eine Welle, die ihn fasste und ersäufte. Danach tauchte der Enterich wieder auf. Wütend schleuderte die Alte ihren zweiten Pantoffel in das Wasser. Der wurde ein Krokodil und schoss nach dem Enterich hin, um ihn zu schnappen. Da flog der Enterich in die Luft und ließ sich an einer andern Stelle wieder auf das Wasser nieder. Das Wasser aber, welches dem Krokodil in den Rachen drang, wurde zu Stein. Da wurde das Krokodil so schwer, dass es untersank. Jetzt legte sich die alte Hexe platt an den Rand des Wassers, um es wegzutrinken, denn ohne das Wasser hatte der verzauberte Enterich kein Dasein mehr. Sobald er das Land berührte, musste er die vorige Gestalt wieder annehmen. Die Alte hatte aber noch nicht lange getrunken, da verwandelte sich das Wasser in ihrem Leibe in Feuer. Es tat einen Knall, als ob die Hölle platzte. Die Hexe war zersprungen, der Enterich war wieder der schöne Knabe, das Feuer wurde zum Lieschen, und dann blieben sie beide miteinander treu verbunden. Als der Knabe das Lieschen fragte, ob es ihn das Hexen lehren wolle, lachte Lieschen und sagte: »Du kannst es ja schon, denn du hast ja mich behext.«

Der goldene Rehbock

Es waren einmal zwei arme Geschwister, ein Knabe und ein Mädchen. Das Mädchen hieß Margarete, der Knabe hieß Hans. Ihre Eltern waren gestorben und hatten ihnen gar kein Eigentum hinterlassen. So lebten sie vom Betteln, denn zur Arbeit waren beide noch zu schwach und klein: Hänschen zählte erst zwölf Jahre, und Gretchen war noch jünger. Des

Abends gingen sie vors erste beste Haus, klopften an und baten um ein Nachtquartier, und oft waren sie schon von guten, mildtätigen Menschen aufgenommen, gespeist und getränkt worden; auch hatte mancher ihnen ein Kleidungsstückchen zugeworfen.

So kamen sie einmal abends vor ein Häuschen, das einzeln stand. Da klopften sie ans Fenster, und als gleich darauf eine alte Frau heraussah, fragten sie, ob sie hier nicht über Nacht bleiben dürften? Die Antwort war: »Meinetwegen, kommt nur herein!« Aber als sie eintraten, sprach die Frau: »Ich will euch wohl über Nacht behalten, aber wenn es mein Mann gewahr wird, so seid ihr verloren; denn er isst gern einen jungen Menschenbraten. Daher schlachtet er alle Kinder, die ihm vor die Hand kommen!« Da wurde den Kindern sehr angst; doch konnten sie nun nicht mehr weiter, es war schon ganz dunkle Nacht geworden. So ließen sie sich gutwillig von der Frau in ein Fass verstecken und verhielten sich ruhig.

Einschlafen konnten sie aber lange nicht, zumal da sie nach einer Stunde die schweren Tritte eines Mannes vernahmen, der wahrscheinlich der Menschenfresser war. Des wurden sie bald gewiss, denn jetzt fing er an mit brüllender Stimme mit seiner Frau zu zanken, dass sie keinen Menschenbraten für ihn zugerichtet habe. Am Morgen verließ er das Haus wieder und tappte so laut, dass die Kinder, die endlich doch eingeschlummert waren, darüber erwachten.

Als sie von der Frau etwas zu frühstücken bekommen hatten, sagte sie: »Ihr Kinder müsst nun auch etwas tun, da habt ihr zwei Besen, geht oben hinauf und kehrt mir meine Stuben aus, deren sind zwölf, aber ihr kehrt davon nur elf, die zwölfte dürft ihr um's Himmels willen nicht aufmachen. Ich will nun ausgehen. Seid fleißig, damit ihr fertig seid, wenn ich wieder komme.« Die Kinder kehrten sehr emsig, und bald waren sie fertig. Nun wollte Gretchen doch gar zu gerne wissen, was in der zwölften Stube wäre. Sie guckte ein wenig durchs Schlüsselloch und sah einen herrlichen kleinen goldenen Wagen, mit einem goldenen Rehbock bespannt. Geschwind rief sie Hänschen herbei, dass er auch hineingucken sollte. Und als sie sich erst tüchtig umgesehen, ob die Frau nicht heimkehre, und da von der nichts zu sehen war, schlossen sie schnell die Tür auf, zogen den Wagen samt Rehbock heraus, setzten sich drunten hinein in den Wagen und fuhren auf und davon. Aber nicht lange, so sahen sie von weitem die alte Frau und auch den Menschenfresser, die ihnen gerade auf dem Wege entgegenkamen, den sie mit dem geraubten Wagen eingeschlagen hatten. Hänslein sprach:

»Ach, Schwester, was machen wir? Wenn uns die beiden Alten entdecken, sind wir verloren.«

»Still!«, sprach Gretchen, »ich weiß ein kräftiges Zaubersprüchlein, welches ich noch von unsrer Großmutter gelernt habe:

Rosenrote Rose stich;
Siehst du mich,
So sieh mich nicht!«

Und alsbald waren sie verwandelt in einen Rosenstrauch. Gretchen wurde zur Rose, Hänslein zu Dornen, der Rehbock zum Stiele, der Wagen zu Blättern.

Nun kamen beide, der Menschenfresser und seine Frau, dahergegangen, und die wollte sich die schöne Rose abbrechen, aber sie stach sich so sehr, dass ihre Finger bluteten und sie ärgerlich davonging. Als die Alten fort waren, machten sich die Kinder eilig auf und fuhren weiter und kamen bald an einen Backofen, der voll Brot stand. Da hörten sie aus dem Ofen eine hohle Stimme rufen: »Rückt mir mein Brot, rückt mir mein Brot.« Schnell rückte Gretchen das Brot und tat es in ihren Wagen, worauf sie weiterfuhren. Da kamen sie an einen großen Birnbaum, der voll reifer schöner Früchte hing, aus diesem tönte es wieder: »Schüttelt mir meine Birnen, schüttelt mir meine Birnen!« Gretchen schüttelte sogleich, und Hänschen half gar fleißig auflesen und die Birnen in den goldenen Wagen schütten. Und wieder kamen sie an einen Weinstock, der rief mit angenehmer Stimme: »Pflückt mir meine Trauben, pflückt mir meine Trauben!« Gretchen pflückte auch diese und packte sie in ihren Wagen.

Unterdessen aber waren der Menschenfresser und seine Frau daheim angelangt und hatten mit Ingrimm wahrgenommen, dass die Kinder ihren goldenen Wagen samt Rehbock gestohlen, gerade wie sie selber ebenfalls vor langen Jahren Wagen und Rehbock gestohlen und noch dazu bei dem Diebstahl einen Mord begangen, nämlich den rechtmäßigen Eigentümer erschlagen hatten. Der mit dem Rehbock bespannte Wagen war nicht nur an und für sich von großem Wert, sondern er besaß auch noch die vortreffliche Eigenschaft, dass, wo er hinkam, von allen Seiten Gaben gespendet wurden, von Baum und Strauch, von Backofen und Weinstock. So hatten denn die Leute, der Menschenfresser und seine Frau, lange Jahre den Wagen, wenn auch auf unrechtmäßige Weise, besessen, hatten sich gute Esswaren spenden lassen und dabei herrlich und in Freuden gelebt. Da sie nun sahen, dass sie ihres Wagens beraubt waren, machten sie sich flugs auf, den Kindern nachzueilen und ihnen die köstliche Beute wieder abzujagen. Dabei wässerte dem Menschenfresser schon der Mund nach Menschenbraten; denn die Kinder wollte er sogleich fangen und schlachten. Mit weiten Schritten eilten die beiden Alten den Kindern nach und wurden ihrer bald von ferne ansichtig. Die Kinder kamen jetzt an einen großen Teich und konnten nicht weiter, auch war weder eine Fähre noch eine Brücke da, dass sie hinüber hätten flüchten können. Nur viele Enten waren darauf zu sehen, die lustig umherschwammen. Die lockte Gretchen ans Ufer und sprach:

»Ihr Entchen, ihr Entchen,
Schwimmt zusammen,
Macht mir ein Brückchen,
Dass ich hinüber kann kommen!«

Da schwammen die Enten einträchtig zusammen, bildeten eine Brücke, und die Kinder samt dem Rehbock und Wagen kamen glücklich ans andere Ufer. Aber flugs hinterdrein kam auch der Menschenfresser und brummte mit hässlicher Stimme:

»Ihr Entchen, ihr Entchen,
Schwimmt zusammen,
Macht mir ein Brückchen,
Dass ich hinüber kann kommen!«

Schnell schwammen die Entchen zusammen und trugen die beiden Alten – hinüber, meint ihr? Nein! In der Mitte des Teiches, wo das Wasser am tiefsten war, schwammen die Entchen auseinander, und der böse Menschenfresser nebst seiner Alten plumpsten in die Tiefe und kamen um. Und Hänschen und Gretchen wurden sehr wohlhabende Leute, aber sie spendeten auch von ihrem Segen den Armen viel und taten viel Gutes, weil sie immer daran dachten, wie bitter es gewesen, als sie noch arm waren und betteln gehen mussten.

Schneider Hänschen und die wissenden Tiere

Ein Schuhmacher und ein Schneider sind einmal miteinander auf die Wanderschaft gegangen. Der Schuster hatte Geld, der Schneider aber war ein armer Schwartenhans. Beide hatten dasselbe Mädchen lieb. Es hieß

Lieschen, und jeder gedachte es zu heiraten, wenn er sich ein gutes Stück Geld verdient habe und Meister geworden sei.
Peter, der Schuster, hatte ein schwarzes, schlechtes Herz; das Schneiderlein aber war gutmütig und leichtgläubig, und sein Name war Hänschen.
Zuerst wollte Hänschen nicht mit dem Peter zusammen wandern, weil er kein Geld hatte. Aber Peter, der auf des Schneiderleins Verderben sann, weil Lieschen das Hänschen lieber sah als ihn, sagte: »Komm nur mit mir; ich habe Geld genug, ich halte dich frei, auch wenn wir keine Arbeit bekommen. Alle Tage wollen wir uns drei Mal tüchtig satt essen und satt trinken. Ist dir das recht?«
»Von Sattessen und Satttrinken bin ich ein Freund!«, antwortete Hänschen.
Und sie schnürten beide ihr Ränzel und traten die Wanderschaft an. Neun Tage gingen sie und fanden nirgends Arbeit, zumal Peter keine finden wollte. Und wenn Hänschen eine gute Gelegenheit zur Arbeit hatte, dann verlockte ihn Peter immer, sie nicht anzunehmen, sondern mit ihm weiter zu wandern.

Nun aber nach neun Tagen sagte Peter: »Hänschen, mein Geld nimmt ab! Wenn es noch eine Weile reichen soll, so dürfen wir von jetzt ab nur zwei Mal am Tage essen und trinken.«
»O weh!«, seufzte Hänschen; »wird Schmalhans schon jetzt unser Wandergeselle? Wäre ich doch nicht mit dir gegangen! Hungern konnte ich auch daheim!«
Peter, der während des Weitermarsches stets die Speisen kaufte, aß sich heimlich dick satt, denn er hatte Geld genug; aber Hänschen gab er täglich nur zwei Mal und hatte seine Freude daran, wenn seinem Gefährten der Magen murrte und knurrte.
So vergingen abermals neun Tage, und noch immer fand sich keine Arbeit. Da sagte Peter:
»Liebes Hänschen, mit meinem Gelde wird es jetzt bald zu Ende sein. Es langt nicht mehr zu vier Mahlzeiten alle Tage, zwei für dich und zwei für mich. Wir können von jetzt an nur einmal am Tag etwas essen!«
»Ach, ach, Peterlein!«, klagte Hänschen, »in welches Unglück hast du mich gebracht! Das halt ich ja nicht aus! Sieh mich nur an, ich bin ja schon so dünn und durchsichtig, dass ich kaum noch einen Schatten werfe. Wo soll denn das zuletzt hinaus?«

»Schnalle einen Schmachtriemen um!«, lachte Peter. »Übe dich in der Tugend der Enthaltsamkeit!«

»Ich mein', ich hätte mich schon genug darin geübt«, jammerte das Schneiderlein.

Aber was half das? Hänschen hungerte tapfer; er wurde rasseldürr und bekam ein Gesicht wie der blasse Tod. Und Arbeit gab es nun erst recht nicht, denn die Meister sprachen: »Reise mit Gott, Bruder Mondschein. Schneider dürfen dünn sein, aber so dünn, dass man sie wie Nähgarn einfädeln kann, dürfen sie doch nicht sein.«

Hänslein weinte heiße Tränen, wenn er solche losen Reden zu hören bekam, und der schlechte Peter frohlockte innerlich darüber. Als wiederum neun Tage vergangen waren und Hänschen vor Hunger fast am Wege liegen blieb, sprach der falsche Peter: »Bruderherz, es tut mir Leid und schneidet mir in die Seele, dass ich's sagen muss, aber meine Geldquelle ist ganz versiegt, mit Essen ist es nun ganz und gar vorbei.«

»Dass Gott erbarm!«, schrie Hänschen. »Gar nicht mehr essen? Wer kann das aushalten? O wehe, wehe mir, wie habe ich mich täuschen lassen, als ich dir folgte!«

»Mein Himmel, wie du gleich außer dir geraten kannst, Hänschen!«, rief Peter. »Als ob es nicht zu trinken vollauf gäbe! Überall, Bruderherz! Wasser, gesundes Wasser.«

»Aber Wasser ist kein Essen!«, klagte Hänschen. »Gib mir etwas zu essen, Peter, oder ich muss ins Gras beißen.«

»Nun, so warte hier auf mich, ich will zum Bäcker gehen um für das letzte Geld ein Brötchen zu kaufen, das will ich redlich mit dir teilen!«, sagte der falsche Peter, und ging zu einem Bäcker. Dort kaufte er vier Brötchen, aß drei davon gleich auf und trank einen Schnaps dazu. Dann kam er wieder zu Hänschen.

»Aber Peter!«, sprach das hungrige Schneiderlein, »du bleibst sehr lange aus. Gib mir zu essen, ich falle sonst um!«
»Ich habe erst warten müssen, bis das Brot sich abgekühlt hatte«, verteidigte sich Peter. »Warmes Brot ist nicht gut in einen leeren Magen. Hier hast du deine Hälfte.« – »Peter, du riechst nach Schnaps!«, sprach Hänschen. »So?«, fragte Peter, »kann schon sein, drinnen trank einer; der stieß an mich und schüttete mir dabei ein paar Tropfen auf mein Gewand.«
Hänschen verschlang sein halbes Brötchen mit Wolfshunger, stillte mit Wasser seinen Durst und wanderte mit seinem treulosen Gefährten weiter. Beide sprachen fast nichts mehr miteinander.
Als es Abend wurde und sie durch ein Dorf kamen, ging Peter wieder zu einem Bäcker, aß sich satt und kam mit einem Brötchen aus dem Laden. Hans dachte, er würde das Brötchen mit ihm teilen, aber Peter schob es in die Tasche.
Nach einer Weile sprach Hänschen, als sie das Dorf im Rücken hatten und in einem Wald waren:
»Nun, Peter! Rücke heraus mit deinem Brötchen! Mich hungert ungemein.«
»Mich nicht«, antwortete Peter ganz kurz.
»Nicht?«, schrie Hänschen erschrocken und blieb stehen, und seine Beine zitterten. »Unmensch, der du bist!«
»Vielfraß, der du bist!«, höhnte Peter. »Das Brötchen, das ich noch bei mir trage, ist, wie du sehr richtig bemerktest, mein Brötchen, und du bekommst nicht eine Krume davon, weil du mich Unmensch genannt hast.«
»So muss ich ja hungers sterben!«, schrie Hänschen in heller Verzweiflung.
»Es wird wenig schade um dich sein«, antwortete Peter.
»Aber ich bitte dich um Gottes willen!«, jammerte Hänschen.
»Um was?«, fragte Peter lauernd.
»Um die Hälfte deines Brötchens!«, stammelte Hänschen.
»Umsonst ist der Tod, es hat mich mein allerletztes Geld gekostet. Wie vieles Geld könnte ich noch haben, hätte ich dich nicht mitgeschleppt und gefüttert!«, sagte Peter aufs Neue.
»Aber du selbst hast mich ja überredet, mit dir zu gehen!«, warf Hänschen ein, doch machten Ärger und Hunger es ihm schon schwer, die Worte hervorzuwürgen. Seine Zunge klebte am Gaumen.
»Gibst du mir, so geb' ich dir«, nahm Peter wieder das Wort. »Mir ist mein

Brötchen so lieb wie meine Augäpfel. Folglich ist es zwei Augäpfel wert. Gib mir einen deiner Augäpfel für die Hälfte.«
»Gott im Himmel, wie strafst du mich«, wimmerte Hänschen, denn schreien konnte das arme Schneiderlein schon vor Schwäche nicht mehr – doch streckte er die Hand nach dem halben Brötchen aus und aß es auf – und dann nahm ihm Peter den einen Augapfel weg.
Am anderen Tage wiederholte sich dasselbe noch einmal. Peter kaufte wieder ein Brötchen und gab Hänschen nichts davon und wollte das andere Auge Hänschens für die Hälfte haben.
»Aber dann bin ich ja stockblind«, jammerte das Schneiderlein. »Dann kann ich ja nicht mehr arbeiten!«
»Wer blind ist«, tröstete der hartherzige Peter mit heimlichem Hohn, »der hat es gut. Er sieht nicht mehr, wie böse, falsch und treulos die Welt ist! Er braucht nicht mehr zu arbeiten, und einem armen Blinden gibt auch der Geizigste zur Not noch eine Gabe.«
Hänschen vermochte auf diese teuflische Rede gar nichts mehr zu erwidern; er ließ alles mit sich geschehen und gab, um nicht vor Hunger zu sterben, dem treulosen Gefährten auch den zweiten Augapfel preis. Als das geschehen war und Hänschen hoffte, dass der Peter ihn nun leiten und führen werde, sagte der: »Nun gehabe dich recht wohl, mein gutes, dummes Hänschen! Hier habe ich dich haben wollen! Hier ist Bettelmanns Umkehr. Jetzt wandere ich wieder heim und heirate mein Lieschen. Siehe du zu, wohin du kommst!«
Und fort ging der Peter. Hänschen schwanden vor Körper- und Seelenschmerz eine Zeit lang völlig die Sinne, so dass er umsank und wie tot am Wege lag.
Da kamen drei Wanderer des Weges daher. Es waren aber keine zweibeinigen, sondern vierbeinige: ein Bär, ein Wolf und ein Fuchs. Sie berochen den Ohnmächtigen, und der Bär brummte: »Dieses Manntier ist tot! Mögt ihr ihn? Ich mag ihn nicht!«
»Ich habe vor einer Stunde erst ein frisches Schaf verspeist, und habe jetzt keinen Hunger, auch ist er mir zu dürr und so hart wie ein Baumast!«, sprach der Wolf. »Dazu sind mir meine Zähne zu schade!«
»Dieser Held muss ein Schneider gewesen sein!«, spöttelte der Fuchs. »Mir ist eine fette Gans lieber als ein dürres Schneiderlein. Wäre er ein Kürschner gewesen, so würde ich ihm die Ehre antun! Der hier hat gewiss nie einen Fuchs geschossen!«

Das arme Schneiderlein kam wieder zu sich, bemerkte seine Gesellschaft und hielt den Atem an, so gut es ging, während die drei Tiere sich gar nicht weit von ihm behaglich ins Grüne lagerten.
»Tot zu sein ist ein großes Unglück«, sprach der Fuchs, »sowohl für uns edle Tiere als für die schlechten zweibeinigen Tiere, die sich Menschen nennen und sich so klug dünken und so dumm sind, dass sie gar nichts wissen. Sie können aber auch nichts wissen, weil sie unsere Sprache nicht verstehen, sonst wüssten sie, was ich weiß, und dann gäbe es keinen Blinden mehr!«
»Oho!«, rief der Wolf. »Ich weiß auch, was ich weiß. Wüssten das die Manntiere in der nahen Königsstadt, so litten sie nicht den brennenden Durst, den sie leiden, und kauften nicht ein Schnapsgläschen voll Wasser um einen Dukaten.«
»Hm, hm!«, brummte der Bär. »Unsereiner ist auch nicht auf den Kopf gefallen. Auch ich kenne ein Geheimnis. Sagt ihr mir das eure, so sage ich euch das meine, aber bei Leib und Leben darf keiner von uns den anderen verraten!«
»Nein, das dürfen und wollen wir nicht tun!«, gelobte der Fuchs.
»Es muss einer dem anderen feierlich die rechte Pfote darauf geben!«, bekräftigte der Wolf.
»Topp, es gilt!«, rief Meister Petz und hielt seine haarige Tatze hin. Und als die anderen einschlugen, drückte und schüttelte der Bär zum Spaß ihre Pfoten so, dass sie vor Schmerz laut aufheulten und dem armen Schneiderlein angst und bange wurde.
»Ich weiß«, begann der Fuchs, als ihn der Bär über seine Empfindlichkeit ausgelacht und wieder begütigt hatte, »dass heute eine besonders heilige Nacht ist; in dieser fällt Himmelstau auf Gras und Kraut. Wer blind ist, der braucht nur mit dem Tau seine Augen zu benetzen, so wird er wieder sehend; und selbst wenn er keine Augäpfel mehr hat, so bekommt er wieder neue.«
»Das ist ein schönes Geheimnis«, sprach der Wolf. »Meins ist aber auch nicht zu verachten. In der Königsstadt ist seit kurzem das Wasser ausgeblieben, und die Leute leben dort fast nur noch vom Geist – wenigstens sagen sie so. Wenn das aber so weitergeht, dann werden sie aber wohl ihren Geist bald ganz aufgeben müssen. Aber sie haben Wasser die Fülle unter der Stadt, nur wissen sie es nicht. Auf dem Marktplatz mitten unter dem Pflaster liegt ein Wackerstein; wenn der aufgehoben wird, so wird

ein Wasserstrahl turmhoch aus dem Boden springen. Ach, wie froh würden die Stadtleute sein, und wie heilsam wäre es ihnen, wenn sie wieder Wasser hätten. Dass aber keiner von euch es ihnen sagt, sonst beiße ich jedem die Zunge im Maule ab!«

»Nichts wird gesagt, Bruder Isegrim!«, erwiderte Herr Braun und brummte: »Was ich weiß, ist dieses: Seit sieben Jahren ist des Königs einzige Tochter krank, und kein Arzt kann ihr helfen. Niemand weiß was ihr fehlt, trotzdem sie alle meinen, sehr gescheit zu sein. Die Krankheit der Königstochter ist so ernst, dass der König verkündigt hat, sie dem zur Gemahlin zu geben, der ihr hilft. Es kann ihr aber keiner helfen, der das nicht weiß, was ich weiß.«

»Du machst uns neugierig, hoch geschätzter Herr Braun!«, sprach der Wolf, und Meister Petz brummte: »Nur Geduld, ihr werdet doch ein wenig warten gelernt haben?« – Darauf schnaufte der Bär erst einmal gehörig und erzählte dann: »Die Prinzessin Königstochter sollte in der Kirche ein Goldstück in den Opferstock werfen; sie war aber noch sehr jung und befangen und ängstlich und schämte sich vor den vielen Leuten in der Kirche und warf das Goldstück so ungeschickt hinein, dass es daneben in eine Spalte fiel. Darauf wurde sie von ihrer Krankheit befallen, die nicht früher enden wird, bis man das Goldstück hervorzieht und in die Ritze des Opferstockes einwirft. Diese Kur ist kinderleicht, es dürfte nur einer hingehen und das Goldstück suchen.«

Als die Tiere sich einander so ihre Geheimnisse erzählt hatten, standen sie auf und zogen weiter. Hänschen aber war heilfroh über das, was er gehört hatte. Er bestrich sich eilends mit dem bereits fallenden Himmelstau die Augen; da wuchsen ihm neue Augäpfel. Er sah die goldenen Sterne am Himmel blinken und die dunkeln Wipfel der Waldbäume. Bald brach der Morgen an, Hänschen sah Weg und Steg und wanderte neu gestärkt die Straße entlang. In einigen Dörfern, durch die er kam, erbat er so viel, dass er seinen neu erwachten Hunger und Durst stillen konnte, und endlich kam er in die Stadt, wo der Wassermangel so groß war, dass alle Leute Wein und viele Schnaps tranken.

Hänschen hatte kein Geld dazu; er trat zu einer Wirtin und bat, ihm ein großes Glas Wasser zu reichen. Die Wirtin sah ihn groß an und schalt: »Seh mir einer den Schlecker! Hat nicht einmal Geld, einen Schnaps zu bezahlen, und will Wasser zechen! Meint der Mosjö, Herr von Fadenschein, das Wasser quelle nur so für nichts und wieder nichts? Es koste kein Geld?

Oh, weit gefehlt. Wein kann er haben, mit Wasser kann ich nicht dienen, zumal in so großer Menge nicht.«

»Ist denn hier wirklich eine solche Not um das Wasser?«, fragte Hänschen. »Diesem Mangel wollte ich bald abgeholfen haben; ich bin ein Brunnenkenner!«

Diese Worte hörten einige junge Ratsherren, die bei der Wirtin Champagnerwein tranken. Sie taten dies in Ermangelung des Wassers, sonst würden sie es gewiss nicht getan haben, denn sie nannten den Champagner Gift, und ohne die äußerste Not wird sicherlich niemand Gift zu sich nehmen. Diese jungen Herren umringten Hänschen und fragten hastig, wie er es anstellen wolle, dem Mangel abzuhelfen?

»Meine hochverehrtesten Herren«, sprach Hänschen, »wenn ich solchen Mangel allhier abstellen soll, so ist vor allem nötig, dass ich erst angestellt werde. Soll ich euch geheimen Rat erteilen, so würde eine mir zugeteilte kleine Geheimratsbesoldung – so vier- bis sechstausend Tälerchen alljährlich – mich zu Dank vergnügt machen. Dann solltet ihr Herren aber auch sehen, dass ich etwas Tüchtiges zu leisten verstehe.«

Die Sache wurde nun im Gemeinderat und vom Magistrat reiflich erwogen, und alle Stimmen einigten sich in dem Rufe: Wasser um jeden Preis, ehe wir im Sande vertrocknen!

Der Magistrat trug hierauf die Not der Stadt dem Könige vor und auch das Mittel zu deren Abhilfe und bat seine Majestät, in Gnaden zu geruhen, den fremden Brunnenkenner zum Geheimrat zu machen, die Besoldung solle aus städtischen Mitteln gern bestritten werden. Der König genehmigte mit väterlicher Huld dieses Gesuch, jedoch mit dem Vorbehalt, dass es nicht eher in Kraft trete, bis der Brunnen wieder Wasser spende. Hänschen begab sich nun in Begleitung einer schnell ernannten Wasserkommission auf den Markt. Er sah schon von weitem den grauen Pflasterstein und rief: »Diesen Stein lasset ausbrechen, ihr Herren!«

Man beeilte sich, seiner Anordnung nachzukommen, und im selben Augenblick rauschte plötzlich der Strahl eines Springbrunnens stark und mächtig turmhoch in die Luft. Es quoll so viel Wasser aus der Erde, dass auf der Stelle in allen Kaufläden der Hauptstadt die Preise für wasserdichte Kleidung um das Doppelte in die Höhe gingen.

Laut erscholl überall das Lob des Wasserwundermannes. Und der neue Geheimrat, der sich in aller Eile mit Staatskleidern, Staatswagen und Dienerschaft versehen hatte, wurde noch an demselben Tag an den Hof geru-

fen und ließ sich stolz am Palaste vorfahren. Der König sagte ihm viel Freundliches und schenkte ihm in Anerkennung seines Verdienstes um die Hauptstadt einen schönen Orden, am gewässerten Bande zu tragen. Sehr bald lenkte sich das Gespräch auf die Krankheit der Königstochter, und der König fragte den neuen Geheimrat, ob er als geschickter Wasserdoktor vielleicht für die Prinzessin eine Brunnenkur heilsam finde? – »Nein, Euer Majestät«, erwiderte der Geheimrat. »Ich habe mich nur dieses eine Mal mit Wasser befasst und gedenke dergleichen nicht mehr zu tun. Lassen mich Eure Majestät der Gnade teilhaftig werden, allerhöchstdero Tochter, die Prinzessin zu sehen. Ich hoffe dann zuversichtlich, die Ursache ihrer Krankheit zu ergründen.« Darüber war der König über alle Maßen froh. Er führte den neuen Geheimrat selbst zu der kranken Prinzessin. Der fühlte ihr den Puls und sah, dass sie sehr schön war. Dann sagte er: »Großmächtiger König, wenn die allerdurchlauchtigste Prinzessin genesen soll, so kann das nicht durch irdische Mittel geschehen, sondern nur durch göttliche Hilfe! Gestatten Allerhöchstdieselben, dass wir die Kranke in die Hofkirche tragen lassen; dort wird sie gewiss genesen.«
Dieser Vorschlag ward vom König gutgeheißen, denn er war sehr fromm und freute sich, einen so frommen neuen Geheimrat gewonnen zu haben. In der Kirche ließ sich der Heilkünstler von der Prinzessin den Opferstock zeigen, suchte nach und fand in einer Ritze das Goldstück. Das gab er der erlauchten Kranken in die Hand. Die Prinzessin warf es nun richtig in den Opferstock, und alsbald wurde sie völlig gesund und begann wie eine Rose aufzublühen. So führte sie der Geheimrat zum Könige zurück. Was da für eine große Freude war, ist gar nicht zu schildern. Aus dem Geheimrat wurde alsbald rasch nacheinander ein Reichsrat, ein Standesherr, ein Graf, ein Fürst – und aus diesem ein Bräutigam der genesenen Prinzessin.
Nach der Hochzeit fuhren die Neuvermählten auf einer Rundfahrt durch das ganze Land. Da kamen sie auch durch das Dorf, aus dem der Fürst vor gar nicht allzu langer Zeit als Hänschen auf die Wanderschaft gegangen war. Da stand vor einem Wirtshaus ein Scherenschleifer und schliff, und seine Frau drehte ihm das Rad. Und das waren der Peter und das Lieschen. Das Lieschen wollte damals den Peter zuerst durchaus nicht haben; und zuletzt nahm sie ihn nur deshalb, weil Peter ihr zuschwor, Hänschen würde sie nie wieder sehen.
Hänschen erkannte den Peter sofort. Er befahl dem Kutscher zu halten und rief: »Peter!«

Peter horchte auf und fragte, was der Herr befehle?
»Nichts will ich befehlen, Peter«, erwiderte Hans, »als dass du das Hänschen in mir wieder erkennen sollst, dem du zu hohem Glück verholfen hast. Dort im Walde fand ich armer Augenloser das blinde Glück, wie manche blinde Taube ihre Erbse. Unter dem Baume, an dem ich allein zurückblieb, suchte es mich heim. Hier ist der blinde Bettler, der wieder sehend und reich geworden ist. Leb wohl! – Fahr zu, Kutscher!«
Peter stand da wie aus den Wolken gefallen; lange starrte er dem Prachtwagen nach, dann sagte er: »Dorthin muss ich auch – muss auch das blinde Glück finden.« Alsbald rüstete sich Peter und wanderte, so rasch er wandern konnte, an jenen Ort, wo er am armen Hänschen die letzte treulose Tat begangen hatte.
Auf seiner Wanderschaft lief schon sehr bald ein Fuchs unruhig vor ihm her. Dann kam ihm ein Wolf entgegengesprungen. Rasch wollte Peter wieder zurück, doch da trabte ein Bär des Weges daher. Voll Entsetzen kletterte Peter auf einen Baum, um sich zu retten. Es war derselbe Baum, unter dem er Hänschen den letzten Augapfel genommen hatte.
»Verräter! Verräter! Verräter, die ihr seid!«, bellte der Fuchs, heulte der Wolf, brummte der Bär, und jeder beschuldigte den anderen, das Geheimnis ausgeplaudert zu haben, obwohl sie sich doch alle drei die Pfote darauf gegeben hatten. Sie waren sehr bissig gegeneinander und beschimpften sich mit groben Worten. Endlich nahmen Bär und Fuchs gegen den Wolf Partei. Der sollte zunächst der Verräter sein und dafür gehenkt werden. Schnell drehte der Fuchs ein Seil und eine Schlinge aus Tannenreisig, der Bär hielt den Wolf fest, der Fuchs warf ihm die Schlinge um den Hals und zog den Zappelnden in die Höhe. Der Wolf starrte stieren Auges empor, da sah er Peter im Gezweige des Baumes sitzen und heulte: »O falsche Welt! Da droben sitzt er, der unser Geheimnis verraten hat!«
Jetzt sahen die anderen beiden Tiere auch in die Höhe und ließen den Wolf fallen. Der Bär kletterte auf den Baum und holte den Peter herunter. Unten empfing ihn der Fuchs, der so böse und wild war, dass er ihm gleich beide Augen auskratzte. Dann würgte ihn der Wolf, und der Bär drückte ihn mausetot. Darauf haben sie ihn zu dritt aufgefressen, dass kein Knöchelchen von ihm übrig blieb. Und das war recht.

Inhalt

Jakob und Wilhelm Grimm

Hans Christian Andersen

Wilhelm Hauff

Ludwig Bechstein